BARRI GÒTIC
CIUTAT VELLA
LA RAMBLA
Rambla dels Caputxins
Rambla de Santa Mònica
Catalunya; Antic Hospital de la Santa Creu
Plaça de la Gardunya
Mercat de la Boqueria
Hotel Racó del Pi
C dels Boters
Col·legi d'Arquitectes
Hotel Colón
Plaça Nova
Av de la Catedral
Plaça Antoni Maura
C de l'Hospital
Teatre Romea
Plaça de Sant Agustí
Hotel San Agustín
Església de Sant Agustí
C de la Junta del Comerç
C de l'Arc de St Agustí
Antiga Casa Figueras
Plaça de la Boqueria
Museu de l'Eròtica
Plaça del Pi
St Josep Oriol
Església de Santa Maria del Pi
C del Cardenal Casañas
C de la Palla
Església de Sant Felip Neri
Palau Episcopal
Museu del Calçat
Església de Sant Sever
C de Sant Sever
Bda de Sta Eulàlia
Casa de l'Ardiaca
Plaça de la Seu
C de Sta Llúcia
Capella de Santa Llúcia
Catedral
Museu Diocesà; Casa de la Pia Almoina
C de la Tapineria
Museu Frederic Marès
Mirador del Rei Martí
Saló del Tinell
Capella Reial de Santa Àgata
Plaça del Rei
Plaça de Berenguer el Gran
C dels Mercaders
Liceu
American Express
C de la Boqueria
C d'En Quintana
C d'En Rauric
C dels Banys Nous
Sinagoga Major
C del Bisbe Irurita
C de Sant Honorat
Temple Romà d'Agustí
C de Paradís
C dels Comtes de Barcelona
Palau del Lloctinent
Museu d'Història de la Ciutat (Casa Padellàs)
C de la Llibreteria
Jaume I
C de a Bòria
C del Call
Plaça de Sant Jaume
Plaça de l'Àngel
C de Jaume I
Gran Teatre del Liceu
Fonda Espanya
C de les Penedides
C de l'Unió
C de Ferran
Hotel Rialto
C de St Domènec de Call
Ajuntament (Town Hall); Information
Oficina d'Informació de Turisme de Barcelona
Església de Sants Just i Pastor
C de la Daguería
C del Sotstinent Navarro
Hotel Oriente
Police Station (Guàrdia Urbana)
Plaça Reial
C de la Lleona
C dels Escudellers Blancs
C d'Avinyó
Casa Centelles
Plaça de Sant Miquel
C de la Ciutat
Objectes Perduts (lost property)
C de l'Argenteria
Palau Güell
C de Lancaster
C de la Guàrdia
C del Vidre
C de Cervantes
C dels Templaris
C del Palau
Plaça de George Orwell
C de Lledó
C de Viladecols
C de Manresa
Via Laietana
Tablao Cordobés
C de N'Aglá
C del Cometa
C de la Comtessa de Sobradiel
C del Regomir
C de la Nau
C de Basea
Teatre Principal
Plaça del Teatre
C dels Escudellers
C del Còdols
C d'En Carabassa
C d'Ataülf
C del Correu Vell
C de l'Arc del Teatre
Ptge de la Pau
C d'En Rull
C d'En Serra
C de A J Baixeras
Main Post Office
C dels Aquila
C de Sta Mònica
Universitat Pompeu Fabra
C Nou de Sant Francesc
C d'En Gignàs
C de la Fusteria
Centre d'Art Santa Mònica
Drassanes
Ubae Frontón
Plaça de Joaquim Xirau
Museu de Cera
C Ample
C del Consolat de Mar
Plaça d'Antoni López
Pg d'Isabel
Plaça la Mercè
Església de la Mercè
C Simó Oller
C de la Mercè
C de la Plata
C del Marquès
Comandància de Marina
Ptge de la Banca
C de Josep Anselm Clavé
C Louis Braille
Universitat Pompeu Fabra
Plaça del Duc de Medinaceli
C de la Re
Pg de Colom
Barcelona's Head Sculpture
Plaça del Portal de la Pau
Monument a Colom
Carner
Ronda del Litoral
Moll de la Fusta
Mirador del Port Vell
Moll d'Espanya
Port de Barcelona
Moll de les Drassanes
Golondrinas Boat Terminal
Trasmediterránea Ferry Dock
Ferry Terminal (Trasmediterránea)
Rambla de Mar
Plaça del Ictinio
Marina
L'Aquàrium
Port Vell
Rellotge
D0925358

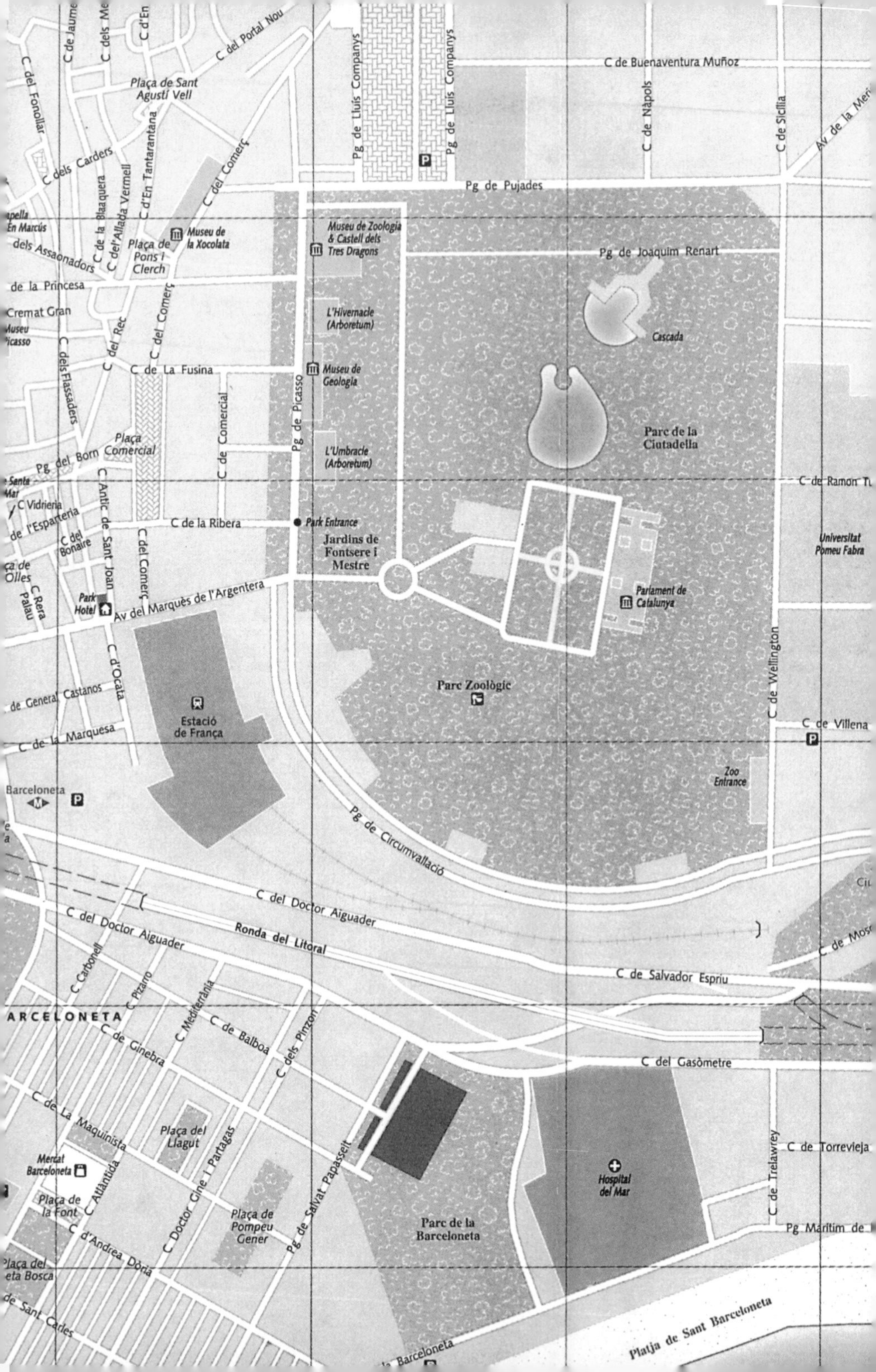
C de Jaume
C dels Me
C d'En
C del Portal Nou
Pg de Lluís Companys
Pg de Lluís Companys
C de Buenaventura Muñoz
C del Fonollar
Plaça de Sant Agustí Vell
C d'En Tantarantana
C de Nàpols
C de Sicília
Av de la Meri
C dels Carders
C de la Blaquera
C del'Allada Vermell
C del Comerç
Pg de Pujades
Museu de la Xocolata
Museu de Zoologia & Castell dels Tres Dragons
Pg de Joaquim Renart
Plaça de Pons i Clerch
dels Assaonadors
de la Princesa
Cremat Gran
Museu Picasso
C del Rec
C del Comerç
L'Hivernacle (Arboretum)
Cascada
C de La Fusina
Museu de Geologia
C dels Flassaders
Pg de Picasso
C de Comercial
Parc de la Ciutadella
Plaça Comercial
Pg del Born
L'Umbracle (Arboretum)
C de Ramon Tu
C Antic de Sant Joan
C Vidrieria
de l'Espartería
C del Comerç
C de la Ribera
Park Entrance
Jardins de Fontsere i Mestre
Universitat Pompeu Fabra
C del Bonaire
Olles
C Rera Palau
Parlament de Catalunya
Park Hotel
Av del Marquès de l'Argentera
C de Wellington
C d'Ocata
Parc Zoològic
de General Castanos
Estació de França
C de Villena
C de la Marquesa
Zoo Entrance
Barceloneta
Pg de Circumvallació
C del Doctor Aiguader
C del Doctor Aiguader
Ronda del Litoral
C de Mosc
C de Salvador Espriu
C Carbonell
C Pizarro
C Mediterrània
ARCELONETA
C de Balboa
C dels Pinzon
C de Ginebra
C del Gasòmetre
C de La Maquinista
Plaça del Llagut
C de Torrevieja
Mercat Barceloneta
C Atlàntida
C Doctor Cine i Partagas
Pg de Salvat Papasselt
Hospital del Mar
C de Trelawrey
Plaça de la Font
Plaça de Pompeu Gener
Parc de la Barceloneta
Pg Marítim de
C d'Andrea Dòria
Plaça del eta Bosca
de Sant Carles
Platja de Sant Barceloneta
Barceloneta

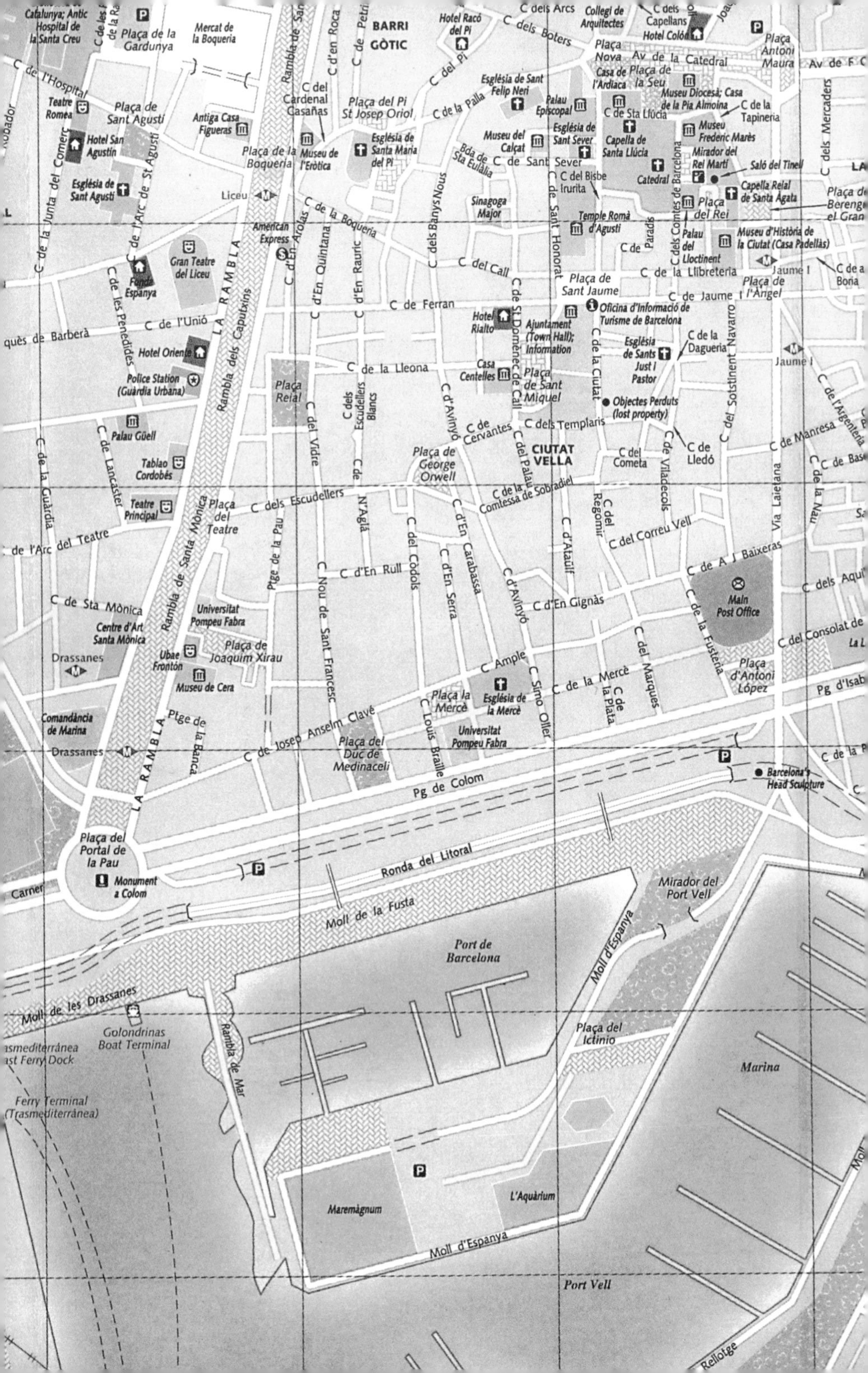

BARRI GÒTIC
CIUTAT VELLA
LA RAMBLA
Rambla dels Caputxins
Rambla de Santa Mònica
Catalunya; Antic Hospital de la Santa Creu
Plaça de la Gardunya
Mercat de la Boqueria
Hotel Racó del Pi
C dels Arcs
Collegi de Arquitectes
C dels Capellans
Hotel Colón
Plaça Antoni Maura
Plaça Nova
Av de la Catedral
C dels Boters
Casa de l'Ardiaca
Plaça de la Seu
Museu Diocesà; Casa de la Pia Almoina
C de la Tapineria
Església de Sant Felip Neri
Palau Episcopal
C de Sta Llúcia
Capella de Santa Llúcia
Catedral
Museu Frederic Marès
Mirador del Rei Martí
Saló del Tinell
Capella Reial de Santa Àgata
Plaça del Rei
Museu d'Història de la Ciutat (Casa Padellàs)
Palau del Lloctinent
C dels Comtes de Barcelona
C dels Mercaders
Teatre Romea
Plaça de Sant Agustí
Hotel San Agustín
Església de Sant Agustí
C de l'Hospital
C de la Junta del Comerç
C de l'Arc de St Agustí
Antiga Casa Figueras
Plaça de la Boqueria
Museu de l'Eròtica
C del Cardenal Casañas
Plaça del Pi
St Josep Oriol
Església de Santa Maria del Pi
C del Pi
C de la Palla
Museu del Calçat
Església de Sant Sever
C de Sant Sever
Bda de Sta Eulàlia
C dels Banys Nous
C del Bisbe Irurita
Sinagoga Major
Temple Romà d'Augusti
C de Paradís
Liceu
American Express
C de la Boqueria
C d'En Arolas
C d'En Quintana
C d'En Rauric
C de Sant Honorat
C del Call
C de la Llibreteria
Jaume I
C de Jaume I
Plaça de l'Àngel
Plaça de Sant Jaume
Oficina d'Informació de Turisme de Barcelona
Ajuntament (Town Hall); Information
Hotel Rialto
C de St Domènec de Call
C de Ferran
Gran Teatre del Liceu
Fonda España
C de les Penedides
C de l'Unió
Hotel Oriente
Police Station (Guàrdia Urbana)
Plaça Reial
C de la Lleona
C dels Escudellers Blancs
Casa Centelles
Plaça de Sant Miquel
C de la Ciutat
Església de Sants Just i Pastor
C de la Dagueria
Objectes Perduts (lost property)
C del Sotstinent Navarro
C de l'Argenteria
C de Manresa
C de Lledó
C de Cervantes
C dels Templaris
C d'Avinyó
C del Vidre
C de N'Aglà
Plaça de George Orwell
C del Palau
C del Cometa
C de Viladecols
Palau Güell
C de Lancaster
C de la Guàrdia
Tablao Cordobès
Teatre Principal
Plaça del Teatre
C dels Escudellers
C de la Comtessa de Sobradiel
C del Regomir
C del Correu Vell
C d'Ataülf
C de l'Arc del Teatre
Ptge de la Pau
C d'En Rull
C del Còdols
C d'En Serra
C d'En Carabassa
C de A J Baixeras
Via Laietana
C de la Nau
C de Sta Mònica
Universitat Pompeu Fabra
Centre d'Art Santa Mònica
Nou de Sant Francesc
Plaça de Joaquim Xirau
C d'En Gignàs
Main Post Office
C de la Fusteria
C dels Aqui
Drassanes
Ubae Frontón
Museu de Cera
C Ample
C del Marquès
C del Consolat de
Plaça d'Antoni López
Pg d'Isab
Comandància de Marina
Ptge de la Banca
C de Josep Anselm Clavé
Plaça del Duc de Medinaceli
C Louis Braille
Plaça la Mercè
Església de la Mercè
Simó Oller
C de la Mercè
C de la Plata
Barcelona's Head Sculpture
Pg de Colom
Plaça del Portal de la Pau
Monument a Colom
Ronda del Litoral
Moll de la Fusta
Mirador del Port Vell
Moll d'Espanya
Port de Barcelona
Moll de les Drassanes
Golondrinas Boat Terminal
Trasmediterránea East Ferry Dock
Ferry Terminal (Trasmediterránea)
Rambla de Mar
Plaça del Ictinio
Marina
Maremàgnum
L'Aquàrium
Port Vell
Rellotge

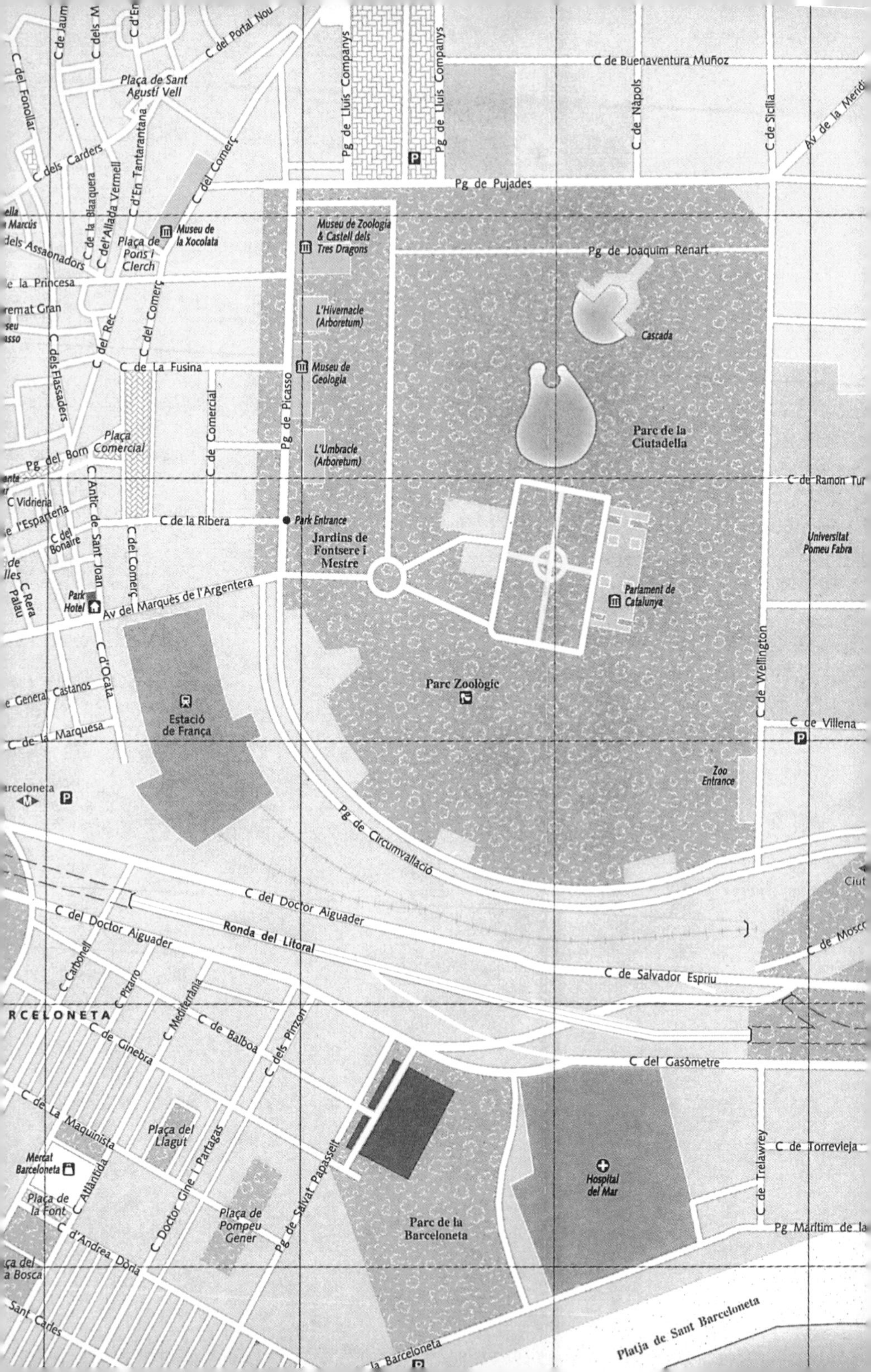
C de Buenaventura Muñoz
Pg de Lluís Companys
Pg de Lluís Companys
C de Nàpols
C de Sicília
Av de la Meridiana
Pg de Pujades
C del Portal Nou
Plaça de Sant Agustí Vell
C del Fonollar
C dels Carders
C d'En Tantarantana
C de la Blaquera
C del'Allada Vermell
C del Comerç
Museu de la Xocolata
Plaça de Pons i Clerch
C dels Assaonadors
C de la Princesa
C del Rec
C dels Flassaders
C de La Fusina
C de Comercial
Pg de Picasso
Plaça Comercial
Pg del Born
C Antic de Sant Joan
C Vidrieria
C de l'Espartería
C del Bonaire
C Rera Palau
C del Comerç
Park Hotel
Av del Marquès de l'Argentera
C d'Ocata
C General Castanos
Estació de França
C de la Marquesa
Museu de Zoologia & Castell dels Tres Dragons
L'Hivernacle (Arboretum)
Museu de Geologia
L'Umbracle (Arboretum)
C de la Ribera
Park Entrance
Jardins de Fontsere i Mestre
Pg de Joaquim Renart
Cascada
Parc de la Ciutadella
C de Ramon Turró
Universitat Pompeu Fabra
Parlament de Catalunya
Parc Zoològic
C de Wellington
C de Villena
Zoo Entrance
Pg de Circumvallació
C del Doctor Aiguader
C del Doctor Aiguader
Ronda del Litoral
C de Salvador Espriu
C Carbonell
C Pizarro
C Mediterrània
C de Balboa
C dels Pinzon
C de Ginebra
C del Gasòmetre
C de La Maquinista
Plaça del Llagut
Mercat Barceloneta
C Atlàntida
C Doctor Gine i Partagas
Plaça de la Font
Plaça de Pompeu Gener
Pg de Salvat Papasselt
Parc de la Barceloneta
Hospital del Mar
C de Trelawrey
C de Torrevieja
Pg Marítim de la Barceloneta
C d'Andrea Dòria
Sant Carles
Platja de Sant Barceloneta
la Barceloneta

風之影

LA SOMBRA DEL VIENTO

卡洛斯．魯依斯．薩豐 著　范湲 譯

獻給胡安・拉蒙・普拉納斯，
他應該獲得更好的

國內愛書人推薦

ZOE、吳若權、李立亨、林懷民、喻小敏、詹宏志、蔡智恆、鄭華娟……等

因為《達文西密碼》，我們接觸到中世紀繪畫奧妙的蛛絲馬跡。因為《追風箏的孩子》，我們感受到穆斯林世界的溫暖與幽微。因為《風之影》，我們在巴塞隆納的霧與陽光之中，和一個愛書人一起因書而走上探索愛情和友情的旅程。

——李立亨（「台北藝術節」藝術總監）

《風之影》引人入勝，從第一頁開始就教人欲罷不能，差點讓我錯過該去電台主持現場節目的時間。我相信，每一本書裡，都藏著一個深刻的靈魂。翻閱《風之影》的扉頁，就像陣陣涼風掀起人性交錯的疊影，書中有書、影中有影，一步一步帶領讀者發現自己內心深處的靈魂。

——吳若權

小鎮書店中銷售超快的書之一。我買回德文版想看，卻半途被婆婆將書截走……真是本迷人的書呀！婆媳一同愛不釋手推薦中！

——鄭華娟

「書是鏡子，人只能在書裡看到自己的內心」，在《風之影》這本小說裡，您將會閱讀到無數這樣的經典小語。還有令人感動的是譯者范湲的精彩翻譯，就像一首樂曲被一位技藝精湛的演奏者在我們這群觀眾前，以能了解的語言詮釋了一遍給我們欣賞，因為有這樣的譯者，好的作品得以流傳。「閱讀，可以讓生命更有張力」，希望您也能加入這個強烈的感受。

——ZOE（作家、台北愛樂電台主持人）

我們都曾經是這本小說中的男孩達尼，為一本書癡狂，進而追索其身世；但我們從來不知道，一旦開始了這場探索，我們也把自己寫進書裡面，捲進更多數不清的故事裡，因為這裡、那裡，到處都是引人入勝的線索。《風之影》就是這樣一本令人瞠目結舌的書，引領我們進入閱讀的奇幻境界，有如掉入萬花筒。閱讀有多麼美妙，這本書說了算！

——喻小敏（博客來網路書店圖書部經理）

國際書評推崇

如果你認為真正的哥德式小說已隨著十九世紀而銷聲匿跡的話，這本小說將會改變你的看法。《風之影》是一部醒目耀眼、聲勢驚人的作品，弦外之音裡另有弦外之音，讀起來真的很過癮！有了這麼一本精采的小說，誰還需要看電視？

——史蒂芬・金

我讀過最好看的小說之一……讓人廢寢忘食，只有讀到最後一頁才會心甘情願把書闔上。

——德國前外交部長費雪

馬奎斯、安伯托・艾可和波赫士攜手演出一場精采絕倫的魔術秀，令人目不暇給。

——美國「紐約時報」

終於有一本書可以證明，捧讀好看的大部頭小說是件多麼美妙的事。

——美國「費城詢問者報」

《風之影》是一部令人眩惑的小說，讓愛書的讀者深深著迷。跟著書中人物歷險吧！或許你會開始思考：將來應該也要留本好書給後代子孫吧！

——美國「時代雜誌」

如果你喜歡拜雅特的《迷情書蹤》；如果你喜歡馬奎斯的《百年孤寂》；如果你喜歡波赫士的短篇小說；如果你喜歡安伯托．艾可的《玫瑰的名字》；如果你喜歡保羅．奧斯特的《紐約》三部曲；或許你也喜歡雨果的《鐘樓怪人》……那麼，你一定會喜歡《風之影》，實在太精采了！凡是喜歡恐怖、情色、純愛、浪漫和驚悚小說的人，都應該儘快到附近書局去買一本《風之影》！

——美國「華盛頓郵報」

「風之影」旋風從西班牙刮起，然後席捲了德國。現在有個簡單的問題：我們法國人有辦法保持冷靜而不為所動嗎？答案很簡單：不，不可能！

——法國文學雜誌「Lire」

這本小說就像調酒技巧高超的酒保調出來的神奇雞尾酒一樣，讓每個讀者都心醉神迷了！

——瑞士「蘇黎世每日詢問報」

全球得獎紀錄

❋ 二〇〇四年西班牙出版協會年度最暢銷小說。

❋ 二〇〇四年法國「年度最佳外國小說」。

❋ 二〇〇四年度Borders原聲文學獎。

❋ 獨立推理書商協會之黛莉絲獎（Dilys Award）提名年度最佳推理小說。

❋ 致命快感雜誌之巴瑞獎（Barry Award）年度最佳首作獎。

❋ Mystery Ink選為二〇〇四年度十大犯罪小說。

❋ 二〇〇五年葡萄牙Premio Correntes d'Escritas文學獎。

❋ B&N書店「發現新人」大賞和英國週日獨立報年度選書等。全球各地獲獎無數。

導讀

一陣風，將我們吹進了西班牙

李立亨

關於西班牙文創作，來自哥倫比亞的馬奎斯，用《百年孤寂》引領我們進入「魔幻寫實」的全新領域。關於西班牙，我們知道塞萬提斯的《唐吉訶德》，總結並創新了歐洲的騎士遊俠文學。因爲達利筆下變得像軟糖般的鐘錶和教堂，「超寫實主義」畫風具體了起來；畢卡索，是的，畢卡索這位二十世紀繪畫史一定要專章討論的畫家；還有，還有高第永遠在興建當中的聖家堂。這些人，都來自西班牙，他們都代表過去的美好時光。

透過畫作跟文字，我們還在享受西班牙精采的文化遺產。然而，西班牙的「現在」呢？

今天的，和昨天的西班牙

關於「今日西班牙」，我的知識啓蒙自派德羅·阿莫多瓦的電影。「我的母親」裡的媽媽要幫兒子找回父親，最後才發現爸爸已經變性成了女人。「悄悄告訴她」裡，植物人美女因爲痴心看護的愛與肉體，竟然不可思議的甦醒過來——西班牙人的思考邏輯，眞的，眞的跟我們不一樣。

開啓我對於西班牙人的面對面接觸，則來自十年前在紐約大學唸書的回憶。

當時，我特別喜歡去「紐約現代美術館」（MOMA）。因爲，只要繳二十美金的學生年費，你就可以不限次數進去看畫，進去它的一大一小電影院看精采的專題電影展。已逝的現代音樂大師約翰．凱吉，有次要在他們的花園辦露天音樂會。就像歌迷想要參加簽唱會一般，我早早就去排隊，想要找個近一點的位置，親炙大師風采。

我在開放前三小時就到了現場，櫃檯小姐看我實在站太久了，開始跟我聊起紐約的天氣、紐約的博物館、紐約貴得要死的日本料理。終於等到要進場了，她嘆了口氣說：「我這個工作眞不錯，又可以看展覽，又可以聊天。我的老闆眞不錯，他付錢讓我邊聊天邊工作。」

雖然，阿莫多瓦好幾次嚴正聲明，他的電影拍的是馬德里風情，馬德里不等於巴塞隆納。但看到她這麼健談，這麼風趣，而且又有麥芽色的皮膚，即便當時我已經有女朋友，卻還是忍不住想要多問一句她從哪裡來。「西班牙，我從西班牙來，西班牙的巴塞隆納。」她邊搓指甲邊說。

是，啊，西班牙，我的西班牙，因爲那三小時有如沐春風之感的談話，變得眞實而可親。十年過去了，現在，因爲直接從西班牙文翻譯而來的《風之影》，我彷彿更進一步接近了今天的，還有昨天的西班牙。

一本愛書人的成長傳記

馬奎斯《百年孤寂》所建立起的馬康多小鎮，雖魔幻卻寫實到如眞的地步。卡洛斯．魯依斯．薩豐的《風之影》，透過達尼十歲生日從「遺忘書之墓」得到同名書之後，人生所起的變化與種種感受，貫穿而成一本愛書人的成長傳記。

「遺忘書之墓」的管理員說：「有些人就是喜歡把生命搞得很複雜啊！好像嫌這個世界還不夠複雜似的。」達尼從得到這本《風之影》之後，他的人生旅程因爲愛情的萌芽與幻滅、知識的開展與挫折，而變得極端複雜。

過去所謂的古典或經典小說，往往透過語言形容和精采對話，配合讀者閱讀過的書籍所薰陶出的知性與感性，獨力建構起自己的想像世界。近代叫好叫座的小說，則得由作者透過知性和感性交錯的筆法，爲讀者建立起有如電影畫面與聲音效果的專屬空間。

當讀者大衆的理解能力變淺、旅遊和網路知識的取得變得越來越便捷，作者的描繪功夫得變廣，而且還得讓書中人物經歷一般人有興趣卻不一定「了」的事件，這才更能創造持續閱讀的契機。

最近幾年的世界級暢銷書，就和集集獲得全球矚目的《哈利波特》一樣，擁有兩個共通的法則：故事背景年代或文化與現實有點距離，這可以讓作者想像力得以盡情奔馳。他還可以適時將相關聯的小百科知識融入內容，帶給讀者智識的樂趣。形式上面，小說人物的服裝、神情、造型、語氣和對話中的反應，都得到細緻而視覺化的呈現——卡洛斯在書中場景所做的種種細節描述，就讓我們感受到有如欣賞電影般的身歷其境。

達尼因爲《風之影》這本書，開始想要尋找作者其他作品。但是，他發現已經有人神祕而有計畫的在這麼做。然後，他開始進行猶如推理小說中偵探的工作。一步一步地，作者複雜而牽涉到不被祝福的愛情，作者和同學成長過程的種種快樂與不堪，還有這些人的現在和過去之間的衝突，讓我們回到二次大戰前的西班牙和之後。

愛情，得不到的愛情，出乎意料的愛情，失而復得的愛情，被從中破壞的愛情。友情，堅貞而被誤會的友情，被挑戰的友情。還有，復仇，慾望，等待中的慾望跟復仇，通通縱橫交錯在這本獲得法國「年度最佳外國小說」的作品裡。

揮灑出偉大城市背後的傳奇

因爲《達文西密碼》，全世界超過二千萬人，接觸到中世紀繪畫奧妙的蛛絲馬跡。因爲《追風箏的孩子》，歐洲和亞洲的愛書人，在不同語言的字裡行間，共同感受到穆斯林世界的幽微與溫暖。

通過《風之影》，一個愛書人的成長傳記，一段由書所引發的推理與愛情探索旅程，將現代城市背後還有許多傳奇的想像，揮灑出無限的漣漪。卡洛斯筆下的西班牙人和西班牙事，詩意而且充滿活力：

在那個逝去的年代，童年的結束，就像西班牙國鐵局的火車一樣，誰都不知道什麼時候會來。

父親堅持地說道，嘴角還泛起一抹神祕的微笑，八成是從大仲馬的某本小說裡學來的花招。

爲了強化自己的貴族形象，巴賽羅每天都是一副十九世紀的紳士打扮。您知道，她甚至學會打毛線了，她還告訴我，再也不做西蒙波娃式的打扮了。

這段時間眞難熬，我不由得沮喪了起來，總覺得這一天似乎比《卡拉馬助夫兄弟們》還要漫長。

我定定望著她，就像看著一列離站的火車。我這才驚覺，自己已經過了兩天漫步在雲端的日子，這下突然回到了現實世界。

命運往往就在生命的角落裡徘徊著，就像小偷、妓女和賣彩券的小販一樣；這是三種最常出現在你眼前的人物。但是，命運不會挨家挨户敲門，必須自己去尋找才行。

雖然沒有照片，但我們看到西班牙人文風景的另一面。雖然沒有影像，人物的一顰一笑卻彷彿就在我們眼前。因爲《風之影》，我們在巴塞隆納的霧與陽光之中，和一個愛書人一起因書、而走上探索愛情和友情的旅程——好看的小說，永遠讓人掩卷嘆息，並因此想到生命中種種的美好。

它多了溫柔，眞的

許多人說，現代人專看輕薄短小的文章。許多人說，小說，特別是長篇小說已經沒有市場。但是，《達文西密碼》和《追風箏的孩子》的叫好與長銷，已經證明了台灣讀者的閱讀潛力和品味。開發英語系以外的閱讀世界，更讓我們得以走入寬廣的文學宇宙。

我們在《風之影》每一個章節，每一個驚喜和出人意料的發展中，都可以感受到有如「盒中有盒」的期待與樂趣。小說的長度，在此時，變成我們殷殷期盼故事不要那麼快落幕的保證。

四十出頭的卡洛斯，寫過兒童文學和青年小說。年輕時的廣告界工作經驗，讓他的小說節奏暢快。西班牙的文化血液，以及寫過舞台劇的筆觸，讓他書中的人物跟場景，既有異國風味，又有眉目清楚的當代感。因爲他的《風之影》，我們彷彿被這一陣「風」，吹進了西班牙。

幾年前，我終於到了西班牙。朋友跟我說，西班牙咖啡有三種：黑咖啡，咖啡加一點糖，咖啡加很多糖。外地人直接喝黑咖啡的話，很可能馬上就會領略到「死人要是喝了也會爬起來」的勁頭。

當時，我選擇了讓死人復活的口味，並且回味至今。現在，《風之影》把我帶到在西班牙喝咖啡的境界。差別之處是，它多了溫柔。眞的。

（本文作者爲「台北藝術節」藝術總監、國立台北藝術大學戲劇系兼任講師）

傳奇，從「風之影」裡走來

范湲

狂潮再洶湧，總有浪起時。

傳奇的興起，沒有公式，也沒有祕方。

《風之影》籠罩全球書市前，在西班牙書店的角落裡沉寂了好幾個月。然而，許多書店老闆愛上了它，更多愛書人迷上了它，於是，靠著讀者口耳相傳以及媒體的高度評價，出版社沒有花錢做行銷，《風之影》卻出乎意料地在問世數月之後，悄悄衝上了暢銷書排行榜冠軍。更令人驚奇的是，《風之影》二〇〇二年起進入暢銷榜前十名，四年過去了，封面換新了，還附上了原聲帶CD，它仍然穩坐暢銷榜前十名。

口碑，是最有說服力的行銷。《風之影》在德國甚至獲得前外交部長費雪大力推薦；他自承一天半之內手不釋卷讀完這本近六百頁的小說，因爲實在受不了誘惑！此話一出，當然把《風之影》德文版送上了暢銷榜冠軍寶座，不久後，熱賣超過十萬本！接著是英、美書市，同樣捷報連連……

暢銷數字一長串，後面接的都是零，其實是很枯燥的；假如一個文學傳奇只有數字能講話，那只是聳動，而不是感動。

有人稱《風之影》是席捲全球書市的超級颶風，我倒覺得它像是徐徐微風，拂過千千萬萬讀者的心靈，喚回了塵封已久的文學回憶，也喚醒遺忘了閱讀樂趣的靈魂。作者魯依斯・薩豐說過，這本小說是特別為愛書人以及忘記自己曾經熱愛閱讀的人而寫的。

能讓全球數百萬人著迷，絕非偶然。事實上，《風之影》具備相當豐沛的暢銷元素：神祕疑案一件接著一件、顯赫家族的樓起樓塌、終究還是凋萎的悲情苦戀、接二連三的驚人發現，加上復仇和謀殺……在一九三三年到一九六六年間那個朦朧、有時甚至令人厭惡的巴塞隆納，構築了一段錯綜複雜、愛恨交織的故事。

遇見文壇巨擘，回歸古典文學

促銷新作品時，大師的名號是包裝一本書的最佳「名牌服飾」。例如，一本著墨於心理描寫的奇幻小說，或許就可以說是「托爾金遇見卡夫卡」吧！兩位大師相遇已經夠震撼了，《風之影》更駭人，簡直就像一群文壇巨擘的下午茶聚會，馬奎斯、安伯托・艾可、波赫士、愛倫坡、大仲馬、狄更斯……各自隱身在不同的場景背後：杳無人煙、危機四伏的迪比達波大道，儼然是愛倫坡的傑作；古老建築內隱藏著迷宮般的「遺忘書之墓」，這是非常波赫士的想像力；大仲馬式的懸疑筆觸貫穿全書；而言語刁鑽幽默的費爾明，頗似狄更斯筆下的人物。

在此特別一提費爾明，因為這是《風之影》裡最讓我傾心的角色，我想，許多讀者或有同感，他是全書最精采的人物。我在美國譯完《浪漫騎士唐吉訶德》之後，馬上著手準備翻譯《風之影》，重讀這本小說時，彷彿又看見了另一對勇於冒險的主僕，只是場景換成了二十世紀的巴塞隆納……

向眾多大師借力，如何恰當地使力，對作家的功力是一大考驗。關於這一點，魯依斯．薩豐的傑出表現，獲得歐美書評家一致讚賞。魯依斯．薩豐師法文學大師，巧妙地融合了各家精髓，寫出了「小說中的小說」。此外，獨鍾古典小說的魯依斯．薩豐，文字素養極佳，對此加分不少。

幼時愛說鬼故事，成年不忘文學夢

我總覺得，魯依斯．薩豐就是那種天生的鬼才作家。

魯依斯．薩豐坦承，他從小就喜歡講鬼故事給其他小朋友聽，但這可苦了他母親，因為聽了鬼故事的小朋友們晚上嚇得睡不著覺，有些媽媽氣不過，隔天就來找這個小鬼頭的母親理論……一身反骨的魯依斯．薩豐，卻被父母送去唸教會中學，可想而知，學校的老師和神父們肯定看他不順眼。大學唸了新聞系，根據他自己的說法，全系只有兩個老師還算正常，其他的都在胡說八道。大學畢業後，最想做的事情是拍電影，可惜沒經驗沒人脈，更欠東風！電影夢沒著落，只好進廣告公司，因為那是另一個可以和影像為伍的工作。魯依斯．薩豐在廣告界做得有聲有色，八年之後，他坐上了收入、頭銜皆傲人的創意總監。然而，當年那個愛說鬼故事的男孩又回來了。他告訴自己：不該再這樣浪費生命了，他要寫作。一九九一年，他向老闆提辭呈，老闆向他提加薪。他揮揮衣袖，瀟灑地走了。所有的同事卻認為，他一定是瘋了！

辭職兩年後，魯依斯．薩豐以處女作《白雪王子》獲得著名的「艾彼德青少年文學獎」（Premio Ebede），暢銷二十五萬本，並譯成多種語文。隔年，他決定移居洛杉磯，因為那是從小就有的夢想。定居洛城後不久，他替自己的創意找到了舞台。魯依斯．薩豐參加了好萊塢影藝學院每年舉辦的劇本甄選，作品進入最後決選，接著，工作機會多得不知如何選擇……

電影編劇做了幾年之後，說故事的慾望再次向他招手。但是，他已經不想再碰青少年小說了。這一次，他決定寫一本給大人看的小說。

長篇巨著的格局，中篇小說的節奏

閱讀經驗有助創作，工作、生活何嘗不是！魯依斯．薩豐的敘述文字洗鍊而簡潔，我想，除了大量閱讀之外，多年的廣告人歷練應是頗有助益。《風之影》厚達近六百頁，在出版品講究輕巧的今天，算是不合時宜的「巨著」。越是困難之處，越能表現才華。魯依斯．薩豐把《風之影》拆成了幾個中篇，文字節奏始終生動而緊湊；情節交錯安排，看似複雜，但頗具層次感，彷彿俄羅斯娃娃，驚奇之內另有驚奇……

此外，魯依斯．薩豐特別側重以「影像」強化文字，讀小說彷彿看電影；某些情境描寫甚至加入了色彩、氣味等元素，有助增加讀者的臨場感。總之，魯依斯．薩豐的文字，「表情」非常豐富，講究聲韻和諧；在《風之影》中，人物和文字都是參與演出的要角。因為它們的精湛演出，讓我們得以重溫閱讀小說的單純樂趣，彷彿又回到了兒時看故事書的美好時光。

二〇〇六年二月，薩爾斯堡

風之影 目錄

遺忘書之墓

我還記得父親第一次帶我造訪「遺忘書之墓」的那個清晨。時值一九四五年初夏，我們在巴塞隆納街上漫步著，鉛灰色的天空下，朦朧的朝陽灑在聖塔蒙妮卡的蘭巴拉大道上，整條街像是罩著黃銅色的花環似的。

「達尼，你今天看到的一切，都不能跟任何人講啊！」我父親提醒我。「就連你的好朋友湯瑪斯也不能說喔！任何人都不行！」

「連媽媽也不能說啊？」我低聲問著。

父親深呼吸了一下，掩飾著臉上的苦笑，這愁苦的笑容，就像他一生揮之不去的陰影。

「當然可以啦！」他低著頭回答我。「我們和她之間是沒有任何祕密的。在她面前，我們什麼話都能跟她說。」

內戰結束後不久，一場瘟疫奪走了我母親的生命。我們將她安葬在蒙居克墓園那天，正好是我四歲的生日。我只記得，當時連下了一天一夜的雨，我問父親，是不是老天爺也爲媽媽哭泣，他哽著喉嚨啞了口，無法出聲回答我。六年過去了，母親的去世對我而言，依然像海市蜃樓一樣，一股過於喧囂的沉默，我至今仍未學會用言語來平息它。父親和我住在聖塔安娜街上的小公寓，旁邊就是教堂廣場。小公寓樓下是個專賣限量古董書和二手書的小書局，這是我祖父留下來的老店面，我父親相信，總有一天，我也會接手經營這個書店。我在書堆裡長大，在群書扉頁中交了許多隱形的朋友，手上經常沾滿了灰塵，至今仍聞得出舊書的味道。我從小就學會躺在黑暗中向母親細訴當天發生的一切，我在學校的經歷、我學會了哪些東西……說著說著就睡著了。我聽不到她的聲音，也感受不到她的撫摸，然而，她的光芒與溫暖，仍然充斥著家裡的每個角落以及我的心房。像我這種還能用十根手指計算年紀的小孩，天真地以爲，只要我閉上眼睛跟她說話，不管她身在何方，一定能聽得見。有時候，我父親在飯廳裡聽到我和母親說話，總會難過地一個人偷偷掉淚。

我還記得那個六月天的清晨，我在哭喊中驚醒過來。胸口噗通噗通跳得好快，彷彿我的靈魂急著要找尋出路跑下樓似的。父親慌慌張張地衝進我房間，把我摟在懷裡，努力安撫著我的情緒。

「我記不得她的樣子了！我記不得媽媽的臉了……」我哽咽著，幾乎透不過氣來。

父親把我摟得更緊。

「別擔心，達尼，我會幫你記得她的。」

我們在昏暗中四目相視，兩人都在尋找著世上不存在的話語。那是我第一次發現父親眞的老了，他的雙眼，他那迷惘而失落的眼神，總是回首凝視著過往。他站了起來，拉起百葉窗，和煦的朝陽灑進房裡。

「來吧，達尼，快把衣服穿上，我讓你看一樣東西……」他說道。

「現在啊？才早上五點呢？」

「有些東西，就是只能在昏暗中才看得見。」我父親堅持地說道，嘴角還泛起一抹神祕的微笑，八成是從大仲馬的某本小說裡學來的花招。

當我們走出大門時，街道仍在薄霧和露水中憔悴昏睡著。蘭巴拉大道上的街燈，隱約描繪出霧中的街景，正在伸著懶腰的城市，逐漸脫離了水彩畫般的市容。抵達彩虹劇院街時，我們決定越過拱門，在藍色的薄霧中繼續沿著拉巴爾街往下走。我跟在父親後面，在狹窄曲折的巷弄中穿梭著，後來，蘭巴拉大道上的街燈也在我們身後完全消失了。黎明的曙光在屋簷、陽台間穿弄著，斜照的陽光總是還沒觸地就被擋住了。最後，在一扇因老舊和濕氣而變黑的雕花木門前，父親停下了腳步。眼前這幢建築物，在我看來就像是廢棄已久的皇宮，要不然就是充斥著回音和陰影的博物館。

「達尼，你今天看到的一切，千萬不能告訴任何人，就連你的好朋友湯瑪斯也不能說。任何人都不行！」

開門的是個身形矮小、長相如猛禽般的男人，他頂著一頭濃密的白髮，老鷹似的銳利眼神難以捉摸，始終盯著我不放。

「早安啊！伊薩克，這是我兒子達尼。」我父親對他說道，「他不久後要滿十一歲了，以後遲早要接管我那家書店的。我想，該是讓他來見識這個地方的時候了。」

那個名叫伊薩克的人微微點了頭，然後請我們進去。屋內籠罩在昏暗的藍色光影下，隱約可見一排大理石階梯，長廊上掛滿了以天使和傳奇人物爲主題的油畫。我們跟著那個管理員走過富麗堂皇的長廊，來到一個圓形大廳，一束晨光從圓頂的玻璃天窗穿透進來，昏暗中仍然可見大教堂式的氣派。迷宮般的長廊以及堆滿書籍的書架，從地面一直延伸到尖頂，彷彿一座隧道、樓梯、平台和橋樑交纏迴繞的蜂巢，建構成一座幾何構造、讓人無法想像的龐大圖書館。我看著父親，驚訝地張大了嘴巴。他對我笑了一笑，還故意擠眉弄眼逗我。

在各個走道和平台上，我看到起碼有十二個人穿梭其中。有些人在遠處回過頭來打招呼，我認出了一些熟面孔，都是和我父親相交多年的同業。在我這個十歲孩子的眼裡，這些人就像是煉金術士祕密工會的狂熱份子。父親在我身旁跪了下來，眼睛盯著我看，說話的音量壓得很低，他只有在說重大的祕密和承諾的時候才會這樣。

「達尼，歡迎光臨『遺忘書之墓』！」

「這是個神祕之地，達尼，就像一座神殿一樣。你看到的每一本書，都是有靈魂的。這個靈魂，不但是作者的靈魂，也是曾經讀過這本書，與它一起生活、一起夢想的人留下來的靈魂。每一本書，每一次換手接受新的目光凝視書中的每一頁，它的靈魂就成長了一次，也茁壯了一次。我父親第一次帶我來這裡，已經是好多年前的事了。這是個歷史悠久的地方，說不定和這個城市一樣古老呢！沒有人知道它確切的存在時間，也不曉得創立者是誰。我就把我父親告訴我的都跟你說吧！當一座圖書館消失的時候，當一間書局倒閉的時候，當一本書迷失在記憶中的時候……知道這個地方的人，我們都確定絕對能在這裡找得到。那些沒有人記得的書、迷航在時間之河裡的書，永遠都在這裡等待新的有緣人，賦予它新的靈魂。我們在書店裡賣書、買書，事實上，書並沒有主人。你在這裡看到的每一本書，都曾經是某個人最要好的朋友。現在，它們擁有的就只有我們了，達尼。你覺得自己有辦法保守這個祕密嗎？」

在眩惑的光線下，我的眼神早已迷失在無盡的遠方。我點點頭，父親微笑以對。

「你知道最棒的事情是什麼嗎？」

我默默地搖著頭。

「根據傳統，第一次造訪這個地方的人，可以隨意選一本自己喜歡的書，保存它，並且確定它永遠不會遺失，永遠保有生命力。這是一項非常重要的承諾，必須用生命做擔保的……」我父親解釋道。「今天輪到你了。」

我在那個充滿灰塵和舊書味的迷宮中，漫遊了將近半個小時。我的手掃過書架上的每一本書，但始終不知道該挑哪一本才好。有些書太老舊，連書名都剝落了；有些書名我隱約還看得出來，但有很多已經根本無法辨識了。我走遍螺旋形的走道和長廊，成千上萬本書與我擦身而過，偏偏我就不認識它們。忽然間，我的腦海裡興起了一個念頭，這一面又一面書牆上堆放的書，每一本都是等待我去探索的宇宙，在迷宮外的世界裡，生活不過就是下午踢踢足球、聽廣播劇，獲得一點點注目就滿足地不得了。或許是這個念頭使然，或許是運氣，或許是運氣的表親——命運的安排，我就在這時候挑中了我要的書。或許是那本書選上了我呢！它安靜地佔據著書架上的一個小角落，酒紅色的封面，燙金的書名在這個幽暗的空間裡特別醒目。我走近書架，手指輕撫著封面上的燙金書名，一邊在心裡默唸著：

風之影

胡立安·卡拉斯

這本書的書名和這個作者都是我從來沒聽過的，可是我無所謂。就這麼決定了。我小心翼翼地把書抽出來，翻開書本，書頁像飛鳥振翅般的散了開來。脫離了書架上的小牢籠，這本書抖落了一地灰塵。我對於自己的選擇感到非常滿意，接著，我把書夾在腋下，面帶笑容地繼續我的迷宮之旅。或許是令人眩惑的氣氛作祟吧，我總覺得《風之影》這本書多年來一直在等我，說不定在我出生之前，它就已經在那裡等著我了。

那天下午，回到我們位於聖塔安娜街的家以後，我馬上躲進房間去讀我那本新書。不知不覺地，我這一栽進去就無法自拔了。那本小說敘述的是一個男子尋找親生父親的故事，他一直不知道父親是誰，直到他母親臨終前才鬆口告訴了他。一段尋找生父的故事，卻演變成主角的魔幻歷險，在他重塑童年和青春的過程中，漸漸地，我們發現有段被詛咒的愛情一直糾纏著他，直到他嚥下最後一口氣……慢慢往下讀，我愈發覺得，故事的結構就像俄羅斯娃娃一樣，每個娃娃裡總是還有個更小的娃娃。就這樣，一個敘述主題逐漸發展成了一千個故事，彷彿進入了裝滿稜鏡的走廊，一種樣貌卻有各式各樣的不同呈現。

時間不知不覺地消逝著。幾個小時過去了，我依然深陷在小說的情節裡。當教堂的鐘聲在午夜響起時，我幾乎沒聽見呢。在昏黃的燈光下，我沉浸在一個全新的世界裡，小說裡的人物，就像我呼吸的空氣一樣眞實，讓我覺得宛如進入了一趟神祕的時光隧道之旅。讀過一頁又一頁，我被故事裡的魔力迷得團團轉，直到黎明爬到我窗前，我疲倦的眼睛終於看完了最後一頁。在清晨的微光中，我把書攤放在床上，聽著沉睡的城市低聲囈語。雖然睡意和疲倦正在使勁叩門，但我堅持不投降。我不想錯失了故事迷人的魅力，也不願意就這樣和小說裡的人物道別。

有一次，我在書店裡聽見一個老主顧提到，一個人閱讀的第一本書，在內心所留下的深刻印記，很少有其他事物可與之相提並論。那些影像、那些文字撞擊出來的回音……我們以爲那是陳年往事了，實際上卻終生伴隨著我們，在我們的記憶深處築起一幢豪宅，不管我們後來讀了再多的書、看了多少花花世界、學了又忘了多少事物，我們遲早都會回到那幢豪宅裡。對我來說，所有讓我心醉神迷的文字，都是我在「遺忘書之墓」走道上發現的。

煙塵往昔

1945～1949

1

一個祕密的價值何在，就看我們是要對誰鎖緊口風了。一早醒來，我第一個衝動，就是想和我最要好的朋友分享「遺忘書之墓」的經驗。湯瑪斯．雅吉拉爾是我的同班同學，他把課餘閒暇和所有精力全都用在發明機械這個嗜好上了，只是，他發明的東西都不怎麼實用，例如以空氣靜力學原理做成的標槍，或是陀螺發電機等等。沒有人比湯瑪斯更適合分享這個祕密了。我張大了眼睛想像著，湯瑪斯和我提著燈籠、帶著羅盤，潛入那個地下墓穴般的圖書館，打算挖掘更多祕密……接著，我想起了自己許下的承諾。所以，我決定見機行事，就像偵探小說裡常提到的，採取不一樣的作案型態。到了中午，我跑去找父親，問了他許多關於這本書和胡立安．卡拉斯的事情，我熱切地想像著，這本書和這個作者一定都是舉世聞名的。我的計畫是讀遍他所有的作品，而且卯起來一口氣在一個禮拜內完成。令我大感意外的是，像我父親這種世代相傳的書店業者，一個對各類書籍瞭若指掌的行家，居然對《風之影》這本書和胡立安．卡拉斯這個作家毫無所悉。父親一時好奇，馬上檢視了書裡的出版資料。

「根據資料顯示，這本小說一九三五年十二月在巴塞隆納印行了二千五百本，這本就是其中之一，出版商是『卡貝斯塔尼出版社』。」

「你知道這家出版社嗎？」

「這家出版社很多年前就倒閉了。不過，這並不是初版呢，最早的版本是同年十一月在巴黎出版的……出版商是『葛力安諾與諾華出版社』。」

「這樣說來，這本書是翻譯小說囉？」我驚訝地問道。

「書上並沒有提到這一點，依我看來，這本書原文就是西班牙文。」

「西班牙文作品，初版卻在巴黎發行？」

「這種情形倒不是第一次發生了，過去時有所聞。」我父親向我解釋。「或許，巴塞羅可以幫我們解答疑難……」

古斯塔佛．巴塞羅是我父親的老朋友，他在費南多街上擁有一家洞穴般的老書店，是整個城市二手書店的龍頭。他這個人嘴上永遠叼著熄掉的煙斗，散發著波斯市集獨有的濃郁氣味。他總是喜歡把自己形容成世上最後一位浪漫派，而且，他還堅信自己一定是拜倫的遠親，雖然他明明就是出身卡達斯蒙布依（Caldas de Montbuy）的本地人。爲了強化自己的貴族形象，巴塞羅每天都是一副十九世紀的紳士打扮，脖子上圍著絲綢方巾，腳上穿著白色漆皮皮鞋，這一成不變的裝束惹來閒言閒語，有些謠言很惡毒，甚至說他連上廁所都不會去動到那身行頭。事實上，他的祖上確實有點來頭，十九世紀末靠工業起家，以不怎麼正當的手段累積了驚人的財富。根據我父親的說法，巴塞羅經營書店是硬撐，對他來說，那不是生意，而是熱情。他喜歡各式各樣的絕版書，雖然他總是矢口否認。假如有人進了他的書店，愛上了某一本書，卻又負擔不起，這時候，巴塞羅會將價錢降到他付得起的額度，有時候，他甚至免費贈送，因為他覺得買書的人不是附庸風雅，而是個真正有深度的愛書人。除了這些獨特的作風之外，巴塞羅還擁有異於常人的記憶力，以及和他愛出風頭的高調個性不太符合的書生氣息，不過，要問各種奇奇怪怪的書，找他就對了。那天下午，書店關門之後，父親提議乾脆去一趟蒙奇歐街上的「四隻貓咖啡館」（Els Quatre Gats），巴塞羅和他的朋友們一向都在那裡談文說藝，聊的話題多是懷才不遇的詩人、已經消失的語言，或是被書蠹啃食到體無完膚的經典巨著。

「四隻貓咖啡館」就在我家附近，走遍整個巴塞隆納，這是我最鍾愛的地方。一九三二年，我的父母在此相遇，因為這家老咖啡館的魅力，我才有機會獲得一張來到這個世界的單程票。牆上的龍形石雕，在陰影和瓦斯燈光交錯之下，見證了多少光陰的流逝以及美好的回憶。咖啡館內，人聲嘈雜，融合著舊時代的回音。會計、夢想家和天才學徒，在這裡同桌分享畢卡索、阿爾貝尼士（Isaac Albéniz）、羅卡（Federico Garcia Lorca）或達利的靈魂。只要到這裡點一杯濃縮黑咖啡，任何一個窮光蛋都會立刻覺得自己也成了歷史人物。

「唉呀！森貝雷！」巴塞羅一看到我父親走進咖啡館，不禁大聲驚呼。「浪子回頭啦！什麼風把你吹來的？」

「這都要歸功於我兒子達尼，古斯塔佛先生，他最近有個重大發現呢！」

「喔！那就跟我們一起坐下來聊聊吧，既然是大事情，那就要慶祝一下了。」巴塞羅宣布。

「大事情？」我向父親低聲說道。

「巴塞羅說話語氣比較誇張一點。」我父親壓低了聲音回答我。「你什麼話都別說啊，不然他會沒完沒了的！」

那群朋友讓出了兩個位子，至於喜歡在眾人面前出風頭的巴塞羅，則是堅持要請我們。

「這個孩子幾歲啦？」巴塞羅問道，眼角餘光偷偷瞄著我。

「快滿十一歲了。」我答道。

巴塞羅笑著看了我一眼，滿臉嘲弄的表情。

「換言之，你今年十歲。傻瓜！沒事別替自己增加年齡，生命自然會替你加上去的。」

在場那幾個聊天的朋友頻頻點頭稱是。巴塞羅向服務生使了個眼色，那副高傲的表情，好像他是個歷史人物一樣。

「給我的朋友森貝雷來杯白蘭地，要最好的啊！至於這個孩子，給他一杯肉桂牛奶，他正在成長期呢！噢！再來一些生火腿吧，可是不要跟以前那些一樣啊，知道嗎？如果要嚼橡膠，我們去買畢雷伊輪胎就行了！」

服務生點了點頭就走了，腳步和靈魂都在地上拖行著。

「不是我愛說，」巴塞羅說道，「在這個國家，別說老人，連死人都不肯退休，哪裡有什麼工作好找啊？我說啊，我們眞的是沒救了！」

巴塞羅舔了舔他那熄掉的煙斗，鷹眼似的銳利眼神盯著我手上的書。他這個人雖然神情誇張，話又多，卻是出奇敏銳，就像大野狼輕易就能嗅出鮮血的味道一樣。

「我說，」巴塞羅裝作一副若無其事的樣子。「兩位帶什麼東西來了嗎？」

我看了父親一眼。他點點頭。我很乾脆，直接就把書遞給巴塞羅。這個書店老闆，伸出他專業的手，把書接了過去。他那鋼琴家般的修長手指，快速地探索著書本的觸感、厚度和狀況。然後，他露出了燦爛的笑容，仔細地檢視著出版資訊，足足長達一分鐘，簡直就像福爾摩斯在辦案呢！大夥兒不發一語地盯著他看，彷彿都在等待奇蹟出現似的。

「卡拉斯，嗯……有意思！」他低聲咕噥著。

我再度伸出手，把書拿了回來。巴塞羅皺起眉頭，但我只是頑皮地對他笑了笑。

「你在哪裡找到這本書的，小鬼？」

「這是祕密！」我知道，父親在後面聽了一定在心裡暗笑吧！

巴塞羅這下眉頭鎖得更緊了，接著，他把目光轉向我父親。

「我說，森貝雷老友啊！因爲是您，也因爲我們長久以來深厚的友誼，我把您當兄弟啊！這樣吧，我出價四十枚杜羅❶，別再囉唆了！」

巴塞羅看著我，臉上露出豺狼般的笑容。

「怎麼樣啊？小子，四十枚杜羅不是小數目啊，第一筆生意就拿到這種好價錢，很不錯啦……森貝雷啊，我看這孩子以後是做生意的料。」

在場的人聽了覺得好玩，大夥兒都開懷大笑了起來。巴塞羅神色愉悅地盯著我看，同時還掏出了皮夾。他數了數，拿出了四十枚杜羅，以當時來說，這的確是一筆大數目。他把錢遞給我，但我只是默默搖頭。巴塞羅的眉頭又揪起來了。

「我說，貪心眞是個醜陋的罪過啊，欸！」他說道，「好吧，七十枚杜羅！你去銀行開個戶頭，把錢存起來，到了你這個年紀，也該有儲蓄的觀念了。」

我再搖搖頭。這一回，巴塞羅憤怒的眼神透過單片眼鏡瞪著我父親。

「您別看我啊！」父親說道，「我只是陪他來的，決定權還是在他囉！」

巴塞羅倒吸了一口氣，仔細地端詳著我。

「好吧，孩子，你到底想要什麼？」

「我想知道胡立安．卡拉斯是誰，還有，在哪裡可以找到他的作品。」

巴塞羅低聲笑了一下，一邊收著皮夾，一邊思索著該用什麼詞兒接話。

「唉呀，他是個學者型的呢，森貝雷，請問，您究竟是給這孩子吃什麼長大的？」他故意開我父親玩笑。

巴塞羅靜靜地彎下腰來看看我，突然間，我在他的眼神中瞥見在此之前不曾出現過的尊重。

「我們打個商量吧！」他對我說道，「明天是禮拜天，下午你到藝文協會的圖書館來，隨便找個人問就能找到我。你把書帶著，因為我們需要查資料，到時候，我會盡可能把胡立安．卡拉斯的相關訊息都告訴你。Quid pro quo。」

「欸，Quid什麼東西啊？」

「那是拉丁文，小子，世界上沒有所謂死掉的語言，只有昏庸的腦袋！那句拉丁文的意思是，杜羅就沒你的份了，一毛錢都不給你啦！我呢，因為挺喜歡你的，所以才幫你這個忙的。」

這位先生雄辯滔滔，連半空中飛的蒼蠅恐怕都會被他犀利的言詞殲滅吧！不過，如果要調查胡立安．卡拉斯的相關資料，我看是非找他不可了，既然這樣，我還是安分一點，千萬不能招惹他。於是，我一臉燦笑地看著他，對他那句蹩腳的拉丁文展現了崇拜之意。

「記得啊，明天，我們在協會見。」巴塞羅再次交代著。「但是要帶著書，否則一切免談。」

「好，我會的。」

我們的對話逐漸淹沒在其他人的談笑聲中，他們正在聊著剛從艾斯科里亞（El Escorial）王宮地窖挖出來的史料，據說，「塞萬提斯」可能是個來自托雷多的女作家使用的筆名，還說這女子毛髮濃密，身材魁梧。巴塞羅一副心不在焉的模樣，他並沒有加入那個無聊的話題，卻一直面帶微笑地盯著我看。或許，他眼裡看到的只是我手上的那本書吧。

譯註：

❶ 杜羅（duro）：西班牙加入歐元區之前，通行貨幣為西幣（peseta），「杜羅」是很常用的硬幣之一，一枚杜羅等於二十五西幣。

2

那個禮拜天，漫天烏雲密布，街上熱氣瀰漫，連牆上的溫度計都在冒汗。到了下午，氣溫已經升高到攝氏三十幾度了，但我還是出門赴約，前往卡努達街上的藝文協會，腋下夾著書本，額頭上汗如雨下。藝文協會就像巴塞隆納許多地方一樣，十九世紀的氣息依舊很濃厚。從氣派雄偉的中庭旁的石階往上走，眼前出現的是氛圍詭異的走道和閱覽室，在那裡，沒有趕時間這回事，電話或時鐘都成了不合時宜的發明。門房像個穿著制服的雕像，連看到我出現都不眨一下眼睛。我逕自上了樓，看到屋頂上風扇轉呀轉的，不禁也覺得涼快了起來；那些打瞌睡的讀書人，一個個像是在書報堆裡溶化的冰塊。

巴塞羅先生的身影出現在走道上，他站在面對中庭花園的玻璃窗旁。即使天氣相當炎熱，這位書店老闆一如往常，依然是西裝筆挺，鼻樑上架著單片眼鏡，在昏暗中像個掉進水井裡的銅板似的閃閃發亮。在他身旁，有個身穿白色羊駝毛洋裝的女孩，宛如霧中的天使。巴塞羅聽到我的腳步聲，轉過頭來招手要我過去。

「是達尼吧？」他問道。「書帶來了沒有？」

我使勁點頭，然後遵照巴塞羅的指示，在他和那位神祕女伴身旁坐了下來。接下來的幾分鐘，巴塞羅臉上一直掛著愉快的笑容，根本無視於我的存在。這麼一來，我也不必巴望他把那個白衣女孩介紹給我認識了。巴塞羅那副模樣，簡直就當她不在現場似的，彷彿我和他都看不見她一樣。我偷偷用眼角瞄她，深怕被她發現，雖然她的眼神始終很茫然。她的臉龐和一雙手臂都是白皙剔透，五官輪廓明顯，頭上頂著柔亮的黑髮，動人的光澤宛如浸濕的岩石一般。我猜她頂多二十歲吧，但再看看她的舉止，彷彿靈魂已經像垂柳一樣沉落在腳底了，讓人覺得她是個沒有年齡的仙女。她那個樣子，就像商店櫥窗裡永遠青春的模特兒。我正試著在她那天鵝般的細頸上找尋脈搏跳動的跡象時，突然發現巴塞羅正定定望著我。

「怎麼樣，你現在可以告訴我這本書是在哪裡找到的了吧？」他問道。

「我是很願意告訴您的，可是，我答應過父親，一定要保守這個祕密。」我替自己辯白。

「我就知道，桑貝雷這個人，就喜歡搞神祕……」巴塞羅說道，「行了，我大概猜得出來是哪裡了。算你走運，小子！這就是我所謂的在大海撈到針了！好啦，可以讓我瞧瞧那本書嗎？」

我立刻把書遞給他，巴塞羅伸出十指修長的雙手接了過去。

「我猜想，你應該讀完了吧？」

「是的，先生。」

「我真羨慕你呢！我總覺得，心靈澄淨的年少時期最適合閱讀卡拉斯的小說了。你知道這是他寫的最後一本小說嗎？」

我搖搖頭。

「達尼，你知道市面上還有幾本在流傳嗎？」

「我想，大概有幾千本吧。」

「一本都沒有！」巴塞羅語氣堅定地強調著。「只剩下你這本！其他的都被燒掉了。」

「燒掉了？」

巴塞羅露出令人費解的詭異笑容，輕輕翻著那本小說，然後撫摸著書頁，彷彿那是宇宙間唯一的一塊絲綢似的。白衣女孩緩緩地轉過頭來。她的眼神空洞，泛白的眼球宛如大理石。我嚥了一下口水。原來，她是個盲女啊！

「你還不認識我的姪女克萊拉吧，對不對？」巴塞羅問道。

我一個勁兒地搖著頭，目光始終無法從那個陶瓷娃娃般的女孩身上移開，我盯著她那泛白的眼珠子，那是我見過最哀傷的眼神了。

「事實上，克萊拉才是研究胡立安．卡拉斯的專家，所以我才帶她來的。」巴塞羅說道，「你們聊聊，彼此認識一下。請兩位見諒，我要到另外一間閱覽室去，把這本書好好地檢查一下，可以吧？」

我驚愕地盯著他看。這個書店老闆，年紀都這麼大了，竟然如此無情自私，完全不顧慮我的感受，只在我背上輕輕拍了一下，然後就帶著書走掉了。

「你知道嗎？他對你印象很深刻呢！」女孩在我背後說道。

我轉過頭去，看到巴塞羅的姪女臉上一抹淺淺的微笑。她的聲音像水晶一樣，清澈卻危脆，我如果魯莽插嘴，她的話語大概會碎裂吧。

「我叔叔告訴我，他出高價要向你買卡拉斯的書，卻被你拒絕了！」克萊拉說道，「你已經贏得了他的尊敬了！」

「是嗎？事實好像不是這樣啊！」

我發現，克萊拉側著頭微笑的同時，手指一直撥弄著指間的戒指，看起來好像是藍寶石。

「你今年幾歲啦？」她問道。

「快滿十一歲了。」我答道。「您呢？」

被我這樣冒昧一問，克萊拉笑了。

「我的年紀幾乎是你的兩倍呢！即使這樣，你也不必老是用『您』來稱呼我啦！」

「您看起來比實際年齡年輕呢！」我補上一句，希望藉此可以替自己的冒昧找個台階下。

「既然你這麼說，那我就相信你囉！因爲我也不知道自己是什麼樣子呢！」她臉上的笑容更燦爛了。「既然覺得我看起來比實際年齡年輕，那就更應該用『你』來稱呼我啦！」

「我會照著您說的去做的，克萊拉小姐。」

我突然發現，她那張開的雙手，就像一對翅膀似的擺放在裙兜上，羊駝毛的裙腰下裝著纖細的身軀，她的肩膀，她那蒼白的細頸，她那緊抿的雙唇，讓人忍不住想用指尖去輕撫……在此之前，我從來沒有機會像這樣近距離觀看女孩子，而且可以上上下下仔細端詳，不需要害怕被她看見。

「你在看什麼呀？」克萊拉問道，但聽不出有任何惡意。

「您的叔叔說，您是胡立安．卡拉斯的專家呀！」我隨口找了個話題，嚇得口乾舌燥。

「我叔叔啊，只要可以自己一個人安安靜靜地看他想看的書，他什麼話都說得出來。」克萊拉說道，「你自己想想嘛，一個瞎子，連讀那些小說都成問題了，怎麼可能是專家呢？」

「說眞的，我倒是沒想到這一點。」

「以十一歲的年紀來說，你說謊的功力倒是不錯啊！小心喔，不然你最後會變得跟我叔叔一樣的。」

為了避免再捅出什麼簍子來，我靜靜地坐在那裡，癡傻地盯著她看。

「來，你過來一點。」

「啊，什麼……？」

「你靠過來一點，別害怕，我又不會把你吃了！」

於是，我站了起來，走到克萊拉的位子旁。她舉起右手摸索著，試著找尋我。我看她一直觸不到我，於是就大膽向她伸出了手。克萊拉的左手抓到了我的手，她不發一語，接著伸出了右手。我馬上就了解了她的意思，把她的手拉到我的臉頰邊。她在我臉上仔細地摸了好一陣子。她的手指滑過我的臉龐、我的雙頰。克萊拉用她的雙手讀著我的五官時，我一動也不動地站在那裡，甚至都不敢呼吸了！她始終面帶微笑，我看著她那微啓的雙唇，似乎在無聲低語著。我感受著她在撫摸我的額頭、我的頭髮、我的眼瞼……她把手停在我的雙唇上，默默地用食指劃過，接著再用無名指摸了一遍。她的手指散發著肉桂香。我吞了一下口水，感覺到自己的脈搏正在飆速，還好，謝天謝地！在場沒有人看見我漲紅的臉，那股熱燙的程度，恐怕連幾步之外的雪茄都點得著呢！

3

那個下雨飄霧的午後，克萊拉．巴塞羅偷走了我的心、我的呼吸和我的夢。在藝文協會詭譎的光影襯托下，她的雙手在我的皮膚上寫下了魔咒，此後多年，我一直擺脫不掉這可怕的詛咒。我癡迷地盯著克萊拉看，她則是滔滔不絕地敘述自己的身世，以及她偶然接觸到胡立安．卡拉斯作品的經過。事情發生在普羅旺斯的小鎮上。她的父親當年是個名律師，與龔帕尼斯（Companys）總統的內閣關係密切，內戰初期，他很有遠見，早早就將妻女送到庇里牛斯山另一邊的法國。許多人認爲他緊張過度了，大家總覺得，巴塞隆納不會有事的，還說西班牙是基督教文化的搖籃和頂尖代表，那些粗野殘暴的行爲，只是無政府主義者搞出來的小花樣，就像騎著破腳踏車、穿的襪子還補丁的窮光蛋吧，能跑得了多遠呢！克萊拉的父親常說，老百姓從來沒有認眞看過鏡子裡的自己，已到了燃眉之急的戰事就更不用說了。這位傑出律師平日喜歡研讀歷史，他知道，預知未來的情況，街頭巷尾、商家和海報透露的訊息，比每天早上刊登在報紙上的新聞更準確。把妻女送到法國後的前幾月，他每週寫一封家書。起初，他都在議會街上的律師樓裡寫信，後來，他刻意不寫寄件人，最後，他偷偷地從蒙居克城堡的牢房裡寫信。就像其他被囚禁的人一樣，沒有人看到他是何時被抓進去的，這一去，就再也沒有出來過了。

克萊拉的母親大聲唸著她父親的家書，卻掩飾不了哽咽聲，她刻意跳過一些段落，覺得女兒並不需要知道那些。到了半夜，克萊拉央求表妹克勞黛再把父親的信從頭到尾唸一遍給她聽。就這樣，克萊拉靠著借來的眼睛讀信。從來沒有人看過她流淚，即使在她父親斷了音訊之後，或是戰況越來越吃緊的時候，她一滴淚都沒掉過。

「我父親從一開始就知道會有不幸的事情發生。」克萊拉說道，「他堅持留在朋友們身邊，因為，他自認這是義務所在。但是，這份忠誠卻置他於死地；時機一到，那些人毫不留情地背叛了他。誰都不能相信啊，達尼，尤其是你欽佩的人。這些人往往傷你最深！」

克萊拉吃力地說出最後那幾個字，彷彿那個充滿機密和陰影的年代又出現了。我沉迷在她那陶瓷般的眼神中，望著她那雙沒有淚水、沒有矯情的眼睛，聽她訴說著我當時還懵懵懂懂的事情。克萊拉鉅細靡遺地形容著她自己從未親眼見過的人物、事件和場景，精確的語氣宛如佛蘭德斯（Flandes）棋術大師。她的話語既像質地細緻的紡織品，又如時代的回音，她的語調似是五彩紛陳，呈現著不同時空的不同節奏。她告訴我，流亡法國那幾年，她和表妹克勞黛有個家庭教師，一個五十多歲的老酒鬼，滿懷自負的文人心態，經常自誇他可以字正腔圓地用拉丁文朗誦古羅馬詩人維吉歐（Virgilio）的作品，他那迂腐守舊的個性，即使經過古羅馬文化薰陶之後也洗刷不掉，因此，她們私下幫他取了個「洛克夫先生」（Monsieur Roquefort❶）的綽號。洛克夫先生雖然怪里怪氣的（他堅信豬肉香腸是對付血液循環不佳和痛風的利器，尤其是克萊拉的西班牙親戚們寄來的豬血腸更好），但他其實是個品味優雅的人。打從年輕的時候開始，他為了吸收文化新知，每個月必定去一趟巴黎，據說，他除了參觀博物館之外，晚上都是躺在一個美女的懷裡廝磨著，他把這個女人暱稱為「包法利夫人」，但她本名其實叫做侯登絲，而且是個沒什麼大腦的笨女人。洛克夫先生每一次的巴黎文化之旅，總是喜歡去逛聖母院前面的一家舊書攤，就在這個攤子上，一九二九年的一個午後，他偶然發現了當時還藉藉無名的胡立安．卡拉斯的小說。洛克夫先生向來樂於接受新知，他買下了這本書，主要是被書名所吸引，而且，他在回程的火車上也習慣閱讀比較輕鬆的小說。這本小說的書名是《紅屋》，封底有張模糊不清的作者相片，或許是照片，或許是炭筆素描。根據封底的作者資料：胡立安．卡拉斯是個二十七歲的年輕人，和二十世紀同年生，故鄉是巴塞隆納，但目前定居巴黎；他以法文寫作，職業是酒店的鋼琴手。封面上則是誇大而老套的讚美詞，用的是當時流行的優美文句，宣稱這雖然是作者的處女作，但表現耀眼，是個不可多得的天才，未來將是歐洲文壇無可比擬的巨擘。接著是內容提要，語意模糊地提到這是個關於險惡、災難的故事，平緩的敘述節奏就像連載小說一樣，對洛克夫先生而言，這一點絕對有加分的效果，除了古典文學之外，他最喜歡的就是敘述犯罪情節的偵探小說了。

《紅屋》敘述的是個神祕人物充滿磨難的一生，爲了偷竊洋娃娃和木偶，他到處去搶劫玩具店和博物館，得手後，他會先把洋娃娃和木偶的眼珠子都挖掉，然後再帶回他位於塞納河畔的神祕住處。有一天晚上，他潛入弗伊大道上的一棟豪宅，打算搜括豪宅主人珍藏的洋娃娃。這個大富豪在工業革命時以非法手段致富，他的女兒則是典型的巴黎上流社會的小姐，不但知書達禮，而且氣質優雅，沒想到，她居然愛上了這個神偷。這段充滿波折的羅曼史，高潮迭起，伏筆不斷，作者藉由女主人翁逐漸揭開神偷挖空洋娃娃眼珠子的眞相，卻始終未曾提及他的名字，她還發現，她父親和他收集的那些陶瓷人偶背後藏著可怕的祕密。最後，小說的結局就像希臘悲劇一樣令人感傷。

洛克夫先生閱書無數，而且，他還經常寫信指正出版品的文句，那一大疊巴黎各出版社主編親筆簽名的回函，是他最自豪的收藏品之一。他確認出版這本小說的是一家二流出版社，有那麼一點名氣，以出版食譜、工藝等書籍著稱。舊書攤的老闆告訴他，這本小說出版後，曾有兩家當地報紙做了相關評論，只是出現的版面和訃聞一樣小。在那短短幾行的文字當中，書評家毫不留情地建議新生代小說家卡拉斯，千萬別辭掉酒店鋼琴手的工作，因爲他恐怕是無法靠文學創作來餬口了。洛克夫先生這個人心很軟，皮夾子更軟，碰到讓他感動的事，掏錢比誰都爽快。於是，他當下決定花費半法郎，買下沒名氣的作家卡拉斯的小說，同時還帶走了福婁拜的一本經典巨著，因爲他始終自認是這位文壇大師的傳人。

開往里昂的那班火車已經客滿，洛克夫先生不得已，只好和幾個修女同坐在一個二等車廂裡。火車才開離巴黎車站，這群修女就開始交頭接耳，偶爾還會不客氣地瞪他一眼。洛克夫先生見她們這樣探頭探腦的，決定從皮箱裡拿出小說，用書本把自己的臉遮起來。讓他驚訝的是，火車跑了幾百公里之後，他已經完全忘了那群修女的存在，對於火車的晃動毫無感覺，也不再覺得車窗外的夜景像是盧米埃兄弟拍攝的恐怖電影。他一整夜都在專注地讀著那本小說，根本沒注意到修女們如雷的鼾聲，或是火車在清晨薄霧中短暫停留的車站。天亮了，洛克夫先生正好也翻到了小說的最後一頁，他發現自己的眼眶裡含著淚，內心充滿著羨慕和感動呢！

就在那個星期一，爲了詢問更多關於胡立安．卡拉斯的資料，洛克夫先生打電話到巴黎的出版社。因爲他一再堅持，那個說話有氣無力、語氣倒是很尖酸刻薄的女接線生，終於耐著性子答覆他：卡拉斯先生並沒有留下地址，他和出版社也已經沒有合約關係了，因爲他的小說《紅屋》出版以來，總共只賣掉七十七本！而且買書的不是頭腦簡單的年輕女孩，就是他在酒店的老主顧捧場。剩下那些賣不掉的書呢，一捆一捆地都回收到廢紙場去了，那些再生紙就用來印刷彌撒經本、罰單或樂透彩券。不過，這位神祕作者的悲慘命運，卻完全征服了洛克夫先生的惻隱之心。接下來的十年，他每次造訪巴黎時，一定會去舊書攤尋找胡立安．卡拉斯其他的作品。他找了十年，卻一本都沒找到。幾乎沒有人聽過這位作者，即使聽過這個名字的人，也對他幾乎一無所知。曾經有人很肯定地提到，卡拉斯另外還出版了幾本書，不過都是些不知名的小出版社所出，印行的數量也都很怪異。這些作品即使眞的曾經存在過，恐怕也不可能找得到了。有個書店老闆說，他曾經有過一本胡立安．卡拉斯的小說，書名是《教堂神偷》，不過，那是多年前的事了，他對書名並不是很確定。一九三五年年底，有消息傳出，胡立安．卡拉斯出版了新作《風之影》，由巴黎的一家小出版社印行。他寫信到出版社要求買書，但始終未獲回音。隔年，一九三六年春天，他有位在塞納河畔經營舊書攤的老朋友，問他是否依然對卡拉斯有興趣。洛克夫先生以堅定的語氣告訴這位老友，他可是從來沒放棄過的。他就是固執；即使全世界都要把卡拉斯推進遺忘之墓，他也不會屈服的。這位老友向他解釋，幾個禮拜前，曾經有個關於卡拉斯的謠傳。這位潦倒的作家似乎總算否極泰來了：他即將和一位家世顯赫的小姐結婚，而且沉寂多年後所推出的新作，首度獲得「世界報」好評。然而，就在厄運轉爲幸運的時候，有人看到卡拉斯在皮爾拉卻斯公墓和人打鬥，至於原因爲何，至今成謎。

唯一可以確定的是，打鬥就發生在卡拉斯大喜之日的黎明，那天，新郎始終未曾在教堂現身。

事情的發展，衆說紛紜：有些人說他在那場打鬥中丟了性命，屍體被埋在一處無名塚；另外一些人看法比較樂觀，他們寧可相信，卡拉斯惹了大麻煩，不得不拋棄在神壇前等著他的新娘子，祕密逃出了巴黎，回到了巴塞隆納。而且，根本沒有人看過那個無名塚。不久後，新版本的謠言開始流傳開來：一生落魄的胡立安．卡拉斯，最後死在故鄉巴塞隆納，下場相當悽慘。他彈鋼琴維生的那個酒店裡的小姐們，大夥兒湊了一點錢，幫他辦了個簡單的葬禮。他的遺體下葬在一處公共墓穴裡，和他合葬在一起的，不是街頭乞丐就是港口的無名浮屍，要不就是凍死在地鐵裡的遊民。

洛克夫先生一心希望事實剛好相反，而且，他後來一直沒忘記卡拉斯這個人。買下《紅屋》十一年之後，他決定把這本小說借給這兩個女學生，期盼這本特別的小說能喚起她們對閱讀的興趣。當時，克萊拉和克勞黛都是才十五、六歲，亭亭玉立的懷春少女，對所有的新鮮事都感到好奇。雖然家庭教師努力督促她們多讀書，但兩位小姑娘對古典文學還是興趣缺缺，伊索寓言和但丁的《神曲》，她們避之唯恐不及。這兩個小姑娘根本不讀書，滿腦子盡是胡思亂想，洛克夫先生就怕萬一克萊拉的母親知道了，會氣得開除他。他決定讓兩個小女生看卡拉斯的小說，因為這是一本能讓她們感動落淚的小說，眞實人生的愛情故事，差不多也就是這樣了吧。

譯註：

❶ 在此指的是法國特產羊乳乾酪「洛克夫起司」，以味道濃郁著稱，被喻為「起司之王」。

「在此之前，我從來沒有對任何故事如此著迷和感動過……」克萊拉說道，「在我讀那本小說之前，對我來說，閱讀只是一項應盡的義務，或是老師們處罰學生的方法之一。當時，我還沒有體會到閱讀的樂趣，不知道替自己開啓心靈之窗，不懂得欣賞小說的想像力、神祕感和它的語言之美。對我來說，這一切始於那本小說。達尼，你吻過女孩子嗎？」

我的腦袋突然震了一下，口水似乎都凝結成了鋸屑。

「嗯……其實你還太小啦！不過，我剛才說的那種感覺，就跟初吻時在內心引起的火花一樣，會讓人終生難忘的。這個世界充滿了陰影，達尼，魔力少之又少。那本小說讓我學會一件事：閱讀，可以讓我的生命更有張力，而且也彌補了我失去已久的視力。就這樣，那本別人看不上眼的書，卻改變了我的生命。」

這時候，我整個人呆若木雞，她的話語、她的魅力，已經讓我情不自禁。我多麼希望她就這樣一直說下去，她的聲音將永遠讓我神魂顛倒；我希望她叔叔永遠別回來，免得破壞了這完全屬於我的美好時刻。

「多年來，我一直在找胡立安．卡拉斯其他的作品。」克萊拉繼續說道，「我問了許多圖書館、書店和學校，但總是無功而返。大家都沒聽過他這個人或他的作品。我當時不懂爲什麼會這樣。後來，洛克夫先生聽說了一件奇怪的事，據說有個神祕人物跑遍各個書店和圖書館，就爲了尋找胡立安．卡拉斯的書，如果找到了，他或買、或偷，爲了把書弄到手，他可以不擇手段；得手後的書，全部被他燒了。沒有人知道這號人物是誰，也不曉得他爲什麼要這麼做。這麼一來，卡拉斯這個謎又更難解了。在法國住了許多年後，我母親決定回西班牙。一來是因爲她生病了，二來也因爲巴塞隆納一直是她的故鄉、她的世界。當時，我暗自希望，或許可以在這裡查出一些關於卡拉斯的訊息，因爲，巴塞隆納到底還是他的出生地，也是內戰初期他失蹤的地方。在叔叔的協助之下，我找到的還是無解的謎團。我母親也有她想尋找的東西，結果卻一樣令人失望。去國多年後，再看到的巴塞隆納已經不復往日樣貌。她再看到的是個陰暗的城市，而且我父親已經不在了，不過，在她的記憶深處，城市中的每一個角落依然具有迷人的魅力。她對故鄉的失望已經夠深了，卻還是執意找人調查我父親遭遇不測的眞相。經過幾個月的調查之後，私家偵探找到了一只已經損壞的手錶，另外還查出在蒙居克城堡外的壕溝裡殺死我父親的兇手。這個人叫做哈維爾．傅梅洛，聽說他原本替無政府聯盟FAI當殺手，和共產黨、法西斯主義份子走得很近，但是，那些人都被他騙了，他是個不折不扣的投機份子，誰出的價錢好，他就替誰辦事，巴塞隆納淪陷之後，他馬上依附勝利的一方，搖身一變成了警察。如今，他是個鼎鼎大名、獲頒勳章的傑出警官，而我父親，卻早已被人遺忘了。你可以想像，我母親受到的打擊有多大啊，過了沒幾個月，她就去世了。醫生們說，她是傷心過度而死，我想，他們這次總算說對了。母親去世之後，我搬去和古斯塔佛叔叔一起住，他是我在巴塞隆納僅有的親戚了。我一直很喜歡叔叔，以前，他每次來看我們的時候，總會帶書來送我。這些年來，他不但是我唯一的親人，也是我最好的朋友。你別看他這樣一副咄咄逼人的樣子，事實上，他的心跟白麵包一樣軟呢！每天晚上，不管再怎麼累，他都一定會唸書給我聽。」

「只要您願意，我也可以爲您朗讀的……」我提出建議，但當下就後悔自己實在太魯莽，克萊拉一定覺得我很煩人，甚至很可笑。

「謝謝你，達尼！」她回應道，「我很樂意呢！」

「任何時候，您儘管吩咐。」

她緩緩點頭，而她的微笑正殷切地找尋我。

「很可惜，我手邊並沒有《紅屋》這本小說。」她說道，「洛克夫先生說什麼也不肯把書給我。我可以把小說內容說給你聽，不過，細節恐怕難以兼顧，這就像我們在形容一座教堂一樣，石塊最後都成了沙子了。」

「我相信，您一定會說得很生動的！」我輕聲說著。

女人有一種精準的直覺，總是知道男生是何時開始意亂情迷地愛上她們的，尤其這個男生還是個未成年的大笨蛋。我一定是克萊拉看不上眼的癩蛤蟆吧？不過，我寧願相信，她雙目失明的狀況一定會讓我比較自在，我的詭計、我對一個年齡是我兩倍的聰慧女子完整付出的愛意，將會幽幽地隱藏在暗處。我很好奇，她究竟在我身上看到了什麼，爲何對我這麼友善？總之，我這個少男開始做起了青春夢：我和她將共乘一本書，暫時逃離塵世，一起遨遊在小說裡的二手夢境。

巴塞羅回來了，臉上掛著詭異的笑容，他離開的那兩個小時，對我來說，卻像是只有兩分鐘而已。他把書遞給我，還對我眨了眼。

「看清楚啦，小鬼，我可不希望你以後又來找我，說我把書掉包了，欸？」

「我相信您不會的。」我說道。

「無聊的蠢話！上一次對我說這句話的傢伙，是個老美觀光客，他居然以爲 fabada ❶這個字是海明威在奔牛節狂歡的時候自創的！這個笨蛋，他買了一本作者簽名的《哈姆雷特》，也不仔細看看，莎士比亞會用原子筆簽名嗎？你啊，罩子放亮一點！做二手書生意，你連目錄都不能信。」

當我們走出圖書館時，天色已經暗了。涼爽的微風輕拂著整個城市，巴塞羅脫下外套，把它披在克萊拉身上。我看恐怕沒什麼更好的時機了，索性脫口而出，告訴他們我隔天可以去朗讀《風之影》給克萊拉聽。巴塞羅先用眼角餘光瞄著我，接著是一陣哈哈大笑。

「小子，眞有你一套！」聽他說話的語氣，應該是答應了。

「嗯！如果兩位明天不方便的話，那就改天吧……」

「只要克萊拉覺得可以就行了。」巴塞羅說道，「我們家已經有七隻貓和兩隻鸚鵡，你可別再帶什麼奇怪的動物來啦！」

「那麼，我們就約明天晚上七點左右吧！」克萊拉做了決定。「你知道地址嗎？」

譯註：

❶ fabada：西班牙北部亞斯圖里亞斯省（Asturias）的道地料理，以四季豆、豬血腸、香腸等食材一起燉煮而成。

或許是在書堆裡長大的關係，我從小就夢想當個小說家。我之所以做這樣的文學夢，原因除了五歲小孩的懵懂無知之外，安塞摩克拉維街上軍備總部隔壁那家鋼筆店，也有很大的催化作用。那支華麗的黑色鋼筆，是我獻身文學的目標，精工打造的細緻筆桿，擺在櫥窗上，宛如皇冠上最亮眼的珠寶，筆尖是金銀交錯的巴洛克風格雕花，閃亮耀眼。有一次，我和父親一起出門散步時，終於忍不住吵著要他帶我去看那支筆。我父親說，那支筆是給起碼大使級的達官貴人用的。我在心裡暗想著，這麼精緻的妙筆，一定可以寫出各種精采的文章，從小說到百科全書，甚至是具有神力的信。我純眞地以爲，用這支筆寫的信，任何地方都能寄到，包括我母親一去不回的神祕所在。

有一天，我們臨時起意，決定進去店裡問問那是什麼樣的神奇妙筆。一問之下才知道，這可是筆中之王：限量生產的萬寶龍鋼筆，根據店員的說法，這支筆是大文豪雨果用過的。他還說，那黃金打造的筆尖，曾經寫出不朽名著《悲慘世界》。

他告訴我們，這支筆是他們從一個知名的巴黎收藏家那裡買來的，保證是眞品。

「容我冒昧一問，這麼珍貴的一支筆要賣多少錢呢？」我父親問道。

店員說出來的數字，讓他臉色立刻慘白，我呢，從頭到尾就只是目瞪口呆地盯著那支筆。店員當我們是物理教授似的，滔滔不絕地說著艱澀難懂的合金技術、來自遠東的琺瑯、革命性的活塞原理……一切都是德國製筆工藝的極致展現。我不得不替這個店員說句好話：雖然我們一副窮酸樣，但他很大方地讓我們拿著那支筆看個夠，不只這樣，他還裝滿了墨水，讓我用那支筆在羊皮紙上寫下自己的名字，追隨著雨果的腳步，我就這樣開始了我的寫作生涯。接著，店員用尼絨布把它擦拭乾淨，然後將它放回櫥窗上的寶座。

「或許，我們改天再來好了……」我父親低聲說道。

走出店門後，父親以非常溫柔的語氣告訴我，那支筆的價錢不是我們負擔得起的。書店的收入，剛好夠我們生活以及送我去唸名校。至於尊貴的雨果曾經擁有的萬寶龍鋼筆，我們要再等一陣子。我沒吭聲，但是父親應該讀出我臉上失望的表情了。

「這樣吧！」他提議，「等你到了開始寫作的年紀時，我們就回來買這支筆。」

「如果被別人買走了怎麼辦？」

「不會有人買的，相信我。如果真的被買走了，我們就請費德里戈先生幫我們做一支，他那雙巧手啊，可是大師級的呢！」

費德里戈先生是我家附近的一個鐘錶匠，也是書店的常客，稱得上是西半球最有學問、最有教養的人。他那雙巧手遠近馳名，從里貝拉區到尼諾市場，大家都知道這個人。另外，他還有一樣很出名的事情，但可不是什麼好名聲就是了。據說，他特別偏愛肌肉發達的少年，而且還喜歡把他們打扮成歌舞劇女星愛絲特瑞依妲。

「萬一費德里戈先生做不出這樣的一支筆，那又該怎麼辦呢？」我雖然小小年紀很單純，但考慮得可周到了。

我父親聽了，眉頭一皺，大概是怕我聽多了關於費德里戈先生那些不三不四的謠言，思想也被污染了。

「費德里戈先生對德國工藝非常內行的，要他造一輛福斯汽車都沒問題。而且，我還得去查一查，雨果那個年代是不是眞的已經有鋼筆了？還有很多細節要查清楚呢！」

父親的懷疑論調，讓我的心涼了半截。我對那支筆的傳奇故事堅信不疑，不過，說實在的，如果費德里戈先生幫我做一支替代品，我覺得也不錯。假以時日，替代品一定也能達到雨果古董筆的層次。讓我覺得安慰的是，如我父親所料，那支萬寶龍鋼筆後來幾年一直擺在櫥窗裡，我們就像朝聖一樣，每個禮拜六早上都要去看看它。

「還在那裡耶！」我驚訝地說道。

「它在等你！」父親說道，「它知道，總有一天它會屬於你，而且你會用它寫出偉大的作品。」

「我要用它寫一封信，給媽媽的，這樣她就不會寂寞了。」

父親睁大了眼，定定望著我。

「媽媽並不寂寞呀，達尼，她跟上帝在一起呢。而且，她還有我們陪著，只是我們看不見她罷了。」

這個理論，學校裡的文森德神父也跟我說過，這個耶穌會老教士，最擅長解釋宇宙間各種神祕事物了，從留聲機的構造到牙痛的原因，他都能用上帝那一套說出一番大道理。不過，同樣一件事，從我父親嘴裡說出來，連地上的石頭都不會相信。

「上帝爲什麼要把媽媽留下來呢？」

「我也不知道啊！哪天我們看到祂了，再好好問個清楚。」

後來，我漸漸放棄了寫信給媽媽的念頭，因爲，我想還是寫一部偉大的鉅作比較實在。家裡沒有鋼筆，所以父親給我一支史塔樂2B鉛筆，讓我在筆記本上隨意塗鴉。湊巧的是，我的故事所描述的就是一支充滿傳奇的鋼筆，跟我們在店裡看到的那支很類似，而且，它還著魔了！說得更確切一點：一個落魄小說家死於飢寒交迫，他那備受折磨的靈魂，就附在這支筆上。後來，這支筆落在一個學徒的手上，藉由學徒的手，這支筆寫下了小說家死前來不及完成的作品……我不記得這是從哪裡抄來或看來的故事，可以確定的是，我後來再也沒有過類似的靈感。我很想在筆記本上好好寫下這個故事，結果卻慘不忍睹：文句毫無創意，故意表現的暗喻，卻讓我想起在地鐵站看過的泡腳盆廣告。我把一切歸咎於鉛筆，心裡就更渴望那支能讓我變成大文豪的鋼筆了。

父親一直很關注我的寫作是否有進展，心情摻雜著驕傲和擔憂。

「你的故事寫得怎麼樣啦，達尼？」

「不曉得欸！我想，如果有那支鋼筆，一切都會截然不同的。」

根據我父親的說法，那是創作初期才會有的狀況。

「你繼續寫，在你寫完第一本作品之前，我會去把筆買回來給你的。」

「你答應的喔？」

他總是喜歡用微笑回應我。還好，我的文學夢只是說說而已，沒多久就煙消雲散，我父親也不必白白破財了。我只是一時對鋼筆好奇罷了，應付這種情形，去跳蚤市場買支黃銅製的筆就可以了，價錢便宜，比較符合我們家的經濟狀況。童年的興趣，就像任性、不忠的戀人，沒多久，我就變心愛上了裝配玩具和帆船。我後來再也沒要求父親帶我去看那支雨果用過的鋼筆，他也不再提起。對我來說，那是個已經消失的世界。不過，這麼多年來，父親在我心目中的印象，始終是身材瘦削，身穿舊西裝，頭上戴著在孔達街上花七塊錢西幣買來的二手帽子。這麼節儉的人，卻願意給兒子買支根本就用不上的昂貴鋼筆。

那天晚上，我從藝文協會回到家後，發現他還坐在飯廳等我，臉上盡是無助和焦慮。

「我還在想你是不是走丟了呢！」他說道，「湯瑪斯．雅吉拉爾打過電話找你，他說你們今天有約，你忘了嗎？」

「都是巴塞羅啦！一直囉唆個沒完……」我邊說邊點頭。「我找不到機會脫身啊！」

「他是個好人，只是有點煩人就是了。你大概餓了吧！麥瑟迪絲那姑娘幫她媽媽熬了一鍋湯，特別端了一盤下來給我們。這個姑娘，心地真好啊！」

我們坐在餐桌旁，喝著麥瑟迪絲好心施捨的湯。她是三樓太太家的女兒，左鄰右舍都說她生來就是要當修女或聖人的，可是，我有好幾次看到她和一個水手抱在一起熱吻，兩人的手都在對方身上摸來摸去，有時候，他甚至送她到大門口。

「今天晚上，你怎麼一副心事重重的樣子？」父親故意找話題。

「大概是天氣太潮濕的關係，腦袋變得脹脹的。巴塞羅是這麼說的。」

「不只這樣吧？你是不是在擔心什麼，達尼？」

「沒有，我只是在想事情而已。」

「想什麼？」

「戰爭。」

我父親驚訝地點點頭，然後默默地喝著湯。他是個性很內斂的人，雖然一直活在過去的記憶裡，卻絕口不提往事。我在戰後的社會中成長，一直以爲這個貧窮、停滯不前、隱藏仇恨的世界，就像水龍頭流出來的自來水一樣自然，我以爲這個千瘡百孔的城市無言的哀傷，就是它內在靈魂的眞面目。童年的陷阱之一，就是對事物只有感覺，卻不了解原因。當理智成熟到足以了解事情的來龍去脈時，內心受到的傷害卻已經太深。那個初夏的夜晚，我走在巴塞隆納陰暗的街頭，腦子裡一直想著克萊拉父親的死。在我的世界裡，死亡是無名氏的魔手，一個挨家挨戶敲門的推銷員，抓走了許多媽媽、街頭乞丐，或是九十幾歲的老人家，彷彿他們中了地獄樂透似的。死亡，可能就在我身邊，它有著人類的外表，內心卻被仇恨所荼毒；死亡可能穿著制服或風衣，在電影院跟大家一起排隊、在酒吧裡把酒言歡；它早上還帶孩子去公園散步，下午卻無情地讓某個人消失在蒙居克城堡的地牢裡，或葬身無名塚……這些都是我這個小腦袋想不透的事情。我百思不解，或許，這個我以爲很眞實的世界，其實只是危脆的裝飾品罷了。在那個逝去的年代，童年的結束，就像西班牙國鐵局的火車一樣，誰都不知道什麼時候會來。

我和父親一起喝著那碗摻著麵包丁的濃湯，朝向教堂廣場的窗戶敞開著，窗外不斷傳來嘈雜的廣播劇。

「怎麼樣，你今天跟古斯塔佛先生見面都還好吧？」

「我認識了他的姪女克萊拉。」

「那個盲女呀？聽說她長得很漂亮呢！」

「不曉得欸，我沒注意到。」

「最好是沒有……」

「我跟他們說，明天放學以後，我可能會去他們家爲那個可憐的女孩朗讀，她自己一個人一定很寂寞。不過，還要你答應才行啦！」

父親偷偷瞄著我，似乎在心裡納悶著，究竟是他老得太早，還是我長得太快？我決定換個話題，唯一能想到的，就是那個困擾我已久的疑問。

「內戰時期，眞的有人被抓進蒙居克城堡以後，從此就失蹤了？」

父親握緊了湯匙，神色並沒有異樣，他注視著我，嘴角微微揚起一抹笑容。

「誰跟你說的？巴塞羅嗎？」

「不是啦，是湯瑪斯．雅吉拉爾跟我說的，在學校裡，他偶爾會跟我講一些事情……」

父親緩緩點著頭。

「內戰時期，有很多事情是無法解釋的，達尼。什麼叫事實？我自己也常常找不到答案。有時候，就讓事情順其自然地發展，反而比較好。」

他深呼吸了一下，然後勉強啜了一口湯。我默不作聲，只能盯著他看。

「你母親去世以前，特別要我答應她，絕對不能跟你提戰爭，也千萬不能讓你記得內戰中發生的任何事情……」

我不知道該怎麼回話。父親瞇著眼，彷彿在尋找什麼似的。凝望、沉默……或許他正在向我母親強調他剛剛說的話。

「有時候，我覺得自己不該聽她的。唉，我也不知道啊！」

「都一樣啦，爸……」

「不，不一樣啊，達尼！經過一場戰爭之後，什麼都不一樣了。沒錯，的確有很多人進了城堡之後就再也沒出來了。」

我們的眼神短暫地接觸了一下，不一會兒，父親就起身回房去了。我收了桌上的餐盤，端到廚房的大理石水槽裡刷洗乾淨。回到客廳後，我關了燈，然後坐在父親那張老舊的搖椅上。屋外的微風，吹得百葉窗嘎吱作響。我毫無睡意，也不想這麼早睡。我走到陽台上，望著「天使門」廣場上朦朧的街燈。有個人影烙在石板街道上，動也不動一下。琥珀色的香菸菸頭閃呀閃的，微弱的火光映在他的雙眼中。他一身深色衣服，一隻手插在外套口袋上，另外一隻手則夾著菸，嘴巴不時吐出藍灰色的煙圈。他靜靜地望著我。在街燈反光照射下，他的臉反而模糊了。將近整整一分鐘，他就這樣不停地猛抽菸，眼睛一直盯著我看。接著，教堂鐘聲敲了午夜十二響，那個人輕輕點頭向我打招呼，然後，我猜他臉上一定露出了笑容吧。我很想回應他，可惜已經嚇呆了。那個人轉過身去，一瘸一拐地走了。換了別的夜晚，我大概不會注意到這麼一個詭異的陌生人吧！他的身影很快就消失在夜霧中，這時我才發現自己額頭上冒著冷汗，而且還透不過氣來。我在《風之影》這本小說裡，讀過一模一樣的描述。在那本小說裡，主角每天半夜都會走到陽台上，後來，他突然發現，有個奇怪的人躲在陰影下看著他，一邊還悠哉地呑雲吐霧。他的臉總是隱藏在暗處，只有一雙眼睛在黑夜中閃閃發亮，眼神展露的烈焰，就像點燃的香菸一樣。那個陌生人動也不動地站在暗處，右手插在黑色外套的口袋裡，後來，他也是跛著腳離開的。我剛剛看到的那一幕，那個詭異的陌生人，可能只是個晚上睡不著的人，一個面孔模糊、身分不明的人。至於在卡拉斯的小說裡，那個陌生人可是個殺人不眨眼的惡魔！

我在熟睡中做了個夢，夢裡回到初見克萊拉的那個午後，我想，這麼一場夢，應該只是巧合吧！或許，這個突如其來的仲夏春夢是個強烈的徵兆，預告著鄰居婆婆媽媽們常提起的那件事：我要變成大人啦！接下來，即使不是長得人高馬大，我起碼也要開始長高了。七點一到，我穿上最體面的衣服，還跟父親借來「公子牌」的古龍水，拚命往身上噴，我打算以到府朗讀的讀書人形象出現在古斯塔佛·巴塞羅家。巴塞羅和姪女同住在皇家廣場旁宮殿般的豪華公寓裡。一個身穿制服、頭戴白色蕾絲女帽的女傭人，一臉慎重的表情，恭恭敬敬地替我開了門。

「您一定是達尼少爺吧？」女傭說道，「我是貝娜姐，有事請您儘管吩咐。」

貝娜姐操著濃重的卡塞雷斯（Cáceres）地方口音，說話非常客氣。她鄭重其事地領我進了巴塞羅的豪宅。公寓位在二樓，眾多房間、客廳分布在環狀長廊邊，對於住慣了聖塔安娜街上狹小公寓的我而言，這個氣派豪宅簡直就像艾斯科里亞王宮的縮小版。看來古斯塔佛先生除了收集書籍、古抄本以及各種奇特的書目之外，他還收藏了許多雕塑、畫作和祭壇裝飾，不消說，當然是數量驚人，而且種類齊全。我跟在貝娜姐後面，走過擺滿了各種標本和熱帶植物的長廊，這地方眞的稱得上是如假包換的溫室。長廊牆上的鏡子，映照出懸浮在空中的金色微塵。前方傳來呆板、走調的鋼琴彈奏聲。貝娜姐彷彿手擲短刀的碼頭卸貨工人，身手俐落地走在前面替我開路；

我緊跟在後，一路張望著周圍的環境，還看到了六隻貓和兩隻像百科全書一樣大的紫紅色鸚鵡，根據女傭告訴我，巴塞羅分別替這兩隻鸚鵡命名為奧德嘉和賈塞特❶。克萊拉在這片書畫叢林另一邊的大廳裡等著我。她穿著一身土耳其藍色的棉質洋裝，我那充滿熱切渴望的雙眼，立刻看見了她，光線從圓花窗穿透進來，照拂著正在彈鋼琴的她。克萊拉琴藝不佳，節奏不對，偶爾還會走音，但是聽在我耳裡，這首小曲就如天籟一樣悅耳，看她挺直了身子坐在鋼琴前，面帶微笑，頭部微傾……讓我覺得，此景只應天上有！我本想以乾咳幾聲的方式宣示我的到來，沒想到，我身上濃濃的「公子牌」古龍水味道，已經替我先透露了訊息。克萊拉突然停止彈奏，臉上漾著害羞的笑容。

「我一直以為是我叔叔來了呢……」她說道，「他規定我不准彈奏蒙波❷的作品，因為他說我這樣根本就是在折磨他！」

我只聽過一首蒙波的曲子，那是一個臉色蒼白、經常鬧腸胃病的神父彈奏的，他在學校教我們理化。

「我倒是覺得妳彈得很好啊！」我說道。

「才不哩！我叔叔是個真正的愛樂者，為了加強我的琴藝，他甚至幫我請了個鋼琴教師呢！我的老師是個前途看好的年輕作曲家，他叫做亞德里安·聶利，曾經在巴黎和維也納學過音樂。他目前正在創作一首曲子，將交由巴塞隆納市立交響樂團演奏，因為他叔叔是掌管樂團的重量級人物。真的是個天才呢！」

「妳是說叔叔還是姪子？」

「別這樣嘛，達尼！我相信你一定會很喜歡亞德里安的。」

我心想，他八成會像一台從七樓墜下的平台鋼琴，把我壓得死死的。

「你要不要吃點什麼？」克萊拉問我。「貝娜烤的肉桂蛋糕，可是人間美味呢！」

我們就像貴族似的享受著豐盛的下午茶，把女傭擺在桌上的食物一樣樣往嘴裡放。我完全不懂這樣的場合應有的禮節，所以不太清楚該怎麼應對才好。克萊拉似乎感受到我的顧慮了，為了替我解圍，她建議我，隨時可以開始朗讀《風之影》。於是，我模仿西班牙國家廣播公司播報員每天中午朗誦愛國短文的語氣，開始唸起小說內文。起初，我的聲音還非常僵硬，後來漸漸放鬆了些，最後，我竟然忘我地耽溺在小說裡，甚至還發現了一些我第一次閱讀時未發現的轉折和伏筆。字裡行間透露著新的細節、新的景象、新的奇幻情節，這就好像從不同角度去檢視建築物一樣。我連續朗讀了一個小時，唸了五章的內容之後，已經覺得口乾舌燥，而且，房子裡大概有至少六個時鐘同時響了起來，這讓我想起時間已經不早了。我把書闔上，看了看克萊拉，她正靜靜地對著我微笑。

「我覺得這本書有點《紅屋》的味道。」她說道，「不過，故事好像沒有那麼驚悚就是了。」

「妳可別這麼想啊！」我說道，「這只是開頭而已呢，往後的情節發展會變得複雜多了。」

「你得回家去了，對吧？」克萊拉問道。

「是啊！雖然心裡很不願意，可是……」

「你如果沒什麼事的話，明天再過來嘛……」克萊拉建議。「不過，我不想耽誤……」

「明天下午六點，好嗎？」我等不及要接話。「我覺得，這樣我們會有比較長的時間朗讀。」

這就是我們在皇家廣場旁的豪華公寓初次的聚會，那是一九四五年的初夏，接下來的整個暑假以及往後好幾年，我們一直延續著這樣的聚會。初次造訪巴塞羅的豪宅之後，沒多久，我幾乎天天報到，只有每週二、四例外，因爲那兩天克萊拉要上亞德里安·聶利的鋼琴課。我每次去都要待上好幾個小時，漸漸地，我對巴塞羅豪宅內每個廳堂、每個角落也都瞭若指掌了。朗讀《風之影》大概只花了幾個禮拜就結束了，不過，巴塞羅藏書豐富，除了卡拉斯的作品之外，其他的經典名著應有盡有，我們隨手就能挑出適合朗讀的作品。有時候，我們根本沒讀什麼書，幾乎都在聊天，我甚至還會帶著克萊拉到廣場上散步，或者去大教堂逛逛。克萊拉喜歡坐在大教堂的迴廊下聽人們聊天，或是靜靜地傾聽路人踩在石板路上的腳步聲。她常要我形容建築物的構造、路人長什麼樣子，以及我們一路碰見的車子、商店和櫥窗……她通常會挽著我的手，讓我帶著她閒逛這個屬於我們的巴塞隆納，這片只有她和我才看得到的天地。走到佩德里索街上的乳品店時，我們常去買份奶酪或奶油麵包配熱巧克力，兩個人分著吃。我們經常引人側目，甚至有好幾個自認見多識廣的店員說：「她是你姊姊吧？」對於各種取笑或暗示，我一概置之不理。有些時候，我不知道克萊拉究竟是有心還是無意，她對我的信賴，甚至到了我不知如何承受的地步。她最常跟我聊起的話題之一，就是關於她每次上街時，只要落單的話，就會有個奇怪的陌生人到她身邊，以低沉沙啞的聲音跟她說話。這個神祕陌生人，身分不明，每次都向她問起古斯塔佛先生，而且還提到了我。有一次，他甚至撫摸了她的脖子。聽到這種事情，我氣得簡直想拿刀殺人。另外還有一次，克萊拉鼓起勇氣要求那個神祕陌生人，可否讓她摸摸他的臉。他沉默不語，因此，她就以爲他默許了。當她舉起雙手要去摸那個陌生人的臉時，突然被他擋了下來，克萊拉卻趁機摸到了一樣東西，她認爲那是皮革。

「看來您戴了一個皮製的面具啊！」

「妳少胡說八道了，克萊拉。」

克萊拉一再發誓自己說的句句都是眞的，我不敢再往下想，光是想到那個詭異的神祕客摸著她那天鵝般的細頸，我就受不了，那是我渴望多時而不可及的夢想啊！誰知道他還做了什麼壞事。假如我能夠不去想這件事，或許就能領悟到，我對克萊拉的感情，終究只是痛苦的來源。或許就因爲我做不到，我反而比以前更喜歡她了；人就是這麼癡傻，總是去愛上傷你最深的人。那年暑假，我最怕的就是開學日的到來，到時候我就無法整天跟克萊拉在一起了。

貝娜妲嚴肅的面孔下，其實隱藏著溫柔的母性，後來，她熱情地把我摟在懷裡，那就表示她決定接納我了。

「大家都知道他是個沒娘的孩子呢，您看看哪……」她常對巴塞羅這樣說道。「我呀！看到沒娘的孩子就難過，眞是個可憐的孩子啊！」

內戰結束後不久，貝娜妲來到巴塞隆納，除了躲避貧窮，也爲了逃出她父親的魔掌；他平常動不動就毒打她一頓，天天罵她笨蛋、醜八怪、大肥豬，當他喝醉的時候更糟，居然把她關進豬圈裡，對她毛手毛腳，她嚇得大哭大叫。後來，他終於放她走了，他說，因爲她和她媽一樣，都是假正經的蠢女人。巴塞羅是偶然在波尼市場遇見她的，當時，貝娜妲在一個菜攤上幫忙賣菜，巴塞羅憑直覺認爲她是當管家的料，於是就開口請她來料理家務。

「我們就像『窈窕淑女』的組合……」他說道，「您是那位愛麗莎姑娘，我呢，就是希金斯教授。」

貝娜妲平常頂多就是看看教會刊物罷了，巴塞羅的譬喻，她聽得一頭霧水，於是斜眼睨著他。

「我說，這位先生，我們這種姑娘家雖然貧窮、單純，但可都是很規矩、很正派的。」

巴塞羅畢竟不是蕭伯納，不過，他雖然沒把這個女學生教成機智過人、舉止優雅的上流貴婦，但努力並沒有白費，貝娜妲已經搖身變成談吐合宜的城市姑娘了。她當時芳齡二十八，但我一直以爲她至少還多個十歲。她是個信仰非常虔誠的教友，每天早上都要到附近的海上聖母瑪麗亞教堂望彌撒，每個禮拜至少向神父告解三次。巴塞羅宣稱自己是「不可知論者」（貝娜妲搞不清楚這是什麼玩意兒，一度以爲是類似氣喘的呼吸道疾病），他認爲，經過仔細盤算，他家女傭人即使犯下錯誤，也不可能多到需要去找神父告解這麼多次。

「妳已經是慈悲心腸的大好人啦，貝娜妲！」巴塞羅憤慨地說道，「我告訴妳，世上多的是靈魂和肉身都病入膏肓的人。這個國家的信仰和教會，簡直就跟慢性便祕沒兩樣！」

貝娜妲一聽到這種褻瀆神明的言論，馬上在胸前連畫了五遍十字。到了晚上，爲了救贖巴塞羅被玷污的靈魂，她還額外替他禱告，她覺得巴塞羅先生是個心地善良的人，只是書讀得太多了，腦袋被腐化了，就像唐吉訶德一樣。

貝娜妲偶爾也會出去跟男朋友約會，這些男人都對她吝嗇得很，通常沒多久就把她甩了。每次失戀的時候，貝娜妲就會把自己關在房間裡痛哭，邊哭還邊發誓，她一定要讓那沒良心的男人吞下老鼠藥，或喝下整瓶硫酸，總之，就是要他去死！巴塞羅受夠了她經常搬演這些鬧劇，叫她開門，她卻怎麼也不肯，於是他氣得找來鎖匠開門，而且還讓家庭醫生幫她打一劑安撫失控馬匹用的鎮靜劑。可憐的貝娜妲，睡了整整兩天才醒過來，這時候，巴塞羅會去買玫瑰花和巧克力糖送她，然後帶她去看場卡萊葛倫主演的電影，在她心目中，卡萊葛倫是史上最帥的男人。

「先生，您知道嗎？聽說卡萊葛倫這個人很古怪呢！」她滿嘴塞著巧克力糖，低聲說道。「可能嗎？」

「都是胡扯！」巴塞羅語意堅定地說道。「就是有些傻瓜和笨蛋，老是喜歡忌妒別人。」

「您說得眞好欸！先生，不愧是唸過索『便』大學的人。」

「是索邦大學！」巴塞羅語氣溫和地糾正她。

實在很難不去喜歡貝娜妲這個人。不需要別人吩咐，她會主動替我煮些好吃的食物，還幫我縫衣服。她會檢查我的服裝和鞋子，替我梳頭、剪髮，還花錢買維他命和牙膏給我，甚至還把她姊姊去朝聖帶回來的聖水裝在玻璃瓶裡送給我。有時候，貝娜妲會檢查我的頭髮是否長了頭蝨，她一邊撥弄著我的頭髮，一邊在我耳邊輕聲說著：

「克萊拉小姐是這個世界上最棒的姑娘了，我要是批評她的話，一定會被天打雷劈的。不過，達尼少爺，我覺得太過於迷戀她，並不是件好事啊！您應該聽懂我的意思吧！」

「妳不用擔心啦，貝娜妲，我們只是好朋友而已。」

「我也覺得這樣就好。」

爲了強化她的論點，貝娜妲還跟我講了一個她從廣播裡聽來的故事，大意是有個男孩瘋狂愛上女老師，結果，他因爲違反風俗而遭天譴，莫名其妙就掉光了頭髮和牙齒，同時臉上、手上還長滿了膿包，據說是某種性病。

「縱慾眞是要不得啊！」貝娜妲下了這麼個結論。「我說，您可要謹記在心啊！」

巴塞羅先生雖然老是喜歡開我玩笑，然而，對於我頻繁造訪克萊拉，這麼熱心陪伴她，倒是他樂見的好事。我猜想，他大概覺得我沒什麼威脅性，所以才允許我這麼做吧。每天下午，他還是不厭其煩地出高價要買我那本卡拉斯的小說。他告訴我，他曾經和幾個二手書店同業談到這件事，大家都說卡拉斯的小說現在很值錢，尤其是在法國，價錢更好呢。我一如往常地婉拒他，他聽了也總是狡猾地笑一笑。他交給我一副家裡的鑰匙，萬一他和貝娜姐都不在家的時候，我也不至於不得其門而入。我父親可就不一樣了。這些年來，他已經習慣參與我生命中所有的事情，如果覺得哪裡不對勁，他一定會提出來。對於我和克萊拉之間的密切往來，他頗有微詞。

「你是不是應該跟同年齡的朋友一起出去才對呢？例如湯瑪斯．雅吉拉爾，你都把他忘得一乾二淨啦？他是個好孩子啊！你怎麼會成天跟一個年紀都到了可以出嫁的女孩子混在一起……」

「這跟年紀有什麼關係？我們只是好朋友啊！」

他提起了湯瑪斯，這是讓我最難受的一件事，因爲他說的沒錯，我確實已經好幾個月沒跟他一起出去玩了，以前，我們本來是形影不離的哥兒們。父親以責備的眼神望著我。

「達尼，你對女人根本就一無所知，這場遊戲，你玩不起的！」

「對女人一無所知的人是你！」我頂撞他。「尤其是克萊拉，你對她一點都不了解！」

碰到類似的話題，我們多半就是這樣不歡而散。不上學或不去找克萊拉的時候，我都是待在書店裡幹活，幫忙訂貨、送貨，偶爾接聽電話，有時候招呼客人。我父親老是抱怨我工作心不在焉。我很不服氣，總覺得自己把大部分的時間都耗在書店裡幫忙了，他還有什麼好抱怨的。晚上睡不著的時候，我常會想起那段父子情深的美好時光，母親去世後，我們一起分享這片小天地、一起去看雨果的古董鋼筆、一起爲黃銅火車頭而瘋狂。那是一段平靜而憂傷的歲月，然而，從我父親帶我到「遺忘書之墓」那天清晨開始，我們這個美好的世界就逐漸消逝了。有一天，父親發現我把卡拉斯的《風之影》送給克萊拉，他氣得暴跳如雷。

7 悲慘歲月

1950～1952

十六歲生日那天，我的腦子裡興起了這輩子最糟糕的一個想法。我甘心勞神傷財，決定安排一個生日晚餐，邀請巴塞羅、克萊拉和貝娜妲到家裡來吃飯。但我父親不以為然，認為我這樣做是大錯特錯。

「是我要過生日欸！」我冷冷地反駁他。「我一年到頭每天都替你幹活，碰到我生日，你好歹也讓我高興一下吧！」

「你愛怎麼樣，就怎麼樣吧！」

我生日前那幾個月，克萊拉和我之間詭異的交情，變得越來越讓我摸不著頭緒。我幾乎已經不再為她朗讀了。克萊拉總是巧立名目地避開和我獨處的機會。每次我去看她，不是她叔叔在旁邊假裝看報紙，就是忙進忙出的貝娜妲偶爾會來偷瞄一眼。有時候，在場的則是克萊拉的幾個姊妹淘。我私下都稱她們「茴香甜酒姊妹花」，這幾個女孩總是一副端莊純潔的模樣，手上拿著彌撒經書，坐在克萊拉旁邊，眼神毫不避諱地透露著我是多餘的、我的出現讓克萊拉和整個世界蒙羞。不過，最惡劣的要算是那個聶利老師了，他那該死的交響樂到現在還沒完成呢。這個打扮很體面的傢伙，一個出身聖賀瓦西歐的公子哥兒，總以爲自己是莫札特再世，但他那副油頭粉面的德行，我倒覺得他像個唱探戈舞曲的風流歌手，全靠一張油嘴滑舌把自己捧上了天。他不但像個哈巴狗似的極力奉承巴塞羅，還會去廚房跟貝娜妲打情罵俏，偶爾送她一盒奇怪的糖杏仁，要不就是偷偷捏她的屁股一把，把她逗得樂陶陶。我呢，看他不順眼，兩人話不投機，半句都嫌多。事實上，我們根本就是互相嫌惡。聶利經常帶著一疊樂譜出現在巴塞羅家，每次看到我，就是一副趾高氣揚的樣子，彷彿我是多麼討人厭的見習小水手，對我百般嘲弄。

「小鬼，你不用回去寫作業嗎？」

「您呢，老師，那首交響樂寫完了嗎？」

最後，我還是只能垂頭喪氣地默默離去，心裡只希望自己有巴塞羅的辯才無礙，這樣就可以挫挫那傢伙的銳氣了。

到了我生日那天，父親在街角的糕餅店買了店裡最好的蛋糕。他默默地布置餐桌，擺上銀盤和家裡最好的餐具。他點了蠟燭，還做了幾道我最喜歡吃的菜。我們一整個下午都沒有交談。到了傍晚，父親穿上他最好的一套西裝，然後就出門去了，沒多久，他帶回了一個玻璃紙包裝的小盒子，把它放在飯廳的小茶几上。那是他要送我的禮物。他在餐桌旁坐了下來，給自己斟了一杯白酒，然後默默等著。邀請函上明明寫著晚餐八點半開始，這時候都已經九點半了，我們還等不到半個人來。父親不發一語，只是神情哀傷地看著我。看他這樣，我更是怒火中燒。

「怎麼樣，你這下高興了吧？」我氣呼呼地說道，「這就是你期望看到的吧？」

「不是的。」

半個小時後，貝娜姐出現了。她哭喪著臉，帶來了克萊拉小姐的口信：她誠心地祝我生日快樂，但很遺憾的是，她無法來和我共享生日晚餐。巴塞羅出遠門談生意去了，這幾天都不在家；克萊拉則是因爲聶利的鋼琴課改在今天上，所以不克前來。貝娜姐趕來了，因爲她今天晚上放假。

「克萊拉因爲要上鋼琴課，所以不能來？」我驚訝地問道。

貝娜姐默默地低下頭來。她淚眼模糊地把禮物遞給我，還吻了我的雙頰。

「您如果不喜歡的話，我可以拿去換的……」她說道。

後來就剩下我和父親兩個人，望著空空的餐盤以及默默燃燒的蠟燭。

「眞是遺憾啊，達尼！」

我沒答腔，只能點點頭、聳聳肩罷了。

「你不把禮物拆開來看看嗎？」他問。

我唯一能做的回應，就是衝出家門。我憤怒地跑下樓梯，站在空空盪盪、街燈朦朧的寒夜街頭，我可以感受到自己雙眼已經充滿了惱怒的淚水。我的心像被刀刮了一樣痛，眼中所見的景象似乎都在顫抖著。我漫無目標地踱著，完全沒發覺有個陌生人杵在天使門下觀望著我。他身上依舊穿著那件黑色外套，右手插在口袋裡。香菸的光芒在他眼中像星光似的閃耀著。接著，他腳步微跛，開始一路跟蹤我。

我在巷弄裡隨意逛了一個小時，最後來到港口邊的哥倫布雕像前。我往前走到碼頭邊，然後在岸邊的階梯上坐下來。有人租了一艘遊艇舉辦海上舞會，笑聲和音樂聲越過點點燈火傳到碼頭這邊來。我記得以前父親也會帶著我坐船到外海，從海上可以遠眺蒙居克山上的墓園，以及這個綿延無盡、死氣沉沉的城市。有時候，我會揮手向蒙居克山打招呼，深信母親一定會看見我們。父親也跟著我一起揮手。我們已經好多年沒有一起坐船出海了，但我知道，父親偶爾會自己一個人來。

「好一個適合反省後悔的夜晚啊，達尼！」有個聲音從陰影下傳出。「來根菸吧？」

我猛地站起，身體突然涼了起來。有隻手從黑暗中遞出一根香菸。

「您是什麼人？」

陌生人往前走到陰影邊緣，刻意要遮住他那張臉。他吐著藍灰色的煙圈，這時候，我忽然認出這件黑色外套，以及他那老是插在外套口袋裡的右手。他那犀利的雙眼，就像兩顆水晶珠子似的。

「你的一個朋友。」他說道，「至少我是這麼覺得啦！來根菸嗎？」

「我不抽菸。」

「好習慣。很可惜，我身上也只有香菸了，達尼。」

他的聲音很沙啞，彷彿聲帶被撕裂了一樣，有氣無力地慢慢吐出來的每個字，卻又都黏在一起，就像巴塞羅收藏的那些七十八轉的老唱片。

「您怎麼會知道我的名字？」

「你的事情，我知道的可多了！名字只是最基本的一項。」

「說了會讓你嚇到的，不過，我現在沒這個閒功夫，也不想談這些。我只想告訴你，你手上有一樣我很有興趣的東西。我一定會出一個讓你滿意的價錢……」

「您還知道些什麼？」

「我認爲您一定是認錯人了。」

「不會的，我這輩子從來不會認錯人。別的事情或許曾經搞錯過，人，我絕對不會錯認！怎麼樣，你要出多少價錢？」

「出什麼價錢？」

「你那本《風之影》啊！」

「您憑什麼以爲我有這麼一本書啊？」

「這個不在我們討論的範圍之內，達尼。我們要談的只有一件事，價錢！我很早就知道你有這本書。只要有風聲傳出來，我就聽得到。」

「我看您一定是聽錯了。我沒有那本書；即使有，我也不賣。」

「嗯，你的正直令人敬佩，尤其在這個到處充斥著狗腿小人的時代，特別難得。不過，你跟我就別來這套了。你出個價吧！一千枚杜羅？對我來說錢不是問題，只要你敢開價，我就付得起。」

「我已經說過了：我不賣，而且我也沒有那本書……」我駁斥他。「我看，您眞的是搞不清楚狀況！」

陌生人佇立在陰影下，默不作聲，藍灰色的煙圈好像永遠吐不完似的。我發現那味道聞起來不像是菸草，倒像是燃燒的紙張，而且是好紙，用來印書的那種。

「現在，搞不清楚狀況的恐怕是你吧？」他突然冒出這麼一句。

「您這是在威脅我嗎？」

「恐怕是的。」

我嚥了一下口水。我再怎麼大膽，碰到這種狠角色，還是嚇得半死。

「我可不可以請問，您爲什麼對那本書這麼有興趣啊？」

「不干你的事。」

「您爲了要我出讓一本我沒有的書而威脅我，怎麼會不干我的事？」

「嗯，我喜歡你這個人，達尼，有膽識，夠聰明。一千枚杜羅吧？這麼一大筆錢，夠讓你買很多很多書了，而且是好書，不像你那本，根本就是垃圾。就這麼說定了，我付你一千枚杜羅，你我從此就是好朋友。」

「我們不是朋友！」

「我們是朋友，只是你一直沒發覺就是了。我不怪你，腦袋裡裝了這麼多煩惱，也難怪，例如，你的好朋友克萊拉，常常讓你心煩吧？這麼一個花容月貌的女孩子，誰看了都會心動……」

他一提到克萊拉，立刻讓我不寒而慄。

「您還知道克萊拉哪些事情？」

「我敢說，我知道的一定比你多。你最好還是把她忘了吧！不過，我想你一定辦不到。唉！我也曾經是十六歲的癡情少年啊……」

突然間，一個可怕的念頭在我腦海中浮現。那個人，就是在街上靠近克萊拉的陌生人！原來那是確有其事，克萊拉並沒有說謊。他往前跨了一步。我向後退了一步。我這輩子從來沒有這麼恐懼過。

「那本書不在克萊拉那裡，這一點，你最好要搞清楚，不准你再去碰她！」

「放心，我對你的好朋友沒興趣，達尼，而且總有一天你會跟我有同樣的感覺……我要的就只有那本書。我寧可採取公平合理的方式把書弄到手，希望不必因此傷及無辜，聽懂我的意思吧？」

我想不出什麼妙計，最後使出了撒謊這一招。

「那本書在一個名叫亞德里安．聶利的人手裡，他是個音樂家，或許您曾經聽說過這個人。」

「沒印象，何況還是個音樂家。這個叫做亞德里安．聶利的人，該不會是你捏造出來的吧？」

「我要是有這麼大的能耐就好了。」

「這樣看來，你們倆應該是好朋友囉？或許你可以勸他把書還給你。好朋友之間，什麼事不能解決？沒問題的。還是，你希望我去找你的好朋友克萊拉幫忙呢？」

我搖頭否認。

「我會去找聶利談談，不過，我覺得他大概不會把書還給我，說不定，書已經不在他手上了呢！」我胡謅一通。「您要這本書做什麼？可別告訴我是要買回去讀的……」

「不是。那本書的內容，我都能倒背如流了。」

「您是收藏家嗎？」

「算是吧！」

「您有卡拉斯其他的作品嗎？」

「有一陣子，我還有幾本他的書。胡立安．卡拉斯是我的專長呢，達尼。爲了尋找他的書，我跑遍了全世界。」

「既然不是買回去閱讀，那麼，您要那些書幹什麼呢？」

陌生人低沉地咕噥了幾聲，過了幾秒鐘，我才意會到，原來他是在冷笑。

「達尼，對於那些書，我能做的只有一件事……」他說道。

這時候，他從口袋裡掏出火柴盒，然後點燃了一根。這一次，火光終於照亮了他的面孔。我嚇得全身冰冷。那個人沒有鼻子、沒有嘴唇，也沒有睫毛。他那張臉，只能算是一具焦黑的面具，布滿了燒傷留下來的瘡疤。那就是克萊拉曾經摸過的死皮。

「把它們都燒掉！」他喃喃低語，語調和眼神都充滿了恨意。

一陣微風輕輕拂過，吹熄了火柴，他那張臉，再次隱藏在黑暗中。

「我們後會有期，達尼。我從來不會忘記一個人的長相，從今天起，我相信你應該也是吧！」他停頓了一下，繼續說道，「爲了你自己，也爲了你的好朋友克萊拉，我相信你會做出正確的抉擇。去找聶利先生談談吧！不過，這個名字實在太孩子氣了，像這種人，我都信不過的。」

說完，陌生人就轉身往碼頭方向走了，他的背影逐漸消失在黑暗中，縱聲大笑卻在暗夜裡清晰地迴盪著。

一大片烏雲，緩緩在海上的夜空中拖曳著，烏雲下，隱約可見閃電蠢蠢欲動。暴雨將至，照理說我應該趕快跑才是，然而，陌生人那番話卻開始在我腦中發酵了。我的雙手在發抖，腦子更是抖得厲害。抬頭一看，暴風雨從烏雲中灑下，彷彿黑色血滴在天際瀰漫開來似的，月亮被遮住了，夜空下的城市也更朦朧了。我試著加快腳步，但是，內心的不安侵蝕著我，在暴風雨中，我的腳步始終像鉛塊一樣沉重。後來，我縮在路邊報攤的遮雨棚下躲雨，希望能藉此整理一下自己的思緒，然後決定下一步該怎麼走。一道閃電打在我附近，好像一條火龍，想把這個港口吞噬了。我覺得腳下的地面在震動。幾道微弱的閃電，勾勒出街道排樓的模樣，但短短幾秒鐘後，所有影像又消失在暗夜中。人行道上低窪積水處，街燈倒影閃爍著，看起來就像在風中搖晃的燭光。路上一個人影都沒有；下水道排水溝傳出的惡臭，在黑夜中恣意地蔓延著。在昏暗的夜裡，這場雨彷彿讓整個城市披上了壽衣。

「這麼一個花容月貌的女孩子，誰看了都會心動……」

我開始沿著蘭巴拉大道往前跑，腦子裡只有一個念頭：克萊拉。

貝娜妲說過，巴塞羅到外地洽商去了，而她自己這一天也休假；貝娜妲只要碰到休假，一定會到附近小鎮的阿姨家去。這樣說來，皇家廣場旁的那棟大房子裡，不就只剩下克萊拉一個人了嗎？我想到那個無臉的陌生人以及他撂下的狠話，天曉得他會使出什麼樣的手段。我在暴風雨中快步趕往皇家廣場，一路上反覆想著，都是因爲我把卡拉斯的書送給克萊拉，才會使得她安全受到威脅……終於來到了廣場入口。我趕快躲進費南多街的迴廊下，這時候，我似乎瞥見有人在我背後匍匐著；原來是無家可歸的遊民。樓下大門上了鎖。我在口袋裡找著巴塞羅給我的那串鑰匙。我一向都把家裡、書店和巴塞羅家的鑰匙一起帶在身上。有個遊民走到我身邊，輕聲問我能不能讓他進去大廳過夜；我沒等他把話說完就把門給關上了。

一階又一階的樓梯，深陷在無盡的黑暗中。偶爾幾道閃電，映照出階梯旁的房門。我摸黑踏上了第一層樓的階梯，摸著樓梯扶手，慢慢走上二樓。不一會兒，我踏上了二樓樓梯間的平台，接著，我摸著冰冷的大理石牆壁往前走，找到了巴塞羅家的橡木大門和門上的鋁製碰鎖。我摸到了鑰匙孔，摸黑插進鑰匙。開了門之後，迎面而來是一道刺眼的藍光，接著，一陣暖風拂過我的肌膚。貝娜妲的房間在公寓後方，就在廚房隔壁。我雖然知道她一定不在，但還是先去敲了她的房門，確定無人回應之後，我輕輕打開房門。貝娜妲的臥室很簡單，裡面只擺了一張大床、一個黑色衣櫃，還有個斗櫃，上面擺滿了天主像和聖母像。我關上房門往回走，突然瞥見好幾雙藍色和鮮紅的眼睛出現在走道盡頭，嚇得我心跳差點中止。巴塞羅家的貓已經跟我很熟了，對於我的出現，早就習以爲常。牠們圍在我身邊，輕柔地喵喵叫，但一發現我全身又濕又冷之後，幾隻貓立刻冷漠地棄我而去。

克萊拉的房間在公寓的另一頭，緊鄰著書房和音樂室。在走道上，那幾隻貓無聲無影地跟著我。在雷電光影的映照下，巴塞羅深宮般的豪宅有一股邪氣，和我平常熟悉的第二個家迥然不同。前方就是巴塞羅的溫室，我撥開濃密的枝葉，繼續往前走，腦子裡卻突然浮現一個念頭：如果那個無臉陌生人潛入公寓的話，大概會選擇這裡作爲藏身之處，等著我！我似乎又聞到了那股紙張燃燒的味道……不過，我心裡清楚得很，我當時聞到的只是菸草味罷了。但我突然一驚！在這個家裡，根本沒有人抽菸啊！至於巴塞羅嘴上叼的煙斗，純粹只是裝飾品而已。

當我走到音樂室時，一道閃電滑進房子裡，照出了瀰漫在空氣中的霧氣。擺在長廊邊的鋼琴，黑白相間的琴鍵展露著永遠的微笑。我穿越了音樂室，走到書房門口。門是關著的。我輕輕開了門，走進巴塞羅的書房，牆邊擺滿了書架，形成了一個大大的橢圓形書牆，房間中央擺著一張書桌，以及兩張很氣派的搖椅。我知道，克莱拉把卡拉斯的小說存放在靠近陽台邊的玻璃櫥內。我小心翼翼地走過去。我的想法是：偷偷地把書拿走，把它交給那個怪人，永遠不要再見到他。沒有人會發覺書已經不見了，除了我之外。

卡拉斯的小說依然在書架上的老地方等著我，我伸手把它拿出來，將它緊緊抱在胸前，彷彿在擁抱一個差點就被我拋棄的老朋友。我心想，自己竟是叛徒猶大！我打算在克莱拉不知情的情況下，偷偷拿著書離開，從此在她生命中消失。於是，我踮著腳走出書房。克莱拉的房間就在走道的盡頭，我想，此刻的她應該在床上熟睡了。我幻想著自己的手指撫過她那白玉般的細頸，探索著純眞的我再熟悉不過的身體……正當我轉身要離開這個已度過六年美好時光的地方時，才跨進音樂室，我就不得不停下腳步。有個低沉的聲音從克莱拉房裡傳出，接著是笑聲。我慢慢踱到克莱拉的房門前，伸手去握著門把。我的手顫抖著。時間已經很晚了。我嚥下口水，打開了那扇門。

9

克萊拉一絲不掛地躺在水洗絲般的白色床單上。聶利老師那雙手，在她的雙唇、細頸和胸部上游移著。她那泛白的雙眼盯著天花板，蜷縮著身子，任由鋼琴教師在她白皙、顫抖的雙腿間撞擊著……她那雙玉手，六年前，在昏暗的藝文協會圖書館裡，曾經輕柔讀過我的容顏，如今，卻掐著鋼琴教師那汗水淋漓的臀部，狂野激情，表露無遺。我覺得自己好像快要窒息了。我大概站在那裡看了將近半分鐘，直到聶利的眼神往我這裡飄過來，對於我的出現，他起初一副不可置信的樣子，接下來變得怒不可遏。他相當震驚，馬上停了下來，依然喘個不停。不知情的克萊拉緊緊抓著他，細嫩的肉體不斷在他身上搓磨著，接著，她在他耳邊發出溫柔的嬌嗔：

「怎麼了？爲什麼停下來呢？」

怒火在亞德里安．聶利的眼神中延燒著。

「沒事。」他喃喃說著。「我馬上就回來。」

聶利立刻起身，雙手握拳，像個砲彈似的向我衝過來。我的視線無法從克萊拉身上移開，始終盯著她那沾滿汗水的肉體。那令人窒息的玉體，兩排肋骨在白皙的肌膚下隱隱浮動著，雙峰激情地顫抖著……鋼琴教師一把抓住我的脖子，把我拖出房間。我覺得自己的兩條腿幾乎懸空了，不管我再怎麼用力，就是掙脫不掉聶利的魔掌；他拖著我穿越了溫室，像是拖了個大包裹似的。

「你這個混帳！看我不把你脖子扭斷才怪……」他咬牙切齒地說道。他把我拖到公寓門口，打開門之後，用力把我往門外推。卡拉斯的小說從我手上滑落到地上。他把書撿起來，憤怒地往我臉上一丟。

「你要是再讓我看見你出現在這裡，或者在街上靠近克萊拉，讓我知道了的話，我發誓，我一定狠狠揍你一頓，非讓你進醫院不可！我才不管你是不是小孩……」他冷冷地說道。「聽到了沒？」

我費了好一番功夫才站起來，這時我發現聶利不但傷害了我的自尊，還扯破了我的外套。

我不發一語。聶利倒吸了一口氣，探出頭來，刻意壓抑著心中的怒氣，說道：

「你怎麼進來的？」

「快，把鑰匙給我！」

「什麼鑰匙？」

他一聽，立刻賞了我一巴掌，把我打倒在地。我踉踉蹌蹌地站了起來，嘴角流著鮮血，左耳不斷耳鳴，彷彿尖銳的火車汽笛聲。我摸摸自己的臉，嘴角的撕裂傷口有一股強烈的灼痛感。鋼琴教師的無名指上閃閃發亮的戒指，也沾上了血跡。

「我說，鑰匙給我！」

「你去吃屎吧！」我對他吐了口口水。

我沒看見拳頭往我這裡揮過來，只覺得肚子好像被圓錐形的榔頭重重地錘了一記。我像個破損的木偶，上氣不接下氣地，狼狽地靠在牆上。聶利一隻手用力抓著我的頭髮，另外一隻手則猛掏我的口袋找鑰匙。他放手之後，我趴倒在地，內心忿忿不平，說話卻已經氣如游絲。

「告訴克萊拉，我……」

「砰！」他毫不留情地用力把門關上，留下我一個人在伸手不見五指的暗夜中。我在地上摸著找書。找到之後，拿著書、扶著牆壁慢慢下樓。到了屋外，我張大了嘴喘息著，嘴角還在淌血。

「您還好吧？」陰影下傳出詢問的聲音。

原來是那個我不久前拒絕幫忙的遊民。我點點頭，不好意思看他，掉頭就走。

「您等等吧！至少也等雨小一點再走嘛……」遊民建議我。

他拉著我的手，帶我到迴廊下的角落去，他的睡袋和一包舊衣服都在那兒。

「我這裡有點酒，還不錯呢！您喝一點，身體會覺得暖和一點，傷口也比較不容易感染……」

我接過酒瓶喝了一口，味道就像透明汽油摻了醋，不過，酒精的溫熱的確讓我的胃舒服多了，情緒也逐漸穩定下來。

「不錯吧？」遊民笑著說道，「來，再喝一口，這是能讓人起死回生的好東西呢……」

「不了，謝謝，您喝吧！」我輕聲回應。

遊民痛快地喝了一大口酒，我則是在一旁靜靜地看著他。他看起來像個公務員，身上的西裝彷彿穿了十五年沒換過。他和我握了手，並自我介紹：

「我是費爾明．羅梅洛．托勒斯，目前失業中，很高興認識您。」

「我是達尼．森貝雷，大笨蛋一個，請多指教。」

「別這樣妄自菲薄，這樣的夜晚特別容易讓人往壞處想。您看看我吧，我這個人啊，天生的樂天派。我一直相信獨裁政治不可能長久的。從各種跡象看來，美國人一定會趁機進攻西班牙，到時候，佛朗哥只有滾到北非去避難的份，我失去的職位、聲望和榮譽，總有一天會恢復的。」

「您是從事哪一個行業的？」

「情治工作，我是高級情報員。」費爾明．羅梅洛．托勒斯說道。「我告訴您，我以前在哈瓦那，一直在馬希亞總統身邊做事。」

我點點頭。又是一個瘋子！巴塞隆納的晚上，隨便就能找到一堆瘋言瘋語的人。像我這樣的傻瓜，數量也不少。

「喂，您這傷口看起來還不小呢！被揍得很慘喔？」

我摸了摸嘴角，還在流血呢！

「怎麼，為了女孩子惹上麻煩啦？」他探問。「您挨這頓打，實在不值得呀！我是見過世面的人，這個國家的女人哪！唉……不是假正經，就是冷如冰，就是這麼一回事！我到現在還記得古巴那個黑白混血的女孩呢！我跟您說，那真是人間仙境哪！加勒比海的女人就是熱情，她們的身體會隨著音樂旋律扭動，扭著扭著，就黏到你身上來了，而且還會在你耳邊輕聲細語：哎喲！大爺，來嘛，讓我『甦』服一下嘛！一個真正的男子漢，誰聽了不血脈賁張啊！我告訴您啊……」

我覺得費爾明．羅梅洛．托勒斯——誰知道這是不是他的本名，這個人除了很想洗個熱水澡、喝碗熱湯之外，似乎也很熱中這種無聊的話題。我讓他痛快地講了好一陣子，藉此也讓身上的疼痛舒緩一些。其實這也不是什麼難事，這個人只是需要聽眾罷了。當這個遊民正要告訴我當年祕密綁架佛朗哥妻子的細節時，我發現雨勢已經變小，閃電也慢慢往北移了。

「時間已經很晚了。」我正打算起身告辭。

費爾明．羅梅洛．托勒斯一臉憂傷地點了點頭，扶我站起來，幫我把衣服上的灰塵拍乾淨。

「那麼，我們改天再聊啦！」他幽幽地說道，「我這個人就是這樣，話匣子一開，就關不起來了……欸！綁架佛朗哥老婆那件事，就只有你和我知道，千萬別說出去啊！」

「別擔心，我的嘴巴跟墳墓一樣緊。還有，謝謝您請我喝酒。」

我往蘭巴拉大道方向走去，到了廣場邊，我停下腳步，回頭望著巴塞羅家的公寓。窗戶仍是陰暗無光，雨絲像是掛在玻璃上的淚水。我很想怨恨克萊拉，但是我做不到。仇恨，是需要在歲月中淬煉的一門學問。

我發誓，從此再也不見她了，不再提起她的名字，也不再憶起我們共處的時光。不知道爲什麼，我突然覺得平靜多了。出門時的那股憤怒，如今已如煙消雲散。然而，我怕自己隔天早上又是滿懷憤怒；我怕忌妒和羞愧會慢慢腐蝕我，從此一蹶不振。再過幾個小時就天亮了，回家之前，我得先去辦妥一件要事才行。

彩虹劇院街就在前方陰暗處。大雨過後，街道上積水成河，彷彿一條直通瑞瓦區中心的送葬行列似的。我認出了那扇木頭大門以及巴洛克風格的華麗門面，那就是六年前那個清晨，父親帶我來過的地方。我走上階梯，站在尿騷味和腐臭味交雜的迴廊下躲雨。「遺忘書之墓」的死亡氣息，比過去更濃烈了。我倒是不記得大門上的碰鎖居然是個魔鬼的臉。我抓著魔鬼頭上的角，連敲了三次門，低沉的回音在屋內迴盪著。過了半晌，我再敲門，這一回連敲了六次，而且是用力敲，讓我覺得指關節都痛了。幾分鐘過去了，依然得不到任何回應，我猜想，這地方大概已經沒有人住了吧。我蜷縮在門邊，從外套裡拿出卡拉斯的小說，把書翻開，重讀幾年前讓我一看就著迷的第一段。

那年夏天，每天陰雨綿綿，大家都說這是上帝的懲罰，因爲鎮上的教堂邊開了一家新賭場；但我知道，錯都在我，一切都是我的錯，因爲我學會了說謊，至今仍將母親臨死前的遺言藏在心中：「我從來沒愛過我嫁的男人。據說，我眞心深愛的男人已經戰死在沙場上；你去尋找這個人吧！找到他以後，你告訴他，我一直到死都在思念著他。他才是你的親生父親……」

我不禁微笑了，想起自己六年前整晚手不釋卷的狂熱。我把書闔上，正打算要敲最後一次門。我才舉起手，木門卻開了個小縫，我瞥見屋內是拿著煤油燈的管理員。

「晚安！」我輕聲說道。「伊薩克嗎？」

管理員看著我，眼睛眨都不眨一下。昏黃的煤油燈把他那張瘦削的臉照成了琥珀色，讓他看起來像極了碰鎖上的魔鬼。

「您是森貝雷家的兒子吧！」他的聲音聽起來很疲憊。

「您的記性眞好！」

「您是哪根筋不對呀？您知道現在幾點了嗎？」

伊薩克犀利的眼神，馬上就瞥見我外套下的書。他使了個眼色，於是我把書拿出來給他看。

「卡拉斯……」他說道，「在這個城市裡，知道這個作家或讀過這本書的人，大概不過十個吧？」

「可是，雖然就這麼幾個人知道他，偏偏就有人想燒他的書。所以，我覺得還是把書藏在這裡比較安全。」

「這裡是書的墳墓，可不是保險箱啊！」

「您說的沒錯，這本書就是需要埋葬在一個沒有人找得到的地方。」

伊薩克充滿疑慮的眼神往巷口看了又看。他慢慢拉開木門，示意要我從門縫中鑽進去。陰暗的大廳裡，充斥著蠟燭燃燒味以及潮濕的霉味。伊薩克把手中的蠟燭遞給我，然後從大衣口袋裡掏出一大把鑰匙，數量之多，恐怕連獄卒都會瞠目結舌。更令人驚訝的是，他立刻就可以從一大堆鑰匙中找到他要的那支，接著，他把鑰匙插入一個滿是電線細絲和機械齒輪的方型玻璃盒，看起來就像個大型的音樂盒。他把鑰匙一轉，大鎖彷彿跳芭蕾舞似的彈了起來，木門上一排堅固的鋼條鬆開了。

「這個鎖，連中央銀行也比不上啊！」我驚嘆道。「這簡直就是維爾內的冒險小說的翻版。」

「不，是卡夫卡！」伊薩克糾正我的說法，同時接過我手上的蠟燭，帶我往裡面走。「總有一天您會了解，書的生意只會讓生活無以為繼，最後決定還是去搶銀行或開銀行，到時候您再來找我，我會教您開鎖的四大訣竅……」

我跟在他後面走著，走道兩旁掛滿了油畫，畫的不是天使就是噴火怪物。伊薩克把蠟燭舉得高高的，走起路來輕微地跛著腳，身上披著老舊的法蘭絨大衣，看起來就像是墊在棺材裡的毯子。我突然覺得，他活脫就像胡立安．卡拉斯小說裡的人物。

「您知道卡拉斯這個人嗎？」我問他。

伊薩克在走道盡頭停了下來，面無表情地看著我。

「所知不多，都是人家告訴我的。」

「誰告訴您的？」

「一個跟他很熟的人，至少他是這麼說的。」

我大吃一驚。

「這是什麼時候的事？」

「好久啦，那是我還有頭髮可以梳的時候的事了，您大概還包著尿布呢！不過，說實在的，您一直沒什麼太大的變化。我說，您怎麼在發抖啊？」

「我的衣服淋濕了，而且這裡面好冷啊！」

「下次您早點通知我，我會先把中央暖氣打開的，溫室裡的小花！請跟我來吧，我的辦公室就在這裡，裡面有個電暖器，您把濕衣服晾乾，我找一條毯子讓您裹上。我看您喝點紅藥水也不錯，您那張臉一點血色都沒有，好像剛從警察局走出來似的。」

「您別麻煩了，眞的。」

「我不麻煩。而且，我是爲我自己設想，不是爲了你。請進來吧！既然來了，就要遵照我定的規矩。這個墳墓，只收死書，不埋死人，您可別染上肺炎死在我這裡啊！我們待會兒再處理那本書吧，放心，三十八年來，我還沒看過有哪本書從這裡溜走的……」

「眞是太感謝您了！」

「唉，別裝客套啦！我讓您進來，完全看在您父親的面子上，要不然早就讓您流落街頭去了。麻煩您跟我來吧！如果您表現還不錯的話，說不定我可以聊聊您的朋友胡立安．卡拉斯呢……」

伊薩克站在我旁邊，大概以爲我看不到他臉上的表情，但我卻瞥見他露出狡猾的笑容；他顯然是很喜歡自己這個邪惡守門人的角色。我也暗自竊笑著；我終於知道大門碰鎖上那張魔鬼面孔是誰的了。

10

伊薩克拿了幾條薄毯披在我身上，還端了一杯看起來不怎麼可口的熱飲給我，聞起來像是巧克力加上櫻桃酒。

「請您告訴我卡拉斯的事情吧！」

「其實也沒什麼好講的。我最早是從出版人東尼·卡貝斯塔尼口中聽到卡拉斯這個名字，那也是二十年前的事情了。他那時候還在經營出版社，經常到倫敦、巴黎、維也納等大城市出差，每次出差回來，他就會到我這裡來聊一下。我們倆都是中年喪偶，算是同病相憐吧！他經常感嘆，我們是跟書結婚的男人，我娶的是舊書，他娶的是新書。我們是交情深厚的老朋友了。有一次，他來找我聊天的時候，談到他只花了一點點錢，買了胡立安·卡拉斯小說的西班牙文版權，那是個旅居巴黎的巴塞隆納作家。我想，那大概是一九二八或一九二九年的事吧！聽說，卡拉斯晚上都在酒店裡彈鋼琴，白天則窩在陰暗的閣樓裡寫作。巴黎是世界上唯一還把餓死視爲藝術的城市。卡拉斯在法國出版了幾本小說，每一本都滯銷。沒有一個巴黎人願意花錢買他的書，可是，卡貝斯塔尼這個人啊，只要價錢便宜他就買了。」

「那麼，卡拉斯寫小說，究竟是用西班牙文還是法文呢？」

「誰知道？說不定兩種語言都用上了吧？據我所知，他母親是法國人，一個音樂老師，至於他自己，從十九、二十歲開始就移居巴黎了。卡貝斯塔尼說，他們收到的卡拉斯手稿，都是以西班牙文寫的。至於是譯稿或原稿，他也不在乎。卡貝斯塔尼最喜歡的語言叫做錢，其他的事情，他都是馬馬虎虎無所謂的。他心裡打著如意算盤，運氣好的話，卡拉斯的小說或許能在西班牙賣個幾千本哩！」

「結果呢？」

伊薩克皺著眉頭，把我那杯難喝的飲料又添滿了。

「我記得，賣得最好的是《紅屋》，大概賣了九十本。」

「雖然賠錢，但他還是繼續出版卡拉斯的小說。」我補上一句。

「沒錯！說實在的，我也不知道他爲什麼要這麼做。卡貝斯塔尼絕對不是搞浪漫的人，不過，每個人大概都有他自己的祕密吧……一九二八年到一九三六年之間，他替卡拉斯出版了八本小說。其實，卡貝斯塔尼眞正賺錢的是宗教概論書籍，還有一系列以一個名叫紫羅蘭·拉芙的都會女子爲主角的羅曼史小說，這兩套書在書報攤上很暢銷。至於出版卡拉斯的小說，我想，大概是興趣，不然就是存心要挑戰達爾文的物競天擇學說。」

「卡貝斯塔尼先生後來怎麼樣了？」

伊薩克嘆了一聲，幽幽地抬起頭來往上看。

「年紀大了，這是所有的人都要付出的代價。他後來病了，而且財務上也出現一些問題。一九三六年，他的大兒子接手經營出版社，唉！那傢伙大概連皮鞋的尺寸都看不懂，還看書？他接手不到一年，出版社就開始走下坡。値得慶幸的是，卡貝斯塔尼死得早，沒看到自己辛苦建立的王國就這樣垮了，這是他畢生心血的結晶，熬過了內戰時期，卻毀在自己兒子手裡。萬聖節的晚上，他死於心肌梗塞，走的時候，嘴巴上叼著古巴雪茄，大腿上坐著一個二十五歲的妙齡女郎。他那個兒子根本就不成材！蠢得要命，偏偏又喜歡說大話。他提出的第一個偉大的經營策略，竟然是賣掉所有庫存書，把他父親一生的資產拿去換鈔票。他有個朋友，也是個紈袴子弟，住的是豪華別墅，開的是義大利跑車。他告訴卡貝斯塔尼的兒子，他們出版的羅曼史漫畫和《我的奮鬥》那套羅曼史小說，一定會狂賣，到時候訂單接都接不完。」

「他眞的這麼做了？」

「他想啊，只是來不及。就在他決定改變經營策略之後，沒多久，有個人去找他，而且提出的條件非常優厚。他想買下胡立安．卡拉斯的所有庫存作品，開出的價錢是市價的三倍。」

「您不用告訴我，我知道，他要把那些書燒掉……」我喃喃說道。

伊薩克滿臉驚奇地笑了。

「是啊！我一直以爲您看起來傻傻的，老愛問東問西，好像什麼都不懂呢！」

「那個人是誰啊？」我問他。

「好像叫做奧柏或谷柏吧？我不太記得了。」

「拉因．谷柏？」

「您聽過這個人嗎？」

「那是卡拉斯最後一本小說《風之影》裡的人物之一。」

伊薩克皺起眉頭。

「小說裡的人物？」

「在那本小說裡，拉因．谷柏是惡魔的名字。」

「這未免也太戲劇化了吧！唉！管他是誰，至少他這個人還挺幽默的。」伊薩克說道。我不久前才剛和那個行蹤詭異的怪客碰過面，記憶猶新，怎麼看都不覺得那個人有任何幽默感，不過，為了讓談話能夠順利進行，我決定還是把個人意見放在心裡。

「那個叫做谷柏的人，他的臉上有一大片灼傷的傷痕，整張臉的五官都模糊了，對不對？」

伊薩克一臉微笑地望著我，那笑容似有狎弄，又顯憂慮。

「說實在的，我毫無所悉。跟我講的人也從來沒看過那個神祕陌生人，他之所以會知道，是因為卡貝斯塔尼的兒子隔天把事情告訴他的祕書，於是就傳開來了。是不是有張灼傷的臉，他倒是沒提到。這該不會又是您從小說裡看來的吧？」

我使勁搖頭，刻意淡化這個話題。

「事情後來怎麼樣了？卡貝斯塔尼的兒子眞的把庫存書都賣給谷柏了嗎？」我問道。

「那個做事草率的公子哥兒，成事不足，敗事有餘。他向谷柏獅子大開口，開出了天價，谷柏一氣之下，決定取消這筆交易。幾天之後，卡貝斯塔尼出版社位於新村的倉庫半夜失火，一切燒得精光，連一片瓦都沒留下。一毛錢也沒撈到！」

「卡拉斯的書怎麼樣了？全部都燒掉了？」

「幾乎都燒光啦！還好，卡貝斯塔尼的祕書一聽說有那麼一項交易，很機警地趕緊到倉庫去，把卡拉斯歷年作品各拿了一本回家去藏了起來。她多年來一直負責與卡拉斯聯絡，兩人之間已經建立了深厚的交情。這個祕書名叫努麗亞，我想她大概是整個出版社，甚至放眼整個巴塞隆納，唯一認眞閱讀過卡拉斯小說的人。努麗亞一向很容易移情弱者。當她還小的時候，她會把街上的小貓小狗撿回家去養。長大之後，她喜歡的全是沒沒無名的落魄作家，大概是因為她父親始終想成爲作家，卻一直沒成真。」

「您好像對她瞭若指掌嘛！」

伊薩克露出狡猾的笑容。

「我對她的了解甚至超乎她的想像呢！她是我女兒。」

我無言以對，心中滿懷著疑惑。這段往事，我越聽越迷惘。

「據我所知，卡拉斯一九三六年返回巴塞隆納，有人說，他後來死在這裡了。他在巴塞隆納還有家人嗎？有沒有人知道他的身世呢？」

伊薩克幽幽嘆了一口氣。

「天知道！卡拉斯的父母好久以前就離婚了，他媽媽去了南美洲，後來在當地再婚了。至於他父親呢，據我了解，自從卡拉斯遠走巴黎之後，父子就不再聯絡了。」

「爲什麼不聯絡呢？」

「我怎麼會知道？有些人就是喜歡把生命搞得很複雜呀！好像嫌這個世界還不夠複雜似的。」

「您知道卡拉斯的父親是否還在世嗎？」

「我希望他還活著呢！他比我年輕，不過，我這幾年很少出去走動了，也不看報紙的訃聞版啦！朋友一個個都像掉在地上的蒼蠅一樣，死啦！說實在的，心裡眞不好受呢！對了，卡拉斯冠的是母姓。他父親的姓氏是富爾杜尼，他在聖安東尼歐圓環經營帽子專賣店，據我所知，他跟兒子之間不怎麼親。」

「卡拉斯重返巴塞隆納，如果不是回來探望他父親的話，有沒有可能是爲了想要再見您的女兒努麗亞一面呢？既然他們交情還不錯嘛……」

伊薩克露出無奈的苦笑。

「即使如此，我大概也會是最後一個才知道的人吧！唉，我好歹也是她父親呢！我所知道的是，有一次，大概是一九三二年或一九三三年的時候吧，卡貝斯塔尼派努麗亞到巴黎出差，當時，她在胡立安．卡拉斯家裡寄居了好幾個禮拜。這件事還是卡貝斯塔尼告訴我的；她明明告訴我，她是住在旅館裡。我女兒當時還沒結婚，我總覺得，卡拉斯似乎在纏著她。我家那ㄚ頭努麗亞，是個能讓男人一見傾心的女孩子呢！」

「您的意思是，他們倆是情侶？」

「您眞是言情小說看多了，欸？我告訴您好了，我從來不干涉努麗亞的私生活，因爲我自己也不足以成爲她的表率。以後您要是有了女兒就知道了，雖然我是從來不祝福別人生養女兒的，您看著好了，她遲早會讓您傷心的。我說，哪天您要是有了女兒，您就會開始把男人分成兩種類型：一種是您覺得會跟她上床的，另一種則是您覺得不會和她有瓜葛的。不同意這種說法的人，根本就是睜著眼睛說瞎話。我懷疑卡拉斯就是屬於第一種類型的人，因此，管他是多麼傑出的天才還是遭遇不幸的可憐人，對我來說，他反正就是個不知羞恥的傢伙！」

「說不定您是誤會他了……」

「您不必替他辯解了，畢竟，您還太年輕，您對於女人的了解程度，就像要我烤蛋糕一樣，根本就是一竅不通！」

「這倒也是啦！」我自認理虧。「您的女兒從倉庫裡拿出來的那幾本書呢？後來怎麼樣了？」

「都在這裡呀！」

「在這裡？」

「不然的話，您父親上次帶您來的時候，您挑中的那本書，是哪裡來的？」

「我聽不懂欸！」

「事情很簡單。卡貝斯塔尼出版社倉庫失火之後，隔了幾天，我女兒努麗亞有天晚上突然到這裡來了。當時，她神情非常緊張。她說有人一直在跟蹤她，她很怕是那個叫做谷柏的人盯上了她手上那幾本書，接著大概會用盡各種手段把書毀掉。努麗亞告訴我，她要把卡拉斯的書藏在這裡。然後，她走進大廳，穿梭在錯綜複雜的書架迷宮裡，彷彿埋藏寶物似的。我沒問她到底把書藏在哪裡，她也沒跟我提過。她離開之前還告訴我，一旦找到卡拉斯，她就回來拿書。我覺得，她似乎還愛著卡拉斯，不過，在她面前，我也沒說什麼就是了。我曾經問過她，最近有沒有碰到卡拉斯，還是他捎來消息了？她告訴我，已經好幾個月不知道他的下落了，事實上，自從他在巴黎寄出最後一本作品的修正稿之後，就沒有他的消息了。我也不知道她是不是在騙我。我可以確定的是，自從那天之後，努麗亞就再也沒有卡拉斯的消息了，而那幾本書就一直放在這裡，除了積灰塵，也沒啥用啦！」

「您覺得，令千金會不會願意跟我聊聊這件事呢？」

「或許會吧！不過，我可不保證她說的會比我誠懇相告的內容還要多。您別忘了，這些都是陳年往事啦！老實說，我們父女之間的關係並不像我所期待的那樣融洽。我們一個月見一次面，頂多就是在附近吃個午餐，然後她就回去了。好多年前，她嫁給了一個還不錯的男孩子，是個性格有點莽撞的記者。唉！說實在的，這樣的人十之八九都會去搞政治，不過，心地還算善良就是了。她是自己去公證結婚的，沒請任何人去觀禮。我還是她結婚一個月之後才知道的。她從來沒把丈夫帶來給我看過。我那個未曾謀面的女婿，好像叫做米蓋吧！要不就是類似的名字。我想，她大概對自己的父親不太滿意吧！唉，我不怪她。她現在已經變了個人了。您知道，她甚至還學會打毛線了，她還告訴我，再也不做西蒙波娃式的打扮了。這些年來，她一直在家當法文和義大利文翻譯。老實說，我也不知道她是在哪裡學會義大利文的，總之，肯定不是跟我這個做父親的學來的。我替您把她的地址抄下來，但我不確定，如果您告訴她是我給的地址，她會不會反而不高興呢？」

伊薩克在舊報紙的空白角落寫下地址，然後撕下來遞給我。

「感激不盡！誰知道，說不定她會記得別的事情呢！」

伊薩克撇著一抹微笑，神色黯然。

「她從小就能記得每一件事情。眞的，她全都記得。唉！孩子大了，你再也不知道她心裡在想些什麼了。我想，這大概是人之常情吧！我跟您說的這些，千萬別在努麗亞面前提起啊！今天晚上聊的內容，您和我知道就好，不能傳出去的。」

「您放心，我不會的。您覺得，她是不是還在想著卡拉斯呢？」

伊薩克長嘆一聲，低下頭來。

「我怎麼知道？我不知道她究竟是不是眞的喜歡他。每個人都把這種事情藏在心裡，更何況她現在都結婚了。我像您這個年紀的時候，有個小女朋友，我還記得她叫泰瑞莎，是貿易街上聖塔瑪麗亞紡織廠裡縫圍裙的女工。那時候，她才十六歲，比我小兩歲。她是我的初戀情人呢！您那是什麼表情？唉！我知道，年輕人都以爲我們這些老頭從來沒談過戀愛。泰瑞莎的父親天生就是個啞巴，在波內市場裡有個賣冰的攤位。您不知道啊，我去請他答應把女兒嫁給我的那天，心裡有多緊張啊！他目不轉睛地盯著我看了五分鐘，面無表情，手上還握著冰塊。後來，爲了買個結婚戒指，我花了整整兩年努力存錢，沒想到，泰瑞莎卻病倒了。她告訴我，她的病是在工廠裡被傳染的。六個月之後，她死於肺結核。我到現在還記得，我把她葬在新村墓園那天，她那啞巴父親的哀傷呻吟，聽了叫人鼻酸啊！」

接著，伊薩克久久不發一語。我待在一旁，屏息以待。過了半晌，他抬起頭來，面露微笑。

「唉！我跟您聊的是五十五年前的往事啦！不過，不瞞您說，這麼多年了，我沒有一天不想她，我懷念我們倆當年一起散步到一八八八年萬國博覽會的舊址，也忘不了當我對她唸情詩的時候，她呵呵笑個不停的模樣，那首情詩還是我躲在我叔叔的海鮮香腸店角落寫的。我甚至還記得那個幫我們看手相的吉普賽女人的長相，她說，我和泰瑞莎會終生相知相守。其實，她說的也沒錯。我還能說什麼？沒錯，我想努麗亞心裡一定還想著那個男人，只是她從來不提罷了。老實說，關於這件事情，我永遠都不會原諒卡拉斯的！您還太年輕，根本就不懂這些，可是我知道，這是多麼讓人傷心啊！您如果問我對卡拉斯的看法，我告訴您，他是個無恥的偷心賊，他偷了我女兒的心，讓她的生命陷入痛苦的深淵。我對您只有一個請求，當您見到我女兒的時候，多跟她聊聊，然後回來告訴我，讓我知道她好不好。您幫我看看她是不是過得幸福，也探探她的語氣，看看她是否已經原諒她父親了……」

就在天亮前不久，我提著一盞油燈，再度踏進「遺忘書之墓」。我邊走邊遙想著當年，伊薩克也是這樣穿梭在黑暗的走道中，內心和我有著同樣的決心：搶救一本書。起初，我覺得自己走的是初次造訪時走過的路線，但沒過多久就發現，這座迷宮裡錯綜複雜的走道，數目之多，任誰都不可能會記得。我試了三條自認是自己曾經走過的通道，但最後走回了原點。伊薩克面帶笑容，站在原點等著我。

「您以後會回來拿書吧？」

「當然。」

「既然這樣，您最好還是動點手腳吧！」

「動什麼手腳？」

「年輕人，您還眞是有點遲鈍呢！想想希臘神話那個牛頭人怪物米諾陶洛斯的故事吧❶……」

我思索了好幾秒鐘，總算才聽懂他的建議。伊薩克從口袋裡掏出一把小折刀遞給我。

「您在每個轉彎的角落都做上小記號，而且是只有您自己才認得出來的記號。這是很老舊的木材了，上面已經布滿了各種刮痕，所以，應該沒有人會看出來才對，做了記號，至少您下次要來找書的時候，就不必盲目摸索老半天啦……」

我遵從他的指示，每次走到轉彎處，就在下一條通道口的書架上刻下字母C和X，二十分鐘之後，我已經完全迷失在書架迷宮裡，於是，我打算就在這裡隨便找個藏書的地方。我往右一看，整排都是大文豪何維亞諾❷的深奧論述。在小小年紀的我看來，這種書大概連老學究或書呆子都不會想碰吧。我抽出了其中幾本，再看看後面第二排的書，整排書上覆蓋著厚厚一層灰塵，包括好幾本莫拉丁❸的中古世紀喜劇劇本，以及史賓諾沙的作品集。我決定把卡拉斯的書塞進《吉隆納市一九〇一年民事訴訟年度報告》和《胡安．瓦雷拉小說全集》之間，沒有特別用意，純粹是覺得好玩。書架上已經塞得滿滿的，於是，我決定把那兩套書中間那本《黃金世紀詩集》抽出來，就在同樣那個位置，把《風之影》塞了進去。我對心愛的小說眨眨眼，然後再將何維亞諾文集歸位，重新把第一排書擺好。

接著，我馬上離開那裡，循著先前刻下的記號，走過一條又一條昏暗的通道，心中不免還是浮現一絲哀愁。我不禁要想，假如我在這本偶然找到的書裡發現了新世界，那麼，還有多少未知的世界尚未被發掘，而且終將永遠被遺忘在這裡。我覺得周圍盡是千百萬個找不到主人的靈魂，那一頁頁被棄絕的文字，都是被遺忘的世界，無言地沉沒在幽暗的汪洋中……

當我回到聖塔安娜街的家裡時，天邊已經露出幾道黎明的曙光。我悄悄打開家門，沒開燈，直接就躡手躡腳地跨進了門檻。我站在玄關，看著走道盡頭的飯廳，桌上依舊是昨晚慶生會的擺設。蛋糕還是完好如初放在那裡，餐盤也沒動過。我父親靜靜地坐在搖椅上，兩眼直望著窗外。他還沒睡，身上依然是昨天那套西裝，右手上夾著一根菸，好像夾著一支筆似的，白色的煙霧冉冉飄起。父親已經許多年不抽菸了。

「早安！」他輕聲說著，隨即把才抽一半的香菸擰熄了。

我定定望著他，不知道該說什麼才好。背著晨光的他，眼神模糊難辨。

「昨天晚上，你出門之後，過了好幾個小時，克萊拉打了好幾通電話找你。」他說道，「從她說話的語氣聽起來，好像很擔心你呢！她特別留話要你回電，不管什麼時候都行。」

「我不想再看到克萊拉了，也不想再跟她講話了。」

父親只是默默地點頭。我隨手拉出餐桌旁的椅子坐了下來，低頭看著地板。

「你一整個晚上都到哪裡去了？」

「到處隨便逛逛啦！」

「你快把我嚇死啦！」

他面無慍色，話中也聽不出任何責備的語氣，只有無盡的溫柔。

「我知道錯了，對不起！」

「你臉上怎麼了？」

「喔！我在雨中不小心滑了一跤。」

「你這一跤滑得還眞不輕啊！趕快擦點藥。」

「沒什麼大不了的，我一點感覺都沒有呢！」我對父親扯謊。「我現在只想好好睡一覺！我已經累得都快站不穩了。」

「上床睡覺之前，你至少先把生日禮物拆開來看看吧！」父親說道。

他指了指餐桌上那個用玻璃紙包裝的禮物盒。我遲疑了一會兒。父親點點頭。我拿起那個小盒子，左看右看，然後，原封不動地交還給父親。

「你還是拿回去退錢吧，我沒資格接受任何禮物。」

「禮物的作用是讓送禮的人高興，無關接受者。」父親說道，「再說，這個東西是不能退的。快打開來看看吧！」

我在幽微的晨光中小心翼翼地拆著包裝紙，裡面是個手工製作的木盒，質地光滑，四周還鑲了金邊。打開盒子之前，我一直是面帶微笑的。打開盒子那一刻，發出了清脆響亮的一聲，就像鐘錶的滴答聲一樣。盒中鋪了一層深藍色絨布，大文豪雨果那支傳奇的萬寶龍鋼筆就躺在木盒中央，閃亮耀眼。我拿起鋼筆，走到陽台邊仔細看了又看。筆套的金色夾子上，刻著一行小字：

達尼．森貝雷，一九五三

我目瞪口呆地望著父親。我從來沒看過他像這一刻這麼幸福！他沒說什麼，逕自從搖椅上站了起來，把我緊緊摟在懷裡。我覺得喉嚨好像被什麼東西卡住了，一時語塞，只能沉默地咀嚼著內心的激動。

譯註：

❶在希臘神話中，米諾陶洛斯是克里特國王米諾斯因為得罪了海神波塞東而受罰生下的怪獸。這個半人半牛的怪物天性殘暴，特別喜歡吃兒童的嫩肉。雅典國王埃戈斯的私生子忒修斯知道後十分心痛，毅然宣布自願去餵牛頭人。忒修斯到了克里特島後，和米諾斯國王嫵媚動人的女兒雅麗阿德涅一見鍾情。雅麗阿德涅為了表達自己的愛意，特將刺殺米諾陶洛斯和逃出迷宮的方法告訴了忒修斯。於是，忒修斯遵照雅麗阿德涅公主的建議，手持線團走入迷宮，殺了正在喝酒的牛頭人，然後沿著線團走出了迷宮，帶著公主一起逃走。

❷**何維亞諾**（Jovellanos, Gaspar Melchor de），西班牙政治家、作家，十八世紀西班牙啓蒙運動最重要的人物之一。

❸**莫拉丁**（Fernandez de Moratin, Leandro），西班牙劇作家、詩人，十八世紀西班牙「新古典主義」運動的代表人物之一。

11 天才瘋子

1953

那年秋天的巴塞隆納，落葉紛飛，整個城市的街道像是覆蓋了一層蛇皮似的。生日那一晚發生的一切，已如塵封的記憶，或許，老天爺決定讓我過個安息年，毛頭小子將邁向成熟之路了。我沒再去想克萊拉、卡拉斯或那個叼著菸的無臉怪客，關於這一點，連我自己都覺得驚訝。到了十一月，我的平靜生活正好滿一個月，在此期間，我始終沒走進皇家廣場去窺探過克萊拉的窗子。但我必須坦承，這不能完全歸功於我自己。書店裡的業務實在太忙了，父親和我天天忙得團團轉，根本沒什麼閒功夫想別的事。

「我看，我們得找個人來幫忙找書才行了。」父親說道，「我們需要的是個很特別的人，既要有偵探的敏銳，又要有詩人的才情，工資低廉，卻要天天挑戰不可能的任務……」

「我想，我已經有個適當的人選了。」我說道。

我在費爾明．羅梅洛．托勒斯棲身的費南多街迴廊下找到他。這個遊民正拿著從垃圾桶裡撿來的報紙，一看到標題又是讚揚政府公共建設的成功，讓他忍不住要憤慨議論一番。

「我的老天爺啊！眞是可惡！」我聽到他大罵著。「這些法西斯黨混蛋，只會把我們大家都變成井底之蛙……」

「早啊！」我輕聲向他打招呼。「您還記得我嗎？」

遊民抬起頭來，臉上立刻泛起燦爛的笑容。

「唉呀，我沒有看錯吧！您好不好啊？朋友，來，我請您喝紅酒！」

「今天換我請您吧！」我說。「您願意賞光嗎？」

「快別這麼說啦！您如果請我吃頓海鮮飯的話，我是不可能拒絕的。不過，我這個人好說話的很，給我什麼我都吃。」

前往書店的途中，費爾明．羅梅洛．托勒斯告訴我，他那幾個禮拜都在躲警察，尤其是那個一心要置他於死地的傅梅洛警官，兩人之間似乎有深仇大恨。

「傅梅洛？」我突然想起，內戰初期在蒙居克城堡殺死克萊拉父親的人，就叫做傅梅洛。

他點點頭，臉色蒼白，神情驚恐。露宿街頭幾個月之後，他看起來又餓、又髒。這個可憐的人，根本就不知道我要帶他去哪裡；我發現他的眼神透露出來的恐懼和焦慮，但他卻一路廢話連篇，刻意要掩飾自己的心情。到了書店前，遊民以憂慮的眼神看著我。

「請進！這是我父親的書店，我想把您介紹給他認識。」

遊民緊張地握緊了拳頭。

「不不不這萬萬不可！我這樣怎麼見人呢？這可是有水準的地方，我會讓您顏面無光的……」

這時候，父親從店門探出頭來，快速地打量了遊民，然後偷偷瞄著我。

「爸，這位是費爾明．羅梅洛．托勒斯。」

「請多指教。」遊民幾乎是顫抖著回話。

父親以誠懇的笑臉歡迎他，還對他伸出了手，遊民卻遲遲不敢伸手去握，怕自己手上的污垢弄髒了父親的手。

「我看，我還是走了，兩位別麻煩了……」

父親輕輕抓著他的手臂。

「快別這麼說，我兒子告訴我，說您要來跟我們一起吃午飯……」

遊民惶恐地盯著我們。

「我看這樣吧，您先到我們樓上家裡洗個熱水澡，如何？」父親說道，「然後，我們三個人一起散步到康索力餐廳吃午飯。」

費爾明．羅梅洛．托勒斯結結巴巴，說了一堆沒有人聽得懂的話。父親始終面帶微笑，他帶著費爾明往前門走去，事實上應該說是拖著他走的，我則是幫忙把店門拉下來。我們連哄帶騙，好不容易才把他弄進浴室。脫掉衣服之後，他看起來就像戰亂中的難民，彷彿被拔光了毛的雞，不斷地顫抖著。他的手腕和腳踝上都有深深的烙痕，身上和背部則是布滿了疤痕，看了就讓人心疼。父親和我驚訝地互望了一眼，但都沒說什麼。

遊民終於乖乖去洗澡，他驚恐地發抖著，像個孩子似的。這時候，我趕緊去衣櫥裡找乾淨的衣服給他穿，隱約聽見父親正滔滔不絕地跟他聊得很起勁呢。我找到一套父親已經很久不穿的西裝，還有舊襯衫和內衣褲。至於他帶來的包袱裡，連鞋子都不能穿了，更別提衣服了。我找到一雙父親嫌太小的皮鞋。接著，我把費爾明那堆舊衣服，包括幾件火腿色的長褲，全部用報紙包起來，然後丟進垃圾桶。回到浴室時，我看見父親正在幫費爾明刮鬍子。他臉色蒼白，全身都是肥皂味，看起來起碼年輕了二十歲。看來，他們兩個人已經成了好朋友啦！經過這樣徹頭徹尾大掃除之後，費爾明已經煥然一新。

「我說，森貝雷先生，要不是因爲命運安排我去做情報員，說眞的，我最想做的是和人文相關的工作。我從小就喜歡文學，希望能成爲古羅馬詩人，只要看到悲劇和死亡的語言，我就覺得很興奮。但是，我父親是個短視近利的人，經常在我們面前嘮叨，說是希望家裡至少有個小孩能去從事軍警工作。但是，我的七個姊妹都有臉部汗毛太長的問題，因此沒有資格去報考警察。我父親臨死前，我狠了心在他病榻前發誓：我這輩子即使沒能戴上三角軍帽，至少也要當上公務員，總之，再也不碰文藝了。我是個思想很傳統的人，父親說的再怎麼沒道理，我還是要遵從他呀，您了解我的意思嗎？但即使如此，您千萬別以爲我眞的把文學都忘得一乾二淨了。我讀了很多書的，不信的話，我可以把《人生如夢》背給您聽……」

「好啦，長官，拜託您，快把衣服穿上吧！我們都相信您飽讀詩書就是了。」我說完，馬上躲到父親身後。

費爾明．羅梅洛．托勒斯眼神中盡是感激之情，他從浴缸裡出來，整個人容光煥發。父親遞給他一條浴巾，他拿著乾淨的浴巾擦拭著身體，高興地笑了。我幫他穿上衣服，可惜尺寸太大了。父親立刻抽出自己的皮帶交給我，要我幫他繫上。

「您看起來好帥呀！」父親說道。「對不對，達尼？」

「大家都會以爲您是電影明星呢！」

「快別這麼說，我比以前差多了，大力士般的結實肌肉都在坐牢時垮掉了，從那時候起啊……」

「可是我看您這身材，還很像克拉克蓋博呢！」父親說道。「對了，有件事情我想跟您談談。」

「森貝雷先生，爲了您，要我去殺人都行。您只要把名字告訴我，我三兩下就把他解決了。」

「沒這麼嚴重啦！我是想請您到書店來上班，工作性質是幫客戶找一些比較稀有特別的書籍。這個職位，相當於文學考古的工作，不但要熟悉古典文學，還要懂得如何在黑市交易。以我目前的狀況，恐怕無法付您高薪，不過，您三餐可以跟我們一起吃，而且，我會幫您找個住宿的地方，或者您要在我們家住也可以，就隨您的意思吧！」

費爾明看著我們，默不作聲。

「您覺得怎麼樣？」父親問道。「可以跟我們一起工作嗎？」

這時候，我以爲費爾明大概會說些什麼，沒想到他卻嚎啕大哭了起來。

領到了第一份薪水之後，費爾明立刻去買了一頂漂亮的帽子、一雙雨鞋，還請我和父親去鬥牛場附近一家餐廳吃牛尾巴大餐。父親幫他在華金柯斯塔街上的旅館租了個房間，旅館老闆娘和我們樓上的鄰居麥瑟迪絲很熟，因爲這層關係，所以費爾明不必塡寫警察局要求的住宿表格，免得傅梅洛警官追到這裡來抓他。偶爾，我會想起他身上那些令人怵目驚心的疤痕，很想問個清楚，就怕他那些疤痕跟傅梅洛有關係。不過，他那哀傷的眼神告訴我，還是別去提這件事吧！碰到適當的時機，他自動會把來龍去脈跟我們說清楚的。每天早上七點整，費爾明一定出現在書店門口，衣著整齊，面帶微笑，準備接下來連續工作十二個小時，甚至更久。除了希臘悲劇之外，他還愛上巧克力和奶油麵包，身上因此多長了點肉。此外，他也跟上了流行，嘴上蓄了時髦的短鬆。自從一個月前在我家浴缸洗過熱水澡之後，這個昔日的街頭遊民已經徹底改頭換面了。然而，費爾明外表的驚人轉變還不算什麼，眞正讓我們瞠目結舌的是他的工作表現。他的直覺出奇敏銳，不管要他找什麼奇怪的書，通常只要費時幾個鐘頭，最多不過幾天就會有著落。沒有什麼他不知道的書，而且，他那三寸不爛之舌討價還價時，沒有人招架得住。他還跑遍了城裡的私人圖書館和藝文社團，偶爾還會發現假冒的古董書呢！這時候，對方不是乾脆把書送給他，就是以極低的價錢賣給他。

從街頭遊民搖身變成了模範公民，這是教堂神父最愛談的神蹟之一，但是這一類的故事，就像地鐵站牆壁上貼的生髮水廣告一樣，神奇地讓人難以置信。費爾明在書店上班三個半月之後，一個禮拜天的凌晨兩點，電話鈴聲把我和父親吵醒了。費爾明住的那家旅館老闆娘打來的電話。她在電話那頭上氣不接下氣地告訴我們，費爾明莫名其妙地用力捶牆壁，還說，誰要是敢進他的房間，他就用碎玻璃割斷那人的喉嚨。

「拜託您啊！不要打電話報警，我們馬上就趕過去。」

我們火速趕往華金柯斯塔街。那是個冰冷的夜晚，寒風蕭蕭，在鐵灰色的夜空下，我們從古建築「慈悲之家」（Casa de Misericordia）和「高第之家」（Casa de Piedad）前快步跑過，來到費爾蘭迪納街口。往下走是瑞瓦區，陰暗的前方有幾條街道，其中一條就是華金柯斯塔街了。老闆娘的兒子已經在旅館樓下等著我們。

「打電話報警了嗎？」父親問道。

「還沒呢！」

我們立刻跑上樓。旅館在三樓，螺旋梯上覆蓋著一層厚厚的灰塵，破舊的電線吊著簡陋的燈泡，燈光昏黃而朦朧。旅館老闆娘恩卡娜女士是個基層警察的遺孀，她頂著一頭五顏六色的髮捲，身穿水藍色的睡袍，站在旅館門口迎接我們。

「我說，森貝雷先生，咱們可是水準高、口碑好的旅館呢！怎麼會發生這種事情呢？」說著，她帶我們進了那充滿霉味和消毒水味的走道。

「我了解……」父親在一旁輕聲回應她。

費爾明的吼叫聲從房內傳來，在走道盡頭都聽得見。其他的房客從門縫中探出頭來，那一張張備受驚嚇的臉龐，既疲倦又無奈。

「唉呀，你們其他人都去睡覺吧！他媽的！這又不是江湖賣藝，有什麼好看的？」恩卡娜女士氣得口不擇言。

我們來到費爾明的房門前，父親輕輕用指關節叩門。

「費爾明！您在裡面嗎？我是森貝雷呀！」

吼叫聲再度傳來，聽得我驚心動魄。恩卡娜女士也急得不知所措，雙手直按壓著隱藏在豐滿胸部下噗通噗通跳的心臟。

父親又叫了他一次。

「費爾明！您快開門哪……」

費爾明又是一陣咆哮怒吼，而且還瘋狂撞牆，直到他聲嘶力竭。父親嘆了口氣。

「您有房間的鑰匙嗎？」

「當然！」

「請拿來給我吧！」

恩卡娜女士覺得很猶豫。其他的房客都在走道邊探頭探腦，每個人都嚇得臉色慘白。這震天價響的吼叫聲，大概連附近的軍備總部也聽得見吧！

「還有你，達尼，你趕快去找巴羅醫生，他家離這裡不遠，就在里拉亞塔街十二號。」

「我說，找個神父會不會比較管用呢？我看他這個樣子，八成是惡魔附身了……」恩卡娜女士在一旁出主意。

「不，一定要找醫生來才行。快，達尼，你快去吧！還有，恩卡娜女士，拜託您，快把房間鑰匙拿來給我。」

巴羅醫生是個中年老光棍，晚上常鬧失眠，睡不著的時候就讀讀左拉的作品，要不就是盯著未成年少女的照片，藉此打發無聊的漫漫長夜。他是我家書店的老主顧，經常自嘲是個二流庸醫，然而，蒙塔涅爾街上那麼多醫生，很少有人像他看診那麼仔細。巴羅醫生的病患大多是附近的老妓女或窮苦人家，這些人常常付不出醫藥費，但他還是照樣幫他們治病。他不只一次感嘆這個世界是上帝的尿壺。他唯一的期望就是巴塞隆納足球隊能贏得冠軍，這樣就死而無憾了。

他穿著睡衣來開門，一身酒味，嘴上叼著熄掉的雪茄。

「達尼？」

「我父親要我來找您……情況很緊急！」

我們一到了旅館，首先看到恩卡娜女士驚惶不安地啜泣著，其他房客的臉色則像教堂蠟燭一樣慘白，我父親雙手攙扶著費爾明，兩人縮在牆角。費爾明一絲不掛，嚇得直發抖，而且不停地哭泣著。房間被破壞得慘不忍睹，牆上沾滿了誰知道是血跡還是糞便。巴羅醫生看到這個情形，馬上示意要我父親把費爾明扶到床上躺下。恩卡娜女士那個長得像拳擊手一樣壯的兒子也上前幫忙。費爾明不斷地呻吟，像一頭無法制伏的狂野猛獸。

「我說，老天爺啊！這個可憐的人到底是怎麼了？到底是什麼問題啊？」恩卡娜女士倚在門邊搖頭感嘆著。

醫生替費爾明量了脈搏，也檢查了他的瞳孔，然後就不發一語地從皮包裡拿出注射針筒。

「抓緊他！我替他打一針之後，他就會乖乖睡覺了。達尼，你來幫我！」

我們四個人好不容易合力壓制住了費爾明，巴羅醫生猛地往他的大腿打了一針。他的四肢本來繃得像鋼筋一樣硬，不到幾秒鐘，他的眼神漸漸茫然了起來，接著，整個人就躺平不動了。

「哎喲！您快幫他檢查一下，這個人身體很虛弱的，會不會就這樣死掉啦？」恩卡娜女士在一旁緊張地說道。

「您別擔心，他只是睡著了而已。」醫生一面安撫老闆娘，同時檢視著費爾明那滿身疤痕。

我看到醫生默默搖著頭。

「他媽的……」他咕噥著。

「這些疤痕是怎麼來的？」我問他。「刀傷嗎？」

巴羅醫生搖頭否認，他在雜物堆裡找出毛毯，幫費爾明蓋上。

「這是灼傷。這個人，曾經被刑求虐待過……」醫生解釋道，「這些疤痕，都是高溫鐵板的烙印。」

費爾明整整睡了兩天。醒來的時候，他只記得自己在黑牢中驚醒，接下來發生的事，他全都忘了。知道自己行爲失控之後，他羞愧地跪在地上懇求恩卡娜女士原諒他。他再三保證，一定會將旅館的牆壁粉刷過。他知道恩卡娜女士很虔誠，所以特別承諾，一定會爲她到附近的伯利恆教堂望十次彌撒。

「只要您健健康康的就好啦！千萬別再那樣嚇我了，我年紀大了，禁不起這些啊……」

父親不但賠償了所有損失，而且還拜託恩卡娜女士，請她再給費爾明一次機會。她很爽快地答應了。至於旅館裡其他房客，大夥兒都是孤苦的小老百姓，不會跟他計較這些的。經過一夜驚魂之後，老闆娘反而對費爾明更親切了，她告訴費爾明，一定要乖乖地服用巴羅醫生的藥。

「恩卡娜女士，爲了您，要我吞磚塊都行！」

後來，那件事逐漸在我們記憶中淡化，不過，我再也不敢隨便拿傅梅洛警官開玩笑就是了。經過那天晚上的事件之後，爲了不讓費爾明落單，我們幾乎每個禮拜天都帶他去新潮咖啡館喝下午茶，接下來則是到議會街和恩寵大道轉角處的費米納戲院看電影。父親有個朋友在那裡當帶位員，他每次總會趁著播放宣導短片時，偷偷讓我們從一樓的逃生門進去，才剛剛坐定，費爾明卻惱火了。

「眞是羞恥啊！」他憤慨地說道。

「您不喜歡看電影嗎？費爾明……」

「說實在的，我對第七藝術一點感覺都沒有。據我所知，這玩意兒只是讓粗俗愚蠢的人有點寄託，比足球或鬥牛更糟糕。電影技術的發明，最初是作爲娛樂文盲大眾之用，五十年過去了，情況並沒有改變多少。」

當費爾明看過卡蘿朗芭德❶之後，他對電影的負面評價馬上有了一百八十度轉變。

「你們看看那胸部！我的老天爺啊！好個大胸脯啊……」他旁若無人地對著大銀幕興奮大叫。

「這不是奶子……簡直是兩艘大帆船啊！」

「安靜點好不好？討厭的傢伙，再不閉嘴，我馬上就去找戲院經理！」我們後排有人忍不住叫罵了起來。「眞是不知羞恥！這個國家簡直就像豬圈一樣……」

「費爾明，您說話還是小聲一點吧！」我好言勸他。

然而，費爾明對我的話卻充耳不聞，他已經完全沉醉在那迷人的乳溝裡，只見他癡癡地笑著，眼睛直盯著大銀幕不放。後來在回家的路上，已經走到恩寵大道了，我卻發現我們這位奇書神探還意猶未盡呢！

「我看，咱們得幫您找個老婆才行。」我說道，「多個女人在身邊，生命會變得更美好，以後您就知道了。」

費爾明嘆了一口氣，似乎還對大銀幕美女的魅力念念不忘。

「您這是經驗之談嗎？達尼……」他率直地問我。

我只是笑了笑，心裡明白得很，父親一定正在偷偷瞄我。

自從那天之後，費爾明每個禮拜天都要往電影院跑。父親喜歡待在家裡看書，費爾明則是從不錯過週日的電影，他會去買一大堆巧克力糖，然後坐在第十七排的位置，邊看邊吃，等待他的女神出現。他根本就不在乎情節，電影開演後，他就開始絮絮叨叨個不停，直到他的女神在大銀幕現身才閉嘴。

「我一直在想您上次提到幫我找老婆那件事……」費爾明說道，「或許，您說的有道理呢！我們旅館裡有個房客，是從南部塞維亞來的還俗修士，這個人很風流，三天兩頭就帶漂亮的小姑娘回來過夜。我說，現在的年輕人體格強壯多了。我不知道他是怎麼辦到的，看他身材也不算高大呀！說不定，他是靠著禱告把那些女孩弄到手哩！他的房間就在我隔壁，有什麼聲音，我都聽得一清二楚，依我看哪，這個修士對女孩子很有一套，光是亮出修士制服就很管用了。我說，達尼，您喜歡什麼樣的女孩子啊？」

「我對女人不怎麼了解，眞的。」

「沒有人一開始就了解她們的，即使連佛洛伊德或女人自己也是這樣啊！不過，這就像使用電器一樣，只要知道指頭該按哪個開關就可以了。來吧，告訴我，您喜歡什麼樣的女孩子？對我來說呢，女人就是要有圓潤的身材才夠女性化，該凸的要凸，這樣才有東西抓嘛！不過，我看您大概是喜歡纖細的女孩子吧？是不是這樣啊？」

「我必須很誠懇地告訴您，我眞的對女孩子沒什麼經驗，事實上根本就沒有。」

費爾明仔細地打量了我一番。

「我想，一定是因爲那天晚上發生的事吧？你被揍那件事……」

「也不過是被打個耳光，痛一下就過去了……」

費爾明露出同情的笑容，似乎在臆測我心裡的想法。

「我說啊，有這麼個經驗也不錯，認清女人的眞面目最重要。第一次做愛，絕對是人生無可比擬的特殊經驗。一個男人，從第一次脫光女人的衣服開始，才算是眞正的男人！把那一顆顆鈕扣慢慢解開，唉呀！那白嫩溫暖的肉體啊，就像冬夜裡抱著暖呼呼的烤白薯一樣，啊……喔……」

幾秒鐘之後，薇若妮卡雷克出現在大銀幕，費爾明立刻將注意力轉移到電影上。趁著中場休息，他趕緊跑去大廳旁的小攤子買零食。他大概是以前餓怕了，現在連一丁點兒飢餓感都耐不住，而且好像永遠都塡不飽肚子似的。我獨自坐在戲院裡，根本沒注意大銀幕上的電影在演些什麼。若說自己還在思念著克萊拉，那是騙人的；我念念不忘的只有她的肉體，在鋼琴教師的猛力衝擊下，她的肉體顫抖著，淋漓的汗水流露著性愛的歡愉。我看了看前方的大銀幕，卻瞥見有個人影往中間位置走去，然後在我們前六排的座位坐了下來。我心想，戲院裡總是充斥著寂寞孤獨的人，例如我就是。

我試著將注意力集中在電影劇情上；男主角是個外表冷漠、內心熱情的警探，他告訴男配角，像薇若妮卡雷克這種女人，再怎麼完美善良的男人看到她，也會沉淪、墮落，如果愛上她，最終只會被她拋棄，換來令人絕望的下場。費爾明看電影已經看出心得來了，他把這一類的情節稱爲「另類宗教故事」。根據他的說法，這種情節反映的是枯燥乏味的公務員以及思想守舊的老教友厭惡女人的想法，在他們眼裡，女色就是不三不四的惡習。我想到費爾明在加油站的書報上寫的眉批，不禁自顧自地笑了。只是，不到一秒鐘，我收起了臉上的笑容。那個坐在前六排的觀眾突然轉過頭來，定定望著我。放映機的光線穿越了整個放映廳，在微弱的光影下，我終於認出了這個人，他是無臉怪客，那個名叫谷柏的神祕人物。他那銳利的眼神直盯著我不放。他抿嘴奸笑，在灰暗的光線中，完全看不見嘴唇。我揪緊領口，雙手僵硬地握在胸前。霎時，兩百把小提琴在大銀幕上同時響了起來，接著是槍聲、慘叫，然後，銀幕完全變黑……這時候，整個放映廳陷入一片漆黑，我只聽見自己的心臟噗通噗通跳。漸漸地，銀幕又亮了起來，放映廳又變回了藍光和紫光交錯的空間。無臉怪客不見了！我回頭張望著，終於在外面的走道上看到他的身影，他正和兩手提著一堆零食的費爾明擦身而過。費爾明回到位子上坐了下來。他遞給我一顆巧克力杏仁糖，疑惑地看著我。

「喂！達尼，你那張臉怎麼跟修女的屁股一樣蒼白哩？你還好吧？」

觀眾席裡傳出一股怪味。

「嗯，好奇怪的味道啊……」費爾明說道。「聞起來就像老律師放的臭屁！」

「不，是紙張燃燒的味道。」

「算了吧，來顆瑞士糖，吃了以後，神清氣爽。」

「我不想吃。」

「還是拿著吧，誰知道，或許你待會兒突然又想吃了呢！」

我把糖果收在外套口袋裡，繼續心不在焉地看著電影，對於美豔的薇若妮卡和她那致命的吸引力，完全視而不見。費爾明盡情地享受著看電影和吃零食的樂趣。當電影結束、燈光亮起的那一刻，我覺得自己好像從惡夢中醒來，只希望我在前六排座位上看到的無臉怪客，只是幻覺罷了。然而，他雖然僅在黑暗中匆匆看我一眼，但他帶來的訊息已經夠明確了：他並沒有忘記我，也沒有忘記我們之間的約定。

譯註：

❶ **卡蘿朗芭德**（Carole Lombard），好萊塢三〇年代著名的喜劇女星，夫婿是全球女性為之瘋狂的巨星克拉克蓋博。一九四二年，朗芭德與母親及其他二十位乘客搭機從印地安納州老家返回加州，飛機卻不幸墜毀在拉斯維加斯近郊，不幸罹難，得年僅三十四歲。

12

費爾明來書店工作之後，成效立現，因爲我發現自己比以前空閒多了。不必四處尋找客人訂的怪書的時候，他就在店裡忙著整理書籍，或製作促銷海報；要不就是擦玻璃，甚至拿著抹布和酒精，把每一本書都擦得一塵不染。這麼一來，我就有閒暇去處理我疏忽已久的兩件事：一是繼續調查卡拉斯之謎；還有，更重要的是，我該去找好友湯瑪斯·雅吉拉爾聚聚了，這陣子滿想念他的。

湯瑪斯是個沉默寡言的男孩，長得一副嚴肅、凶狠的樣子，大家看了他就退避三舍。看起來像個勇猛的鬥士，身材魁梧，肩膀寬闊，眼神嚴峻而深沉。好幾年前，我們在賈斯柏街的教會學校因爲打架而認識。那天下午放學後，他父親到學校接他，身邊還帶了個看起來非常驕縱自負的女孩，原來那是湯瑪斯的姊姊。我決定去好好戲弄她一番，誰知道，我都還沒出手呢，湯瑪斯已經先壓到我身上來，只見他拳頭揮個不停，彷彿暴雨似的落在我身上，挨了這一頓，讓我全身痠痛了好幾個禮拜。當時，怒氣沖沖的湯瑪斯使出全身蠻力把我痛打一頓。那場庭院中的決鬥，四周圍滿了喜歡看熱鬧的小孩，我被打斷一顆牙齒，卻對生命有了新的體會。我沒告訴父親和神父們究竟是誰把我揍得這麼慘，也沒跟他們講，對手的父親當時還站在圍觀的人群裡歡呼叫陣呢。

「是我不對啦！」我輕描淡寫地結束了這個話題。

幾個禮拜之後，湯瑪斯下課後居然過來找我。我嚇得半死，愣在那兒不敢動。我心想，這傢伙又要來修理我了。結果，他結結巴巴地說了一串話，我唯一聽懂的是，他希望我原諒他，因為他很清楚，那是一場不公平的決鬥。

「不，該道歉的人是我，我不應該有戲弄你姊姊這種念頭……」我說道，「要不是你先把我的嘴巴打爛了，我恐怕會說出一些很難聽的話呢！」

湯瑪斯羞愧地低下頭來。在我眼前的是個害羞、沉默的巨人，他平常就像個遊魂似的，一個人在教室和學校的走廊上晃來晃去。其他的孩子們，尤其是我，大家都怕他，沒有人敢去跟他說話或正眼盯著他看。他低著頭，幾乎要發抖了，吞吞吐吐地問我想不想跟他做朋友。我說我想啊！於是，他向我伸出手來，我們就這樣握手言和了。他把我的手握得好痛，但我盡力忍住了。那天下午湯瑪斯請我去他家吃點心，向我展示了各種奇怪的機器，全都堆放在他的房間裡。

「都是我自己做的哩！」他得意地告訴我。

我實在看不出來那些機器是什麼東西，只好默默地點頭，露出一副很欽佩他的表情。看來，這個大個兒用紙板、廢鐵打造了一群朋友，而我是第一個認識這群朋友的人。那是他的祕密天地。我跟他聊起去世的母親，也談到自己是多麼想念她。我話剛說完，湯瑪斯立刻不發一語地抱住我。那一年，我們十歲。從那天起，湯瑪斯．雅吉拉爾變成我最要好的哥兒們，而我則成了他唯一的朋友。

湯瑪斯看似一副好勇鬥狠的樣子，其實他個性溫和又善良。他有口吃的毛病，碰到跟他母親、姊姊和我之外的人講話的時候，情況更嚴重。他對於創造各種奇怪機器相當著迷，認識他不久後，我發現他擁有各種機械的結構圖，從留聲機到計算機都有，都是他用來研究機械奧祕的資料。除了跟我一起玩或替他父親打工之外，湯瑪斯大部分時間都躲在自己房裡製造令人無法理解的機械。他對機械有天分，卻對實用價值毫無概念。在現實生活中，他有興趣的事物少之又少，只有格蘭大道上的交通號誌燈、蒙居克公園的噴泉夜景，或遊樂園裡的機器人。

湯瑪斯每天下午都會去他父親公司打工，偶爾會在工作結束後到書店來晃晃。我父親對他那些發明一直很有興趣，還送了他一些與機械相關的書籍，或湯瑪斯最崇拜的愛迪生等偉大發明家的傳記。這些年來，他和我父親已經情同父子，而且，他也一直絞盡腦汁想利用老舊的風扇，為我父親發明一個書目自動分類機。這項計畫已經進行了四年仍無著落，但我父親一直不斷地鼓勵他千萬不要放棄。至於費爾明，我把湯瑪斯介紹給他認識時，心裡七上八下的，不知道他對我的好友會有什麼看法。

「您一定就是達尼的發明家朋友吧！非常榮幸認識您，我是費爾明．羅梅洛．托勒斯，森貝雷書局的書籍顧問，請多指教！」

「湯瑪斯．雅吉拉爾……」我的好友結結巴巴報上自己的名字，面帶微笑向費爾明伸出手。

「小心啊！我看您那隻手，根本就是水壓機，可別把我這有如小提琴家的纖纖手指給捏碎啦！這家書店很需要我呢！」

湯瑪斯立刻鬆了手，連忙向他道歉。

「請問，您對費瑪分割原理有何看法呀？」費爾明問道，同時還搓揉著手指。

接著，這兩人開始熱絡地討論深奧難懂的數學原理，在我聽來就像阿拉伯文，一句都聽不懂。費爾明始終用「您」或「博士」稱呼湯瑪斯，還假裝沒發覺他有口吃的毛病。湯瑪斯對費爾明的耐心和體貼感念在心，常帶著包裝盒上印著碧湖美景、乳牛和咕咕鐘的瑞士巧克力來送他。

「你那個朋友湯瑪斯很有天分，可惜找不到人生的方向，多跟人來往會比較好。」費爾明發表他的高見。「科學家都是這樣，就是不跟人來往，不信您看看愛因斯坦，發明了『相對論』等偉大的學說，卻被別人運用在原子彈的製作，而且沒經過他同意呢！還有啊，湯瑪斯那副媲美拳擊手的高大身材，在學術圈裡也不討好，這是世人的偏見，總覺得學者都該長得瘦弱……」

其實，費爾明很想幫湯瑪斯跳脫那貧乏空洞、令人費解的生活，當務之急是開發他的語言潛力和社交能力。

「人就跟猴子一樣，都是社交的動物，朋友關係、團體生活，甚至閒聊是非等特質，其實都是我們內在既有的倫理規範。」他說道。「這完全是生物學的觀點。」

「您說得太誇張了吧？」

「唉呀，達尼！您有的時候還眞是太無知了！」

湯瑪斯的冷酷外表遺傳自他父親。雅吉拉爾先生是個富有的房地產商人，公司設在繁華的佩拉優街，「世紀百貨公司」就在隔壁。他是個優越感很強烈的人，永遠都覺得自己有理；他對所有事情都是自信滿滿，總覺得兒子是個儒弱的膽小鬼，而且智能不足。爲了補救這個可恥的缺憾，他想盡辦法找來最好的家教，期盼能藉此把兒子變成「正常人」。「我希望您就把我兒子當成笨蛋來教，懂吧？」我曾經多次聽到他這樣對家教老師說。老師們用盡各種方法，甚至苦苦哀求，但湯瑪斯始終只用拉丁文跟他們說話，那是他精通的語言，流利的程度媲美羅馬教皇，絲毫沒有口吃的毛病！所有的家教最後都絕望地辭職了，他們很怕這個少年會越來越瘋狂，說不定哪天會用古代西亞人通用的阿拉米語詛咒他們呢！雅吉拉爾先生僅存的唯一希望，就是讓這個高頭大馬的兒子去當兵。

湯瑪斯有個大我們一歲的姊姊，名叫碧雅翠詩。我和湯瑪斯的友誼要歸功於她，因為多年前那個下午，我看到她父親牽著她在校門口等著，決定開個玩笑戲弄她，結果被湯瑪斯狠狠揍了一頓。眞是不打不相識，若非如此，我恐怕這輩子都沒機會跟他說話呢。碧雅和她母親簡直就像同一個模子刻出來的，只有那雙眼睛像爸爸。她頂著一頭紅髮，臉色蒼白地像個死人，經常穿著淺色絲質或羊毛洋裝。她擁有模特兒般的高眺身材，走路總是像根木樁似的挺直了身子，她極度自戀，總把自己當成高貴的公主。她有雙湖水綠的眼眸，但她老是堅持自己的眼珠子是「綠寶石和藍寶石的結合」。雖然多年來唸的都是教會女校，或許就因為修女管得緊，只要她父親不在的時候，碧雅總會偷偷用高腳杯喝茴香酒，她還喜歡穿名牌絲襪，臉上化的妝，就像電影裡的吸血鬼。我實在受不了她那副德行，對於我毫無掩飾的嫌惡，她也很不客氣地用冷漠的眼神回報我。

碧雅有個在慕爾西亞當兵的男朋友，名叫巴布羅．賈斯柯斯．布恩迪亞，官拜陸軍上尉的長槍黨員，總是喜歡在頭上抹著厚厚的髮蠟，標準的世家子弟，家族在港口擁有許多船塢。賈斯柯斯上尉能在軍職謀得官階，全靠他那個在國防部的叔叔關說來的。他經常發表枯燥無味的長篇大論，內容不外是讚揚西班牙是多麼優異的民族，還說布爾什維克王國已經岌岌可危了。

「馬克思已經死了。」他嚴肅地說道。

「是啊，一八八三年就死啦！」我回應他。

「你給我閉嘴！小混蛋，你再囉唆，我一腳把你踢到北極去！」

有幾次，我曾見碧雅聽了上尉男友的蠢話之後，嘴角竟漾起淺淺微笑，接著，她抬頭望著我，眼神很茫然。我用苦笑回應她，但立刻就把眼神從她身上移開。過去，我死都不願意承認，但這畢竟是我心底眞正的感覺：其實，我是很怕她的。

13

從那年開始，湯瑪斯和費爾明決定結合兩人的聰明才智，合力進行一項新計畫，根據他們的說法，那可以讓湯瑪斯和我都不必去當兵。費爾明對於當兵，可不像雅吉拉爾先生這麼熱中。

「兵役最大的作用，就是調查文盲人口的比例嘛！」他說道，「這麼簡單的事情，只需要兩個禮拜就夠了，幹嘛要浪費兩年的時間呢！當兵、結婚、信教、賺錢，這就是聖經啓示錄裡的四大騎士。很好笑？行，您儘管笑吧！」

不過，就在十月的一個午後，費爾明的自由派思想卻意外被動搖了。那天下午，書店裡突然來了個老朋友。那天，我父親正好到雅亨多納鎭去替一套古董書估價，晚上才會回來。我負責看店招呼客人，費爾明則爬上了梯子，忙著整理最上層的書架，因爲書籍已經堆得快碰到天花板了。太陽下山後，就在打烊前不久，貝娜妲的身影出現在櫥窗外。她穿著便服，因爲週四是她的休假日。看到我之後，她立刻揮手打招呼。我又驚又喜，趕緊請她進門。

「唉呀！您都長這麼高了呢！」她站在門口說道。「我都快認不出來了……您已經是個大人了！」

她緊緊擁抱著我，激動地流淚了。她摸摸我的頭，又摸了我的肩膀和臉龐，看看我是否一切都好。

「我在家裡，天天都想念您啊，少爺！」她低著頭說道。

「我也很想念妳呀，貝娜姐！來，親一個吧！」

她羞赧地在我臉上吻了一下，我則是熱情地在她臉頰上啵了好幾下，逗得她呵呵笑。從她的眼神看得出來，她正期待著我問她克萊拉的事情，但我已經打定主意絕口不提她。

「妳今天好漂亮喔！看起來非常高雅呢！怎麼突然會想來找我們呢？」

「老實說，我很早就想來看您了，但是您也知道，家裡事情多，我眞的很忙。巴塞羅先生雖然很有智慧，但是他像個小孩似的，一定要有個人處理家裡大大小小的事。不過，我今天打定主意來這一趟，因爲明天是我外甥女生日，我想送她一本好書當作生日禮物，很多文字、沒什麼插圖的那種。我這個人腦筋不好，書的事情我都不懂啊……」

我還沒來得及答腔，店裡突然一聲轟隆巨響，一整套精裝本的布拉斯戈．伊拔聶斯全集從最上層書架掉下來。貝娜姐和我驚愕地抬頭張望，只見費爾明像是表演空中飛人似的從梯子滑了下來，臉上掛著燦爛的笑容，一雙色瞇瞇的眼睛很迷人。

「貝娜姐，這位是……」

「費爾明．羅梅洛．托勒斯，森貝雷書局的書籍顧問，請多指教啊，夫人！」費爾明主動自我介紹，然後執起貝娜姐的手，恭敬地吻了一下。

貝娜姐那張臉，頓時成了一顆紅甜椒。

「唉呀！您搞錯了，我不是什麼夫人……」

「當然是，您至少也是個伯爵夫人。」費爾明急著插話。「這個我最清楚了，皮爾森大道上最優雅的貴婦我都牽過呢！希望我有這個榮幸，能夠向您介紹適合青少年閱讀的經典名著，我們有薩加利最好的作品，也有桑多坎的史詩……」

「哎喲，老天爺，我也不曉得呢！您知道，孩子的爸爸是個左派思想很濃厚的人，我得挑對書才行……」

「您不用擔心，我們這兒有胡立歐．維爾內的冒險小說《神祕島》，內容極具教育價值。」

「您如果覺得不錯的話，那就這本好了……」

我在一旁默默地看著費爾明講得天花亂墜，把貝娜妲迷得團團轉，他熱情地盯著她看，彷彿她是一盒可口的雀巢巧克力糖似的。

「您呢，達尼少爺，您覺得這本書怎麼樣？」

「羅梅洛．托勒斯先生是咱們這兒的專家，他說的準沒錯。」

「既然這樣，那我就買這本叫什麼島的書，麻煩您幫我包起來。對了，多少錢啊？」

「不用錢，就算是我們送妳的！」

「哎喲！那怎麼好意思，不行，不行……」

「夫人，請讓我費爾明有此榮幸成爲巴塞隆納最幸運的男人，就讓我來付這個錢吧！」

貝娜妲看了看我們倆，不知道該說什麼才好。

「兩位，這本書是我要買來送給外甥女的，所以還是讓我自己來付錢吧……」

「既然這樣，那麼，我們就改變一下，讓我請您去喝個下午茶吧！」費爾明提出建議，一隻手不停地梳理著頭髮。

「去吧！去吧！」我在一旁鼓勵她。「一定會讓妳很愉快的！我幫妳把書包起來，費爾明去穿件外套就可以出門了。」

費爾明立刻跑到後面去梳頭整裝，他噴了古龍水，最後穿上西裝外套。我從收銀機裡拿了點錢給他。

「我應該帶她去哪裡才好？」他低聲問我，緊張地像個小男生似的。

「如果是我的話，會請她去『四隻貓咖啡館』。」我說道。「我覺得那是個能給愛情帶來好運的地方！」

我把貝娜姐買的書交給她，故意對她眨了眨眼。

「我要付您多少錢呢？達尼少爺……」

「我自己也不知道，以後再告訴妳吧！書上沒有標價，我得問我爸爸才知道。」我胡謅了個理由騙她。

我看著他們挽著手一起出門，兩人的身影逐漸消失在聖塔安娜街的盡頭。我心想，如果有人在天堂掌管命運的話，希望他能好心施捨一些幸福給這兩個人。我在櫥窗上掛起「打烊」的牌子，接著，到書店後面的房間去查看父親登記訂單的小冊子。這時候，我聽到店門開啓的鈴鐺響了。我暗想，說不定是費爾明忘了什麼東西了，也可能是我父親從雅亨多納鎮回來了。

「哈囉……？」

等了幾秒鐘，依舊無人回應，於是，我繼續翻閱訂單冊子。

我聽到書店裡傳來腳步聲，緩慢地踱著……

「費爾明？……爸？」

沒有人回話。我隱約聽見有人在冷笑，立刻把冊子闔上。或許是客人沒看見「打烊」的牌子，直接就推門進來了。我聽見書本從書架落下的聲音，決定到前面去一探究竟。我緊張地猛吞口水，手裡握著拆信刀，走到後門口。這時候，我已經不敢再出聲了。不久，我又聽到了腳步聲，越走越遠了……店門的鈴鐺聲又響了一次。我探頭張望著書店四周，半個人影都沒有。我直奔店門口，摸黑把門鎖上。我用力吸了一口氣，覺得自己眞是莫名其妙又膽小。我轉身走回書店後面的房間，卻瞥見櫃檯上有張紙。走近一看才發現，原來是一張照片，一張泛黃的老照片，照片邊緣有燃燒過的痕跡，影像很模糊，看起來就像被沾滿煤屑的手指按壓過一樣。我把照片拿到燈光下細看一番。照片裡是一對年輕的情侶，笑容燦爛。他看起來頂多十七、八歲，一頭金髮，身材清瘦，頗有貴族氣息；她看起來比他小個一、兩歲，臉色蒼白，五官精緻，留著俏麗的深色短髮，清秀可愛，神采飛揚。他一手攬著她的腰，而她一副頑皮的模樣，似乎在跟他竊竊私語。我對影像中的人一見如故，總覺得這兩個不知名的陌生人反而像是老朋友。照片的背景是一家商店的櫥窗，看來應該是一家帽子專賣店。我仔細地看了看這對情侶，從他們的衣著看起來，這張照片大概有二十五到三十年的歷史了，一對青春洋溢的情侶，眼神充滿著希望。火舌幾乎吞噬了照片周圍的部分，但依然看得出老舊的櫥窗上那一行幽靈般的文字：

安東尼歐·富爾杜尼之子
創立於一八八八年

重返「遺忘書之墓」那天晚上，伊薩克曾告訴我卡拉斯用的是母姓，他父親的姓氏是富爾杜尼，在聖安東尼歐圓環經營帽子專賣店。我再次凝望照片中的情侶，突然驚覺，這個少年一定就是胡立安·卡拉斯，他在遙遠的過往對著我微笑，卻忽視了那把將他燒成灰燼的熊熊火焰。

14 幻影之城

1954

隔天早上，費爾明乘著愛神邱比特的翅膀來上班，臉上堆滿了笑，不停地哼著波麗露圓舞曲。換了別的時候，我大概會上前去問他和貝娜妲喝下午茶的情形，不過，我這天卻對他的羅曼史完全不感興趣。我父親早上十一點有個約，他必須把書送到哈維爾．維拉斯格斯教授在大學廣場的辦公室。費爾明一聽到這個學者的名字，立刻氣得抓狂，於是，我決定自告奮勇幫忙送書。

「哼！這傢伙根本就是個書呆子、酒鬼，十足的法西斯敗類！」費爾明義憤填膺，拳頭緊握。「他仗著自己是教授，期末成績又操縱在他手裡，他愛怎麼囂張，誰都拿他沒辦法……！」

「您就別生氣了吧！費爾明，維拉斯格斯教授付錢一向都很大方，而且都是預付，他還四處幫我們宣傳呢！」父親說道。

「他那些骯髒的錢，沾滿了純潔少女的鮮血！」費爾明駁斥他。「眞是天主保佑啊！還好我這輩子沒跟未成年少女上過床，不過，我可不是沒機會啊！兩位別看我今天一副很落魄狼狽的樣子，想當年我也是英俊瀟灑的大帥哥呢！雖然有一大堆女孩子投懷送抱，但是有些看起來不太正經的，為了保險起見，我都會要求看她們的證件；做人嘛，總不能連最起碼的道德標準都沒有！」

我父親沒好氣地瞪他一眼。

「費爾明，您這個人眞是說破了嘴也說不通！」

「那是因爲我有理，我說得有理！」

我在前一天晚上就把維拉斯格斯教授要的書打包好了，包裹裡面有幾本里爾克的詩集，還有幾本僞書，都是奧德嘉的愛國散文集。我拎著包裹逕自出門，留下費爾明和我父親繼續脣槍舌戰。

好一個風光明媚的日子！湛藍的晴空，萬里無雲，清新的微風吹拂著，散發著秋天和海洋的味道。十月的巴塞隆納，一向是我的最愛，初秋時節的街道，因爲散步的人群而生氣蓬勃，如果再去喝一口卡納列達斯噴泉池的水，甚至會讓人覺得自己變聰明了，更神奇的是，自來水常有的濃濃氯味，這時候也嚐不出來了。我在街上悠閒地漫步著，沿路偶爾要避開努力幹活的擦鞋匠，許多公司行號的職員，這時候已經喝完咖啡要回去上班了❶。路上還有賣彩券的小販用力吆喝著，而忙著打掃街道的清道夫，彷彿將手上的掃帚當畫筆，優雅地彩繪迷人的市容。這時候的巴塞隆納，已經進入了車水馬龍的尖峰時段，在巴默思街等紅綠燈時，我看到兩側的人行道上滿是身穿灰色風衣的上班族，大家正好奇地緊盯著一輛紅色敞篷轎車，彷彿車上坐著身穿睡衣的大明星似的。我沿著巴默思街走到格蘭大道，後來在一個櫥窗上看到一張飛利浦電器的廣告海報，上面寫著：電視，這個新的救世主已經駕臨人間，人類的生活從此改觀，我們將變成屬於未來的人類，就像美國人一樣。費爾明熟悉各種科技新知，他老早就預言了未來可能發生的現象。

「我告訴您啊，達尼小朋友，電視是反基督教的玩意兒，頂多經過三、四十年，人類恐怕連怎麼放屁都不會了，大家又回到山頂洞人的原始時代，全都成了無知的愚民。報紙上都說，這個世界恐怕會被原子彈毀滅，可是，我不這麼認爲；我覺得，人類最終不是笑死，就是笨死，什麼事都能拿來開玩笑，而且都是愚蠢至極的玩笑……」

維拉斯格斯教授的辦公室位於文學院三樓，那條鋪著象棋地磚的昏暗走廊，走到盡頭就是了。我看到教授站在教室門口，他正在跟一個身材姣好的女學生說話，這個女孩子穿著性感的緊身洋裝，纖纖細腰特別引人注目，修長的美腿套著精緻的絲襪。維拉斯格斯教授是出了名的風流，大家都知道，名門閨秀們如果沒跟這位名教授去小旅館裡一夜風流的話，情感教育就不算完整。我憑著平常練就的商業直覺，決定不去打斷他的談話，反正閒著也是無聊，我乾脆好好地鑑賞一下這位出色的女學生。或許是因爲剛剛一路輕快散步讓我突然起勁了，但也可能是十八歲這個年紀的關係，更何況，我身邊的女性多是婆婆媽媽，連和克萊拉來往的那段時光都如幻夢一般。那個女學生背對著我，所以，我頂多只能從她的背影去想像她的身材，霎時，我覺得自己好像被長長的獠牙咬了一口……

「唉呀！那不是達尼嗎？」維拉斯格斯教授驚呼著。「還好是你送書來了，上次來的那個怪里怪氣的人，叫什麼來著？反正聽起來就像是鬥牛士的名字，我看他那個人，要不是酒喝多了，就是在家裡關太久了。你能想像嗎？他居然問我『花苞』這個詞兒怎麼來的，而且，他說話又慢，問話的語氣還曖昧的很呢！」

「他沒有惡意啦！大概吃藥產生的副作用，他的肝有點毛病。」

「哼！難怪，一天到晚肝火這麼旺……！」維拉斯格斯咕噥著。「我要是你們，早就把他送進警察局了。我看這個人鐵定有前科！還有，他那雙腳，多髒多臭啊！上面長了一堆紅紅的東西，恐怕幾十年都沒洗過呢！」

就在我正想替費爾明辯解的時候，那個剛剛和維拉斯格斯談話的女學生忽然轉過身來，我的舌頭差點沒掉到地上！

她微笑地看著我，而我卻覺得一雙耳朵好像要起火了！

「嗨！達尼。」碧雅翠詩·雅吉拉爾向我打招呼。

我對她點點頭，舌頭打結地說不出話來。這時候，我終於了解，原來自己一直迷戀著好朋友的姊姊，那個讓我害怕的碧雅。

「啊！怎麼，原來你們兩個認識啊？」維拉斯格斯好奇地問道。

「達尼是我們家的老朋友了。」碧雅向他解釋。「他也是唯一有資格說我嬌生慣養、自以為是的人呢！」

維拉斯格斯驚愕地看著我。

「都已經是十年前的事情了！」我替自己辯解。「而且，我只是開玩笑罷了。」

「我還在等你道歉呢！」

維拉斯格斯在一旁開心地笑了，他接過我手上的包裹。

「我看，我在這裡是多餘的囉！」他邊說邊拆著包裹。「啊！太好了！對了，達尼，你回去告訴你爸爸，就說我在找一本書，書名是《虛張聲勢：我在摩洛哥的青春歲月》，作者是法蘭西斯戈·弗朗戈·巴蒙德，附有貝曼的導讀和註解。」

「好的，我會告訴他，情形如何，我們幾個禮拜後就會告訴您。」

「就這麼說定了！我得走了，還有三十二個空白的腦袋正在等我呢！」

維拉斯格斯教授頑皮地對我擠眉弄眼，然後就進了教室，留下我和碧雅兩個人。我緊張地不知道眼睛該看哪裡才好。

「喂，碧雅，那次取笑妳的事情，我眞的……」

「我跟你開玩笑的，達尼！我當然知道那是小孩的把戲，再說，湯瑪斯也已經狠狠揍你一頓了。」

「就是啊，我到現在還覺得痛哩！」

碧雅對我嫣然一笑，看起來善意十足，至少暫時可以休戰了。

「何況，你說的也有道理，我的確是嬌生慣養，有時候也滿自以爲是的。」碧雅說道。「你不怎麼喜歡我，對不對，達尼？」

「沒有，我眞的沒有這個意思。」

她突然這麼一問，我驚訝地無言以對。沒想到，我對別人的反感，這麼輕易就表露出來了。

「湯瑪斯跟我說過，其實你不是不喜歡我，你是受不了我父親，偏偏又不敢對他怎麼樣，所以只好拿我出氣。所以，我也不怪你囉！碰到我父親這種人，誰都不敢輕舉妄動的。」

我嚇得腦筋一片空白，只能呆呆地傻笑、點頭。

「看來，湯瑪斯比我更了解我自己哩！」

「這沒什麼好驚訝的！我弟弟對每個人的想法都清楚得很，他只是嘴巴不說罷了，哪天他要是決定開口了，保證會驚天動地。你知道嗎？他眞的很喜歡你欸！」

我聳聳肩，不好意思地低下頭。

「他經常聊到你、你爸爸、你們家的書店，還有跟你們一起在書店工作的那個人，湯瑪斯說，他簡直是個天才呢！有時候，我總覺得你們反而比我們更像他的家人。」

我曾見她的眼神：嚴厲、坦白，而且無畏無懼。我不知道該說什麼才好，只能一直微笑。她的坦誠反而讓我不知所措，所以，我只好轉頭去看中庭花園。

「我一直不知道妳在這裡唸書啊！」

「嗯，我剛上大一。」

「主修文學啊？」

「我父親認爲弱勢性別不適合研讀科學。」

「是啊，太多數字了！」

「我無所謂，反正我本來就喜歡閱讀，而且，文學院裡有趣的人比較多。」

「就像維拉斯格斯教授這種嗎？」

碧雅撇嘴一笑。

「達尼，我雖然剛上大一，但各種流言蜚語我可是清楚得很，尤其是像他這種人……」

我不禁自問，自己是哪一種人呢？

「再說，維拉斯格斯教授還是我父親的好朋友呢！他們兩人都是西班牙輕歌劇協會的會員。」

我刻意露出一副非常訝異的表情。

「欸，妳男朋友呢？我們的賈斯柯斯．布恩迪亞上尉還好吧？」

她收起笑容。

「巴布羅再過三個禮拜就會來找我了。」

「妳一定很高興吧！」

「嗯，我真的很高興呢！他是個非常出色的男孩子，不過，我知道你心裡並不這麼想。」

我心想，其實也不盡然吧！碧雅一直盯著我看，我本想換個話題，沒想到嘴巴比腦筋快了一步。

「湯瑪斯說你們打算要結婚，婚後就在費洛❷定居？」

她點點頭。「巴布羅一退伍，我們就結婚。」

「妳一定等不及了吧？」我自己都能感受到話中那股酸溜溜的語氣，實在不曉得這惡毒無禮的念頭是從哪裡興起的。

「我無所謂，真的。他們家的事業都在那裡，擁有好幾個船塢，以後全部都會交給巴布羅經營。他是個領導能力很強的人。」

「看得出來！」

碧雅勉強擠出一點笑容。

「再說，這麼多年來，巴塞隆納這個城市，我也看夠了……」

我在她的眼神中看到了疲憊和哀傷。

「據我所知，費洛是個很迷人的城市呢！一個充滿生命力的地方，還有那海鮮哪，聽說是好吃到無法形容的人間美味呢！尤其是大螃蟹啊……」

碧雅搖頭嘆息。我覺得她似乎快要氣哭了，但她自尊心太強，所以忍下來了，最後只是冷靜地苦笑著。

「過了十年，你還是不忘利用機會羞辱我，對吧，達尼？來吧，儘管羞辱我吧！不用客氣。我錯了，不該一廂情願地以爲我們可以做朋友，或至少裝個樣子也行。不過，我想，我大概不像我弟弟這麼討人喜歡吧？耽誤了你的時間，抱歉了！」

她一轉身，馬上往圖書館的方向走去。我看著她的腳步在黑白相間的地磚上越走越遠，她的身影，穿梭在那一道道從窗簾縫中鑽進來的陽光裡。

「碧雅，妳等等啊！」

我在心裡咒罵著自己，趕緊跑去追她。我在走道上把她攔了下來，一把抓住她的手臂。她的眼神裡，盡是怒火烈焰。

「對不起，請妳原諒我！妳並沒有錯，一切都是我不好。我並不像妳弟弟說的那麼好。我說的話如果讓妳覺得受了羞辱，那是因爲我忌妒妳那個混帳男友，一想到妳以後要跟著他定居費洛，我心裡就有氣，去那個地方跟去非洲剛果有什麼不一樣？」

「達尼……」

「妳誤會我了。我們可以做朋友的，只要妳願意給我這個機會。還有，妳也誤會了巴塞隆納，妳以爲妳已經看遍了這個城市？我向妳保證，絕非如此，如果妳願意的話，改天我就帶妳去見識不爲人知的巴塞隆納。」

我看到她臉上漾起了笑容，默默地流下兩行熱淚。

「我希望你說的都是實話……」她說道。「要不然，我就去跟我弟弟講，他一定會把你揍扁！」

我向她伸出手來。

「我覺得這樣滿合理的。讓我們做好朋友吧？」

她握了我的手。

「妳禮拜五幾點下課？」我問她。

她遲疑了一會兒。

「下午五點。」

「那麼，我們五點整在迴廊見，在天黑之前，我一定要讓妳看看妳沒見過的巴塞隆納，到時候，妳大概就不想跟那個白癡去費洛了，因爲妳對這個城市的記憶，會永遠糾纏著妳，如果就此離去，妳會終生遺憾的。」

「你似乎很有自信嘛，達尼！」

我這個一向愣頭愣腦的人，聽她這麼一說，居然也傻呼呼地點頭承認了。我看著她的身影在走道上漸行漸遠，最後消失在黑暗的盡頭，我在心裡自問：我剛剛到底做了什麼？

譯註：

❶ 西班牙的作息時間與其他國家不同，下午兩點以後才是午餐時間，因此，上班族可以在中午十一、二點時出去喝咖啡、吃點心。

❷ **費洛**（Ferrol），位於西班牙西北部加利西亞省（Galicia），是個瀕臨大西洋的海港城市。

富爾杜尼帽子專賣店舊址仍在，老舊蕭條的店面，就在聖安東尼歐圓環一棟佔地狹小、破舊骯髒的建築物樓下，一旁是哥雅廣場。沾滿污垢灰塵的玻璃上，依稀可見那一行店名，門前還掛著一張形狀如圓頂禮帽的海報，上面寫著：本店可依個人尺寸訂製帽子，巴黎最新款式。門上有個掛鎖，看起來已經掛在那兒至少十年了。我把額頭貼在玻璃上，希望可以在陰暗的屋內看出一些究竟。

「您如果是要來租房子的話，那就來晚啦！」有個聲音從我背後傳來。「仲介公司的人剛剛才走呢！」

說話的是個六十歲左右的婦人，一身黑衣，標準的寡婦裝扮。她頭上包著粉紅色頭巾，露出了幾個髮捲，腳上穿著棉質拖鞋，搭配的是肉色半筒絲襪。我猜她大概是這棟樓房的管理員。

「原來這家店要出租啊？」我問她。

「怎麼，您不是來租房子的？」

「原則上不是啦，不過，誰知道呢，說不定我突然想租了呢！」

管理員老太太皺著眉頭，心裡八成在猶豫著，到底該怎麼跟我打交道才好。我立刻露出滿臉燦爛的笑容。

「這家店已經關門很多年了嗎？」

「至少有十二年囉！那個老傢伙過世之後就關門了。」

「您是說富爾杜尼先生？您認識他嗎？」

「我在這棟房子住了四十八年哩，年輕人！」

「所以，您也認識富爾杜尼先生的兒子囉？」

「胡立安啊？那當然。」

我從口袋裡掏出那張燒焦的照片，然後遞給她看。

「您可不可以告訴我，這張照片裡的人，是不是胡立安·卡拉斯？」

管理員老太太一臉狐疑地盯著我看。她接過照片，拿到眼前細看一番。

「您認得出他嗎？」

「卡拉斯是他媽媽娘家的姓！」她以責備的語氣糾正我。「這就是胡立安，沒錯！我記得他有一頭很亮的金髮，不過在照片裡看起來髮色好像比較深了一點。」

「您知道跟他站在一起的這個女孩是誰嗎？」

「你又是誰啊？」

「喔，抱歉！忘了自我介紹，我是達尼·森貝雷，我正在調查卡拉斯先生的相關資料，嗯……我是說胡立安啦！」

「胡立安去了巴黎，大概是一九一八或一九一九年的事情。您知道嗎？是因爲他父親逼他從軍啊！我想，他母親帶著他出走，八成是爲了要讓這可憐的孩子躲過從軍的命運。後來就剩下富爾杜尼先生一個人，一直住在那個閣樓上。」

「您知道胡立安後來有沒有再回巴塞隆納呢？」

管理員老太太愣了一下，默默地盯著我看。

「您難道不知道嗎？胡立安去巴黎那年就死啦！」

「啊，什麼？」

「我說，胡立安已經過世啦！死在巴黎……去了沒多久就死了。早知道會這樣，倒不如去從軍的好。」

「您是怎麼知道這件事的？」

「怎麼知道的？當然是他父親告訴我的囉！」

我輕輕點著頭。

「我懂了。他有沒有告訴您，胡立安是怎麼死的？」

「老實說，我也不清楚，那個老頭沒提到什麼細節。胡立安離開後不久，有一天，有人寄了一封信給胡立安，於是，我就把信交給他父親，沒想到，老頭卻告訴我他兒子已經死了，以後如果有他的信，直接扔掉就行了。哎喲！您怎麼擺出那種表情啊？」

「您被富爾杜尼先生騙啦！胡立安並沒有在一九一九年去世。」

「您說什麼？」

「胡立安一直在巴黎住到一九三五年，後來，他回到了巴塞隆納。」

管理員老太太一聽，立刻神采飛揚。

「這麼說來，胡立安在這裡啊？他在巴塞隆納？他在哪裡？」

我點頭稱是，同時也深信，這麼一來，老太太一定會告訴我更多事情。

「眞是天主聖母保佑啊！您不知道，我聽了心裡有多高興啊！他能活著，那是因爲他一直是個討人喜歡的孩子，雖然有點怪，但是長得實在俊美呀！不知道爲什麼，這孩子就是讓人疼。我們家依莎貝那個丫頭，多喜歡他呀！還說呢，我那時候都以爲他們倆會結婚，然後生幾個孩子。能不能再讓我看看那張照片啊？」

我把照片遞給她。管理員老太太看了又看，彷彿在看寶貴的護身符，或是一張重返青春歲月的車票。

「眞是讓人不敢相信呢，好像他還站在我跟前似的……那個討厭鬼，爲什麼要說他死了呢？唉，有什麼辦法？一樣米養百樣人哪！我說，胡立安在巴黎從事什麼行業？我敢說，他一定很有錢。我一直就覺得，這孩子將來是賺大錢的料！」

「嗯……那倒不盡然哩！他當了作家。」

「寫故事的？」

「差不多啦！他寫的是小說。」

「喔，像廣播劇那種啊？眞是太好了！我一點都不驚訝，您知道嗎？他從小就喜歡講故事給附近的孩子聽。到了夏天，我家依莎貝和幾個表姊妹還會爬上屋頂平台去聽他說故事呢！據說，他說的故事，每一次都不一樣，但是主題不外乎死人或神鬼之類的。我剛剛也說過了，這孩子有點怪。有這樣一個怪里怪氣的父親，不怪也難！他那個太太帶著孩子離家出走，我可是一點都不驚訝，因爲他實在太可惡了嘛！您知道，我這個人從來不插手管人家的閒事，而且大夥兒都好相處，只有這個老頭，實在太欺負人。咱們這棟樓，大家都知道他會打老婆，他們家三天兩頭就會傳出悽慘的叫聲，好幾次還驚動了警察呢。我可以理解，有的時候，做丈夫的爲了尊嚴需要修理一下老婆，現在的女孩子，有一些眞是不像話，太隨便了，哪像我們這麼端莊啊！不過，這老頭打老婆是不分青紅皀白的，想到了就毒打她一頓。您知道嗎？這個可憐的女人只有一個朋友，一個叫做薇森蒂妲的年輕女孩，就住在這一棟的四號三樓。有時候，那個可憐的女人被打得受不了了，只好逃到薇森蒂妲家去，當然，也會聊一些事情……」

「例如什麼樣的事情？」

管理員老太太眉頭深鎖，左顧右盼了一會兒，說道：

「例如，那孩子不是跟那個老頭生的！」

「胡立安？您是說，胡立安不是富爾杜尼先生的親生兒子？」

「至少那個法國女人是這麼跟薇森蒂妲說的，究竟是出於怨恨，還是有其他原因，我就不知道了。他們母子去了巴黎好多年以後，薇森蒂妲才把這件事告訴我的。」

「那麼，胡立安的親生父親是誰呢？」

「那個法國女人始終不肯說，說不定她自己也不知道呢！您也知道，外國女人比較隨便……」

「您認爲這是她經常被丈夫毒打的原因嗎？」

「天曉得！她有三次被打到必須送醫治療，您聽好，三次呢！那個可惡的畜生，居然還有臉到處去說一切都是她的錯，還說她是個酒鬼，一天到晚在家裡喝得醉醺醺的。我才不相信哩！根本就是胡說八道。他和左鄰右舍也常有糾紛，還誣賴過我那個死去的丈夫，他有一次竟然去警察局報案，說我丈夫偷了他店裡的東西。在他眼裡，所有從南部來的人，不是小偷就是豬！」

「您認得照片裡這個站在胡立安身邊的女孩嗎？」

管理員老太太再度端詳著那張照片。

「我從來沒看過她呢！這女孩長得眞漂亮。」

「從照片看來，他們好像是男女朋友喔？」我提示她，說不定可以幫她喚起一些記憶。

她搖搖頭，把照片還給我。

「照片看起來是這樣沒錯，可是，據我所知，胡立安從來沒交過女朋友。當然啦，他如果有，大概也不會告訴我就是了。就像我家依莎貝吧，當我發現她跟那個男人搞在一起的時候，生米都已經煮成熟飯啦！唉，你們年輕人就是這樣，什麼事都藏在心裡，我們老人家呢，卻是一開口就不知道閉嘴……」

「您還記得他的朋友嗎？有沒有跟他特別要好的朋友來過這裡？」

管理員老太太聳聳肩。

「唉，都過了這麼多年囉！再說，胡立安後來那幾年也很少在家了，您知道嗎？因爲他在學校裡交了個很要好的朋友，那孩子家世非常顯赫，我告訴你，就是名聲響亮的安達雅家族。現在的人大概都對這個家族沒什麼印象了，可是在當年啊，這個家族可是跟王室一樣尊貴呢！好有錢哪！我好幾次看到他們派車子來接胡立安，我說，您眞應該看看那輛車，連佛朗哥的座車都沒這麼豪華！他們有專任的司機呢，那車子啊，從裡到外都閃閃發亮呢！我兒子巴哥告訴我，那種車好像叫做什麼『螺絲萊斯』之類的，只有王公貴族才坐得起的。」

「您記得胡立安那個朋友叫什麼名字嗎？」

「哎喲！光是安達雅家族這個名號就夠響亮啦，哪裡還需要名字呀！您懂我的意思吧？我倒是記得還有另外一個孩子，個性有點魯莽，好像叫做米蓋吧！我想他大概也是胡立安的同班同學。至於他姓什麼、長什麼樣子，您就別問我啦，我不記得了。」

看來，我們似乎已經沒什麼好談的了，不過，我怕管理員老太太談話的興致就這樣消失了，於是，我決定硬著頭皮繼續找話題聊天。

「富爾杜尼先生的公寓現在有人住嗎？」

「沒有。那個老頭過世的時候沒留遺囑，至於他那個太太呢，據我了解，一直到現在還住在布宜諾斯艾利斯，她連葬禮都沒回來參加呢！」

「她爲什麼去布宜諾斯艾利斯呢？」

「我看，八成是想離他越遠越好吧！說眞的，這也不能怪她。後來，房子這些事情就全部交給律師處理，那個人非常詭異，我是從來沒看過他啦，不過，我女兒依莎貝住在五號二樓，她說那個律師好幾次入夜了才來，他手上有鑰匙，開門進去之後，他就在裡面走來走去，走了一陣子之後就離開了。她還跟我講，有一次還聽到女人穿著高跟鞋走路的聲音喔！您說這怪不怪呢？」

「說不定他在踩高蹺嘛！」我故意逗她。

她露出一副莫名其妙的表情望著我，顯然，管理員老太太是很嚴肅地在談這件事情。

「這些年來，除了律師之外，還有誰來過嗎？」

「有一次，有個看起來很凶惡的人來過，我記得他一直在冷笑，大老遠就看到他往這裡走過來。他說他是市警局的人，想進去公寓裡看看。」

「他有說爲什麼嗎？」

管理員老太太搖頭否認。

「您記得他的名字嗎？」

「什麼某某警官之類的。我才不相信他是警察哩！整件事情聽起來就不對勁，您了解我的意思嗎？根本就是他個人的恩怨。我跟他說了，鑰匙不在我這裡，他有什麼要求的話，請他打電話跟律師聯絡。他跟我說會再回來，但是後來就沒再看過他出現在這裡，正好，我也不想再看到他。」

「您大概知道那個律師的名字和地址，對不對？」

「這個您得去問仲介公司的莫林斯先生，他的公司就在附近，佛羅里達布蘭加街二十八號一樓。您就說是奧蘿拉女士讓您去找他的。」

「眞是太謝謝您了！還有，請問您啊，奧蘿拉女士，富爾杜尼先生的公寓都清空了嗎？」

「清空？沒有。那個老傢伙死了之後，一直也沒有人來清理，有時候甚至還有臭味傳出來呢，我是說老鼠、蟑螂之類的啦！」

「您覺得，我們有沒有可能進去看一下呢？說不定會發現胡立安究竟發生了什麼事呢……」

「哎呀，我不能做這種事情啦！您得去找莫林斯先生，這個事情是他在打理的。」

我對她露出狡猾的笑容。

「可是，我想您一定有鑰匙吧！而且……您該不會告訴我，您對那裡面的情況一點都不好奇吧？」

奧蘿拉女士沒好氣地瞪了我一眼。

「您眞是個小魔頭噢！」

那扇門彷彿陵墓墓碑似的，一推就發出刺耳的嘎吱聲響，房間內散發著腐敗的惡臭。我用力將房門往裡推，一條走道直往暗處延伸；這房子聞起來像是關閉已久了，還有濃濃的霉味。天花板角落有幾處渦狀污垢，看起來就像幾撮白頭髮掛在那兒。破損的地磚上蓋著厚厚一層灰塵，但我發現上面有腳印，而且是走向公寓內部。

「哎喲，我的聖母瑪麗亞啊！」管理員老太太咕噥著。「這裡簡直比養雞場還臭！」

「如果您介意的話，我自己進去就行了。」我提出建議。

「我看您打心眼裡就想一個人進去吧！門兒都沒有，快走，我在後面跟著。」

我們把門關上。接著，我們在玄關站了一會兒，直到視力習慣了昏暗的空間才行動。我聽見管理員老太太急促的呼吸聲，而她身上的汗臭味，則是把我薰得頭暈目眩。我覺得自己好像是個盜墓賊，心智已被貪婪和渴望所迷惑。

「欸，您聽啊！那是什麼聲音？」管理員老太太緊張地問道。

前方的陰暗處似乎有東西在跳動著，我隱約看到有一團白色的東西在走道角落飛舞著。

「是鴿子啦！」我說道。「牠們八成是從破損的窗戶鑽進來的，後來就乾脆在這裡築巢了。」

「這些討人厭的鳥類，我看了就覺得噁心！」管理員老太太說道。「吃飽了就會到處亂拉屎！」

「您別生氣，奧蘿拉女士，這些鳥反正都不傷人嘛！」

我們一直往走道盡頭走去，來到緊鄰陽台的飯廳，裡面擺著一張老舊的餐桌，桌上鋪著破損的桌巾，看起來就像壽衣一樣。桌巾下還有四張椅子，旁邊是個骯髒的玻璃櫥，裡面擺放著一套玻璃杯，以及一組茶具。角落放著一架老舊的直立式鋼琴，那是卡拉斯的母親留下來的。白色的琴鍵又髒又黑，蓋著一層厚厚的灰塵。靠近陽台邊有張搖椅，椅子上鋪著一塊破布。搖椅旁有張小茶几，上面放著一副老花眼鏡，以及一本眞皮封面的聖經，大概是受洗、領聖餐的時候才用的，因為裡面夾著的細線仍是鮮艷的紅色。

「您瞧，老頭子就是在這張搖椅上過世的。醫生說，他已經死了兩天才被發現的，眞是悽涼啊！死了都沒人知道，跟外面的野狗有什麼不一樣啊？還好有人來找他呢！不過，再怎麼說，看了讓人難過喲……！」

我走到富爾杜尼先生的搖椅旁。聖經旁邊放了個小盒子，裡面有些黑白照片和泛黃的人像藝術照。我跪在地上，心裡猶豫著到底該不該去翻動那疊照片。我總覺得自己好像褻瀆了一個可憐老人的回憶，不過，好奇心還是凌駕了一切。第一張小照片上是一對年輕夫妻，帶著一個頂多四歲的小男孩。我從那雙眼睛認出了他。

「您瞧，這就是他們一家三口，富爾杜尼先生還很年輕呢，這個是她……」

「胡立安有沒有兄弟姊妹？」

管理員老太太聳聳肩，嘆了一口氣。

「聽說，她曾經流產過一次，大概是因為被她丈夫毆打才流掉的，唉，我也不清楚啦！大家就喜歡說人閒話，眞的。有一次，胡立安跟同一棟樓的孩子說，他有個妹妹，只有他才看得見，小妹妹會像蒸氣似的從鏡子裡走出來，她和撒旦住在湖底的皇宮裡。我家依莎貝聽了，連續做了一個月的惡夢。小孩子的想法，有時候也是很病態的。」

我瞄了廚房一眼，靠中庭花園的小窗子玻璃破了，焦躁的鴿子在屋外的嘈雜聲，在廚房裡聽得一清二楚。

「這裡的公寓都是一樣的格局嗎？」

「靠馬路邊的都是同樣的格局，但是，這一戶在閣樓，所以不太一樣。」管理員老太太說道。

「這裡的公寓，廚房和洗衣間都有天窗，通道旁有三個房間，走到底就是洗手間。好好布置的話，其實是很不錯的。這一戶跟我女兒依莎貝家很像，當然啦，這裡看起來簡直就像墳墓一樣。」

「您知道哪一間是胡立安的房間嗎？」

「第一間是主臥室，第二間比較小，我猜大概就是那間了。」

我在走道上踱著。牆上掛的畫都已經歪歪斜斜的了，往前走到盡頭是洗手間，門沒關上。鏡子裡，有張臉在望著我；可能是我自己的臉，也可能是胡立安那個住在鏡子裡的妹妹……我試著想打開第二間的房門。

「這一間是鎖著的。」我說道。

管理員老太太驚訝地看著我。

「這些房門應該都沒有鎖才對啊！」她喃喃低語。

「這間眞的上鎖了。」

「一定是那個老頭子幹的好事！別的公寓都不是這樣……」

我低頭一看，地上的腳印，一路踩到上鎖的房門口就停下來了。

「有人進過這個房間。」我說道。「而且是最近的事情。」

「您別嚇我呀！」管理員老太太驚慌地說道。

我走到另外一個房間，房門沒鎖。我輕輕推開房門。房裡擺著一張破舊的老式轎子床，泛黃的床單看似裹屍布。床頭放了個十字架。床頭櫃上方有面小鏡子，旁邊的地上放著一個花瓶和一張椅子。半開半掩的衣櫃，緊靠著牆壁。我在床邊繞了一圈，接著，我仔細看了床頭櫃上的東西，包括好幾張親人的照片、好幾份訃聞，還有一些樂透彩券。櫃子上還有個木雕音樂盒，上面的小時鐘故障已久，始終停在五點二十分的位置。我拿起音樂盒來轉了幾下，但是，音樂旋律大概只持續了六個音符就停了。我打開床頭櫃的抽屜，裡面有個空的眼鏡盒、一把指甲刀、一只雪茄盒，以及一面聖母像金牌。就這些東西。

「那個房間的鑰匙一定藏在屋裡的某個地方。」我說道。

「大概在房屋仲介那裡吧！我說，我們還是趕快走啦，不然……」

我的視線不自覺地落在音樂盒上。於是，我打開音樂盒的蓋子，赫然發現裡面有一把金色的鑰匙，卡在機心裡。我把鑰匙拿出來之後，音樂盒恢復正常運轉。仔細聽聽那旋律，原來是拉威爾的音樂。

「一定就是這把鑰匙了！」我笑著對管理員老太太說道。

「欸，既然那個房間是鎖著的，一定有特殊原因。基於尊重，我們……」

「要不您就在大門口等我吧？欸，奧蘿拉女士……」

「您眞是個小魔頭啊！走吧，快去開門吧！」

就在我正要把鑰匙插進去時，一陣冷風從鑰匙孔鑽了進來。富爾杜尼先生爲了鎖緊兒子的房間，選用的鎖比公寓大門門鎖大了三倍。奧蘿拉女士緊張地盯著我看，彷彿我正要打開的是潘朵拉的盒子。

「這個房間是不是靠馬路那一邊？」我問她。

管理員老太太搖頭。

「沒有，這間只有一個小窗戶，還有個小通風口。」

我慢慢把門往裡面推。眼前一片漆黑，什麼都看不見。我們背後那一絲幽暗微光，於事無補。面向中庭的窗戶上，貼滿了泛黃的舊報紙。我把窗上的報紙全部撕了下來，這時候，朦朧的光線立刻鑽進了黑暗的房間。

「天啊！萬能的天主、聖母保佑喔！」管理員老太太在我身旁低聲唸著。

房間裡充斥著十字架。天花板上，用細繩綁著的十字架，掛得到處都是；每一面牆壁上，也釘滿了十字架。可以感覺得出來，大概連角落都有；木製家具上，依稀可見用小刀刻劃出來的十字架，殘破的地磚上也有，連鏡子上都畫了紅色的十字。我們在門口看到的腳印，可能在這張空床前徘徊過吧！這張床已經老舊不堪，鋼絲床棚幾乎已經看不見任何金屬了，木製的床架也被蛀蝕得體無完膚。至於房間的另一頭，窗戶下方擺了一張加蓋式的小書桌，桌子上方放著三個金屬十字架。我小心翼翼地拉起蓋子。木製滑蓋的接縫處並沒有灰塵，據我推測，這個書桌不久前曾經被打開過。書桌有六個抽屜，我一一打開檢查，空無一物。

我屈膝跪在書桌前，輕輕撫摸著木頭上的刮痕。我想像著多年前的胡立安，坐在書桌前，用他那雙小手塗鴉、寫字。桌上放了一疊筆記本，以及一個裝滿鉛筆和鋼筆的文具盒。我拿起其中一本筆記本，好奇地翻看著。上面都是一些插圖，還有零散的文字、數學演算練習、零星的句子、書上摘錄的字句。每一本都是這樣。有些插圖，同樣的圖案連畫了好幾頁，但用的是不同色調。讓我印象最深刻的是一個人物插圖，看起來彷彿是火焰組成的。另外還有一些畫的是十字架上盤繞著天使，但看起來又像是爬蟲類。我還看到一幅大宅院的素描，尖塔加上大教堂式的拱門，是個氣派非凡的建築物。看看這幅素描，筆觸俐落，才華過人。少年卡拉斯已經展露出優異的繪畫天分，可惜，所有的作品都停留在素描的階段。

到了最後一本筆記本時，我看都沒看就打算把它放回原位，沒想到卻有張東西從裡面掉了出來，剛好就落在我腳邊。那是一張照片。我一眼就認出，照片中的女孩，就是在另一張被燒過的照片中和胡立安合照的那一個。女孩是在一個寬敞華麗的花園裡留下的倩影，花木扶疏的背景裡是一幢豪宅，看來就是少年卡拉斯素描裡的那一棟。我終於認出了那棟建築物；那棟別墅，就是迪比達波大道上赫赫有名的「白衣修士塔」！照片背面寫了簡單的一行字：

愛你的潘妮蘿珮

我把照片放進口袋裡，然後拉下書桌滑蓋，露出一張笑臉走向管理員老太太。

「看夠了吧？」她急著想離開這個地方。

「嗯，差不多了。」我答道。「您先前說過，胡立安去了巴黎後不久，有人寄了一封信給他，但是他父親說直接扔掉就行了……」

管理員老太太想了一下，隨即點點頭：

「我把那封信放在玄關那個櫃子的抽屜裡，說不定那法國女人哪天回來了，可以看看……」

於是，我們走到玄關的櫃子前，打開了最上層的抽屜，一個黃褐色的信封，和已經存放了二十年的故障手錶、鈕扣、錢幣放在一起。我拿起信封，仔細地看了又看。

「您看過這封信嗎？」

「欸！您把我當成什麼人啦？」

「您別生氣，我沒有惡意。既然您當時以爲胡立安已經死了，把信拆開來看也是很正常的嘛！」

管理員老太太聳聳肩，低著頭走到門外。我利用這個機會，趕緊把信藏在外套裡面的暗袋，然後把抽屜關上。

「我說，您可千萬別誤會我了！」管理員老太太說道。

「當然不會！怎麼樣，那封信裡面說了些什麼？」

「那是一封情書，寫得比廣播劇還要淒美呢！因爲是眞實的故事，讀起來更讓人感動喔！我告訴您，我看了都想哭呢！」

「那是因爲您心地善良，像個天使一樣，奧蘿拉女士！」

「您呢，鬼靈精怪，簡直就是個小魔頭！」

那天下午，我告別了奧蘿拉女士，同時也承諾，只要關於胡立安．卡拉斯的調查有了新的進展，一定會告訴她。接著，我趕往那個房屋仲介公司。莫林斯先生一副很悠哉的樣子，這會兒正癱在他位於佛羅里達布蘭加街那個不起眼的破辦公室裡。莫林斯是個笑咪咪的胖子，嘴裡咬著快要熄掉的雪茄，好像是從八字鬍裡長出來的一樣。很難界定他究竟是睡著了還是清醒著，因爲他的呼吸聲聽起來跟打鼾沒兩樣。泛著油光的頭髮蓋在額頭上，一雙小眼睛和豬眼一樣細，眼神看起來狡猾而奸詐。他身上那套西裝，很像是只花了幾塊錢從跳蚤市場買來的，還好，那條充滿熱帶風情的鮮艷領帶還算稱頭。至於他那個亂七八糟的破辦公室，彷彿文藝復興時代的巴塞隆納墳窟，只有鼠輩才會想住在裡面。

「不好意思，我們正在整修啦！」莫林斯先生急著道歉。

爲了儘快切入主題，我報上奧蘿拉女士的名號，好像自己跟她是老朋友似的。

「唉！她年輕的時候長得很標緻呢，眞的！」莫林斯說道。「可惜歲月不饒人啊！她現在已經變成胖老太婆了。當然啦，我自己也好不到哪裡去。您別看我現在這個樣子，想當年我像您這麼年輕的時候，我也是美少年一個呢！多少美女投懷送抱，還想跟我生孩子哩！唉，二十世紀，簡直就是狗屎年代。怎麼樣，年輕人，找我有什麼事啊？」

我編了一套故事，把自己說成是富爾杜尼家族的遠房親戚。聊了五分鐘之後，莫林斯拿出檔案夾，決定把胡立安的母親蘇菲．卡拉斯委任的律師資料告訴我。

「我看看啊！……有了，荷西．馬利亞．雷格賀律師，利昂十三世街五十九號。我們跟他一年只聯絡一、兩次，而且都是把信件寄到萊耶塔納街的郵政總局信箱。」

「您認識雷格賀先生本人嗎？」

「我只跟他的祕書通過一次電話。老實說，一切手續都是透過郵寄的方式進行的，這些事情都是我的祕書在處理，不過她今天去做頭髮了。現在的律師都很大牌的，哪有時間跟你聯絡啊！以前那套禮尚往來的規矩，大家都不在乎了。」

這個地址，怎麼看都不像是眞的。我在莫林斯桌上的地圖查了一下，立刻證明我的懷疑是對的：這個神祕的雷格賀律師提供的地址，根本就不存在。於是，我馬上把這件事告訴莫林斯先生，他卻當我是在開玩笑。

「少唬我了！」他笑著回應我。「難不成是我胡說八道嗎？別傻了！」

仲介商肥胖的身軀擠進他那張搖椅，唏哩呼嚕地喘著。

「您應該會有律師郵政信箱的號碼吧？」

「檔案裡寫的是2837，不過，我那個祕書寫的數字，我一向都看不懂，您也知道，女人的數字概念都是一塌糊塗，不能當眞，頂多啊……」

「您可以讓我看看那個檔案嗎？」

「那有什麼問題，您拿去看吧！」

我把那張檔案詳細地看了一遍，數字寫得非常端正清楚，郵政信箱的號碼是2321。我眞不敢想像，這家公司的帳目會有多糟糕啊！

「您和富爾杜尼先生熟嗎？」我問他。

「普通啦！他那個人非常嚴厲。我還記得，當初一聽說那個法國女人跑掉了以後，我就邀他和幾個朋友一起去嫖妓，我知道白鴿舞廳隔壁有間很棒的妓院。欸，我沒什麼別的意思，只是想幫他找點樂子輕鬆一下而已。結果您猜怎麼著？他從此不跟我講話了，在街上看到我也當我是隱形人，根本不跟我打招呼哩！您說，我們能有多熟啊？」

「真是太令人驚訝了。富爾杜尼家族其他的人呢？您還記得嗎？」

「那都是好久以前的事囉！」他喃喃低語，懷念著往事。「我認識富爾杜尼家的老祖父，那個帽子專賣店就是他一手創立的。至於他那個兒子，就是我剛剛說的那樣嘛！不過他那個法國太太，長得真是花容月貌啊！大美人一個！而且氣質又好，雖然關於她的謠言滿天飛……」

「例如，胡立安不是富爾杜尼先生的親生兒子？」

「您從哪裡聽來的？」

「我不是跟您說了嗎？我是他們家的遠房親戚，這種事情，我當然會知道啊！」

「這事情是真是假，到現在也沒個準兒。」

「可是，外面一直有傳言呢……」我刻意挑弄他。

「唉！人就是這樣，只要聽到一點點風聲，就可以說成滿城風雨。我告訴您，人類的祖先不是猴子，是母雞！」

「事情到底是怎麼傳開來的呢？」

「您要不要來杯蘭姆酒？古巴來的酒，那種加勒比海的味道啊……保證過癮！」

「不了，謝謝您的好意，您喝就好，我陪您，您就邊喝邊聊吧！」

安東尼·富爾杜尼這個人，大家都叫他「帽子師傅」。一八九九年，他在巴塞隆納大教堂前的石階上認識了蘇菲·卡拉斯。富爾杜尼那天是來向聖歐大覺許願的；在所有的聖人當中，聖歐大覺以掌管愛情運勢聞名，找祂求姻緣最靈了。安東尼·富爾杜尼這時候已經年過三十，依然是孤家寡人的老光棍一個，他急著找對象成家，所以，一眼就看上她了。蘇菲是個年輕的法國女孩，住在里拉亞塔街上的女子宿舍裡，平日就以巴塞隆納豪門子弟的鋼琴家教爲業。她沒有親人，也沒有財產，有的只是耀眼的青春，以及她那曾任法國尼姆劇院鋼琴手的父親給予她的音樂訓練，可惜她父親一八八六年死於肺結核，她的音樂教育因而被迫中止。反觀安東尼·富爾杜尼，出身優渥，不久前才繼承了父親的事業，他在聖安東尼歐圓環經營知名的帽子專賣店，也希望這個家族事業可以代代相傳。在他眼裡，蘇菲·卡拉斯是個柔弱順從、面貌姣好的年輕女子，看來，聖歐大覺果然不負期望，幫他牽了條姻緣線。莫林斯先生是富爾杜尼老先生的朋友，聽聞安東尼將迎娶陌生女子的消息之後，他婉言相勸：蘇菲看起來的確是個好女孩，但說不定她是想藉這個婚姻圖什麼方便呢？不如再多交往個一年吧……安東尼·富爾杜尼駁斥莫林斯，他堅持自己對未來的妻子了解已經夠深刻，其他的女人，他一點興趣都沒有。後來，他們在松園教堂完婚，接著是三天的蜜月旅行，目的地是蒙嘉特溫泉。臨行的那天早上，帽子師傅誠懇地詢問莫林斯先生，床笫之間那檔子事，應該如何進行才對？喜歡挖苦人的莫林斯隨口就告訴他，回去問太太就知道了。結果，富爾杜尼夫婦度蜜月不到兩天就回到巴塞隆納。左鄰右舍都說，蘇菲是哭哭啼啼走進大門的。多年後，薇森蒂妲信誓旦旦地說，蘇菲告訴她，那個帽子師傅連她一根汗毛都沒碰，於是她乾脆主動調情，他卻惡言辱罵，說她根本就是個妓女，還說他對她那些猥褻的言行極度反感。六個月之後，蘇菲告訴丈夫，她肚子裡已經懷了孩子：別人的孩子。

安東尼．富爾杜尼看過自己的父親多次毆打母親，因此，在他的認知當中，打老婆是天經地義，再合理不過了。他總是凶狠地揍她，直到她奄奄一息才住手。即使被打得這麼悽慘，蘇菲依舊抵死不肯透露孩子的親生父親是誰。安東尼．富爾杜尼自有一套邏輯，他認爲一定有魔鬼作祟，這孩子是個不折不扣的罪惡之子，而罪惡之父只有一個：邪魔。他堅信，罪惡已經充斥他家的每個角落，以及妻子的雙腿之間……於是，他瘋狂地在家裡掛滿十字架，牆壁、房門以及天花板，到處都是。蘇菲發現他在那個曾經監禁過她的房間裡掛滿了十字架，她又驚又怕，淚眼婆娑地問他是不是瘋了。他聽了火冒三丈，一轉身，毫不客氣地摑了她一巴掌。「婊子！妳跟其他女人一樣……」接著，他把她拖到樓梯口去，狠狠地用皮帶抽打她一頓。隔天早上，安東尼．富爾杜尼打開家門，打算到樓下去開店營業，卻看見蘇菲還縮在樓梯口，全身上下都是乾涸的血跡，整個人凍得直發抖。醫生們盡全力醫治她，但終究還是無力將她的右手腕骨完全接好。蘇菲．卡拉斯從此再也無法彈奏鋼琴，不過，她後來生了個兒子，取名胡立安，藉此紀念她那英年早逝的父親。富爾杜尼本來有意將她趕出家門，但一想到家醜外揚恐怕會影響生意，只好作罷。他心想，誰會想跟一個戴綠帽的人買帽子呢？蘇菲一直被關在公寓最後面那個陰暗、寒冷的房間裡。在這個小房間裡，她靠著幾位鄰居太太的協助生下了兒子。安東尼過了兩天才回家。「這是上帝賜給你的孩子啊！」蘇菲對他說道，「你如果想懲罰誰，那就懲罰我好了，但請你別把氣出在這個無辜的孩子身上。孩子需要一個家和一個父親，我的罪惡不該由他來承擔，所以，我求求你，可憐可憐我們吧！」

最初那幾個月，兩個人都不好過。安東尼．富爾杜尼決定將妻子降格爲女傭等級，從此不同床共眠，也不同桌用餐，難得交談幾句，內容必定是家務相關問題。每個月總會有那麼一次，通常是月圓之夜，安東尼．富爾杜尼會出現在蘇菲房裡，他不發一語地趴在妻子身上做著那檔子事，力道雖然很勇猛，技巧卻不怎麼樣。蘇菲利用這個難得的親密時刻，試圖想以甜言蜜語和溫柔愛撫挽回他的心。只是，這個呆板無趣的帽子師傅不解風情，而且，他的性慾頂多持續幾分鐘，通常是幾秒鐘就消失了。幾年過去了，兩人多次親密接觸，但蘇菲的肚皮卻始終沒動靜，安東尼．富爾杜尼索性再也不踏進蘇菲房裡了，他寧願留在自己房裡，竟夜閱讀宗教刊物，希望能從中找到苦惱的出口以及生命的慰藉。

大概是福音教化的關係，帽子師傅力圖讓自己眞心去疼愛那個眼神深邃、愛開玩笑的孩子，然而，不管他再怎麼努力，就是無法將小小胡立安當成親生兒子，甚至不把他當兒子看。至於那孩子呢，似乎也對他傳授的製帽技術和宗教教義興趣缺缺。聖誕節來臨時，小胡立安以變換馬槽小玩偶的位置爲樂，同時還編了另一套故事，情節變成了剛出生的耶穌被東方三王綁架勒贖，下場悽慘。不久後，胡立安愛上了畫畫，而且畫的都是青面獠牙的天使，還編了一堆充滿妖魔鬼怪的恐怖故事。日子一天天過去，一心想引導胡立安走入正途的帽子師傅，終究還是放棄了。那個孩子，天生就不是富爾杜尼家族的人，永遠都不可能的。胡立安老是抱怨上學很無聊，所以筆記本上總是滿滿的塗鴉，畫的都是些魔鬼啦、纏繞的巨蟒啦、會走路的房子啦，還有一些不規則的怪圖案。這時候的胡立安，對於幻想和虛構故事的興趣，絕對遠超過他對周遭日常生活的關注。安東尼．富爾杜尼一生遭逢過各種挫敗，但沒有什麼事比這個孩子更傷他的心，他覺得，這個小傢伙根本就是惡魔派來羞辱他的。

十歲的時候，胡立安宣稱將來要當畫家，就像委拉斯格斯❶那樣偉大。他的夢想是完成大師在世時來不及構思、繪畫的作品，因爲委拉斯格斯浪費了太多時間去應付那些心智耗弱的王室成員。至於蘇菲，或許爲了排解寂寞，也可能是懷念父親，竟然興起了教胡立安彈鋼琴的念頭。胡立安一向喜歡音樂、藝術，以及所有在人類社會賺不了錢的夢幻事物，他沒多久就學會了基本樂理，後來，他索性把視唱樂譜丟到一旁，決定自己作曲。當時，安東尼·富爾杜尼堅信，這個小男孩心智有障礙，部分原因出自飲食，都怪他母親三天兩頭做法式料理。有個非常普遍的說法是，大量食用奶油會導致道德淪喪和心智混亂，於是，他從此嚴禁蘇菲用奶油做菜。只是，效果依然不如預期。

到了十二歲，胡立安對繪畫藝術和委拉斯格斯的熱情消失了，帽子師傅暗自竊喜，但沒過多久，他的希望再度落空。胡立安放棄了普拉多美術館的藝術夢，卻有了另一個更危險的嗜好。他發現了卡門街上的圖書館，每次到了他父親允許他出門的時段，他一定往圖書館裡鑽，沉浸在那個浩瀚的書海裡，盡情地閱讀小說、詩集和歷史。十三歲生日的前夕，他宣稱將來要成爲媲美史蒂文生❷的偉大作家。帽子師傅沒聽過這個外國作家，他沒好氣地潑了胡立安冷水，說他要是能當個石匠就謝天謝地了。到了這時候，帽子師傅已經非常確定，他這個兒子是個無藥可救的大笨蛋！

安東尼·富爾杜尼經常失眠，他在床上輾轉反側，內心總是充滿了憤怒和挫敗感。他告訴自己，其實，他是打從心底就喜歡那個孩子。至於那個從一開始就背叛他的賤女人，雖然令人不屑，但他還是一直愛著她。他全心全意愛著這對母子，只是，他用他自己的方式去愛他們，一種他自認很正確的方式。他祈求上帝指點迷津，他到底該怎麼做，才能讓一家三口幸福地過日子，當然，如果能按照他的方式去進行更好。他懇求上帝傳遞訊息給他，即使給他一個暗示也好。萬能的上帝雖然智慧無限，但大概是痛苦的凡夫俗子問題太多，把祂壓得喘不過氣來了，帽子師傅始終沒得到上帝的回應或指示。當安東尼．富爾杜尼在床上咀嚼悔恨和懊惱時，蘇菲則在隔壁房裡抑鬱消沉，看著自己的生命在欺騙、孤絕和罪惡中擺盪著。她並不愛她嫁的這個男人，但她覺得自己是他的附屬品，她想帶著孩子遠走高飛的可能性微乎其微。每次想起胡立安的生父，她總覺得好心酸，這麼多年來，她總算學會了憎恨這個人。在長久缺乏溝通的情況下，富爾杜尼夫婦開始惡言相向，辱罵和指責的怒吼聲充斥著整個家，尖銳的言語像刀刃一樣鋒利，能把擅闖禁地的人刮得滿身傷痕，通常，無辜的胡立安就是這個下場。後來，帽子師傅經常無端毆打妻子，他已經不記得爲什麼要打她了，他只記得心中的怒火和羞辱。他發誓，絕不容許這種恥辱再次發生在他身上，必要的時候，他會不擇手段，即使去坐牢也在所不惜。

大概是上帝垂憐，安東尼．富爾杜尼偶爾會省悟：他應該做個好人，不需要像他父親那樣。但過不了多久就故態復萌，他的拳頭還是無情地落在蘇菲柔嫩的肌膚上，而且，他漸漸覺得，如果自己不能像個丈夫那樣擁有她，那就以復仇者的姿態征服她。富爾杜尼夫婦在不爲人知的情況下，就這樣過了多年陰暗的歲月，內心和靈魂漠然沉寂著。在緘默多時之後，他們後來都忘了用來表達眞實情感的字句，終於變成了同住一個屋簷下的陌生人，就像這個大城市裡的許多家庭一樣。

我回到書店的時候，已經過了下午兩點半了。一進門，費爾明立刻對我拋了個嘲諷的眼神，他正站在高高的梯子上，擦拭著偉大的貝尼多先生那套巨著《國家論》❸。

「我說這是誰啊？我們還以爲您去發現新大陸了呢，達尼。」

「我在路上耽擱了一下啦！我爸爸呢？」

「他一直等不到您回來，所以就自己去送貨啦！他要我轉告您，他今天下午要去提雅納幫一個寡婦的私人藏書估價。我看啊，您父親是深藏不露，對女人挺有一手的。喔，他說您不必等他，時間到了就打烊。」

「他有沒有生氣？」

費爾明搖搖頭，然後身手輕巧地下了梯子。

「他哪會生氣啊！您父親簡直就是個聖人。更何況，他也很高興您終於交了女朋友。」

「啊，什麼？」

費爾明喜孜孜地對我眨了一下眼睛。

「哎呀，臭小子，您眞是悶葫蘆一個。喂，那個姑娘長得眞標緻啊，走在路上會讓交通大亂哩！氣質眞好，看得出來，唸的一定是好學校，不過，從她的眼神看起來，可能滿驕縱的喔……欸，要不是我的一顆心已經給了貝娜妲，我就去追她了。喔！我都還沒告訴您那天喝下午茶的事情呢……迸出火花啦！簡直就像仲夏夜的一團火啊……」

「費爾明！」我忍不住打斷他的話。「您到底是在說什麼啦？」

「您的女朋友啊！」

「可是我沒有女朋友啊，費爾明！」

「好啦！我知道，現在的年輕人都流行另一種說法，好像叫什麼『甜心』或……」

「費爾明，別鬧了！您可不可以把話說清楚？」

費爾明一臉愕然地望著我，同時還做出摩拳擦掌的動作，彷彿西西里黑手黨。

「好吧，事情是這樣的：今天下午，大概是一點或一點半的時候，來了個非常漂亮的小姐，說是要找您。您的父親和敝人在下都在，我向您保證，這位小姐絕對不是幽靈！不信的話，我連她身上的味道都可以描述給您聽。她散發著一股薰衣草的香味，但又比薰衣草更甜一點，嗯……對了，就像剛出爐的奶油麵包！」

「那個奶油麵包有說她是我的女朋友嗎？」

「是這樣的，她在言語之間沒有明說，但言下之意非常清楚，她說，禮拜五下午會在相約的地方等您，這個嘛，您自個兒心裡有數！我跟您父親還能怎麼想，當然是把您和她想成一對囉！」

「啊，碧雅……」我喃喃說著。

「呃！果然，眞有其人……」費爾明興奮地大叫。

「是啦，不過，她眞的不是我女朋友。」我說道。

「唉呀，這種大美女，您還等什麼呀！」

「她是湯瑪斯·雅吉拉爾的姊姊。」

「您那個發明家朋友啊？」

我點頭。

「眞是令人無法置信啊！說眞的，她長得實在太漂亮了，我要是您啊，無論如何也要把她追到手。」

「碧雅已經有男朋友了，一個正在當兵的上尉。」

費爾明唉了一聲，隨即惱火了起來。

「哼！軍人，鐵定不是什麼好東西，這些人都是不學無術的猴崽子。不過這樣也好，因爲這麼一來，您大可以把他踢到一邊也不會覺得內疚。」

「您扯到哪兒去了，費爾明！人家碧雅打算等那個上尉一退伍就跟他結婚哩！」

「您是怎麼看的，我是不知道啦！不過，依我看來，這個姑娘不會嫁給他的。」

「您懂什麼啊！」

「欸，女人和世界大事，我都很懂的，懂得比您多的多啦！根據佛洛伊德的說法，女人眞正想要的，跟她腦子裡想的或嘴巴說的，剛好相反。所以您好好思考一下，事情並沒有這麼糟糕嘛！男人就不一樣了，他們是照著消化和生殖器官的反應去行動的。」

「費爾明，您就別再跟我長篇大論了吧，我已經了解您的意思了。您如果還有什麼話要說，拜託，講重點就好。」

「好啦！總之一句話：這個姑娘，看起來完全不像是個婚後會當溫柔賢妻的人。」

「喔，是嗎？那麼，您看她像是什麼樣的人呢？」

費爾明自信滿滿地向我走來。

「她是熱情如火的那種。」說著說著，還故意挑起眉毛，一副神祕兮兮的樣子。「您要知道，我這麼說是一種讚美啊！」

費爾明一如往常，說得頭頭是道，我成了手下敗將，決定換個方式絕地大反攻。

「談到熱情，您倒是聊聊貝娜妲吧，怎麼樣，那天到底是吻了，還是沒吻呢？」

「您別損我啦，達尼！別忘了，站在您面前的可是專業的調情高手呢！只有業餘的小癟三才會玩接吻這種把戲。贏得女人的芳心要一步一步慢慢來，整個過程就是一門心理學。」

「換句話說，您被她拒絕了？」

「世上有哪個女人會拒絕我費爾明．羅梅洛．托勒斯！我再次引述佛洛伊德的說法，打個比方好了：男人的性慾就像個燈泡一樣，開關一開，啪嚓一聲，立刻亮出火紅的燈光；關掉開關，馬上就可以冷卻下來。可是女人不一樣，她們的情慾有如科學的奧妙，就像熨斗一樣，是漸漸熱起來的，您懂嗎？就像溫火慢燉一鍋肉吧！等她眞的燒起來了，誰也滅不了那把火，想想畢爾包鋼鐵廠裡的鍋爐，就像那樣啦！」

我想了想費爾明那套熱力學原理。

「所以，您那天就跟貝娜妲做這些事情啊？」我問他。「讓熨斗開始加溫？」

費爾明對我眨眨眼。

「這個女人啊，簡直就是一座即將爆發的火山，個性熱情如火，心地卻像天使一樣善良！」說著，他舔了舔嘴唇。「老實說，她讓我想起那個哈瓦那混血姑娘，眞是熱情有勁兒呢！不過，我這個人其實很傳統的，從來不佔姑娘的便宜，頂多就是在她臉頰上親一下。我一點都不急啊，您知道嗎？讓她有所期待才是高招。外面有一堆沒見識的鄉下人以爲摸摸女人屁股無所謂，其實這樣就已經把她們惹毛了。唉！那些都是不上道的半調子。女人的心思就像一座微妙的迷宮，虛情假意的魯莽男子是應付不來的。如果您想徹底擁有一個女人，那麼，您就要學著像她那樣去思考，因爲，最重要的是擄獲她的芳心。至於那讓人神魂顚倒的誘人胴體，算是額外贈品。」

聽完這一席話，我鄭重其事地爲他鼓掌。

「費爾明，您簡直就是個浪漫詩人啊！」

「喔，不，我這套哲學是跟奧德嘉學來的，而且，我是個實用主義者。詩雖然很美，但是會騙人，我說的都是眞話，就跟番茄麵包一樣實在。有位大師是這麼說的：你自認是多情的劍俠唐璜，我看你卻是虛僞假面薄情郎。我一心追求的是永恆的眞愛。您看著好了，我一定會讓貝娜姐成爲一個幸福的女人。」

我笑著點頭，他的熱情似乎具有感染力似的。

「爲了我，您可要好好照顧她啊，費爾明。貝娜姐心地太善良，已經被負心男人傷害太多次了。」

「您想我會不知道嗎？我早就看出來啦，她就跟戰後寡婦一樣，死心塌地得很。您放心，我一定把她捧在手心上，爲了讓她幸福，要我做牛做馬都行。」

「一言爲定？」

他像個勇敢的戰士一樣，堅定地伸出手來。我立刻握住了他的手。

「我費爾明．羅梅洛．托勒斯一言既出，駟馬難追！」

這天下午，書店門可羅雀，只來了幾個客人，都是好奇地晃了一會兒就走了。我看生意這麼清淡，於是就建議費爾明乾脆休假去吧。

「您去找貝娜姐嘛，帶她去看場電影，或者手牽手去鬧區逛街也好，她會很高興的。」

費爾明馬上就接受了我的建議，隨即興高采烈地跑到後面房間去打點門面。他在店裡隨時備妥一套體面的衣服，還有各式各樣的古龍水，以及一盒髮油，行頭之齊全，連女明星恐怕都要自嘆弗如。當他從後面房間走出來時，簡直就像從大銀幕走出來的電影明星一樣，只是身子單薄了一點。他穿著一套從我父親那兒接收的西裝，頭上戴了一頂毛料寬邊圓帽，尺寸稍嫌大了點，爲了解決這個問題，他在帽子裡面塞了報紙。

「對了，費爾明，趁著您還沒出門，我想請您幫我一個忙。」

「那有什麼問題，您儘管吩咐，我一定照辦。」

「我請您幫忙的這件事，是您和我之間的祕密，千萬別跟我父親提起喔！」

「啊！臭小子，一定跟那個俏妞有關，對吧？」

「才不是哩！事關調查高度機密，您最拿手的。」

「這樣啊！追女朋友這種事，我也很拿手呢！我會這麼說是要讓您知道，您如果需要追女朋友的技巧，來找我就對了。您大可放心，我跟醫生一樣，一定保密到家。所以，不必扭扭捏捏的，儘管來找我就是了。」

「好啦，我會放在心上的。現在來談正事：我想請您去查清楚，在萊耶塔納街的郵政總局裡，2321號信箱的使用者是什麼人。還有，如果可以的話，也請您查查，都是誰去拿信的？您覺得您可以查得出來嗎？」

費爾明扯下襪子，用原子筆把號碼寫在腳踝上。

「這是小事一樁，政府單位的資料，沒有我查不出來的。您給我幾天的時間，到時候，我給您一份完整的報告。」

「這件事，一個字都別跟我父親提起啊，好嗎？」

「放心！別忘了，我跟埃及人面獅身金字塔一樣，嘴巴緊得很！」

「實在太謝謝您了！好啦，您快去吧，祝您玩得愉快！」

我舉手敬禮向他道別，然後看著英俊瀟灑的他像隻驕傲的公雞似的走掉了。費爾明走後，大概不到五分鐘，店門上方的鈴鐺響了，我正在查看帳簿和訂單，一聽到聲響，立刻抬起頭來。走進店裡的是個穿著灰色風衣的男人，頭上的帽子壓得低低的，嘴上留著一道細細的鬍子，一雙藍眼呆滯無神，一臉推銷員式的笑容，既虛僞又做作。可惜費爾明不在，每次有人來書店推銷樟腦丸或其他雜貨的時候，他三兩下就能把那些人打發走。那個人咧著一張油嘴直對著我笑，隨手拿起門口書架上一本已經缺貨的書，臉上則是一副很不屑的樣子。我暗想著：你休想賣我任何東西，連「午安」都甭說了。

「字好多啊！」他說道。

「嗯，書嘛，通常都有不少字的。先生，有什麼需要我爲您服務的嗎？」

那個人把書放回書架上，表情冷淡地回應我的問題。

「我說啊，看書是那些閒著沒事幹的人才會做的事，例如女人就是。平常要幹活的人，哪來閒功夫看故事啊！日子可不是那麼好過的，您不覺得嗎？」

「這是一種意見罷了。您有特別想找什麼書嗎？」

「這不是意見而已，這是事實。這個國家不就是這樣嗎？大家都不想努力工作，到處都是無所事事的人，您不覺得嗎？」

「我不知道欸！先生。大概是吧！您也看到了，我們天天都待在這兒賣書啊！」

那個人走近櫃檯邊，眼神不斷地在書店內飄移著，湊巧落在我臉上，兩人定定相望了半晌。

不管是長相或作風，這個人總讓我有似曾相識的感覺，只是，我始終想不起來在哪裡見過他。他那個樣子，根本就是撲克牌上印的那幾張臉，又像是從幾百年前的古籍裡走出來的老古板。他的外表死氣沉沉，卻兼具熾熱如烈焰的特質，彷彿穿著一套被詛咒的西裝去參加週日彌撒。

「請問，有什麼能讓我爲您服務的嗎？」

「我才是來這裡爲您服務的人。您是這個地方的老闆嗎？」

「不是。老闆是我父親。」

「貴姓大名？」

「您是指我還是我父親？」

那個人對我露出了輕蔑嘲弄的笑容。儘管傻笑吧，我心想。

「我看到招牌上寫著森貝雷父子，指的就是兩位吧？」

「您的觀察力眞是敏銳。請問，您到小店來有什麼事嗎？還是，您想找什麼書？」

「我來這裡，全是一番好意，主要是要讓您知道，我已經注意到了，兩位和不三不四的人有瓜葛，尤其是同性戀和犯罪的流浪漢。」

我驚訝地看著他。

「抱歉，我不懂您的意思？」

那個人狠狠地注視著我。

「我指的是娘娘腔和小偷。這下您該不會不懂我在說什麼了吧！」

「不好意思，我完全不懂您在說些什麼，也沒興趣知道。」

他點點頭，面露猙獰，非常憤怒。

「到時候就別怪我不客氣了。我想，您應該很清楚費德里戈．佛拉比亞最近的不法行徑……」

「費德里戈先生是我們這兒的鐘錶匠，也是鄰里都稱讚的好人，我不相信他會有什麼不法行為。」

「我指的是他的人妖打扮。我非常清楚，這個不男不女的娘娘腔經常光臨這家書店，我猜大概都是來買言情小說和色情圖片吧！」

「請問，這又干您什麼事啦？」

這時候，他掏出皮夾，打開之後，攤在櫃檯上。那張骯髒的員警證件上，貼著一張年輕的大頭照，姓名的欄位上寫著：刑事組組長　法蘭西斯戈．哈維爾．傅梅洛。

「小鬼，跟我講話客氣點！不然，我隨便安個販賣共產思想書籍的罪名，就夠讓你父子倆吃不完兜著走了，懂嗎？」

我很想反駁他，只是話到了嘴邊，卻像結凍了似的，卡住了。

「還有，那個娘娘腔不是我今天來的主要目的。那傢伙遲早會進警察局吃點苦頭，就跟他那些不男不女的同黨一樣，我相信，他受了教訓就會學乖了。讓我比較煩心的，倒是我收到的一份報告上面寫著，這家書店聘用了一個竊賊，一個令人唾棄的敗類……」

「我不懂您在說什麼，警察先生。」

傅梅洛竊笑了幾聲，那副邪惡、討厭的德行，和幫派黑道沒兩樣。

「天知道這傢伙現在用的什麼化名。多年前，他借用曼波舞王維佛瑞多．卡瑪谷伊這個名字，還把自己說成巫術專家以及國王的舞蹈老師，甚至是德國女間諜瑪塔哈莉的情人。他還用過駐外大使、藝術家和鬥牛士的名字，多得都數不清了。」

「很抱歉，我實在幫不上忙，因爲我不認識半個叫做維佛瑞多．卡瑪谷伊的人。」

「您當然不認識了，可是，您知道我說的是誰，對不對？」

「不知道。」

傅梅洛再次冷笑了幾聲。他那強悍而做作的笑容，已經透露他內心的憤怒情緒。

「我看您就是喜歡把事情複雜化，是嗎？我到這裡來，完全是好意來讓您知道，跟不法之徒牽扯在一起，下場恐怕會不堪設想。沒想到，您倒是把我當騙子了。」

「我絕對沒有這個意思！非常感謝您的到訪和通知，但是，我向您保證，眞的沒有……」

「少跟我廢話！眞他媽的把我惹火了，我先把您揍一頓，再抓去關起來，懂嗎？不過，我今兒個心情好，先給您一個口頭警告就算了。您應該知道如何選擇朋友吧！您如果喜歡跟人妖和小偷爲伍，那麼，您大概跟這兩種人是同類吧！碰到我這個人，事情必須黑白分明，如果不是站在我這邊，就是在跟我作對。這就是現實人生，懂嗎？」

我默不作聲。傅梅洛點點頭，冷笑了幾聲。

「很好，森貝雷，您自己看著辦，咱們倆一開始就把氣氛搞僵了。您如果要自找麻煩，很快就會惹禍上身的。現實人生可不比小說情節啊，您知道嗎？在現實生活中，必須選邊站才行。顯然您已經做了選擇，而且還很愚蠢地挑了輸家！」

「拜託，請您馬上離開！」

他咧著嘴，一臉神祕的冷笑，走到門邊：

「我們還會再見的。告訴您的朋友，傅梅洛警探已經盯上他了，請代我問候他啊！」

這個不速之客意外來訪，他那令人厭惡的言語始終在我腦海縈繞不去，我這一下午原有的好心情都被他搞砸了。我心神不寧，在櫃檯邊踱步了十五分鐘之後，胃部痛得像在打結似的，於是，我決定提早關店，出門去散步。我在街上隨意逛著，腦中卻一再浮現那個邪惡壞蛋的謾罵和恫嚇。我在心裡反覆自問著，到底該不該把這件事告訴我父親和費爾明？但想了又想，我總覺得，傅梅洛的動機純粹是想挑起我們的憂慮、恐懼和慌亂。我決定不跟他玩這場遊戲。只是，他對於費爾明過去的那段談話，卻讓我很不安。但我隨即又為自己感到汗顏，因為我居然把那個流氓警察的話當眞了。在街上來回逛了好幾趟之後，我終於打定了主意，就把這件事藏在記憶深處，從此不再想起。回家的路上，當我經過社區的鐘錶行時，費德里戈先生站在櫃檯後方，揮手向我打招呼，示意要我進去坐坐。這個鐘錶匠是個非常親切的人，總是笑臉迎人，一向把大家的生日都記得清清楚楚，不管有什麼問題找他，他總是能冷靜地找出解決的辦法。一想到他已經被列入傅梅洛的黑名單，我忍不住打了個寒顫。我很猶豫，不知是否該把事情跟他說，但又不曉得如何啓齒，因為涉及他的私生活，我無權干預……我越想越迷惘，一臉苦笑走進鐘錶店。

「你好啊！達尼，咦，怎麼臉色那麼難看啊？」

「今天諸事不順。」我說道。「您怎麼樣，還好吧，費德里戈先生？」

「還可以啦！現在的鐘錶製造技術不比從前囉！所以，找我修理鐘錶的人也多了。再這樣下去啊，我得找個助手來幫忙才行。你那個發明家朋友，他會不會有興趣啊？他那雙手那麼巧，一定很適合。」

我不敢想像，「變裝皇后」費德里戈先生提供的這份工作，如果湯瑪斯．雅吉拉爾眞的接受了，不知道他那個望子成龍的父親反應會有多激烈啊！

「嗯，我會跟他說的。」

「對了，達尼，你父親兩個禮拜前拿了個鬧鐘來修理，我不知道他到底是怎麼把鬧鐘弄壞的，總之，買個新的會比較划算。」

我記得好幾次，夏夜炎熱難眠，我父親會到陽台上去睡。

「他不小心把鬧鐘摔到樓下了。」我說道。

「我想也是。你問他要怎麼辦才好，我這裡有雷迪安牌的鬧鐘，可以算他便宜一點。我看你乾脆先拿一個回去讓他試用吧，喜歡的話，再過來找我付錢就行了。如果不喜歡，你改天拿來還我。」

「實在太謝謝你了，費德里戈先生！」

他立刻動手把鬧鐘包起來。

「這可是高科技呢！」他神情愉悅地說道。「對了，我好喜歡前幾天跟費爾明買的那本書，葛拉罕．葛林的作品。這個費爾明，選書的功力眞是沒話說。」

我頻頻點頭。

「對啊！他眞的很棒。」

「我發現他從來不戴錶呢！你回去告訴他，請他改天過來一趟，我送他一只錶。」

「我會告訴他的，謝謝您，費德里戈先生！」

費德里戈先生將鬧鐘交給我之後，仔細地把我打量了一番，然後，他皺起了眉頭。

「達尼，你眞的沒事啊？」

我笑著點點頭。

「我眞的沒事，費德里戈先生。您好好保重啊！」

「你也是，達尼。」

回到家之後，我發現父親倒在客廳沙發上睡著了，胸前還放著報紙。我把鬧鐘放在桌上，另外還留張紙條告訴他：「這是費德里戈先生要我拿回來的，他叫你把舊的丟掉。」接著，我躡手躡腳地溜進房間。我沒開燈，逕往床上一癱，不禁想起那個警官，還有費爾明和鐘錶匠，想著想著就睡著了。當我醒過來的時候，已經是凌晨兩點。我在走道上探頭望了一望，父親已經拿著新鬧鐘回房去睡了。家裡漆黑一片，而這個世界似乎比前一天更黑暗、更邪惡了。我終於了解，其實自己本來一直不相信世上眞有傅梅洛警官這個人，如今卻彷彿有千百個傅梅洛警官在糾纏著。我走進廚房，喝了一杯冰牛奶。我默默在心裡自問，住在小旅館裡的費爾明，一切可好？

走回房間時，我努力想抹滅那個警察在我腦海中烙下的影像。我努力想再入睡，但我很明白，恐怕是不可能了。我起身開燈，從口袋裡拿出我早上從奧蘿拉女士那兒偷來的那封寄給卡拉斯的信，打算仔細拜讀一番。我把信封放在書桌上。那是個羊皮紙似的信封，四周已經泛黃，摸起來的觸感好像黏土。郵戳已經有點模糊了，上面的日期是「一九一九年十月十八日」。信封封口那層蠟已經脫落，八成是奧蘿拉女士的傑作。就在信封封口上，有一小片紅色色塊，似乎是印上去的口紅，上面還寫了寄件人的地址：

潘妮蘿珮·安達雅

迪比達波大道三十二號，巴塞隆納

我拆開信封，抽出裡面的信，一張赭紅色信紙整齊地對摺著。信件是以藍色的墨水筆寫的，起頭的字跡略顯凌亂，但越寫越端正。這一張信紙，盡是如煙往事。我把信紙攤在桌上，屏息細讀其中的內容。

親愛的胡立安，

今天早上，我才從赫黑那兒聽說你已經離開了巴塞隆納，踏上了你的尋夢之旅。我一直很害怕，你那些夢想遲早會把你從我手中搶走。我眞希望能見你最後一面，讓我好好地凝望著你的雙眸，讓我把這封信說不完的話都告訴你。我們的計畫完全走樣了。我太清楚你的個性了，所以，我知道你不會寫信給我的，也不會讓我知道你的地址，因爲，你想脫胎換骨變成另外一個人。我知道，你恨我不守信，居然沒有出現在我們相約的地方。你一定認爲，是我辜負了你。眞的，我實在沒有那個勇氣！

我一次又一次地想像著，你獨自坐在那班火車上，心裡一定認爲是我背叛了你的感情。我多次試圖想透過米蓋聯絡你，無奈他總是漠然地告訴我，你已經不想知道和我相關的任何事情。胡立安，他們到底跟你說了什麼樣的謊話？他們究竟在你面前說了我什麼？你爲什麼要相信他們呢？

如今，我知道我已經失去了你。我已經失去了一切。即使如此，我不能讓你就這樣永遠離我而去，在你忘了我之前，我一定要讓你知道，我一點都不恨你，我從一開始就知道，我知道總有一天會失去你，你永遠不會像我愛你那樣來愛我。我要讓你知道，我對你一見鍾情，愛意從未間斷，此時此刻，我對你的深愛更甚以往，即使你不在乎也罷。

我瞞著所有的人，偷偷寫了這封信給你。赫黑發了毒誓，只要再看到你，他一定會殺了你。我已經被監禁了，別說走出家門，連探頭到窗外都不被允許。我想，他們大概永遠都不會原諒我了。有個可靠的密友答應會幫我把這封信寄給你。我不便提起他的名字，免得他無端受連累。我也不知道這封信會不會到你手上呢？假如你眞的收到信了，而且決定要回信給我的話，我想，聰明如你，一定會想到好辦法的。在我寫信的同時，我想像著坐在火車上的你，帶著被背叛的心靈傷痕，滿懷著夢想，躲開了我們所有的人，也逃避了你自己。胡立安，紙短情長，我還有好多話要說，就是不能告訴你。那些事情，我們以前一直被蒙在鼓裡，我想，你還是永遠別知道的好。

我只有一個願望，胡立安，祝你幸福！希望你的夢想都能成眞，或許你會漸漸把我遺忘，但我依舊期望著，總有一天，你終究會了解，我是如此深愛著你！

永遠愛你的潘妮蘿珮

譯註：

❶**委拉斯格斯**（Diego Velazquez，1599-1660），十七世紀西班牙的偉大畫家，也是西方藝術的巨人。師承自然主義風格，畫作以細緻描繪生活人物和靜物聞名。

❷**史蒂文生**（Robert Louis Stevenson），出身蘇格蘭愛丁堡的英國大文豪，創作體裁包括散文、小說、遊記及詩，尤以探險題材的小說見長。一八八三年發表《金銀島》，成為西方兒童文學的經典名著之一。

❸在此指的是貝尼多．裴瑞斯．卡鐸斯（Benito Perez Caldos，1843-1920），西班牙當代傑出作家之一，作品具有強烈的道德意識。

17

那天晚上，我拿著潘妮蘿珮．安達雅那封信，一讀再讀，後來甚至可以倒背如流了，而且，讀了信之後，不速之客傅梅洛警官掀起的烏煙瘴氣，一下子就被我拋到腦後去了。我整晚沒睡，一直全神貫注地讀著那封信，思索著信中傳達的訊息，當天色濛濛亮起時，我決定出門一趟。我悄悄穿好衣服，然後在玄關的櫃子上留了張紙條給我父親，告訴他我有事必須出去一趟，早上九點半就會回到書店。一走出大門，映入眼簾的是依然沉睡在微光中的街道，在光影交錯的灰藍氛圍中，地上偶有昨夜雨後的積水。我連忙將外套鈕扣全都扣上，領子拉得高高的，不疾不徐地往加泰隆尼亞廣場走去。地鐵站的樓梯口，暖呼呼的熱氣緩緩溢出。我到了加泰隆尼亞鐵路局售票口，買了一張到迪比達波的三等火車票。車廂裡坐滿了正要去上班的公務員、女傭和工人，身上都帶著用報紙包著的三明治，尺寸如磚頭大小。我挑了個角落的位置坐下來，頭靠在車窗上，一路閉目養神。在迪比達波下車之後，我站在街上，忽然覺得眼前所見彷彿是另一個巴塞隆納。天色漸漸亮了，天上的雲朵出現了紫色鑲邊，映照著大道上氣派的豪宅大院。一輛藍色街車，在朦朧的晨霧中緩緩駛過。我跟在街車後面跑了一段，然後，就在車掌嚴峻的目光之下，終於踩上了街車台階。木製的車廂裡，沒什麼乘客，只有兩個修士和一個膚色黝黑、神色哀傷的婦人，在搖搖晃晃的車廂上打著瞌睡。

「我到前面三十二號那裡就下車。」我努力展現了最可愛的笑容，很客氣地對車掌先生解釋。

「您就是去天涯海角也一樣！」他表情漠然地駁斥我。「上了車，就是耶穌基督的侍衛都得付錢！要嘛付錢，不然就下車走路，我不會要您付雙倍車資的。」

那兩個腳穿涼鞋、身披咖啡色道袍的聖方濟修士，頻頻點頭稱是，還把手上的粉紅色車票亮給我看呢。

「既然這樣，那我就下車好了。」我說道，「因爲我身上沒帶零錢。」

「您請便！不過，請您到下一站停車的時候再下去吧，我可不想處理意外事故。」

街車爬坡的速度幾乎和步行差不多，車子在樹蔭中穿梭著，從車窗望出去，一幢幢城堡般的豪宅從眼前掠過，我想像著豪宅內的情景，雕像、噴泉、馬廄、小教堂……大概樣樣都不缺吧。我從靠車門那一側探頭張望街景，忽然在樹叢中瞥見白衣修士塔。接近羅曼麥卡雅街轉角時，街車漸漸停了下來。司機拉了二下車上的鈴鐺，車掌向我拋出了嚴厲的眼神。

「快！小子，可以下車了，三十二號就在前面。」

我趕緊跳下車，然後看著藍色街車搖搖晃晃地消失在晨霧中。安達雅家族的大宅院就在對面街上，鐵製的一排欄杆上爬滿了長春藤，落葉掉了滿地。一扇小門隱匿在欄杆裡，鎖得很牢靠。門上攀爬著黑色蛇形似的鐵雕，正好就是三十二這個數字。我試圖想瞧瞧裡面是什麼樣子，可惜一片漆黑。看看門上的鑰匙孔，已經布滿了一層深紅色的鐵銹。我跪了下來，希望能一探豪宅庭院究竟是何景致。我看到的只是一片雜草，草叢旁有個東西，我想大概是噴泉，但又像是一座舉手指天的雕像。過了半晌，我終於明白了，原來那是一座石雕，雕的是一隻手，噴泉旁還散布著其他雕塑，可惜我實在看不出形貌。再往更裡面看去，灌木叢後隱約可見覆蓋著落葉和瓦礫的大理石階梯。安達雅家族的財富和榮景，已經沒落多時了。這個地方，根本就是個廢墟。

我往回走到轉角處，從建築物南側往內看。在這裡，可以很清楚地看到豪宅內的幾座尖塔。這時候，我發現有個人影閃過，定睛一看，原來是個身穿藍色睡袍的瘦削男子，揮舞著大掃把，努力掃著人行道上的落葉。他一臉疑慮地盯著我看，我猜他大概是附近某一棟豪宅的門房。我勉力擠出在書店裡訓練出來的商業化笑容。

「您早啊！」我非常有禮貌地向他打招呼。「您知不知道，安達雅家族這棟房子是不是已經很久沒人住了？」

他睜大了眼睛望著我，彷彿我在說天方夜譚似的。這個身材瘦小的男人，手摸著下巴，他的手指有點焦黃，八成是廉價的塞塔牌香菸薰出來的。我眞後悔沒帶盒菸在身上，否則就可以用香菸跟他套交情了。我把手伸進外套口袋裡掏呀掏的，看看有沒有什麼可以派上用場的。

「這地方，至少有二十或二十五年沒人住了吧！」那個門房說話的語氣平淡而微弱，好像剛挨了一頓毒打似的。

「您在這裡很久了嗎？」

那個瘦小男子點點頭。

「打從一九二〇年開始，我就在這裡替密拉貝爾家當夥計了。」

「您知道安達雅這一家發生了什麼事嗎？」

「這個嘛，您大概也知道吧，在第二共和那個年代，這個家族幾乎破產啦！」他說道，「他是罪有應得……！我知道的不多，都是從密拉貝爾先生夫婦那兒聽來的，他們兩家人以前往來很密切。我記得，他們家那個大兒子赫黑後來遠走國外，去了阿根廷，好像是有工廠在那裡。有錢人哪！想去哪裡都行。對了，您身上有帶菸嗎？」

「很抱歉！我沒帶菸，不過，我這裡有瑞士糖，這種糖果的尼古丁含量，據說和基督山牌的雪茄一樣多，同時又富含維他命……」

門房不情不願地皺起眉頭，不過還是勉強接受了。我把這顆檸檬口味的瑞士糖遞給他，這是費爾明好久以前給我的糖果，剛剛才在口袋裡找到的。我確定它並沒有發霉走味。

「滿好吃的呢！」門房老先生說道，嘴巴裡含著那顆糖果，吃得津津有味。

「您正在咀嚼著本國糖果製造業的驕傲呢！咱們佛朗哥大元帥都是手抓著一大把吃個不停哩，就像在啃糖杏仁一樣。對了，您有沒有聽說過安達雅家族那個女兒潘妮蘿珮？」

門房老先生拄著大掃把苦思，那個樣子，就像羅丹的雕塑名作「沉思者」。

「我看您大概是搞錯了吧？安達雅家並沒有女兒啊！他家只有兒子。」

「您確定？據我了解，一九一九年左右，這棟房子裡住了個名叫潘妮蘿珮．安達雅的年輕女孩，應該就是那個赫黑的妹妹吧？」

「可能吧？我剛剛也跟您說了，我是一九二〇年才到這裡來工作的。」

「這個別墅，現在的主人是誰啊？」

「據我所知，這房子還在找買主呢，不過，聽說他們也考慮把這個大宅院打掉，然後用這塊地來蓋學校。說實在的，能這樣做是最好不過了：把它夷爲平地，一塊磚都別留下來。」

「您爲什麼這麼說呢？」

門房老先生神祕兮兮地看著我。接著，他咧著嘴笑，我這才發現，他的上排牙齒起碼已經掉了四顆牙。

「安達雅這家人哪！全都陰陽怪氣的，您大概懂我的意思吧？」

「我不懂哩！這話怎麼說呢？」

「您知道，外面傳言很多啦，我這個人呢，對於那些胡亂編造的故事，可不會隨便就相信的，欸？可是啊，聽說已經不只一個人在裡面踩到不乾不淨的東西啦！」

「您該不會告訴我這棟房子鬧鬼吧？」我很想笑，但努力忍住了。

「您儘管笑吧！可是，我告訴您，此地無銀三百兩！既然有風聲的話，可見哪……」

「您看過什麼奇怪的事情嗎？」

「看是沒看過啦，不過，我真的聽過怪聲！」

「您聽過啊？什麼樣的怪聲？」

「事情是這樣的，很多年前，有一天晚上，我陪喬內特少爺進去過，是他堅持要我陪他去的，您知道嗎？我自己是一點都不想踏進那個地方啦！……結果，就像我剛才跟您說的，我聽見怪聲啦！嗯……聽起來就好像是哭聲。」

門房老先生當場模仿起那個怪聲。在我聽來，根本就像是個重感冒的人在哼小調。

「說不定只是一陣風吹過吧？」我提出自己的看法。

「也有可能啦！不過，我老實告訴您，我聽了那聲音，當場覺得毛骨悚然！欸，您還有沒有糖果啊？可以再給我一顆嗎？」

「您嚐嚐這喉糖吧！吃了甜食以後，應該要潤喉一下。」

「好吧！」門房老先生立刻伸出手來。

我乾脆把整盒都給他。滔滔不絕講了大半天的安達雅家族傳奇故事，濃郁的洋甘草味道似乎對他的口乾舌燥很有幫助。

「我跟您講一件事，咱們倆知道就好。有一次呢，喬內特少爺，對了，他是密拉貝爾家的兒子，塊頭大概是您的兩倍，順便告訴您，他現在是國家籃球代表隊隊員……喬內特少爺有幾個朋友，他們對安達雅家族這棟房子的靈異怪事略有耳聞，於是就纏著喬內特少爺帶他們進去瞧瞧。接著，我家少爺就來纏我啦！說什麼都要我陪他一起進去，唉，別看他塊頭這麼大，光會說大話，膽子小得很！您知道，嬌生慣養的小孩就是這個樣子嘛！爲了要在女朋友面前吹噓，他就偏要晚上進去，結果才進去不久，就嚇得尿濕了褲子。您現在看到的是房子在白天的樣子，欸！到了晚上，這地方完全換了個樣！喬內特少爺執意要上二樓，我就堅持不進去，欸！您要知道，當時，這房子起碼已經閒置了十年，就這麼闖進去，搞不好會犯法的。喬內特少爺說，那房子不平靜……他說好像聽到有個房間傳出聲響，但是房門卻鎖起來了，怎麼樣都打不開哩！怎麼樣，您聽了有何感想啊？」

「我想，那大概只是風吹的聲音吧？」

「那我再告訴您一件事吧！」門房老先生壓低了音量。「有一次，我在廣播裡聽到：這個世界，到處都有神祕異象啊！您看看哪，大家都說眞正的聖毯已經找到了；其實，那是爲了遮蔽一家電影院的大銀幕而編織的，他們不想讓回教徒看到那個大銀幕，因爲回教徒恐怕會藉此宣稱耶穌基督是黑人。這下您又該怎麼說呢？」

「我無話可說。」

「就像我剛剛跟您說的嘛，神祕異象很多啦！這個大宅院，一定要夷爲平地才行。」

我向雷米希歐先生道過謝之後，沿著大道往回程的方向走，到了聖潔爾瓦希歐廣場時，我抬頭一望，映入眼簾的是在雲層中漸漸甦醒的迪比達波山。我突然興起了搭纜車上山的念頭，很想看看山上那個歷史悠久的遊樂園，裡面有我想念的旋轉木馬和機器人。可惜我已經承諾父親了，一定要準時回書店上班才行。走回地鐵站的途中，我想像著胡立安．卡拉斯也曾經走在這條人行道上，凝望著那排樣貌如昔的宏偉建築，還有那氣派的大理石階梯，以及花園裡的雕塑……或許，他也在這裡等待藍色街車載他攀上山頭。走到大道盡頭時，我掏出那張潘妮蘿珮一臉燦笑站在花園中的照片。她那清澈的明眸裡，盡是對未來的滿心期待：「愛你的潘妮蘿珮」。

我想像著像我這個年紀的胡立安，雙手捧著那張照片，說不定就在同樣這棵樹的樹蔭下……可以想見，滿面笑容的他，充滿自信地展望著美好未來，如此寬闊、光明，就像這條壯觀的大道一樣。霎時，我心想，那屋子裡並沒有鬼魂流連，只是失落的回憶駐足在此罷了。眼前這和煦的晨光，只是借來的光線，僅有在我的視線所及才是眞實的，就這樣一秒又一秒地消逝著……

18

到家之後，我發現父親和費爾明已經開了書店店門。我逕自衝到樓上家裡，匆匆忙忙地解決了早餐。父親幫我在餐桌上留了土司、果醬和一壺咖啡。我在十分鐘內解決了早餐，然後趕緊下樓。我悄悄從靠一樓大廳這邊的書店後門進去，直接來到我的置物櫃前。我套上工作時必穿的圍裙，免得衣服被箱子和書架上的灰塵弄髒了。在置物櫃裡最隱密的角落，放了個已經保存多年的黃銅盒子，至今仍有餅乾的味道。我在餅乾盒裡收藏了各式各樣的小東西，沒什麼用途，但又捨不得丟，像是已經無法修復的故障手錶和鋼筆、老舊的銅板、迷你玩偶、彈珠、我在迷宮花園撿回來的子彈彈殼，以及二十世紀初的巴塞隆納老明信片。在那一堆雜亂的小東西上面，還放著伊薩克．蒙佛特撕下來的一小張舊報紙，那是我回「遺忘書之墓」去藏匿《風之影》那天晚上的事，他把女兒努麗亞的地址記在上面了。我站在一排排書架和箱子堆裡，靠著一點昏黃迷濛的光線，再把那地址仔細地看了一遍。接著，我把餅乾盒蓋上，至於那張寫了地址的舊報紙，則是塞進了我的皮夾裡。我悄悄走進書店裡，準備開始將我的心力貢獻給這個天天一成不變的工作。

「兩位早上好啊！」我向他們道早安。

費爾明正忙著好幾箱書籍的分類，剛到的新貨，一個住在薩拉曼加（Salamanca）的收藏家寄來的，我父親檢視之後，正在苦思德文目錄裡那個用來標示路德教偽書的精準用字。

「我看下午會更好喲！」費爾明怪腔怪調地唱著，暗示著我和碧雅的約會。

我根本就不想理他，決定開始每月一次的對帳工作，以及核對各種收據和貨品收發單據。在我們單調的工作環境裡，唯一的調劑就是廣播了，這時候，收音機正播放著流行歌手安東尼歐·馬清的精選歌曲。對我父親來說，加勒比海風格的輕快音樂只會讓他渾身不自在，不過，他還是硬著頭皮聽了，因爲這種音樂能讓費爾明回憶起他最思念的古巴。同樣的情景，每個禮拜都會上演：我父親關起耳朵，練就一身聽而不聞的功夫，費爾明則是跟著旋律盡情地扭動著身子，進廣告的時候，他就趁機大談當年在哈瓦那的歷險和奇遇。書店店門敞開著，一陣陣新鮮麵包和熱咖啡的香味飄了進來，讓人聞了就快活。不久，我們樓上的鄰居麥瑟迪絲從市場買菜回來了，走到書店櫥窗前時，她停下腳步，然後，探頭進來望了又望。

「早啊！森貝雷先生。」她的語調輕快悠揚，好像在唱小曲似的。

我父親對她笑了笑，臉都紅了。我總覺得，其實他對麥瑟迪絲滿有好感的，只是，礙於他個人的道德約束，只好默默地把情意藏在心裡。費爾明偷偷用眼角餘光瞄了她一眼，舔了舔嘴唇，屁股繼續不停地搖啊晃的，彷彿進來的是個吉普賽人似的。麥瑟迪絲打開其中一包紙袋，送了我們三個鮮艷欲滴的蘋果。我想，她大概還存著到書店來上班的念頭吧，每次看到外來的入侵者費爾明，她一向毫不避諱地露出一臉嫌惡的表情。

「這蘋果又大又漂亮呢！我一看到，心裡就想著：這麼好的東西，最適合送給森貝雷先生了！」她嬌嗔著。「我知道，像您這樣的知識份子，都是喜歡吃蘋果的，就像那個伊薩克·貝拉一樣。」

「是伊薩克·牛頓，小傻瓜！」費爾明熱心地糾正她。

麥瑟迪絲怒視著他，彷彿見到了仇人一樣。

「好，您最聰明了！眞是好心沒好報，別忘了，這三顆蘋果，有一顆還是給您的哩！我看，就是送您一顆爛葡萄柚都嫌浪費。」

「我說這位小姐，感謝您的好意，只是，您那嬌嫩的玉手摸過的禁果，只怕我吃了皮膚會起疹子喔……」

「拜託！費爾明……」我父親出面制止他。

「是，遵命，森貝雷先生！」費爾明乖乖閉上了嘴巴。

就在麥瑟迪絲氣呼呼地數落著費爾明的同時，外面傳來人群騷動的嘈雜聲。這時候，我們四個人不發一語地等著，期望能聽出一點動靜。街上鬧哄哄的，不時還傳來怒罵聲。麥瑟迪絲小心翼翼地走到店門口去探究竟，接著，我們看到幾個附近的商家老闆，慌慌張張地從我們店門口走過，個個都是一副飽受驚嚇的模樣。沒多久，社區的老鄰居兼發言人安納克雷多·歐摩先生就來了。安納克雷多先生是退休的高中老師，擁有西班牙文學學位，精通各種人文知識，他和七隻貓住在二號二樓的公寓。從教職退休後，他偶爾利用閒暇替知名的大出版社做封底撰稿，鄰里間謠傳，聽說他曾以「魯道夫·皮東」爲筆名，撰寫煽情的情色小說。私底下的安納克雷多先生是個和藹可親、個性溫和的大好人，不過，在衆人面前，他覺得自己必須扮演好儒雅學者的角色，說話老是喜歡引經據典，所以大家幫他取了個「老學究」的綽號。

那天早上，安納克雷多老師滿臉通紅、神情哀傷地來到書店，拄著象牙枴杖的雙手，不停地顫抖著。我們四個人心生好奇，不約而同盯著他看。

「安納克雷多先生，發生什麼事啦？」我父親問他。

「佛朗哥死了！一定是這樣……」費爾明妄下結論。

「閉嘴！你這個畜生……」麥瑟迪絲打斷他的話。「你讓博士先生好好把話說完行不行？」

安納克雷多先生深深地嘆了一口氣，然後，他挺直了身子，以他慣有的威嚴，娓娓道出事情的來龍去脈。

「親愛的朋友們，生命就如一場悲劇，即使尊貴如上帝，也難免要嚐嚐這苦不堪言的滋味。昨天晚上，凌晨時分，忙碌了一整天的城市正在熟睡中，沒想到，費德里戈·佛拉比亞·布哈德斯先生，我們這位一向熱心公益、待人親切的好鄰居，也就是與您的書店僅隔三戶之外的鐘錶行老闆，被警方逮捕了。」

我的心，立刻往下一沉。

「哎喲！耶穌、聖母瑪麗亞……老天啊！」麥瑟迪絲在一旁叨唸了起來。

費爾明氣急敗壞地「哼！」了一聲，看來，那個警察流氓頭子還活得好好的。安納克雷多先生深呼吸了一下，接著繼續往下說：

「根據親近市警局高層的可靠消息來源指出，執行逮捕行動的是兩位曾經獲頒勳章的刑警隊警官，昨晚過了午夜之後，他們突然出現在艾斯古迪耶爾街附近的小酒吧裡，把一身妖艷女裝打扮、在舞台上又唱又扭的費德里戈先生抓走了，據說，當時台下的觀眾大多是心智不成熟的青少年。這群被上帝遺忘的可憐孩子，昨天下午才脫離了教會的庇護，晚上就到聲色場所上台脫褲子縱情狂舞，那話兒硬邦邦地挺著，嘴角不停地流口水。」

麥瑟迪絲猛在胸前畫十字，對那種放蕩行爲完全無法苟同。

「有些無辜孩子的母親接到警察局的通知之後，立刻對外公布了這個醜聞。唯恐天下不亂的嗜血媒體，馬上就聞到了那股腥味，再加上警方公關幫了大忙，就在兩位警官到場抓人不到四十分鐘，八卦小報『眞相日報』的記者奇戈．卡拉布也到了現場，打算趕在截稿前替讀者準備一道很夠味的麻辣大雜燴，不消說，內容當然是極盡低俗、聳動，標題還做得很大……」

「事情怎麼會這樣呢……」我父親說道。「我一直以爲費德里戈先生受過教訓之後，應該學乖了才對啊！」

安納克雷多先生嚴肅地點點頭。

「是啊！不過，您也別忘了，俗語說得好：江山易改，本性難移。更悽慘的還在後頭呢！」

「既然這樣，那就請您長話短說，別兜圈子啦！您一直在那兒咬文嚼字，我聽了都快咬到自己的舌頭啦！」

「您別理那個畜生，我就喜歡聽您這樣說話，好像在播新聞一樣呢！博士先生……」麥瑟迪絲說道。

「謝謝妳，孩子，不過，我只是一個平凡的老師而已啦。回到剛才的話題，我就不拐彎抹角、不再贅言了。事情是這樣的：我們這位鐘錶行老闆，曾經有幾次在類似的情況下被捕，也就是說，在市警局的檔案資料中，他已經有前科了。」

「市警局那些傢伙，根本就是戴著勳章的敗類。」費爾明忿忿不平地插上一句。

「我對政治沒研究，不過，我可以告訴您的是，可憐的費德里戈先生被拖下舞台，兩位警官用酒瓶把他毒打了一頓，然後把他帶回萊耶塔納街的市警局去偵訊。還好，他們最後只是開玩笑羞辱他，或許還賞了他幾個耳光吧，但是，最悽慘的還是昨天晚上被傅梅洛警官毒打那一頓。」

「傅梅洛……」費爾明低聲唸著，光是提到這個名字，就能讓他嚇得發抖了。

「沒錯，就是傅梅洛，這個治安大功臣，前一陣子才成功破獲了維嘉坦街上的非法賭場，昨天晚上，他接到一通心急如焚的母親打來的報案電話，那群逃學的教會學校男學生裡面，帶頭的就是她兒子裴貝．關爾迪歐拉。接獲報案時，這位知名的警官大人才剛吃過晚飯，還灌了十二杯雙份白蘭地，但他決定親自出馬辦案。一到現場，看到火辣艷舞，傅梅洛隨即指示辦案的警官，這個『爛騷貨』需要好好教訓一頓——雖然在場有位小姐，但休怪我用這麼粗俗的字眼啊，實在是非得這麼說才精準嘛！——於是，我們這位鐘錶行老闆，依然是王老五的費德里戈先生，雖然個性天真善良，只是碰巧和那群青少年在酒吧同時出現罷了，但警方不管這麼多，還是把他關進了地牢，和一群罪犯共處了一個晚上。各位大概都聽說過那個地牢，衛生條件極其惡劣，唉！一個尋常老百姓，只是出去玩樂一下，竟然會落到鋃鐺入獄的地步！」

說到這裡，安納克雷多先生神情憂傷，大致描述了受害者的狀況，畢竟，費德里戈先生也是我們大夥兒的老朋友了。

「各位都很清楚，費德里戈先生是個性格溫順、慈悲善良的人。如果有隻蒼蠅飛進了鐘錶行的話，他不會打死牠，而是打開門窗，讓這個同樣也是上帝子民的小昆蟲回到大自然去生活。據我所知，費德里戈先生是個信仰虔誠的人，熱心參與教會活動，只是，他也免不了有些惡習，就在那麼寥寥可數的情況下，惡習征服了他的善念，於是，他就男扮女裝出去尋歡了。但是，他修理手錶和縫紉機的好功夫無人能及，而且，他對街坊每個人都是那麼和藹親切，不只對熟識的老朋友如此，即使是那些不知道他有艷裝打扮、夜訪聲色場所癖好的點頭之交，他也是很客氣的。」

「聽您這樣的語氣，好像他已經死了一樣！」費爾明嘟囔著，臉色很沮喪。

「死倒是沒死啦，多虧上帝保佑！」

我鬆了一口氣。費德里戈先生家裡還有個八十多歲高齡的老母，左鄰右舍都叫她佩碧姐，老太太已經完全失聰，大家經常會看到她在陽台用力搧風趕麻雀。

「佩碧姐老太太當然不知道。」老學究繼續說道。「她的寶貝兒子費德里戈，其實整晚都被關在污穢不堪的地牢裡，牢裡那群邪惡的壞蛋，先是把他當妓女一樣，猥褻、嘲弄，玩膩了他那乾癟的肉體之後，再把他毒打一頓，圍觀的犯人則在一旁鼓掌歡呼：『娘娘腔，娘娘腔，去吃屎，不要臉的娘娘腔……』」

大家沉默不語，心情異常沉重。後來，麥瑟迪絲忍不住啜泣了，費爾明很想安慰她，作勢要把她摟在懷裡，但她不領情，一溜煙就躲開了。

19

「各位自己去想像那幅景象吧！」安納克雷多先生這麼一講，大家更覺得沮喪。

對於事情的結局，大家也不抱什麼期望了。接近中午時，一輛灰色的廂型警車把費德里戈先生丟在他家門口。他身上的傷口還在淌血，衣服已經被撕爛，出門時穿戴的精緻假髮和華麗洋裝都不見了。牢裡的囚犯在他身上撒尿，而他那張臉，已經被揍得鼻青臉腫。麵包店老闆的兒子發現他蜷縮在大門口，哭得像個孩子似的，全身還不停顫抖著。

「眞是太沒天理了！老天爺，太不公平了……」麥瑟迪絲幽幽說著，她倚在書店門邊，刻意要遠遠躲開費爾明。「唉！好可憐啊，這個人，心軟得跟麵包一樣，而且從來不得罪人，他只是喜歡打扮得妖艷嫵媚，然後去唱幾首歌，這樣是招誰惹誰啦？就是有人這麼壞！」

安納克雷多先生低著頭，默不作聲。

「那些人不是壞，」費爾明反駁她。「是蠢！兩者是不一樣的。壞不壞是從道德和思想層面來定義的。然而，蠢蛋都是不思考也不講理的。他們只憑本能去行動，就像動物園裡那些野獸一樣，他們自認所做的每一件事都是對的，自以爲是，囂張得很，到處爲非作歹，幹盡他媽的壞事，請原諒我的措辭……只要有他們看不順眼的事情，不管是顏色、宗教、語言、國籍，或者像費德里戈先生這種有特殊癖好的人，他們就會出手欺負人。這個世界，寧可多幾個眞正的壞人，也不要這種四不像的敗類！」

「您在胡說八道些什麼？我們需要的是多一點基督教悲天憫人的慈悲心，少點兒壞心眼，唉，這個國家已經快成了野獸王國了！」麥瑟迪絲不客氣地打斷了費爾明的話。「望彌撒的人是很多啦，但是都沒把耶穌基督的教誨當一回事！」

「我說，麥瑟迪絲，咱們今天不談宗教產業這個議題，那也是令人頭痛的問題，而且根本就沒有解決之道。」

「怎麼，這下連無神論都出來了！我請問您，神父到底是怎麼跟您說的？」

「拜託，兩位別鬥嘴啦！」我父親出言制止他們。「我說，費爾明，您去看看費德里戈先生吧，說不定他需要有人幫忙跑腿，例如去藥房或市場買東西之類的。」

「好的，森貝雷先生，我現在就去。您也知道，我這個人一開口講話就忘了時間。」

「我看您是忘了羞恥和禮貌吧！」麥瑟迪絲回他一句。「褻瀆神明！您的靈魂該用鹽酸好好清洗一下了。」

「喂！麥瑟迪絲，據我所知，您應該還算得上是好人啦——雖然心胸狹小了點，而且又笨得跟石頭一樣——要不是因爲現在有緊急的社區事務要優先處理，我一定會好好把做人的基本道理跟您說清楚的！」

「費爾明！」父親斥責他。

費爾明閉上了嘴巴，立刻出門去了。麥瑟迪絲一臉惱怒地看著他離去。

「這個問題人物，遲早會給您惹麻煩的，森貝雷先生，您可要把我的話當回事啊！他不但是無政府主義者，還是猶太人，更糟的是，個性還這麼傲慢無理……」

「您別理他就是了，他這個人，就是喜歡跟人唱反調。」

麥瑟迪絲默默搖著頭，怒氣依舊未消。

「好啦，我也該走了，大家都有好多事要做呢，時間過得很快的。再見啦！」

我們很客氣地點著頭回應她，然後目送她走出店門。我父親深深嘆了一口氣，有一種重拾平靜的解脫。安納克雷多先生站在我父親身旁，端著一張蒼白的臉，眼神哀傷而落寞。

「這個國家，連狗屎都不如了！」他難過地做了這個結語。

「別難過嘛，安納克雷多先生，您要打起精神來啊！世間都是這樣，不管走到哪裡，總是有些令人失望的事情，一旦碰到了，我們很容易會過度悲觀，把事情看得太嚴重。放心，費德里戈先生很快就會康復的，他比我們想像中還要強壯呢！」

老學究不以爲然地搖搖頭。

「這就好像暈船，您知道嗎？」他一邊說著，同時往門口走去。「我是說，那些野蠻行爲，你以爲壞蛋走了就安全了？這些人永遠都會再找上門的……惡夢不斷啊！這種事情，我在學校裡看多了，老天爺！坐在教室裡的都是大猩猩啊！我向您保證，達爾文那套理論根本就在做夢。沒有所謂物競天擇，人類也沒有進步。任何一個腦筋清楚的人都看得出來，我這個當老師的，根本就是在跟九隻猩猩打交道。」

我們只能在一旁默默點頭。老學究揮揮手，低著頭走了，看起來比進來之前老了五歲。我父親嘆了口氣。我們面面相覷，兩人都不知道該說什麼才好。我自忖，到底該不該把傅梅洛警官造訪書店的事情告訴父親？我想，他那次是來預告的，而且是警告！傅梅洛利用可憐的費德里戈先生發出了警訊。

「你怎麼了?達尼，臉色這麼蒼白……」

我哀嘆了一聲，低下頭來。接著，我開始敘述傅梅洛昨天晚上來書店的事，以及他提出的那些警告。父親隱忍著憤怒聽我說完，怒火在他的眼神中延燒著。

「都怪我！」我說道，「我如果早點把這件事說出來就好了……」

父親堅定地搖搖頭。

「不！不能怪你，達尼，你怎麼可能知道會發生這種事呢！」

「可是……」

「不要胡思亂想啦！還有，這件事情，千萬別跟費爾明提起。天曉得，他如果知道那傢伙還在找他的話，反應會有多激烈啊！」

「不過，我們還是要想想辦法吧？」

「別讓他扯進這個大麻煩裡就行了。」

我輕輕點著頭，嘴上服氣，但心裡並不以爲然。然後，我決定接手費爾明未完成的工作，父親則繼續查書目，卻不時偷偷用眼角瞅我。我佯裝不知情。

「你昨天送書去給維拉斯格斯教授，一切都順利吧?」他突然問道，刻意想換個話題。

「嗯，他對那些書很滿意，還說他正在找一本佛朗哥的書信集。」

「那本《虛張聲勢》啊！那是本僞書呢……根本就是馬達利雅加的玩笑之作。你怎麼跟他說?」

「我說，我們已經在找這本書了，頂多兩個禮拜就會有著落。」

「很好！我們把這件事交給費爾明去辦，到時候一定要高價賣給他。」

我點頭稱是。兩人繼續手上的工作，父親也繼續偷偷瞄我。我暗想著：一定是那件事。

「昨天下午有個很漂亮的女孩子來找你，我聽費爾明說，她是湯瑪斯的姊姊啊？」

「對呀！」

父親點點頭，一副很滿意的模樣。靜默了大約一分鐘之後，他又有話要說了，這次好像是突然想到了什麼事一樣。

「對了，達尼，我看……我們今天乾脆放個假吧！說不定你有事情要辦，或者自己出去逛逛也好。而且，我覺得你最近工作太辛苦了。」

「我沒事的，謝謝！」

「我跟你講，我今天本來就打算讓費爾明一個人留在書店裡的，因爲我要跟巴塞羅先生去歌劇院。今天上演『唐懷瑟』，他請我一起去看，因爲他有好幾張包廂招待券。」

我父親這段話講得很生硬，簡直就像在唸報紙。他的演技一向很差。

「你什麼時候開始喜歡華格納啦？」

他聳聳肩。

「嗯……這個嘛，反正是人家送的票，再說，跟巴塞羅先生一起看歌劇，看哪一齣都一樣，他一定從頭就開始不斷地批評，從服裝到音樂，他都有意見的。對了，他還跟我問起你呢，我看，你哪天找個時間去他書店走走吧！」

「改天吧！」

「所以，我看今天就把書店交給費爾明，我們就放假娛樂一下吧！也該休息了。如果需要錢的話……」

「爸，碧雅不是我女朋友啦！」

「欸，有誰在講什麼女朋友的事嗎？都是你自己在說！如果要用錢的話，自己去抽屜裡拿，不過，記得留張紙條給費爾明，不然他看到大白天就關店，一定會緊張兮兮的。」

說完之後，他心不在焉地晃到後面房間去了，一路笑得嘴都合不攏。我看了看手錶，才早上十點半。我和碧雅約了下午五點在大學迴廊下碰面，這段時間眞難熬，我不由得沮喪了起來，總覺得這一天似乎比《卡拉瑪助夫兄弟們》還要漫長。

不久後，費爾明從鐘錶匠那兒回來了，他告訴我們，有個鄰居太太已經排好了輪流照顧費德里戈先生的班表，醫生也來看過診，發現他斷了三根肋骨，身上有多處挫傷，還有個非常嚴重的撕裂傷口。

「您幫他買些什麼了嗎？」父親問道。

「他那裡的藥品已經多到可以開藥局啦！所以，我帶了一束花、一瓶古龍水，以及三大瓶鮮榨水蜜桃汁，那是費德里戈先生最喜歡喝的。」

「您做得很好！如果還需要什麼，您再告訴我吧！」父親說道。「對了，他看起來怎麼樣？」

「不瞞您說，他眞是被揍慘了。他縮在床上，像個線團兒似的，不停地呻吟著，直說他快死了，看他那個樣子，老實說，我氣得眞想殺人！我打算現在就去弄把槍來，然後去找市警局那批人算帳，非要讓他們吞子彈不可，首先就拿傅梅洛那個大膿包開刀……」

「費爾明，我們可不想把事情鬧大，所以，不可以輕舉妄動啊！」

「是，森貝雷先生，一切都聽您的！」

「還有，佩碧姐老太太還好嗎？」

「聽說，她比平常還興奮呢！幾位太太哄她喝了點白蘭地，我看到她的時候，她正倒在沙發上呼呼大睡，鼾聲比大豬公還響亮，嘴角還不斷地流口水哩！」

「真是太好了！對了，費爾明，今天就把書店交給您了，我先去探望費德里戈先生，然後跟巴塞羅先生有約。至於達尼，他也有事情要忙。」

我立刻抬起頭來一看，竟發現費爾明和我父親正在眉來眼去的。

「好一對喜歡亂點鴛鴦譜的哥兒們！」我沒好氣地說道。

當我走出書店時，他們倆還在我背後偷笑呢！

一陣寒風穿梭而過，街道上依然是薄霧瀰漫。鉛灰色的陽光，在哥德區的屋宇、鐘樓間半遮半掩著。距離我和碧雅的大學迴廊之約，還有好幾個小時，於是，我決定試試運氣，乾脆去找努麗亞·蒙佛特吧！只希望她還住在她父親前一陣子寫給我的那個地址所在。

在哥德區迷宮般的巷弄中，聖菲力普聶利廣場像個通風口似的，隱藏在歷史悠久的古羅馬城牆下。戰亂時期槍林彈雨的痕跡，還留在教堂的外牆上。這天早上，一群孩子在教堂外玩著打仗的遊戲，完全不識牆上慘痛的戰爭回憶。有個年輕女子，頭上卻有一撮引人注目的銀髮，她坐在長椅上看著那群孩子，手上捧著一本攤開的書，一臉迷惘的笑容。根據我手上的地址，努麗亞·蒙佛特應該就住在廣場上第一棟公寓裡。入口的拱門上方仍隱約可見房子的建造年份：一八〇一年。走進陰暗的大廳，隱約只見螺旋梯的入口處。我檢視那一排黃銅製的信箱，住戶姓名都寫在信箱上方那泛黃的小紙片上。

米蓋・莫林納／努麗亞・蒙佛特
三號三樓

緩緩拾級而上，我眞怕在那狹小的階梯上踩重了腳步，會把房子給踩垮了。每一層樓有兩戶人家，門上卻沒有門牌，根本無從區分。到了三樓，我抱著碰運氣的心態，輕輕叩了其中一扇門。樓梯間濕氣很重，還有一股泥土味兒。我再敲了幾次門，卻始終沒有回應。我決定轉往另一戶去試試運氣。我在門上叩了三下。屋裡的收音機音量極大，正在播放的節目是「馬丁卡薩鐸神父的心靈之約」。

開門的是個身穿土耳其藍色睡袍的太太，腳上穿著室內平底拖鞋，頭頂著一堆髮捲。在昏暗的燈光下，她看來就像個潛水夫。她身後傳來馬丁卡薩鐸神父天鵝絨般的磁性嗓音，正在致詞感謝節目的贊助者，一個叫做奧蘿琳的美容保養品廠商，這也是徒步朝聖的教友們最喜歡的品牌。

「您好！我想找蒙佛特女士。」

「努麗亞啊？您敲錯門了，年輕人，她住對面啦！」

「不好意思啊！是這樣的，我剛剛敲了門，可是沒有人在哩！」

「您……應該不是什麼債權人之類的吧？」鄰居太太語氣謹愼，似乎已經很有經驗了。

「不是的。蒙佛特女士的父親叫我來的。」

「啊……那就好。努麗亞在樓下看書呢！欸，您剛剛上來之前沒看到她嗎？」

我走下樓梯，出了大門，那位銀髮女子，依舊捧著書坐在廣場旁的長椅上。努麗亞・蒙佛特是個非常迷人的美女，她那深邃的五官，宛如時裝雜誌或相館藝術照的模特兒，只是，眼神中難掩年華老去的滄桑。她那副瘦削苗條的身材，顯然是遺傳自她的父親。從她那頭銀髮和臉上的皺紋看起來，我猜她大概是四十出頭的年紀。如果光線暗一點，她看起來可能會年輕個十歲。

「請問是蒙佛特女士嗎？」

她意興闌珊地瞅了我一眼，好像剛從睡夢中醒來似的。

「我是達尼．森貝雷，您的父親前一陣子把您的地址給我，他說，或許您會願意跟我聊聊胡立安．卡拉斯。」

聽到這句話，她臉上昏寐的表情一掃而光。我忽然覺得，提起她父親，效果反而不好。

「您到底想做什麼？」她語帶猜疑地問道。

如果無法在那一刻贏得她的信任的話，我想恐怕就沒有機會再談下去了。我手上只有一張牌，那就是實話實說。

「請容我向您解釋：八年前偶然的機會，我在『遺忘書之墓』找到了胡立安．卡拉斯的小說，也就是當年名叫拉因．谷柏的人用盡各種手段毀滅這本小說時，您偷偷藏起來的那本……」

她定定望著我，動也不動一下，彷彿深怕周遭的世界隨時會垮下來似的。

「我只耽誤您幾分鐘就好。」我補上一句。「我向您保證！」

她幽幽地點了頭。

「我父親還好吧？」她問道，刻意避開了我的視線。

「他很好，比以前蒼老了一些。他很想念您呢！」

努麗亞嘆了一口氣。

「您跟我上樓回家吧！我不想在大街上談這些事情。」

20

努麗亞·蒙佛特的生活在陰影中飄浮著。一條狹小的走道通往餐廳，同時也兼做廚房、書房和辦公室。從走道進來時，我偷偷看了一下那間陳設簡單的臥室，居然沒有窗戶。這就是公寓裡全部的格局了。剩下的就是一間小到不能再小的衛浴，沒有淋浴設備，也沒有浴缸，倒是有著從廚房飄過來各種香料混雜的味道，彷彿那些香料從上個世紀就擺放在架上了。整間公寓陷落在永無止盡的昏暗中，彷彿兩道斑駁的牆壁之間，只存在著一團漆黑。屋裡有濃濃的菸味，冰冷而空洞。努麗亞·蒙佛特一直在觀望著我，而我則裝出一副對她家毫不在意的樣子。

「我都到樓下去看書，因爲屋子裡幾乎沒有光線可言。」她說道。「我丈夫已經答應我，等他回來的時候，一定會送我一座檯燈。」

「您的先生出差了嗎？」

「米蓋正在坐牢。」

「啊，抱歉，我不知道……」

「您也不可能會知道吧！把這件事告訴您，我不覺得有什麼好羞恥的，因爲我丈夫並沒有犯法。這次他們把他抓去關，只因爲他替鋼鐵工會印傳單。唉！都已經是兩年前的事情了。左鄰右舍都以爲他被派去美國出差，我父親也不知道這件事，我希望，他還是不要知道比較好。」

「您放心，我不會跟他說的。」我說道。

接著，她許久沉默不語，我在一旁侷促不安，心想，她大概是把我當成伊薩克的間諜了。

「獨自撐起一個家，一定很辛苦吧！」為了打破滿室的寂靜，我結結巴巴地說道。

「不容易啊！我只能靠翻譯賺錢養家，對於一個丈夫在坐牢的女人來說，這點收入實在不夠用。光是支付律師的費用，就已經讓我債台高築了。翻譯和寫作一樣，根本不夠餬口。」

語畢，她盯著我看，似乎在期待我附和她的話題。可惜，我只能在一旁傻笑。

「您翻譯書籍嗎？」

「那倒是沒有。我現在只翻譯一些表格、合約以及報關文件，因為稿酬比較優厚嘛！說實在的，翻譯文學作品，稿酬少得可憐。社區管委會已經好幾次想把我趕走了，就因為我遲繳管理費。您可以想像，他們一定覺得，這麼一個懂外文的女人，又不是窮到光屁股了……已經不只一個鄰居指責我，他們怪我把整棟公寓的名聲都搞壞了。唉！我哪有這個能耐呀！」

我眞希望昏暗的光線能夠遮掩我紅通通的一張臉。

「抱歉！我也不知道怎麼搞的，怎麼會跟您說這些呢？不好意思，讓您不自在……」

「不不，是我不好。是我先問起的。」

她笑了，只是神情有點緊張。孤獨在這個女人身上延燒著，彷彿一團烈火。

「您和胡立安有點像呢！」她突然說道。「看人的樣子，還有臉上的表情，都像。他跟您一樣，總是默默地盯著人看，誰也不知道他到底在想些什麼，於是，你就會像個傻瓜一樣，掏心掏肺，連不該說的話也告訴他……您喝點什麼嗎？咖啡加牛奶？」

「不用了，謝謝，別麻煩了。」

「不麻煩，我本來就打算給自己泡一杯的。」

我總覺得，那杯咖啡加牛奶恐怕就是她的中餐了！我再度婉拒了她的好意，然後看著她往飯廳角落的小電爐走去。

「您隨便坐啊！」她說道，背對著我。

我看了看四周，自忖著：該坐哪裡才好呢？努麗亞．蒙佛特有個小辦公桌，就在緊鄰陽台的角落裡。桌上有一盞煤油燈，旁邊放著一台安德伍牌的打字機，書架上擺滿了各種字典和手冊。沒有家人的照片，但書桌上方的牆壁上卻貼滿了明信片，每一張的景致都是同樣一座橋，我以前好像在哪裡看過，可能是巴黎或羅馬吧！至於那張書桌，異常潔淨，讓人忍不住要多看幾眼。所有的鉛筆都削得尖尖的，整整齊齊地排成一列。紙張和文件夾井然有序地分成三疊並列著。當我轉過頭來，這才發現努麗亞．蒙佛特正在走道口觀望著我。她默默地凝視著我，彷彿在看大街上或地鐵裡的陌生人。她點了一根菸，就在原地抽起菸來了，她那張臉龐，隱沒在藍色的煙圈裡。我突然驚覺，努麗亞．蒙佛特流露著一種非常女性化的魅力，就像費爾明鍾愛的那些電影裡的美艷女子，現身在薄霧瀰漫的柏林火車站，煙視媚行令人傾倒，只是，她們可能對於本身具有任何迷人的魅力並不自覺。

「其實也沒什麼好說的。」她開始聊起來了。「我是二十幾年前在巴黎認識胡立安的，當時我還在卡貝斯塔尼出版社工作。卡貝斯塔尼先生以非常低廉的價錢買下了胡立安的小說版權。我剛到出版社上班的時候，一開始是在管理部門，後來，卡貝斯塔尼先生發現我會講法文、義大利文，還懂一點德文，於是就把我調派到編務部去當他的私人祕書。我的任務之一就是聯絡作者和國外的出版社，處理版權合約等各種問題，因為這個緣故，我才開始接觸胡立安這個人。」

「您的父親告訴我，兩位交情很深厚？」

「我父親一定告訴您，我跟胡立安有過一段戀情之類的，對不對？在他看來，我就像發情的母狗，只要碰到男人就會跟人家跑了。」

這個女人的坦率和直接，簡直讓我瞠目結舌。我在心裡琢磨了好半天，實在想不出來該怎麼接話才好。這時候，努麗亞·蒙佛特自顧自地笑著，同時還不停地搖頭。

「您別聽他的。我父親知道，我一九三三年去巴黎那趟是出差，主要是代表卡貝斯塔尼先生去和迦利瑪出版社洽談合約細節。我在巴黎待了一個禮拜，一直借住在胡立安的公寓，理由很簡單：卡貝斯塔尼先生希望省下旅館住宿費。您說，這會有多浪漫啊？那次去巴黎之前，我和胡立安之間僅止於書信往來，通常談的都是作者的版權、校樣和其他出版事宜。我對他的了解，或者應該說我對他的想像吧，只限於他寄來的那些手稿而已。」

「他跟您聊過他在巴黎的生活嗎？」

「沒有。胡立安向來不喜歡聊他自己，也不談他自己的作品。我覺得他在巴黎的日子並不快樂，而且，他給人的印象是屬於在任何地方都快樂不起來的那種人。事實上，我始終不曾深入認識他這個人。他從來不跟任何人深交。他是個內心很封閉的人，有時候，我甚至覺得，他似乎對這個世界上的人、事、物已經不感興趣了。卡貝斯塔尼先生對他的印象是：極度害羞內向，性格有點乖僻，但我總覺得，胡立安一直活在過去，他把自己鎖在回憶裡。胡立安孤獨地活在自己的世界裡，他爲創作小說而活，也活在自己的小說裡，那個舒暢自在的世界，是他爲自己打造的監獄。」

「您這麼說，好像您很羨慕他似的。」

「世上還有比文字世界更難熬的煉獄，達尼。」

我只能頻頻點頭，但實在不太懂她話中的涵義。

「胡立安跟您提過往事嗎？例如，他在巴塞隆納的歲月？」

「很少。我住在他家那個禮拜，他跟我稍微聊到了他的家庭。他母親是法國人，本來是個音樂老師。他父親開了一家帽子專賣店之類的，是個非常虔誠、也非常嚴厲的人。」

「胡立安跟您提過他和他父親之間的關係嗎？」

「我知道他們父子間關係惡劣，已經到了水火不容的地步。冰凍三尺，非一日之寒。胡立安遠走巴黎，就是為了避免被他父親送去當兵。他母親曾經答應過他，總有一天會帶著他遠離那個男人。」

「再怎麼說，那個男人總是他父親啊！」

努麗亞·蒙佛特露出一抹淡淡的笑容，緊抿的雙唇只微微牽動了一下，眼神透露著哀愁和疲憊。

「話是這麼說沒錯，但是，他從來沒有表現過父親的樣子，胡立安也一直沒把他當父親看。有一次，他向我坦承：他母親婚前曾經和一位不知名的人士有過一段畸戀，而且，她始終不願意透露那個人的姓名。那個不知名的男人，才是胡立安真正的父親。」

「聽起來和《風之影》的開頭好像啊！您覺得他說的是真的嗎？」

努麗亞·蒙佛特點點頭。

「胡立安告訴我，在他成長的過程中，經常看到那個帽子師傅——胡立安都是這麼稱呼他的，是何等殘酷地羞辱、毒打他母親，施虐之後，帽子師傅再氣沖沖地跑進胡立安的房間，指稱他是罪惡之子，而且還從他母親那兒遺傳了軟弱、可悲的個性，註定了一輩子都是個可憐蟲，不管做什麼都不會有出息的。」

「胡立安對他父親一直懷恨在心嗎？」

「時間會沖淡一切。我從來不覺得胡立安對他父親有恨，或許這樣反而比較好。在我的印象中，他因為看到母親多次被虐打，從此不再尊敬那個帽子師傅。胡立安跟我談起這些事情的時候，彷彿已經毫不在乎了，就像是陳年往事一樣，不過，這樣的往事，卻是一生難忘。惡毒的言語一旦戕害了孩童純真的心靈，不管說者是有意還是無心，這些話會深植在記憶中，最後遲早會腐蝕孩子的靈魂。」

我在心裡納悶著，她是不是有感而發呢？接著，我想到了好友湯瑪斯·雅吉拉爾，他經常忍氣吞聲地聽著他那跋扈的父親訓話老半天。

「事發當時，胡立安幾歲了？」

「我想，大概是八歲或十歲的年紀吧！」

我不禁嘆了一口氣。

「到了當兵的年紀，他母親就把他帶到巴黎去了。我想，他們母子倆應該是不告而別。那個帽子師傅，始終無法接受他被妻兒拋棄這件事。」

「您有沒有聽過胡立安提起一個名叫潘妮蘿珮的女孩子？」

「潘妮蘿珮？應該沒有，如果他提過，我一定會記得。」

「他還在巴塞隆納那段時期，那女孩是他的女朋友。」

我從口袋裡掏出卡拉斯和潘妮蘿珮·安達雅的合照，然後遞給她看。見到年少時期的胡立安．卡拉斯的稚嫩模樣，努麗亞．蒙佛特臉上漾起了燦爛的笑容。懷舊憶往的失落感，悄悄地吞噬著她。

「他在這張照片上看起來好年輕啊……！這個女孩就是潘妮蘿珮嗎？」

我點頭稱是。

「長得好漂亮啊！胡立安一向喜歡美女。」

就像您一樣，我在心裡默默回應她。

「您知不知道，他是否交了很多……？」

她嫣然一笑，望著我：「女朋友？還是女的朋友？我不知道啊！說眞的，我從來沒聽他提過任何一個女孩子。有一次，我逮到機會，特地問了他。您大概也知道，他以前在酒店裡彈鋼琴賺生活費。於是我就問他了，身旁美女如雲，誘惑這麼多，一定常常心動吧？我說的是玩笑話，他的反應卻很嚴肅。他告訴我，他沒有權利去愛任何人，孤獨是他應得的。」

「他有說爲什麼嗎？」

「胡立安從來不解釋理由的。」

「即使這樣，到了後來，就在一九三六年返回巴塞隆納前不久，胡立安．卡拉斯還打算結婚呢！」

「嗯，我聽說了。」

「您不相信嗎？」

她聳聳肩，一副不以爲然的樣子。

「就像我剛剛跟您說的，我和胡立安相識多年，他從來沒跟我特別提起任何一個女孩子，更別說是結婚的對象了。那個謠傳的婚約，我還是後來才聽說的呢。諾瓦出版社是最後一個替胡立安出書的出版商，他們曾經告訴卡貝斯塔尼先生，胡立安這個女朋友比他年長二十歲，是個很富有的寡婦，但是健康狀況不佳。根據諾瓦出版社的說法，這個女人已經接濟胡立安好幾年了。醫生診斷她只剩下大概六個月的壽命，頂多也只有一年可活。諾瓦出版社認爲，她決定跟胡立安結婚，純粹是想讓他繼承遺產。」

「但是，婚禮一直沒舉行……」

「嗯……誰知道是不是眞有這個結婚計畫或這麼一個寡婦存在。」

「據我了解，在卡拉斯打算舉行婚禮的那天早上，有人看到他跟人起了肢體衝突。您知道他是跟誰打起來了？又是爲了什麼事呢？」

「諾瓦出版社推測，對方可能和寡婦有關係。八成是某個陰險的遠房親戚，見不得遺產落到一個不相干的外人手上，氣得要狠修理胡立安。諾瓦出版的書籍大都是羅曼史，在我看來，那個出版社老闆滿腦子胡思亂想，就跟小說情節一樣。」

「我看，那場婚禮以及那個打鬥的傳聞，您好像都不太相信喔？」

「沒錯！我一直不相信有這些事情。」

「既然這樣，那您覺得，當時到底發生了什麼事？爲什麼胡立安要回巴塞隆納？」

她苦笑著。「十七年來，我也一直在問自己這個問題啊！」

努麗亞．蒙佛特又點了一根菸。她也遞了一根給我。我很想接受，但最後還是婉拒了她的好意。

「無論如何，您一定也去探聽過這件事吧？」

「我只知道，一九三六年夏天，就在內戰爆發後沒多久，有個市立殯儀館的員工打電話到出版社來，說他們三天之前收到了胡立安的遺體。他們在瑞瓦區的一條小巷子裡發現了他的屍體，一身破破爛爛的衣服，心臟中彈。他身上帶著一本《風之影》，以及他的護照。從護照上的戳印看來，他是在一個月前越過法國邊境的。從入境西班牙到屍體被發現這一個月期間，他到底去了哪裡？沒有人知道。警方通知了他父親，但是帽子師傅拒絕處理胡立安的後事，還口口聲聲說他根本沒有兒子！殯儀館發出正式通知兩天後，因爲沒有人出面領屍，於是胡立安就被葬在蒙居克墓園的公共墓穴裡。我想帶一束花去祭他都沒辦法，因爲沒有人知道他確切的下葬地點。殯儀館員工保存了那本在胡立安外套口袋裡找到的書，事發幾天之後，他打電話到卡貝斯塔尼出版社。因爲這個緣故，我才知道發生了這麼不幸的事情。我實在不懂；如果要說胡立安在巴塞隆納還有聯絡的朋友，那當然是我囉！或者，卡貝斯塔尼先生也算是啊！我們兩人是他在巴塞隆納唯一的朋友了，可是他回來竟然沒通知我們，直到他人都死了，我們才知道他已經回到巴塞隆納……」

「聽到他的死訊之後，您沒去把事情調查清楚嗎？」

「沒有。當時正逢內戰爆發才幾個月，胡立安不是唯一莫名其妙失蹤的人。現在已經沒有人提這些了，可是，確實有很多像胡立安這樣的無名塚。當然，問了都是白問，簡直就像拿自己的頭去撞牆一樣。卡貝斯塔尼先生當時已經病重，靠著他的幫忙，我才有機會向警方抱怨整個事件的經過，同時也把我知道的線索都告訴他們。奔波了半天，唯一的收穫是有個年輕警官來找我，那個人長相猙獰，說話總是咄咄逼人，他告訴我，最好什麼問題都別問，盡量以正面的態度看事情，因爲國難當頭，大家要共體時艱才對。他就說了這麼幾句話。他叫傅梅洛，如果我沒記錯的話。他現在好像已經成了名人了，在報紙上常常見到他的名字。或許您也聽說過這個人吧！」

我緊張地嚥了口水。

「略有耳聞。」

「後來，我就再也沒聽到任何人談起胡立安，直到有一天，有人主動和出版社聯絡，他說他想買下卡拉斯所有的庫存作品。」

「那是拉因．谷柏。」

努麗亞．蒙佛特點點頭。

「您認識這個人嗎？」我問她。

「我稍微調查過，但不是很確定就是了。一九三六年三月，我還記得很清楚，當時我們正在準備《風之影》的出版事宜，有個人打電話到出版社要胡立安的地址。他說他是胡立安的老朋友，想到巴黎去看他。他想給他一個驚喜。出版社把電話轉給我，我告訴他，我不能提供這個資料給他。」

「他告訴您姓名了嗎？」

「嗯，好像叫做赫黑什麼的。」

「赫黑．安達雅？」

「好像是喔！胡立安曾經不只一次提過這個人。在我的印象中，他們好像是教會學校的同班同學，胡立安提到他好幾次，好像這個赫黑眞的是他最要好的朋友了。」

「您知不知道，赫黑．安達雅就是潘妮蘿珮的哥哥？」

努麗亞．蒙佛特皺起眉頭，一副困惑不解的模樣。

「您後來把胡立安在巴黎的地址提供給安達雅了嗎？」我問她。

「沒有。這個人讓我覺得不太對勁。」

「他說了些什麼?」

「他嘲笑我一番,還說他一定會用別的方法找到胡立安,接著很不客氣地掛了我電話。」

似乎有些不愉快的回憶正啃噬著她。我開始思索著,我們的談話應該往哪個方向發展會比較好?

「您後來又有這號人物的消息,不是嗎?」

她緊張地頻頻點頭。

「我剛才說過,胡立安失蹤後不久,那個人出現在卡貝斯塔尼出版社。那時候,卡貝斯塔尼先生已經無法視事,整個出版社交由他的大兒子經營。那個名叫拉因.谷柏的訪客,有意買下胡立安所有的庫存書。我當時心想,這個人八成是惡作劇吧!因爲,拉因.谷柏是《風之影》裡的角色之一呢!」

「嗯……那個惡魔。」

努麗亞.蒙佛特又頻頻點頭。

「您看到拉因.谷柏本人了嗎?」

她搖搖頭,接著點了第三根菸。

「沒有。不過,我倒是聽見了他和卡貝斯塔尼的大兒子在辦公室的部分談話……」

未完的句子突然懸在空中,她似乎很害怕完整說出那句話,又像是不知道該怎麼把話說完似的。香菸在她指間顫抖著。

「他的聲音,」她說道,「跟之前打電話到出版社來的赫黑.安達雅一模一樣。卡貝斯塔尼的大兒子是個傲慢自大的笨蛋，他想多賺一點錢，於是再向對方抬價。那個叫做谷柏的人說他必須回去考慮一下。就在那天晚上，設在新村的出版社倉庫發生大火，胡立安的書就這樣燒光了。」

「還好，您及時搶救了幾本藏在『遺忘書之墓』。」

「沒錯。」

「您覺得，為什麼有人處心積慮要燒光胡立安．卡拉斯的作品呢？」

「為什麼燒光那些書？因為愚昧、無知、仇恨……天知道那到底是什麼心態。」

「您覺得是為什麼？」我堅持要追問到底。

「胡立安一直活在他的書裡。那個被送進殯儀館的軀體，只是他生命的一部分而已。他的靈魂活在他的作品裡。我曾經問過他，他創造了小說裡那些角色，是不是有誰給他靈感呢？他回答我，沒有。他說，書裡所有的角色都是他自己。」

「所以，如果有人想毀滅他，最好的辦法就是毀了他的書以及書中的角色，是不是這樣？」

她的臉上又浮現了苦笑，笑裡盡是沮喪和疲憊。

「您讓我想起了胡立安。」她說道。「那個失去信念之前的他。」

「對於什麼的信念？」

「所有的事情。」

她從昏暗的角落向我走來，然後抓起我的手。她默默地輕撫著我的掌心，彷彿在細看我的手相。我的手微微顫抖著。我突然驚覺，自己竟然在心裡想像著她那一身借來的舊衣服覆蓋下的胴體。我很想撫摸她，然後去感受她那隱藏在肌膚下澎湃的血流。我們的眼神在沉默中交會著，我相信，她一定知道我心裡在想什麼。我覺得，她比以前更孤獨了。我抬頭一看，正好看到她那平靜而率眞的眼神。

「胡立安孤獨地死去，他相信，一定沒有人會記得他這個人以及他的作品，他的生命毫無意義可言。」她幽幽說道。「他一定會很樂意見到有人還惦記著他、懷念著他。他以前常說，有人懷念時，我們才算存在過。」

我的內心充滿了痛苦的慾望，我好想去親吻眼前這個女子，那是一種我從未經歷過的渴望，即使在迷戀克萊拉．巴塞羅那段時期也不曾有過。她看出了我的心思。

「再不回去就太晚了，達尼。」她喃喃低語著。

有一部分的我是想留下來的，我想耽溺在那個昏暗空間裡，感受著和陌生女子之間那種奇特親密感，我想聽她再說一次，我的表情和我的沉默讓她多麼懷念胡立安．卡拉斯。

「是……是啊！」我結結巴巴地回應她。

她點點頭，但沒說什麼，然後，她送我到門口。那條走道，彷彿永遠走不到盡頭。她替我開了門，我走出門外，站在樓梯口。

「您如果見到我父親，請告訴他，我過得很好。別跟他說實話。」

我輕聲向她道別，同時也感謝她花時間和我談話，接著，我很有禮貌地伸出手來。努麗亞．蒙佛特並沒有理會我那套正式禮節。她的雙手抓著我的手臂，然後身體挨了過來，在我臉頰上吻了一下。接著，我們默默注視著對方，這一次，我決定尋找她那近乎顫抖的雙唇。我覺得她的雙唇似乎微微開啓著，而她的手指，正在找尋著我的臉龐。就在最後那一刻，努麗亞．蒙佛特猛地抽身而退，接著，她低著頭說道：

「我想，您還是趕快回去吧，達尼。」

我看她已經泫然欲泣，還來不及接話，她立刻把門關上了。我站在樓梯間，可以感受到她正佇立在門的另一邊，我默默問著自己，不知道裡面會發生什麼樣的事情。在樓梯間的另一側，鄰居太太還在門縫中偷窺著。我作勢跟她打了個招呼，然後轉身快步下樓。走出公寓大門外，我的腦海中依舊是她的臉龐、她的聲音，以及她的味道，全都深深烙印在我的靈魂裡了。我帶著她雙唇的觸感以及她在我身上留下的氣味，走在擁擠的街上，身邊熙來攘往的人群，盡是剛從商店和辦公大樓出來的模糊面孔。拐進卡努達街之後，一陣冷風迎面呼呼吹過。我享受著冷風拂在臉上的感覺，加緊腳步往大學的方向走去。穿越了蘭巴拉大道之後，才轉進塔耶街不久，我就迷失在峽谷般的陰暗窄巷裡，這讓我覺得自己好像還身在那個昏暗的餐廳裡。我想像此刻的努麗亞·蒙佛特，獨坐在陰影下，默默地整理著她的鉛筆、文件夾以及往日回憶，淚水，正無情地摧殘著她的雙眸……

21

暮色好似轉眼間籠罩了城市，一陣寒風輕輕拂過，暗紫色的陰影在狹窄巷弄間蔓延著。我加快腳步，過了二十分鐘之後，大學的大門佇立在前方，就像一艘在夜間擱淺的大船。文學院的警衛坐在小亭子裡，聚精會神地看著全西班牙最受歡迎的晚報「體育世界」。校園裡已經不見學生的蹤影。我往迴廊走去，走道上充斥著腳步聲的回音。迴廊裡兩盞橙紅色的燈光，已經在昏暗的角落裡亮起。我突然興起一個念頭，碧雅大概是在捉弄我，為了挫挫我的傲氣，故意跟我約在這種人去樓空的時候見面。迴廊下橙樹樹葉微微閃爍著，彷彿葉上掛著銀色的淚珠，噴泉的汩汩水流聲，在拱門下迴盪著。我看看中庭花園，探不出任何動靜，心情有些複雜，難免失望，卻也懦弱地鬆了一口氣。啊！她在那裡。她端坐在噴泉前的長椅上，雙眼直盯著迴廊上方的拱頂。我站在走道口注視著她，突然間，她讓我想起了坐在廣場旁的長椅上發呆的努麗亞．蒙佛特。我發現她並沒有帶書和筆記本，所以我猜想她那天下午根本就沒課。或許，她純粹是為了和我碰面才來的。我嚥了口水，然後邁步走向迴廊。我的腳步踩在石板地上，人未到聲先到，於是，碧雅立刻抬頭張望著，一見到我便露出了驚喜的笑容，彷彿我的出現只是巧合似的。

「我以為你大概不會來了。」碧雅說道。

「我也以為妳不會出現呢！」我回應她。

她依舊坐著，坐姿端正，腰桿挺得筆直，膝蓋夾得緊緊的，雙手擺在裙兜上。我不禁在心裡納悶著，明明是近在眼前的人，怎麼會讓人覺得這麼遙不可及？

「我今天來是想讓你知道，你那天對我說的那番話是大錯特錯了，達尼。不管你今天晚上要帶我去看什麼特別的地方，我還是會嫁給巴布羅，等他一退伍，我就跟他移居費洛……」

我定定望著她，就像看著一列離站的火車。我這才驚覺，自己已經過了兩天漫步在雲端的日子，這下突然回到了現實世界。

「喔！我還以爲，妳今天來是因爲想看看我哩！」我不經意地揚起淡淡微笑。

我發現她羞赧地滿臉通紅。

「我開玩笑的啦！」我說了謊話。「不過，說眞的，我是爲了信守承諾而赴約的，一定要讓妳看看這個城市的另一種面貌，一個妳從來沒看過的巴塞隆納。不管妳將來要去哪裡，至少有個能讓妳懷念我或懷念巴塞隆納的地方。」

碧雅幽幽一笑，刻意避開了我的目光。

「我差點就要進電影院了，你知道嗎？只因爲不想在今天看到你……」她說道。

「爲什麼？」

碧雅默默地望著我。她聳聳肩，然後舉頭仰望著，彷彿想在天際攫取適合的措辭。

「因爲我害怕，或許事情眞如你說的那樣。」最後，她終於說了這句話。

我嘆了口氣。夜色圍繞著我們，宛如陌生人之間才有的沉鬱和寂靜，反而讓我放膽暢所欲言，雖然這有可能是最後一次機會了。

「妳到底愛不愛他？」

她嘴角輕輕一撇，才剛露出的微笑，立即收了起來。

「不關你的事。」

「那倒是眞的。」我說道。「那是妳個人的私事。」

她冷冷地盯著我。

「你幹嘛那麼在乎？」

「不關妳的事！」我說道。

這次，她不再露出笑容，雙唇卻微微顫抖著。

「認識我的人都知道，我是很喜歡巴布羅的，我的家人以及……」

「可是，我幾乎算是陌生人哪！」我打斷了她的話。「所以，我很想聽妳親口告訴我……」

「告訴你什麼？」

「妳告訴我：妳是眞心愛著他的，妳不是爲了想遠遠躲開巴塞隆納和家人才跟他結婚的。我想聽妳說，妳只是離開，而不是逃避。」

她的眼眶裡閃動著憤怒的淚光。

「你沒有資格跟我說這些話，達尼！你根本就不認識我。」

「只要妳告訴我，我搞錯了，我就走人。妳愛他嗎？」

我們默默相視了好久好久。

「我不知道。」她終於喃喃說道。「我不知道。」

「有人曾經說過，當你停下來思考自己是否愛著某個人的時候，那就表示你已經不再愛他了。」我說道。

碧雅在我臉上尋找嘲諷的表情。

「這句話是誰說的？」

「一個叫做胡立安・卡拉斯的人。」

「你的朋友啊？」

她這一問，我自己也嚇了一跳，連忙點頭。

「算是啦！」

「哪天介紹給我認識吧！」

「如果妳方便的話，那就今天晚上吧！」

頂著鐵青色的夜空，我們離開了大學。兩人隨意漫步著，沒有特定的方向，這樣結伴同行倒也自在。我們邊走邊聊著兩人唯一的共同話題：她弟弟湯瑪斯。碧雅聊起自己的弟弟，倒像是在談一個她內心深愛卻不太熟悉的陌生人。她刻意避開我的目光，笑容很彆扭。我覺得，她一定很後悔剛剛在大學迴廊對我說了那些話，至今仍讓她暗自傷感。

「喂！我剛才跟你說的話，」她突然迸出那麼一句，「你不會去跟湯瑪斯說吧？」

「當然不會，我不會告訴任何人的。」

她臉上又浮出了彆扭的笑容。

「我也不知道自己是怎麼了。你聽了別生氣，但是有時候，跟一個不認識的人聊自己的心情，反而比跟熟人聊要自在多了。爲什麼會這樣？」

我聳聳肩。

「大概是因爲陌生人不認識我們，對我們沒有既定的看法吧！」

「這也是你的朋友卡拉斯說的嗎？」

「才不呢，這是我臨時編了唬妳的。」

「你怎麼看我這個人？」

「像個謎一樣。」

「這是我聽過最奇怪的讚美了。」

「這不是讚美，而是威脅。」

「怎麼說？」

「既然是謎，就要把它解開來，看看裡面藏了什麼祕密。」

「說不定你看了反而會失望。」

「說不定我會很驚訝，妳也是。」

「湯瑪斯怎麼沒告訴我，原來你這麼厚臉皮！」

「我的臉皮就這麼薄薄一層，全部都留給妳了。」

「爲什麼？」

因爲我怕妳啊！我心想。

我們走進波立歐拉瑪戲院旁的一家老咖啡館，挑了靠窗的位子坐下之後，點了生火腿三明治以及咖啡加牛奶，吃點東西可以暖暖身子。過了半晌，那個身材瘦削、面如骷髏的咖啡館經理，正經八百地走到我們餐桌旁。

「請問，你們『速不速』點了『佛腿』三明『柱』？」

我們點點頭。

「很抱歉喔！『佛腿』都賣完了。我們還有好幾種香腸，白的、黑的、混合的，我們也有肉丸和辣香腸。品『族』一流，絕對新鮮啦！另外還有醃沙丁魚，如果因爲宗教信仰不『出』肉的話，可以點這個。沒辦法啦，今天禮拜五……」

「我喝咖啡加牛奶就行了，眞的。」碧雅說道。

我快餓昏了。「那就來兩份辣味燉馬鈴薯吧？」我說道。「另外，請附上麵包。」

「馬上來，先生。不好意思，今天少了很多東西。通常，我們店裡菜色最齊全啦，連最高級的俄羅斯魚子醬都有呢！可是，今天下午『擠』行歐洲盃足球賽的準『結』賽嘛，我們店裡來了好多客人啊！那場球賽，眞『速』好看！」

經理端著恭敬嚴肅的神情告退了。碧雅望著他，一副很開心的樣子。

「這是哪裡的口音啊？哈恩（Jaén）嗎？」

「是附近的小鎭聖塔柯羅瑪．德．格拉瑪內。」我告訴她。「妳一定很少搭地鐵對不對？」

「我父親說地鐵裡有很多壞人，如果是單獨一個人的話，吉普賽人的手就伸過來了……」

我本來想接話的，但還是沒開口。碧雅笑了。咖啡很快就送來了，至於燉馬鈴薯，一看就知道是隨便湊和出來的。碧雅一口都沒嚐。她雙手握著熱騰騰的咖啡杯，面帶微笑地盯著我看，似是好奇，又像欣賞。

「那麼，你說今天晚上要讓我看我沒看過的東西，到底是什麼？」

「好幾樣東西。事實上，我今天要讓妳看的東西，只是一個故事裡的一部分而已。我記得妳上次說過，妳喜歡看書，是吧？」

碧雅點點頭，眉頭也跟著皺起來。

「好啦，這是一個跟書有關的故事。」

「跟書有關？」

「被詛咒的書，有個作家寫了幾本書，其中一本小說裡的某個人物是眞有其人，他在現實生活中無所不用其極地燒毀作家所有的作品。這是一個關於背叛和友情破滅的故事，也描述了愛情、仇恨以及飄蕩在風之影當中的幻夢。」

「你講的好像精裝古典小說封底的介紹文案呢，達尼！」

「大概是因爲我在書店裡工作，書看得太多了。可是，這個故事是眞人眞事，就像剛剛送來的麵包一樣眞實。這麵包，起碼已經放了三天了。還有，整個故事的開始和結束都在一座墳墓裡，不過，並不是妳想像中的那種墳墓就是了。」

她興奮地笑著，彷彿小孩子在等著謎語揭曉似的。「我洗耳恭聽！」

我喝下最後一口咖啡，靜靜地凝望著她。我在心裡暗想著，眞希望自己能夠耽溺在她那雙澄淨的眼神裡。我想，當我招數用盡，必須向她道別時，會是多麼孤獨啊！我想，我能給她的太少，期望從她那兒獲得的卻太多。

「我聽見你的腦袋在打結了，達尼。」她說道。「你在想什麼？」

我開始敘述故事，從我記不得母親的臉而驚醒的那個清晨說起，一口氣講到我早上去拜訪努麗亞·蒙佛特這件事，這時候，我不得不停下來回想她那籠罩在陰影裡的家。碧雅不發一語，專注地聆聽我的敘述，沒有評論，面無表情。我跟她談起第一次造訪「遺忘書之墓」的情景，以及通宵閱讀《風之影》的經驗。我也談到巧遇無臉怪客那件事，以及我隨身攜帶的潘妮蘿珮那封信。我告訴她，我不曾親吻過克萊拉，也沒吻過其他女孩子。我也告訴她，就在幾個鐘頭前，當努麗亞．蒙佛特的雙唇碰觸我的臉頰時，我的雙手顫抖得有多厲害。我告訴她，直到那一刻我才了解，這是一個關於寂寞人心、關於疏離和失落的故事，因爲這個原因，我才會如此投入，後來連我自己的生活也牽扯了進去，就像其他沉浸在小說世界裡的人一樣，我們著迷的只是陌生人靈魂裡的幽暗角落罷了。

「別再多說什麼……」碧雅喃喃低語。「帶我去那個地方吧！」

當我們抵達位於彩虹劇院街的「遺忘書之墓」時，天色已經漆黑一片。我抓起魔鬼造型的碰鎖，敲了三下。一陣寒風拂過，飄來一股煤味。我們棲身在入口處的拱門下，靜靜等著。我無意間接觸到碧雅的眼神，和我僅僅相距幾公分而已。她的臉上漾著微笑。過了半晌，傳來輕快的腳步聲，逐漸往大門走來，然後，我們聽見了管理員疲憊的聲音。

「誰啊？」伊薩克問道。

「伊薩克，是我，達尼．森貝雷。」

我似乎聽見他在低聲咒罵著。接下來是一連串的開鎖聲，終於打開了那繁複如卡夫卡小說的門鎖。大門只開了個幾公分寬的門縫，在燭光映照下，露出了伊薩克．蒙佛特那張老鷹似的臉龐。一看到我，管理員先嘆了口氣，然後沒好氣地翻了白眼。

「我眞不知道自己爲什麼要多此一問。」他說道。「這種時候來敲門的，還會有誰啊！」

伊薩克身上穿了件奇怪的衣服，看起來就像是睡袍、浴袍和俄羅斯軍裝大衣的混合體。加上腳上穿的平底便鞋，以及頭上戴著綴著流蘇的四角格子呢帽，眞是完美的搭配。

「我希望沒把您吵醒才好！」我說道。

「當然沒有。我才剛開始要跟耶穌聊聊自己的人生呢！」

他睜大了眼睛看著碧雅，緊張地就像踩到爆竹似的。

「您好自為之啊！我希望事情不是我想像的那樣才好。」

「伊薩克，這是我的朋友碧雅翠詩，我想徵求您同意，讓她看看這個地方。您放心，她是絕對可以信任的人。」

「森貝雷，我看過的人比您多得多啦！」

「我們只耽誤您一下子就好。」

伊薩克氣呼呼地「哼」了一聲，仔細地端詳著碧雅，就像個警察似的。

「您知不知道陪在您身邊的這個人是笨蛋啊？」他問道。

碧雅端莊地微笑著。「嗯，我開始有點概念了。」

「真是無知！知道規矩嗎？」

碧雅點點頭。伊薩克雖然心裡百般不願意，但還是讓我們進去了，照樣還是張望了一下街上是否有可疑的人影。

「我去拜訪了令千金努麗亞。」我隨口提起。「她過得很好。工作很忙，但是一切都順利。她要我向您傳達問候之意。」

「是喔！我看是不懷好意。森貝雷，您說謊的功力未免也太差了吧！不過，我還是很感謝您這麼努力啦！來吧，請進！」

進去之後，他把蠟燭遞給我，自顧自地轉身再把大門鎖上。

「結束的時候，您知道在哪裡可以找到我。」

在幽暗朦朧的光線下，我們只能隱隱約約看出書海迷宮的一角。微弱的燭光替我們開路。碧雅在迷宮入口處停下腳步，滿臉驚愕。我忍不住笑了，我知道，父親多年前在我臉上看到的就是這個表情。我們進入迷宮裡，穿梭在錯綜複雜的走道中。我上次留下的記號，還在那裡。

「來，我讓妳看一樣東西。」我說道。

我迷路了好幾次，每一回都得回到最初的記號從頭再找。碧雅在一旁觀望我，眼神既緊張又眩惑。我腦子裡的羅盤告訴我，我們正在螺旋形的走道上繞行著，慢慢往上走，應該就是迷宮的中心了。最後，我重新調整方向，走過一條又一條走道之後，終於看到那條狹窄漆黑的通道。我在最後一排書架前停了下來，在一排沾滿灰塵的厚重書籍後面，找到了我藏在裡面的「老朋友」，在幽微的燭光下，依然可見書皮上薄薄一層灰。我把書拿出來，交給碧雅。

「讓我向妳介紹：胡立安·卡拉斯。」

「風之影……」碧雅唸著，一邊撫著封面上模糊的書名。

「我可以把它帶回去嗎？」她問道。

「妳要帶走哪一本書都可以，就是這本不行。」

「這樣太不公平了吧！聽你敘述了這麼多，我最想看的就是這本書啊！」

「以後或許有機會吧，但是今天不行。」

我把書拿過來，把它藏回原來的位置。

「改天我自己再來一趟，偷偷把它拿走。」她頑皮地說道。

「妳在這裡繞一千年也找不到的。」

「那是你自己這麼想，我都看到你做的記號了，而且我還看過米諾陶洛斯的神話哩！」

「伊薩克不會讓妳進來的。」

「那你就錯了，他對我印象比較好呢！」

「妳怎麼知道？」

「我看得懂人家的眼神。」

聽她這麼一說，我竟然信以爲眞，立刻把自己的眼神藏起來。

「妳就隨便拿一本吧！妳看，這本還不錯，《不爲人知的高原之豬：伊比利半島豬肉尋根之旅》，作者是安塞摩·托格瑪達。我相信，這本書一定比胡立安·卡拉斯的任何作品都暢銷。好好研究一下，豬的每個部分都是有用途的。」

「我比較喜歡另外那本。」

「《黛絲姑娘》，這是原版呢！妳這麼厲害，可以讀湯瑪斯·哈代的英文原版小說哩！」

她瞪了我一眼。

「這本書就是妳的了。」

「你不覺得這本書一直在等著我嗎？它似乎在我出生之前就已經爲了我而藏身在這了。」

我看著她，驚訝不已。碧雅的雙唇畫出一抹微笑。「怎麼，我說了什麼奇怪的話嗎？」

這時候，我不假思索地給了她一個熱吻。

來到碧雅她家大門口時，已近午夜。我們一路上沉默不語，兩人都不敢說出內心的想法。我們各走各的，刻意迴避著對方。碧雅把《黛絲姑娘》夾在腋下，抬頭挺胸地走在前面，我跟在她後面，回味著她那柔嫩雙唇的滋味。當我們要離開「遺忘書之墓」時，伊薩克看我的曖昧眼神，至今依然在我腦中盤旋著。那是我再熟悉不過的眼神，我在父親臉上看過千百次同樣的眼神，似乎在問我，知不知道自己在做什麼。短短幾個鐘頭，我已經迷失在另一個世界裡，除了愛撫，還有令我不解的眼神，理智和羞愧正在啃蝕著我的內心。如今，回到現實中的暗夜郊區裡，魔法已經消失，留在我心中的只有讓我心痛的慾望以及莫名的不安。望著碧雅，我這才了解，和她內心強烈翻攪的暴風雨比起來，我的憂慮只是一陣微風而已。我們站在她家大門口，無可奈何地凝望著對方。有個巡夜員緩緩地走過來，嘴裡哼著輕快的小調，身上掛的一大串鑰匙正好替他伴奏。

「或許，妳希望我們不要再見面比較好……」我提出一個連自己都說服不了的建議。

「我不知道，達尼，我眞的不知道。你希望這樣嗎？」

「不，我當然不希望這樣。妳呢？」

她聳聳肩，擠出淡淡一笑。

「你想呢？」她問道。「我之前騙了你，你知道嗎？在大學迴廊的時候。」

「妳騙我什麼？」

「我說，我今天不想見你。」

巡夜員在我們附近繞來繞去，暗地裡竊笑著，男孩子送女孩回家的戲碼，他看多了，顯然，他覺得我的處女秀實在太平淡枯燥了。

「我不趕時間，你們慢慢聊！」他說道。「我到角落抽根菸，你們只要通知我一聲就行了。」

我一直等到巡夜員走遠了才開口。「我什麼時候可以再看到妳？」

「我不知道，達尼。」

「明天？」

「拜託別問了，達尼，我眞的不知道啊！」

我無奈地點點頭。她輕撫著我的臉。

「你最好趕快回去吧！」

「至少，妳知道在哪裡可以找到我吧？」

她點點頭。

「我會等著妳的……」

「我也是。」

離去的時候，我實在捨不得將視線從她身上移開。巡夜員看多了這種難分難捨的場面，早就走過來等著要幫她開大門了。

「不要臉的傢伙！」他從我身邊走過時，突然迸出了這麼一句，似乎有點羨慕我。「眞會甜言蜜語啊！」

我一直等到碧雅進了屋子才轉身離開。我緩緩踱著，腦中忽然興起一個念頭，覺得一切都有希望，即使是眼前杳無人煙的街道以及四周傳來的臭味，都是那麼美好。走到加泰隆尼亞廣場時，我看到廣場上聚集了一大群鴿子，滿滿一大片，就像白色地毯似的，靜靜地覆蓋著整個廣場。我本想從旁邊繞過去，沒想到鴿群挪動了腳步，自動幫我開了一條路，等我走過之後，鴿群又回歸原位。走到廣場中央時，大教堂傳出午夜鐘聲。我停下腳步，置身一片白色鴿海中，我心想，今天眞是我生命中最奇特、最美妙的一天了。

22

當我從書店櫥窗前經過時，看到店裡的燈還亮著。我心想，父親大概是在處理白天的信件，忙到忘了時間，或者純粹只是找藉口留下來等我，就爲了想打探我和碧雅碰面的情形吧。我看了看那個正在整理書架的身影，這才發現，原來是瘦削、緊張的費爾明，還在聚精會神地工作呢！我輕輕叩了玻璃櫥窗。費爾明抬起頭來，又驚又喜，他向我比了個手勢，要我從後門進去。

「費爾明，還在工作啊？時間已經很晚了！」

「其實，我只是在打發時間，因爲我等會兒要到費德里戈先生家。我和眼鏡行的老闆艾羅益講好了，我們倆輪流照顧他。反正，我本來就睡得少，頂多兩、三個小時就夠了。您也甭說我了吧，達尼，現在都過了半夜了，依我看呢，您和那個小姑娘的約會，一定很成功喔！」

我聳聳肩。

「說實在的，我也不知道啦！」我從實招認。

「她讓您碰她了嗎？」

「沒有！」

「好現象！千萬別相信那些初次約會就讓您碰她的女孩子，至於那些還需要神父教導的女孩們，更是不能和她們有瓜葛。請容我這麼比喻吧：上等的里肌牛排，煎到五分熟最好吃。當然啦！如果有女孩子投懷送抱的話，您也別遲疑，大口嚐嚐也無妨。不過呢，如果您想認眞談感情，就像我跟貝娜妲這樣，那就千萬要記住這個金科玉律。」

「您跟貝娜妲是認眞的？」

「何止是認眞啊，我們已經是心靈相通了！您和這個俏妞碧雅翠詩怎麼樣？我一眼看到她就知道，這是個嬌貴的千金小姐。不過，眞正的問題關鍵在於：她是那種讓人動情的女孩子，還是讓人只想調情的那種呢？」

「我哪會知道啊！」接著，我還特別指明：「我是說，那兩件事，我都不懂啦！」

「我說，達尼，這個就跟消化不良一樣，您有沒有覺得上腹部好像卡了一塊磚頭？或者只是覺得全身發熱？」

「好像比較接近卡著磚頭的感覺。」我說道，雖然，我其實也有全身發熱的感覺。

「這就表示您對她動了眞感情啦！上帝保佑喔！來來來，您坐下，我幫您泡杯菊花茶。」

我們在後面倉庫裡的桌子旁坐了下來，四周堆滿了書，兩人默默無語。整個城市已經沉醉在夢鄉裡，我們的書店就像一艘小船，航行在寧靜暗夜的汪洋中。費爾明端了一杯冒著白煙的熱茶給我，臉上掛著尷尬的笑容。他有心事。

「達尼，我可不可以問您一個私人的問題？」

「當然可以啊！」

「我拜託您，一定要誠實地回答我。」他清了清喉嚨。「您覺得，我有沒有可能成為一個父親啊？」

他一定看出我滿臉困惑，於是又補充說道：

「我不是指身強體壯的那種父親啦！您也知道，我是個身材瘦弱的人，不過，慈悲的上帝還是賦予我蠻牛般的精力。我指的是另外一種父親啦！就是那種好父親嘛，您知道的。」

「好父親？」

「對呀，就像您父親那種嘛！一個兼具智慧、善良和靈性的男人。一個能夠傾聽、引導和尊重孩子的男人，從不把自己的缺點加諸在孩子身上。他愛孩子，不只因為他是孩子的父親，也因為他願意把孩子當個人來尊重。他是孩子心目中的榜樣。」

「費爾明，您為什麼會問我這個？我一直以為您不相信婚姻和家庭這一套的。您還說那是束縛哩，記得嗎？」

費爾明點點頭。

「我告訴您，那都是很膚淺的想法。婚姻和家庭，端賴我們如何去經營，不用心的話，頂多就是個虛偽的巢穴，裝滿了垃圾和空洞的言語。如果是真愛，不需要掛在嘴上，也不用到處宣揚，舉手投足之間就看得出來了……」

「費爾明，我覺得您已經變成完全不一樣的人了。」

「是的，我變了。貝娜妲讓我想要成為一個更好的男人。」

「怎麼說？」

「我要變得更好，這樣才能匹配她。您現在還不懂這些，因為您還太年輕，但是以後您就會了解，有時候，重要的不是一個人能付出多少，而是他願意放棄多少。貝娜妲已經跟我談過了。她是個具有強烈母性的女人，這是您也知道的。她雖然沒說什麼，但我覺得，她這輩子最大的幸福就是成為母親。我非常珍惜這個女人，她比糖漬水蜜桃還要珍貴呢！我告訴您，為了這個女人，我願意在脫離教會三十二年之後，再次走進教堂，甚至要我誦經禱告都行。」

「您會不會太衝動了，費爾明？您才剛認識她沒多久呢……」

「我說，達尼，到了我這個年紀，要不就趕快認清事實，要不就繼續醉生夢死。人的一生，頂多只有三、四件事情是值得去追求的，其他的都是糞土。我做過的傻事已經夠多了，現在，我知道自己唯一想做的事情，就是讓貝娜妲幸福，而且將來能死在她的懷裡。我想重新做個令人尊敬的人，您知道嗎？這不是爲了我自己，對我來說，受人尊敬與否，就像姑娘們在清唱一樣，聽起來實在很空虛。這一切都是爲了她，因爲貝娜妲就信這一套，她相信廣播劇的情節，也相信神父說的每一句話。她個性如此，我就是愛她原來的樣子，即使她的下巴長了幾根鬍鬚，我也不會改變心意。就因爲這個緣故，我想成爲一個能讓她引以爲傲的人。我希望她會這麼想：我的費爾明是人上人，就像卡萊葛倫或海明威一樣出色。」

我將一雙手臂交叉在胸前，心裡想著，這件事到底進展到什麼狀況了？

「您跟她談過這些事情嗎？像是一起生個孩子這件事……？」

「我的老天爺，當然沒有！您把我當成什麼人啦？您看我像是那種到處張揚要讓女人懷孕的人嗎？我並不是不想喔！像麥瑟迪絲那種蠢女人，我恨不得立刻讓她懷個三胞胎，好讓自己享受王者之尊的感覺，但是呢……」

「您和貝娜妲提過共組家庭這件事嗎？」

「這種事情不需要明講，達尼。光是看臉上的表情就知道了。」

我點點頭。

「既然這樣，如果您要問我的意見，那麼，我很確定您一定會成爲父親，也會是個好丈夫。您一向不相信這些事情，所以也以爲自己沒有這個能力。」

他那張臉立刻洋溢著喜悅之情。

「您說的是眞的嗎？」

「當然！」

「您眞是讓我大大鬆了一口氣啊！因爲，我只要想起自己的老爸，再想到我也可能變成他那個樣子，我就覺得自己還是絕子絕孫比較好。」

「您放心，費爾明，不會的。再說，您的精力這麼旺盛，恐怕也很難絕子絕孫呢！」

「說的也是喔！」他附和道。「好了，您去休息吧，我不能再耽誤您的時間啦！」

「您並沒有耽誤到我的時間啊，費爾明。我想，我大概一時也睡不著。」

「唉！眞是自找麻煩喔……對了，您上回提過郵政信箱那件事，還記得嗎？」

「您查出什麼了嗎？」

「我不是跟您說了嗎？這事兒包在我身上！今天中午，我趁著午休時間去了一趟郵政總局，而且，我有個認識多年的老朋友就在那兒上班。2321號信箱使用人的名字是荷西．馬利亞．雷格賀律師，事務所設在利昂十三世街。我趕快趁機查了一下這個地址，果然不出所料，這個地址根本就不存在，我想，您大概也已經知道了。寄到這個信箱的郵件，多年來都是由同一個人定時來領取。我之所以會知道，那是因爲他們都是以掛號信的方式收取手續費，要領這些掛號信，就必須在收據上簽名，這些資料都有留底的。」

「拿信的是誰？雷格賀律師的員工嗎？」我問他。

「我還沒調查到這個部分呢，不過，我懷疑根本就不是。依我看呢，要不就是我搞錯了，要不就是這個叫做雷格賀的人壓根兒就不存在。我唯一能確切告訴您的是，那個定期來拿信的人，名叫努麗亞．蒙佛特。」

我突然覺得全身發冷。

「努麗亞．蒙佛特？您確定嗎？費爾明……」

「我親眼看到那些收據了，上面都有名字和身分證號碼的。看您一副快要嘔吐的樣子，我猜想，這個訊息八成是把您給嚇壞了吧？」

「別再挖苦我了。」

「我能不能請問一下，這個努麗亞．蒙佛特是誰啊？今天那個在郵局上班的朋友告訴我，他還清清楚楚地記得這個女人的模樣，因爲她前幾個禮拜才來拿過信，在他看來，這個女人比維納斯女神還要迷人，而且胸部還更豐滿呢！我相信他的眼光，因爲內戰爆發前，他本來是個美術老師，可是呢，因爲他是社會黨黨魁拉爾戈．卡瓦耶羅❶的遠房表弟，後來只好淪爲天天舔郵票的郵局小職員。」

「我今天才剛見過這個女人，就在她家裡……」我喃喃低語。

費爾明驚訝地盯著我看。

「您跟努麗亞．蒙佛特？喔，我想我眞的錯看您了，達尼。您已經成了不折不扣的獵艷高手啦！」

「不是您想的那樣啦，費爾明！」

「您要好好把握機會啊！我像您這個年紀的時候，每天就像風車音樂廳一樣，早午晚各有不同的節目哩！」

我望著眼前這個身材矮小、瘦骨嶙峋的男子，大大的蒜頭鼻，膚色黃黃的，這時候，我忽然意識到，他已經成了我最好的朋友。

「我能不能跟您聊一些事情，費爾明？這些事情已經在我腦海裡轉了很久了……」

「當然可以，什麼事都能聊，尤其是跟這個女人之間那些難以啓齒的事情，您都可以跟我說的。」

那天晚上，我二度敘述了胡立安．卡拉斯的故事以及他的死亡之謎。費爾明聚精會神地聽著，偶爾還在筆記本上記下重點，有時候甚至還打斷我的話，問了一些我漏掉的細節。我聽著自己的敘述，總覺得故事裡的許多空白和疑問越來越清晰。我幾度分心，怎麼也想不透努麗亞．蒙佛特爲什麼要騙我？她多年來定期領取那些寄給一個冒牌律師的信件，究竟是怎麼回事？富爾杜尼家位於聖安東尼歐圓環的公寓，顯然是她在處理了？我越講越激動，不自覺地就提高了音量。

「那個女人爲什麼撒謊，我們目前還沒辦法釐清眞相。」費爾明說道。「不過，我們可以大膽推測，如果她是以關係人的身分介入的話，那麼，她介入的事情恐怕不只這一樁。」

我只能茫然地嘆息著。

「您有什麼建議啊，費爾明？」

費爾明也嘆了一聲，然後一副若有所思的樣子。

「我這就告訴您該怎麼做。這個禮拜天，如果您沒別的事，我們就去聖賈布利教會中學一趟，好好地調查卡拉斯是怎麼認識那個富家公子……」

「安達雅。」

「對。您看著好了，我對神父特別有一套，您別看我這副德行，好像不學無術的樣子，幾句好聽的話哄他一下，他就對我掏心掏肺了。」

「眞的？」

「包在我身上！我向您保證，神父一定會像市立少年合唱團那樣歡樂高歌。」

譯註：

❶ **拉爾戈·卡瓦耶羅**（Francisco Largo Caballero，1869-1946），西班牙左翼社會黨領袖，第二共和國時期的傑出人物，一九三六年九月至一九三七年五月出任總理。

23

禮拜六那天，我一整個上午杵在櫃檯後面，心神不寧地期望著碧雅會出現在店門口。每次電話鈴響，我一定趕緊跑上前去，把話筒從我父親或費爾明手中搶過來聽。到了下午，已經接了二十幾通客人打來的電話，還是沒有碧雅的消息，我開始接受這個事實，這就是我的悲慘命運了。我父親到聖潔爾瓦希歐估價去了，費爾明趁著這個機會，又抓著我上了一堂戀愛課。

「您先靜下心來，否則您的肝臟會長石頭的。」費爾明建議我。「追女孩子就像跳探戈：花樣很多，但都很抽象。您是個男子漢大丈夫，所以，您要主動才對。」

「我主動？」

「不然您還有什麼更好的方法？站著小便的人，總是要付出代價的。」

「可是，碧雅總讓我覺得，她應該會跟我表白心意的。」

「唉！達尼，您對女孩子的了解，還真是乏善可陳。我用年終獎金跟您打賭，這個小姑娘現在一定像茶花女一樣，趴在她家窗台上，遙望著遠方，等著您去將她從她那個愚蠢父親的牢籠裡解救出來。」

「您確定？」

「跟數學原理一樣千眞萬確。」

「萬一她是打定主意不想見我了，那怎麼辦？」

「我說，達尼，除了您樓上那個鄰居麥瑟迪絲之外，女人大概都比我們男人聰明，至少對於自己想要什麼，她們心裡清楚的很。還有，她們要不就把心事只跟一個人說，要不就告訴全世界。您面對的是自然界的一大謎題啊！達尼。女人哪！嘴巴吱吱喳喳，心思彎彎曲曲。您如果讓她自個兒思考，她是理不出頭緒的。記住：內心熱情，腦袋冷靜。這就是成為大情聖的祕訣。」

正當費爾明口沫橫飛地向我解釋各種求愛招數時，店門上方的鈴鐺響了，走進來的是我的好朋友湯瑪斯．雅吉拉爾。我的心頭突然震了一下。我無法相信，碧雅居然會叫她弟弟來。這是個可怕的傳令官，我心想。湯瑪斯臉上的表情很嚴肅，而且一副鬱鬱寡歡的樣子。

「湯瑪斯少爺啊，您那張臉真像是家裡有死人似的。」費爾明說道。「來，您至少也讓我們請您喝杯咖啡，對不對？」

「我不會說不的。」湯瑪斯說道，語氣跟平常一樣拘謹。

費爾明把他那個保溫瓶裡的飲料倒在杯子裡，聞起來有股雪莉酒的味道。

「有什麼問題嗎？」我問他。

湯瑪斯聳聳肩。「沒什麼啦！我父親今天在家發脾氣，我悶得難受，出來透透氣。」

我嚥了一下口水。

「怎麼回事啊？」

「誰知道啊！昨天晚上，我姊姊碧雅很晚才回家。我父親一直等到她回來，接著，他就像平常那樣，非要把事情問清楚不可。她死都不肯講昨晚到底跟誰在一起，於是，我父親就發飆了，他一直破口大罵到今天凌晨四點都沒停，他罵我姊姊是不要臉的賤貨，而且他還發誓，遲早有一天要把她送去當修女，還說她如果被人搞大了肚子，一定會把她逐出家門。」

費爾明使了個眼色警告我。我覺得自己背上直冒冷汗，體溫好像一下子冷了好幾度。

「今天早上，」湯瑪斯繼續說著，「碧雅把自己鎖在房裡，整天沒踏出房門一步。我父親則是在飯廳看他的報紙，一邊聽著廣播裡的輕歌劇，還把收音機音量開到最大。中場休息時，我趁機溜了出來，因爲我已經快發瘋了。」

「嗯……您的姊姊一定是跟男朋友出去了嘛，對吧？」費爾明故意要套他的話。「那也沒什麼大不了的。」

我站在櫃檯後方，本想踢費爾明一腳，卻讓他機伶地躲開了。

「她男朋友還在當兵。」湯瑪斯說道。「他還要等好幾個禮拜以後才放假，況且，她每次跟他約會，最晚也是八點就到家了。」

「您也不知道她跟誰約會？又去了哪裡？」

「他剛剛已經說過不知道啦，費爾明！」我立刻插上一句，一心想轉移話題。

「您父親也不知道嗎？」費爾明窮追不捨，顯然是樂在其中。

「他不知道。不過，他已經發誓，一定要查個水落石出，還說一旦讓他知道了是誰，他一定要打斷那個人的腿，並且撕爛他那張臉……」

我覺得自己一定嚇得一臉慘白。費爾明問都沒問，直接就把他那難喝的飲料倒了一杯給我。我一口氣把整杯喝完，嚐起來很像熱呼呼的柴油。湯瑪斯默默地看著我，深沉的眼神讓人看不透。

「兩位聽到了嗎？」費爾明突然說道，「那緊鑼密鼓的聲音，好像在表演連續翻跟斗。」

「沒有啊！」

「是在下我的五臟廟已經鑼鼓喧天啦！唉，我突然覺得肚子餓死了，兩位如果不介意的話，我先去麵包店買個奶油麵包塡肚子。店裡來了個新助手，長得比剛出爐的麵包還甜美喔！眞想咬她一口。她叫做聖潔瑪麗亞，但是人與其名相去甚遠，個性還像個小女孩一樣任性……好啦，我就讓兩位在這裡聊聊吧！」

才不過十秒鐘光景，費爾明已經不見人影，等不及要去吃點心、看美女了。湯瑪斯和我留在書店裡，滿室寂靜，就像瑞士法郎一樣沉重。

「湯瑪斯！」我先開了口，只覺得口乾舌燥。「昨天晚上，你姊姊跟我在一起。」

他目不轉睛地盯著我看，我緊張地嚥下口水。

「你說說話吧！」我說道。

「你在動歪腦筋。」

接下來的整整一分鐘，我們默默聽著街上人來人往的嘈雜聲。湯瑪斯端著他的咖啡，至今一口都沒嚐。

「你是認眞的嗎？」他問道。

「我才約過她一次啊！」

「這不是答案。」

「你很在乎嗎？」

他聳聳肩。「你最好搞清楚自己在做什麼。只要我提出要求，你就會停止和她交往，對不對？」

「是的。」我這是違心之論。「但是，你並沒有對我提出要求啊！」

湯瑪斯低下頭來。

「你根本就不了解碧雅。」他低聲咕噥著。

我沒說什麼。接下來的幾分鐘，我們倆都不發一語，就看著一個個灰色人影在櫥窗前晃過。我心裡一直期望有人能進來，把我們從沉默的窘境中解救出來。過了半晌，湯瑪斯把手上那杯咖啡放在櫃檯上，轉身往店門走去。

「你要走了？」

他點點頭。

「我們明天見個面吧？」我說道。「我們可以去看電影，找費爾明一起去，就像以前那樣。」

他在店門口停了下來。

「我只告訴你這麼一次，達尼，千萬不要傷害我姊姊。」

他走出店門時，正好和提著熱糕餅回來的費爾明擦身而過。費爾明看著他失魂落魄地搖著頭，越走越遠。回到書店後，費爾明把熱騰騰的糕點放在櫃檯上，還遞給我一個剛出爐的螺紋麵包。我婉拒了他的好意，因爲，我恐怕連一顆阿斯匹靈都吞不下去。

「他很快就氣消了，達尼，您看著好了，朋友之間偶爾鬧彆扭，很正常的。」

「唉，我也不知道……」我喃喃說道。

24

禮拜天早上七點半，我們依約在卡納雷塔斯咖啡館碰面；費爾明請我喝咖啡加牛奶，配上幾個球形奶油蛋糕，那硬邦邦的口感，即使上面塗了一層奶油，嚐起來依然像浮石。那個負責招呼我們的服務生，衣領上別著長槍黨徽章，嘴上蓄著短髭，嘴巴不停地哼歌，問他什麼事這麼高興，他喜孜孜地告訴我們，前一天剛做了爸爸。我們立刻恭喜他，他一聽，樂得堅持要各送我們一根法麗亞牌雪茄，要我們邊抽雪茄邊爲他第一個孩子慶生。接過雪茄時，我們告訴他，一定會祝福他的孩子。費爾明皺著眉頭，斜眼睨著他，懷疑他根本就是在瞎掰。

吃早餐時，費爾明概略地敘述了這個謎團，爲我們充當神探辦案之日揭開了序幕。

「整個事件要由兩個男孩之間的純眞友誼說起，也就是胡立安·卡拉斯和赫黑·安達雅，他們倆是童年玩伴，就像湯瑪斯少爺和您這樣。兩人結識多年，相處一向很愉快，他們是一對形影不離的好朋友，展望著大好前途。然而，兩人後來因故起了衝突，這段友誼也因此結束了。就像沙龍派劇作家慣用的情節，衝突的背後必定有個女子，而在這個事件當中，這名女子名叫潘妮蘿珮。非常荷馬式的悲劇！您有沒有在聽我說話呀？」

這時候，盤旋在我腦海中的，只有湯瑪斯·雅吉拉爾前一天晚上在書店對我說的那句話：「千萬不要傷害我姊姊！」我突然覺得頭暈想吐。

「一九一九年，胡立安．卡拉斯遠走巴黎，定居在這個流浪者之都。」費爾明繼續說道。「潘妮蘿珮寄出的那封信，始終不曾到他手上。當時，潘妮蘿珮被家人囚禁在自家豪宅裡，原因不明，可以確定的是，卡拉斯和安達雅之間的友誼已經終結。不僅如此，根據潘妮蘿珮在信中所述，她哥哥赫黑發了誓，要是再讓他碰到胡立安，他一定要殺了這個昔日好友。這麼強烈的措辭，清楚說明了這段友誼已經走到盡頭。隨便想也知道，這兩個好友之間的衝突，顯然是因爲潘妮蘿珮和卡拉斯談戀愛而引起的。」

我的額頭直冒冷汗。剛下肚的咖啡加牛奶和四個奶油小蛋糕，好像已經湧上喉嚨了。

「總之，我們可以這麼假設：卡拉斯一直都不知道潘妮蘿珮被家人囚禁這件事，因爲他根本就沒有收到那封信。他的生命迷失在巴黎的濃霧裡，他的日子就像行屍走肉一般，晚上在酒店彈鋼琴討生活，白天則繼續當個名不見經傳的窮苦作家。他在巴黎那幾年，只有悲慘兩個字能形容。浪跡巴黎多年，最後留下一部被人遺忘的小說，甚至還不幸消失了。我們都知道，他後來決定和一個非常富有、年齡大他一倍的神祕貴婦結婚。像這樣的婚姻啊，我們如果深入探究的話就不難發現，這位疾病纏身的貴婦願意結婚，同情和友誼遠超過浪漫情愫。這位女士是文學和藝術的捍衛者，她怕自己贊助的對象未來在經濟上恐有斷炊之虞，於是就想以結婚的方式，讓卡拉斯順理成章地成爲遺產繼承人，讓文學繼續在世上發光發亮……這就是巴黎人的作風！」

「他們說不定是眞心相愛呢！」我提出不同見解，但說話音量很微弱。

「欸，達尼，您還好吧？您的臉色好蒼白，而且還拚命冒汗哩！」

「我很好！」我騙他。

「回到剛剛的話題。愛情這玩意兒，就像香腸：有的是剛灌的新鮮香腸，有的是粗硬乾燥的臘腸，每一種都有其地位和功能。卡拉斯曾經說過，他已經和愛情絕緣，而且，我們也沒聽說他在巴黎多年有過任何羅曼史。當然啦，他在聲色場所上班，周遭美女如雲，或許剛開始的時候，他的性慾和激情難免會蠢蠢欲動，但是同事間熟了就像家人，圍繞在身邊的美色，反而像是額外的年終獎金，或是聖誕節樂透。不過，這純粹是推測罷了。讓我們回到卡拉斯宣布將與贊助者結婚那件事。當時，半路殺出了赫黑·安達雅這個程咬金，結果把這樁美事搞得一團亂。我們都知道，赫黑·安達雅爲了查出卡拉斯的下落，曾經找上作家在巴塞隆納的出版社。不久之後，就在預定要舉行婚禮的當天凌晨，卡拉斯和一個身分不明的陌生人在皮爾拉卻斯墓園起了肢體衝突，然後就失蹤了。那場婚禮就這樣不了了之。就從這裡開始，後來的每件事都令人迷惑不已。」

費爾明沉默了好長一段時間，接著，他看著我，一副老謀深算的模樣。

「假設卡拉斯眞的越過了邊境，剛好在一九三六年內戰爆發時回到巴塞隆納。那麼，在巴塞隆納停留的那幾個禮拜，他做了什麼？又住在哪裡？至今仍是謎。我們認爲那一整個月期間，他一直待在這個城市裡，可是卻沒和任何熟人聯絡。他沒去找他父親，也沒聯絡他的朋友努麗亞·蒙佛特。後來，他被人發現死在街上，胸口那一槍是致命傷。接著，卡拉斯最後一本小說裡那個名叫拉因·谷柏的狠角色出現了，稱他爲地獄王子，絕不爲過。這個惡魔揚言要消滅所有和卡拉斯相關的東西，永遠都會不擇手段摧毀他的書。更戲劇化的是，這個大壞蛋是個無臉怪客，一張臉被烈火燒得完全模糊。不只如此，還有人跳出來指出更令人匪夷所思的部分：努麗亞·蒙佛特認出了谷柏的聲音，原來那就是赫黑·安達雅。」

「別忘了，努麗亞·蒙佛特對我說了謊啊！」我說道。

「沒錯，但是努麗亞·蒙佛特騙了您，可能純粹只想省略那些情節，原因是不想讓自己捲入不必要的是非。人就是這樣，說實話的理由少之又少，撒謊的藉口卻無窮無盡。欸，您眞的不要緊嗎？您的臉色跟奶酪一樣白呢！」

我搖搖頭，然後立即衝進洗手間。剛吃的早餐、前一天的晚餐，以及滿腹的憤怒，全都被我吐得精光。我用冰冷的自來水洗了臉，看著朦朧的自己出現在布滿蒸氣的鏡子裡，有人用蠟筆在鏡子上寫著「活該去吃屎的法西斯黨」。回到座位時，我發現費爾明已經在吧台邊付帳，一邊還跟剛剛那位服務生聊著足球賽。

「好一點了嗎？」他問道。

我點頭稱是。

「您這是血壓突然降得太低造成的。」費爾明說道。「來顆瑞士糖，一含進嘴裡，什麼毛病都沒了。」

走出咖啡館後，費爾明堅持要搭計程車去聖賈布利教會中學，說是平常搭地鐵的機會多的是，他還說，在這個陽光和政客雕像一樣燦爛的早晨，只有老鼠才會在地鐵隧道裡鑽來鑽去。

「從這裡搭計程車到撒利亞區，車資很嚇人呢！」我提醒他。

「放心，有善良的呆瓜幫我們出錢。」費爾明趕緊把錢收好。「剛剛那個得意忘形的老兄找錯錢，我們反而賺了一筆哩！而且，您這個樣子，實在也不適合去搭地鐵。」

於是，我們帶著這筆不義之財，就在蘭巴拉大道口等計程車。我們眼看著幾輛空車經過卻沒搭，因爲費爾明堅持，難得搭計程車，至少也要搭一輛史蒂倍克（Studebaker）汽車才像話。等了一刻鐘之後，總算來了一輛符合要求的車子，費爾明使勁地揮舞著手臂，簡直就像一座轉動的風車。他堅持要坐在前座，後來居然跟司機聊起了莫斯科的輝煌時代，還聊了史達林，那是司機的偶像和精神指標。

「這個世紀有三個偉大人物：西班牙共產黨主席依拔露麗女士（Dolores Ibárruri）、鬥牛士馬諾雷德（Manolete），還有史達林！」計程車司機自信滿滿地說道，接下來打算將他心目中那個完美聖人的生平敘述給我們聽。

我以最舒適的姿勢癱坐在後座，有一搭沒一搭地聽著前座枯燥的對話，我搖下車窗，享受著清涼的新鮮空氣。費爾明樂得乘坐史蒂倍克汽車兜風，不時回應計程車司機聊的話題，司機先生偶爾搞錯了前蘇聯領袖生平的部分細節，費爾明還會插嘴糾正他。

「我聽說，自從他有一次吞下了歐楂果核以後，從此就有很嚴重的攝護腺毛病，現在呢，非要有人在旁邊哼唱『共產國際歌』，他才尿得出來哩！」費爾明說道。

「那都是法西斯份子在搞宣傳！」計程車司機說道，態度比剛才更堅貞了。「我們的領導同志每次都撒一大泡尿，就跟一頭鬥牛一樣。這麼強壯的體魄，連俄製的 Volga 汽車都比不上呢！」

他們就這樣一路談論著政治，車子駛過奧古斯塔大道之後，接著開往城市近郊的山坡地。陽光越來越燦爛，蔚藍的天空下，涼風徐徐地吹拂著。到了格蘭杜瑟街，車子右轉，慢慢往上開往波納諾瓦大道。

從波納諾瓦大道往上坡走，轉進一條狹窄蜿蜒的小路，盡頭就是聖賈布利教會中學，聳立在一片蔥綠的樹林間。紅磚砌成的排樓綴著劍形的窗子，學校建築處處可見拱門和尖塔，宛如一座哥德式教堂，佇立在一大片香蕉園裡。告別了計程車司機之後，我們走進花木扶疏的庭園，園裡有幾座噴泉，噴泉上的天使已經長滿了青苔。樹林間散布著鋪了石子的小徑。我們往學校大門走去，這時候，費爾明先向我敘述了學校的背景。

「您現在看到這個地方，或許會覺得彷彿沙皇時代的魔僧拉斯普廷（Rasputin）的陵墓一樣陰森駭人，但是，聖賈布利教會中學當年可是巴塞隆納最具聲望的名校之一。到了第二共和時代，這所學校開始漸漸走下坡，因爲當時產生了許多新富豪，這些快速崛起的企業家和銀行家，因爲都是聽起來很陌生的姓氏，他們的孩子也因此被聖賈布利教會中學拒於校門外。於是，他們決定自行創校，在那裡，他們終於贏得尊敬，也擁有了拒絕其他孩子的權力。金錢就像病毒一樣：當它腐蝕了一個人的靈魂之後，它就會另尋新血。在這個世界上，一個人的姓氏存在的時間，比糖杏仁還要短暫。聖賈布利教會中學的極盛時期，大約是一八八〇年到一九三〇年之間，這所學校是權貴子弟的搖籃。安達雅家族把孩子送進這個邪惡的地方，和背景相同的富家子弟一同住校、望彌撒，也學習他們自己家族的豐功偉業，將來才有能力重複吹噓，直到令人噁心的地步……」

「可是，胡立安．卡拉斯並不是有錢人家的子弟啊！」

「這個嘛，這一類的名校有時候會提供一、兩個名額的獎學金，對象是園丁或清道夫的兒子，校方藉此表現偉大的情操，以及基督教的慈善精神。」費爾明說道。「幫助窮人，最好的方法就是教他們模仿有錢人。這種資本主義之毒，簡直是矇蔽了……」

「現在不是說這些社會大道理的時候啦，費爾明！萬一被神父聽見了，我們會被趕出去的。」我連忙打斷他的話，同時也注意到，幾個神父站在從大門延伸而上的階梯最高處，不時好奇地往我們這邊瞧，我自忖，他們會不會是已經聽見我們的談話了？

其中一位神父走了下來，臉上掛著溫和有禮的微笑，雙手環抱在胸前，就像個大主教一樣。他大概五十歲出頭，清瘦的身材和稀疏的髮絲，讓他看起來彷彿一隻猛禽。他帶著深邃的眼神走過來，身上散發著濃濃的古龍水香味，聞起來好像樟腦丸。

「早安！我是費南鐸．拉默思神父。」他說道。「兩位有什麼事情嗎？」

費爾明立即伸出手來，神父遲疑了一會兒才握了他的手，臉上依舊帶著淡淡的笑容。

「在下費爾明．羅梅洛．托勒斯，森貝雷父子書店的書籍顧問，非常榮幸在此向您問好。在我旁邊這位是我的同事兼好友，達尼，一位前途無量的年輕人，也是個胸懷慈悲的虔誠教友。」

費南鐸神父目不轉睛地盯著我們。我好想馬上挖個地洞鑽進去。

「眞是榮幸之至，羅梅洛．托勒斯先生！」他很友善地回應道。「請容我冒昧請問，兩位大駕光臨敝校，有什麼事嗎？」

我打定主意，這回一定要在費爾明胡說八道之前先開口，而且，我們必須速戰速決才行。

「費南鐸神父，是這樣的，我們想了解一下貴校兩位昔日校友的資料，他們是赫黑．安達雅和胡立安．卡拉斯。」

費南鐸神父緊抿著雙唇，眉頭深鎖。

「胡立安已經去世超過十五年，安達雅也早就遠走阿根廷了。」他輕描淡寫地說道。

「您認識他們兩位嗎？」費爾明問他。

神父銳利的眼神掃過我和費爾明的臉龐，然後才答腔：

「我們以前是同班同學。請問，兩位想要了解的是哪一方面的事情？」

我還在思索該怎麼回答這個問題的時候，費爾明已經搶先答話了。

「是這樣的，我們手上恰好有幾份和他們相關的資料，其中有一些法律上的疑點必須釐清。」

「恕我冒昧一問，那是什麼樣的文件？」

「這點務必要請您諒解，我們實在不能透露，萬能的上帝最清楚了，世上有太多無法明說的事情和祕密，您大人大量，人格清高，一定能理解我們的苦衷。」費爾明一口氣把一大串話說完。

費南鐸神父面露驚愕的神情，定定望著他。趁著費爾明還在喘息的時候，我決定趕快接話。

「羅梅洛．托勒斯先生剛剛提到的那些資料，其實是關於他們兩人的家庭背景、某些事件以及私人感情的部分。我們想請教神父您的是，如果不會對您造成太大困擾的話，您可不可以跟我們談談學生時代的胡立安和安達雅？」

費南鐸神父依然半信半疑地觀望著我們。顯然這些說法都不足以取信於他，無法博得他的信任。我向費爾明發出求救的眼神，拜託他趕緊再胡謅些理由來說服神父。

「您知道嗎？您長得和少年時期的胡立安有點像呢！」費南鐸神父突然說道。

費爾明眼睛一亮，我心想，他一定想到辦法了。

「您的觀察力，眞是敏銳地沒話說啊！」費爾明裝出一副很驚訝的樣子。「以您的聰明智慧，有朝一日必定成爲紅衣主教或教宗。」

「您在說些什麼？」

「我說得不夠明白、不夠清楚嗎？神父閣下……」

「老實說，我眞的聽不懂。」

「我們能不能向您告解一個祕密啊？」

「這裡只是個花園，不是告解室。」

「只要您以神職人員的身分聽我們說，就夠了。」

「那是沒有問題的。」

費爾明長嘆一聲，然後幽幽地看著我。

「達尼，我們不能再欺騙這位神聖的上帝使者了。」

「是啊……」我一頭霧水地回應他。

費爾明走到神父身邊，壓低了音量，語氣非常誠懇：

「神父，我們今天來查資料，主要是因爲我們這位小朋友達尼，其實是已故的胡立安·卡拉斯的兒子。我們的用意，是想重塑一位英年早逝的傑出人士的生平和回憶，命運捉弄人啊！這個可憐的孩子，從小就失去了父親呢！」

費南鐸神父睜大了一雙驚訝的眼睛，盯著我看。

「眞的嗎？」

我點點頭。費爾明一臉愁容，輕輕拍著我的背。

「您看看他，這可憐的孩子，一心一意要尋找已故父親的回憶啊！我說，慈悲的神父啊，還有比這個更讓人心疼的事情嗎？」

「兩位可否證明這件事是眞的？」

費爾明抓起我的下巴，捧著我的臉，就像捧著一枚金幣一樣。

「像您這麼有智慧的神職人員，看了這張蒼白而沉默的小臉，還需要更好的證明嗎？」

神父看起來似乎很爲難。

「您願意幫助我嗎？神父……」我哀求他，還故做可憐狀。「拜託啦……」

費南鐸神父嘆著氣，神情很不自在。

「我想，這也不是什麼壞事啦！」他終於說道。「兩位想知道什麼？」

「全部。」費爾明說道。

費南鐸神父以講道的口吻敘述著往事。他的用字遣詞優雅而簡潔，說話的語氣，好像在做精神訓話似的。多年的教書生涯，讓他習慣了以那種堅定的說教口吻對人說話，只是他也沒把握對方是否聽得進去。

「我如果沒記錯的話，胡立安．卡拉斯在一九一四年進入聖賈布利教會中學就讀。我立刻就跟他熱絡了起來，因爲我們倆都是屬於非富家子弟那種學生。那些有錢人家的少爺們都叫我們『丐幫』，我們這些清寒學生，每個人各有不同的入學條件。我能夠獲得獎學金，是因爲我父親在這所學校當了二十五年廚師。胡立安得以入學，全憑安達雅先生出面關說，他是胡立安父親經營的富爾杜尼帽子專賣店的老主顧。當然，這些都是好多年前的事情了，那個時代，權貴核心仍然集中在豪門家族。那個時代已經消失了，一切都隨著第二共和的沒落而幻滅。我想，這樣也好。那個時代遺留下來的只剩下信紙抬頭印著的企業、銀行以及早已被人淡忘的財團名稱。就像所有的古老城市一樣，巴塞隆納也曾經慘遭破壞。我們引以自豪的宏偉建築、皇宮和雕像，都是輝煌時代的標誌，卻成了屍橫遍野的戰場，偉大的文化古蹟竟成了廢墟。」

說到這裡，費南鐸神父沉默了好一會兒，彷彿等著教友們以蹩腳拉丁文回應他的彌撒經文。

「請說句阿門，敬愛的神父！您說得眞是鞭辟入裡，太偉大了！」爲了打破沉默的僵局，費爾明胡謅了幾句。

「請您跟我們聊聊我父親入學第一年的情形好嗎？」我輕聲問道。

費南鐸神父點點頭。

「打從那個時候開始，他就要大家叫他卡拉斯，雖然他的父姓是富爾杜尼。剛入學的時候，有些學生會拿這個來取笑他，當然，他是『丐幫』的成員之一，也是被嘲弄的原因。他們也笑我，因為我是廚師的兒子。各位也知道，小孩子就是這樣。其實，上帝在他們的心靈深處塡滿了善念，可惜他們只會重複他們在家裡聽來的那些話。」

「都是小天使呢！」費爾明附和著。

「關於我父親，您還記得哪些事情？」

「啊……那是好久以前的事啦！當時，您的父親最要好的朋友還不是赫黑．安達雅，而是一個名叫米蓋．莫林納的男生。米蓋出身豪門，他家財力雄厚，足以和安達雅家族相提並論。我敢說，他大概是這所學校創立以來最古怪的學生了。校長認為他是個無藥可救的搗蛋鬼，因為他居然在望彌撒的時候，用德文朗誦馬克思學說。」

「這個人準是中邪了！」費爾明在一旁幫腔。

「米蓋和胡立安眞的是氣味相投的好朋友。有時候，我們三個人會在午休時間湊在一起，然後胡立安就會講故事。他偶爾也跟我們聊起他的家庭，以及安達雅家族……」

神父似乎猶豫了一下。

「畢業以後，米蓋和我還保持聯絡了好一陣子。胡立安後來去了巴黎。我知道，米蓋很想念他，動不動就會提起他，非常懷念以前大家共處的美好時光。後來，我進了修道院，米蓋還開玩笑說我已經向敵人靠攏了，不過，我們從此就漸漸疏遠了。」

「您有沒有聽說，那個米蓋後來娶了一個名叫努麗亞·蒙佛特的女子？」

「米蓋結婚了？」

「您覺得很奇怪嗎？」

「我想他應該不會結婚才對……不過，我也不知道啦！我跟米蓋多年沒有聯絡倒是真的，自從內戰爆發後就沒有他的消息了。」

「他有沒有跟您提過努麗亞·蒙佛特這個名字？」

「從來沒有！他沒想過要結婚，也不想交女朋友。唉呀！我不知道該不該跟兩位提這些事情，畢竟這都是胡立安和米蓋的私事，照理說，這是不應該跟別人聊的……」

「一個做兒子的好不容易能多了解已故的父親，您忍心剝奪他這個機會嗎？」費爾明故意說。

在我看來，費南鐸神父內心似乎很掙扎，不知道該不該重提那段塵封已久的往事。

「我想，都過了這麼多年了，應該沒什麼關係。我還記得那一天，胡立安跟我們聊起他和安達雅家族相識的經過，以及他的人生因此而完全改觀……」

……一九一四年十月，有一天下午，一輛稀有的名貴轎車，宛如一座會移動的萬神殿，突然停在位於聖安東尼歐圓環的富爾杜尼帽子專賣店門口。下車的是高傲、威嚴的里卡鐸·安達雅先生，當時，他不只是巴塞隆納最有錢的人之一，甚至是全西班牙數一數二的大富豪，他的紡織企業王國，從市區起家，後來的版圖已經擴張到整個加泰隆尼亞省。他右手操控全省半數以上的銀行和房地產，左手則不斷地介入政治運作，包括議會、市府、中央部會，以及教會和海關。

那天下午，這位蓄著濃密鬍鬚的禿頭大亨，鼻樑上架著華麗的鏡架，讓人一看就要敬畏三分，他要添購幾頂帽子。他走進安東尼．富爾杜尼先生的帽子店，快速地把店裡掃視了一遍之後，他斜眼睨著帽子師傅和旁邊的學徒，也就是少年胡立安。接著，他說了以下這段話：「我聽說，這家店雖然店面很不起眼，但是做出來的帽子卻是全巴塞隆納最好的。現在已經是深秋季節，我需要六頂大禮帽、一打圓頂禮帽、幾頂打獵時戴的便帽，以及到馬德里參加王室慶典適合戴的帽子。您都記下來了嗎？或者還在等著要我重複一遍？」那是帽子師傅父子最初接待里卡鐸．安達雅先生這位富豪客户的情形。胡立安天天看報，他知道安達雅的社會地位很崇高，因此，他告訴自己，他父親絕對不能出任何差錯，對於他的帽子店生意，這是非常關鍵的時刻。打從富豪大亨一走進店裡，帽子師傅就樂得飄飄然。安達雅向他保證，只要做出來的帽子讓他滿意，他會把這家店推薦給所有的朋友。這就表示，富爾杜尼帽子專賣店業務將會蒸蒸日上，許多社會名流，舉凡議員、市長、主教和部長，不管頭大、頭小，都會來訂做帽子。那個禮拜，簡直是不可思議。後來，胡立安乾脆不上學了，每天在帽子店後面的工房幹活十八到二十個鐘頭。帽子師傅情緒一直很亢奮，不時忘情地抱著兒子親了又親。他甚至還給妻子蘇菲買了一件洋裝和一雙新鞋，這是結婚十四年來頭一遭。帽子師傅變成了完全不一樣的陌生人。有個禮拜天，他居然忘了去望彌撒，就在那天下午，他很自豪地摟著胡立安，眼眶中含著淚水，他對兒子說道：「你爺爺如果地下有知，一定會以我們爲傲的！」

製作帽子的各種技術中，最複雜、也是逐漸失傳的一項，就是量尺寸。里卡鐸．安達雅先生那個頭，根據胡立安的說法，頭形就如一顆大大的哈密瓜，稀疏的髮絲好像野外的雜草。當天下午，帽子師傅一看到大亨的頭部就知道，這個頭不容易測量尺寸，到了晚上，當胡立安跟他提起蒙塞拉山脈那幾座崎嶇山頂時，富爾杜尼也覺得很有道理。「爸爸，我絕對沒有對您不敬的意思，但是，您也知道，替客人量尺寸這件事，我做來比較順手，因爲您容易緊張。所以，還是讓我來吧！」帽子師傅欣然同意。隔天，當安達雅走出他的賓士轎車時，胡立安立刻上前接待他，然後請他進入工作室。安達雅一知道是這個十四歲的少年負責幫他量尺寸，當場勃然大怒：「這是怎麼回事？找個小鬼來量尺寸？這是故意要把我耍得團團轉嗎？」胡立安雖然很清楚這是個有頭有臉的大人物，但並沒有因此而膽怯退縮，他說道：「安達雅先生，您頭上沒幾根頭髮可以讓我們抓著，要把您耍得團團轉也不容易啊！您頂上的皇冠，就像鬥牛場，我們再不趕快做幾頂帽子給您戴上，被秋風吹得七零八落的話，您的頭頂看起來恐怕會像巴塞隆納街道圖了。」聽了這段話，富爾杜尼心想，這下死定了。安達雅不動聲色，雙眼直盯著胡立安。就在這時候，出乎眾人意料的是，他發出了多年來不曾有過的開懷大笑。

「這孩子前途不可限量啊！富老闆。」安達雅高興地說，但他依然記不得帽子師傅的姓氏。

從那一刻起，里卡鐸．安達雅先生才知道，原來他的頭形不容易量尺寸，但是大家因爲畏懼他、奉承他，總是百依百順地讓他踩在腳底下。他最看不起的就是這種馬屁精、膽小鬼，以及所有在他面前態度軟弱的人，不管是身體、心理或道德方面。於是，當安達雅發現這個出身寒微的小學徒膽識過人，居然敢開他玩笑，他決定把這家帽子店列入理想店家，當場把訂購數量再加一倍。那一整個禮拜，他每天高高興興地來讓胡立安量尺寸、看樣式。看到這位全省知名的大人物和那個連他自己都很陌生的兒子談天說地、有說有笑，安東尼．富爾杜尼很驚訝，因爲兒子從來沒有跟他聊得這麼熱絡，多年來也未曾對他展現如此豐富的幽默感。那個禮拜接近尾聲時，安達雅把帽子師傅拉到一旁的角落，因爲他有知心話要說。

「我說，富老闆，您那個兒子是個天才，卻被您當成小動物似的關在這個小店裡埋沒天分，我看了就噁心！」

「我們小店生意很好啊，里卡鐸先生，這孩子做得還滿順手的，就是耐力差了一點。」

「講這些都是廢話！您給他上哪所學校啊？」

「這個嘛！他上的學校是……」

「唉！唸這所學校，出來頂多當工人。少年時期，如果不好好掌握天分和才氣的話，孩子很容易就誤入歧途的。必須要指引他方向，要給他支持。富老闆，您懂我的意思嗎？」

「您錯看我兒子啦！論天分，他最沒有天分了。連地理這種科目，他都唸得很吃力呢。老師們告訴我，說他那個腦袋都在胡思亂想，而且在校學習態度又差，他跟他那個媽一個德行，留在店裡跟著我學做帽子，至少將來也有一技之長，再說……」

「欸，富老闆，您別說了，我快被您那些話煩死了！我今天就跑一趟聖賈布利教會中學的教務委員會，我會吩咐他們把您的孩子安排在我兒子赫黑那一班。我說了就算數！」

帽子師傅一雙眼睛睜得像銅板一樣大。聖貫布利教會中學，那可是上流社會的權貴子弟才唸得起的學校呢！

「可是，里卡鐸先生，那個學校的學費，我負擔不起啊……」

「誰說要您付半個子兒啦？這個孩子的教育費用，全部包在我身上。至於您這個做父親的，只要點頭說個『好』就行了。」

「當然，您說的是，不過呢……」

「不要再說了，就這麼說定了。當然，還要胡立安接受就是了。」

「他一定會照著您的吩咐去做的。」

就在這時候，胡立安正好從後面的工作室房門走了出來，雙手捧著剛做好的帽子模型。

「里卡鐸先生，您方便的時候，再麻煩您試一下……」

「你告訴我，胡立安，你今天下午有什麼事情？」安達雅問道。

胡立安有點為難，先看看他父親，再瞧瞧大亨。

「嗯……留在店裡幫我父親做事。」

「除了這個之外。」

「我本來是想去圖書館啦……」

「你喜歡看書啊？」

「是的，先生！」

「你讀過康拉德的《黑暗之心》嗎？」

「讀過三遍了。」

帽子師傅皺著眉頭，聽得一頭霧水。

「可不可以請問一下，那個叫做康拉德的是誰啊？」

安達雅表情嚴肅地使了個眼色要他閉嘴。

「我家有個圖書室，裡面藏書多達一萬四千冊呢，胡立安。我年輕的時候酷愛閱讀，現在沒這個時間了。我剛剛想到，我有三本康拉德親筆簽名的書哩！我兒子赫黑從來不踏進圖書室，連拖都拖不進去。在我家裡，唯一會思考、閱讀的人是我女兒潘妮蘿珮，所以啦，這麼多書放在那裡都白白浪費了。你想不想看看呀？」

胡立安默默地點頭。帽子師傅看著這一幕，心中一股不安油然而生，但又說不上來爲什麼。他們聊的那些名字，他都沒聽過。至於小說嘛，大家都知道，那是給女人或無所事事的人看的。他覺得《黑暗之心》這書名聽起來，八成跟道德原罪有關。

「富老闆，您的兒子現在就跟我一起回去，我想把他介紹給我家赫黑認識。放心，我會把他還給你的。喂！孩子，你有沒有坐過賓士車啊？」

胡立安猜想，他指的應該是外面那個會移動的龐大機器吧！於是他搖搖頭。

「現在就去坐坐看。那種感覺就好像要上天堂哩！但是，你不會死掉的。」

安東尼．富爾杜尼看著他們坐著那輛招搖的豪華汽車走了，當他找回自己那顆失落的心，能夠感受到的只有悲傷。那天晚上，他和蘇菲一起吃晚餐時（她穿著他送的全新洋裝和鞋子，絲毫不見任何皺摺），心裡不斷地納悶著，這次他到底又做錯了什麼？上帝才剛把兒子還給他，安達雅卻把他搶走了。

「妳去把那件洋裝換掉！哼！這副德行，看起來就像個妓女！還有，以後餐桌上不准再出現紅酒，有水可以喝就夠好了。貪婪，只會腐蝕人心。」

胡立安從來沒去過迪雅戈納大道的另一頭。那個綠樹成蔭、陽光燦爛的地方，佇立著一幢幢華麗豪宅，儼然是市井小民無法涉足的禁地。迪雅戈納大道往上走，延伸出村鎮、山丘，也塑造了充滿神祕、財富的各種傳奇。途中，安達雅跟他提到了聖賈布利教會中學，也提到胡立安即將見到的新朋友，他還談到了一個遙不可及的未來。

「你有什麼想法呀，胡立安？我是說，關於你的人生……」

「我不知道。有時候，我想以後可以當個作家，寫小說。」

「就像康拉德，欸？你還太年輕啦！告訴我，你對銀行業有興趣嗎？」

「我不知道啊，先生。老實說，我從來沒想過這些。我還不曾把三塊錢以上的硬幣放在一起哩！大筆錢財對我來說，簡直是不可思議。」

「哪有什麼不可思議的，胡立安。訣竅只有一個：不要只把三塊錢放在一起，而是要堆三百萬！這麼一來，你就什麼都懂了。」

那天下午，當車子緩緩開上迪比達波大道時，胡立安以爲自己進了天堂的大門。一路上都是雄偉壯觀的大宅院。到了半途，司機一轉彎，把車子開進了其中一幢豪宅的圍牆內。霎時，一群僕傭像軍隊似的一字排開，恭敬地迎接老闆歸來。胡立安眼前是一座富麗堂皇的三層樓豪宅。他從來沒想過，居然有人眞的住在這種地方！他走進前廳，然後越過拱頂大廳，大廳旁有一排大理石階梯通往樓上，樓梯扶手上披著天鵝絨簾子。接著，他走進一個大房間裡，四面牆壁擺滿了一排排的書籍，從地上一直延伸到無盡的天頂……

「你覺得怎麼樣？」安達雅問道。

胡立安幾乎沒聽見他的聲音。

「達米安！你去告訴赫黑，叫他立刻到圖書室來。」彷彿無聲無息似的僕人，在最短的時間內執行了主人的命令，卑躬屈膝的身影，好像一隻訓練有素的昆蟲。

「你需要一套新衣服，胡立安。外面多的是以貌取人的笨蛋。我會吩咐哈辛妲，讓她去幫你張羅就好，你不用擔心。這件事呢，你不用跟你父親說，免得造成他的困擾。你看，赫黑下來了。赫黑！來，我介紹你認識一個很棒的朋友，他即將成爲你班上的新同學，這是胡立安．富……」

「胡立安．卡拉斯。」胡立安提出更正。

「喔，胡立安．卡拉斯。」安達雅重複了一遍。「嗯，這名字唸起來眞好聽！來，這是我兒子赫黑。」

胡立安立刻向赫黑．安達雅伸出手來。赫黑溫軟的手，握得不情不願。他的五官分明，臉色蒼白，彷彿就像是在娃娃世界裡長大的。他身上的衣服和鞋子，在胡立安眼裡，根本就是只有小說裡才會出現的。他那高傲的眼神裡透露著不屑，同時又有善於應酬的世故。胡立安熱絡地對他微笑，但在那個排場講究的環境裡，他的內心卻是充滿了不安、恐懼和空虛。

「你眞的都沒有讀過那些書嗎？」

「書都是很無聊的！」

「書都是鏡子：人只能在書裡看到自己的內心。」胡立安反駁他。

里卡鐸・安達雅又笑了。

「好啦，我讓你們倆彼此多認識一下吧！胡立安，你很快就會發現，赫黑好像很受寵，又驕傲，其實，他不像外表看起來的那麼笨啦！他好歹也是我兒子嘛！」

安達雅這段話彷彿是重重打了胡立安好幾拳，雖然他臉上始終面帶微笑。胡立安後悔自己實在不該反駁赫黑，而且，他也替那個男孩覺得難過。

「你應該就是那個帽子師傅的兒子吧？」赫黑問道，說話的語氣毫無惡意。「我父親最近常常提到你。」

「那只是新鮮感罷了。我希望你聽聽就好，不用太在意。我雖然是一副愛管閒事的樣子，但是我並不像外表看起來那麼愚蠢啦！」

赫黑笑了。胡立安心想，他的微笑充滿感激之情，看起來像是那種沒有朋友的人。

「來，我帶你參觀我們家。」

他們離開了圖書室，然後朝著大門方向走去，打算要去花園。經過大廳時，就在樓梯口，胡立安突然仰頭一看，瞥見一個摸著樓梯扶手往上走的身影。他覺得自己好像看見了幻影。那個女孩大約十二、三歲，身邊跟著一個身材嬌小、臉色紅潤的中年婦人，看來應該是她的奶媽。她穿著一身天藍色的洋裝，一頭杏色秀髮，雙肩和脖子的皮膚像是吹彈可破的水晶玻璃。她站在樓梯高處，回頭望了一眼。在她回眸的一瞬間，他們的眼神相遇了，此時，她對他拋了個迷濛的淺淺微笑。接著，奶媽摟著女孩的肩膀，帶著她進了一條走道，兩人的身影就這樣消失了。胡立安低下頭來，眼前又出現了赫黑的臉。

「那是潘妮蘿珮，我妹妹，你以後會認識她的。她跟奶媽黏得比較緊，每天都在看書。

來吧，我帶你去看地下室的小教堂。我家廚師告訴我，那地方鬧鬼喔！」

胡立安順從地跟在男孩後面，他的世界似乎已經物換星移。從他坐上安達雅先生的賓士車開始，直到現在，他終於明白自己爲什麼會來這裡。他已經在無數個夢中見過她，同樣在那個樓梯口，同樣是那件天藍色洋裝，同樣是那個迷濛的回眸一笑，只是，他一直不知道這個在夢中對他微笑的女孩是誰。走進花園後，胡立安跟著赫黑去了車庫，以及旁邊的網球場。這時候，他回過頭去，一眼就看見了她！她站在二樓的窗口。他幾乎看不清她的身影，但他知道，她正在對他微笑，因爲她早已認出了他。

胡立安進入聖賈布利教會中學就讀後的第一週，腦子裡想的盡是潘妮蘿珮·安達雅站在樓梯高處那個短暫的回眸一笑。他的新世界充滿了虛僞，並不是樣樣都如他的意。聖賈布利教會中學的學生都是高高在上的驕傲公子，老師們反而像是唯命是從的奴僕。除了赫黑·安達雅之外，胡立安在學校交到的第一個朋友是個名叫費南鐸·拉默思的男孩，他是學校廚師的兒子，從來沒想過自己有朝一日會穿上神父袍服，然後回到母校教書。學校裡的其他學生替費南鐸取了個「煤油爐」的綽號，把他當成傭人看待。費南鐸天資聰穎，但是在學校裡幾乎沒什麼朋友，他唯一的同伴是個特立獨行的男孩，名叫米蓋·莫林納，後來，這個男孩成了胡立安在那所學校最要好的朋友。米蓋·莫林納智力過人，耐性奇差，他最大的樂趣就是以提問各種怪問題來惹惱老師。大家都畏懼他的伶牙俐齒，當他是另類。其實大家說的並沒有錯。米蓋衣著隨性邋遢，一副波西米亞人的模樣，事實上，他是個富有的軍火大亨的兒子。

「你是卡拉斯，對不對？我聽說你父親是做帽子的？」當費南鐸介紹他們認識時，米蓋・莫林納對胡立安這樣說道。

「朋友們都叫我胡立安。我聽說你父親是做槍管的？」

「他只是個賣槍管的人。他哪裡懂得製造什麼，他只會製造財富而已。我的朋友不多，除了尼采之外，就只有這個同學費南鐸了。你好！我叫米蓋。」

米蓋是個憂鬱男孩。他對死亡有種幾近變態的狂熱，還有其他跟喪葬有關的題材，都是他平日專注研究的領域。他母親三年前死於家中一場詭異的意外，某個庸醫居然膽敢判定是自殺。米蓋就是那個在他家的郊區夏日別墅泳池裡發現母親屍體的人，當他們把她從池裡撈上來時，她的外套口袋裡裝滿了石頭。她用德文寫了一封信。德文是他母親的母語，但是莫林納先生始終拒絕學習妻子的語言。米蓋母親的屍體被發現的那天下午，莫林納先生不讓任何人讀那封信，直接就把信燒掉了。米蓋從各種角度研究死亡，落葉、死鳥、老人、雨天，所有事物都能讓他觸景傷情。他在繪畫方面具有過人的天分，經常能連續畫上好幾個小時的炭筆素描，內容都是一位女子出現在霧中或無人的沙灘，胡立安猜想，他畫的大概是他母親吧！

「米蓋，你長大以後想做什麼？」

「我永遠不會長大的。」他語帶玄機地答道。

除了繪畫以及和所有人作對之外，他還有另一個主要嗜好，那就是閱讀充滿神祕色彩的奧地利精神科醫生佛洛伊德的所有作品。因爲母親的關係，米蓋精通德文，讀寫都很流利，他擁有多本佛洛伊德的著作。《夢的解析》是他的最愛。他經常問人家晚上做了什麼夢，接著就煞有其事地替人解夢。他常說，他恐怕會在年輕的時候就死去，但是他無所謂。胡立安認爲，米蓋動不動就想到死亡，一定是對生命有深刻的體會吧。

「當我死去的時候，我所有的東西就是你的了，胡立安……」他經常這樣說。「只有夢想除外。」

除了費南鐸．拉默思、米蓋．莫林納以及赫黑．安達雅之外，胡立安很快就認識了一個害羞、孤僻的男生，他叫哈維爾，聖賈布利教會中學警衛的獨生子，一家人就住在校園入口邊那棟小房子裡，學校裡其他學生當他是低賤的長工，經常見他一個人在校園或中庭閒晃，從來不跟任何人打交道。正因爲經常在校園閒晃，所以他熟知校內所有建築物、地下室、通往鐘樓的走道，以及迷宮般的隱密角落。那是他的祕密世界，也是他的避難所。他隨身攜帶一把小折刀，那是他從他父親的工具箱裡偷來的。他平常喜歡雕刻木偶，雕好的作品都存放在學校的鴿舍裡。他那個警衛父親雷孟是古巴戰爭退伍軍人，在戰場上失去了一條手臂，還有（這個惡毒的說法已經謠傳很久），在科奇諾灣那場戰爭中，他的右邊睪丸被大名鼎鼎的羅斯福開槍射中。「獨鳥雷孟」（學生私下幫他取的綽號）認爲懶惰是萬惡之源，因此，他派了個工作給兒子：把松樹林和噴泉中庭的落葉撿進袋子裡。雷孟其實是個好人，說話有點粗魯，比較嚴重的是他總是挑錯人，其中最糟糕的，就屬他那個老婆了。「獨鳥雷孟」娶了個大塊頭的笨女人，一天到晚夢想自己成爲妖嬌的公主貴婦，她喜歡穿著性感薄紗在兒子或其他學生面前晃來晃去，幾乎每個禮拜都在學校引起話題。她的本名是瑪麗亞．克拉龐席亞，但是她總是自稱「伊凡」，因爲這個名字比較好聽。伊凡習慣質問兒子，有沒有和哪個富貴人家的公子少爺交朋友？她相信，巴塞隆納上流社會的權貴子弟都在這個學校呢！她還會問兒子，這個人或那個人家裡有沒有錢？她也會想像自己盛裝打扮，然後去有錢人家喝下午茶、吃點心。

哈維爾總是想盡辦法不回家，他很感激父親經常派工作給他，不管是多麼粗重都無所謂。只要能夠讓他獨處，任何藉口都好，讓他可以躲在他的祕密世界雕刻木偶。其他學生總是遠遠望著他，有些還會恥笑他或拿石頭丟他。有一天，胡立安實在不忍心看到他的額頭被人用石塊砸傷，他決定上前去幫他，並且主動跟他做朋友。起初，哈維爾．傅梅洛以爲胡立安跟其他人一樣是來羞辱他的。

「我叫胡立安。」他說道，並伸出手來。「我的朋友和我正打算去松樹林下西洋棋，不曉得你想不想跟我們一起玩……」

「我不會下西洋棋。」

「兩個禮拜前，我也是一竅不通的！可是，米蓋是個很棒的老師……」

那個男生半信半疑地瞅著他，正等著嘲笑聲出現，衝突隨時可能發生。

「不知道你的朋友會不會不希望看到我跟你在一起……」

「就是他們叫我過來的！怎麼樣？一起來吧……」

從那天開始，哈維爾偶爾會在寫完作業後去找他們。他總是沉默不語，待在一旁聽其他人說話，或是觀察他們。赫黑似乎有點怕他。費南鐸跟他一樣出身卑微，也受盡其他學生羞辱，所以，他總是盡力對這個奇怪的男生表達最大的善意。米蓋教他下西洋棋，同時也細心觀察他。他們這一群人裡面，對他疑心最重的人就是米蓋。

「那個傢伙根本就是個瘋子！他去獵捕野貓、鴿子，然後連續好幾個鐘頭拿刀子凌虐這些小動物，最後再把牠們埋在松樹林裡。眞是變態！」

「這是誰跟你說的？」

「前幾天，當我在教他下棋的時候，他自己告訴我的！他偶爾也會跟我說，他媽媽晚上會跑到他床上，然後一直摸他……」

「他是故意捉弄你的吧！」

「我可不這麼覺得。這個傢伙腦袋不怎麼正常，胡立安，我看，問題可能不是出在他身上。」

胡立安盡量不理會米蓋的提醒和預言，但是，要跟這個警衛的獨生子建立友好關係，的確不容易。尤其是他母親伊凡，根本就瞧不起胡立安和費南鐸，因爲在他們那群男孩中，只有他們倆是窮小子。她聽說胡立安的父親只是個小店老闆，媽媽以前只是個音樂老師。「那些都是沒錢、沒地位、沒格調的人呢，心肝寶貝兒！」哈維爾的母親總會這樣教誨他。「最適合你的朋友是赫黑．安達雅，他的家庭背景很好呢！」「是的，母親！」他答道，「我會照著您說的去做。」過了一段時間之後，哈維爾似乎開始信任新朋友了。他偶爾會開口說話了，還幫米蓋雕刻棋子，藉此感謝他教導棋藝。有一天，大家看到了他們以爲永遠不可能會發生的事，他們發現哈維爾會笑呢，他露出一排皓齒，笑容很迷人，就像是孩子的天眞笑容。

「看吧？這個男生正常得很！」胡立安說道。

然而米蓋卻不以爲然，他還是半信半疑，甚至從科學的角度觀察這個言行怪異的男生。「哈維爾在瘋狂迷戀你啊！胡立安。」有一天，他這樣說道。「他所做的一切都是爲了博取你的歡心。」

「這種說法太無聊了吧？他都有爸爸和媽媽了，我只是一個朋友而已。」

「最無知的人就是你！他爸爸是個可憐人，缺了一隻手臂，連工作都快顧不了了；至於伊凡女士呢，那個頭上長頭蝨的醜八怪，一天到晚只想著找機會攀龍附鳳，要不就是搞一些我不想明說的怪花樣。在這種情況下，這個孩子自然會尋找替代品，你呢，就是那個解救他的天使，突然從天上掉入凡間，而且還掉在他手上。聖胡立安，窮困者的救世主！」

「我看啊，那個佛洛伊德醫生眞的把你的腦袋搞壞了，米蓋。我們大家都需要朋友的，包括你也是。」

「這個男生不會有朋友的，永遠不會有。他有著像蜘蛛一樣的惡毒靈魂。時間會說明一切。我很好奇的是，他的夢想到底是什麼……」

米蓋．莫林納萬萬沒想到，哈維爾的夢想和他的好朋友胡立安非常接近。有一次，那是胡立安入學前好幾個月的事情，警衛的兒子正在噴泉庭園裡撿落葉的時候，里卡鐸．安達雅先生那輛耀眼奪目的豪華名車出現在學校裡。那天下午，大亨身邊還有個伴。在他眼前，出現了一個身穿絲質洋裝的天使，彷彿是從夢裡走出來的。那個天使是大亨的寶貝女兒潘妮蘿珮，她下了賓士車，走到噴泉旁，玉手轉動著小洋傘，然後停駐在池邊，彎下腰來撩撥著池水。一如往常，她的奶媽哈辛妲緊跟在後，時時盯著女孩的一舉一動。即使當時有一大群僕傭像軍隊一樣保護她，他也不會在乎的：哈維爾眼裡看到的只有那個女孩。他怕自己只要一眨眼，女孩就會消失。他呆立在原地，屏息望著那如夢似幻的一幕。過了半晌，潘妮蘿珮彷佛感受到了他的存在以及他狂熱的眼神，她抬頭看了他一眼。她那張絕美的容顏，卻讓他覺得痛苦不堪。他似乎瞥見，她的雙唇畫出了一抹苦笑。哈維爾非常恐懼，他趕緊跑到鴿舍旁的水塔塔頂躲起來，那是他最鍾愛的藏身之處。當他拿起雕刻工具時，雙手依然顫抖著，接著，他開始雕琢新作品，努力刻出他剛剛瞥見的那張臉。那天晚上，當他回到家裡時，早就過了他平常該回家的時間了。他母親在家等著他，身上的衣服很輕薄，心中的怒氣卻很澎湃。男孩低下頭來，深怕母親從他的眼神中看出他的心思，以及那個池畔美女的身影……

「你這個小混帳，跑到哪裡去鬼混了？」

「請您原諒我，母親，我迷路了。」

「你從出生那天開始就迷路啦！」

多年之後，當他每次把左輪手槍塞進囚犯嘴裡，然後扣上扳機，哈維爾·傅梅洛警官總是會想起他母親那天怒不可遏的樣子，彷彿就像一顆大西瓜崩裂在酒吧門口的地板上。於是，他變得對任何事物都沒有感覺，卻獨鍾已經死掉的東西。那天，警方接獲酒吧老闆報案，因爲他聽到了槍聲。後來，警察在一顆大岩石上找到一個男孩，大腿上放著一把手槍，槍管還微微冒著煙。男孩面無表情地看著地上的屍體，死者是瑪麗亞·克拉龐席亞，別名伊凡，屍體上爬滿了蟲……男孩看到警察，只是聳聳肩，他的臉上滿是血跡，彷彿長了天花似的。接著，警察聽到有人哭泣的聲音，就在三十公尺外的一棵大樹下找到了警衛「獨鳥雷孟」。他全身發抖，就像個恐懼無助的孩子，嘴巴唸唸有詞，卻沒有人聽懂他的話。負責調查的警官想了又想，最後決定在調查報告上將這個案子認定是「不幸的意外事件」，雖然他自己並不這麼認爲。警察上前詢問那個男孩，需不需要他們幫他什麼忙？哈維爾·傅梅洛卻問：他能不能留下那支老舊的手槍？因爲他長大以後想當個軍人……

「您還好吧？羅梅洛．托勒斯先生……」

忽然在費南鐸．拉默思神父的敘述中聽見傅梅洛這個名字，把我嚇得全身發冷，費爾明的反應更激烈：臉色慘白，雙手顫抖。

「只是血壓突然降低啦！」費爾明立刻編了個理由，說話有氣沒力的。「加泰隆尼亞天氣多變，我們南部來的人受不了啊！」

「我去倒杯水給您喝好不好？」神父憂心忡忡地問道。

「如果神父閣下您方便的話，那就麻煩您了。如果有熱巧克力更好，我需要補充葡萄糖……」

神父端來一杯水，費爾明一口喝光光。

「我這裡只能找到一些糖果，不知道有沒有用啊？」

「感謝上帝恩寵！」

費爾明往嘴裡塞了一大把糖果，過了半晌，蒼白的臉色似乎好多了。

「那個男生，也就是在戰場上失去陰囊的警衛那個兒子，您確定他真的叫做傅梅洛？哈維爾．傅梅洛？」

「是啊，我非常確定。怎麼，難道兩位認識他嗎？」

「不認識！」我們倆異口同聲答道。

費南鐸神父皺起眉頭。

「這也沒什麼好奇怪的。令人遺憾的是，哈維爾後來還成了名人。」

「我們不太了解您的意思……」

「兩位非常清楚我說的話。哈維爾．傅梅洛現在成了巴塞隆納市警局刑事組組長了，他的名聲響亮，連我們這種不出校門的人都知道。誰聽到他的威名都會退避三舍的。」

「經過神父閣下您這麼一說，這個名字好像眞的滿耳熟的……」

費南鐸神父以懷疑的眼神看著我們。

「這個男孩不是胡立安．卡拉斯的兒子，對不對？」

「算是精神上的兒子啦，神父閣下，以道德層次而言，這更有分量哩！」

「兩位是不是惹了什麼麻煩？是誰派兩位來的？」

這時候，我覺得我們倆八成要被神父掃地出門了，我示意要費爾明別說話，這一次，我決定實話實說。

「您說得沒錯，神父，胡立安．卡拉斯並不是我父親。不過，我們並不是任何人派來的。幾年前，我偶然讀到了卡拉斯的一本著作，那是一本大家認爲已經絕跡的書，從那個時候開始，我試著想調查他這個人的背景，也希望能釐清他的死因。羅梅洛．托勒斯先生只是好心協助我……」

「哪一本書啊？」

「《風之影》。您看過嗎？」

「胡立安的小說，我每一本都看過。」

「您還保存著他的小說嗎？」

神父搖頭否認。

「我能不能冒昧請問您，那些書怎麼了？」

「好幾年前，有人溜進我房間，把那些書都燒掉了。」

「您懷疑過是誰做的嗎？」

「當然！我懷疑就是傅梅洛。怎麼，兩位不是爲了這件事來的嗎？」

費爾明和我迷惑不解地互看了一眼。

「傅梅洛警官？他爲什麼要燒那些書呢？」

「除了他還會有誰？我們在聖賈布利教會中學的最後一年，哈維爾曾經企圖用他父親的手槍射殺胡立安呢，還好米蓋及時阻擋了他……」

「他爲什麼要殺胡立安？那是他唯一的朋友啊！」

「哈維爾瘋狂迷戀潘妮蘿珮．安達雅，但是，沒有人知道這件事。我想，潘妮蘿珮恐怕根本就不知道有這麼一個男生存在。這個祕密，他藏在心裡好幾年。顯然，他經常跟蹤胡立安，只是胡立安一直不知情。我想，有一天，他似乎看見胡立安吻了她。這個事情，我也不是很清楚。但我可以確定的是，他的確是在光天化日之下企圖射殺胡立安。米蓋．莫林納始終不信任傅梅洛這個人，多虧他及時撲到傅梅洛身上，才阻止了一場悲劇的發生。校門上的彈孔依然很明顯呢！每次經過，我總會想起那天的情形。」

「傅梅洛後來怎麼了？」

「他們全家被趕出校門。我想，哈維爾後來有一陣子被送去唸寄宿學校。我們一直到好幾年後才有他的消息，當時傳出他母親因爲意外槍擊而死亡。不可能有那種意外的。米蓋從一開始就說對了：哈維爾．傅梅洛是個謀殺者。」

「如果我告訴您這個……」費爾明支支吾吾的。

「只要兩位要跟我說的不是什麼壞事，我想，應該沒什麼關係。」

「我們想告訴您的是，把書燒掉的人不是傅梅洛。」

「既然不是他，那又是誰？」

「焚書的似乎是個臉部曾經遭受嚴重灼傷的人，他的名字是拉因．谷柏。」

「啊，那不就是……」

我點點頭。「卡拉斯小說裡的人物，那個魔鬼。」

費南鐸神父癱坐在他的搖椅上，神情和我們一樣困惑。

「可以確定的是，潘妮蘿珮．安達雅似乎是這整件事的重點，偏偏我們對她的了解最少。」費爾明說道。

「關於這一點，我大概也幫不上什麼忙。我幾乎沒見過她，只有兩、三次從遠處瞥見過她的倩影。我對她的了解，都是從胡立安那裡聽來的，可惜，他很少提到她。另外還有一個人跟我提過潘妮蘿珮這個名字，那個人是哈辛妲．柯蘿娜朵。」

「哈辛妲．柯蘿娜朵？」

「她是潘妮蘿珮的奶媽。赫黑和潘妮蘿珮都是她帶大的。她非常疼愛這兩個孩子，尤其更愛潘妮蘿珮。她常常到學校來接赫黑回家，因為安達雅先生不希望他的孩子有任何一秒鐘是沒有家人照顧的。哈辛妲簡直就是個天使！她聽說我和胡立安都是窮人家的孩子，所以每次總是帶點心來給我吃，因為她認為我們一定經常挨餓。我告訴她不用擔心，我父親就是學校的廚師，不會讓我們餓肚子的。但她還是堅持要帶。我常常等她來，然後跟她聊聊天。她是我這輩子見過最善良的女人。她沒有孩子，也沒交男朋友。她舉目無親，照顧安達雅家的孩子是她唯一的生活重心。她全心全意地疼愛著潘妮蘿珮，直到現在，她還常常聊起這個女孩……」

「您和哈辛妲還有連絡啊？」

「我偶爾會到聖塔露西亞安養院去探視她。她沒有親人啊！因爲某些我們無法理解的原因，上帝不見得會永遠善待我們。哈辛妲年紀這麼大了，依然還是孤苦無依……」

費爾明和我對看了一眼。

「潘妮蘿珮呢？她爲什麼不去探望哈辛妲呢？」

費南鐸神父的眼神似乎陷入一片幽暗中。

「沒有人知道潘妮蘿珮到底發生了什麼事。這個女孩簡直就是哈辛妲的命啊！安達雅家族後來移居南美洲，她就這樣失去潘妮蘿珮，等於也失去了一切。」

「爲什麼不帶她一起走呢？潘妮蘿珮也跟安達雅家族其他成員一起去了阿根廷嗎？」我問道。

神父聳聳肩。

「我也不知道。從一九一九年之後就再也沒有人看過或提起潘妮蘿珮這個人了。」

「卡拉斯就是那年去巴黎的……」費爾明說道。

「兩位一定要答應我一件事，千萬別去打擾那位老人家，免得她又要想起傷心往事。」

「您把我們當成什麼樣的人啦，神父？」費爾明故做姿態抗議著。

費南鐸神父很懷疑我們會從此消失，因此，他要我們發誓，只要查出任何新的線索，一定要通知他。費爾明爲了安撫他，馬上摸著神父桌上的新約聖經開始發起誓來。

「別麻煩新教教徒了，您說了算。」神父說道。

「唉呀！我看什麼事都瞞不過您啊，是不是啊，神父？您眞是夠敏銳啊！」

「好啦，我送兩位到門口。」

他帶我們走過花園，然後來到圍牆邊，距離校門口還有一段距離，他卻突然停了下來，凝視著牆外的世界，彷彿很怕他只要移動一下腳步，自己就會不見了。我很好奇，不知道費南鐸神父上次走出校門是什麼時候？

「當我聽到胡立安的死訊時，心裡好難過！」他落寞地說道。「不管後來發生了什麼事，總之，我們還是越來越疏遠了。米蓋、安達雅、胡立安，還有我。包括傅梅洛。我一直以爲，我們會永遠形影不離的，但是，生命總會發生我們無法預知的事情。我後來再也沒有交過像他們那樣的朋友，我想，以後也不會有的。我希望您會找到您想找的東西，達尼。」

26

回到波納諾瓦大道時，已經接近中午了，這時候，我們倆各有自己的心事。我敢說，費爾明一定是絞盡腦汁在思考傅梅洛警官在整個事件中的邪惡角色。我偷偷瞄了他一眼，發現他臉色不太對，惶惶不安的心情似乎正在無情地啃蝕著他。一大片烏雲宛如鮮血似的在天上蔓延開來，雲層邊緣隱約閃爍著落葉般的焦黃天色。

「我們再不加快腳步的話，待會兒恐怕要淋成落湯雞了。」我說道。

「還不會下雨啦！現在天上的烏雲，樣子就像晚上看到的雲一樣，這種好像淤青似的烏雲，還要等好一段時間才會下雨的！」

「怎麼，您對烏雲也有研究啊！」

「露宿街頭當遊民，能讓一個人連不該學的本事都學會了。我剛剛一直在想傅梅洛的事情，這會兒才發現肚子餓得要命啊！我看，我們乾脆就在撒利亞廣場附近找個酒吧，叫兩份馬鈴薯蛋餅三明治，加上好多好多洋蔥，大口吃個過癮，不錯吧？」

於是，我們往廣場走去。到了廣場上，一群無所事事的老先生、老太太坐在鴿群旁，他們的生活就只剩下等著丟麵包屑餵鴿子。我們在酒吧門口找到位置坐了下來，費爾明一口氣點了兩份三明治，一個給他，另一個給我，他還點了一杯生啤酒、兩份巧克力糖，以及三人份的咖啡加蘭姆酒。至於餐後甜點，他吃了瑞士糖。隔壁桌那個男人假裝在看報紙，其實他一直在偷瞄費爾明，說不定他心裡的想法跟我一樣呢。

「費爾明，我眞不知道您要怎麼吃下這些東西欸！」

「在我們家，大夥兒吃東西都是狼吞虎嚥。就拿我妹妹賀舒莎來說吧，喔，願天主保佑她安息！光是下午點心，她就可以吃下六個蛋加上烤大蒜、血腸煎成的蛋餅，到了晚餐時間，她居然又餓得像個剛打完仗的阿兵哥一樣。大家給她取了個『豬肝妹』的綽號，因爲她有口臭。唉！可憐哪！她長得跟我很像，您知道嗎？一樣是這副瘦巴巴的乾癟身材，身上只有瘦肉。有個從卡瑟雷斯城來的醫生告訴我母親，羅梅洛．托勒斯家族成員是介於人類和鯊魚之間的生物，因爲我們的身體組織百分之九十是軟骨結構，而且大部分集中在鼻子和耳朵。鎭上鄉親經常錯認我和賀舒莎，因爲我那可憐的妹妹胸部跟洗衣板一樣平，偏偏嘴上的鬍鬚還長得比我更濃密。她二十二歲那年死於肺結核，一生守身如玉，始終暗戀著一位神父，但他每次在街上碰到她，總是對她說同樣的話：『哈囉！費爾明，瞧你，已經長成了小大人啦！』唉，生命眞是一大諷刺啊！」

「您會想念他們嗎？」

「想念家人啊？」

費爾明聳聳肩，臉上的笑容有濃濃的鄉愁。

「我怎會知道呢？沒有什麼比回憶更會騙人的了。您看那個神父，不就是這樣……倒是您，您想念母親嗎？」

我低下頭。

「嗯……我非常想念她。」

「您知道我最想念我母親的是什麼嗎？」費爾明說道。「她的味道。她身上的味道永遠是很乾淨的，聞起來就像甜甜的麵包香。即使她在田裡幹了一整天粗活，或是穿著已經一個禮拜沒洗的髒衣服，她還是那個味道。她身上總是散發著世界上最美好的味道。她其實是個很粗魯的人，滿口髒話，罵得比郵差還兇，可是，她聞起來就是像個童話故事裡的公主。至少對我來說，她就是這樣的。您呢？達尼，您最懷念母親的是什麼？」

我遲疑了半晌，想說的話到了嘴邊卻說不出口。

「什麼都沒有。我已經好幾年記不得母親的樣子了，包括她的長相、她的聲音，以及她的味道。我發現胡立安．卡拉斯那天，同時也失去了對母親的記憶，從此再也沒有恢復。」

費爾明小心翼翼地盯著我看，心裡八成在琢磨著該怎麼回應。

「您沒有她的照片嗎？」

「我一直不願意去看她的照片。」我說道。

「為什麼？」

我不曾和任何人提起過這件事，包括我父親和湯瑪斯。

「因為我害怕。我怕看到母親的照片時，發現她只是一個陌生人罷了。您或許會覺得我很無聊吧！」

費爾明搖搖頭。

「所以，您才會想盡辦法要解開胡立安．卡拉斯這個謎團，把他從遺忘中解救出來。然後，您的母親那張臉就會回到您的記憶裡？」

我默默地望著他。他的眼神中，不見一絲嘲諷或批判。此時此刻，我認為費爾明．羅梅洛．

托勒斯是整個宇宙最聰明、最傑出的人。

「大概吧！」我不經意地說道。

正午時刻，我們搭上了返回市中心的公車。我們坐在最前排的位子，正好就在司機後面，這麼一來，費爾明當然要趁機向司機表現一下他對各種資訊的淵博知識，包括機械和化妝品，因爲他從一九四〇年起就喜歡注意大眾運輸工具上的廣告單，尤其是印在宣傳海報上的警語：「嚴禁吐痰罵髒話。」費爾明瞄了一下海報，故意呼嚕呼嚕地清著喉嚨裡的痰，馬上就惹得坐在後面的三位女士狠狠瞪著他，這三個婦人神情非常嚴謹，看起來像是正要去望彌撒。

「眞是粗魯！」其中一位身材瘦削的婦人低聲說著，她的長相和內戰英雄亞奎將軍相當神似。

「唉！隨她們愛怎麼說。」費爾明說道。「這三位聖母娘娘代表了我的祖國西班牙：愛生氣聖母、裝清高聖母，以及假惺惺聖母。住在這樣的國家，我們大家都成了笑話。」

「可不是嘛！」司機先生表示贊同。「第二共和時代，大家的日子好過多了。交通狀況就更不用說了，眞是噁心！」

坐在我們後座的男子聽了，不禁也呵呵笑了起來，同時還愉快地欣賞著窗外不斷更迭的景致。我認出他就是在酒吧裡坐在我們隔壁的那個人。從他的表情看來，他似乎很樂意看到費爾明捉弄那三位嚴肅的婦人。我和他四目相視了片刻。他對我露出和善的微笑，然後繼續漫不經心地看著報紙。公車駛到格蘭杜瑟爾街時，我轉頭看看費爾明，這才發現他老早就已經睡得東倒西歪了，風衣皺成一團，頭靠在車窗上，嘴巴張得好大，好一張天眞無邪的睡臉！當公車平穩地行駛在聖潔爾瓦希歐大道上時，費爾明卻突然醒了。

「我剛剛夢到費南鐸神父了。」他對我說道。「不過，他在我夢裡卻成了皇家馬德里隊的前鋒，身邊擺著足球聯賽的冠軍盃，閃閃動人！」

「這有特殊涵義嗎？」我問。

「如果佛洛伊德說的沒錯的話，這就表示神父可能瞞著我們偷偷踢進了一球。」

「我倒覺得他是個滿坦誠的人呢！」

「確實如此。或許，他就是對於自己的利益太坦誠了。所有身上戴著十字架的神父都應該被派去偏遠地區傳教，看看蚊子和跳蚤會不會把他們吃掉。」

「您也太誇張了吧！」

「您眞的太單純了，達尼。我看您八成連童話故事都相信喔！我舉個例子：在您面前，努麗亞．蒙佛特把那個叫米蓋．莫林納的講得多了不起，在我看來，她那番話根本就像『羅馬文物報告』，一派胡言！現在我們終於知道啦，她嫁的居然是安達雅和卡拉斯兒時最要好的死黨，難不成這都是巧合？還好，我們總算知道還有個善良的老奶媽哈辛妲，或許眞有這號人物，但聽起來太像那種最後一幕才會出現的角色。至於一出場就驚天動地的傅梅洛，屠夫角色就非他莫屬了。」

「那麼，您認爲費南鐸神父對我們說了謊？」

「不是的。我同意您剛才的看法，神父應該是個滿誠懇的人，只是，他身上的教士服太沉重了，衣袖直往下垂，祈禱書自然而然就藏在裡面了，您聽得懂我的比喻吧？我想，他如果眞的騙了我們，恐怕也只是出於善意而避談了一些事情，絕不是壞心眼。再說，我想他大概也沒什麼說謊的本事。他的說謊本事如果夠高明，就不會只留在學校教代數和拉丁文了；以他來說現在起碼也當個主教了，挺著肥滋滋的肚腩坐在寬敞的主教辦公室裡，拿海綿蛋糕沾著咖啡吃……」

「您覺得我們現在應該怎麼做才好呢？」

「我們遲早要找到那個年紀一大把的天使奶媽，到時候要抓起她的腳踝，懸在半空中抖一抖，看看會有什麼祕密掉出來。至於現在呢，我想去調查幾個線索，或許可以查出米蓋·莫林納這個人的眞實面貌。當然，我也會順便查一查努麗亞·蒙佛特，我覺得，她就是我那死去的母親常說的狐狸精！」

「您誤會她了啦！」我馬上澄清。

「我說您啊，看到了一對堅挺的奶子，就以為自己看到了聖女。沒辦法，您這種年紀的小夥子都是這樣。讓我來對付她，達尼，女人的味道已經唬不了我啦！到了我這把歲數，大腦的血液還是疏散到身體其他部位比較好。」

「您講到哪裡去了！」

這時候，費爾明掏出錢包，開始數起錢來了。

「您身上有這麼多錢啊！」我說道。「這些都是今天早上找錯的錢嗎？」

「只有部分啦，其他可都是我自己的錢啊！是這樣的，我今天要帶我的貝娜妲去逛街。不管我這個心愛的女人說什麼，我都無法拒絕她。如果有必要的話，我願意去搶中央銀行來滿足她所有的願望。您呢？您今天有什麼計畫？」

「沒什麼特別計畫。」

「那個俏姑娘呢？」

「哪個俏姑娘啊？」

「拜託！還會有哪個俏姑娘？當然是雅吉拉爾少爺的姊姊囉！」

「我也不知道欸！」

「不知道也要知道，我就實話實說吧，您啊，就是少了那份去抓鬥牛牛角的膽量。」

就在這時候，一臉疲憊的查票員往我們這邊走來，嘴巴不停地耍弄著牙籤，彷彿在兩排牙齒之間表演馬戲團。

「兩位打擾啦！那邊那幾位女士說，能不能請兩位說話的措辭嚴謹一點！」

「聽她們在放屁！」費爾明扯著嗓子駁斥著。

查票員轉過頭去看看那三個婦人，然後他聳了聳肩，意思是他已經盡力而爲了，他可不想因爲指責人家措辭不雅而挨個耳光。

「人就是這樣，自己生活太無聊，沒事就想干涉別人！」費爾明咕噥著。「我們講到哪了？」

「我缺乏的是膽量。」

「沒錯！就是這樣。您要把我的話當回事啊！去把您的女朋友找出來吧，人生苦短，值得回味的好時光更短！您也聽到神父說的，稍縱即逝啊！」

「可是，她又不是我女朋友。」

「那就趁著她還沒被別人娶走以前，趕快把她搶過來啊！尤其她跟的還是個愚蠢的大頭兵。」

「您這樣講，碧雅好像成了戰利品似的。」

「不，她是上帝的恩賜。」費爾明糾正我的說法。「我說，達尼，命運往往就在生命的角落裡徘徊著，就像小偷、妓女或賣彩券的小販一樣；這是三種最常出現在你眼前的人物。但是，命運不會挨家挨戶敲門，必須自己去尋找才行。」

接下來，我一路上都在思考這個充滿哲思的高見，費爾明又貼在車窗上睡著了，他就是必須補眠才會有媲美拿破崙的大智慧。我們在格蘭大道和恩寵大道路口下了公車，天空已經是一片鉛灰色，明明是大白天，卻像是快天黑了似的。費爾明把風衣扣好，連最上面那顆鈕扣都扣上了，他說他得趕快回去梳妝打扮一下，接著，他和貝娜姐有約會。

「您要知道，像我這種其貌不揚的人，好好打扮一下，起碼需要一個半小時。不過，效果很有限啦，青春不再，是個令人哀傷的事實。唉！**Vanitas pecata mundi** ❶。」

我看著他在格蘭大道上越走越遠，裹在瘦小身軀上的灰色風衣，彷彿在風中飄揚的國旗。我開始往回家的方向走著，打算回到家以後，找本厚厚的書來讀，好讓自己遠離這個煩擾的世界。轉進天使門和聖塔安娜街交會的路口時，我的心臟差點兒停止。一如往常，這次又讓費爾明給說中了。我的命運就在書店前，她，一身灰色羊毛套裝，腿上穿著絲襪，蹬著一雙新鞋，正在端詳著櫥窗裡的自己。

「我父親以為我去參加十二點的彌撒了。」碧雅說道，眼睛依舊盯著自己在櫥窗裡的身影。

「妳就當作自己此刻正在望彌撒。距離這裡不到二十公尺處，聖塔安娜教堂從早上九點開始，彌撒儀式一個接一個地連續舉行。」

我們就像湊巧一起站在櫥窗前的兩個陌生人在交談，各自在櫥窗裡找尋對方的目光。

「我不是在開玩笑。我還特別去教堂拿了宣傳單，因為我想知道彌撒的禱告主題。我回家以後，我爸爸一定會問我細節。」

「妳爸爸什麼都要管！」

「他已經發了誓，一定會打斷你的腿。」

「首先，他得先查出我是誰啊！我的腿還沒被打斷以前，我一定跑得比他快。」

碧雅緊盯著我看，不時還瞅著我們身後一個個行色匆匆的路人。

「我不知道你在笑什麼。」她說道。「他是說眞的。」

「我沒有在笑。其實，我嚇得半死。我只是很高興看到妳。」

她露出了微笑，很緊張，也很短暫。

「我也是。」碧雅回應道。

「妳怎麼說得好像是生了病一樣。」

「比生病還糟呢！我已經想過了，如果能在白天再見到你，或許我就是注定要見你。」

我自忖，這到底是讚美還是判刑……

「達尼，不能讓人家看到我們倆站在一起，這樣光天化日在大街上，不行的。」

「如果妳不介意的話，我們可以進去書店裡，後面那個房間裡有台咖啡機……」

「不，我不希望讓任何人看到我進出這家書店。要是有人看到我現在正在跟你講話，至少我還可以說是湊巧在路上碰到弟弟的死黨。但是，如果第二次被人看見我們這樣站在一起，那就會讓人起疑心了。」

我嘆了口氣。「誰會看到我們啊？又有誰會在乎我們做什麼嗎？」

「人們就是會去注意跟他們不相干的事情，而且，我父親還認識巴塞隆納一半以上的人。」

「那妳爲什麼還跑到這裡來等我？」

「我不是來等你，我是來望彌撒的，你忘了嗎？你也說了，距離這裡不到二十公尺處……」

「妳讓我好害怕啊，碧雅。妳居然比我更會說謊……」

「你根本就不了解我，達尼。」

「妳弟弟也是這麼說的。」

我們的眼神在櫥窗裡交疊在一起。

「前天晚上，你向我展示了我從來沒看過的地方。」碧雅低聲說道。「現在，輪到我了。」

我皺著眉頭，心裡納悶著。碧雅打開皮包，掏出了一張對摺的卡片交給我。

「你並不是唯一知道巴塞隆納之謎的人啊，達尼！我要送你一個驚喜。今天下午四點，我在這個地址等你。沒有人會知道我們約在那裡見面。」

「我怎麼知道自己是不是去對了地方？」

「你會知道的。」

我偷偷瞄了她一眼，期盼她不是在戲弄我才好。

「你如果沒來的話，我可以理解的……」碧雅說道。「我可以理解你不想再看到我的心情。」

我還沒來得及答腔，碧雅已經掉頭而去，急切地跑向蘭巴拉大道。我拿著卡片，話到了嘴邊，卻只能默默地目送她的倩影消失在風雨欲來的陰暗天色裡。我打開卡片。裡面是用藍色墨水寫的一行字，那是個我已經非常熟悉的地址：

迪比達波大道三十二號

譯註：

❶ Vanitas pecata mundi，拉丁文，意即「虛榮無知，世間之惡」。

27

天還沒黑，暴風雨已經先露出了駭人的獠牙。才剛上二十二號公車，我就驚見天際劃過幾道閃電。公車在莫里納廣場繞過一圈之後，接下來沿著巴默思街往上坡前進，籠罩在滂沱大雨中的城市越來越模糊，我這才想起自己實在粗心大意，居然連傘都忘了帶。

「這時候下車，眞有勇氣啊！」我拉了下車鈴之後，司機低聲說了這麼一句。

當公車在巴默思街最後一站停下來時，已經是四點十分了。對面就是迪比達波大道，在鉛灰色的天空下，整條大道隱沒在濃濃的水氣中。我數到三，然後開始在大雨中奔跑著。幾分鐘之後，我全身上下都濕透了，而且冷得直發抖，於是，我找了個門廊躲雨，好讓自己喘息一下。我在心裡斟酌著，接下來該怎麼做才好。大雨挾帶著濕冷的水氣，附近的神祕豪宅和別墅，全都被灰色水簾覆蓋著，彷彿佇立在濃霧中。其中那幢外觀暗沉的獨棟豪宅就是安達雅家族舊居，聳立在一片蓊鬱的樹林間。我甩了甩濕透的頭髮，抹掉流進眼睛裡的雨水，繼續往前衝，快速地穿越了杳無人煙的大街。

大門旁的小邊門被風吹得晃來晃去。進去之後，前方是一條通往豪宅的蜿蜒小道。我從邊門溜了進去，終於來到這個佔地寬廣的大宅院。灌木叢裡依稀可見已經坍塌碎裂的雕塑基座，一座純潔天使的雕像被棄置在花園內的噴泉裡，發霉變黑的大理石泡在水裡，宛如倚靠在池邊的鬼魅。天使僵硬筆直的手臂伸出水面，尖尖的手指好像一把刺刀，直指著豪宅大門。橡木大門半開半掩著。我推開大門，往前走了幾步，來到洞穴般的陰暗大廳，四周的牆壁在燭光映照下緩緩波動著。

「我以爲你不會來了。」碧雅說道。

她的身影從大廳的陰暗處漸漸浮現，走道盡頭隱約可見微弱的光線。她坐在一張靠牆的椅子上，腳邊放著一盞蠟燭。

「把門鎖上！」她對我說道，但依舊沒起身。「鑰匙就插在門上。」

我遵從她的指示，一一照做。門鎖一轉，嘰嘎聲在大廳裡發出的回音，令人毛骨悚然。我聽到碧雅的腳步聲越來越接近，接著，我感受到她正在撫摸我身上已經濕透的衣服。

「你在發抖啊！是因爲害怕，還是因爲太冷？」

「這個嘛，我還要再想想。我們爲什麼要來這裡？」

她在暗處微笑著，然後，她握緊我的手。

「你眞的不知道嗎？我還以爲你已經猜出來了……」

「這是安達雅家族的房子，我所知道的就是這樣了。妳是怎麼進來的？怎麼會知道這個地方？」

「來吧，我們先到壁爐前取暖再說。」

她帶著我穿越大廳，然後往走道內部走去。客廳裡有幾根大理石石柱，四周空空蕩蕩的牆壁，有些已經斑駁脫落。牆壁上留著多年前吊掛畫作和鏡子的痕跡，就像大理石地板上的刮痕，依然清晰可見。壁爐在客廳另一頭，爐子裡已經擺好了幾塊木頭。地上放著一把火鉗，旁邊還有一堆舊報紙。煙囪裡傳出一股剛燒過煤炭的煙味。碧雅跪在壁爐前，開始把一張張舊報紙鋪在木柴上。接著，她拿出火柴，點燃了舊報紙，爐子裡立刻燒出熊熊火花。碧雅的雙手嫻熟地翻動著爐裡的木柴。我猜想，她心裡一定認爲我大概被好奇心折磨得很不耐煩了，即使如此，我決定不動聲色，看看她到底什麼時候才要跟我說清楚。她臉上露出勝利的微笑。我的雙手一直在發抖，或許，這是我提早破功的原因吧！

「妳常常來這裡嗎？」我問她。

「今天是我第一次來。很好奇吧？」

「有一點啦！」

她從帆布袋裡拿出一條乾淨的毛毯，然後把毯子攤在壁爐前。毛毯散發著薰衣草的香味。

「來吧，你坐這裡，到爐火邊取暖，我可不希望你爲了我而得了肺炎。」

壁爐的熱氣立刻恢復了我的精力。碧雅默默地望著爐火，一副很著迷的樣子。

「妳現在可以把祕密告訴我了吧？」我終於開口問了她。

碧雅先是嘆了一口氣，然後在一旁的椅子上坐了下來。我依然坐在爐火邊，看著自己身上的濕衣服不斷冒出水氣，就像一個個遊魂飄了出來。

「這棟被你稱做安達雅別墅的大宅院，事實上，它有專屬的名稱。這棟房子叫做『霧中天使』，但是沒幾個人知道就是了。我父親的房地產公司從十五年前就負責販售這棟房子，到現在還賣不出去。上次，你跟我提起胡立安·卡拉斯和潘妮蘿珮·安達雅的愛情故事，當時我還沒想到這棟房子。後來，晚上回到家以後，我試著重新拼湊那段故事，這才想起來，以前好像聽我父親提起過安達雅家族，尤其是這棟房子。昨天，我跑去我父親的公司，他的祕書卡薩蘇斯把這棟房子的背景都告訴我了。你知道嗎？事實上，這棟房子並不是安達雅家族平常的住所，只是他們家其中一棟避暑別墅罷了……」

我搖搖頭。

「安達雅家族平時居住的宅邸已經在一九二五年被拆毀了，原址改建爲一排公寓大樓，就在目前的布魯赫街和馬約卡街口。安達雅宅邸是潘妮蘿珮和赫黑的祖父席蒙．安達雅委託建築師布伊卡達法赫設計的，當時是一八九六年，那一帶只有農田和溝渠。席蒙的長子里卡鐸．安達雅在十九世紀末買下了這棟夏日別墅，原來的屋主是個怪人，雙方以非常低廉的價格成交，主要是因爲這棟房子名聲不太好。卡薩蘇斯告訴我，這棟房子鬧鬼，連賣主都不敢進來向買家展示房子，每次總是想盡各種藉口推託。」

28

那天下午，當我坐在壁爐邊取暖時，碧雅向我敘述了「霧中天使」落入安達雅家族手中的來龍去脈。這個故事，就像胡立安·卡拉斯筆下高潮迭起的小說情節一樣精采。這棟房子建於一八九九年，由諾里、馬托雷和柏嘉達三位建築師的事務所負責建造，出錢的主人則是財力雄厚、行徑古怪的加泰隆尼亞銀行家薩瓦鐸·豪沙，他在這棟房子裡僅僅住了一年。這位大亨從六歲起就成了無父無母的孤兒，出身貧寒，後來卻在古巴和波多黎各累積了傲人的財富。據說，美西戰爭期間以及古巴等殖民地淪陷後，他賺了不少黑心錢。他從新大陸帶回來的不只是大筆財富，身邊還多了個美國太太，這位蒼白虛弱的貴婦，來自費城上流社會，一句西班牙文都不會說。此外，他還帶了個黑白混血的女僕回來，這個女孩從他在古巴的時候就開始服侍他了，她跟著主人到巴塞隆納時，帶了七大箱行李，還有一隻關在籠子裡穿著小丑服裝的短尾猴。剛回國時，他們暫時落腳在加泰隆尼亞廣場旁的哥倫布大飯店，直到豪沙找到他滿意的住所爲止。

任何人都不難想像，這個皮膚黝黑、眼神深邃的美麗女僕，其實是豪沙的情婦，根據報紙社會版刊登的報導，他們倆之間存在著不可告人的姦情。而且，這個女僕還是個精通巫術的女巫。她的名字叫做瑪麗瑟拉，至少豪沙都是這麼叫她的，她那謎樣的神祕作風，馬上就成了巴塞隆納上流社會貴婦們茶餘飯後的話題。這些富太太們在下午茶聚會中言之鑿鑿，直說這個黑女人是從地獄來的，她和男人通姦做愛的時候，都是女上男下的姿勢，換言之，她是把男人當馬騎！這種放蕩行徑，至少觸犯了五、六條道德原罪。於是，有人寫信向主教投訴，並請求主教舉行特別的祈福儀式，保佑巴塞隆納所有的善良子民免於污染，永遠保有如白雪般的純潔靈魂。更糟糕的是，豪沙依然我行我素，他不畏異樣眼光，每個禮拜天早上照樣帶著妻子和女僕瑪麗瑟拉坐馬車遊街，在恩寵大道上，每個參加十一點彌撒的純眞青少年都會看到這齣巴比倫式的墮落戲碼。報紙上還提到了那個黑女人目中無人的傲慢神態，她觀望巴塞隆納人的樣子，「就像一個叢林皇后在看一群非洲小矮人似的」。

在當時那個年代，現代主義的狂潮已經吹進了巴塞隆納，然而豪沙卻明白指示他請來建造新房子的建築師們，他要的是與眾不同的風格。在他的字典裡，「與眾不同」是最頂級的一個形容詞。豪沙曾經在美國大亨聚集的紐約第五大道住過好幾年，他目睹了一幢幢新哥德式大樓在中央公園旁的第五十八街到七十二街之間興起。這位金融大亨念念不忘美國夢，拒絕接受當時流行的各種新潮建築風格，他甚至因爲不喜歡黎塞歐歌劇院的建築而不願意在那兒租包廂，那座人人讚賞的經典建築，竟被他貶抑爲聾子群集之地，一個擠滿倒楣鬼的蜂巢。他希望他的住家遠離市區，於是就挑中了當時還非常偏僻荒涼的迪比達波大道。他說，他喜歡從遠處觀望巴塞隆納。他對於新居只有一個要求：花園裡的天使雕像，必須按照他的指示特別打造（其實這是瑪麗瑟拉的主意），每一尊天使雕像的頭頂上，一定要有一個七角星星，多一角或少一角都不行。爲了讓打造新居的計畫及早實現，加上他又有花不完的財富，豪沙乾脆把他的建築師送到紐約去住三個月，他們的任務是研究美國名流如范德比將軍、富豪雅斯陀❶以及卡內基等人的豪宅。他告訴他們，他要的就是類似的風格，至於建築技術，他最欣賞史丹佛派以及懷特和麥金等名家。另外，他再三交代，千萬別帶著他所謂的「賣豬肉的小店」或「鈕扣工廠」那種提案來敲他的門。

經過一年，三位建築師帶著新提案出現在哥倫布大飯店的豪華套房前。豪沙在黑女人瑪麗瑟拉陪同之下，靜靜地聆聽報告，結束之後，他問建築師，六個月之內把房子蓋好的花費是多少？建築師事務所的主導人物馬托雷清了清嗓子，接著，爲了愼重起見，他在一張紙上寫下了數字，然後交給金融大亨。豪沙一看，眼睛眨都不眨一下，馬上開了一張同等面額的支票交給他，然後就下了逐客令。七個月之後，一九〇〇年七月，豪沙帶著妻子和女僕瑪麗瑟拉正式遷入新居。同年八月，驚傳這兩名女子命喪豪宅，警方在現場發現一絲不掛的豪沙，奄奄一息地癱在辦公室的椅子上。負責偵辦本案的警官在報告中提到，當時整座房子的每一面牆壁都沾了血跡，花園裡的每一座天使雕像都被搗毀，而天使的臉龐則畫上了土著面具，雕像的基座旁還殘留著黑色大蠟燭。偵辦過程歷時八個月。在那段期間，豪沙一直保持沉默。

警方偵查終結後的報告是這樣的：根據所有跡象顯示，豪沙和妻子都被瑪麗瑟拉以某種草藥萃取液下了毒，警方後來在女僕房裡發現了好幾瓶相同的液體。豪沙雖然撿回了一條命，卻也因此承受了可怕的後遺症，他不但失去了言語能力和聽力，而且還半身不遂，後半輩子簡直是生不如死。豪沙的妻子陳屍在她的臥室裡，她被發現赤裸倒臥在床上，身上披掛著珠寶，包括手上那只閃亮奪目的鑽石手環。根據警方的推測，瑪麗瑟拉下了毒手之後，隨即拿了把尖刀割腕自盡，接著踉踉蹌蹌地走過豪宅內的每個房間，走道上的牆壁沾滿了她的鮮血，最後在她閣樓上的房間裡斷了氣。至於行兇動機，根據警方的說法，應該是因妒生恨。金融大亨的妻子遇害時，似乎已經有孕在身。據說，瑪麗瑟拉用滾燙的紅色蠟油，在豪沙太太裸露的肚皮上滴了骷髏頭的圖案。這個案子沸沸揚揚地喧騰了好幾個月，最後就像豪沙緊閉的雙唇一樣，從此被封鎖在記憶裡。巴塞隆納上流社會盛傳，這個城市從來沒有發生過這樣的慘劇，一切都怪從新大陸回來的暴發戶以及美洲來的蠻族，他們破壞了這個國家固有的道德傳統。許多人私下都覺得慶幸，言行古怪放蕩的豪沙，終於走到了窮途末路。然而一如往常，眾人都錯了：好戲才剛要上演呢！

當警方和豪沙的律師團打算要結案時，暴發戶卻無意收手。就在這時候，豪沙認識了里卡鐸．安達雅，這個當時已經富可敵國的企業家，一向花名在外，脾氣暴躁易怒，他有意低價買入這個大宅院，把房子拆掉以後，再以高價賣出，因爲當時這裡的地價已經漲了好幾倍。豪沙不願意將房子脫手，卻還是邀請里卡鐸．安達雅到他的豪宅，用意是想展示他所謂結合科學和靈魂的新實驗。自從命案偵查結束後，再也沒有人踏進這個大宅院。安達雅看了那棟房子之後，驚訝地全身冰冷。豪沙已經瘋了。屋內的牆上依然留著瑪麗瑟拉暗沉的血漬。豪沙找來了一個精通最新科技的電影創作者，名叫富魯福歐斯．葛拉柏，他接受豪沙的請託，以大亨提供的一大筆錢，在瓦耶斯蓋了一座片廠，因爲他預測電影將在二十世紀取代宗教的地位。豪沙似乎深信，黑女人瑪麗瑟拉的靈魂依舊在豪宅內徘徊不去。他信誓旦旦，確定自己眞的感受到了瑪麗瑟拉的存在，包括她的聲音、她的味道，以及她在黑暗中觸摸著他……聽了這段話之後，豪沙家裡的傭人每個都嚇得辭工不幹了，寧可轉往附近豪宅林立的撒利亞區，找個只需要提水、補襪子的輕鬆工作。

豪沙最後只好孤獨地守著豪宅、守著他的妄想，以及他那些隱形的幽靈。沒多久，他自認找到了辦法，關鍵就在於克服隱形這個障礙。這個暴發戶大亨曾經在紐約見識過新奇的電影技術，於是就想到了利用攝影機來「吞噬」瑪麗瑟拉的幽靈。他遵照這個思考邏輯，委任葛拉柏在「霧中天使」附近不斷地拍攝電影，耗盡了一尺又一尺的底片，就爲了找出幽靈世界的蛛絲馬跡。這位電影導演想盡辦法用了各種最新科技，最後還是一無所獲。

不過，當葛拉柏宣稱他擁有紐澤西州夢洛公園的愛迪生公司最新產品時，一切為之改觀，因為這種先進技術號稱可以在光線不足的情況下拍攝影像。有一天，葛拉柏的片廠有個助理不小心打翻了一瓶氣泡酒，正好就倒在裝滿顯影劑的桶子裡，產生了化學作用之後，沖洗出來的影片就出現了一些詭異的圖像。豪沙邀請安達雅到迪比達波大道三十二號豪宅的那天晚上，放映的就是這部影片。

安達雅聽了事件始末，總覺得葛拉柏一定是害怕失去豪沙這個大客戶，才會搞出這麼無聊的把戲來討好金融大亨。然而，豪沙卻對影片呈現的影像深信不疑。不僅如此，別人眼中的一團漆黑陰影，在他看來卻是幽靈。他發誓自己真的看到了瑪麗瑟拉的身影，身上蓋著裹屍布，她的影子看起來就像一匹狼，挺直了身子，只靠兩隻後腳走路。對里卡鐸．安達雅來說，他在那部影片中，除了一團漆黑的陰影之外，其他什麼也沒看見，此外，他認為影片本身和執行拍攝計畫的助理簡直是褻瀆了美酒和其他酒精飲料。即使如此，身為一個手腕靈活的生意人，企業大亨安達雅認為，這個混亂情況還是有利可圖的。一個發瘋、孤獨、滿腦子想著抓鬼的百萬富翁，這就是最合適的受害者！於是，他提出理由，鼓勵豪沙繼續經營事業。接下來的好幾個禮拜，葛拉柏和他的助手們拍了好幾公尺長的影片，他們藉助化學藥水，同時還添加了外國烈酒、土產的雪莉酒以及山泉水，把影片沖洗成各種不同色調的氛圍。一個個計畫接續進行的這段期間，豪沙也慢慢移轉了他的權力，他簽署了同意書，授權里卡鐸．安達雅處理他的財產。

那年的十一月，豪沙在一個風雨交加的夜晚失蹤了。沒有人知道他到底發生了什麼事。顯然，他自己曾經出現在葛拉柏的某一捲特別影片中，那是他逃過一場意外時所拍攝的。里卡鐸．安達雅先生要求葛拉柏將影片修好，接著，他私下看了那捲影片之後，把影片丟進火裡燒掉了。

他很慷慨地簽了一張天文數字的支票交給片場助理，要求他最好把這件事忘了。當時，安達雅已經是失蹤的豪沙大部分資產的指定代理人。曾經有人說，其實是死去的瑪麗瑟拉把豪沙帶到地獄去了。另外還有一些人說，這幾個月來，城堡公園附近出現了一個乞丐，很像失蹤的百萬富豪，直到有一輛黑色馬車在大白天裡從他身上輾過……故事，就這樣四處謠傳著：鬧鬼豪宅的黑色傳奇，就像美洲歌舞入侵了城市裡的舞池一樣，已經不可能被移除了！

幾個月之後，里卡鐸．安達雅先生舉家搬進了迪比達波大道上的豪宅，才住進去兩個禮拜，他的小女兒潘妮蘿珮出生了。爲了慶祝女兒誕生，安達雅把這幢豪宅命名爲「潘妮蘿珮別墅」。然而，這個新的名稱始終不曾引人注意。這棟房子自成一格，新主人根本無法影響它。安達雅的家人抱怨，晚上經常聽見嘈雜聲和撞牆聲，屋裡散發著腐臭，室內始終有冰冷空氣盤旋著，彷彿就像站哨兵似的。這是一幢充滿神祕異象的大宅院。這棟房子有兩層地下室，其中第二層是地窖，第一層則有個小教堂，擺放著一尊很大的耶穌基督像，以及五彩繽紛的十字架。傭人們常說，那尊耶穌基督看起來倒像是當時赫赫有名的魔僧拉斯普廷。圖書室裡的書，經常在書架上換位子重擺，換了之後，又擺回原位。三樓有個房間，那是一間閒置的臥房，因爲房裡的牆壁上莫名其妙出現了一些發霉的污漬，看起來像是一張模糊的臉，只要把鮮花放進那個房間裡，幾分鐘內就會凋謝。還有，房裡總傳出蒼蠅飛來飛去的聲音，雖然沒有人看得見牠們。

廚師們則信誓旦旦地確定，有些東西，像是糖，總是不可思議地突然就在食物儲藏室消失了，另外，每個月正值新月時，鮮奶就會染紅。偶爾，傭人會在屋內某些房門前發現死去的鳥類或小老鼠。有時候，他們會發現有些東西不翼而飛，尤其是放在抽屜內和盒子裡的珠寶和鈕扣。偶爾，有些遺失的物品會在幾個月後出現在屋裡的角落，或是被發現埋在花園裡。但是，遺失的東西通常都是找不回來的。里卡鐸先生把這些事情斥爲無稽之談。在他看來，全家禁食一個禮拜就可以擺脫恐懼了。不過，對於他的妻子遺失了寶貴的首飾這件事，他認爲非同小可。已經有超過五個女傭因爲夫人遺失珠寶而被辭退，雖然每個女傭都哭著發誓她們是無辜的。不過，了解內情的人都知道，這件事根本就無關神祕：主要的原因是，里卡鐸先生習慣在半夜溜進年輕女傭房裡以滿足他偷腥的慾望。他喜歡拈花惹草的響亮名聲，幾乎可與他的財富相比擬。有人說，他四處偷腥搞出來的私生子，恐怕已經多到可以組工會了。總之，可以確定的是，遺失的不只是珠寶而已。後來，這家人甚至失去了生活的愉悅。

生活在這棟里卡鐸先生以陰險手段得來的房子裡，安達雅一家人不曾快樂過。安達雅太太不斷地哀求丈夫把這棟房子賣了，然後搬到市區，甚至可以搬回建築師布伊卡達法赫替老安達雅設計建造的豪宅去住。里卡鐸．安達雅斷然拒絕。因爲他大部分時間在外洽公或四處巡視家族企業，並未感受到家裡有任何問題。有一次，小赫黑竟然在家裡失蹤了八個小時，他的母親和所有傭人發了瘋似的到處找他，卻一直不見他的人影。當小男孩再次現身時，只見他臉色蒼白、飽受驚嚇，他說，他一直都跟一個皮膚黝黑的神祕女子待在圖書室裡，那個女人向他展示一疊老照片，而且她還說，安達雅家族的女人都會死在這棟房子裡，以此替她們的男人贖罪。那個神祕女子甚至向小赫黑明白說出了他母親的死期：一九二一年四月十二日。不消說，這個神祕黑女人當然是從來沒被找到，不過，多年之後，安達雅太太被發現死在她床上時，那天的確就是一九二一年四月十二日。她的全部首飾珠寶都不見了。後來，工人在排放庭園的池水時，有人在池底發現了那一大包遺失的珠寶，旁邊還放著潘妮蘿珮的洋娃娃。

一週之後，里卡鐸．安達雅先生決定搬離這棟房子。當時，他的企業王國已經岌岌可危，大家都認爲，誰住進了那棟被詛咒的鬼屋，誰就會招致厄運。另外一些論調比較嚴謹的人則認爲，安達雅王國的沒落都是因爲里卡鐸先生一直不懂得市場發展趨勢，他不當的經營方式，只會搞垮他父親席蒙大公一手建立的企業王國。後來里卡鐸·安達雅宣布要離開巴塞隆納，舉家移民阿根廷，因爲他在當地的紡織事業正興旺呢！許多人說，他其實是因爲挫敗和羞恥而遠走他鄉。

一九二二年，「霧中天使」以可笑的極低價在市場上拋售。起初，許多人有意承租，因爲那個區域正在快速發展中，不過，看了那棟房子之後，卻沒有買家願意出價。一九二三年，豪宅被封。房子所有權被轉移到一家安達雅積欠大筆債務的公司名下，他們可以決定將房子出售，或將建築物打掉重建。這棟房子在市場上求售許多年，始終未獲得任何買主青睞。那家公司叫做「波特優福雷有限公司」，一九三九年倒閉，因爲其中兩名主要的負責人被捕入獄，但原因不明，更悽慘的是，兩人在一九四〇年因爲一場意外而死在聖文森監獄裡。後來，公司被馬德里的一個財團併購，財團股東包括三個將軍和一個瑞士銀行家，擔任總經理的是雅吉拉爾先生，也就是我的朋友湯瑪斯和碧雅的父親。儘管他們運用了各種行銷手法，然而，雅吉拉爾手下沒有任何一個仲介員能把這棟房子賣出去，即使售價遠低於市場行情，一樣還是乏人問津。已經超過十年沒有人進去過那棟房子。

「直到今天！」碧雅說道，接著又是一陣靜默。

我越來越習慣她的沉默，也習慣看著她緊鎖心門，帶著迷惘的眼神，慵懶地說著話。

「我一直很想帶你來看這個地方，你知道嗎？我想給你驚喜。聽了卡薩蘇斯的敘述之後，我告訴自己，我一定要帶你來，因爲這是你的故事中的一部分，也是卡拉斯和潘妮蘿珮的人生場景之一。我從我父親辦公室拿到大門鑰匙。沒有任何人知道我們在這裡。這是我們的祕密。我想和你分享這個祕密，可是，我還一直很懷疑你會不會來呢！」

「妳知道我一定會來的嘛！」

她笑著點頭。

「我一直認爲，沒有任何事情是偶然發生的，你知道嗎？你看，到頭來每件事背後都有個祕密，雖然我們未必能理解。就像你在『遺忘書之墓』找到胡立安．卡拉斯的小說，或者就像你和我此時此刻在這棟安達雅家族舊宅……每件事都有我們無法了解的部分，但都和我們有關係。」

她在說話的同時，我的手已經笨拙地放在碧雅的腳踝上，然後慢慢往上摸到了膝蓋。她看我的樣子，就像看到一隻誤闖進房子裡的昆蟲一樣。我心想，如果是費爾明的話，他這時候會怎麼做呢？我最需要的時候，他的智慧在哪裡啊？

「湯瑪斯說，你從來沒交過女朋友啊？」碧雅說道，彷彿那就是她對我的觀感了。

我把手縮回來，沮喪地低下頭來。我想碧雅大概是在笑我，但我寧願相信事實不是這樣。

「我還以爲妳弟弟沉默寡言，沒想到他這麼大嘴巴！怎麼樣，他還說了我什麼？」

「他說，你曾經暗戀一個年紀比你大的女孩子好幾年，那次的經驗讓你傷透了心。」

「我那次受傷的只有嘴唇和自尊而已。」

「湯瑪斯說，你後來就沒和其他女孩約會過，因爲你總是拿她們跟這個女孩做比較。」

這個忠厚老實的湯瑪斯，居然會暗箭傷人。

「她叫克萊拉……」我乾脆自己招了。

「我知道，她叫克萊拉．巴塞羅。」

「妳認識她？」

「大家都知道克萊拉．巴塞羅這號人物，沒看過至少也聽過。」

我們沉默了好一會兒，眼睛直盯著爐裡的烈火。

「昨天晚上，跟你分手以後，我寫了一封信給巴布羅……」碧雅說道。

我用力嚥了一下口水。「喔，妳那個少尉男友啊？為什麼寫信啊？」

碧雅從襯衫口袋裡拿出一個信封給我看。封口已經黏上了，還貼了郵票。

「我在信裡告訴他，我希望我們能夠儘快結婚，可以的話，最好在一個月內。我還告訴他，我想永遠離開巴塞隆納。」

看著她那深不可測的眼神，我的身體幾乎在顫抖。

「妳為什麼要告訴我這些？」

「因為我要你告訴我，該不該把這封信寄出去？這就是我叫你今天到這來的原因，達尼。」

我看著那個信封在她指間繞來繞去，就像一張撲克牌似的。

「看著我！」她說。

我抬起頭來，定定望著她的雙眸。我不知道該說什麼。碧雅低下頭，忽然往走道盡頭跑去。接著有一扇門，進門後是一排大理石欄杆，面對著大宅院的中庭。我看見她的身影淹沒在雨中。我追上前去，攔住了她，把她手上的信封搶了過來。雨水打在她臉上，沖掉了她的淚水和憤怒。我把她帶回屋內，回到溫暖的壁爐前。她一直在閃躲我的目光。我拿起信封，把它丟進火裡。我們看著那封信在爐火裡燃燒著，信紙燒出了一縷縷藍煙。碧雅跪在我身旁，已經熱淚盈眶。我把她擁入懷裡，她的氣息就在我脖子上。

「別讓我跌倒了，達尼！」她在我耳邊低語著。

我這輩子認識的人之中，最有智慧的就是費爾明．羅梅洛．托勒斯了，他曾經告訴我，生命中的種種經驗裡，沒有一樣可以和脫掉女人的衣服相比。他很有智慧，他是眞的沒騙我，但是，他也沒把事實告訴我！他並沒有提到，解開鈕扣時，手會一直發抖；每一個拉鍊，都像大猩猩金剛一樣難對付！他沒告訴我，那白皙柔嫩、微微顫抖的肌膚，竟是如此令人眩惑；而接觸她的雙唇那一剎那，感覺就像皮膚上的每個毛細孔都在發燙。他沒告訴我這些，因爲他知道，那個奇蹟，一生僅此一次，當它發生時，它會輕聲細訴著祕密語言，然後永遠消失。我曾經試過千百回，試著想要回復我和碧雅在迪比達波大道豪宅內共處的那個下雨的午後。我曾經試過千百回，試著想要重返現場，再次耽溺在那個我只記得一個身影的回憶裡：碧雅。碧雅赤裸的嬌美胴體，與窗外的濛濛雨絲相輝映，她躺在壁爐邊，那迷人的眼神，從此緊緊依隨著我。我依偎在她身旁，用指尖輕撫著她的腹部。碧雅閉上眼睛，對我露出微笑，很篤定、很燦爛。

「你想對我做什麼，儘管做吧！」她低語著。

她那年十七歲，生命，在她雙唇間閃閃發光。

譯註：

❶ 雅斯妥（John Jacob Astor），十八世紀德裔美籍富豪，以皮草工業致富。

29

當我們離開那幢籠罩在藍影間的別墅時，天色已經暗了。暴風雨已歇，只剩下寒冷細雨悠悠忽忽地飄著。我本想把鑰匙還給碧雅，但她使了個眼神，示意要我留著。我們打算一直往下走到聖潔爾瓦希歐大道，期望能在那裡攔到計程車或搭上公車。我們不發一語地走著，兩人十指緊扣，始終直視前方。

「我要一直到下週二才能跟你碰面。」碧雅說話的聲音微微顫抖著，彷彿突然懷疑我是否願意再見她一面。

「我會在這裡等妳的。」我說道。

我想，我和碧雅理所當然要約在那幢安達雅舊宅見面，因爲這個城市的任何其他角落都無法庇護我們。再說，我總覺得，只要離開了那棟房子，她對我似乎就變得比較疏遠了，她的情意和熱情在每一個步伐中遞減著。到了聖潔爾瓦希歐大道，街上幾乎不見人影。

「我們在這裡等不到車子的。」碧雅說道。「還是繼續往下走到巴默思街吧！」

於是，我們快步往巴默思街走去，一路走在路樹下，一來爲了避免淋雨，或許也爲了偶爾能夠眉目傳情。我覺得碧雅的腳步似乎很急，她幾乎是拖著我走。我突然有個念頭：說不定我一鬆手，碧雅就會跑掉了呢？我的思緒還停留在她嬌美柔嫩的胴體、她的味道，我很想立刻就在路旁的長椅上和她親熱溫存、與她激情擁吻，在她耳邊細訴甜言蜜語以及我聽過的那些無聊笑話。然而，碧雅已經心不在焉，她在默默地想著別的事情。

「怎麼了？」我低聲問她。

她以無奈的笑容回應我，笑裡隱藏著恐懼和孤獨。這時候，我在她眼裡看到我自己：一個無知少年，以爲自己在一個鐘頭內贏得了全世界，卻不知道他可能在一分鐘之內失去一切。我繼續往前走，早已不期待她的答覆。再美的夢，終究還是要醒來。不久，前方傳來人車嘈雜聲，四周就像街燈突然亮起似的熱鬧了起來，紅綠燈讓我覺得像是一道無形的高牆。

「我們還是在這裡分手比較好……」碧雅說完，鬆開了我的手。

計程車停靠站就在角落，一排車燈像螢火蟲似的閃動著。

「嗯，妳覺得好就好。」

碧雅靠過來，雙唇輕輕掠過我的臉頰。她的髮絲依然散發著蠟燭味。

「碧雅……」我的聲音幾乎卡在喉嚨裡。「我愛妳……」

她默默搖頭，伸手摀住了我的嘴，好像我的一字一句都會傷害她似的。

「禮拜二，下午六點，可以嗎？」她問道。

我點頭回應她，然後看著她坐著計程車離去，彷彿是個陌生人。有個司機在一旁看著我們之間的眼神交流，他看不出個所以然，於是好奇地望著我：

「怎麼樣，老大，我們回家了吧？」

我不假思索就上了計程車。司機從後照鏡裡打量著我。而我，則是盯著碧雅那輛車望得出神，終於，那兩盞車燈還是消失在黑暗中。

我幾乎一直到天亮都在輾轉反側，竟夜望著窗外灰濛濛的天空，那天色正好和我的低落情緒相呼應。把我吵醒的是費爾明，他在教堂廣場上拿著小石子往我的窗戶丟。我起床一看是他，立刻下樓去幫他開門。費爾明在每個禮拜一總有令人無法忍受的工作熱情，一大早就急著要來上班。我們拉起鐵捲門，掛上「營業中」的牌子。

「哎喲！看看您那個黑眼圈啊，達尼，好像是樓房一樣，一層一層疊上去的哩！我猜大概是貓頭鷹銜著貓咪出海去啦？」

回到書店後面的工作間，我氣呼呼地穿上藍色工作服，他也套上了他那件。費爾明整理著身上的衣服，臉上掛著嘲弄的微笑。

「貓頭鷹和貓咪都掉進海裡了，這下您高興了吧？」我沒好氣地說道。

「這個比喻說得眞好，可以媲美大文豪了。欸，怎麼樣，說來聽聽吧？」

「您要我說什麼？」

「您自己選啊，可以談談被刺了幾刀，或者被揍了幾拳……」

「我沒那個心情跟您開玩笑啦，費爾明。」

「唉！青春，愚癡的花朵。您別臭著一張臉對我兇巴巴的，我這裡有您的朋友胡立安・卡拉斯的最新消息呢！」

「我洗耳恭聽。」

他睜大了眼睛，露出神祕兮兮的偵探式表情：一對眉毛，一邊皺著，一邊揚起。

「話說昨天呢，我和我的貝娜妲共度了一段美好時光，她那個小屁股都被我捏得瘀青了。後來，我把她送回家之後，自己倒是一點睡意都沒有，沒辦法，香艷刺激的場面一直留在我腦海裡嘛！所以，我乾脆就繼續往下走到巴塞隆納最大的八卦中心，艾利多洛撒夫曼的酒館就是其中之一，那地方雖然不怎麼衛生，不過，瑞瓦區的各種小道消息都能在那裡打聽出來。」

「拜託您，費爾明，講重點！」

「現在就要講重點啦！事情是這樣的，我到了那裡之後，先去巴結了一些熟客，跟他們混熟了之後，我開始打聽米蓋·莫林納這個人，也就是您那位神祕女子努麗亞·蒙佛特的丈夫，據說在監獄裡吃過牢飯的。」

「據說？」

「沒錯！因爲從來沒有人知道他坐牢的確切時間啊！根據我的經驗研判，這個八卦中心的消息，可信度比司法部的官方說法還要高哩！而且，我告訴您，達尼，最近十年來，在巴塞隆納的所有監獄裡，從來沒有人聽過米蓋·莫林納這個名字。」

「說不定他是在別的地方坐牢啊！」

「是喔！阿卡特拉斯監獄、辛辛監獄，或是巴斯提亞監獄……唉！達尼，那個女人根本就是在說謊！」

「我猜想大概是吧！」

「不要猜想了，您就接受吧！」

「那現在怎麼辦？米蓋·莫林納這條線索已經斷了……」

「那就表示努麗亞·蒙佛特這條線索通了！」

「您有什麼建議？」

「現在，我們必須試試其他的辦法。例如，去拜訪神父昨天早上提到的那位善良的老奶媽，就是個不錯的點子。」

「您該不會告訴我那個奶媽也不見了吧？」

「不會的。但是，我想我們不能就這樣直接登門求見老太太。這件事，我們必須走後門才行。喂，您有沒有在聽我講話？」

「費爾明，您剛剛說了那些話，應該去望彌撒懺悔才是。」

「好，那您也可以脫掉那一身彌撒侍童的長袍了。我們可以做做好事，一起去聖塔露西亞安養院探望老太太。好了，現在您可以說說昨天跟小姑娘約會的情形了吧？您別對我守口如瓶，心事憋久了，會憋出病的。」

我嘆了口氣，乖乖地掏心掏肺，把事情一五一十都說了。敘述了事情的經過，也談了我的焦慮，我覺得自己就跟笨頭笨腦的小學生沒兩樣。費爾明突然衝上來緊緊抱住我。

「您談戀愛啦！」他激動地說道，一邊輕輕拍著我的背。「可憐的孩子！」

那天下午，我們準時從書店下班，當然又引來我父親疑神疑鬼的目光，他已經開始懷疑我們倆可能惹了什麼麻煩。費爾明匆匆在紙上記下幾件待辦的要事，然後，我們倆火速開溜。我想，我遲早要跟父親解釋一下，至於要講哪一部分，那又是另外一個大問題。

走在路上，淘氣的費爾明當然還是要耍嘴皮子，他開始聊起我們即將造訪的目的地。聖塔露西亞安養院向來以陰森恐怖出了名，這個機構位於蒙卡達街上的一座王宮廢墟裡。這個年代久遠的地方，可怕的氣氛介於煉獄和停屍間之間，至於衛生環境，連上述兩種地方都比它強。關於這個地方的歷史，除了特別，還是特別。從十一世紀開始，這個地方的演變，從豪門之家、監獄、高級妓女穿梭的俱樂部、禁書古抄本圖書館、營房、雕塑工作室、重症病患療養中心、修道院……不一而足。到了十九世紀中葉，這座王宮變成了展示各種變態暴行的博物館，屬於一個特立獨行的企業家，他自稱是帕瑪公爵，名叫拉斯洛·德·維卻尼，並號稱是波旁王朝的御用煉金師。事實上，他的本名是巴塔薩爾·德洛福·卡拉憂，一個出身蘆筍鎮的職業騙徒，也是個專吃軟飯的小白臉。

這個人擁有全西班牙最多的人類胚胎標本，包括各種時期的胚胎，全都泡在福馬林裡面，不過，他被歐洲和美洲各國警方起訴的一長串罪狀，甚至比他的收藏更驚人。當時，這個地方儼然是觀光景點，「德內布拉林」（**Tenebrarium**，這是德洛福替王宮取的新名稱）提供招魂術、巫術、鬥雞、鬥鼠、鬥狗、大塊頭女子互毆、殘廢打架和打群架等各種表演，當然也少不了提供變態性虐待服務的妓院、合法斂財的賭場、性愛迷藥工作室、鄉土劇、木偶戲，以及充滿異國情調的歌舞表演。聖誕節期間，博物館也會演出基督誕生在馬槽的戲碼，參與演出的都是博物館那些表演打鬥的基本成員和妓女們，名聲遠播，連偏遠鄉下的父老們都奔相走告。

「德內布拉林」博物館營運相當成功，直到十五年前，德洛福被發現他在一週內和地方軍團總司令的妻子、女兒及岳母都上了床，事蹟敗露之後，最殘酷的暴力就在暴行創始者身上落實了。德洛福還沒來得及改名換姓逃出巴塞隆納，一群殺手已經先在聖塔瑪麗亞區的小巷子裡逮到他，接著，他們把他帶到城堡公園吊死，然後放火燒屍，後來，屍體被丟在偏僻角落任其腐爛，最終恐怕成了附近野狗的大餐。廢棄了二十年，由於原屋主德洛福惡行昭彰，「德內布拉林」一直乏人問津，後來市政府接管，變成了由教會管理的公立安養機構。

「那些通過嚴酷考驗的女士們，行事作風簡直要人命。」費爾明說道。「最糟糕的是，她們都因為那個地方的神祕過往而緊張兮兮的，我覺得她們根本就是沒搞清楚狀況。總之，我們得找個辦法溜進去才行。」

最近幾年來，聖塔露西亞安養院收容的都是奄奄一息或被遺棄的老人，有些又瘋又窮，有些本來是在巴塞隆納苟延殘喘的遊民。還好，這些老人大部分都是進來住沒多久就過世了；反正，這個地方的環境條件差，同伴們難以相處，實在也不宜久留。根據費爾明的說法，死去老人的遺體都是在天亮前不久送出安養院，然後，那輛由幾年前鬧過重大醜聞的香腸食品公司捐贈的貨車會將遺體運到公墓埋葬。

「這一切聽起來就像是您編出來的啊！」我覺得費爾明講的這些事情，實在太不可思議了。

「我的創作天分沒這麼高，達尼。等一下您自己看看就知道了。我十年前不幸來過這個地方，我只能告訴您，這地方看起來就像是您的朋友胡立安·卡拉斯的室內設計作品。唉！可惜我們忘了帶幾片月桂葉來除臭啦！不過，我們恐怕連能不能進去都有問題。」

轉進蒙卡達街之後，在幽暗的暮色中，我看見許多老舊的昔日皇宮，如今都成了商店和工廠。海上聖母瑪麗亞大教堂響起一串鐘聲，一時淹沒了我們的腳步聲。過了半晌，一股怪味夾在寒風中飄過來。

「這是什麼味道啊？」

「喔！我們已經到了！」費爾明說道。

30

迎面而來的是一扇腐朽的木門，兩旁各掛著一盞天使造型的瓦斯燈，看起來就像兩塊已經風化的老石頭。眼前一排階梯通往二樓，那個長方形的明亮空間就是安養院的主要入口處。瓦斯燈散發的光線把屋內染成一片朦朧赭紅色。有個瘦削的身影站在拱門口，宛如猛禽般地逼視著我們。即使在微弱的光線之下，那雙銳利的眼神依舊清晰可辨，一如她所展現的特質。她提著潮濕的木桶，桶子裡散發著一股難以形容的惡臭。

「聖潔無瑕慈悲神聖瑪麗亞！」費爾明很興奮地唸了一大串。

「棺材呢？」有人在樓梯上方嚴肅而簡潔地回應著。

「棺材？」費爾明和我同時反問道。

「兩位不是葬儀社的人啊？」修女意興闌珊地問道。

我自忖，我們是否看起來就像做殯葬業的，或者她只是隨口問問？碰到這麼一個大好機會，費爾明倒是樂得眼神發亮。

「棺材在貨車上，首先，我們想先確定當事人的身分。純粹是作業程序啦！」

我突然一陣暈眩。

「我還以爲柯拔士先生會親自來呢！」修女說道。

「柯先生特別交代，請您多包涵，他剛剛出去幫人塗屍防腐了，那是個很棘手的任務，因爲死者是馬戲團的大力士呢！」

「兩位是柯先生葬儀社裡的員工嗎？」

「我們倆是柯先生得力的左右手，在下衛佛瑞多．魏雲度，在我旁邊這位是我的學徒，桑松．卡拉斯戈。」

「很高興認識您！」我立刻幫腔應了一句。

修女把我們從頭到腳打量了好一會兒，然後點點頭，眼神呆滯，像個稻草人似的。

「歡迎光臨聖塔露西亞安養院，我是賀婷霞修女，兩位請跟我來！」

我們不發一語地跟著賀婷霞修女走過幽暗的走道，屋內的味道讓我想起地下鐵隧道。走道兩側分布著好幾個沒有裝上門的門框，門內都是臥房，燭光搖曳，一排排床鋪靠牆擺放著，每張床都掛了蚊帳，彷彿晾著一排裹屍布。唉聲嘆氣此起彼落，每個蚊帳裡隱約可見老弱的身影。

「從這裡進去。」賀婷霞修女在前面引路，始終與我們保持好幾公尺的距離。

我們進了一個寬敞的圓頂大廳，我馬上就聯想到費爾明曾經形容過的「德內布拉林」交誼廳。大廳的陰暗角落裡佇立著一排蠟像，或立或倒，死氣沉沉的呆滯眼神，在微弱的燭光下看起來和銅板沒兩樣。我心想，這些或許都是老舊博物館留下來的人偶或遺物吧！接著，我發現他們居然會動，只是動作非常遲緩。在他們身上，完全無法看出年紀和性別。每個人都被鉛灰色的破布裹得緊緊的。

「柯先生說過，叫我們不要翻動或清洗。」賀婷霞修女語帶歉意地說道。「不過，因爲遺體已經開始流血水，只好把這個可憐的老先生暫時先放進我們原有的棺材裡，問題就解決了。」

「您處理得很好。謹慎一點，總是比較好。」費爾明在一旁附和著。

我抬起頭來，絕望地看著費爾明。他很冷靜地搖搖頭，表示要我別擔心，這件事交給他處理就行了。賀婷霞修女帶著我們走過狹窄的通道，盡頭是個類似地牢的地方，沒有通風口，也沒有燈光。她拿下掛在牆上的瓦斯燈，然後遞給我們。

「兩位會停留很久嗎？不好意思，我有很多事要忙。」

「您去忙您的事，別招呼我們了，事情由我們來處理就好，您儘管放心！」

「好吧！兩位如果需要什麼，我就在地下室的寢室通道口。如果兩位不介意的話，麻煩請從後門把遺體運走。我不希望其他人看到，這畢竟不是什麼好事。」

「我們會照辦的。」我結結巴巴地回應她。

賀婷霞修女好奇地盯著我看了半晌。近身觀察她之後，我才發現這位修女已經有一把年紀，稱得上是老太太了。她和安養院裡的老人相比，恐怕只年輕個幾歲罷了。

「欸，您這個學徒，對於從事殯葬業這一行，會不會嫌太年輕了點？」

「體驗真實人生，沒有年紀之分啊，修女！」費爾明答道。

修女點點頭，一臉慈祥地對著我微笑，她的眼神中沒有任何懷疑，只有哀愁和憐憫。

「唉，說的也是啊！」她幽幽地說道。

她緩緩往陰暗處走去，一手提著水桶，頎長的身影宛如婚紗似的在地上拖曳著。費爾明把我推進地牢裡。那是個相當簡陋的房間，四周牆壁就像滲水的岩壁，屋頂上布滿鐵鉤，地板的裂縫都成了下水道。房間正中央擺著一張淺灰色大理石桌子，上面放著一個裝貨用的木箱。費爾明舉起瓦斯燈一照，裡面是個死人躺在麥桿堆裡，整個身體就像羊皮紙一樣皺成一團，冰冷而僵硬，完全不成人形。死者浮腫的身體已經發紫，一雙泛白的眼睛睜得大大的，彷彿破碎的蛋殼。

我看了覺得反胃，於是趕緊轉過頭去。

「來吧，開始幹活兒囉！」費爾明說道。

「您瘋了？」

「我是說，在詭計被拆穿之前，我們要趕快找到哈辛妲才行。」

「怎麼找啊？」

「怎麼找？當然是用問的。」

我們探頭看了看走道，確定賀婷霞修女已經走了，接著，我們悄悄地溜進剛剛經過的大廳裡。那些可憐的老人依舊靜靜地觀望著我們，眼神從好奇轉變成恐懼，有幾個比較特別，眼裡盡是貪婪。

「小心啊！別看他們這樣，有些人恐怕很想在您脖子咬一口，吸光您的血，好讓自己回復到青春時代。」費爾明說道。「歲月讓他們每個人看起來都像溫順的綿羊，可是啊，這裡的混帳東西跟外頭一樣多，甚至更多！欸，這些人可都是老不死的，看著其他人一個接一個地進了棺材。所以，不必為他們難過！來吧，您從角落那些開始問，因為那幾個看起來牙齒大概都掉光了。」

假如這番話的用意是要讓我鼓起勇氣去執行任務的話，那真是徹底失敗了。我看著角落那群風燭殘年的老人，頂多只能對他們微笑而已。看著他們的身影，我只想到這個世界簡直是道德淪喪，大家都為達目的不擇手段。費爾明似乎看出了我內心的想法，只見他面色凝重地點點頭。

「人的本性是世上最卑劣的婊子，更可悲的是，這還是千眞萬確的事實。」他說道。「勇敢一點，往前衝吧！」

於是，我進行了第一輪詢問，當我問起哈辛妲．柯蘿娜朵的住處時，老人們給我的反應，除了空洞眼神、唉聲嘆氣，就是打嗝和夢囈。十五分鐘之後，我無功而返，回到費爾明身邊，我心想，說不定他的運氣會比我好。沒想到，他也是一副垂頭喪氣的樣子。

「在這種鬼地方，我們要怎樣找到哈辛妲．柯蘿娜朵呢？」

「我也不知道啊！這裡全是癡呆老人，我連瑞士糖都送上了，結果，他們居然以爲那東西是通便劑。」

「不然，我們去問賀婷霞修女吧？乾脆就跟她實話實說了！」

「欸！達尼，實話實說是想不出任何辦法的時候才用的最後一招，何況還是跟修女說實話哩！先把身上的子彈用完再說。您看那邊那群老人，看起來滿有精神的。我相信他們一定還說得出話來！不如您就去問問他們吧！」

「那您呢？您要幹什麼？」

「我當後衛部隊在這兒守著，就怕萬一那個企鵝修女又回來了。您快去問他們吧！」

我往大廳角落那群老人走去，心中不抱任何希望。

「大家晚安！」話才剛說出口，我立刻覺得自己的問候太荒謬可笑，因爲這個安養院，時時刻刻都籠罩在暗夜裡。「我想找一位哈辛妲．柯蘿娜朵女士，柯——蘿——娜——朵，有哪位認識她？或者可以告訴我，在哪裡可以找到她？」

在我面前，四個老人眼巴巴地望著我。這裡似乎有一線希望呢，我這樣告訴自己。不見得每個老人都是神智不清的。

「哈辛妲．柯蘿娜朵？」我又問了一遍。

眼前四個老人面面相覷，彼此點頭示意。其中有個挺著大肚腩的老翁，全身上下一根毛髮都不剩，看起來似乎是他們的老大。他那張臉以及那副神情，讓我覺得他就像快樂的暴君尼祿，當羅馬城在他腳下沉淪腐敗時，他依然愉快地撥弄著豎琴。這位安養院的尼祿裝出一副威嚴的表情，對著我微笑，一臉淘氣。我以笑容回應，滿懷希望。

老人示意要我過去，嘴巴似乎在咕噥著。我遲疑了半晌，還是照著他的意思走上前去。

「您能不能告訴我，在哪裡可以找到哈辛妲・柯蘿娜朵女士？」我再問了一次。

我把耳朵湊近老人嘴邊，不但聞到了他的口臭，也感受到了他身體的溫熱。我怕他會趁機咬我一口。沒想到，他卻放了個響屁。旁邊的老人們一陣哄堂大笑，樂得拍手叫好。我往後退了幾步，但還是逃不掉臭屁襲擊，薰得我反胃想吐。就在這時候，我發現身邊站著一個老人，駝著背，蓄著一大把先知般的白鬍鬚，花白的頭髮卻非常稀疏，眼神宛如熾熱的火炬，他拄著楞杖，滿臉不屑的表情，直盯著那群老人。

「年輕人，我看您是在浪費時間！黃尼東這傢伙只會放屁而已，另外那幾個就跟著傻笑起鬨。您也看到啦！這裡跟外面的世界沒兩樣，還是很險惡的！」

這位老翁的言論頗具哲理，語氣很嚴肅，說起話來也頭頭是道。他盯著我看，把我從頭到腳打量了一番。

「我剛剛好像聽到您在找哈辛妲？」

我點頭稱是，同時也覺得驚訝，原來在這個可怕的鬼地方，還是有腦袋清醒的人。

「為什麼要找她呀？」

「喔……我是她的孫子。」

「哼！那我就是閻王爺的老子！乳臭未乾的小子，居然跑到這裡來鬼扯！您就老實說吧！不然連我也要發瘋了。在這裡，事情簡單得很。您如果還一個接一個地詢問那群可憐蟲的話，很快就會了解我爲什麼這麼說了。」

黃尼東和他那群死黨依舊在一旁笑得樂不可支。這時候，老頭兒故技重施，又放了個臭屁，這回聲音沒這麼大，但時間卻拉長了，聽起來就像刺破輪胎時發出了噓聲，黃尼東控制肛門括約肌的功夫顯然是高人一等。事實擺在眼前，我只好認了。

「您說得沒錯，我並不是柯蘿娜朵老太太的家人，但是我有很要緊的事，必須跟她談一談。」

老翁緩緩向我走來。他面帶貓似的狡猾笑容，好像一個頑劣的孩子，眼神靈活而精明。

「您可以幫我這個忙嗎？」我懇求他。

「那要看您能不能幫我囉！」

「如果是我能力範圍之內辦得到的事，我會很樂意幫您的。您希望我幫您帶話給家人嗎？」

老翁幽幽地冷笑著。「家人？就是他們把我送進這個鬼地方的。哼！一群吸血鬼，連我身上的內褲都想搶走。那些人啊，最好下地獄吧！這麼多年來，我好歹也熬過來了。我要的是女人！」

「啊，什麼？」

老翁不耐地瞅著我。「年紀輕輕並不是腦袋空空的藉口啊！小子。我說了，我要的是女人！我要一個成熟的娘兒們，不然，品種優良的小妞兒也行。一定要夠年輕，不能超過五十五歲，身體要健康，身上不能長疤生瘡。」

「我還是不太懂您的意思欸……」

「算了吧，您清楚得很！我要找個兩排牙齒還很健全，又不會在我斷氣之前在我身上尿失禁的年輕娘兒們犒賞自己。長得漂不漂亮不重要，反正我已經是半個瞎子了，到了我這個年紀，只要還願意讓我抱的女人都是維納斯，懂嗎？」

「我懂我懂！但是，我不知道要去哪裡幫您找女人啊……」

「我像您這個年紀的時候，有人提供一種特殊服務，專門幫人找浪蕩女子。我知道社會已經跟以前不一樣啦，但是本質不會變的。您想辦法去幫我找個身材豐滿又淫蕩的女人，否則免談。如果您問我要如何跟女人享受魚水之歡？我告訴您，只要讓我捏捏她的屁股，摸摸她的奶子，這樣就夠啦！人生閱歷豐富的人，就有這種優勢。」

「這些技術性問題是您的事情，我就不過問了，但我現在真的沒辦法馬上找個女人給您啊！」

「這我當然知道！我承認自己是個好色老頭，但我還沒癡呆呢！您只要做出承諾就行了。」

「您難道不怕我爲了達到目的而隨口答應嗎？」

老翁狡詐地盯著我看。「您只要答應我就行了，其他的部分，我自有打算。」

我環顧四周；黃尼東依然在賣弄放屁的花樣，這地方是沒什麼好期待的了。

看來，這位言詞犀利的老爺爺提出的要求，已經是這個人間煉獄裡最合理的一件事了。

「我答應您！我會盡力而爲的。」

老翁咧著嘴，開懷大笑。我數了一下，他只剩三顆牙齒。

「我要金髮的，即使是染的也沒關係。奶子要夠大，可以的話，最好是擅長淫聲浪語的那種騷貨。畢竟，我現在只剩下聽力還算正常。」

「我會盡力達到您的要求。現在，您可以告訴我哈辛妲．柯蘿娜朵在哪裡了吧？」

31

「您剛剛答應那個老翁什麼啦？」

「您不是聽見了嘛！」

「我希望您只是開開玩笑而已！」

「再怎麼說，我也不能欺騙一個已經快要進棺材的老人家。」

「欸，達尼，您眞是讓人刮目相看啊！問題是，您要怎麼樣把妓女弄進這個神聖的地方啊？」

「我想，至少要付她三倍的價錢吧！至於其他的細節，就交給您去處理囉！」

費爾明沒好氣地聳聳肩。

「總之，說話要算話的！我們有空再好好想辦法了。下次再碰到這種事情的話，讓我來交涉，好嗎？」

「同意。」

接著，我們遵照老翁的指示，從三樓爬上樓梯後，在一間小閣樓裡找到了哈辛妲．柯蘿娜朵。根據那個老頭的說法，只有少數人能夠住在閣樓裡，他們是安養院裡最清醒、最長壽的一群人。這排隱密的廂房，顯然就是化名「拉斯洛．德．維卻尼」的德洛福當年的居所，他在這裡指揮「德內布洛林」的一切活動，也在煙霧和芳香精油瀰漫的空間裡，學習了甫從東方西傳的戀愛之術。即使物換星移，依舊可見當年的風華。哈辛妲．柯蘿娜朵坐在一張藤椅上，身上裹著毛毯。

「柯蘿娜朵女士嗎？」我大聲問道，就怕這可憐的老人家已經聾了或癡呆了，甚至兩者皆是。

老太太戰戰兢兢地望著我們，神情相當謹愼。她有一雙迷朦的眼睛，覆蓋在頂上的白髮已經寥寥可數。我發現她以困惑的眼神盯著我，彷彿對我似曾相識，卻想不起來在哪裡見過。我眞怕費爾明又要急著把我介紹成卡拉斯的兒子之類的，沒想到，他只是跪在老太太身旁，輕輕執起她那顫抖而衰老的手。

「哈辛妲，我是費爾明，這個孩子是我的朋友達尼。您的朋友費南鐸．拉默思神父叫我們來看您，他今天不能來，因爲他要主持十二場彌撒呢！您也知道，這陣子節日比較多。但是，他衷心問候您呢！怎麼樣，您好不好啊？」

老太太看著費爾明，溫柔地笑了。我的好朋友輕撫著她的臉龐和額頭。老太太很高興有人像撫摸毛茸茸的貓咪似的摸著她。我突然覺得喉頭哽咽了。

「您瞧，我怎麼問這麼蠢的問題啊，對不對？」費爾明繼續說道。「待在這裡怎麼會好呢？您一定喜歡出去走走，甚至去跳跳舞，對吧？我看您這個身段，一定是個出色的舞者，我相信大家都會這麼說的。」

我從未見過他這麼溫柔體貼地對待過任何人，即使在貝娜妲面前，他也不是這樣的。他說的每一句話都是在討好老太太，但是他的語氣和表情卻是如此眞誠。

「您眞好啊，說了這麼多好話！」老太太低聲說著，由於長期無人可交談，也無話可說，她的嗓子都鈍了。

「連您一半的好都比不上呢，哈辛妲！我們可以問您幾個問題嗎？就像廣播裡那樣，您聽過吧？」

老太太沒答腔，只是眨眨眼。

「我想，您這樣就表示同意了。您還記得潘妮蘿珮嗎？哈辛妲，潘妮蘿珮·安達雅，我們想問問關於她的事情。」

哈辛妲點點頭，眼神忽然一亮。

「我的丫頭！」她輕聲咕噥著，眼淚似乎就要奪眶而出。

「就是她！您還記得，對吧？我們是胡立安的朋友，胡立安·卡拉斯，那個喜歡說鬼故事的男孩，您也記得他，對不對？」

老太太的雙眼閃閃發亮，彷彿這些話和剛剛的輕柔撫摸，讓她頓時重獲新生。

「聖賈布利教會中學的費南鐸神父告訴我們，您很疼愛潘妮蘿珮。他也很愛您呢！您知道嗎？他天天都惦記著您。他沒能常來看您，都是因爲新來的主教急著建立聲望，一天到晚舉行彌撒，把神父的嗓子都弄啞了。」

「您每天都有吃飽嗎？」老太太突然這麼一問，一副很擔憂的樣子。

「我吃得跟牛一樣多呢，哈辛妲，但是，我畢竟是個男人，吃下去的熱量都消耗掉了。您可以瞧瞧，我這衣服下面可是眞正強健的體魄哩！您摸摸看，沒關係，簡直就跟世界健美先生查理·亞特拉斯一樣，只是毛多了點。」

哈辛妲點點頭，似乎放心多了。她的眼裡只有費爾明，完全忘了還有我這個人。

「您可以跟我們聊聊潘妮蘿珮和卡拉斯嗎？」

「他們從我身邊把她搶走了！」她說道。「他們搶了我的丫頭。」

這時候，我上前一步，本來想開口說話的，但是費爾明對我拋出了不客氣的眼神，意思是說：你閉嘴！

「是誰搶走了潘妮蘿珮？哈辛妲，您還記得嗎？」

「是老爺。」她露出驚恐的眼神說道，彷彿害怕有人會聽見似的。

費爾明似乎在分析老太太的神情，接著，他抬頭望著天花板，斟酌各種可能性。

「您所說的老爺，是指萬能的上帝，還是指潘妮蘿珮小姐的父親大人里卡鐸先生啊？」

「費南鐸好不好啊？」老太太問道。

「神父啊？好得很呢！我看他沒多久就會當上教宗的，到時候，他就讓您進駐梵蒂岡的西斯汀教堂。他口口聲聲說要問候您呢！」

「他是唯一會來看我的人呢，您知道嗎？他好心來看我，因為他知道我沒有親人。」

費爾明偷偷瞄了我一眼，看來我們倆正在想著同樣一件事：哈辛妲．柯蘿娜朵外表看似昏庸遲鈍，其實神智清楚得很。她的身體已經垂垂老矣，但內心仍為當年那場悲劇而苦。我不禁要問，究竟還有多少人跟她一樣，或者就像那個指引我們找到這個地方的精明老翁，只能困在這個安養院裡等死。

「哈辛妲，神父來看您是因為他很愛您啊！他一直記得當年您很照顧他，把他當自己的孩子一樣來疼愛，這些往事，他都跟我們說了。您還記得吧？那時候，您每次去學校接赫黑回家，常會看到費南鐸和胡立安啊？」

「胡立安啊……」

她那呢喃似的聲音在空中拖曳著，緩緩漾起的愉悅笑容替她說出了答案。

「哈辛妲，您還記得胡立安．卡拉斯，對吧？」

「我還記得那天，潘妮蘿珮跟我說，她要跟胡立安結婚……」

費爾明和我四目相視，兩人都驚訝地睜大了眼睛。

「結婚？這是怎麼回事啊，哈辛妲？」

「第一次見到他的那一天，她才十三歲，根本就不認識他，也不知道他叫什麼名字哩！」

「既然這樣，她怎麼知道將來會嫁給他呢？」

「因爲她後來又見到他了，在夢裡！」

從小，哈辛妲．柯蘿娜朵深信自己將在托雷多城外的小鎮度過一生，小鎮之外的世界，只是一片黑暗以及燃燒的汪洋罷了。這個想法，源自於四歲那年發高燒，不但差點奪走了她的性命，還讓她做了個怪夢。夢境始於那場神祕的高燒，有些人認爲，她一定是被那天出現在她家的那隻巨大紅蠍子螫了，只是後來誰也沒再看見過這隻紅蠍子；另外一批人則把矛頭指向那個心狠手辣的瘋狂修女，據說她會趁夜黑風高時偷偷溜進別人家裡，專找小孩下毒施魔法。過了幾年之後，惡毒的修女被處以絞刑，在上帝的祈禱聲中，她的眼珠子從眼窩裡掉了出來，霎時，一大片腥紅的雲層布滿城市上空，隨即下了一場暴風雨，落下的盡是甲蟲的殘屍。在夢裡，哈辛妲看到了過去，也預見了未來，她甚至還瞥見了發生在托雷多古城街道中的祕密和謎團。她在夢中常見的人物之一是撒卡利亞斯，他是個一身黑衣打扮的天使，身邊總是伴著一隻黃眼睛、呼吸充滿硫磺味的黑貓。撒卡利亞斯無所不知：他甚至預言了她那個販賣膏藥和聖水的叔叔魏南修的死期。他也透露了她那信教虔誠的母親藏匿一疊祕密信件的地點，這些信是個熱心的醫學院學生寫的，雖然是個窮學生，卻具備了相當紮實的解剖學知識，在位於聖塔瑪麗亞小巷弄間的寢室裡，他提早發現了通往天堂的門。撒卡利亞斯宣稱，哈辛妲的肚子裡裝了壞東西，那個死去的靈魂將會對她不利，而且，她這一生只會愛上一個男人，這段浮誇、自私的感情，終將不歡而散。他還預言，她這一生將會看著自己心愛的人一個個死去，而在她抵達天堂之前，必定會先到地獄走一遭。第一次來月經那天，撒卡利亞斯和他那隻散發著硫磺味的黑貓從她夢裡消失了，多年後，哈辛妲回想起那個黑天使的時候，不禁淚眼模糊，因為他的預言竟都成眞了。

因此，當醫生診斷出她這輩子將無法生育時，哈辛妲絲毫不覺得驚訝。當她那個結褵三年的丈夫為了別的女人而離棄她，還怪她像個種不出作物的不毛之地時，她也坦然接受了。撒卡利亞斯缺席的這段期間（她始終把他當成天堂的使者，雖然他一身黑衣，但依舊是個明亮耀眼的天使，也是她見過或夢過最英俊的男人），哈辛妲只能躲在角落裡獨自跟上帝說話，看不到祂，也不期待會得到任何回應，因為世間有太多愁苦，相較之下，她那些疑難實在太微不足道了。她對上帝的獨白，談的主題千篇一律：她這一生只有一個希望，那就是成為一個母親，做個眞正的女人。

有一天，當她在大教堂祈禱時，有個男人走近她身旁，她認出他就是撒卡利亞斯。他的穿著一如往常，那隻狡黠的黑貓就坐在他大腿上。他青春依舊，十指還是修得那麼漂亮，又尖又長，宛如一雙公爵夫人的玉手。黑天使坦承，他來找她是因為上帝已經打算不回應她的祈求。但是，撒卡利亞斯叫哈辛妲不必擔心，不管用任何方式，他一定會送一個孩子給她的。他挨近她身旁，低聲說了「迪比達波」這四個字，然後溫柔地在她雙唇上印上一個吻。當哈辛妲接觸到那甜美如糖果般的柔嫩雙唇時，腦中忽地浮現一個影像：她將來會有個女兒，而且不需要仰賴男人（她想起三年婚姻生活的床笫經驗，前夫總是挺著那話兒對她霸王硬上弓，同時用枕頭蓋住她的頭，一邊還喃喃說道：「不許看，妳這婊子！」這種活受罪的事情，不要也罷）。這孩子總有一天會找上她，那將會在非常遙遠的城市，一個山頭有明月當空、港口海面波光粼粼的地方。這個城市，處處聳立著只有夢中才有的高樓大廈。後來，哈辛妲自己也說不上來那次撒卡利亞斯的到訪，究竟是夢境一場，或者，抱著黑貓、十指剛塗上蔻丹的黑天使眞的踏進托雷多大教堂來找她了？不過，她卻始終堅信，那個預言一定會成眞。當天下午，她立刻去找了教堂的執事，他是個很有學問也看過世面的人（聽說他甚至去過安道爾，還會講一點巴斯克語呢）。執事先生說，他從來沒聽過天上有哪個天使是叫做撒卡利亞斯的，不過，他靜靜聆聽了哈辛妲的描述，再三思索著那些問題，然後，這個學問淵博的先生就像一支巧克力做成的大梳子一樣，身子挺得直直的，說道：「哈辛妲，妳看到的那個地方是巴塞隆納，一個非常迷人的地方，有一座非常雄偉的大教堂，叫做『聖家堂』……」兩個禮拜後，哈辛妲帶著一箱行李、一本彌撒經書，以及她這五年來的第一個笑容，踏上前往巴塞隆納的路，她相信，黑天使對她形容的情景一定會成眞。

熬了好幾個月的苦日子之後，哈辛妲終於在安達雅父子經營的其中一家百貨商店找到了固定工作，百貨商店就在城堡公園的萬國博覽會舊址旁。她夢中的巴塞隆納已經變成一個令人厭惡的陰暗城市，到處是大門深鎖的舊皇宮建築，還有許多排放濃煙惡臭的工廠，把人的皮膚薰出濃濃的煤炭味和硫酸味。哈辛妲從第一天就知道，那個城市就像個愛慕虛榮、殘忍無情的女人，她學會去害怕她，也學會不去正視她。她獨居在里貝拉區的一家小旅館裡，她的微薄薪水只夠負擔一個簡陋的小房間，沒有窗子，光線則被大教堂擋住了，每天晚上還要忙著趕老鼠，這些囂張的鼠輩，曾經咬過蕾夢妮塔那個才六個月大的嬰兒，小寶貝的耳朵、手指都遭殃。蕾夢妮塔是個妓女，住在哈辛妲隔壁房間，也是她到巴塞隆納十一個月來唯一的朋友。那年冬天，幾乎天天下雨，雨水被煤灰染成了污水。不久，哈辛妲開始害怕了起來，她怕撒卡利亞斯騙了她，她怕自己大概會在這個城市裡，在寒冷、悲慘和遺忘中死去。

爲了求生存，哈辛妲每天在天亮前就到百貨商店，直到天黑了才下班。就在那裡，里卡鐸·安達雅先生湊巧看到了她，當時，她正在替一個生病的領班照顧女兒。看到這個女子對孩子的細心呵護和溫柔體貼，安達雅決定把她帶回家去照顧已經懷孕的妻子。她的祈禱總算被聽見了。那天夜裡，哈辛妲又在夢裡看見了撒卡利亞斯。這一次，天使已經不再穿著黑衣服。他全身赤裸，皮膚上覆滿鱗片。黑貓不見了，取而代之的是一條白蛇纏繞在他的身體上。他的頭髮已經長及腰部，他的笑容，那個如糖果般的笑容，曾在托雷多大教堂裡吻過她……如今卻變成一排獠牙，就像她在魚市場裡看過的大型深海魚類的嘴巴一樣。多年後，那個年輕女孩曾經告訴十八歲少年胡立安·卡拉斯這段往事：哈辛妲離開里貝拉區的小旅館那天，有人告訴她，她的好朋友蕾夢妮塔前一天晚上在旅館門口被人用刀刺死，懷裡的嬰兒則是凍死的。消息傳出之後，旅館裡的房客打成一團，大家爭相掠奪蕾夢妮塔的遺物。最後只剩下一樣東西沒人要，卻是蕾夢妮塔最珍愛的寶物：一本書。哈辛妲知道這本書，曾經有好幾個晚上，蕾夢妮塔拿著書過來，要求哈辛妲唸個一、兩頁給她聽。因爲，蕾夢妮塔不識字。

四個月之後，赫黑．安達雅出生了。哈辛妲全心付出了孩子的親生母親無法提供的關愛，因爲那位夫人是個仙女，總是盯著鏡子裡的自己，從來不知道或者不願意關愛孩子。不過，奶媽哈辛妲知道，這個男孩並不是撒卡利亞斯答應要給她的那個孩子。那幾年，哈辛妲告別了青春歲月，完全蛻變成了另一個女人，保留下來的只有名字和面孔。原來的哈辛妲留在里貝拉區的小旅館，已經隨著蕾夢妮塔而死去了。如今，她在豪奢的安達雅家族陰影下生活，遠離了那個她痛恨的陰暗城市，即使一個月只有一天假期，她也從來不曾進城逛街。她學會跟在別人後面生活，習慣了依存著那個財富多到她無法想像的豪門世家。她一直在等待那個孩子，應該會是個女孩，就像那個城市一樣，她會把上帝灌注在她靈魂裡的愛都給這個孩子。有時候，哈辛妲會捫心自問：她生活裡那種夢境般的平靜，究竟是不是所謂的幸福？她寧願相信，始終沉默的上帝，一定會用祂的方式回應她的祈禱。

潘妮蘿珮．安達雅在一九〇二年春天誕生。當時，里卡鐸．安達雅先生已經買下迪比達波大道上的豪宅，哈辛妲的傭人同事們都認定，這棟豪宅裡有個魔力強大的幽魂縈繞不去，但是，哈辛妲一點都不怕，因爲她知道，別人口中所謂的幽魂，就是她在夢裡所見的撒卡利亞斯的幻影，他已經不再是她記憶中的男人模樣，卻變成了一匹只用兩隻後腳走路的狼。

潘妮蘿珮是個體弱多病、蒼白瘦小的女孩。哈辛妲看著她慢慢長大，就像一朵在冬天裡綻開的花朵。多年來，她夜夜守護著這個女孩，親自幫她打點一切，替她烹煮每一餐、幫她縫製衣裳，每次她生病的時候，哈辛妲一定守在旁邊照顧，當她說出第一個字、當她從小女孩變成了女人……這些重要時刻，哈辛妲都參與了。安達雅太太就像一個裝飾品，只會聽候指令，在這個場景中進進出出。每天晚上就寢前，她會到潘妮蘿珮床前，然後告訴女兒，在這個世界上，她最愛的人就是女兒，在她的生命中，沒有什麼比女兒更重要。哈辛妲未曾跟潘妮蘿珮說過有多愛她。這個奶媽認爲，眞正的愛是默默付出的，要以實際行動表示，而非嘴巴說說而已。哈辛妲私底下很瞧不起安達雅太太，那個愛慕虛榮的女人，在豪宅裡等著年華老去，雖然戴著一身丈夫送的昂貴珠寶，但是那個男人早已出軌多年，她卻只能保持沉默。哈辛妲恨她，因爲，世間有多少女人，上帝卻獨厚她，讓她生了潘妮蘿珮這個孩子；哈辛妲反觀自己，一個眞正適合做母親的女人，肚子卻始終沒懷過孩子。後來，哈辛妲前夫多年前對她的羞辱似乎成眞了：她連女性的外型特徵都沒有了。她變得身形瘦削，滿布皺紋的皮膚蓋在外凸的顴骨上，勾勒出一張死板的面孔。她的胸部縮得像塊洗衣板，她的臀部就跟瘦小男生一樣扁平，她的肌肉結實而僵硬，甚至連里卡鐸．安達雅先生也對她興趣缺缺；里卡鐸先生是個只要嗅到女人味道就想去嚐嚐的人，家裡的所有女傭和親戚朋友間都非常清楚。哈辛妲告訴自己：這樣最好！她可沒時間去搞那些愚蠢的花樣。

她把所有時間都給了潘妮蘿珮。她爲她朗讀，陪她去所有地方，幫她洗澡、幫她穿衣、幫她寬衣、幫她梳頭，她也陪她散步、哄她睡覺、叫她起床。但是，最重要的是，她一直在陪她聊天。大家都當她是個孤僻而瘋狂的奶媽、一個生活單調的老處女，然而，大家都不知道事實：哈辛妲不僅成了潘妮蘿珮的母親，而且還是她最要好的朋友。哈辛妲記得，潘妮蘿珮比其他小孩更早學會說話，也很早就懂事了，從那個時候開始，兩人就分享彼此的祕密、夢想和生命。

隨著時間慢慢流逝，她們的感情越來越深厚。當潘妮蘿珮長成了亭亭玉立的少女時，兩人已經是形影不離的共同體。哈辛妲看著潘妮蘿珮長成了如花似玉的女孩，她的美貌和光采，不知讓多少人為她傾倒。潘妮蘿珮是一道燦爛耀眼的光芒。當那個名叫胡立安的神祕男孩到家裡來的時候，哈辛妲從一開始就感受到這兩個人之間已有交流。他們之間有一種無形的聯繫，很類似她和潘妮蘿珮之間的連結，但是也很不一樣。他們之間的聯繫更緊密，充滿危機。起初，她以為自己一定會恨這個男孩，但她不久就發現，她不但沒恨胡立安·卡拉斯，而且永遠無法恨他。由於潘妮蘿珮深深為胡立安而著迷，她也學會了讓步，慢慢接受了潘妮蘿珮所愛的人。沒有人知道這件事，也沒有人注意到他們之間的感情發展，然而，一如往常的是，問題的核心早已在故事開始之前就已根深蒂固，到了大家發現的時候，一切為時已晚。

胡立安·卡拉斯和潘妮蘿珮真正單獨共處之前，兩人大概已經眉目傳情了好幾個月。他們活在偶然中：他們在走道上不期而遇；他們隔桌深情相望；他們的眼神默默相遇；當兩人分離時，他們依然心靈相繫。一個暴風雨的午後，就在迪比達波大道上的「潘妮蘿珮別墅」圖書室裡，他們在燭光下初次交談，幾秒鐘之後，胡立安眼前一片黑暗，但他卻從女孩眼中看出，他們心裡有相同的感受，同一個祕密正在吞噬著他們。似乎沒有人發覺這件事，只有哈辛妲例外。她看到潘妮蘿珮和胡立安在安達雅家族的陰影下惶惶不安地交織著熾熱的眼神。

當時，胡立安開始輾轉難眠，從午夜到天明，他不停地爲潘妮蘿珮寫出一則又一則故事，藉此向她訴說心意。接下來，他會藉故造訪迪比達波大道上的安達雅豪宅，然後找機會偷偷溜到哈辛妲房裡，請她將手稿交給他心愛的女孩。有時候，哈辛妲會將潘妮蘿珮寫的字條轉交給他，接下來的幾天，他會天天捧著那張字條一讀再讀。這個遊戲持續了好幾個月。上天並沒有特別眷顧他們，胡立安只能竭盡所能找藉口接近潘妮蘿珮。哈辛妲也會幫他，因爲她希望看到潘妮蘿珮快樂的樣子，她希望這個女孩一直散發著燦爛的光芒。至於胡立安，他感覺到自己最初的純眞已經漸漸消褪，而且有必要採取更進一步的行動。就這樣，他開始向里卡鐸．安達雅先生胡謅未來的人生計畫，故意表現他對金融業的高度興趣，他也裝出和赫黑．安達雅感情很熱絡的樣子，這樣就有理由經常到迪比達波大道的豪宅走動，他只說他們喜歡聽的話，他學會察言觀色、學會把誠懇放一邊、學會出賣自己的靈魂，他很害怕，當他和潘妮蘿珮終成眷屬時，自己已經不是她初次見到的那個胡立安了。有時候，胡立安在凌晨醒來，突覺怒火中燒，因爲他實在很渴望能夠將自己的眞情昭告天下，他很想當面告訴里卡鐸．安達雅先生，他對他的財富不屑一顧，他對大好前程以及安氏企業也沒興趣，他深愛的是他女兒潘妮蘿珮，他想帶著她遠走高飛，遠離那個已經箝制她已久的空虛世界。只是，當天色漸漸亮起時，他的勇氣也化爲烏有。

有時候，胡立安會向哈辛妲吐露心事，而哈辛妲也忍不住開始喜歡這個男孩。哈辛妲常把潘妮蘿珮留在家裡，理由是她要去學校接赫黑回家，然後她會藉機和胡立安碰面，把潘妮蘿珮的字條交給他。她就是這樣認識費南鐸的，多年後，這個男孩成了唯一到聖塔露西亞安養院探望她的人；那個安養院，正是撒卡利亞斯預言她在晚年等死的地獄。有時候，奶媽會故意帶著潘妮蘿珮去學校，讓這兩個年輕人有機會短暫相聚，看著他們之間慢慢滋生著她這一生從未體驗過、也拒絕接受的東西：愛情。也就是那時候，哈辛妲注意到了那個沉默寡言的男孩陰沉的身影，大家都叫他哈維爾，他是聖賈布利教會中學警衛的兒子。她發現他在監視他們，他站在遠處觀察他們的表情，而且兩眼直盯著潘妮蘿珮。哈辛妲一直保存著一張照片，是安達雅家族的專任攝影師雷卡森拍的，照片是潘妮蘿珮和胡立安站在聖安東尼歐圓環的帽子專賣店前的合影。那是個天眞無邪的畫面，當時里卡鐸先生和蘇菲·卡拉斯也在場。哈辛妲始終把這張照片帶在身上。

有一天，她在聖賈布利教會中學校門口等待赫黑放學，哈辛妲奶媽不小心把皮包遺忘在噴泉旁，後來她再到原處找回皮包時，她發現那個男孩傅梅洛正在附近晃來晃去，神情緊張地盯著她看。那天晚上，她想找出那張照片，卻怎麼也找不到，於是，她確信一定是那個男孩偷了照片。還有一次，那是好幾個禮拜以後的事，哈維爾·傅梅洛走到奶媽身邊，問她能不能幫他把一樣東西交給潘妮蘿珮。哈辛妲問他是什麼東西，於是，男孩掏出一包東西遞給她，看起來像是用松木雕刻的人形。哈辛妲一眼就認出那是潘妮蘿珮，一時不寒而慄。她還沒來得及說什麼，男孩已經跑遠了。在返回迪比達波大道豪宅途中，哈辛妲把那包東西從車窗丟了出去，彷彿丟的是一包發臭的腐肉似的。好幾次，哈辛妲在凌晨驚醒過來，全身冒著冷汗，因爲她做了惡夢，夢見那個眼神陰沉駭人的男孩撲到潘妮蘿珮身上，粗魯地就像一隻狠毒的昆蟲。

有好幾個下午，哈辛妲去接赫黑放學，偶爾赫黑會耽擱一下，於是奶媽就趁機跟胡立安聊天。胡立安開始喜歡這個一臉嚴肅的女人，也對她產生了十足的信任。不久後，當他碰到生活上的難題或煩惱時，她和米蓋·莫林納就成了最早知道的兩個人，有時候他甚至只告訴他們兩人。有一回，胡立安跟哈辛妲聊起他母親和里卡鐸先生在學校噴泉旁共處的情形。里卡鐸先生神情愉悅，似乎對他母親頗有好感，看到這個情景，他心裡很不好受，因爲這個金融大亨向來花名在外，他對女色貪得無厭，什麼女人都想去沾染一下，就是不碰他那個聖潔的妻子。

「我正在跟你母親說，你很喜歡這所學校呢！」里卡鐸先生當時這樣告訴他。離去前，里卡鐸先生還對他們眨眨眼，然後哈哈大笑地走了。回家途中，他母親一路沉默，顯然是對里卡鐸·安達雅先生的談話感到不悅。

蘇菲開始對胡立安和安達雅家族越來越緊密的關係產生疑慮，因爲他已經和自己的家人沒什麼交流，也不再跟社區其他孩子往來。對此，他母親的反應是哀傷和沉默，帽子師傅則是滿懷怨恨和絕望。起初，富爾杜尼對此很熱絡，以爲可以藉此快速擴展巴塞隆納上流社會的客戶。然而，他卻從此不見兒子身影，只好找來住在附近、也是胡立安以前的同學季莫來幫忙幹活，同時也當他的學徒。安東尼·富爾杜尼是個只會聊帽子的人。他把自己的感受鎖在靈魂的地牢裡，幾個月之後，當他的情緒爆發時，已經是無法挽回的地步了。他知道自己變得一天比一天更暴躁。在他眼裡，一切都不對勁，不管季莫多麼努力學習製作帽子，他還是嫌他笨；他對蘇菲態度很惡劣，因爲他覺得胡立安對家人越來越冷淡，一切都是蘇菲造成的。

「妳兒子以爲自己現在很了不起啦？根本就是那些有錢人在把他當猴子耍！」他冷言諷

刺，內心卻滿懷憤怒。

有一天，就在里卡鐸．安達雅先生初次造訪帽子專賣店即將滿三年之際，帽子師傅丟下季莫一個人看店，他說要出門辦事，中午才會回來。他急急忙忙地直接跑到安達雅財團位於恩寵大道上的辦公大樓求見里卡鐸先生。

「請問，是哪位要找他呀？」有個態度高傲的職員說道。

「我是他的帽子師傅。」

里卡鐸先生接見了他，似乎有點驚訝，但是態度很和善，他以爲帽子師傅是送帳單來的。他心想，那些做小生意的店家就是這樣，總是搞不清楚收款程序。

「怎麼樣，富老闆，有什麼我可以效勞的呀？」

安東尼．富爾杜尼也不拐彎抹角，直接就跟里卡鐸先生提起了胡立安疏遠家人這件事。

「里卡鐸先生，我那個兒子並不如您想像的那麼好。事實上，正好相反，這孩子很不懂事，成天吊兒郎當的，沒什麼本事，倒是很自負，就跟他母親一樣。請您相信我，他不會有什麼出息的。他沒有野心，也沒有個性。您還不認識他，其實他最會灌人迷湯了，讓人以爲他什麼都會做，但是，他根本啥都不懂。他是個可憐蟲。沒有人比我更了解他這個人了，因此，我覺得有必要讓您知道這件事。」

里卡鐸．安達雅先生靜靜聽他說了這一大串話，眼睛幾乎沒眨一下。

「就這樣啊，富老闆？」

接著，大亨按下桌上的按鈕，沒多久，辦公室門口出現了剛剛接待他的那位祕書先生。

「巴塞斯，我朋友富爾尼鐸要走了，替我送客！」里卡鐸先生說。「請送他到門口吧！」

大亨冷漠的語調惹惱了帽子師傅。

「您如果不介意的話，里卡鐸先生，我想請您記得：我的姓氏是富爾杜尼，不是富爾尼鐸！」

「隨便啦！富老闆，您這個人眞是可悲啊！您如果可以不再出現在我辦公室的話，我會感激不盡的。」

當富爾杜尼走出那棟辦公大樓時，他覺得自己比以前更孤獨了，他也更確信，所有的人都在跟他作對。幾天之後，那些追隨安達雅來訂做帽子的上流社會客户紛紛來函取消訂貨，而且立刻結清貨款。不到幾個禮拜，富爾杜尼必須辭退學徒季莫，因爲店裡已經沒什麼活兒可以幹了。反正，那個男孩什麼也不會；那孩子又笨又懶，跟所有人一樣。

從這時候起，社區裡的左鄰右舍開始議論紛紛，他們說富爾杜尼先生越來越蒼老、越來越孤僻，火氣也越來越大。他已經不再跟人交談，經常自己一個人在店裡一待就是好幾個小時不出來，什麼事情也不做，只是看著櫥窗外人來人往，過了一段時間之後，他的眼神從絕望變成了渴望。大家都說時代變了，時下年輕人早就不流行訂做帽子了，他們寧可去買現成的，不但樣式新穎，而且價格更便宜。富爾杜尼帽子專賣店，就這樣漸漸被人遺忘在那個陰暗、沉寂的角落裡。

「大家都在等著看我死掉。」他這樣告訴自己。「或許，我應該讓大家稱心如意吧！」

他不知道的是，其實他在很久以前就已經死去了。

那次事件之後，胡立安甚至傾注更多心力在安達雅家族、潘妮蘿珮以及他一心期待的美好未來。他活在這個祕密期望裡，兩年就這樣過去了。然而，撒卡利亞斯早在多年前已經預知這件事。陰影正在胡立安周遭蔓延著，不要多久，他就會被淹沒其中。最早的跡象出現在一九一八年四月某一天。那天是赫黑．安達雅的十八歲生日，身爲金融大亨的里卡鐸先生，決定替這個不成材的兒子舉辦（應該說是他派人舉辦）一個盛大的生日舞會，但他本人卻藉口公務繁忙不克參加，眞正的原因是，他已經和一位從聖彼得堡來的美麗貴婦約好在哥倫布大飯店的藍色套房裡共度春宵。迪比達波大道上的安達雅豪宅，那天成了五彩繽紛的馬戲團戲棚：花園裡布置數以百計的燈柱、旗海和攤位，等待賓客前來同歡。

赫黑在聖賈布利教會中學的同學幾乎都獲邀參加舞會，由於胡立安的建議，赫黑也把哈維爾加入了邀請名單。米蓋卻提醒他們，在這個排場盛大的豪華宴會裡，警衛的兒子恐怕會覺得自己跟有錢人家的少爺們格格不入吧。哈維爾收下了邀請函，然而，果然被米蓋料中，他決定不去參加舞會。當他母親伊凡女士知道兒子打算拒絕安達雅家族的邀請時，氣得差點剝了他的皮！那不就是她即將躋身上流社會的跡象嗎？接下來就是安達雅夫人和其他富太太們請她喝下午茶的邀約了。於是，伊凡女士不惜花掉丈夫的薪水，斥資買了一套水手服給兒子。

哈維爾當時已經十七歲了，那套藍色水手服搭配的是伊凡太太最喜歡的合身短褲，讓他顯得異常可憐又可笑。受制於母親的壓力，哈維爾勉爲其難接受了邀約，而且還花了一個禮拜完成了要送給赫黑當生日禮物的木雕像。到了舞會當天，伊凡女士決定陪兒子一起到安達雅豪宅大門口。她要感受那種尊貴的氣氛，以及看著兒子走進豪門那種榮耀，不用多久，她心想，那扇門也即將爲她而開。穿上那套又醜又怪的水手服之後，哈維爾發現自己看起簡直就像個幼稚的小鬼。伊凡也決定盛裝打扮。結果，他們遲到了。在此同時，舞會的混亂場面，加上里卡鐸先生又不在家，胡立安決定趁機溜出舞會現場，以他自己的方式來慶祝。潘妮蘿珮和他相約在圖書室，這是個很安全的地方，絕對不會在這裡碰到任何一個上流社會的權貴子弟。由於激情熱吻地太忘我了，胡立安和潘妮蘿珮絲毫沒注意到那對姍姍來遲的母子，正走近豪宅大門。哈維爾穿著那身水手服，像是第一次領聖體的小孩，他羞愧得滿臉通紅，幾乎是被伊凡女士拖著走來的。說到伊凡女士，爲了這個特別的場合，她戴了一頂寬邊草帽，身上穿的是荷葉邊洋裝，上面還綴著蕾絲小花，刻意打造出一副甜美的模樣，套句米蓋的話，她看起來就像喬裝成露卡米埃夫人（Madame Recamier ❶）的美洲野牛！負責在大門口接待賓客的是家裡的兩個傭人，可想而知，他們一定對這兩位訪客態度很冷淡。伊凡女士大聲宣稱，她兒子是哈維爾·傅梅洛·索托賽巴優，他們要來參加舞會的。兩個傭人沒好氣地說道，他們從來沒聽過這個名字。伊凡女士雖然火冒三丈，但還是得維持她的貴婦形象，於是，她叫兒子把邀請函拿出來。很不幸的是，就在修改那套水手服的時候，邀請函放在伊凡女士的桌上忘了拿了。

哈維爾試著想要解釋清楚，偏偏他又結結巴巴的，兩個傭人在一旁訕笑，似乎讓情況更糟。這時候，母子倆決定當場走人。伊凡女士氣得不可開交，她指責那兩個傭人根本就是有眼不識泰山，傭人也很不客氣地回她一句，這個家裡已經不缺洗碗女工，她儘管走吧！

哈辛妲站在她房間的窗口，看到已經漸漸走遠的哈維爾，卻突然停下了腳步。那個男孩回過頭去，就在他母親和那兩個傭人叫罵對罵時，他看見了他們：在圖書室的窗邊，胡立安正在吻著潘妮蘿珮。他們的熱吻如此激情，彷彿已經忘了這個世界的存在。

隔天，就在午休期間，哈維爾突然現身。前一天的尷尬場面早已鬧得沸沸揚揚，學生們都在七嘴八舌地議論著，大家都在恥笑他那套水手服。不過，學生們的笑聲突然中斷了，因爲他們發現哈維爾手上拿著他父親的槍。現場鴉雀無聲，許多人嚇得拔腿就跑，只有安達雅、莫林納、費南鐸和胡立安這群人，依然靜靜地看著他，但大夥兒都一頭霧水。哈維爾不發一語，舉起來福槍，瞄準對象。現場目擊者後來描述，他的臉上絲毫不見慍怒。哈維爾表現出一如往常的冷靜，就跟他在校園裡撿落葉的時候一樣。第一顆子彈從胡立安的頭頂上飛過去。至於第二顆，有可能會從胡立安的喉嚨穿過去；還好，米蓋及時撲向警衛的兒子，一把搶下了那支來福槍。胡立安看著眼前這一幕，早已嚇得目瞪口呆。大家都以爲，槍口瞄準的是赫黑，因爲前一天受盡屈辱的哈維爾要找他報仇。不久後，警察帶走了哈維爾，警衛夫婦也被逐出了校舍，這時候，米蓋走到胡立安身旁，然後，毫無驕氣地告訴胡立安：我剛才救了你一命。胡立安萬萬沒想到，他正要盡情享受的寶貴生命，在剛才那千鈞一髮之際，差點畫下了休止符。

那一年是胡立安和他的同學們在聖賈布利教會中學的最後一年。大家談論最多的便是一年後的計畫，或者是家人替他們安排好的發展。赫黑知道，他父親打算送他去英國唸書，而米蓋決定進入巴塞隆納大學就讀。費南鐸已經不只一次提到，他可能會去修道院，這也是老師們認爲最適合他的選擇。至於哈維爾．傅梅洛，大家只知道，由於里卡鐸先生的關說，他進了阿蘭山上的軍校，漫長的嚴冬正等著他。看到同學們都對自己的將來有明確的方向，胡立安不禁自問，他要做什麼才好？他覺得自己在文學方面的夢想和野心，似乎比以前更遙不可及了。他唯一的渴望就是和潘妮蘿珮長相廝守。

當他在心裡思考自己的未來時，別人也在幫他擬訂計畫呢。里卡鐸先生打算幫他在公司安插一個職位，讓他開始進入商界工作。至於帽子師傅，他已經打定主意，如果兒子不願意繼承家業，那麼，他也不打算在他身上花錢了。因此，他祕密著手送胡立安從軍的各種相關手續，不出個幾年，軍隊生涯一定可以磨掉兒子的傲氣。胡立安對這些計畫毫無所悉，當他發現別人已經替他計畫好未來的時候，已經太晚了。他的腦海裡只有潘妮蘿珮一個人，他掛念的只有對佳人的無盡相思，以及永遠無法滿足的短暫激情。他和她見面的次數越來越頻繁，他們的關係被發現的風險也越來越高。哈辛妲只能盡量掩護他們：她一次又一次地說謊、安排他們祕密見面、想盡辦法讓他們有機會獨處，即使只有一分一秒也不放過。她非常清楚，再長的時間都不夠的，潘妮蘿珮和胡立安共聚的每一分鐘，只會讓他們更緊密地結合在一起。長久以來，奶媽早已能夠從他們挑逗的神情中看出他們心中的慾望：他們具備了期待感情曝光的盲目勇氣，希望那個祕密變成被人議論的醜聞，從此不再偷偷摸摸躲在角落祕密相愛。有時候，哈辛妲半夜去幫潘妮蘿珮蓋被子的時候，卻發現女孩悄悄在流淚，她告訴奶媽，她好想和胡立安一起遠走高飛，兩人搭著清晨的第一班火車，逃到一個沒有人認識他們的地方。哈辛妲的世界僅止於安達雅大宅院的圍牆，她聽到這番話，嚇得都發抖了，連忙勸阻女孩萬萬不可以這麼做。潘妮蘿珮生性溫順，哈辛妲臉上展露的恐懼，已經夠讓她打消那個念頭了。胡立安又是另外一個問題。

在聖賈布利教會中學的最後一個春季，胡立安發現里卡鐸先生和他母親蘇菲經常祕密見面。起初，他很怕金融大亨意圖在他的獵艷名單中增加蘇菲這個名字，但他後來發現，他們兩人每次見面，都只是在市中心的咖啡館聊天而已。蘇菲一直祕密進行著她和里卡鐸先生的約會。最後，胡立安決定去找里卡鐸先生問個清楚：他和他母親之間，到底是怎麼回事？大亨聽了只是笑。

「什麼事都瞞不過你啊，是不是，胡立安？其實，我正想跟你談談這件事。你母親跟我討論過你將來的發展。她幾個禮拜前來找過我，她很擔心，因爲你父親打算明年送你去從軍。你母親呢，當然是希望你能夠有更好的發展，所以她來找我商量，看看能不能想個好辦法。你不用擔心，只要我里卡鐸．安達雅一句話，一定沒事！你母親和我已經幫你想好了偉大的計畫，你儘管相信我們就是了！」

胡立安何嘗不願意相信，但是里卡鐸先生正是讓人最信不過的人。他去找米蓋商量，這個男孩的想法和胡立安一樣。

「你如果想帶著潘妮蘿珮遠走高飛的話，除了祈求上帝保佑之外，你最需要的就是錢了。」

錢正好是胡立安沒有的東西。

「錢的事情可以想辦法。」米蓋告訴他。「這個就交給家境富裕的朋友去傷腦筋吧！」就這樣，米蓋和胡立安開始計畫私奔這件事。至於目的地，根據米蓋的建議，巴黎最好。他的想法是，既然要當個波西米亞藝術家，而且已有心理準備要餓死，至少巴黎還有無與倫比的美景。潘妮蘿珮會講點法文，而胡立安呢，因爲母親的教導，法文已是他的第二個語言。

「此外，巴黎夠大，大到可以讓人迷失其中，但也夠小，小到很難找到機會。」米蓋說道。

米蓋湊了一筆錢，那是他多年來的儲蓄，他編了個冠冕堂皇的理由，請他父親把錢提領出來。只有米蓋自己知道這筆錢的眞正用處。

「直到你們倆上火車之前，我什麼話都不會說出去的。」

那天下午，胡立安和米蓋確定了最後的細節，然後，他跑去迪比達波大道上的安達雅豪宅，把這個計畫告訴潘妮蘿珮。

「我接下來要跟妳說的事情，千萬不能跟任何人講，連哈辛妲都不能告訴她！」胡立安一開始這樣說道。

女孩聽著他的敘述，既震驚又著迷。這個計畫實在太完美了。米蓋會負責以假名訂購火車票，然後找個不認識的人去車站售票窗口取票。假如，眞的這麼湊巧，這個人被警察碰上了，他可以將購票者形容得和胡立安完全不符。胡立安和潘妮蘿珮將在車站碰頭。他們不能在月台上等火車，免得被人看見了。逃亡計畫安排在禮拜天中午。胡立安將獨自前往火車站，米蓋會帶著車票和錢在那裡等他。

比較麻煩的部分是潘妮蘿珮。她必須欺騙哈辛妲，並要求奶媽隨便找個藉口，十一點就要帶她離開尚未結束的彌撒，然後一起回家。途中，潘妮蘿珮可以要求奶媽讓她去和胡立安見個面，並且要答應奶媽，她一定會在家人回去之前先到家的。潘妮蘿珮就趁這個時候去火車站。他們倆都知道，如果說了實話，哈辛妲絕對不會讓他們走的。因爲，她太愛這兩個孩子了。

「這是個完美的計畫呀！米蓋……」聽完朋友的策劃之後，胡立安如是說。

「只有一件事不盡美好：你們這一走，將會傷了許多人的心。」

胡立安點點頭，不由得想起他母親和哈辛妲。但他沒想到的是，米蓋指的是他自己。

整件事情當中，最困難的部分是說服潘妮蘿珮：千萬不能讓哈辛妲知道這個計畫。這件事，只有米蓋知道。火車將在下午一點出發。等到大家發現潘妮蘿珮失蹤的時候，他們兩人已經過了法國邊界了。到了巴黎之後，兩人就以夫妻的名義住進旅館，使用的當然是假名。這時候，他們可以寄一封信給米蓋，由他代轉給他們的家人，信中將公開他們的戀情，並告知家人，他們過得很好，兩人將在教堂結婚，請家人諒解。米蓋會把這封信裝入另一個信封寄出去，免得讓他們看出了巴黎的郵戳，而他會特別到附近的小鎮去寄這封信。

「什麼時候走？」潘妮蘿珮問道。

「只剩下六天的時間了。」胡立安告訴她。「就是這個禮拜天。」

米蓋建議，爲了不讓大家起疑心，私奔前的這幾天，胡立安最好不要去找潘妮蘿珮。兩人應該約好，就在那班開往巴黎的火車上見面吧！六天見不到她、摸不著她，對他來說，實在難以忍受。他們深情擁吻，立下了祕密婚約。

就在這時候，胡立安把潘妮蘿珮帶到哈辛妲在三樓的臥房。那層樓都是傭人的房間，胡立安很有把握，不會有人看見他們的。慾火焚身的戀人，心中充滿了憤怒和渴望，火速扯下了對方身上的衣服，雙手緊掐著情人的肌膚，在寂靜中初嚐天人合一的愉悅。他們牢記著對方的肉體，卻要在分離的那六天將這美好的時刻深埋在記憶的角落裡。胡立安猛烈地衝進她體內，把她壓倒在原木地板上。潘妮蘿珮睜大了眼睛迎接他的激情，她的雙腿纏繞著他的軀幹，她輕啓著雙唇，激切地呻吟著。她的眼神中已經毫無脆弱和稚氣，她那溫熱的肉體，要求享受更多魚水之歡。後來，當他的臉還貼著她的小腹，雙手依然握著她白皙的酥胸，胡立安知道，該是他們道別的時候了。就在他正打算要站起來的時候，房門慢慢打開了，一個女人的身影出現在門檻上。在那一瞬間，胡立安以爲那是哈辛妲，沒想到，抬頭看見的卻是安達雅太太！她茫然地盯著他們，臉上的表情融合了迷惑和嫌惡。她結結巴巴的，勉強只說出了一句話：「哈辛妲在哪裡？」語畢，她轉身默默離去。潘妮蘿珮縮在地板上，深陷在無言的痛苦掙扎中，胡立安覺得，他周遭的世界已在頃刻間崩垮了。

「你趕快走，胡立安，趁我父親還沒回來，你快走吧！」

「可是……」

「趕快走呀！」

胡立安點點頭。「不管怎麼樣，這個禮拜天，我會在車站等妳的。」

潘妮蘿珮勉強擠出笑容。「我會去找你的。現在，你快走吧！」

當他離去時，她依然赤裸著，接著，他走下傭人專用的樓梯，一直下樓到車庫，從那兒出去時，這一夜，是他記憶中最淒冷的暗夜。

接下來的那幾天，情況更是雪上加霜。胡立安整夜沒闔眼，他已經有心理準備，里卡鐸先生的手下隨時會來找他算帳。他絲毫沒有一絲睡意。隔天，到了聖賈布利教會中學，赫黑的態度並無異樣。胡立安被焦慮折磨得受不了，於是，他向米蓋坦言事件的經過。米蓋依舊是神色冷靜，他只是默默地搖頭。

「你簡直是瘋了，胡立安。不過，這也不是什麼新鮮事了。比較奇怪的倒是安達雅家，居然到現在還不見任何動靜。這件事嘛，仔細想想，倒也沒什麼好驚訝的。如果像你所說，發現你們的人是安達雅太太，那麼有可能連她自己都不知所措。我跟她談過三次話，關於這些談話，我只有兩個結論：第一，安達雅太太的心智年齡只有十二歲；第二，她是非常嚴重的自戀狂，除了她願意去看或願意相信的事，其他事情她看不見也聽不進去，尤其是跟她自己有關的事情。」

「這些人格分析就免了吧，米蓋。」

「我想說的是，她可能還在想應該要說什麼？怎麼說？何時說？跟誰說？首先，她會想到的是這件事對她的影響：這會是個很聳動的醜聞，她丈夫會暴跳如雷……還有其他問題，我敢說，都是她必須顧慮的。」

「所以，你認爲她什麼話都沒說？」

「或許遲個一、兩天，但像這種祕密她是瞞不住她丈夫的。私奔的計畫呢？照常進行嗎？」

「現在的情況甚至更急迫了。」

「我很高興聽到你這麼說。我也覺得，你現在已經沒有任何退路了。」

那個禮拜後面那幾天，天天都是無盡的煎熬。胡立安跟大家一樣，每天到聖貫布利教會中學報到。他必須假裝自己跟平常一樣。他幾乎無法直視米蓋的眼神，因爲米蓋已經開始替他擔心焦急了。赫黑還是沒說什麼。他依然跟平常一樣彬彬有禮。哈辛妲再也不來接赫黑回家了，現在換成了里卡鐸先生的司機每天下午出現在校門口。胡立安覺得生不如死，他甚至想要放棄，乾脆任憑處置算了。星期四下午，放學之後，胡立安開始覺得，說不定幸運之神眞的站在他這邊了。安達雅太太沒說什麼，或是因爲羞恥，或是因爲愚蠢，大概就是米蓋提過的那幾個原因吧。這些都無所謂了。最重要的是，這個祕密一定要保守到禮拜天。那天晚上，將會是他多日來第一次睡得安穩……

星期五早上，還沒進學校，羅馬諾尼斯神父已經在圍牆邊等著他。

「胡立安，我有話要跟你說。」

「您請說，羅神父。」

「我一直都知道終究會有這麼一天，我必須老實說，我很高興是由我來告訴你這件事。」

「什麼事啊，神父？」

胡立安已經不再是聖賈布利教會中學的學生。他不准踏入校園、教室，甚至花園一步。他的文具、書籍和筆記本，全部歸爲學校所有。

「正式的官方用語是『即刻退學』。」羅神父下了這個結論。

「我能否請問，理由是什麼？」

「我隨便就能挑出十幾個理由，不過，我相信你自己心裡有數。祝你有個愉快的一天，卡拉斯。還有，祝你幸運，你會很需要的。」

大概在三十公尺外，在噴泉庭園裡，一群學生正在看著他。有些人竊笑著，還故意揮手向他道別。另外一些人則是帶著疑惑和同情的眼神望著他。只有一個人憂傷地對他微笑：他的好朋友米蓋，他只是點點頭，默唸著胡立安似乎在空中看懂的四個字：「禮拜天見。」

回到聖安東尼歐圓環時，胡立安發現里卡鐸．安達雅先生的賓士車停在帽子專賣店前面。他躲在角落裡等著。不久後，里卡鐸先生走出他父親的店，上了車。胡立安躲在大門後，直到車子消失在大學廣場另一頭。他急忙跑上樓去。他母親蘇菲正在家裡等他，早已淚流滿面。

「你到底做了什麼事呀？胡立安……」她低聲問道，話中沒有一絲憤怒。

蘇菲緊緊抱住兒子。她已經變得又瘦又老，好像所有的人都搶奪了她的生命和青春。

「對不起，媽……」

「尤其是我，罪孽最深重！」胡立安這樣暗想著。

「你好好聽我說，胡立安。你父親和里卡鐸．安達雅先生打算在這幾天就送你去從軍。安達雅勢力龐大，你必須趕快離開這裡，胡立安。你一定要逃到他們兩個人都找不到你的地方……」

胡立安覺得，他似乎在母親眼神中看到了啃蝕著她內心的陰影。

「還有別的事嗎？媽……您是不是還有事情沒告訴我？」

「你應該離開這裡。我們兩個人都應該永遠離開這裡……」

蘇菲望著他，雙唇顫抖著。

胡立安緊緊摟著她，他在她耳邊低語著：

「您不用替我擔心，媽，您別擔心了。」

禮拜六那天，胡立安把自己關在房裡，埋首在他的書籍和塗鴉筆記本之間。帽子師傅幾乎天沒亮就下樓到店裡去，半夜之後才會回來。「他甚至沒有臉來親自告訴我。」胡立安心想。那天晚上，他含淚告別了自己在這個又冷又暗的房間度過的往日歲月，以前編織的那些夢想，他現在知道，那是永遠不會實現了。禮拜天清晨，他在手提袋裡塞了幾件衣服、幾本書，吻了裹著毛毯在餐廳睡覺的蘇菲，然後走出了家門。街道籠罩在藍色的晨霧中，舊城區的屋頂上閃耀著銅光。他緩緩踱著，告別了每一扇門、每一個角落，他在心裡問著自己，如果有一天，時間的錯覺成眞了，他會不會只記得美好的事物，就這樣忘了曾經無數次瀰漫在這些街道中的孤獨。

火車站裡一個人也沒有；彎月形的月台在薄霧中放射出刀片般的清晨白光。胡立安坐在拱門下的長椅上，然後拿出一本書。他迷失在文字的魔力中，就這樣在小說裡的另一個世界消磨了好幾個鐘頭。他總是沉浸在陰鬱角色的夢境裡，那是他唯一的避風港。他知道，潘妮蘿珮不會來赴約了。他知道，他只能帶著回憶獨自搭上那列火車。到了中午，米蓋·莫林納出現在火車站，他把車票和他竭盡所能籌到的一筆錢交給胡立安，兩個好朋友默默相擁道別。胡立安從來沒看過米蓋·莫林納掉眼淚。時鐘上的指針正在逼近他們，逃亡行動只剩下最後幾分鐘了。

「還有點時間。」米蓋喃喃說道，眼睛直盯著車站入口。

一點零五分，站長對前往巴黎的旅客做最後通知。當胡立安回頭揮別好友時，火車已經慢慢沿著月台滑動。米蓋站在月台上看著他，雙手插在口袋裡。

「一定要寫啊！」他說道。

「我一到那裡就會寫信給你！」胡立安回應他。

「不，不是寫信給我，是寫書！你要寫書，爲了我，也爲了潘妮蘿珮！」

胡立安點點頭，這時候，他突然驚覺，他是多麼想念這個好朋友。

「還有，你要一直保存著你的夢想！」米蓋說道。「你永遠不知道什麼時候會需要它們。」

「永遠！」胡立安輕輕說著，只是，他的話語終究淹沒在火車的怒吼裡。

「太太在我房間意外發現他們倆之後發生的事情，潘妮蘿珮後來都跟我說了。隔天，太太把我叫了過去，她問我對胡立安了解多少。我告訴她，我什麼都不知道，只知道這孩子挺乖的，也是赫黑很要好的朋友。她還下了命令，要我把潘妮蘿珮關在房裡，除非有她的允許，否則不准踏出房門一步。里卡鐸先生當時到馬德里洽公去了，一直到禮拜五才回家。他一到家，太太立刻就把事情都跟他說了。那時候，我也在場。里卡鐸先生一聽，氣得從椅子上跳起來，當場甩了太太一個重重的耳光，把她打倒在地。接著，他像個瘋子似的狂叫怒吼，叫太太把剛才說的話再重複一遍。太太簡直是嚇呆了。我們從來沒看過老爺這個樣子，從來沒有！他那個樣子，就像被魔鬼附身了一樣。老爺氣急敗壞地衝上樓到潘妮蘿珮的房間，一把揪住她的頭髮，狠狠把她拉下床來。我想上前阻止他，卻被他一腳踢開。當天晚上，他找來家庭醫師替潘妮蘿珮做檢查。完成檢查之後，醫生把結果告訴老爺。他們把潘妮蘿珮鎖在房間裡，同時，太太也叫我收拾行李。

「他們不讓我見潘妮蘿珮，連向她辭行的機會都不給我。里卡鐸先生還威脅我，如果把這件事情說出去的話，他就把我送進警察局。我當天晚上就被攆出去了，在安達雅家做牛做馬了十八年，我這一出去，根本就無處安身。兩天之後，我落腳在蒙塔涅爾街的小旅館裡，米蓋·莫林納來找我，他告訴我，胡立安已經去了巴黎。他問我潘妮蘿珮怎麼樣了，爲什麼沒到車站赴約？幾個禮拜過去了，我回到安達雅家，懇求他們讓我見潘妮蘿珮一面，但我始終被擋在圍牆外。接下來，我甚至天天從早到晚窩在圍牆外的角落裡，期盼能夠在她出門時看到她。可惜，我再也沒見過她。她根本就沒出家門。後來，安達雅家的老爺報了警，而且還利用他和警界高層的關係，硬是把我關進了位於歐達的瘋人院，安達雅先生聲稱家裡沒有任何人認識我，還說我是個不斷騷擾他的家人和子女的神經病。我被當成畜生一樣囚禁在瘋人院裡，就這樣過了生不如死的兩年。剛從瘋人院出來時，我做的第一件事，就是到迪比達波大道的安達雅大宅院去看潘妮蘿珮。」

「您見到她了嗎？」費爾明問道。

「房子已經上了鎖，門前貼了出售的標示。屋子已經沒有人住了。街坊鄰居告訴我，安達雅一家人都移民到阿根廷去了。我照著他們給我的地址寫了信，全部都原封不動地退回來……」

「潘妮蘿珮後來怎麼了？您知道嗎？」

哈辛妲搖搖頭，淚水終於決堤。

「我後來再也沒有見到她……！」

老太太喃喃說著，哭得一把鼻涕一把眼淚的。費爾明把她摟在懷裡，左右搖擺著，就像在哄個嬰兒。哈辛妲的身子已經萎縮成小女孩的尺寸，在她身旁，瘦弱的費爾明竟成了巨人。我的腦海裡有千百個疑問等待解答，然而，我這位好朋友卻以表情明確地告訴我，探訪到此為止。他凝視著那個又髒又冷的角落，那就是哈辛妲孤獨度過晚年的地方了。

「達尼，我們該走了。哈辛妲，您好好休息吧！」

我遵照他的指示，慢慢往外走。接著，我駐足回頭一望，看見費爾明正跪在老太太面前，親吻著她的額頭。她咧嘴一笑，一口牙齒全掉光了。

「怎麼樣，哈辛妲……」我聽見費爾明這樣說道。「您喜歡吃瑞士糖，對不對？」

離開安養院途中，我們和那個正牌的葬儀社老闆碰個正著，同行的還有兩個猴崽子模樣的助手，他們扛著一具松木棺材，手上還拎著一捆繩子，以及一大疊不知做何用處的舊床單。這群人散發著難聞的甲醛味道，融合著身上廉價的古龍水，蒼白的臉上掛著僵硬的微笑，臉色臭得跟狗屎一樣。費爾明舉起手來指了指停放遺體的地下室，然後對他們說了句祝福的話，三人聽了點點頭，恭敬地在胸前畫了十字。

「一路好走啊！」費爾明喃喃低語著，拖著我快步往出口處走去。大門口有個提著油燈的修女，瞪著苛刻、譴責的眼神目送我們離去。

踏出安養院大門之後，原本陰暗如峽谷般的蒙卡達街，這下卻讓我覺得像是充滿希望的歡樂谷。在我身旁的費爾明，不停地深呼吸，總算鬆了一口氣，我這才明白，原來自己並不是唯一慶幸能夠遠離那個安養院的人。哈辛妲敘述的往事對我們的思緒所造成的沉重負擔，恐怕連我們自己都不敢相信。

「喂，達尼，我看我們就在前面的桑巴涅特酒館吃點火腿可樂餅，再配上一杯氣泡酒，把嘴裡的臭味清一清，您覺得怎麼樣？」

「說眞的，我很樂意奉陪。」

「您今天跟小姑娘沒約會啊？」

「明天。」

「啊！眞有一套……您已經學會欲拒還留這一招啦，欸？唉呀！您瞧瞧，學得眞快……」

我們往前走不到十步路；從這條街往下走，經過幾戶就是那個嘈雜喧鬧的酒館了。就在這時候，三個幽靈般的身影從陰暗處走了出來，擋住了我們的去路。其中兩個立刻閃到我們背後，幾乎是緊貼著我們，我的後頸可以感受到對方的氣息。至於第三個人，身材較矮小，但看起來凶狠多了。他緩緩地往我們這兒走過來。同樣是那件風衣，依舊是令人嫌惡的油膩笑容，隱約流露著內心的竊喜。

「唉呀！我說，咱們這下碰到誰啦？原來是我的老朋友千面人啊！」傅梅洛警官說道。

傅梅洛出現的那一剎那，我似乎聽見費爾明全身骨頭都繃緊了。他平時的伶牙俐齒，這會兒只能微微打顫。這時候，那兩個應該是重案組警員的傢伙，一手掐著我們的脖子，另一手則抓緊我們的右手手腕，只要稍微使點力氣，就能把我們的手臂扭斷。

「我看你一副很驚訝的樣子，怎麼，你以爲我已經很久不知道你的行蹤了嗎？欸？我猜想，你一定以爲，像你這種垃圾，還是能洗心革面，搖身一變做個好國民，對吧？你雖然是個蠢貨，但也不至於蠢到那個程度吧！還有，我聽說你那個大鼻子已經聞到了你不該聞的味道了。這可不是什麼好現象啊……你這次又用什麼花招去騙那些修女啦？有沒有跟哪個修女相好啊？現在的價碼怎麼樣？」

「我一向不招惹別人的屁股，警官先生，尤其是住在修道院裡的，我敬而遠之。或許您有意向我看齊，這麼一來，您應該會省下一大筆購買盤尼西林的花費，腸胃也會舒服多了。」

傅梅洛陰險地冷笑了幾聲，怒火一觸即發。

「哼，我喜歡，算你有種！我就說嘛，如果每個混帳都像你這樣，我的工作就過癮啦！你說，你現在叫什麼名字啊？你他媽的婊子養的！是不是叫賈利古柏？說啊！你到聖塔露西亞安養院來幹什麼？你要是乖乖從實招來，我意思意思揍你幾下就讓你走人。來吧，快說，你們到這裡來幹什麼？」

「個人私事，不便奉告。我們是來探望家人的。」

「是嗎？來看你那婊子老娘啊？喂！我今天心情好，你別不知好歹啊！要不然我早把你帶回警察局去了，那就夠你受的啦！來吧，做個好孩子，把實情都跟你的朋友傅梅洛警官說清楚，你跟你那個小朋友到底在搞什麼鬼？稍微配合一下吧，幹！省得我還得對付那個收容你的小鬼。」

「你要是敢動他一根汗毛的話，我發誓……」

「哎喲！嚇死我囉！瞧你說的，嚇得我把屎都拉在褲子上啦！」

費爾明嚥了一下口水，彷彿是想努力留住好不容易湧現的膽量。

「您身上那件褲子，該不會就是您那威風八面、洗碗功夫一級棒的女僕老娘幫您準備的水手裝吧？唉，那有多丟人啊！不過，我聽說那套水手服還挺適合您的哩！」

傅梅洛警官突然臉色發白，情緒全寫在那雙憤怒的眼神裡。

「你說什麼？混帳東西……」

「我說，您似乎遺傳了您那個上流社會貴婦母親的品味和魅力啦……」

費爾明並不是彪形大漢，傅梅洛才揮出第一拳，就已經把他打得一敗塗地，倒在水窪裡。傅梅洛一腳踏在他的肚子上，拚命用力踩，接著又踩了他的下腹和臉部。數到第五個部位之後，我就亂了方寸。費爾明斷了氣息；被拳打腳踢了一頓之後，他連一根手指都動不了。另外兩個警員使勁地抓著我，樂得呵呵笑，長官出手，他們當然要附和叫好。

「你別插手！」其中一個警察對我說道。「我可不想扭斷你的手臂啊！」

我企圖要掙脫他的壓制，但每次都是白費力氣，不過，就在我掙扎時，我無意間瞥見那個對我說話的警察。我立刻就認出了他。他就是幾天前在撒利亞廣場的酒吧裡，那個穿著風衣、攤著報紙的人，在公車上聽了費爾明的笑話而在後座竊笑的人，也是他。

「我告訴你，這個世界上最讓我倒盡胃口的，就是那些在往事的糞屎裡打滾的人。」傅梅洛站在費爾明身邊說道。「過去的事，就讓它留在過去，懂嗎？我是說給你和你那個愚蠢的朋友聽的。學著點兒，小鬼，否則接下來躺在地上的就是你了。」

我看著傅梅洛警官在昏黃的街燈映照下，使勁用腳尖折磨費爾明。我驚愕地一個字都說不出口。我記得，一個個沉默而可怕的拳頭，無情地落在我的好朋友身上。現在想起來，我依然痛得心如刀割。在兩個警察的強力壓制下，我動彈不得，只能顫抖著，任由眼淚默默地滑落。

後來，傅梅洛打膩了奄奄一息、無力還手的費爾明，索性解開風衣，拉下長褲拉鍊，然後直接尿在費爾明身上。我的好朋友毫無反應；他看起來就像一堆攤在水窪裡的舊衣服。傅梅洛在費爾明身上撒了好大一泡尿；我還是說不出話來。傅梅洛尿完了，穿好褲子，接著，汗流滿面的他，氣喘吁吁地向我走來。其中一個警員把手帕遞給他，讓他擦乾臉上和脖子上的汗水。傅梅洛那張臉湊了過來，離我僅僅幾公分的距離。他盯著我看。

「你不值得我動手，小鬼。問題出在你的朋友身上：他老是選錯邊。下次，我會把他修理得更難看，到時候，我相信錯一定在你。」

我以爲他會甩我耳光，這下大概輪到我挨揍了。不知道爲什麼，我倒是希望自己被揍一頓。我想，拳頭應該可以彌補我眼睜睜看著費爾明被揍卻無力救他的羞恥和遺憾吧，我唯一能做的，就是承受他受過的苦。

然而，沒有半個拳頭打過來。傅梅洛一臉不屑，伸手摸了我的臉頰。

「放心，小鬼，我的拳頭對膽小鬼沒興趣。」

兩個警察在一旁開懷大笑，看到事情告一段落，兩人神情也輕鬆多了。他們顯然都想儘快離開那個現場。接著，他們的笑聲逐漸消失在陰暗中。這時候，我趕快跑上前去攙扶費爾明；他想要自己起來，但試了幾次都失敗了，而且，他還想在污水裡找回被打斷的牙齒。他的嘴巴、鼻子、耳朵和眼瞼都流血了。當他看到我毫髮無傷時，勉力露出了微笑，當時，我還以爲他大概就這樣死在那裡了。我跪在他身旁，把他抱在懷裡。這時候，我腦中浮現的第一個想法是，他的體重竟然比碧雅還要輕呢！

「費爾明，天哪！我必須立刻送您去醫院才行。」

費爾明使勁地搖頭。「帶我去找她！」

「找誰啊？費爾明……」

「貝娜妲！我如果要死了，至少也要在她懷裡斷氣啊！」

譯註：

❶ 露卡米埃夫人（Madame Recamier，1777-1849），十八世紀法國社交界名媛，當時的名畫家達維（David）曾為她畫過一張斜躺在沙發上的肖像，目前保存於巴黎羅浮宮。

32

那天晚上，我又回到皇家廣場上那棟房子，那個我幾年前發誓不再踏入的地方。幾個目睹那場衝突的酒館老主顧，好心上前來幫我把費爾明扶到公主街上的計程車招呼站，在此同時，有個酒館服務生照著我給他的號碼，打電話通知我們即將到訪這件事。坐在計程車上，路途彷彿永無止盡。費爾明在上車之前就已經失去了知覺。我把他緊緊摟在懷裡，試著讓他暖和些。我可以感受到他那溫熱的鮮血汨汨流著，連我的衣服都浸濕了。我在他耳邊輕聲告訴他，我們很快就到了，不會有事的。我哽咽的聲音顫抖著。司機從後照鏡裡偷偷看著我。

「喂！我可不想惹麻煩欸！他如果已經死了，那就請兩位下車吧！」

「閉嘴，現在就停車！」

就在這時候，車子轉進費南多街，巴塞羅先生和貝娜妲已經在大門口等著了，在一旁的還有蘇德維拉醫師。貝娜妲一看到我們全身沾滿污泥和鮮血的慘狀，當場歇斯底里地放聲大哭。醫師馬上幫費爾明把脈，確定他還活著。我們四個人合力把費爾明抬上樓，接著把他安頓在貝娜妲房間，陪同醫師前來的護士已經在房裡備妥所有醫療裝備。我們把費爾明放到床上之後，護士開始幫他脫掉身上的衣服。蘇醫師堅持要我們每個人都出去等，病人交給他就行了。他把門關上時，僅僅簡短地說了一句：「他不會死的。」

在走道上，貝娜妲哭得肝腸寸斷，嘴裡喃喃說著，她這輩子好不容易終於碰到了一個好男人，可是上帝竟然就這樣無情地搶走了他。巴塞羅先生摟著她，然後把她帶到廚房去，讓她一口接一口地拚命灌白蘭地，直到可憐的貝娜妲醉得兩腿都站不穩爲止。當貝娜妲已經開始語無倫次了，這時候，巴塞羅先生替自己倒了一杯白蘭地，一飲而盡。

「很抱歉，我實在不知道該去哪裡……」我先開口說話。

「沒關係。你這樣做是對的。蘇醫師是全巴塞隆納最好的外科醫師呢！」他幽幽說道，雙眼直視前方。

「謝謝您！」我低聲道謝。

巴塞羅先生嘆了一口氣，接著倒了一大杯白蘭地酒遞給我。我婉拒了他的好意，因爲我不想像貝娜妲那樣，喝了酒之後，立刻奇蹟般地失去了言語能力。

「那就拜託你去洗個澡，換上乾淨的衣服。」巴塞羅先生說道。「你這副德行回家，恐怕會把你父親活活嚇死喔！」

「不用了……我這樣就好。」

「既然這樣，那你就別老是在那兒發抖啊！去，去洗個澡，你可以用我的浴室，熱水是現成的。你自己知道怎麼走。在此同時，我會給你父親打個電話，然後跟他說……算了，我也不知道該怎麼跟他說。到時候再看看吧！」

我點點頭。

「這裡還是你的家呀，達尼！」當我在走道上越走越遠時，我隱約聽見巴塞羅先生這樣說道。

「我們都很想念你呢！」

我找到了巴塞羅先生的浴室，卻始終找不到電燈開關。我告訴自己，這樣也好，我情願在黑暗中洗澡。我脫掉一身沾滿血跡和污泥的髒衣服，然後踏進巴塞羅先生那個豪華的大浴缸裡。中庭花園裡珍珠般的朦朧燈光從窗戶斜射進來，隱約可見浴室裡的陳設以及牆壁和地板上的琺瑯瓷磚。滾燙的熱水嘩啦啦地大量流出，比起我們在聖塔安娜街的家裡那個浴室，這裡簡直就像我這輩子不曾住過的豪華旅館。在熱氣瀰漫的水柱下，我定定站著沖了好幾分鐘的熱水。

費爾明跌落在地的聲音，依然在我耳畔迴盪著。我始終忘不了傅梅洛說過的每一句話，也無法忘懷那個一直抓著我的警察。過了一會兒，我發現水流已經漸漸變冷，我想，我大概把主人家的熱水都用光了。我洗到一滴溫水都不剩時，終於才關上了水龍頭。我的皮膚上散發著熱騰騰的蒸氣，好像穿了一身絲綢似的。這時候，我透過淋浴間的簾幔往外看，發現門口有個靜止的身影。她那雙泛白的眼睛，像一對貓眼似的閃閃發亮。

「你儘管出來吧！不必害怕，達尼。我再怎麼惡劣，畢竟還是個瞎子。」

「妳好，克萊拉。」

她遞給我一條乾淨的浴巾，我伸手接了過來。我像個嬌羞的女學生一樣，用浴巾把自己裹得緊緊的。即使在熱氣瀰漫的陰暗處，我還是瞥見了克萊拉滿臉微笑，她大概正在猜我做了什麼。

「我沒聽見妳進來。」

「我沒出聲嘛！你為什麼不開燈洗澡呢？」

「妳怎麼知道燈沒開？」

「聽燈泡有沒有吱吱聲就知道了。」她說道。「你一直沒回來道別。」

其實我回來過，我在心裡說著，只是妳當時在忙著辦事。我心裡所有的話，到了嘴邊全死了，許久以前的痛苦和酸楚，突然變得荒唐可笑了。

「我知道，對不起。」

我走出淋浴間，站在毛絨踏墊上。滿室瀰漫的蒸氣，在空氣中凝結成了無數的銀色顆粒，從天窗迤灑進來的亮光，彷彿白色面紗罩在克萊拉臉上。她一點兒都沒變，依舊是我記憶中的模樣。已經四年沒來過這裡，可惜，這對我一點幫助都沒有。

「你的聲音變了！」她說。「你的樣子也變了吧？達尼……」

「我還是跟以前一樣笨啦，或許這是妳眞正的疑問吧！」

我簡直比懦夫更沒用，我在心裡加了這麼一句。她臉上掛著破碎的微笑，即使在昏暗處，依然讓人傷心。她伸出手來，彷彿又回到八年前在藝文協會圖書館那個午後，我立刻就懂了她的用意。我抓著她的手去觸摸我那潮濕的臉龐，我知道，她的手指正在重新發現不一樣的我，她的嘴唇在寂靜中形塑著難以啓齒的話。

「我並不是有意要傷害你，達尼。請原諒我！」

我抓起她的手，在黑暗中吻了那隻玉手。「不，應該請求原諒的人是我。」

正要上場的精采好戲，尙未搬演，卻已灰飛湮滅，因爲就在這時候，貝娜妲突然出現在浴室門口，她雖然還是醉醺醺的，但一看到我全身濕淋淋的，又沒穿衣服，正執起克萊拉的玉手湊在唇邊，而且連燈都沒開！

「哎喲！我的老天爺啊！達尼少爺，這實在太不像話啦！耶穌啊，瑪麗亞啊！有些人就是無法記取教訓啊……」

貝娜妲立刻慌慌張張地避開了這個見不得人的場面，我相信，當白蘭地的作用消失了之後，她大概會以為剛剛看到的這一幕只是一場夢。克萊拉往後退了幾步，然後把夾在左手臂腋下的一疊衣服遞給我。

「我叔叔要我把這些衣服拿來讓你穿上。這些都是他年輕時候穿的衣服，他說，你已經長得很高了，給你穿正好。我不打擾你了，你快把衣服穿上吧！我應該先敲門再進來的。」

我接過她手上的衣服，接著穿上散發著淡淡香味的內衣，然後套上粉紅色棉質襯衫，再穿上襪子、背心、長褲和西裝外套。我攬鏡一照，發現自己彷彿成了永遠堆滿笑容、挨家挨戶敲門的推銷員。當我回到廚房時，蘇醫師剛從費爾明房裡出來，正打算向我們解釋病人的狀況。

「病情最危急的階段已經結束了。」蘇醫師鄭重宣布。「大家不必擔心，他的傷勢並不像外表看起來那麼嚴重。您這位朋友左手臂骨折，肋骨斷了兩根，牙齒被打斷了三顆，身上有多處瘀傷、擦傷和挫傷，但很幸運的是，他並沒有內出血和腦震盪的跡象。病人之前在大衣裡塞了一大疊報紙，根據他自己的說法，這是為了讓他看起來強壯一些，總之，這些報紙就像甲冑一樣，幫他緩和了一些拳打腳踢的力道。病人不久前恢復了意識，過了幾分鐘之後，他要我來告訴各位，他覺得自己好得很，就像個二十歲的小伙子一樣，他想吃血腸三明治配烤大蒜，再加上巧克力以及檸檬口味的瑞士糖。基本上，我認為這些食物沒什麼不好，不過，病人剛開始進食，最好還是選擇果汁、優酪乳，或許再加上一點白飯。此外，病人為了證明自己精力充沛，他要我轉告大家，當護士小姐在他腿上縫傷口的時候，他那話兒興奮地又硬又挺，就像一座冰山。」

「他這個人很男人味兒，都是這樣說話的……」貝娜妲語帶歉意地喃喃低語。

「我們什麼時候可以去看他？」我問醫師。

「現在最好別進去，或許等到天亮以後吧！還是讓他多休息比較好。我想明天就送他到海洋醫院做腦部檢查，好讓大家可以完全放心。不過，我有信心，不出幾天，羅梅洛．托勒斯先生就會恢復生龍活虎的樣子。我看了他身上的傷疤，這個人曾經有過更悽慘的遭遇，能夠活下來，眞不簡單呢！如果各位去警察局報案需要醫師診斷書的話，我很……」

「不需要報案了。」我打斷醫師的話。

「年輕人，我必須很愼重地告訴您，這件事非同小可啊！一定要立刻報警才行。」

巴塞羅先生神情專注地盯著我。我看了他一眼，接著，他點點頭。

「報警很快啊，我們的時間多的是，蘇醫師，您別擔心！」巴塞羅先生幫我解圍。「此時此刻，最重要的是確定病人狀況良好，我明天一早就親自去警察局一趟。當警察也很辛苦啊，現在三更半夜的，讓他們休息一下也好。」

蘇醫師顯然對我不願報警的態度起了疑心，不過，當巴塞羅先生允諾處理這件事之後，他只好聳聳肩，然後就回房探視病人去了。蘇醫師才剛走，巴塞羅就要我跟他一起去書房。白蘭地的酒精加上過度驚嚇，貝娜妲像個木頭似的坐在矮凳上唉聲嘆氣。

「貝娜妲，起來幹活兒囉！去煮點咖啡，要又香又濃才行啊！」

「是！先生，我馬上就去煮。」

我跟著巴塞羅進了他的書房，那個菸味瀰漫的洞穴裡，堆滿了書籍和文件。偶爾傳來克萊拉彈奏的鋼琴樂音。聶利老師的教導顯然沒有多大作用，至少在音樂方面是如此。巴塞羅示意要我坐下，然後開始在煙斗裡塞菸草。

「我已經給你父親打過電話了，我告訴他費爾明出了點小意外，所以你把他帶到這裡來。」

「他相信你的話嗎？」

「我不這麼認爲。」

「算了。」

巴塞羅點燃了煙斗，然後癱坐在書桌前的搖椅上，一臉狡猾的神情。在公寓的另一邊，克萊拉正在鋼琴鍵上折磨著德布西的音樂。

「那個音樂老師呢？」我問他。

「我把他開除了。只會裝腔作勢說大話，鋼琴鍵倒是沒碰過幾次。」

「這樣啊！」

「你真的沒挨揍嗎？怎麼應話都是兩、三個字而已哩？你小時候反而健談多了。」

這時候，書房的房門開了，貝娜姐用托盤端來了兩杯熱騰騰的咖啡和糖罐。看她走路搖搖晃晃的樣子，我眞怕滾燙的咖啡會像暴風雨似的灑在我身上。

「打擾了！請問，先生要喝點白蘭地嗎？」

「我看，咱們那瓶白蘭地酒也忙夠了，就讓它休息了吧，貝娜姐。您也該休息了，去睡吧！達尼跟我還有點事情要聊。既然費爾明在您房裡，那麼，您就到我房間去睡吧！」

「唉呀！先生，這怎麼可以呢？」

「這是命令！別再跟我爭論了。我要您五分鐘內就睡著！」

「可是，先生……」

「貝娜姐，您再說下去，小心聖誕節獎金就沒啦！」

「好吧，先生，您怎麼說，我就怎麼做。當然，不用您說，我就躺在床罩上睡就好了。」

巴塞羅先生巴不得貝娜姐趕快退下。他在咖啡裡加了七塊方糖，然後用小湯匙攪了幾下，荷蘭菸草的灰白煙霧緩緩裊繞，他那貓似的奸笑依然清晰可見。

「你也看到了，身爲一家之主，我必須很強硬才行。」

「您剛才眞的很威嚴呢，古斯塔佛先生。」

「眞會拍馬屁！怎麼樣，達尼，現在旁邊沒有別人了，你可以跟我說了吧？爲什麼你覺得不需要報警呢？」

「因爲警方老早就知道了。」

「你的意思是……？」

我點點頭。

「恕我冒昧一問，你們倆到底是惹了什麼樣的麻煩啦？」

我嘆息以對。

「我能幫得上什麼忙嗎？」

我抬頭一看，巴塞羅正對著我微笑，笑裡不見任何惡意或嘲諷。

「這件事，該不會跟你不願意把卡拉斯的小說賣給我有關係吧？」

他這麼一問，著實把我嚇了一大跳。

「我很願意幫你們。」他說道。「我有兩樣東西，正好是你們缺乏的：金錢和常識。」

「請您相信我，古斯塔佛先生，爲了這件事，我已經連累太多人了。」

「那就再添一個也無妨嘛！說吧，你絕對可以信任我，就當作你是來找我告解的。」

「我已經很多年沒去告解了。」

「嗯……看你這張臉就知道了。」

33

古斯塔佛·巴塞羅就像醫生或教皇一樣，是個敏銳而博學的聆聽者。他專注地望著我，十指交叉合掌頂著下巴，手肘靠在書桌上，彷彿在祈禱。他睜大著眼睛，不時點著頭，好像他已經從我的敘述中查出了蛛絲馬跡，此時正以他自己的思考方式重組事件眞相。每當我暫停時，他就一臉好奇地揚起眉毛，然後揮著右手指示我趕緊繼續往下說，看來他對這件事似乎頗感興趣。他偶爾拿起筆來記重點，有時雙眼直視前方，彷彿正在思索事件中的各種糾葛。但他最常做的動作就是舔著嘴唇後露出嘲諷的笑容，這個神情讓我不禁要猜想，大概是我太無知或太愚蠢了。

「您如果覺得很無聊的話，那我就不講了。」

「正好相反！說話的是傻瓜，沉默的是懦夫，聆聽的是智者。」

「這又是誰的名言啊？古羅馬詩人西尼卡嗎？」

「才不呢！這是伯勞里歐·雷克龍先生說的，他在亞維尼昂街上經營肉店，但是口才一流，經常出口成章。拜託，繼續說吧！聊聊你那位可愛的女孩嘛……」

「她叫碧雅。這是我的私事，和這件事完全無關。」

巴塞羅低聲竊笑著。就在我正要繼續往下說的時候，一臉疲態的蘇醫師現身書房門口，上氣不接下氣地喘著。

「抱歉，打擾兩位一下。我要走了。病人狀況很穩定，說得更明白些，他根本就是精力旺盛。這位先生會活得比大家更久的。我給他吃了鎮靜劑，藥效已經發揮作用，所以他現在安靜得很。他一直拒絕休息，而且堅持要儘快處理他答應達尼少爺的事，至於是什麼樣的事情，他始終不肯告訴我，他說，他不相信任何虛僞的誓約、承諾，或是僞君子。」

「我們現在就去看看他。我替費爾明向您道歉；他是因爲受了傷，說話才會這麼不客氣，請您別介意。」

「或許吧！不過，再怎麼說，也不能這麼不知羞恥啊！他老是莫名其妙就去捏護士小姐的屁股，還大言不慚地給評語，說她那兩條大腿結實又勻稱。」

我們陪醫師和護士到大門口，再三感謝他們的大力幫忙。接著，我們去看費爾明，一打開房門就看見了貝娜妲，她不顧巴塞羅的命令，早就溜進來和費爾明躺在同一張床上，她所受的驚嚇、先前喝下的白蘭地，加上一身疲憊，此刻都化成了濃濃睡意。費爾明溫柔地摟著她，不時撫摸著她的秀髮，至於他自己，傷口敷了藥，全身上下都裹著繃帶。他那張臉，紅腫得讓人不忍卒睹，倒是他那個大鼻子，鼻樑依然又正又挺。一對招風耳，看起來就像兩個衛星接收器，還有那雙腫得只剩一條縫的眼睛，像極了狼狽的過街老鼠。他露出沒有牙齒的笑容，上揚的嘴角和臉上的傷痕連成一線，看見我們，他連忙舉起右手做出勝利的手勢。

「您覺得怎麼樣啊？費爾明……」我問他。

「感覺就像年輕了二十歲哩！」他刻意壓低了聲音，深怕吵醒了貝娜妲。

「您別逞強了，眞是的！您這副慘狀，簡直就像一堆狗屎！費爾明，您眞是把我嚇死了。您確定眞的沒問題了嗎？頭暈不暈？聽得見聲音嗎？」

「您提到這個，我倒是覺得，好像每隔一陣子就會聽見走調的音樂，聽起來就像猴子在亂彈鋼琴一樣。」

巴塞羅皺著眉頭。克萊拉依舊在遠處彈奏著鋼琴。

「別擔心，達尼。我以前還有過更悽慘的遭遇哩！傅梅洛那傢伙，連隻小貓都打不倒。」

「啊，原來，那個讓您換了這張新面孔的人，就是傅梅洛警官啊！」巴塞羅說道。「我看，兩位眞的惹了大麻煩了。」

「那個部分，我還沒講到呢！」我說道。

費爾明驚慌地盯著我看。

「放心，費爾明，達尼已經把你們的祕密行動告訴我啦！我必須坦承，這整件事情實在是太有趣了。您呢？費爾明，您有什麼要告解的嗎？我要提醒您的是，我曾經唸過兩年的神學院。」

「我還以爲您至少唸了三年哩！古斯塔佛先生。」

「眞是放肆！一開始就這個樣子，丟人哪！您第一次到我家來，居然就跟姑娘上床了。」

「您看看她，我的小天使，眞讓人心疼啊！古斯塔佛先生，我對她可是一片眞心誠意。」

「您的心意是您家的事，再說，貝娜妲也不是小孩了。現在，咱們把話說清楚，兩位到底這次又惹了什麼禍了？」

「達尼，您到底跟他說了什麼？」

「我們已經講到第二幕了，正式進入『致命女人香』的部分。」巴塞羅解釋。

「努麗亞．蒙佛特？」費爾明問道。

巴塞羅舔了一下嘴唇，興致勃勃。「怎麼，原來不只一個啊？看來這比言情小說還精采喔！」

「拜託您小聲點！我未婚妻在這裡。」

「放心，您的未婚妻灌了半瓶白蘭地，就是大砲也吵不醒她的。快，您叫達尼繼續講下去。三個腦袋總比兩個管用，更何況，第三個腦袋還是我的呢！」

費爾明面有難色，包著綁帶的肩膀聳了兩下。

「我沒意見，達尼，您決定了就好。」

我還是乖乖地讓巴塞羅加入了我們的行列，繼續說著未完的故事，一直講到傅梅洛和他的黨羽幾小時前在蒙卡達街把我們攔下來的經過。敘述告一段落之後，巴塞羅站了起來，在房裡踱來踱去，一副若有所思的樣子。費爾明和我戰戰兢兢地在一旁觀望他。熟睡中的貝娜妲在打呼，像一頭小牛似的。

「可愛的小天使！」費爾明喃喃低語，一副陶醉的神情。

「有幾件事情讓我印象深刻。」巴塞羅終於開口說話了。「顯然，傅梅洛警官和這件事牽扯頗深，只是我們並不知道為的是什麼。另一方面，那個女子……」

「努麗亞．蒙佛特。」

「對。胡立安．卡拉斯重返巴塞隆納，居然沒有人知道，一個月之後，他被發現死在街上。關於這件事情，這個女子顯然在說謊，恐怕連時間都是不正確的。」

「這個我從一開始就說過了！」費爾明說道。「可是我們這位熱情如火的年輕人被迷得暈陶陶的，什麼也聽不進去。」

「瞧瞧這說話的是誰啊？中古世紀的大文豪德拉克魯斯出現了！」

「別鬥嘴了！大家靜下心來，把事情弄清楚。回顧剛剛達尼的敘述，讓我覺得最奇怪的，並不是宛如連載小說似的複雜情節，倒是有個很關鍵的細節，顯然是太過於陳腔濫調了。」

「請您替我們指點迷津吧，古斯塔佛先生。」

「好的，問題在這裡：卡拉斯遇害之後，他父親拒絕去認屍，因爲，他宣稱自己沒有這個兒子。在我看來，這是非常荒謬的事情，根本就是違背人性。世上哪有父親會做這種事情！不管他們父子之間的關係有多惡劣，這種做法實在太說不過去了。碰到死亡這種事情，任誰都不能無動於衷的。當我們站在棺木前面時，大家心裡想到的，都是美好的那一面。」

「說得眞是太好了，古斯塔佛先生！」費爾明在一旁幫腔。「您介不介意我把這段話加進我的嘉言錄裡面啊？」

「但是，凡事總有例外啊！」我反駁道。「我們都知道，富爾杜尼先生是個非常古怪的人。」

「我們對他的了解，都已經是第三手的傳播了。」巴塞羅說道。「當人們把一個人描述成怪物的時候，有兩種可能：這個人大概是聖人，或者，大家根本就是以訛傳訛。」

「我看，您大概覺得帽子師傅是笨蛋吧！」費爾明說道。

「我完全尊重這個行業，但是全憑一個門房老太太的說法就下定論，我的第一個反應是：不能盡信！」

「照您這麼說，我們對什麼事情都無法確定囉？我們所知道的事，按照您的講法，全部都是第三手傳播，甚至是第四手了，包括門房老太太和其他人都是。」

「千萬不要相信那些老是相信別人的人。」巴塞羅補上一句。

「您今天晚上的名言佳句眞不少啊，古斯塔佛先生！」費爾明大加讚賞。「字字珠璣，都是智慧結晶。眞希望我也有如此清明的洞見啊……」

「現在，唯一可以清楚確定的是，兩位需要我的協助，或許是思考邏輯方面，也可能是金錢資助，如果兩位打算趕在傅梅洛在聖賽巴斯監獄幫你們訂好套房之前解決問題的話。費爾明，我想，您應該懂我的意思吧？」

「我只聽從達尼的吩咐。只要他下命令，要我打扮成馬槽的聖嬰也行。」

「達尼，你說呢？」

「兩位剛剛都已經說那麼多了，我還有什麼好說的。您有什麼建議啊，古斯塔佛先生？」

「我的計畫是這樣的：等費爾明康復以後，你呢，達尼，你就找個時間去拜訪努麗亞．蒙佛特女士，然後把潘妮蘿珮寫的那封信拿給她看。你要讓她了解，你已經知道她在說謊，或多或少刻意隱瞞了一些事情，到時候，我們再看著辦。」

「爲什麼要這麼做呢？」我問道。

「看看她有什麼反應啊！當然，她是不會跟你說什麼的。或許，她又會說謊吧。但最重要的是向她搖旗示威，這就像鬥牛一樣，看看那頭牛會把我們帶往哪個方向，只是，我們這一頭是小牛就是了。到了這時候，費爾明，您就可以進場了。達尼先把鈴鐺掛在貓脖子上，然後，您就開始密切觀察這位可疑的關係人，等她上鉤。一旦她中計了，您就跟蹤她。」

「您有沒有想過，她也可能往別的方向去啊！」我立刻抗議。

「眞是個沒信心的小鬼！她會上鉤的，只是遲早的問題罷了。我的直覺是，這次可能還會比我們預期的更早呢！我是根據女性心理做出這樣的推論。」

「在我們進行這些行動的同時，您要做什麼呢？佛洛伊德大師……」

「這個我自有安排，到時候你就知道了。而且，你以後會感激我的。」

巴塞羅滔滔不絕地講述他那套偉大的計畫，我本來想從費爾明的眼神中尋求安慰的，沒想到，這個可憐的傢伙已經摟著貝娜妲睡著了。費爾明歪著頭，臉上掛著幸福的笑容，口水都流到胸前了。貝娜妲依舊是鼾聲如雷。

「希望她這次眞的找對人了。」巴塞羅低聲說道。

「費爾明是個很了不起的人呢！」我很有信心地回應他。

「我看也是，不然，憑他長得這副德行，怎麼可能贏得貝娜妲的芳心啊！好了，我們走吧！」

我們關了燈，悄悄地走出房間，關上門，讓這對戀人沉浸在甜蜜的夢鄉裡。這時候，我似乎瞥見清晨的第一道曙光已在走道盡頭的窗外湧現。

「我應該跟您說不的。」我低聲說道。「忘了這一切吧！」

巴塞羅笑了。「太晚了，達尼。當年，你應該把書賣給我的，那時候你還有機會呢。」

我穿著一身借來的可笑衣服，在潮濕的街道上漫步著；回到家的時候，天已經亮了。我發現父親坐在餐廳的搖椅上睡著了，腿上蓋著毛毯，手上還捧著他最心愛的一本書：伏爾泰的《憨第德》，他每年都要重讀好幾遍，次數多到他自己都會在心裡偷笑。我默默站在一旁看著他。他的頭髮已經花白，而且越來越稀疏，他臉上的皮膚開始鬆弛了，眼角已出現皺紋。我望著這個曾經是我心目中最強壯的人，一個幾乎是舉世無敵的人，如今已漸漸衰老，在不知不覺中向歲月投降了。或許，我們兩人都被擊敗了。我傾身幫他把毯子蓋好，這條破舊的毯子，他從好多年前就答應要捐給慈善團體，至今還是捨不得。我在他額頭上吻了一下，好像只要我這麼做，他就不會因爲我而遭受任何潛藏的威脅，也不必困在這個狹小的公寓裡，更無需承擔我的回憶。我相信，我在他額頭那輕輕一吻，或許可以欺瞞歲月，讓它暫時從我們身邊掠過，改天再來，來世再聚。

34

我幾乎整個早上都在書店後面的工作間裡恍惚飄移著，心裡只有碧雅的倩影。我想像她赤裸的胴體正躺在我懷裡，而且，我好像又聞到她那如剛出爐麵包似的芬芳氣息。我發現自己是以繪圖學的精密原理在回想她身體每一吋肌膚，我的口水沾在她唇上而呈現的光澤，還有從肚皮往下延伸的那塊三角地帶，鋪著一層近乎透明的金色毛髮。根據我的朋友費爾明有一回在高談闊論肉體邏輯時的說法，那是「一條通往熱帶天堂的小路」。

我已經看了手錶一千零一次了，這時候，我開始感覺到可怕，似乎還要等好幾個鐘頭才能再看到——以及摸到——碧雅。我試著整理這個月的收據，然而掀著那疊紙張發出的沙沙聲，讓我想起性感內褲從我的童年好友的姊姊——碧雅翠詩．雅吉拉爾小姐白皙的臀部褪下的聲音。

「達尼，你怎麼老是心不在焉的，是不是在擔心什麼？是費爾明嗎？」我父親問道。

我點點頭，但心裡卻替自己覺得羞恥。爲了保護我，我最要好的朋友幾個鐘頭前才斷了好幾根肋骨，而我的腦子裡居然只想著那件胸罩……

「噢，說曹操，曹操就到了……」

我抬頭一看，他就站在眼前。世上獨一無二的費爾明．羅梅洛．托勒斯，穿著他最稱頭的西裝，佝僂的身子就像一只廉價的雪茄，他臉上掛著勝利的笑容，衣襟上別著新鮮的康乃馨。

「可是，您到這裡來做什麼呀？怎麼不好好休息呢？」

「唉！休息，隨時都可以做的。我可是個活力充沛的男人，再說，我如果不來上班，兩位恐怕連一本聖經都賣不出去！」

費爾明不顧醫生的囑咐，還是決定來上班。他那泛黃的皮膚上，被揍得青一塊紫一塊的，走路跛得厲害，移動身子的時候，彷彿是個快要瓦解的木偶。

「費爾明，看在老天爺的份上，您馬上就去床上躺著吧！」我父親心驚膽顫地說道。

「門兒都沒有！數字會說話：根據統計，死在床上的人比死在戰壕裡的人多。」

我們好說歹說，到頭來一切都是白說。不久後，父親決定讓步，因爲他從可憐的費爾明眼中看出：對費爾明來說，即使身上的傷口痛到骨子裡，也不會比孤獨地待在旅館小房間裡更苦。

「好啦！如果讓我看見您拿了什麼比鉛筆更重的東西，我會生氣的！」

「一切都聽您的。您放心，別說鉛筆，我今天連一隻螞蟻都不撿。」

費爾明立刻就去換上了藍色工作袍，拿起抹布和酒精，然後坐在櫃檯後面，打算把當天早上才送來的十五本舊書擦得跟新的一樣，那是一套詢問度很高的書：《三角帽：亞歷山大史詩紀實》，作者是福亨席歐．卡彭，一個甫出校門的年輕作家，作品普獲書評讚賞。費爾明一邊幹活兒，偶爾抬起頭來偷偷瞄我幾眼，彷彿是個居心叵測的惡魔似的。

「我說，達尼，您那對耳朵怎麼紅得跟辣椒一樣啊！」

「我看您是無聊，故意講些蠢話消遣我吧！」

「哎喲！您該不會是發燒了吧？怎麼樣，什麼時候要去見您那個小姑娘啊？」

「不干您的事！」

「唉呀！您火氣真的好大哩！您最近別吃太麻辣的東西啊，瞧您，一副血脈賁張的樣子，這樣很危險的！」

「別胡鬧了啦！」

那天下午一如往常，沒幾個客人上門。有個顧客，從風衣到聲音都是灰色的，他進來詢問我們店裡有沒有索利亞（Zorrilla）的某一本作品，他確信那本書寫的是關於一個馬德里妓女的短暫一生。我父親不知道該怎麼跟他說明，但是費爾明急中生智，立刻出來解圍。

「先生，您搞錯啦！索利亞是個劇作家，他不寫小說的。不過，說不定您對《劍俠唐璜》會有興趣，他在書裡大搞男女關係，其中一個主角還是修女噢！」

「我就買這一本！」

當我在迪比達波大道走出地鐵站時，已是黃昏時刻。藍色街車已在泛紫的氤氳中漸行漸遠。我決定不等車了，乾脆就在暮色中走路過去。不久，我看見「霧中天使」就在眼前了。我掏出碧雅給我的鑰匙，打開了圍牆邊的大門。走進庭院前，我先把大門關緊，看起來像是鎖上了，但其實待會兒碧雅只要輕輕一推就可以開門進來。我刻意提早來。我知道碧雅至少要再等半小時到四十五分鐘才會出現。我想在這棟房子裡獨處一陣子，在碧雅抵達之前，或許我會有新的發現。我在噴泉前停下腳步，天使的手從染紅的水面浮出來，那根充滿指控意味的食指，尖銳地就像刀鋒一樣。我緩緩走近雕像旁，那張五官分明的臉，沒有眼睛也沒有靈魂，似乎溺在水裡顫抖著。

我走上通往豪宅入口的樓梯。大門開了幾公分的縫隙。我忽然覺得忐忑不安，因爲上次離開前明明就把門鎖上了的。我檢查了一下鑰匙孔，的確沒鎖上，我猜想，八成眞的忘了鎖門了。我輕輕把門往裡面一推，一陣冷風撲面而來，屋裡還有一股混合著燃燒木材、霉味和枯花腐爛的味道。我掏出在書店裡拿的一盒火柴，點燃碧雅先前擺好的第一支蠟燭。一道眼鏡蛇似的燭光舞動著，我看到了牆上滿布淚珠似的霉塊，天花板像要塌下來了一樣，每扇門都好像鬆鬆垮垮的。

我點了第二支蠟燭，把它拿在手上。我點了一支又一支蠟燭，慢慢地，我把碧雅擺放的一整排蠟燭都點亮了，琥珀色的燭光照亮了那個陰暗的空間。後來，我走到圖書室的壁爐邊，那條沾了菸灰的毯子還攤在地板上。我坐在毯子上，靜靜觀望著大廳。我以爲屋裡會是寂靜無聲的，沒想到，各種聲音都在裡面湊熱鬧。木板的嘰嘎聲、屋頂的風聲，以及持續不斷的撞牆聲，在地板下穿梭著，也在一道道牆壁間流竄著。

我在那裡坐了大概半個小時，後來覺得那兒又冷又暗，開始有了睏意。於是，我站了起來，在大廳裡走來走去，好讓自己暖暖身子。壁爐旁邊已經一根木柴都不剩，我心想，等碧雅來的時候，房子裡的溫度恐怕會冷得讓人只想堅守貞潔，這麼一來，我這幾天編織的激情綺夢，大概也會立刻被抹成空白。爲了別讓自己再這樣望著廢墟唉聲嘆氣，我決定找個實際一點的事情做做，於是，我拿起一支蠟燭，打算好好探索這棟大房子，而且必須設法找出一些可以當柴燒的東西，一定要讓這個大廳以及壁爐邊那幾條毛毯保持溫暖舒適才行，否則，我的美夢就會泡湯啦！

根據我對維多利亞時代文學的了解，從地下室開始找起是最合理的，因爲廚房和火爐通常就在那裡。做了決定之後，我花了將近五分鐘尋找通往地下室的門和樓梯。我選擇了走道盡頭那扇木門。那扇門看起來就像手工精緻的木雕作品，門上雕刻著天使，門的正中央有個很大的十字架。門鎖就在十字架正下方。我試著去轉動，卻始終轉不開。大概是門鎖卡住了，或者因爲年代久遠而生鏽了。唯一能夠打開這扇門的方法，大概是用木樁把它撞開或撞碎吧！所以，我馬上就決定放棄了。我在燭光下仔細打量著木門，心裡暗想著，這扇門看起來更像石棺。我實在很好奇，不知道門後藏了什麼東西。

我再看了看門上的天使，已經不想再去研究它，還是離開算了。就在我正要打消尋找地下室入口這個念頭時，卻湊巧在走道另一頭發現了一扇邊門，起初，我以爲那只是一個放置掃帚和水桶的儲藏室。我試著去轉動門把，一轉就開了。門後就是樓梯口，往下延伸的階梯，消失在無盡的黑暗中。一股濃郁的霉味撲鼻而來。然而，這股霉味卻讓我有種莫名其妙的親切感，看著眼前那個無底的黑洞，我的腦中突然浮現童年時期的場景，一個躲在恐懼之簾幕後的記憶。

一個飄雨的午後，就在蒙居克墓園東側，看著海水隱約浮現在綿延成片的陵墓、十字架和墓碑之間，還有骷髏般的臉龐以及沒有眼唇的兒童，到處瀰漫著死亡的味道。現場大約有二十個大人，但是我只記得大家都穿著黑衣站在雨中，我父親牽著我的手，他抓得好用力，彷彿想藉此忍住淚水。神父空洞的祝禱落在大理石墓穴裡，三個無臉男子推著一具灰色石棺。滂沱大雨打在石棺上，彷彿熔化的蠟燭滴在上面。我相信，我眞的聽見了母親的聲音，她在叫我，她在哀求我把她從那個黑暗的石頭監獄裡解救出來。然而，我只能不停地顫抖著，並且用那發不出聲音的嗓子對我父親喃喃說著，不要這麼用力抓著我的手，我覺得好痛。新鮮的泥土，混合著灰燼和雨水，足以腐蝕一切。那個下午，空氣中盡是死亡和空虛的味道。

我睜大了眼睛，幾乎是摸黑走下樓梯的，微弱的燭光頂多只能照亮幾公分內的距離。到了樓下，我高舉著蠟燭，打量四周。我沒發現廚房，也沒看見任何一個裝滿木柴的架子。在我眼前是一條狹窄的通道，盡頭是半圓形的房間，房裡有一座塑像，臉上掛著血淚，一雙挖空的眼睛，雙手下垂，彷彿一對翅膀似的，身上則纏繞著一條蛇。我突然覺得背脊一陣冰冷。過了半晌，我恢復冷靜，定睛一看，這才發現那是一尊掛在小教堂牆上的耶穌基督木雕像。我往前走了幾公尺，仔細觀望那個駭人的場景。十幾具的女性裸體堆在小教堂角落。我發現她們都是無手無頭的軀幹，全都放在三腳架上。每個軀幹各有不同的身形，而且，我馬上就看出她們的年齡和身材都不一樣。每個軀幹的腹部都用炭筆寫上了名字：依莎蓓、愛鄔賀妮雅、潘妮蘿珮……這時候，我對維多利亞時代文學的理解又幫了一次忙。原來，這些廢棄已久的舊東西，其實是以前的豪門替家中女性裁製衣裳時所使用的模型。雖然耶穌基督正在嚴厲地盯著我，但我還是忍不住伸手去摸了那個寫著「潘妮蘿珮．安達雅」的身體模型。

這時候，我聽到樓上似乎有腳步聲。我想，大概是碧雅已經來了，正在房子裡到處找我。我也樂得離開這個小教堂，於是轉身走回樓梯口。正要上樓時，我發現通道的另一頭有個鍋爐，而且暖氣設備功能依然良好，和地下室其他的老舊設備迥然不同。我記得碧雅說過，多年來，仲介公司爲了要替安達雅舊宅找到買主，曾經整修過屋內部分設施，可惜，房子還是賣不出去。我走近暖氣設備，仔細研究了一番，確定那是個小型熱水爐。在我腳邊有好幾桶煤塊，還有一些碎木片以及好幾個罐頭，我猜裡面裝的大概是煤油。我打開熱水爐的小爐門，探頭往裡面張望了一下。一切看起來似乎都很正常。爐子裡的架子顯然使用了許多年，狀況雖然令人失望，但我還是在爐子裡塞滿了煤塊和碎木片，然後淋上一大片煤油。這時候，我好像聽見了木材斷裂的聲音，於是，我立刻回頭張望。突然映入眼簾的是沾了血跡的刺狀物混在木材堆裡，由於身陷陰暗裡，我眞怕離我僅有數步之遙的耶穌基督會帶著一臉豺狼似的奸笑撲過來！

和燭火接觸的那一剎那，火爐裡的烈焰突然發出轟然嘶吼。我關上爐門，往後退了幾步，越來越懷疑自己能否達成目標。爐火勉強延燒著，我決定到樓上去驗收成果。上樓之後，我在大廳裡等待碧雅，但是一直不見她的倩影。我估計，從我進來到現在，應該已經有一個鐘頭了，我眞害怕自己的慾望恐怕只會落了空。爲了平復心中的不安，我決定還是去檢視一下暖氣設備，看看我起火取暖的壯舉是否成功。所有的暖氣都讓我大失所望，全都冷得像冰塊一樣。不過，倒是有個例外。在一個大約只有一坪多的小房間裡，是個浴室，我猜這裡就是火爐的正上方，感覺滿暖和的。我跪在地上，樂得享受著暖呼呼的地磚。碧雅找到我的時候，我就是這個姿勢：蹲在地上，像個傻瓜似的摸著浴室的地磚，臉上則掛著愚蠢的笑容。

當我回首當時的情景，試著重新拼湊那天晚上在安達雅舊宅裡發生的一切，唯一能夠將我的行爲合理化的藉口就是：當你才十八歲的時候，不懂得玩弄特殊花樣，又沒什麼經驗，一個老舊的浴缸，輕易就能變成極樂天堂。我只花了幾分鐘就說服了碧雅，於是，我們把大廳裡的毛毯拿過來，兩個人躲在這個小浴室，裡面只有兩支蠟燭，以及幾樣老舊的衛浴用具。我那套氣象學的說辭，碧雅一聽就信以爲眞了，地磚散發的暖氣，很快就融化了她的恐懼，因爲她認爲我在爐子裡起火實在太瘋狂，說不定會把整棟房子給燒了！接著，在紅色的燭光映照下，當我顫抖的手正在解開她的衣服時，她笑了，笑著找尋我的目光，她的表情告訴我，從此以後，直到永遠，任何事情都可能發生在我身上，而她卻早已經歷過了。

我還記得，她坐在那裡，背部靠在浴室門上，兩條手臂向下垂放著，攤開的手掌朝向我。我還記得，當我以指腹輕撫著她的頸部時，她仰著臉，挑逗著我……我還記得，她是如何拉著我的雙手，然後放在她豐滿的雙峰上；我也記得，當我無聊地捏弄著她的乳頭時，她的眼神和雙唇微微顫抖的模樣。我記得，當我的嘴唇在她的小腹上尋尋覓覓時，她終於在地板上躺了下來，接著，她那雙白皙柔嫩的大腿熱情地迎接我。

「你以前有做過這件事嗎？達尼……」

「有啊！在夢裡。」

「我是說眞的啦！」

「沒有啦！妳呢？」

「沒有。可是，你沒跟克萊拉．巴塞羅做過囉？」

我噗嗤一笑，大概是在笑我自己吧！

「妳對克萊拉．巴塞羅了解多少？」

「完全不了解。」

「我對她的了解比妳更少哩！」我說道。

「我才不相信！」

我挨近她身邊，凝視著她的雙眸。

「真的，我從來沒有跟任何人做過這件事。」

碧雅露出嬌羞的笑容。我的手滑進了她的兩條大腿之間，整個人撲到她身上，尋找著她那嬌嫩的雙唇，我確信，此時此刻，野蠻一定會戰勝理智的。

「達尼……？」碧雅輕聲叫著我。

「怎麼了？」我問她。

這個問題的答案始終沒有從她口中說出來。突然間，一陣冷風從門縫底下鑽了進來，接著，忽然颳起的強風吹熄了蠟燭，我們倆面面相覷，剛才那一瞬間的激情，彷彿像是一年前的舊事了。我們不久便發現，有人在門外。我在碧雅臉上看到了恐懼，一秒鐘之後，我們陷在黑暗中。接著傳來敲門聲，非常粗野，彷彿是用鋼球在撞門似的。

我在黑暗中摸到了碧雅的身軀，馬上將她擁在懷裡。我們縮到浴室最裡面的角落裡。接下來，第二次敲門聲傳來，巨大的聲響甚至震動了牆壁。碧雅嚇得大叫，然後縮著身子躲在我背後。忽然間，我似乎瞥見藍色煙霧在走道上蔓延著，還有蠟燭燃燒時散發的蛇形煙霧，一圈一圈地往上飄。門框的影子看起來就像一顆尖銳的毒牙，接著，我覺得自己好像在陰暗的門檻上看到了一個有稜有角的身影。

我探頭出去張望走道上的情形，心裡很害怕，或許也很期待發現的只是一個陌生人，一個闖進廢棄別墅借住一宿的流浪漢……然而，什麼人都沒有，連藍色煙霧都從窗戶飄出去了。碧雅縮在浴室角落，她全身顫抖著，一直在低聲喚著我的名字。

「什麼人都沒有啊！」我說道。「說不定只是一陣風而已。」

「風吹的聲音不可能會是這種撞門聲啊，達尼，我們還是趕快走了吧！」

回到浴室之後，我把地上的衣服撿起來。

「來，把衣服穿上，然後我們去看個究竟。」

「我們還是趕快走了啦！」

「我們馬上就走。不過，我想先確定一件事情。」

我們摸黑匆匆穿上了衣服。不到幾秒鐘，我們已經重見光明。我從地板上拿起一支蠟燭，重新將它點燃。一陣寒風颳進屋內，一時間，彷彿有人打開了所有門窗似的。

「看吧？都是強風在作怪啦！」

碧雅無法苟同，還是默默搖著頭。我們轉身走回大廳，一路掩著手上的蠟燭，免得被風吹熄了。碧雅屏息著，緊跟在我身後。

「我們現在要幹什麼呀？達尼……」

「只要一分鐘就好。」

「不要啦，我們現在就走了！」

「好吧！」

因此，我們掉頭往大門口走去，就在這時候，我發現了它。兩個小時前，位於走道盡頭那扇我一直推不開的木門，這時候居然半開著。

「怎麼了？」碧雅問道。

「妳在這裡等我。」

「達尼，求求你啦……」

我跑進那條走道，手上的蠟燭被風吹得危危顫顫的。碧雅嘆了一口氣，無可奈何地跟著我。我在木門前停下腳步。站在門口，隱約可見通往樓下的大理石階梯。我走下樓梯。碧雅拿著蠟燭，站在門檻上愣住了。

「拜託你，達尼，我們走吧……」

我踏著階梯往下走，一直到最下面的樓梯口。我高舉著燭光映照著那個長方形的房間，每一面牆壁上都掛滿了十字架。這個房間，陰冷逼人。我在前方看到一塊大理石石板，石板上疊放著另一塊，我覺得兩塊東西似乎很相似，都是白色的，只是尺寸不同。這時候，燭光搖晃得厲害，我猜想，那兩塊板子說不定是彩繪的木板。我往前跨了一步，立刻眞相大白：原來那是兩具棺材，其中一具甚至不到五十公分長。我嚇得背脊發冷。那是個小孩的石棺。這裡是個地窖。

我並不知道自己在做什麼，但我還是再往前走近大理石石板，然後我伸手去摸了它。我發現，兩具棺材上都刻上名字和十字架。一層厚厚的灰塵把名字蓋住了。我把手放在尺寸較大的那具棺材上。慢慢地，就在我不停地思索著自己到底在幹什麼的同時，我抹去了棺材上的灰塵。在紅色的燭光下，我幾乎看不清那一行小字：

十
潘妮蘿珮．安達雅
1902～1919

我愣住了。似乎有某樣東西或某個人在黑暗中移動著。我覺得冰冷的空氣拂過我的皮膚，這時候，我往後退了幾步。

「馬上離開這裡！」有個聲音從暗處傳出。

我立刻認出了他。拉因．谷柏，那個惡魔！

我當下衝上樓梯，到了一樓之後，我抓著碧雅的手臂，拖著她快速往大門口衝出去。我們手上的蠟燭已經掉了，只好摸黑往前跑。碧雅嚇得驚慌失措，不知道我爲什麼突然緊張成這樣。她什麼也沒看到，也沒聽到任何聲音。我沒有停下來向她解釋。他在任何時刻都有可能從陰暗角落跳出來擋住我們的去路，還好，大門就在通道前方了，門框上已經出現長方形的亮光。

「大門鎖上了。」碧雅在我耳邊低語著。

我馬上把手伸進口袋找鑰匙。我大概每秒鐘都在回頭張望，我確定他已經從通道盡頭慢慢往我們這裡走過來了。就是那雙眼睛。我的手指碰到鑰匙了。我緊張地把鑰匙插進去，開了門，一把將碧雅往外推。碧雅應該已經從我的聲音裡聽出恐懼了，因爲她快步通過花園往外走，一直到我們冷汗直冒、幾乎喘不過氣來的時候，已經是在迪比達波大道的人行道上了。

「剛剛在地下室發生了什麼事？達尼，是不是有人在那裡？」

「沒事。」

「你臉色很蒼白啊！」

「我是很蒼白。好啦，我們走吧！」

「鑰匙呢？」

我把它留在裡面了，還插在鑰匙孔上。但是，我已經不想回去拿了。

「我想大概是出來的時候掉在路上了，我們改天再回去找吧！」

我們快步沿著大道往下走。轉進另一條人行道之後，直到距離安達雅舊宅已經幾百公尺外的黑暗中，兩人這才放慢腳步。這時候，我發現自己手上沾滿了灰塵，心中暗自感激著夜色的掩護，因爲這樣，當恐懼的淚水從我的雙頰滑落時，碧雅並未發覺。

我們沿著巴默思街往下走到努聶斯德阿塞廣場，然後在那裡上了計程車。車子沿著巴默思街往前開到席恩多中心，途中，我們幾乎沒有交談。碧雅握著我的手，好幾次，我發現她茫然地盯著我發呆。我湊過去吻她，她卻緊閉著雙唇。

「我什麼時候可以再見到妳？」

「我明天或後天會打電話給你。」她說道。

「妳答應我的喔？」

她點點頭。

「妳可以打到家裡或書店，其實就是同一個號碼啦！妳有我的電話吧？」

她還是點點頭。我要求司機在蒙塔涅爾街和議會街口停車。我本來打算陪碧雅走到她家樓下大門口，但被她拒絕了，而且她也不讓我吻她，連手都不讓我碰。她突然往前跑，我站在計程車旁看著她。雅吉拉爾家的燈火依然通明，我可以清楚地看到好友湯瑪斯就站在窗口望著我，在他那個房間裡，我們曾經有無數個午後在一起聊天下棋……我向他揮手致意，努力咧著嘴笑，只是他大概看不到。他沒有任何反應。他的身影靜止不動，貼在玻璃窗旁，冷漠地盯著我看。幾秒鐘之後，我轉身離去時，他的窗口立刻熄了燈。我心想，他一直在等我們。

35

回到家的時候，我發現餐桌上擺著兩人份的晚餐剩菜。父親已經睡了，我不禁納悶著，難道他真的鼓起勇氣邀請樓上的麥瑟迪絲來家裡吃飯了嗎？我躡手躡腳地走回房間，進去之後並沒有開燈。我往床邊一坐，馬上就感覺到房裡還有別人，在黑暗中，有人躺在我的床上，而且還像個死人似的，雙手交叉擺在胸前。我覺得胃部忽然一陣痙攣，不過，我很快就認出那鼾聲，還有如假包換的大鼻子。我打開床頭小燈，看到費爾明躺在床上，臉上帶著陶醉的笑容，嘴裡還咿咿呀呀地說著夢話。我嘆了一口氣，接著，費爾明睜開眼睛。一看到我，他似乎很訝異。顯然，他期望見到的是別人。他揉揉眼睛，四下張望了一會兒，試著讓自己進入狀況。

「我希望沒把您嚇著了？貝娜妲說，我睡覺的樣子，看起來就像西班牙的波利斯．卡洛夫❶呢！」

「您躺在我床上幹什麼，費爾明？」

他睡眼惺忪，一副愛睏的模樣。

「我剛剛夢見卡蘿朗芭德了。我們在北非的坦吉爾，一個土耳其浴場裡，我正幫她在身上塗油，就是塗在嬰兒小屁股上那種油，知道吧？您有沒有幫女人塗過油啊？從頭到腳，鉅細靡遺……」

「費爾明，現在已經半夜十二點半，我快累死了。」

「不好意思啊！達尼。您的父親大人堅持要我上來吃晚飯，後來，我覺得實在很睏，因爲，我每次吃了牛肉就像打了麻藥一樣。您父親建議我在這裡躺一下，直說您一定不會介意的……」

「我一點都不介意，費爾明，眞的。我只是被您嚇了一跳罷了。您在床上躺著別下來，趕快回去找您的卡蘿朗芭德，她一定還在夢裡等著您呢！還有，您得鑽進被窩裡去睡，晚上很冷，這樣躺在床罩上會著涼的。我到餐廳去睡。」

費爾明順從地直點頭。他臉上的傷口已經漸漸癒合，至於那個頭呢，兩天沒刮鬍子，搭配頂上稀疏的頭髮，看起來就像從樹上掉下來的爛水果。我從櫃子裡拿出一條毛毯，幫費爾明蓋上。我關了燈，然後逕往餐廳走去，打算去坐在我父親最愛的那張搖椅上。我裹上毛毯，努力把身子蜷縮在搖椅上，總覺得自己一定不會闔眼。兩具白色棺木靜置在黑暗中的景象，至今讓我無法忘懷。我閉上雙眼，竭盡所能想要抹去那個畫面。這時候，我又想起在那個燭光映照下的浴室裡，碧雅一絲不掛地躺在浴巾上……想到這裡，我覺得好像聽見遠處傳來海浪拍岸的濤聲，心裡不禁要懷疑，自己是不是在不知不覺中進入了夢鄉。或許，我也正在往坦吉爾的途中呢！過了一會兒，我終於明白，那是費爾明的鼾聲。沒多久，整個世界都熄了燈。那天晚上，是我這輩子睡得最好、最熟的一夜了。

天亮了，窗外下著傾盆大雨，街上到處是積水，雨絲像是火冒三丈似的拍打著玻璃窗。早上七點半，電話響了。我立刻從搖椅上跳起來，搶著去接電話，一顆心像是要迸出來了。費爾明穿著睡袍和拖鞋，我父親則是拿著咖啡壺，他們倆互望了一眼，又是那種我再熟悉不過的眼神。

「碧雅？」我背對著他們倆，對著話筒低聲叫喚著。

我似乎聽見電話另一頭傳來嘆息聲。

「碧雅，是妳嗎？」

我始終得不到回應，過了幾秒鐘之後，電話斷了。我站在那兒，看著電話發呆，等了一分鐘，巴望著電話再響。

「對方會再打來的，達尼，先來吃早餐吧！」我父親說道。

她晚一點會再打來的，我在心裡這樣告訴自己。一定是她打電話的時候突然有人闖進來了。要躲過雅吉拉爾先生的監控，並非易事。她說什麼也不能冒險。我一邊思索著各種可能的原因，一邊拖著腳步走向餐桌，假裝要陪我父親和費爾明吃早餐。大概是因爲下雨的關係，桌上的食物看起來都索然無味。

大雨下了一整個早上，書店剛開門沒多久，整個社區忽然停電了，直到中午才恢復供電。

「那就趁這個機會休息吧！」我父親嘆著氣。

下午三點，屋子裡開始漏水。費爾明自告奮勇要到樓上麥瑟迪絲家借水桶、盤子，或任何可以裝水的容器都行。我父親堅持不准他去。大雨下得沒完沒了。爲了紓解心中的煩悶，我決定把前一天晚上發生的事情告訴費爾明，只是，我把私密的細節都省略了。費爾明聽得很入迷，不過，任他再怎麼強烈懇求，我就是不肯將我和碧雅那一段描述給他聽。

這一天，就在滂沱大雨中慢慢流逝了。

吃過晚餐之後，我藉口要出去散步，伸展一下筋骨，於是留下父親在家看書。出了家門，我直奔碧雅家。到了那裡，我躲在角落觀望樓上的窗戶，不知道她此刻正在做什麼。我偷偷摸摸地窺探了半天，心裡還不停地胡思亂想。入夜後，寒風刺骨，我身上的衣服又太單薄，這時候，我管不了骨氣不骨氣的了，還是到對面街上的大門口躲避寒風要緊。我在那兒躲了半個鐘頭，看著每一扇窗戶裡的動靜，只看到雅吉拉爾先生和他太太的身影。就是沒有碧雅的芳蹤。

回到家的時候，差不多已經是半夜了，身體凍得直發抖，心情沉重如巨石。她明天一定會打電話來的，我在心裡重複唸了幾千遍，試著讓自己安心入睡。隔天，碧雅沒有來電。又過了一天，還是沒有電話。整個禮拜，她一通電話都沒打來。那是我這一生當中最漫長，恐怕也是最後一個禮拜了。

七天內，我大概會因相思病而死去吧！

譯註：

❶波利斯·卡洛夫（Boris Karloff，1887-1969），英國演員，後赴好萊塢發展，在經典恐怖片「科學怪人」（1931）中扮演既令人同情但又使人害怕的怪物，精湛演出使他成為蜚聲國際的不朽巨星。

36

世上恐怕只有自認僅剩不到七天壽命的人會像我那樣浪擲光陰。我天天守著電話，啃蝕著悲傷的心情，被自己的盲目囚禁在無所適從的困境中。星期一中午，我偷偷跑去大學的文學院，就為了想看碧雅一眼。我知道，她要是看到我出現在那個地方，一定會不高興的，被人看見我們倆在一起可不是什麼好玩的事。然而，我寧願面對她的憤怒，也不想再守著這份不確定感了。

我到教務處查問了維拉斯格斯教授上課的地點，然後就在教室外等待學生下課。等了約莫二十分鐘，門終於開了，我看到自負的維拉斯格斯教授一身精心打扮的衣著，身邊依舊圍繞著成群的愛慕者。我看著學生一個個走出去，癡癡望了五分鐘，就是沒看到碧雅的身影。於是，我決定走到教室門口去看個仔細。教室裡有一群看起來像是出身教會學校的女生，三個人正在吱吱喳喳地聊著，似乎在交換筆記或討論功課。其中那個看來大概是帶頭的女生發現我在那裡，立刻停止談話，很不客氣地睨著我。

「抱歉，打擾了！我想找碧雅翠詩．雅吉拉爾，妳們知不知道她是不是上這堂課？」

三個女生不懷好意地交換了一個眼神，然後把我從頭到腳打量了一遍。

「你是她男朋友啊？」其中一個問道。「你就是那個上尉？」

我只能無奈地微笑以對，她們卻以為我是默認了。倒是站在最後面的第三個女生，害羞地笑著看了我一眼。另外那兩個往前跨了一步，一臉挑釁的神情。

「你跟我想像的不一樣啊！」那個看來是老大的女生說道。

「怎麼沒穿制服呢？」跟在旁邊的另一個女生問道，同時還疑神疑鬼地看著我。

「我今天休假。妳們知不知道，她是不是已經走了？」

「碧雅翠詩今天沒來上課。」老大說道。

「啊，沒來上課？」

「對！」旁邊的跟班回應著，說話的語氣裡盡是猜疑。「你既然是她男朋友，應該會知道才對吧？」

「我只是她男朋友，又不是警察。」

「哼，我們走吧！這傢伙根本就是討厭的無聊男子。」老大說道。

她們倆從我身邊走過時，毫不掩飾地瞪了我一眼，嘴角還撇了個嫌惡的冷笑。第三個女生跟在後頭，離開教室前她突然停下腳步，確定另外兩個女生沒有回頭看她之後，悄悄告訴我：

「碧雅翠詩上個禮拜五也沒來上課。」

「妳知不知道為什麼？」

「你不是她男朋友，對不對？」

「不是，我只是她的朋友……」

「我想她應該是生病了。」

「生病？」

「有個女孩子打電話去她家之後告訴我們的。我得走了！」

我還沒來得及道謝，那個女生已經趕緊跑掉了，因爲另外兩個女生正在迴廊另一頭很不耐煩地等著她。

「達尼，一定是發生了什麼事情啦！可能是哪個姑婆去世了，或是家裡的鸚鵡得了腮腺炎，不然就是她自己裙子穿得太短，傷風感冒囉……唉！天知道，反正就是有事。您別老是在那兒鑽牛角尖，這個世界不會照著您的期望運轉的。人生千變萬化，原因可多了。」

「您以爲我會不知道這個道理嗎？費爾明，好像您才剛認識我似的。」

「親愛的，如果上帝賜給我更寬闊的肩膀，我說不定就生了您這個兒子哩！我對您的認識，就像一個做父親的一樣。聽我的話，想開點，出去散散心吧！等待，會讓人的靈魂生鏽的。」

「所以，您覺得我這樣的行爲很可笑吧？」

「不是這樣的。我只是擔心啊！我知道，在您這種年紀，碰到這樣的事簡直就像世界末日，但是，事情總有個限度。這樣吧，今天晚上，咱們倆到銀樓街去找點樂子，聽說最近來了北歐的金髮女郎，火辣得讓人招架不住呢！我請客！」

「您要怎麼跟貝娜妲說呢？」

「唉呀，姑娘們都讓給您，我在外面的大廳等著，看看雜誌或偶爾瞄瞄美女就行了。我現在遵守一夫一妻制，不能亂來的。」

「謝謝您的好意，費爾明，可是我……」

「一個十八歲的年輕人居然拒絕這種好事，一定有問題。我們要馬上採取行動了，拿去吧！」

說著，他立刻從口袋裡掏出一些錢幣遞給我。我心想，這又不是珍貴的古錢幣，這麼一點錢，怎麼夠去窯子裡找姑娘啊！

「費爾明，才這點錢，姑娘們恐怕連一聲『晚安』都不會說的……」

「您怎麼老實得跟木頭一樣啊！難不成您眞的以爲我要帶您去找妓女啊？您那父親大人是我見過最正派的人，我要是讓您染了一身淋病回來，不被他罵慘才怪。我提起找姑娘這件事，只是想看看您的男性本色會有什麼反應。這些錢幣是讓您去街角打公共電話，跟您的心上人講講悄悄話吧！」

「碧雅很鄭重地告訴我，別打電話給她。」

「她也說過上個禮拜五會打電話給您啊！今天都禮拜一啦！您自己看著辦。女人的話，有些只能聽不能信。」

我覺得他說的很有道理，於是就趁機溜出了書店，跑到街角的公共電話亭，撥了雅吉拉爾家的號碼。電話響了五聲之後，有人拿起了話筒，默默在另一頭聽著，卻始終不出聲。沉默僵持了五秒鐘。

「碧雅？」我低聲喚著。「是妳嗎？」

我得到的回應，就像一把大榔頭在我肚子上錘了一記。

「你他媽的臭小子！我發誓，你要是讓我逮到了，我非要把你的頭砸爛不可！」

對方怒不可遏，語氣強硬如鋼鐵。冷漠的言詞，句句都是眞心話。這讓我更覺得恐懼不已。我可以想像雅吉拉爾先生站在他家的玄關，手裡拿著話筒，那個電話，我也使用過好多次，每次都是打回家告訴父親，我下午在湯瑪斯家玩，會晚點才回家。我靜靜聽著碧雅的父親氣呼呼地喘息著，心想，不知道他是否認出我的聲音了？

「我看你是連說話的膽子都沒有，王八蛋！像你這種窩囊廢，只會吃屎，如果是個男子漢，好膽來見我啊！我如果知道連一個十七歲的女孩子都比我有骨氣，我早就羞死了！她死都不肯說出你的名字，她永遠都不會講的，我知道她的個性。既然你沒這個膽量出來見人，那麼，碧雅翠詩就得爲你的所作所爲付出代價！」

掛電話時，我的雙手不停地顫抖著。直到離開了電話亭，一路拖著沉重的腳步走回書店，我這才意識到事態嚴重。我腦中不斷地浮現一個念頭：我打了這通電話，只怕會讓碧雅的處境雪上加霜。我唯一的顧慮是怕自己身分曝光，卻沒有勇氣承認我愛的女孩或曾對我付出心力的恩人。上次，當傅梅洛警官痛毆費爾明的時候，我也是這樣縮頭縮尾的。這次，我又丟下碧雅，讓她單獨面對困境。下次，再碰到類似的狀況，我還是會退縮的。我在街上晃了十分鐘，試著先讓自己冷靜下來，然後再回書店。或許，我應該再打一通電話，勇敢地告訴雅吉拉爾先生，沒錯，那個瘋狂愛上他女兒的人就是我。如果他想穿上軍裝來把我痛打一頓，我會心甘情願地承受一切。

走到書店門口時，我發現有人在對街的店門口觀望著我。起初，我以爲那是錶匠費德里戈先生，但定睛一看，這個人身材高大多了。我回頭看了他一眼，沒想到，他居然向我點點頭，似乎在跟我打招呼，一點都不在乎我已經發現他的存在。附近一盞街燈，正好照在他的臉上。我覺得他的五官輪廓似曾相識。他往前跨了一步，把風衣上整排鈕扣都扣上，對我笑了笑，然後就混進人群裡往蘭巴拉大道方向走掉了。這時候，我終於認出他是誰了；在費爾明被傅梅洛毒打的同時，抓著我的那個警官就是他！一走進書店，費爾明很不解地看著我。

「您的臉色怎麼那麼難看啊？」

「費爾明，我想我們惹上麻煩了。」

就在那天晚上，我們打算要進行巴塞羅先生幾天前指示的高度機密行動。

「首先要確定的是，我們是真的成了警方跟監的對象。現在，我們逆向操作，乾脆出去散步，一直走到『四隻貓咖啡館』去，看看那個人是不是還埋伏在那裡。不過，這件事千萬不能跟您父親說，他可能會嚇得腎結石。」

「我要怎麼跟他說呢？他已經開始在懷疑了……」

「就說您要出去買爆米花、泡泡糖之類的。」

「我們為什麼一定要去『四隻貓』呢？」

「因為那裡有這一帶最好吃的臘腸三明治，而且，我們也得找個地方坐下來談談。別拖泥帶水的，達尼，照我說的去做就是了。」

只要能夠轉移我的思緒，要我做什麼都行。過了幾分鐘，我照著費爾明那一套跟父親說了，還保證晚餐時間一定會回家，然後就出門去了。費爾明已經在「天使門」轉角等我。我一到那裡，他挑起眉毛向我使個眼色，示意要我往前走。

「那條響尾蛇跟在後面，距離我們大約二十公尺。不要回頭看！」

「是以前那個嗎？」

「我認為不是，體格似乎因為淋雨而縮水了。這個看起來傻里傻氣的，他居然給我拿了一份六天前的『體育日報』在看！傅梅洛八成都是在慈善收容所裡找學徒。」

進了「四隻貓」之後，那位神祕跟班找了個離我們好幾公尺的位子坐下來，假裝在看那份已經看過無數次的過期報紙。大約每隔二十秒，他就會偷偷瞄我們一眼。

「可憐的傢伙！您看看他，緊張地直冒汗哩！」費爾明邊說邊搖頭。「我看您老是一副心不在焉的樣子，到底跟姑娘聊過了沒有？」

「是她父親接的電話。」

「兩位交談還愉快嗎？」

「從頭到尾都是他的獨白。」

「我看也是。據我推斷，您大概還沒機會叫他『爸爸』吧？」

「他斬釘截鐵地告訴我，非要把我的頭砸爛不可！」

「喔，演說一定很精采！」

這時候，服務生往我們這兒走過來。費爾明點了大概夠整個軍團吃的食物，搓著雙手，熱切地期待美食上桌。

「您不吃點東西嗎？達尼……」

我搖搖頭。接著，服務生端了滿滿兩盤食物過來，小菜、三明治、好幾種啤酒，費爾明掏出一大把錢給他，還說剩下的當小費。

「這位大哥，您看到坐在窗邊那個人沒有？一身打扮很像蟋蟀，頭埋在報紙裡，看起來就像戴了高帽子那個？」

服務生猛點頭。

「能不能麻煩您過去告訴他：傅梅洛警官捎來緊急指示，要他立刻到市場買五百塊錢的水煮鷹嘴豆，買了以後，馬上送到警察局辦公室去給他，如果有需要的話，可以搭計程車。否則，就用盤子端著自己那兩顆『蛋』去見他。我需要重複一遍嗎？」

「不用了，先生。五百塊錢的鷹嘴豆，不然就是他那兩顆『蛋』。」

費爾明再遞給他一枚錢幣。「願上帝保佑您！」

服務生畢恭畢敬地點點頭，然後馬上去傳話給我們那位跟蹤者。一聽到指示，那個警察垮著一張臉。他在位子上坐了十五秒，八成是百思不解，接著，他飛也似地衝了出去。費爾明老神在在。如果是以前，我一定會覺得這件事很好玩，但是那天晚上，我滿腦子想的都是碧雅。

「達尼，別再恍神啦！我們還有任務要討論呢。明天，您就按照我們原定的計畫去拜訪努麗亞·蒙佛特。」

「到了那裡以後，我要跟她說什麼？」

「您隨便找什麼話題聊都行。這項行動的重點，巴塞羅先生那天已經講得很清楚了。您就告訴她，您已經知道，關於胡立安的種種她說的並不是實情，還有，她那個丈夫米蓋·莫林納也沒有坐牢，您已經查出她就是那個暗中處理富爾杜尼家舊公寓的黑手，還用了一個不存在的律師名號租用郵政信箱……只要能點燃她內心那把火，能說的儘量說就是了。敘述要生動，表情要嚴肅。然後，為了達到更好的效果，您把話說完就離開，讓她內心交戰一番。」

「那麼，在此同時……」

「在此同時，我隨時準備跟蹤她，而且，我打算以高超的偽裝技巧完成這項任務。」

「這樣行不通的啦，費爾明！」

「唉呀，眞沒自信！我說，那個姑娘的父親到底是跟您說了什麼，把您弄得這副垂頭喪氣的樣子？他威脅您了嗎？別理他。您倒是說說看，那個暴君究竟說了什麼？」

我毫不考慮就做出回應。「他說的都是實話。」

「以殉道聖人達尼之名，眞的是實話？」

「您儘管笑我吧！我無所謂了。」

「我沒有笑您，達尼。看您這樣折磨自己，我心裡難受啊！您這個樣子，誰看了都會說您是自找苦吃。您又沒有做錯什麼事！人生的折磨已經夠多了，不需要這樣自我審判。」

「您這是經驗之談嗎？」

費爾明聳聳肩。

「您從來沒跟我提過，您跟傅梅洛之間的過節是怎麼來的。」我說道。

「您想聽聽充滿人生大道理的故事嗎？」

「只要您願意講，我樂意得很。」

費爾明拿起桌上的啤酒，豪邁地喝了一大口。

「阿門！」他自言自語道。「關於傅梅洛這個人，我能告訴您的都是我聽來的。我第一次聽到傅梅洛警官的大名時，他還是無政府聯盟ＦＡＩ的殺手。當時，他名氣響亮，因爲他天不怕地不怕，殺人不眨眼，只要把名字給他，即使在光天化日的大街上，他也會在那個人臉上轟一槍。這種一般人少有的特殊天分，很快就傳開來了。此外，他也不講忠誠和信任。他一向伺機而動，所作所爲必定能助他出人頭地。這種人渣，世上多的是，卻只有極少數人具備傅梅洛這種天分。他從無政府主義份子轉而效忠共產黨，和法西斯黨關係也很密切。他到處收集情報，然後販賣給敵對陣營，賺盡所有人的錢。我已經注意他很久了。當時，我爲政府做事。有時候，人們誤以爲我是龔帕尼總統那個長相醜陋的弟弟，每次都讓我覺得滿驕傲的。」

「您當時都在做什麼？」

「幾乎什麼都要做。套用現在的說法，我做的是間諜工作，但是戰亂時期，每一個人都是間諜。我的工作內容之一，就是監視像傅梅洛這種投機份子。這些人才是最危險的。他們就像毒蛇一樣，不講情義，沒有良心。內戰時期，這些人到處流竄。戰爭結束後，他們戴上面具。總之，這群人依舊存在，而且有好幾千人。其實，我遲早會查出他們究竟在玩什麼把戲的。只是，比我預期的晚了許多。巴塞隆納沒幾天就淪陷了，風雲變色，我成了被追緝的罪犯，而我的長官們也被迫像老鼠似的東藏西躲。當然，傅梅洛這時候搖身一變成了『掃黑行動』的指揮官。不管是人來人往的大街上，或位於郊區的蒙居克城堡，都曾上演過獵殺戲碼。我在港口被捕，當時我正要去和一艘希臘貨輪交涉，讓他們把我那幾位長官送到法國去。他們把我帶到蒙居克，整整兩天的時間，我被囚禁在一個無水無光、密不通風的地牢裡。我再次見到的光線，是一支焊接用的噴燈。傅梅洛和另一個只會講德文的傢伙，把我倒吊起來。德國佬先把我身上的衣服脫掉，然後用噴燈把衣服燒了。我還記得，他的動作相當熟練。我一絲不掛，身上的毛髮都被燒焦了。這時候，傅梅洛告訴我，我如果不說出上級長官們的藏身之處，真正的精采好戲就要上場了。我並不是什麼勇敢的人，達尼！從來就不是。但是，我把僅有的一點勇氣都拿來操他媽，叫他去吃屎。傅梅洛使了個眼色，德國佬立刻在我大腿上打了一針，過了幾分鐘之後，傅梅洛抽著菸，微笑地望著我，接著，他拿起噴燈，在我全身上下燒烤。您也看過那些疤痕……」

我點頭回應。費爾明說話的語氣非常平和，絲毫不見任何情緒起伏。

「這些疤痕都不算什麼，最痛的傷痕都在心裡。我被噴燈燒烤了一個小時，或許只有一分鐘也說不定。我不知道。總之，我最後還是說出了所有上級長官的姓名，甚至他們的襯衫尺寸，連一些不相干的人都被牽扯進去了。後來，他們把我扔在塞柯鎮的一條巷子裡，全身赤裸，皮膚布滿了灼傷。有個好心的婦人把我帶回家去，整整照顧了我兩個月。她的丈夫和兩個孩子都在自家門口被共產黨射殺身亡。至於原因，我並不清楚。當我可以起來走動時，我出門去逛了一下，這才知道，就在我招供之後，所有上級長官們都被逮捕了。」

「費爾明，您如果不想跟我說這些，就別提了……」

「不不，沒關係。您最好聽聽這些事情，看清眼前這個人的眞面目。後來，當我回到老家時，發現房子已經被政府查封了，其他的各項財產也被沒收。我在毫不知情的狀況下，成了一無所有的乞丐。我試著找工作，但都遭到拒絕。我唯一能做的，就是拿著路人施捨的一點點錢去買廉價的散裝酒。那是一種慢性中毒，酒精就像強酸一樣地腐蝕著我的內臟，不過，我依然期望這一切會有轉機。我告訴自己，總有一天，我會回到古巴，回去找我的混血美女。就在我企圖搭貨輪前往古巴時，我又被捕了。我已經忘了自己在牢裡待了多久。一個人在牢裡蹲了一年之後，開始慢慢喪失一切，甚至連理智都沒有了。出獄之後，我成了露宿街頭的遊民，這樣的日子過了好久，直到我遇見您爲止。還有好多像我這樣的人，他們都是一起蹲黑牢的兄弟。運氣好的，出獄後還有親友接濟。至於其他人，只能等著被社會唾棄。一旦成了這個邊緣族群的一份子，終生難以脫身。我們大多入夜後才出來，因爲這時候世界已經沉睡了。我認識很多像我這樣的人，卻難得再見到他們。流浪街頭的生命都是很短暫的。人們以嫌惡的眼光鄙視你，即使是那些對你伸出援手的人也一樣，然而，和自我厭惡的感受比起來，那些都不算什麼。天天像行屍走肉一樣，身體只是一個又餓又臭又怕死的軀殼。在不知多少個午後，傅梅洛那幫人三番兩次逮捕我，隨意就搬出偷竊或在教會女校門口誘拐女生等罪名來誣陷我。被捕之後，在示範監獄一待就是一個月，被毒打一頓之後，又是被扔在街上。我始終不了解他們爲什麼老是重複搬演同樣的戲碼。看來，警察似乎習慣掌握一群嫌疑犯的行蹤，必要的時候就伸手去干涉一下。有一回，我碰到傅梅洛，他這時候已經成了家喻戶曉的名人，我問他爲什麼不乾脆把我殺了。他得意地大笑著，然後告訴我，世上還有比死更難熬的事情。他從來不殺告密者的，他說。他要讓這些人生不如死。」

「費爾明，您不是告密者。任何一個遭遇同樣處境的人都會這麼做的。您是我最好的摯友！」

「我配不上您高貴的友情，達尼。您和您父親救了我，我這條命屬於您父子兩人。只要我能爲兩位效勞之處，我都會全力以赴。您把我從街上帶回家那天，費爾明．羅梅洛．托勒斯重獲新生。」

「這不是您的眞名，對不對？」

費爾明搖頭。「這是我在一張鬥牛場海報上看到的名字。原來的我已經死了。住在這個軀殼裡的舊靈魂已經消逝了，達尼。偶爾，這些舊靈魂會回來，出現在惡夢中。但是，您已經幫助我脫胎換骨了，因爲貝娜妲，我決定再活一次。」

「費爾明……」

「您什麼都別說，達尼，只要原諒我就夠了，如果您做得到的話。」

我默默地擁抱著他，讓他哭個痛快。旁人好奇地側目打探，我一概怒目以對。過了半晌，大家決定對我們視若無睹。接著，我陪費爾明走回旅館，我的好朋友終於又開口說話了：

「我今天跟您說的事情……拜託您，貝娜妲那邊……」

「我不會跟貝娜妲或任何人透露半個字的，費爾明！」

接著，我們緊緊握了手，兩人互道了晚安。

37

我整夜沒闔眼，躺在床上，盯著燈光下燦爛耀眼的萬寶龍鋼筆，我已經許多年沒用這支筆寫字了，它就像送給斷臂殘友的一雙頂級手套。我好幾次想要衝到雅吉拉爾家去，希望能讓僵局緩和一些，但是再三思考之後，我想，三更半夜去把碧雅的父親吵醒，恐怕不會讓情況好到哪裡去。當黎明曙光出現時，疲倦和疑慮讓我恢復原來的自私自利，我馬上就說服了自己，就讓河水順其自然地流吧，假以時日，河水一定會把鮮血帶走的。

一整個早上，書店沒來幾個客人，我乾脆趁機站著打瞌睡，身體搖來晃去的，按照我父親的說法，簡直就像在跳佛朗明哥舞。到了中午，我想起前一天晚上和費爾明說好的計畫，我打算謊稱要出去散步，費爾明的藉口則是他已經預約了門診要拆線。我一次又一次有計畫地對父親說謊，已經開始麻木不仁了，那天早上，當父親出門去辦事的時候，我跟費爾明聊起了這件事。

「達尼，父子關係是以無數個善意小謊言爲基礎建立起來的，就像東方三王或聖誕老公公送來的禮物，小時候掉的牙齒被老鼠搬走等等。這只是其中一個善意謊言而已，不必覺得內疚啦！」

付諸行動的時候到了，我再次騙了父親，然後出門前往努麗亞．蒙佛特的公寓。她的輕撫和味道，依然完好無缺地藏在我的記憶深處。聖菲力普聶利廣場上聚集了一大群鴿子。我原以爲會在此遇見努麗亞．蒙佛特坐在長椅上看書，沒想到廣場上一個人也沒有。我小心翼翼地穿越廣場，就怕踩到鴿子，偶爾也四處張望，一心期待能發現費爾明的身影，天知道他究竟偽裝成什麼樣子，他始終不肯把錦囊妙計告訴我。我走進那棟公寓，查看了信箱，確定米蓋．莫林納的名字還在上面。我自忖，是否要把這個當作揭穿努麗亞．蒙佛特的第一個謊言漏洞？我慢慢爬上昏暗的樓梯，心裡一度盼望她最好是不在家。沒有人會對她這種瞞天過海的大騙子心生憐憫的。到了她家那層樓，我先停下來壯壯膽，而且還得想個能讓我這次到訪合理化的藉口。對門鄰居太太的收音機音量還是跟雷聲一樣，這次播出的是個宗教益智節目，名稱是「上帝之愛」，西班牙全民每週二中午絕不會錯過的熱門節目。

現在，獎金是一百二十五塊錢，巴爾托洛莫，請告訴我們，在〈約書亞書〉的「大天使與葫蘆瓜」寓言裡，當撒旦出現在猶太智者面前時，他是僞裝成了：（a）小山羊、（b）賣陶罐的小販、（c）帶著猴子走江湖的雜耍藝人？

就在國家廣播公司錄音現場的聽眾熱烈鼓掌時，我堅定地站在努麗亞．蒙佛特家門前，重重地按了門鈴好幾秒。我聽見門鈴聲在屋內悠揚地迴盪著，頓時鬆了一口氣。當我正打算要轉身離開時，卻聽見腳步聲越來越接近大門。門上的窺視孔被掀開了，就像一滴閃亮的淚珠似的。我露出微笑。這時候，我聽見門鎖轉動的聲音，接著，我用力地深呼吸了一下。

38

「達尼啊！」她輕聲喚著，背著光微微一笑。

藍色的煙圈遮掩著她的臉龐。她的雙唇閃耀著深紅色光澤，濕潤的紅唇印留在食指和中指夾著的香菸上。有些人會留在你的記憶中，有些人卻只會出現在你夢裡。對我而言，努麗亞·蒙佛特宛如海市蜃樓：不需懷疑其眞實性，只要一直跟隨這幕幻景，它終究會消失，或將你摧毀。我跟著她到狹窄陰暗的客廳裡，那也是她的書房所在，仍舊是一排排的書籍，還有那套削好的鉛筆，隨意擺出了對稱的趣味。

「我以爲大概不會有機會再見到你了呢！」

「抱歉，讓您失望了。」

她坐在書桌前的椅子上，兩腿交疊著，身體往後靠在椅背上。我將目光從她的頸部移開，然後直視著牆壁上潮濕的污漬。接著，我走到窗邊，趁機掃視了樓下的廣場。還是不見費爾明的行蹤。我聽見了從背後傳來努麗亞·蒙佛特的呼吸聲，也可以感受到她定定望著我的眼神。我開口說話時，兩眼依舊望著窗外：

「幾天前，我有個好朋友發現，負責販售富爾杜尼家舊公寓的房屋仲介商把信都寄到一個律師事務所的郵政信箱，不過，那個律師事務所似乎並不存在。這位朋友還查出另一件事：這些年來，到這個信箱取信的人竟然是您，蒙佛特女士……」

「你閉嘴！」

我轉過身，發現她已經退縮到陰暗角落裡。

「你根本就還沒認識我這個人，怎麼可以妄下斷語！」她說道。

「既然這樣，那就幫我好好認識您這個人啊！」

「你還跟誰說了這些？還有誰知道這件事？」

「人數恐怕比您以為的還要多。警方已經跟蹤我好一陣子了。」

「傅梅洛嗎？」

我點點頭。我看到她的雙手似乎在顫抖著。

「你根本就不知道自己做了什麼傻事，達尼。」

「那就請您跟我說清楚。」我反駁她，態度強硬卻不自知。

「你以為你無意間拿到了一本書，就有資格介入你不認識的書中人物，以及那些你不了解也跟你不相干的事情？」

「不管您怎麼想，這些事情現在都跟我息息相關了。」

「你根本就不知道自己在胡說些什麼。」

「我曾經去過安達雅家族的舊莊園。我知道，赫黑．安達雅就躲在那裡。我也知道，他就是殺死卡拉斯的兇手。」

她凝望著我，久久不語，似在苦思適當的措辭。

「傅梅洛知道這件事嗎？」

「我不清楚。」

「你最好要搞清楚。傅梅洛跟蹤你到這裡來了嗎？」

她眼神中的怒火，灼傷了我的內心。我以一個控訴者和正義法官的角色走進這棟公寓，卻分分秒秒都滿懷著愧疚感。

「我想應該沒有。您知道安達雅殺了胡立安，還藏身那個舊莊園？爲什麼不告訴我？」

她一臉苦笑。「其實，你什麼都不了解，對不對？」

「我所了解的是，您爲了包庇那個殺死您口口聲聲稱做朋友的兇手而說謊，您知道謀殺案的眞相卻隱瞞多年，那個無情的兇手爲了消滅胡立安的一切而不擇手段去燒毀他的著作。我還了解，關於您的丈夫，您說的都是謊言，他不在牢裡，顯然也不在這裡。這就是我所了解的實情。」

努麗亞．蒙佛特幽幽地搖著頭。

「你走吧，達尼。請你馬上離開這裡，不要再回來。夠了！」

我往門口走去，留下她一人在餐廳裡。我在中途停了下來，回頭一看：努麗亞．蒙佛特坐在地板上，身體挨著牆壁。剛才的矜持和鎮定，全部在刹那間瓦解了。

我低著頭穿越了聖菲力普聶利廣場。我帶著剛從那個女子的雙唇所接收的痛苦，那是一種讓我覺得自己是共犯或工具的痛苦，但始終無法理解爲什麼會這樣。「你根本就不知道自己做了什麼傻事，達尼。」我只想儘快離開那個地方。到了教堂前，我並沒有特別去注意那位站在門口的小個兒大鼻子神父，他手上拿著彌撒書和玫瑰念珠，當我經過時，他很愼重地爲我祝禱祈福。

39

我回到書店時，遲到了將近四十五分鐘。父親一見到我，皺起眉頭，用滿臉責備的神情看著時鐘。

「現在都幾點啦？你們明知道我要去聖谷格鎮拜訪客戶，竟然把我一個人丟在店裡。」

「費爾明呢？他還沒回來嗎？」

父親沒好氣地搖搖頭，他發脾氣的時候都是這樣。

「對了，有一封寄給你的信，我把它放在收銀機旁邊。」

「爸，對不起！不過……」

他臉上那個表情，顯然是要我不必再費心找藉口了。接著，他穿上風衣，戴上帽子，沒說再見就出門去了。我知道他的個性，他的怒氣大概還沒到車站就全消了。讓我最納悶的是，費爾明居然還沒回來！我明明在聖菲力普聶利廣場旁看到他一身神父的裝扮，等著努麗亞·蒙佛特出門，然後就可以藉由跟蹤她而發現重大祕密。我對這項行動計畫已經不抱什麼期望了；我想，假如努麗亞·蒙佛特眞的出門了，費爾明頂多只能跟蹤她到附近的藥局或麵包店吧。我走到收銀機旁，看了看父親提到的那封信。長方形的白色信封，就像一塊墓碑似的，封口部位標示的寄件單位，讓我無精打采地過了一整天：

西班牙國防部

巴塞隆納兵役處

「哈利路亞！」我輕聲低語著。

我不需要拆開信封就知道信件的內容，即使如此，我還是拆了，好讓自己死了這條心。信件非常簡短，只有兩段文字，措辭嚴謹，標準的軍方公函風格。信中宣布，我，達尼·森貝雷，兩個月後將會很榮幸地執行西班牙青年最神聖的任務：穿著繡著軍徽的制服捍衛祖國。我相信，費爾明一定會從《猶太共濟會興亡史》找出適當的句子來消遣我一番。兩個月。八個禮拜。六十天。我還能把時間換算成秒，這樣可以算出一長串的數字。我還有五百一十八萬四千秒的消遙歲月。這段時間，按照父親的說法，或許費德里戈先生都可以做出一輛福斯汽車了，或者幫我做一隻完整標示數字的自動手錶。或許有人可以告訴我，我該怎麼做才不會失去碧雅。這時候，店門的鈴鐺響了，我以為是費爾明終於結束了他的偵探任務回來了。

「唉呀，王子親自守著城堡啊！不過，怎麼一張臉跟茄子一樣啊？打起精神來，小鬼，你看起來跟個木偶似的！」古斯塔佛·巴塞羅先生說道，一邊脫下駝毛大衣，接著放下那支他根本就用不上的象牙枴杖，雙眼炯炯有神。「達尼，你父親不在啊？」

「很抱歉，古斯塔佛先生，他出去拜訪客戶了，至於回來的時間，我想恐怕要到……」

「太好了！我不是來找他的。我有事情要告訴你，別讓他聽見最好。」

他對我眨眨眼，然後脫下手套，在店內張望了一下。

「我們的夥伴費爾明呢？出去啦？」

「出去執行任務後就不見了。」

「我想，他目前正在運用他的聰明智慧調查卡拉斯奇案吧！」

「他非常盡心盡力呢！我上次看見他的時候，他一身神父裝扮，到處替人祝禱畫十字。」

「這樣啊……我錯怪他了，算我多嘴了。」

「我看您一副心神不寧的樣子，發生什麼事了嗎？」

「沒什麼。不過，也算是啦！」

「您要跟我說什麼，古斯塔佛先生？」

這位書店業界的聞人溫柔地對我微笑著。他平日慣有的不可一世和高傲神情已經消失無蹤，取而代之一臉的嚴肅，顯得憂心忡忡的樣子。

「今天早上，我認識了一個名叫馬努·古迪雷斯·馮西楷的人，他今年五十九歲，老光棍一個，打從一九二四年起就在巴塞隆納市立殯儀館服務。整整三十年，都在陰曹地府做事。這話是他自己說的。馬努先生是個老派紳士，彬彬有禮，和藹可親，而且熱心助人。他從十五年前起就住在西尼薩街上一間租來的小套房裡，養了十二隻已經學會哼唱送葬歌曲的鸚鵡。他擁有黎塞歐歌劇院的季票，偏愛韋瓦第和董尼采第的作品。他告訴我，他那份工作，最重要的是按照規則做事。建立規則好辦事，尤其是碰到棘手的狀況時，才不會茫然失措。十五年前，馬努先生打開警方送來的帆布袋，發現裡面裝的屍體竟是他童年最要好的玩伴。被肢解的部分則裝在另一個袋子裡。馬努先生隱藏著個人情緒，依舊照規定處理屍體。」

「您要不要喝杯咖啡，古斯塔佛先生？您的臉色有點蒼白呢！」

「那就麻煩你了。」

我到茶水間泡了杯熱咖啡，加了八顆方糖。端上來之後，他一口氣喝光光。

「好點兒了嗎？」

「好多了。回到剛才的話題，話說驗屍單位把胡立安．卡拉斯的屍體送到殯儀館那天，正好是馬努先生當班，當時是一九三六年九月。當然啦，馬努先生已經不記得名字了，但是，這只要塞點錢請他查檔案資料就行了，就當是給他的退休金。一查之後，他馬上就回想起當時的情況。你有沒有在聽我說話啊？」

我立刻點頭如搗蒜。

「馬努先生記得那天的所有細節，因為據他告訴我，那天是極少數不照規矩行事的特殊案例。警方宣稱，天亮前不久，他們在瑞瓦區的巷子裡尋獲這具屍體。不過，送進殯儀館的時候都已經快要中午了。他們在屍體上找到一本書和一本護照，上面的名字是胡立安．富爾杜尼．卡拉斯，一九〇〇年生於巴塞隆納。護照上蓋有法、西邊境海關的戳印，日期顯示卡拉斯是一個月前入境的。至於死者的致命傷，顯然是遭到槍擊。馬努先生不是法醫，但是他在殯儀館工作了這麼久，經驗已經相當豐富了。據他研判，正中心臟部位那一槍，應該是近距離射擊。藉由那本護照，他們聯絡上了富爾杜尼先生，也就是卡拉斯的父親，他那天晚上就去認屍了。」

「截至目前為止，一切都和努麗亞．蒙佛特的說法一致啊！」

巴塞羅點點頭。

「的確是這樣。不過，努麗亞．蒙佛特沒告訴你的是，我的朋友馬努先生覺得警方處理這個案子的態度很隨便，因此，他在死者口袋裡找到那本書之後，決定採取主動，當天下午在等候富爾杜尼先生來認屍的空檔，他就打了電話到出版社去，把這件事告訴他們。」

「可是努麗亞．蒙佛特告訴我，殯儀館的員工是三天後打電話到出版社的，那時候屍體已經埋葬了。」

「根據馬努先生的說法，他在屍體送進去的當天就打了電話。他說接電話的是位小姐，很客氣地謝謝他打這通電話。馬努先生記得，這位小姐的反應頗不尋常，讓他有點訝異。照他的說法是：『聽她的語氣，好像她早已經知道這件事了。』」

「富爾杜尼先生呢？他眞的不願意指認兒子嗎？」

「這是讓我覺得最離奇的地方。馬努先生說，那天下午來了個體格瘦小的老先生，不停顫抖著，身邊有兩位警察陪著。那就是富爾杜尼先生。根據他的說法，當人們來指認親人的屍體那一刻，是他始終無法適應的部分。馬努先生說，沒有一個人會希望看到那種場面。他說，更糟糕的是，如果死者年紀輕輕，來認屍的是父母或新婚不久的配偶，尤其令人心酸。馬努先生對那天的富爾杜尼先生記憶猶新。他說，富爾杜尼到了太平間的時候，幾乎要昏了過去，他哭得非常傷心，必須由兩位警察攙扶著才站得住。他不斷呻吟著：『他們究竟對我兒子怎麼了？』」

「他後來看到屍體了嗎？」

「馬努先生告訴我，他一度想建議警方，乾脆把這個步驟省略了吧。就這麼一次，他在內心質疑了那些規定的適當性。屍體送進去的時候，狀況非常糟，死亡時間並不是警方宣稱的當天凌晨，其實已經超過二十四個小時。馬努先生很擔心，就怕老先生看到屍體會心碎。富爾杜尼先生不停地喃喃自語：不可能的，他的胡立安不可能會死的……這時候，馬努先生心一橫，掀開了覆蓋屍體的裹屍布，接著，兩位警察很鄭重地問了富爾杜尼先生，死者是不是他的兒子胡立安。」

「然後哩？」

「富爾杜尼先生愣住了，他不發一語地盯著屍體看了將近一分鐘。然後，他掉頭就走了。」

「走了？」

「沒錯，火速離開。」

「警察呢？他們沒攔他嗎？他是去認屍的呀，不是嗎？」

巴塞羅故弄玄虛地笑著。

「理論上是這樣。但是，馬努先生記得，當時還有另一個警察在場，他是在另外兩位警察陪同富爾杜尼先生認屍的時候悄悄進來的，他靠著牆壁，嘴上叼著菸，在一旁默默觀看整個過程。馬努先生對他印象很深刻，因為，他告訴這位警察，殯儀館規定不准抽菸，沒想到另外一位警察卻示意要他住嘴。根據馬努先生的說法，富爾杜尼先生一走，那位抽菸的警察立刻上前去看了屍體，還在死者臉上吐了口水。接著，他拿走了那本護照，下令將屍體送到蒙居克，那個凌晨就下葬無名塚。」

「這實在沒道理啊！」

「馬努先生就是這麼認為的，特別是因為這一切都不符合規定。『我們根本就不知道死者是誰呢！』他這樣說道。三個警察都沒說話。馬努先生氣憤地斥責他們：『各位到底是隱瞞了什麼？因為這具屍體顯然已經死亡超過一天了……』馬努先生一來是堅持原則，二來也宣示自己並不是笨蛋。根據他的說法，他說完那段話之後，那個抽菸的警察走近他身旁，狠狠地瞪著他，問他是不是活得不耐煩了。馬努先生告訴我，他當時嚇壞了。那個警察的眼神凶狠而瘋狂，絕對不是鬧著玩的。他低聲解釋說自己只是照規矩做事而已，既然死者身分不明，不能就這樣下葬了。『這個人的身分，我說了算！』那個警察這樣駁斥他。於是，他拿出證明文件，簽了名，案子就這樣結了。馬努先生說，他終生難忘那個簽名，因爲經過內戰時期，甚至到了多年以後，他依然會在許多不知來自何處、無人指認的無名屍的證明文件上看到自己的簽名……」

「法蘭西斯戈·哈維爾·傅梅洛警官……」

「警界的驕傲與堡壘！達尼，你知道這整件事意味著什麼嗎？」

「我們打從一開始就被打垮了。」

巴塞羅拿起帽子和枴杖，走到門口，低聲否認道：「不，眞正的硬仗現在才剛要開始呢！」

40

一整個下午，我除了一再翻閱那封悲情的入伍通知書之外，就是癡等費爾明現身。已經超過書店關門時間半個小時了，費爾明依然不知去向。我拿起電話，打到華金柯斯塔街上的旅館。接電話的是恩卡娜女士，說話的語氣有濃濃的醉意，她說，打從早上開始就沒見到費爾明的人了。

「他如果半個小時內不回來的話，晚餐就涼掉了，咱們這兒可不是五星級的麗池酒店啊！我說，他沒事吧？」

「您放心，恩卡娜女士，我只是有急事找他，他大概在路上耽擱了。總之，您要是睡覺前看見他回去的話，麻煩您告訴他，我打過電話找他。我是達尼·森貝雷，您的好朋友麥瑟迪絲樓下的鄰居。」

「那有什麼問題。不過，我可是先把話說清楚了，我這個人哪，八點半就鑽進被窩裡啦！」

接下來，我又打了電話到巴塞羅家，我想，說不定費爾明跑去找貝娜妲打牙祭了，或者跟她一起躲在燙衣間裡親熱之類的。我萬萬沒想到，接電話的居然是克萊拉。

「是達尼啊，眞是讓人意外呢！」

我也這麼覺得哩！我搬出安納克雷多先生常用的拐彎抹角那套辭令，跟她閒聊了一下，然後就直截了當說出了我打電話的用意。

「沒有啊！費爾明一整天都沒到這裡來。而且，貝娜姐整個下午都跟我在一起，他如果來過，我應該會知道的。對了，我們今天還聊到你了呢！」

「喔，這個話題太無聊了吧！」

「貝娜姐說，她覺得你已經長得又高又帥了呢！」

「我吃很多維他命。」

兩人靜默許久。

「達尼，你覺得，我們以後有沒有可能再當朋友？到底要經過多少年，你才會原諒我？」

「我們早就是朋友了，克萊拉，而且妳也知道，我沒什麼好原諒妳的。」

「我叔叔說你還在研究胡立安．卡拉斯呢！或許哪天你找個時間到家裡來喝下午茶，跟我聊聊新鮮事。而且，我也有事情要告訴你。」

「好啊，就這幾天吧！」

「我要結婚了，達尼。」

我呆呆地望著電話。我覺得自己的兩條腿似乎已經陷入地底下了，要不然就是骨架突然縮了好幾公分。

「達尼，你還在吧？」

「嗯！」

「你很驚訝吧？」

我嚥了一下口水，嘴裡的唾液跟水泥一樣堅硬。

「沒有，我比較驚訝的是妳到現在還小姑獨處。妳一向都不乏追求者的。誰是那位幸運兒啊？」

「你不認識他。他叫哈克勃，我叔叔的朋友，在西班牙銀行當經理。在我叔叔的安排之下，我們是在一場歌劇音樂會上認識的。哈克勃非常熱愛歌劇。他年紀比我大，但我們是很聊得來的好朋友，這一點非常重要，你不覺得嗎？」

我有滿腹惡毒的言語，但我咬著舌頭忍住沒說。那種滋味，就像吞了毒藥似的。

「當然……反正，我在這裡先恭喜妳了。」

「你永遠都不會原諒我了，對不對？對你來說，我永遠是克萊拉．巴塞羅，一個背信忘義的叛徒。」

「對我來說，妳永遠都是克萊拉．巴塞羅，就這樣。這是妳早就知道的。」

又是一陣沉默，讓人困窘得白髮都要冒出來了。

「你呢？達尼，費爾明說你交了一個很漂亮的女朋友。」

「我必須掛電話了，克萊拉，剛好有客人進來。我這個禮拜再找一天打電話給妳，然後我們約個時間喝下午茶。再次恭喜妳了！」

我掛了電話以後，嘆了一口氣。

父親拜訪了客戶之後，筋疲力竭地回到家裡，似乎沒什麼意願開口說話。當他準備晚餐的時候，我在一旁幫忙擺餐具，他居然沒問起費爾明或書店裡的情形。我們埋首盯著盤子吃晚餐，聽的是電台播出的新聞。父親幾乎沒碰盤子裡的食物，他只是一直用湯匙攪著那盤清淡無味的湯，彷彿是在盤底撈金似的。

「您都沒吃晚餐啊！」我說道。

父親聳聳肩。收音機還在播著無聊的節目。父親站了起來，把收音機關掉了。

「兵役處寄來的信上寫了什麼內容？」他終於問了。

「我兩個月以後入伍當兵。」

我覺得他的眼神一下子老了十歲。

「巴塞羅告訴我，他會透過關係，新兵訓練結束後，就把我安插在巴塞隆納國防部。到時候，我甚至可以每天回來睡覺呢。」我告訴他。

父親只是冷淡地點頭回應。看著他那副神情，讓我覺得更難受，所以我乾脆起身收拾餐盤。父親依然坐在餐桌旁，眼神茫然，雙手緊握頂著下巴。就在我正要開始洗盤子的時候，我聽見樓梯傳來腳步聲。每一個腳步都是強而有力、急促緊張，每一步都像在懲罰樓梯似的，傳達著不祥的訊息。我睜大眼睛和父親對望了一會兒。腳步聲在我們這層樓停下來了。父親站了起來，看似相當不安。霎時，一陣急切的敲門聲傳來，接著是憤怒而低沉的嗓音，聽起來有些耳熟：

「警方查案，開門！」

我的思緒突然如千刀萬劍猛刺著。又是一陣如炮火齊發似的敲門聲。父親走到門口，掀開門上的窺視孔：

「各位這時候來，有什麼事嗎？」

「趕快開門，不然我們就把門砸爛，森貝雷先生，最好別讓我說第二遍。」

我認出那是傅梅洛的聲音，背脊都涼了。父親緊張地看了我一眼。我點點頭。他屏息開了門。傅梅洛和他那兩名手下的身影，出現在昏暗的門口。灰色的風衣，仍舊套在那個無情而僵硬的身軀上。

「他在哪裡？」傅梅洛大吼，一把將我父親推開，直接往餐廳走去。

父親作勢要攔他，但其中一位警察立刻抓住他的手臂，然後把他推到牆邊，動作冷酷而俐落，簡直就像一部機器。他就是那個跟蹤費爾明和我的警察，也是費爾明在聖塔露西亞安養院前被傅梅洛痛打時，在一旁制伏我的同一個人。他幽幽地看了我一眼，臉上露出令人無法理解的神情。我追上傅梅洛，用盡我所有的冷靜來武裝自己。警官大人雙眼布滿血絲，左臉頰上有個抓痕，傷痕滲出的血跡已經凝固。

「他到底在哪裡？」

「什麼在哪裡？」

傅梅洛眼神一垂，不停地搖頭，一邊還自言自語著。當他再抬起頭來的時候，一張臉臭得跟狗屎一樣，手上則握著左輪手槍。傅梅洛盯著我的雙眼，一下就用槍托把桌上的花瓶砸得粉碎，瓶子裡的水和鮮花散落在桌布上。我的身體不聽使喚地顫抖著。父親被另外兩個警察壓制在玄關。我沒聽清楚他在說些什麼。在那一刻，我所有的注意力都集中在那支抵在我臉頰上的冰冷手槍，以及那股濃濃的煙硝味。

「你別跟我耍花樣，混帳小子！不然的話，我把你老子的腦袋打爛，聽見沒？」

我點點頭，身體顫抖得厲害。傅梅洛用力將手槍壓在我的顴骨上。我覺得自己的臉上快要破皮了，但即使如此，我連眼皮都不敢眨一下。

「這是我最後一次問你了。說！他到底在哪裡？」

我在傅梅洛警官眼裡看到自己就像個做錯事的壞學生一樣，在我畏畏縮縮的同時，他的手指也慢慢扣下扳機。

「他不在這裡。我從今天中午起就沒看見他了，是眞的！」

傅梅洛靜靜地站在原處，過了大約半分鐘之後，他用槍管在我臉上畫來畫去，同時還舔著嘴唇。

「李瑪！」他下令。「去給我搜。」

其中一個警察立刻開始搜查我們的公寓。我父親依舊被另一個警察押著。

「你如果膽敢騙我，讓我在房子裡搜到他的話，我告訴你，我一定把你老子的兩條腿打斷！」

傅梅洛在我耳邊喃喃說道。

「我父親什麼都不知道，請您放過他吧！」

「我看你才是什麼都不知道，居然也敢跟我玩這個遊戲！不過，等我抓到你那個好朋友的時候，什麼都甭玩了。法官、醫院，什麼都省了。這次，我要親自獵捕他。相信我，我是很樂於加入這個行列的。我會奉陪到底！你如果看到他的話，就這樣告訴他。他就是鑽進地洞裡，我也要把他挖出來！下一個就輪到你了。」

李瑪警官回到餐廳後，只約略和傅梅洛交換了個眼神，傳達了「沒找到人」的訊息。傅梅洛鬆開扳機，然後收回左輪手槍。

「太令人遺憾了！」傅梅洛說道。

「他到底犯了什麼罪？您爲什麼要找他？」

傅梅洛轉身走近他那兩名手下，示意要他們放了我父親。

「今天這件事，您最好別忘了。」我父親忿忿地吐了口水。

傅梅洛的雙眼緊盯著他。我父親本能地往後退了一步。我很怕警官大人的虐待戲碼就要登場了，然而，傅梅洛突然搖搖頭，低聲竊笑著，然後走出了公寓大門。李瑪警官尾隨在後。至於每天跟在我後面陰魂不散的另一個警官，卻在門口停了下來。他默默看著我，似乎有話要跟我說。

「白萊修！」傅梅洛大聲怒吼，他的叫聲在樓梯間迴盪著。

白萊修低下頭，然後消失在門外。我走到門外的樓梯間。好幾戶鄰居的大門開了一條縫，閃著刀鋒般的燈光，一張張驚嚇的臉則藏在昏暗的門後。三個警察黑漆漆的身影往下移動，漸漸隱沒在樓梯間，憤怒的步伐聲，聽起來就像駭人的巨浪，掀起一波又一波恐懼。

到了將近午夜時分，我們再次聽見敲門聲，只是，這次柔和多了，甚至有點畏懼的感覺。我父親正在用雙氧水幫我清理傅梅洛的左輪手槍在我臉上戳破的傷口，他一聽見敲門聲，突然愣住了。我們彼此對望著。接著，又敲了三次。

這時候，我以為又是傅梅洛，說不定他一直埋伏在某個陰暗的樓梯角落。

「哪位啊？」父親問道。

「我是安納克雷多，森貝雷先生。」

我父親鬆了一口氣。我們開了門，只見老學究臉色異常蒼白。

「安納克雷多先生，發生什麼事了？您還好吧？」父親問道，連忙請他進門。

老學究手上拿著一份報紙。他攤開報紙，眼神中盡是恐懼。紙張還溫溫的，油墨也還沒乾。

「這是明天的報紙。」安納克雷多先生喃喃低語著。「第六版。」

我首先看到的是標題上方那兩張照片。第一張是費爾明的舊照片，比現在豐腴，頂上也還有頭髮，大概是十五到二十年前拍的。第二張照片上是個女人的臉，雙眼緊閉，毫無血色的皮膚宛如大理石。我看了好幾秒鐘才認出她來，因為我一直習慣了在昏暗角落裡的她。

本地遊民　光天化日謀殺女子

【巴塞隆納／本報訊】居住在巴塞隆納的三十七歲女子努麗亞．蒙佛特，昨天下午被毆打致死，警方正在全力追捕涉有重嫌的一名遊民。

命案發生在昨天下午，案發地點是聖潔爾瓦希歐廣場附近的巷子裡，被害人在不明狀況下遭到一名遊民攻擊，市警局表示，嫌犯已經跟蹤被害人多時，至於動機爲何，仍待警方深入調查。

據警方研判，嫌犯安東尼歐．荷西．古迪雷斯．阿卡葉德，今年五十一歲，出身卡瑟雷斯省的英蒙達鎮。此人前科累累，長期患有精神疾病，六年前從示範監獄逃跑之後，利用經常變換身分的方式逃過警方追查。案發當時，嫌犯乃是神父裝扮。由於他隨身攜帶刀械，警方將他列爲危險份子。至於死者和嫌犯是否相識以及犯案動機，仍待查證，但警方根據掌握的線索推測，兩人可能彼此認識。死者總共遭受了六次毆打，傷勢遍及腹部、頸部和胸部等。此外，由於案發地點就在學校附近，當時有幾位學生目擊了這宗命案，隨即向老師報告，於是，老師立刻報警，並且通知了救護車。

警方指出，被害人當場被毆致死。被害女子昨天下午六點十五分被送進巴塞隆納醫院時，已無生命跡象。

我們一整天都沒有費爾明的消息。父親堅持書店照常營業，維持正常作息就表示我們是無辜的。警方派了一名警察守在樓梯口，另一個負責巡邏聖塔安娜廣場的警察，靠在教堂門口，就像一座聖徒雕像。他們頂著寒風大雨，冷得直打哆嗦，呼出的氣息凝結成的白色蒸氣，越來越稀薄，兩人有志一同，都把雙手深深埋進風衣口袋裡。好幾個鄰居伸長了脖子打探著，他們站在櫥窗外偷瞄，就是沒有人敢踏進店裡。

「風聲大概已經傳開了。」我說道。

父親無言回應，只是點點頭。他今天早上一句話都沒跟我說，傳達訊息全靠臉上的表情。刊登努麗亞．蒙佛特謀殺案的報紙始終攤在櫃檯上。父親每隔二十分鐘就會走過去，皺著眉頭把新聞重讀一遍。他心裡的怨氣越積越深，只是隱忍著沒說罷了。

「你都讀了幾遍了？這則新聞寫的又不是實情！」我說道。

父親抬起頭來，嚴肅地看著我。

「你認識這個被害人努麗亞．蒙佛特嗎？」

「嗯，我跟她談過幾次話。」我答道。

努麗亞．蒙佛特的面容立即浮現在我腦海。我這種虛偽敷衍的態度，換來了噁心的感覺。我依然記得她的味道，以及她的雙唇輕柔的觸感，我也記得她那井然有序的書桌，還有她那悲傷而聰敏的眼神。「嗯，只聊過幾次。」

「你爲什麼要找她？她跟你之間有什麼瓜葛嗎？」

「她是胡立安．卡拉斯的一個老朋友。我找她是爲了問她還記得卡拉斯哪些事情，就這樣。她是伊薩克的女兒，那個老管理員，是他給我的地址。」

「費爾明認識她嗎？」

「不認識。」

「你憑什麼這麼確定？」

「你憑什麼質疑他的人格？寧願去聽信外面的謠言？費爾明對這個女人的了解，都是由我告訴他的。」

「他因此而跟蹤她？」

「是的。」

「因爲你要求他去跟蹤她！」

我沉默不語。父親嘆了一口氣。

「爸，這件事你不了解啦！」

「我當然不了解，我連你和費爾明都不了解了……」

「爸，以我們所認識的費爾明，絕對不是報紙上寫的那樣。」

「我們對費爾明認識有多少？搞了半天，我們連他眞實的名字都不知道……」

「你錯怪他了啦！」

「不，達尼，我沒有錯怪他，是你錯看了他，而且，你做錯了很多事情。是誰叫你去介入別人的生活了？」

「我想跟誰談話，那是我的自由。」

「所以，事情演變到這個地步，我想，你大概也是無動於衷吧！」

「你的意思是，我應該爲那個女人的死負責囉？」

「你居然叫她那個女人！人家有名有姓，而且還是你認識的人。」

「不用你來提醒我！」我含淚反駁他。

父親憂傷地看著我，無奈地搖頭。

「老天爺啊！我眞不敢想那可憐的伊薩克會有多傷心……」父親喃喃自語。

「她的死，不是我的錯。」我說話的聲音細微如游絲，我心想，這句話或許要重複再說許多遍，我才會開始相信那是眞的吧！

父親往書店後面的工作間走去，邊走還在邊搖頭。

「你到底有沒有責任，自己要搞清楚啊，達尼。有時候，連我都不認識你了。」

我抓起風衣，立刻奪門而出，躲進大雨中，沒有人認識我，也不會有人讀出我的心情。

我在冰冷的雨中，漫無目的閒晃著。我低著頭走路，腦子裡都是努麗亞·蒙佛特的身影，沒有生命跡象，躺在冰冷的大理石地板上，身上多處嚴重毆傷。到了馮塔尼亞街，我沒停下來看紅綠燈，直接就穿越馬路。忽然，我覺得迎面而來一陣強風，接著，金屬和強光形成的一面牆，火速朝我撲上來。就在千鈞一髮之際，在我背後有位路人緊急將我往後拉，讓我及時閃避了疾駛而過的公車。我望著那個和我的臉僅隔幾公分的閃亮車體，就差十分之一秒的瞬間，我逃過了死神的魔掌。當我意識到這一切時，那位救了我一命的路人，已經走到人行道上，隱約只見他那穿著灰色風衣的背影。我呆立在原處，嚇得喘不過氣來。在朦朧的雨中，我看見我的救命恩人站在對面街上望著我。他是白萊修警官。長長的車陣就像一大片圍牆似的擋在我們中間，當車潮散去時，卻已經不見白萊修警官的身影。

我往碧雅家的方向走去，因爲我已經沒辦法再等下去了。我必須找出生命中僅有的一點美好事物來安慰自己，而那些珍貴的美好事物，都是她賜給我的。我加快腳步往前走，到了雅吉拉爾家大門口，已經喘得上氣不接下氣了。我按了電鈴，然後又用力敲了三次門。在等待的同時，我努力鼓起勇氣，卻發現自己全身濕透的模樣只能用狼狽兩個字來形容。我撥開額頭上的髮絲，然後告訴自己：你已經沒有退路了。如果雅吉拉爾先生出現在大門口，決心要打爛我的臉和手腳，那就希望他越早動手越好。我再敲門，過了半晌，我聽見腳步聲越來越接近大門口。門上的窺視孔掀開了一半。一隻充滿疑慮的黑色眼睛在裡面觀望著我。

「哪位呀？」

我一聽就知道那是塞西莉雅，她是雅吉拉爾家的其中一個女傭。

「塞西莉雅，我是達尼．森貝雷啊！」

窺視孔隨即蓋上，時隔幾秒鐘，大門上一道又一道大鎖開起了演奏會。大門緩緩打開了，站在門口的是戴著帽子、穿著制服的塞西莉雅，手上拿著點燃的大蠟燭。從她那飽受驚嚇的神情看來，我想，我看起來八成跟鬼一樣。

「妳好，塞西莉雅，碧雅在家嗎？」

她一臉困惑地看著我。以她在這個家工作這麼久的經驗，我難得在這裡出現，久久才來一次，每次都是來找我的同學湯瑪斯的呀！

「碧雅翠詩小姐不在家……」

「她出去了嗎？」

塞西莉雅驚慌失措地猛點頭。

「妳知不知道她什麼時候回來？」

女傭聳聳肩。「她和先生、太太一起去看醫生，已經出去兩個小時了。」

「看醫生？她生病了？」

「我不知道哩，少爺。」

「她去看哪個醫生？」

「這個我不曉得哩，少爺。」

我決定不再追問這個無辜的女傭。碧雅的父母不在家，倒是替我開了另一個探險途徑。

「湯瑪斯呢？他在家嗎？」

「是的，少爺，您先請進，我馬上去通知他。」

我走進玄關去等候。換了以前，我早就直接進了好朋友的房間，但是，我已經許久不曾踏入這棟房子，總覺得自己好像是初來乍到的陌生人。塞西莉雅捧著燭光消失在走道盡頭，留下我獨自站在黑暗中。我隱約聽見湯瑪斯的聲音從遠處傳來，然後是越來越近的腳步聲。我已經想好了突然造訪好友的藉口。接著，有個身影出現在玄關，這次還是塞西莉雅，她一臉懊惱地看著我，這時候，我硬擠出來的笑容消失了。

「湯瑪斯少爺要我告訴您，他非常忙碌，現在不能見您。」

「妳告訴他我是誰了嗎？我是達尼．森貝雷呢！」

「有的，少爺，我說了。他告訴我，要我請您回去吧！」

我覺得胃裡好像颳過一陣寒風似的，讓我一時透不過氣來。

「我很抱歉，少爺！」塞西莉雅說道。

我點點頭，不知道該說什麼才好。女傭打開大門，這棟房子，一直到不久以前，還被我視爲第二個家呢！

「少爺，您需要雨傘嗎？」

「不用了，塞西莉雅，謝謝妳。」

「我眞的很抱歉，達尼少爺。」女傭又說了一遍。

我只能無奈地對她苦笑。「妳不用擔心，沒事的，塞西莉雅。」

大門關上了，把我也關在黑暗的門外。我呆呆地佇立在原處好一會兒，然後才拖著沉重的腳步走下樓梯。雨勢越來越大，絲毫不見停歇的跡象。我沿街往回走，到了轉角處，我停下腳步，回頭看了一下。我抬頭望著雅吉拉爾家，老朋友湯瑪斯的身影就靠在他房間的窗戶邊。他靜靜地望著我。我向他招手，他卻毫無回應。過了幾秒鐘之後，他從窗邊走開了。我在原地等了將近五分鐘，一心期盼再見到他出現在窗邊。終究是枉然。雨水沖掉了我臉上的淚水，在大雨的陪伴下，我慢慢走路回家。

42

快要回到書店時，我從「神殿戲院」前經過，兩位看板畫匠站在臨時搭設的工作台上，難過地看著才畫好的電影看板，油漆還沒完全乾，就被雨水沖刷成了模糊的水彩畫。我遠遠就看見盯梢的警察站在書店前，宛如一座神情嚴肅的雕像。當我走近費德里戈先生的鐘錶店時，他正好站在門口望著滂沱大雨。他的臉上依然留著在市警局遭受刑求的傷痕。他穿著一身筆挺的灰色羊毛西裝，嘴上叼著一根沒點燃的香菸。我揮手向他打招呼，他則以微笑回應我。

「達尼啊，你跟雨傘有什麼仇嗎？」

「費德里戈先生，世上還有什麼比走在雨中更美妙的事情呢？」

「有啊，肺炎。來來來，進來，我已經幫你把傘修好啦！」

我一臉茫然地看著他。然而，費德里戈先生卻堅定地望著我，微笑也一直定格在臉上。我只好點點頭，跟著他走進那令人驚歎的鐘錶店。一走進店裡，他立刻交給我一個小紙袋。

「你最好馬上離開，那個在書店前站崗的傀儡一直往我們這邊看呢！」

我瞄了一下紙袋裡面的內容。袋子裡裝了一本眞皮封面的小冊子，那是一本彌撒經書，也是我最後一次看見費爾明的時候，他手上拿的那一本！費德里戈先生急忙把我往門外推，他很嚴肅地點點頭，示意要我千萬別透露風聲。當他把我送出門外時，臉上又恢復了笑容，而且還扯高了嗓子說話：

「記得啊，風大的時候，撐傘要小心，否則傘骨又會斷了，知道嗎？」

「您放心，我會記得的，費德里戈先生，謝謝您了！」

我離開的時候，胃部就像打結了似的，每往前走一步，胃部就糾結一下，因爲我已經越來越靠近那個在書店前巡邏的警察。從他面前走過時，我舉起握著紙袋的手跟他打招呼。那個警察只是淡淡地瞄了一下那個紙袋而已。我趕緊鑽進書店裡。父親依然站在櫃檯前，彷彿從我出門以後就沒移動過位置似的。他悲傷地望著我。

「欸，達尼啊，關於我先前說的那些……」

「別擔心，你說的很有道理。」

「你在發抖啊！」

我隨意點著頭，然後看著他跑去拿熱水瓶。我利用這個機會，趕快躲進後面的洗手間裡去查看那本彌撒經書。費爾明寫的字條從書裡掉了出來，像一隻蝴蝶似的在空中飛舞著。我伸手抓住了字條。費爾明的訊息寫在一張近乎透明的捲菸紙上，字體又小，我必須把它晾在燈光下才看得清楚。

親愛的達尼，

關於努麗亞．蒙佛特命案，報紙上寫的那些，完全不能採信。一如往常，那些內容全都是胡說八道。我平安無恙，躲在安全的地點。請您不要找我，也不要寫信給我。這張字條，看完就馬上銷毀。不需要把它吞進肚子裡，燒掉或撕掉就行了。我會再想辦法藉由適當的第三者跟您聯繫的。我請求您將這個訊息的重點，以精簡而謹愼的字眼傳達給我心愛的人。其他的，您什麼都不必做。

您的朋友，第三者❶

FRdT❷

當我正要把字條重讀一遍時，突然有人敲了洗手間的門。

「我可以用一下洗手間嗎？」門外傳來陌生的聲音。

我的心跳差點停止。我一時不知道該怎麼辦，於是就把那張捲菸紙字條揉成一團，然後塞進嘴裡。接著，我按下馬桶沖水鈕，趁著嘈雜的水流聲，我趕緊把嘴裡的紙團吞下去。嚐起來有蠟燭和瑞士糖的味道。我一開門就看見那個剛剛還站在書店門口的警察，一臉尷尬地笑著。

「抱歉，沒想到大雨下了一天都沒停，我突然想小便，所以……」

「那有什麼問題。」我邊說邊讓路給他。「您儘管用。」

「感激不盡啊！」

在小燈泡微弱的燈光下，這個警察看起來就像一隻小雪鼬，好奇地把我從頭到腳打量了一遍。最後，他那雙銳利的眼睛停留在我手上的彌撒經書上。

「我這個人呢，上廁所不看書就解不出來……」

「我也是這樣哩！我眞不懂大家爲什麼都說西班牙人不愛唸書。書可以借我嗎？」

「喔，裡面的水槽箱上有一本最新的國家評論獎得獎小說。」我說道。「那本眞的很好看。」

我神色自若地走出去找我父親，他正在幫我泡熱咖啡。

「那個警察是怎麼回事啊？」我問他。

「他跟我發誓，說他已經快要尿在褲子上了，你說，我能不讓他進去嗎？」

「叫他在街上解決就行了嘛！」

父親一聽，皺起了眉頭。

「你如果不介意的話，我想先上樓去了。」

「也好。趕快把身上的濕衣服換下來，這樣會得肺炎的。」

家裡又冷又靜。我走進房間，看了看窗外。警察依舊在樓下的聖塔安娜教堂門口守著。我脫下濕透了的衣服，換上了厚睡衣，再披上祖父留下來的睡袍。我躺在床上，沒開燈，任由自己沉浸在黑暗中，聽著大雨拍打在窗上的玻璃。我閉上眼睛，想像著碧雅的身影，以及她的愛撫和味道。我前一天晚上整夜未闔眼，所以才躺下不久就累得睡著了。在夢裡，我看見死神像一團白色蒸氣似的飄在巴塞隆納上空，窺探著每一座尖塔和屋頂，它身後拖著一條黑色的繩索，繩子上綁著好幾百個白色的小棺材，棺材後面則是一片黑色花海，還有一個用鮮血寫成的名字：努麗亞．蒙佛特。

我在灰濛濛的清晨醒了過來，窗戶上的玻璃依舊沾著水氣。我穿上足以對付寒冬的厚重衣物，雙腳則套上皮靴。我躡手躡腳地穿越走道，幾乎是摸黑走出客廳的。我悄悄溜出了家門。蘭巴拉大道上的報攤燈光已經亮了。我一直走到塔耶街口，然後買了一份剛印好的早報，聞起來還有濃濃的油墨味。我快速地翻到訃聞版。努麗亞．蒙佛特的名字印在小十字架下方，我實在不忍心去讀它。我把報紙摺起來夾在腋下，繼續漫步在黑暗中。葬禮在下午舉行，四點鐘，地點是蒙居克墓園。我在附近繞了一圈才回家。父親還在睡覺，於是我悄悄走回房間。我坐在書桌前，拿出我的萬寶龍鋼筆。我攤開一張白紙，期望筆尖能引導我寫下感想。然而，我手中的鋼筆卻無話可說。我絞盡腦汁想寫一些話送給努麗亞·蒙佛特，可惜，除了她的死帶來的恐懼之外，我一個字也擠不出來。我知道她被殺人滅口，我也知道她總有一天會回來找我，也許是幾個月後，或者是幾年後，我會永遠記得她那陌生人般的撫觸，也會記得她那不屬於我的身影。妳就這樣走入陰暗裡，我心想，就像妳活著的時候一樣。

譯註：

❶ 在此借用英國名作家葛林的懸疑名作《第三者》（*The third man*）為名。

❷ FRdT：費爾明的全名 Fermín Romero de Torres 的縮寫。

43

接近下午三點的時候，我在哥倫布大道上了開往蒙居克墓園的公車。透過車窗，我看見港灣內桅杆如林，三角旗海迎風飄揚。公車上的乘客寥寥可數，車子繞著蒙居克山路，慢慢往上行駛到全市佔地最廣的墓園。我是最後一個下車的乘客。

「請問，回程最後一班車是幾點？」下車之前，我問了司機。

「四點半。」

公車司機讓我在墓園大門口下了車。前方一條大道，兩旁柏樹參天。以這個山腳下為起點，往上擴展成無邊無際的死者之城，甚至包括了山頂。墳墓大道、墓碑之路、陵墓巷弄、挺著憤怒天使的尖塔，以及一片擁擠的墓碑之林。死者之城是個墓穴宮殿，也是存放骨灰的陵墓，由一具具埋在爛泥巴裡的腐爛屍骨看守著。我深呼吸之後，踏進墓園迷宮。我母親就埋在這條路往前幾百公尺外的地方。我每往前走一步，都能感受到這個地方的冰冷、空洞和憤怒，還有死寂帶來的恐懼。鑲在墓碑上的老照片，無人聞問，只有蠟燭和枯花相伴。才走了一小段路，我就看見遠處有人提著瓦斯燈，站在一處墓穴旁，鉛灰色的天空下，隱約可見六個身影。我加快腳步往前走，到了聽得見神父祝禱的地方就停了下來。

棺材是松木製成，沒有特殊加工，靜靜地躺在土穴裡。兩個掘墓工人手持木樁，守在棺木旁。我把在場的人看過一遍，「遺忘書之墓」的老管理員伊薩克竟然沒來出席自己女兒的葬禮。我看到住在努麗亞·蒙佛特對面的鄰居太太，傷心啜泣，不時還搖頭嘆息，她身邊有個模樣寒酸的男人，體貼地拍著她的背安慰她。八成是她丈夫吧，我心想。他們旁邊則是一個年約四十歲的女子，身著灰色洋裝，手上還拿著一束花。她默默地流淚，緊抿著雙唇，目光並沒有落在墓穴裡。我從來沒見過她。在人群之外，有個人穿著深色風衣，雙手拿著帽子背在身後，那是前一天才救了我一命的白萊修警官。他抬起頭來，目不轉睛地看著我。神父枯燥無味、毫無感情的演說，比死寂更讓人難受。我凝視著那具棺木，已經陷在土堆裡。我想著躺在棺木裡的她，當灰衣陌生女子走過來遞給我一朵花的時候，我早已不自覺地淚流滿面。直到人群散去，我依然站在原地，在神父指示之下，兩個工人在瓦斯燈的映照下，開始埋棺的工作。我把花收在大衣口袋裡，然後轉身離去。我還是無法走近向她說再見。

當我走回墓園大門口時，天色漸漸暗了，我大概已經錯過了最後一班公車。於是，我在陰暗中上路，打算沿著公路走回巴塞隆納市區。忽然，一輛黑色汽車在我前方二十公尺處停了下來，車燈沒關，駕駛座上的人正抽著菸。當我走近時，白萊修警官打開右邊的車門，要我上車。

「上來吧，我送你回家。這麼晚了，已經沒有公車或計程車會在這裡出現了。」

我遲疑了一會兒。「我寧願走路回去。」

「別說傻話了。上車！」

他那堅定的語氣就像一個習慣發號施令的人，但他同時又要聽命行事。

「拜託你。」他補上一句。

我上了車之後，警官立刻踩了油門。

「我叫安立格．白萊修。」說完，他向我伸出手來。

但我沒握他的手。「您載我到哥倫布廣場就可以了。」

車子加速前進，在蜿蜒的公路上行駛了好一陣子，兩人都沒開口。

「我希望你能夠了解，對於蒙佛特女士的死，我覺得很遺憾。」

從他嘴裡說出的這段話，在我聽來卻像是猥褻和侮辱。

「我很感謝您昨天救了我一命，即使是這樣，我還是要告訴您，您的感覺是您家的事，不干我屁事，白萊修先生！」

「我不是你想的那種人，達尼。我是眞的想幫你！」

「您如果期待我把費爾明的下落告訴您的話，那麼，您現在就可以讓我下車了……」

「我不在乎你的朋友在哪裡。現在不是我執行勤務的時間。」

我沒搭腔。

「你不相信我，我不怪你。但是，你至少要把我的話聽進去。這件事，已經鬧得太過火了。那個女人，死得沒道理啊！我要你別再插手這件事，把那個叫做卡拉斯的人忘了吧！」

「聽您說話的語氣，好像這一切是我自己可以控制似的？我只是一個旁觀者罷了。眞的演出者是您們這幾位警官和您那位長官大人！」

「我眞的不想再參加葬禮了，達尼，我尤其不希望出現在你的葬禮上。」

「那正好！因爲您不在受邀之列。」

「我是說眞的！」

「我也是。麻煩您，立刻讓我下車。」

「再兩分鐘，我們就到哥倫布廣場了。」

「無所謂。這輛車子充滿血腥味，就像您一樣。請讓我下車！」

白萊修將車速減慢，最後把車停在路肩。我下車之後，重重地甩了車門，還瞪了他一眼。我站在一邊等車子開走，沒想到這位警官卻遲遲不踩油門。我轉過身去，看到他正把車窗搖下來。在他臉上，我看到了誠懇，甚至悲傷的神情，可是我始終拒絕相信他。

「努麗亞．蒙佛特是在我懷裡斷氣的，達尼。」他說道。「我想，她最後的遺言應該是說給你聽的。」

「她說了什麼？」我故作冷漠地問道。「她提到我的名字了嗎？」

「她當時已經神智不清了，不過，我想她所指的對象應該是你。她曾經說了這麼一句話：世上還有比文字世界更難熬的煉獄。後來，在斷氣之前，她要我告訴你：讓她走了吧！」

我茫然地望著他。「她要我讓誰走啊？」

「一個叫做潘妮蘿珮的女孩子。我猜，那大概是你的女朋友吧？」

神情落寞的白萊修在黃昏夕照中開車走了。我站在原地，看著他的車燈消失在藍紅交錯的暮色中。接著，我走回哥倫布大道，一路上都在重複默唸著努麗亞．蒙佛特的遺言，卻想不透話中涵義。到了和平門廣場時，我站在一艘遊艇旁，凝望著港口碼頭。我坐在岸邊階梯上，下半部台階全浸在骯髒的海水裡，就在這個地方，多年前的某一夜，我初次見到無臉怪客拉因．谷柏。

「世上還有比文字世界更難熬的煉獄。」我喃喃低語。

此時我才恍然大悟：努麗亞．蒙佛特的遺言並不是說給我聽的。應該讓潘妮蘿珮走的人不是我。她的遺言對象不是什麼陌生人，而是那個她默默暗戀了十五年的男人：胡立安．卡拉斯。

44

我走到聖菲力普聶利廣場的時候，天色已經完全暗了。初見努麗亞．蒙佛特時，她坐著看書的那張長椅，孤獨地佇立在街燈下，椅子上刻滿了戀人的名字、髒話和諾言。我抬頭望著樓上努麗亞．蒙佛特的公寓，發現裡面竟有昏黃的光線，光影搖晃著；那是一盞蠟燭。

我踏進黑暗的大廳，然後摸黑上了樓梯。到了三樓的樓梯間時，我的雙手忍不住顫抖著。大門半掩著，一道紅色的光線從門縫中鑽了出來。我的手握著門把，然後定定站在那兒，細聽裡面的動靜。我隱約聽見有人在裡面喃喃低語著，嗓音很沙啞。這時候，我在心裡暗想著，說不定我一打開那扇門，就會看見她在裡面，坐在陽台附近抽菸，兩腿交疊著，靠著牆壁；上次我離開這裡的時候，她就跌坐在同樣那個角落。我怕吵到她，所以輕輕地，我推開門，走進屋裡。陽台邊的窗簾像波浪似的飄進客廳裡。窗邊坐著一個人，動也不動，手上拿著點燃的大蠟燭。他的臉部背著光，一顆晶瑩如珍珠般的液體，從他的皮膚上滑下來，燦爛的光澤宛若新鮮樹脂，最後落在他的大腿上。當伊薩克．蒙佛特轉過頭來的時候，臉上滿是淚痕。

「我今天下午在葬禮中沒看見您……」我說道。

他默默無語地搖搖頭，然後抓起衣領拭淚。

「努麗亞不在那裡。」他過了一會兒才低聲說道。「往生者是從來不參加自己的葬禮的。」

他環顧四周，彷彿是想告訴我，他的女兒就在客廳裡，和我們一起坐在黑暗中，聆聽我們的談話。

「您知道嗎？我以前沒來過這裡。」他說道。「我們每次見面，都是努麗亞來找我。『這樣您比較方便，爸爸，省得您還要爬樓梯。』她總是這樣說。我都是這樣回應她的：『除非妳邀請我，否則我就不去妳家。』她聽了以後，這樣回答我：『我不需要邀請您到我家呀，爸爸，只有陌生人才需要人家邀請；您隨時想來就來。』十五年來，我一次都沒來看過她。我常告訴她，她挑了個不好的社區，房子又暗又舊。我也常嘮叨她，爲什麼要過這種苦日子，實在沒什麼前途。嫁了個丈夫，既窮苦又失業。好玩的是，我們每次在評斷他人的時候，總是不經意地傳達了我們對人的歧視，直到他們不在了，我們才覺悟。他們離開了，因爲他們從來就不屬於我們……」

老人說話的語氣，已經沒有平日常見的嘲諷，一字一句，清晰而眞誠，聽起來很蒼老，就像他的眼神一樣。

「努麗亞很愛您的，伊薩克，這一點您絕對不用懷疑。而且，我也知道，她也感受到了您對她的愛……」我當場編了一段話來安慰他。

老伊薩克又搖起頭來。他露出微笑，只是，眼淚也掉個不停。

「她或許是愛我的，只是她用她自己的方式愛我，就像我一直用我的方式去愛她那樣。但是，我們彼此都不了解對方。也許是因爲我始終沒給她機會了解我，或者是因爲我一直不曾付諸行動去深入了解她。我們這對父女，這輩子就像天天見面的陌生人一樣，連打招呼都是客客氣氣的。我想，她大概一直到死都沒原諒我。」

「伊薩克，我可以向您保證……」

「達尼，您還年輕，看得出來您很用心，不過，我即使喝了酒，醉得不知所云，我都還聽得出來您在說謊，就爲了安慰一個不幸的傷心老人。」

我羞愧地低下頭來。

「警方說，殺她的兇手是您的朋友啊？」伊薩克試探地問道。

「警方說的都是謊話！」

伊薩克點點頭。「我知道。」

「我向您保證……」

「不用了，達尼，我知道您說的都是實話。」這時候，伊薩克從大衣口袋裡拿出一個信封袋。

「努麗亞被殺的前一天下午，她跑來找我；好多年前，她經常會這樣跑來看我。我還記得，我們常到警衛街上的一家咖啡館吃午餐，她還小的時候，我就經常帶她去那裡。我們聊的話題都是書，還有舊書。有時她也會跟我聊她的工作，一些芝麻小事，例如在公車上碰到怪人之類的……有一次，她告訴我，她很抱歉，因爲她讓我失望了。我問她，這個荒謬的想法是怎麼來的？『我在您的眼神裡看見的，爸爸，您的眼神。』她這樣說。我卻從來沒去想過，說不定她對我失望更深。有時候，我們會覺得，周遭的人就像樂透彩券一樣：他們出現在我們的生命中，就是爲了讓我們的荒謬夢想成眞。」

「伊薩克，我說這話沒有惡意，可是您這樣把酒當水喝，根本就不曉得自己在說些什麼……」

「燒酒可以把智者變成笨蛋，把笨蛋變成智者！我清楚得很，我女兒一直不信任我。她反而信任您呢，達尼，而且她才見過您一、兩次哩！」

「我敢說，您一定弄錯了。」

「我們最後一次見面那天，她拿了這個信封袋來給我。她那天的神情相當不安，但是她又不肯把心事告訴我。她要我保存這個信封袋，萬一她發生事情的話，就把信封袋交給您。」

「萬一發生事情？」

「她是這麼說的。我看她這麼緊張，於是就建議，我們一起去警察局，讓警察來幫我們想辦法。可是她卻告訴我，求助警方是她最後的選擇。我要她告訴我，到底是什麼事情，她卻說她必須走了，臨走前，她還要我承諾，假如她幾天內沒來拿回信封袋的話，務必要將東西交給您。她還要求我不能拆開來看。」

伊薩克把信封袋遞給我。封口已經被拆開了。

「我騙了她，就像以前一樣。」他說道。

我看了看信封，裡面裝了一疊手稿。

「您都看過了嗎？」我問他。

老伊薩克緩緩地點著頭。

「內容是什麼？」

他仰著頭，雙唇不停地顫抖著。我突然覺得，他比我上次見到他的時候老了一百歲。

「裡面寫著您尋找多時的故事啊，達尼。故事的主角是個我來不及認識的女子，雖然她冠了我的姓，身上流著我的血。從現在開始，這疊手稿都歸您所有了。」

我把信封袋塞進大衣口袋裡。

「如果您不介意的話，我想請您讓我一個人靜一靜，跟她再聚一聚。不久之前，當我在讀這些手稿的時候，我總覺得好像又見到了她。不管我再怎麼絞盡腦汁去想，我還是只能記起她小時候的模樣。您知道嗎？她從小就很沉默，靜靜地觀察一切，總是心事重重的樣子，從來沒見她笑過。她最喜歡的是聽故事。她老是要我唸故事書給她聽，我想，大概沒有哪個小孩像她這麼早就會認字的。她說她以後要當個作家，她要寫百科全書以及歷史和哲學理論。她母親說，這一切都怪我，她說努麗亞因爲太崇拜我，看到做父親的只喜歡書，所以她也想寫書，藉此討好爸爸……」

「伊薩克，我覺得您今天晚上還是不要一個人留在這裡吧！您爲什麼不跟我一起回去呢？您今天晚上就住我家，正好也可以跟我父親作伴。欸？」

伊薩克又是搖頭。

「我有事情要辦，達尼。您快回家去讀那疊手稿吧！現在都是您的了。」

老先生的目光已轉往別處，於是，我往大門走去。到了門口，伊薩克把我叫住，他說話的音量就像耳語一樣微弱：

「達尼？」

「是？」

「您要特別小心啊！」

到了街上，我覺得黑暗似乎一路陰魂不散地跟著我。我快步往前走，絲毫不敢放慢速度，最後終於回到聖塔安娜街上的家。一進家門，我就看見父親坐在搖椅上，大腿上還有一本書攤開著。一看才發現，原來是相簿。他一見到我，立刻站了起來，似乎大大地鬆了一口氣。

「我已經開始在擔心你了。」他說道。「葬禮的情形如何？」

我聳聳肩，父親嚴肅地點點頭，這個話題就算結束了。

「我幫你做了晚餐。你如果要吃的話，我現在就熱一熱……」

「爸，我不餓，謝謝。我在外面吃了東西。」

他盯著我看了一下，還是點點頭。接著，他轉身去收拾桌上的餐盤。就在這時候，我也不知道爲什麼，我竟然走到他身旁，然後抱住了他。我感受到父親先是訝異，接著也緊緊地抱著我。

「達尼，你還好吧？」

我把父親抱得更緊了。「我愛你！」我輕聲說著。

當我開始閱讀努麗亞·蒙佛特的手稿時，教堂正好敲鐘。她的字跡娟秀而工整，讓我想起她那張整齊的書桌。或許，她想找尋的是表達平靜和安定的字眼，因爲，那正是生命始終不願意賜予她的感受。

努麗亞・蒙佛特：憶往手札

1933～1955

凡事沒有第二次機會，只有後悔除外。胡立安·卡拉斯和我相識於一九三三年秋天。當時，我在卡貝斯塔尼出版社上班。卡貝斯塔尼先生在一九二七年某一趟他所謂「巴黎出版探勘之旅」中，發掘了胡立安·卡拉斯這個作家。胡立安每天下午在酒店彈鋼琴維生，晚上則致力於寫作。酒店的經營者是一位名叫依蓮·瑪索的女士，大多數的巴黎出版人都和她熟識，因此，藉由她的請託、懇求，甚至威脅，胡立安·卡拉斯的幾本小說才得以由不同的出版社印行，只是銷售狀況都是奇慘無比。卡貝斯塔尼先生取得卡拉斯作品在西班牙和南美洲的獨家版權，包括作者所寫的法文和西班牙文原版作品在內，卻只付了極低的版權金。他相信，每本作品起碼會賣個三千本，沒想到，在西班牙出版的前兩本小說，結果只能用「悽慘」兩個字來形容：兩部小說大概各賣出一百本左右。但即使銷售狀況這麼糟，我們還是每隔兩年就會收到胡立安的新作品，而卡貝斯塔尼先生也都是二話不說就接受了，他還說打算跟作者簽訂新合約，重點不是只有版稅而已，只要是優秀的文學作品，無論如何都要好好促銷才對。

有一天，我忍不住好奇地問了卡貝斯塔尼先生，既然胡立安．卡拉斯的作品銷售情形這麼差，爲什麼還要持續出版他的小說？這樣下去，只有賠錢的分。爲了解答我的疑問，卡貝斯塔尼先生很慎重地走到他的書架旁，抽出一本胡立安的作品，要我拿回去讀一讀。我接受了他的建議。兩個禮拜之後，我把那本書讀完了。這一次，我的問題變成了：這麼精采的小說，爲什麼只賣了這麼幾本？

「我也不知道啊！」卡貝斯塔尼先生說道。「不過，我們還是繼續努力吧！」

如此令人感佩的高貴情操，和我印象中卡貝斯塔尼先生汲汲營營的生意人形象有如天差地別。或許，我一直都錯看他了。我對胡立安．卡拉斯這個人越來越好奇。而且，所有和他相關的事情，似乎都蒙上一層神祕色彩。出版社每個月至少會接到一、兩通打來詢問胡立安．卡拉斯地址的電話。不久，我發現打電話的都是同一個人，只是用了不同的名字罷了。我頂多只能照著小說封底的作者介紹告訴他，胡立安．卡拉斯定居巴黎。經過一段時間之後，那個人終於不再打電話。爲了以防萬一，我在出版社的作者檔案資料中，把胡立安．卡拉斯的地址刪除。我是唯一和他通信的人，他的地址，我早已倒背如流。

幾個月之後，我偶然看到印刷廠寄來給卡貝斯塔尼先生的帳單。一看才發現，原來，出版胡立安．卡拉斯作品的所有相關費用，都是由另外一個人匯款支付，他的名字是我從來沒聽說過的：米蓋．莫林納。不僅如此，實際的印刷和發行費用，比米蓋．莫林納先生支付的數字低很多。數字不會騙人：出版社將印刷完成的書直接堆放在倉庫裡，然後報假帳撈一筆。我沒那個膽子去質疑卡貝斯塔尼先生的財務疏失，因爲我怕會丟了差事。不過，我倒是從帳單上抄下米蓋．

莫林納的地址，那是位於布塔費利沙街上的大宅院。我把那個地址保存了好幾個月，一直無法鼓起勇氣去找他。最後，我的理智戰勝了一切，於是我去他家告訴他，卡貝斯塔尼先生騙了他的錢。他笑著告訴我，他早就知道了。

「大家都為自己分內的事盡力而為吧！」

我問他，那個多次打電話到出版社詢問胡立安·卡拉斯地址的人是不是他？他說不是。我看他一副憂心忡忡的模樣，這才意會到，真的不能輕易透露那個地址，絕對不行！

米蓋·莫林納是個謎樣的人物。他獨居在幽暗的大宅院裡，房子已經年久失修，是他那位內戰時期靠軍火製造業致富的父親留下來的遺產。米蓋·莫林納的生活非但和豪奢扯不上邊，甚至過得像僧侶一樣刻苦。他把那些他認為沾滿鮮血的黑心錢都捐作修復博物館、教堂、圖書館、學校和醫院之用，同時也資助童年摯友胡立安·卡拉斯的小說在故鄉巴塞隆納出版。

「錢，我多得用不完，缺的是像胡立安這種朋友。」這是他唯一的解釋。

他和兄弟姊妹以及其他親人幾乎沒有往來，而且他將他們視為陌生人。他沒有結婚，平日足不出戶，大部分時間都待在樓上，因為那是他的書房所在。他天天在裡面狂熱地工作，除了替馬德里和巴塞隆納的各報章雜誌撰寫散文和專欄之外，他也翻譯德文和法文文件、校訂百科全書和小學課本。米蓋·莫林納是那種用工作狂來彌補愧疚感的人，對於他人的懶散，他不但尊重，甚至很羨慕，因為那是他做不到的事情。他並不以辛勤工作為傲，他甚至自嘲，說他的工作狂是懦弱的另一種表現。

「當一個人沉浸在工作中的時候，你在他眼裡看不到生命。」

我們在不知不覺中成了好朋友。我們兩人有許多共通點，或許是太多了。米蓋跟我談書，也談他最崇拜的佛洛伊德，他還聊了音樂，但是聊的最多的還是老朋友胡立安。我們幾乎每個禮拜見面。米蓋向我敘述胡立安當年在聖賈布利教會中學就讀時的種種趣事，他還保存著一疊舊照片，以及少年胡立安所寫的短篇故事。米蓋非常崇拜胡立安，而藉由他的敘述和回憶，我慢慢認識了胡立安，至少對素未謀面的他有了一些概念。一年之後，米蓋向我表白，說他已經愛上我。我不想傷害他，但也不能欺騙他。誰都不可能騙得了米蓋。我告訴他，我非常感激他對我這份心意，他雖然已經成了我最要好的朋友，但是，那畢竟不是愛情。米蓋說，他早就知道了。

「妳已經愛上了胡立安，只是妳並不知道罷了。」

一九三三年八月，胡立安寄來一封信，說他已經完成新作《教堂神偷》的手稿。卡貝斯塔尼先生原本打算九月到巴黎去，因爲他要和迦利瑪出版社簽訂幾份合約。沒想到，他那痛風的老毛病又犯了，在床上躺了幾個禮拜都沒好。爲了獎勵我平日工作認眞，他決定派我去法國簽訂新合約，順便去拜訪胡立安．卡拉斯，然後把他的新作手稿帶回來。我寫了一封信給胡立安，談到了我九月中旬將有一趟巴黎行，請他幫我找一家收費合理的小旅館。胡立安回信中提到，我可以借宿他在聖傑曼區的住所，把旅館住宿費省下來。出發前幾天，我去找米蓋，問他要不要我替他帶口信給胡立安。他想了好久，最後卻告訴我：不用了。

我初次見到胡立安本人，是在巴黎的奧斯特立茲火車站。當時，巴黎秋意正濃，大片濃霧籠罩著火車站。我留在月台上等候著，其他旅客都往出口處走去。不一會兒工夫，月台上只剩下我一個人，接著，我看見一個身穿黑色大衣的男子，站在月台入口處，透過煙圈觀望著我。在火車上，我不時問自己，我要如何認出胡立安這個人？米蓋讓我看的那一疊舊照片，至少是十三、四年前拍攝的。我在月台上左探右望。除了那個男子和我，月台上已經沒別人了。我發現那名男子好奇地盯著我看，說不定他也在等人，就像我一樣。不可能是他。根據我看過的資料，胡立安當時是三十二歲，那名男子看起來蒼老多了。他的頭髮已經花白，神情憂鬱而疲憊。臉色太蒼白，身材太清瘦，或許是站在霧中所產生的錯覺，也可能是旅途勞頓。我的印象裡，只有少年胡立安。那位陌生人小心翼翼地向我走來，雙眼直視著我。

「胡立安？」

陌生人對我露出微笑，然後點點頭。胡立安・卡拉斯擁有世上最美的笑容。那是他歷經滄桑後唯一沒變的部分。

胡立安住在聖傑曼區的一間閣樓上，內部格局只有兩個部分：一邊是起居室加上小到不能再小的簡陋廚房，從起居室外的陽台望出去，密集的屋宇在霧中連成一片，遠處是聖母院的尖塔；閣樓的另一邊是一間沒有窗戶的臥房，裡面放著一張單人床。浴室在樓下走道的盡頭，所有房客共用。整個閣樓的面積，還不及卡貝斯塔尼先生的辦公室大呢。胡立安很細心地把房子打掃過，打算以簡單的陳設接待我。我裝出一副對這個地方很滿意的樣子，雖然房子還有胡立安用心打掃而留下的清潔劑和打蠟的味道。他刻意鋪上了最好的床單。我記得床單上似乎印著巨龍和城堡圖案。那是兒童用的床單。胡立安一邊抱歉一邊說著，這條床單是以特價買回來的，但是品質好得沒話說呢！他還說，沒有印花的素面床單，看起來很單調，價錢反而貴了一倍。

起居室裡擺了一張老舊的木質書桌，面對著大教堂尖塔。書桌上放著一架「安德伍牌」的打字機，那是胡立安用卡貝斯塔尼先生預付的版稅買來的。打字機旁放著兩疊十六開紙張，一疊是空白的，另一疊則是雙面書寫。胡立安養了一隻體型碩大的白貓，取名「酷茲」。那隻貓窩在主人腳邊，疑心重重地看著我，不時還舔著腳爪。我看了看，屋裡只有兩張椅子、一個衣架，就沒有其他東西了。剩下的都是書。書牆從地板延伸到屋頂，每一列都堆了兩排書。當我正在觀察屋內陳設時，胡立安忽然嘆了一口氣。

「距離這裡兩條街外有一家旅館，很乾淨，收費也合理，口碑不錯。我在那裡預訂了房間……」

我聽了很心動，又怕傷了他的自尊心。

「我住這裡就好，只要不會造成你和酷茲的不便……」

酷茲和胡立安互看了一眼。胡立安搖搖頭，白貓也模仿他的動作。我這才發現，他們倆長得眞像！胡立安堅持要我到臥房睡。他說自己睡得少，睏了就睡在起居室裡那張從鄰居達梭先生那兒借來的摺疊床；那位老魔術師喜歡幫女孩子看手相，不收費，只要求小姐們獻上香吻。第一天晚上，我因爲旅途勞累，倒頭就睡著了。隔天早上醒來時，我發現胡立安已經出去了。酷茲躺在主人的打字機上睡覺，牠那鼾聲如雷，彷彿大型獵犬。我走到書桌旁，看到了我即將帶回巴塞隆納的新作。

第一頁，一如胡立安其他的小說稿，依舊是手寫的一行字：

教堂神偷

獻給P

我打算把稿子拿起來讀，才要翻開第二頁的時候，我就發現酷茲正在斜眼睨著我。我學著胡立安的動作，搖搖頭。白貓也搖頭，於是，我只好把稿子放回原處。不久後，胡立安出現了，他帶回了剛出爐的麵包、一壺熱咖啡，以及新鮮的白乳酪。我們在陽台上吃早餐。胡立安叨叨絮絮地說個不停，卻一直在閃躲我的目光。在清晨的陽光映照下，他看起來像個年華老去的孩子。他刮了鬍子，穿上了他唯一像樣的衣服，一套乳白色的棉質西裝，雖然是舊衣服，卻依然高貴典雅。他滔滔不絕地說著巴黎聖母院的傳說，還敘述了一艘鬼船的故事，每到半夜，這艘船就會出現在塞納河上，在冰冷的河水中收集投河自盡的癡情冤魂。他編了不下一千零一個傳奇故事給我聽，存心不讓我有機會開口問他事情。我默默地望著他，偶爾點頭回應，在他身上尋找那個寫下我幾乎已經會背的作品、也是米蓋向我描述過許多遍的人。

「妳打算在巴黎停留幾天？」他問道。

我想，和迦利瑪出版社簽約這件事大概需要兩、三天的時間。第一次開會就排在那天下午。我告訴他，我已經多請了兩天假，打算好好遊歷過巴黎之後，再回巴塞隆納。

「巴黎不是兩天就能看完的。」胡立安說道。「絕對不可能。」

「我沒有時間啊，胡立安！卡貝斯塔尼先生雖然是個很大方的老闆，但是我也不能沒有分寸吧！」

「卡貝斯塔尼是個海盜，但是連他都知道，巴黎不是兩天、兩個月，甚至兩年能夠看完的。」

「我不可能在巴黎待上兩年的，胡立安！」

胡立安默默盯著我看了好久，然後對我露出了微笑。

「為什麼不行？難道有人在巴塞隆納等著妳嗎？」

與迦利瑪出版社的簽約事宜，加上拜訪其他幾家出版社，所有公事整整花了我三天，時間和我先前預估的一樣。胡立安幫我找了一個導遊兼保鑣，這男孩不到十三歲，名叫哈偉，他對巴黎的每個角落都一清二楚。不管我去哪裡，哈偉一定陪我到門口，他甚至還指點我在哪個咖啡館吃三明治比較好，哪些街道巷弄最好別去，哪裡的景致最美。當我去拜訪出版社時，他就在大門外等候，不管等幾個小時，他臉上始終掛著微笑，而且說什麼都不肯接受小費。哈偉說著一口怪腔怪調的西班牙文，偶爾還混用義大利文和葡萄牙文。

「Signore卡拉斯，他喔，已經付錢給我很多啦！」

據我所知，哈偉是依蓮．瑪索女士經營的酒店裡一位小姐留下的孤兒。胡立安教他讀書寫字，也教他彈鋼琴。每到禮拜天，胡立安會帶他去看歌劇或聽音樂會。哈偉非常崇拜胡立安，不管胡立安要他做什麼，即使要他帶我到世界的盡頭，他也會認眞照辦的。到了我們認識的第三天，他問我是不是Signore卡拉斯的女朋友？我說我不是，只是來拜訪他的一個朋友而已。他聽了似乎很失望。

胡立安幾乎每天熬夜，他端坐在書桌前，酷茲則窩在他大腿上，只見他不是修改稿子，就是望著遠處的教堂尖塔發呆。有一天晚上，我被屋頂淅瀝瀝的雨聲吵得睡不著，索性就走到起居室裡。兩人相視無語，接著，胡立安遞了一根菸給我。有好長一段時間，我們就這樣默默看雨。後來，雨停了，我問他誰是P。

「潘妮蘿珮。」他答道。

我要求他跟我聊聊這個女孩子，也說說他在巴黎這十三年來的生活。在昏暗的燈光下，胡立安幽幽地告訴我，潘妮蘿珮是他此生唯一深愛過的女子。

一九二一年的一個冬夜，依蓮·瑪索在巴黎發現了流浪街頭的胡立安·卡拉斯，他已經不記得自己的名字，而且不停地咳血。他身上只有幾個銅板，以及幾張對摺的手寫稿。依蓮·瑪索讀了那些手稿之後，自認碰到的一定是個名作家，因爲喝得爛醉而流落街頭，等他意識清醒過來之後，說不定哪個好心的出版社老闆還會獎賞她哩！這是依蓮·瑪索的說辭，但胡立安知道，她是出於憐憫而救他的。他在依蓮的酒店樓上的小閣樓裡休養了六個月。醫生告訴依蓮，假如這個人又再摧殘自己的話，就是神醫也束手無策。當時，他的胃和肝已經嚴重損壞，這輩子除了牛奶、新鮮白乳酪和鬆軟的麵包，其他食物都不能吃了。當胡立安恢復言語能力的時候，依蓮問他究竟是誰。

「誰都不是。」胡立安這樣回答她。

「我說，誰都不能在我這兒白吃白住的。你會幹什麼呀？」

胡立安說他會彈鋼琴。

「那就彈一段來聽聽吧！」

胡立安在酒店大廳的鋼琴前坐了下來，前面站了十五個只穿著性感內衣的未成年酒店小姐，他演奏了一段蕭邦的小夜曲。結束之後，全場報以熱烈掌聲，只有依蓮除外，她說那音樂聽起來死氣沉沉的，她的酒店可是做活人的生意啊！於是，胡立安特別爲她彈奏了輕快的爵士樂以及奧芬巴赫的作品。

「嗯，這樣好多了！」

這份新工作讓他賺到一份薪水、一個棲身之處，和每天兩餐熱騰騰的食物。

在巴黎，他靠著依蓮·瑪索的慈悲憐憫而得以倖存，她也是唯一鼓勵他繼續寫作的人。她最喜歡讀的是浪漫小說，以及聖徒和殉難烈士的傳記。在她看來，胡立安最大的問題是，他的內心中毒已深，所以只能寫出驚恐、晦澀的情節。即使如此，依蓮還是幫胡立安找到了願意替他出書的出版社。此外，她提供閣樓讓胡立安居住，幫他打點衣著，帶他出門曬太陽、透透氣；她也替他買書，每週日帶他上教堂望彌撒，然後兩人一同散步。依蓮·瑪索救了他這條命，她要求的回報，除了友誼之外，就是要胡立安承諾她繼續寫作。後來，依蓮偶爾也讓他帶酒店裡的小姐回去過夜，雖然他們只是相擁入眠罷了。依蓮還開玩笑地說，酒店裡那些小姐都跟他一樣寂寞，她們圖的只是片刻溫存。

「我的鄰居達梭先生說，我一定是全世界最幸運的男人了。」

我問他，爲什麼不回巴塞隆納去找潘妮蘿珮？他沉默了許久，當我在暗夜裡瞥見他那張臉的時候，他竟已淚流滿面。我一時不知道該怎麼辦，只能跪在他身旁，擁抱他。我們就這樣緊緊相擁著，直到天邊露出了黎明曙光。我已經不知道究竟是誰先吻了誰，反正也不重要。我只知道，我的嘴唇和他的嘴唇相遇了，我讓他在我身上愛撫著，卻沒發現自己也哭了。我不知道爲什麼要哭。那天早上，以及接下來我和胡立安共度的兩個禮拜，我們每天早上在地板上沉默地纏綿著。接著，我們或是坐在咖啡館裡，或是一起逛街，只要看著他的雙眼，我不需要問他就知道他還愛著潘妮蘿珮。我還記得，在巴黎期間，我學會了去憎恨那個十七歲的女孩（對我來說，潘妮蘿珮永遠都是十七歲），我學會憎恨一個我沒見過卻經常出現在我夢裡的人。在發給卡貝斯塔尼先生的電報中，我編造了一千零一個理由延長休假。我已經不在乎是否會丟了差事，也無所謂巴塞隆納的灰暗生活。我捫心自問無數次，自己是不是也像依蓮·瑪索酒店裡的小姐一樣，帶著如此空虛的生命來到巴黎，在胡立安的懷抱裡勉強找到了一點慰藉？我只知道，我和胡立安共度的那兩個禮拜，是我此生第一次覺得我做了自己，在那兩個禮拜裡，我了解到自己這一生再也無法像深愛胡立安那樣去愛別的男人，雖然我大半輩子都在努力超越這個障礙。

有一天，筋疲力竭的胡立安在我懷裡睡著了。前一天下午，我們經過樓下的當鋪時，他特別停下來向我介紹櫥窗裡展示的那支古董鋼筆，根據老闆的說法，那是大文豪雨果用過的筆。胡立安雖然買不起這支筆，但總是每天來看它。我悄悄穿上衣服，來到樓下的當鋪。這支鋼筆價值不斐，我手邊沒有這麼多錢，但是老闆告訴我，只要在巴黎設立了分行的西班牙各銀行支票，他都接受。我母親生前曾經替我存了一筆錢，那是要留給我結婚的時候買婚紗的。雨果的鋼筆花掉了我的婚紗基金，我也知道這樣做太瘋狂，但我從來沒有花錢花得這麼痛快過！拿著傳奇古董筆走出當鋪後，我發現有位女士在我後面跟著。她是一位衣著非常高雅的貴婦，頂著一頭銀色的髮絲，還有一雙我這輩子見過最湛藍的雙眸。她走到我身旁，然後自我介紹。她就是依蓮·瑪索，胡立安的救命恩人。我的小導遊哈偉跟她提到了我。她說，只是想認識我，她還問我是不是那個胡立安等待多年的女子。我毋需答覆。依蓮只是點點頭，然後在我臉頰上親吻了一下。我看著她的身影慢慢走遠，這時候，我終於知道，胡立安永遠不會屬於我，因爲我尚未開始擁有他，卻已經失去了他。我把鋼筆藏在口袋裡，回到閣樓上的時候，胡立安已經醒了，他正在等著我。他不發一語地褪去我的衣服，接著，我們最後一次做愛。當時，他問我那次爲什麼要哭？我告訴他，那是幸福的淚水。後來，胡立安下樓去打點午餐，我趁這個時候匆匆整理了行李，然後，我把鋼筆放在打字機上。最後，我把小說稿放進行李箱，在胡立安回來前離開了那裡。我在樓梯間碰到了達梭先生，那位以看手相換取小姐香吻的老魔術師。他抓起我的左手，然後哀傷地望著我：

「Vous avez poison au coeur, mademoiselle.（您一定很傷心啊，小姐！）」

當我正要獻上吻時，他緩緩地搖著頭，然後在我手上吻了一下。

我抵達奧斯特立茲火車站時，正好趕上十二點開往巴塞隆納的火車。列車長在賣票給我的時候，問我身體還好吧？我點點頭，然後就關上車廂門。火車發動後，我從車窗望出去，看到胡立安站在月台上，就在我們初次相遇的地方！我閉上雙眼，直到火車離站了，離開了那個我此生不再重返的縹緲城市，我才睜開眼睛。隔天清晨，我回到巴塞隆納。那天是我二十四歲生日；我知道，我這一生最美好的歲月已經逝去了。

2

回到巴塞隆納之後，我沉潛了一陣子才去找米蓋。我必須把胡立安從思緒中抹卻，我也知道，米蓋勢必會問起他，我恐怕會一時答不上來。當我們再次見面時，我已經不需要跟他說什麼了。米蓋凝視了我半晌，接著，他只是點點頭，沒說什麼。我覺得他似乎比我去巴黎前更消瘦了，那張蒼白的臉幾近病容，我想是工作過量造成的結果吧！他向我坦承，他的財務狀況相當吃緊。他繼承的大筆遺產幾乎全數都捐光了，如今，他那些兄弟姊妹的律師團正在想辦法將他逐出那幢大宅院。當初莫林納老先生立遺囑時，特別加了但書：米蓋可以擁有並居住在大宅院裡，但房子必須維持良好狀況和正常運作，否則，布塔費利沙街這幢豪宅須交由其他兄弟姊妹監管。「即使到了臨終之前，我父親一直都知道，我會把所有的錢都花在他一生最討厭的事物上，直到一毛都不剩……」

他替報章雜誌寫稿以及當翻譯的收入，根本不足以支付這幢大宅院的龐大費用。「賺錢不是難事。」他感嘆道。「最難的是，把賺來的錢花在有意義的事物上。」

我懷疑他已經偷偷酗酒一陣子了。有時候，他的雙手會不停地顫抖。每逢週日，我一定去看他，強迫他跟我一起出門走走，暫時遠離書桌和他的百科全書。我知道，他見到我，心裡很痛。他看起來像是已經忘了向我求婚遭拒這件事，但我偶爾會發現他以渴望、癡情的眼神望著我。我如此殘忍地折磨他，只為了一個完全自私的理由：唯有米蓋知道胡立安和潘妮蘿珮的情事。

我和胡立安分離後的那幾個月裡，在我的思緒和夢境裡，潘妮蘿珮．安達雅成了一再出現的幽靈。我依然記得，當依蓮．瑪索知道我不是胡立安等待多年的女子時，她臉上立刻露出了失望的表情。潘妮蘿珮．安達雅，這個惡意缺席的女子，對我而言，她是個太強勢的敵人。她雖是隱形的，但我輕易就能想像她的樣子，在她的陰影下，我是個太普通、太庸俗、太眞實的人。我從來不敢相信，自己竟然會如此憎恨一個人，一個我不認識也沒見過的人。我想，假如有機會和她面對面，假如我能證實她是個有血有肉的活人，她的妖術會被破除，胡立安將重獲自由……然後，我就能和他廝守。我相信，這只是時間長短的問題，耐心等候就是了。遲早，米蓋會把眞相告訴我。眞相，終將讓我解脫。

有一天，當我們正在大教堂的迴廊散步時，米蓋又向我表白他對我的情意。我望著他，看到的是個孤獨而絕望的男人。當我帶他回家、任由他對我調情誘惑時，我很清楚自己在做什麼。我知道我在欺騙他，對此，他也心知肚明，但除此之外，他已一無所有。就在這種絕望的狀態下，我們成了情人。在他眼裡，我看到了我期望在胡立安眼中看到的癡情。我總覺得，委身於米蓋，就是我對胡立安和潘妮蘿珮以及生命中所有不順遂的報復方式。米蓋深陷於孤獨和慾望之中，他雖然知道我們的愛情是作戲，但還是無法讓我離去。他的酗酒量與日俱增，甚至因此經常無法和我做愛。碰到這種狀況時，我們總會無奈地自我解嘲：我們已經創下在最短時間內成為模範夫妻的新紀錄。我們各自用絕望和懦弱傷害對方。有一天晚上，大約是我從巴黎回來一年後，我要求他告訴我關於潘妮蘿珮的所有眞相。米蓋那天喝了酒，脾氣變得很暴躁，我從來沒見過他這個樣子。他對我瘋狂怒罵，羞辱我，說我從來沒有愛過他，簡直就跟妓女沒兩樣。他撕破我身上的衣服，正當他想強迫我就範時，我卻自動躺下來，順從地獻上我的肉體，默默地流著淚。米蓋挨近我身旁，懇求我原諒他。我多麼希望我愛的是他，而不是胡立安，我多麼希望自己能夠選擇留在他身邊。我們在黑暗中緊緊相擁著，我也請他原諒，因為我傷他太深。他則告訴我，如果我真的那麼在意潘妮蘿珮的話，他會把真相告訴我的。沒想到，這又是我犯的錯誤之一。

一九一九年那個禮拜天，當米蓋到火車站去將車票交給好友胡立安時，他已經知道潘妮蘿珮不會來赴約了。在那個週日的前兩天，里卡鐸．安達雅先生從馬德里出差回來，才剛到家，他的妻子立刻向他坦承，她撞見女兒潘妮蘿珮和胡立安在奶媽哈辛妲房裡親熱……赫黑把那天的情景告訴了米蓋，還要他發誓不能跟別人提起。赫黑告訴他，當里卡鐸先生聽到這個消息時，當場暴跳如雷，他像個瘋子似的怒吼著，還氣急敗壞地衝到潘妮蘿珮的房間。潘妮蘿珮在房裡早已聽見父親的叫囂，於是趕緊鎖住了房門，又驚又怕地躲在裡面哭泣。安達雅先生硬是破門而入，一進去就看見潘妮蘿珮跪在地上，她全身顫抖著，不斷地哀求父親原諒她。里卡鐸先生當場甩了她一耳光，甚至把她打倒在地。盛怒的里卡鐸先生咒罵女兒的惡毒言詞，連赫黑都無法複述。所有的家人和僕傭都在樓下等著，大家都驚恐萬分，沒有人知道該怎麼辦。赫黑躲在自己房裡，在黑暗中，他聽著里卡鐸先生咆哮不斷。哈辛妲當天就被辭退了。里卡鐸先生不願意再見到她。他命令其他僕人將她趕出家門，他還威脅他們，如果誰敢跟她聯絡的話，下場就會和她一樣。

當里卡鐸先生回到樓下的書房時，已經是午夜了。他把潘妮蘿珮鎖在哈辛妲的房間裡，嚴格禁止任何人上去看她，不管是家人或僕傭都一樣。赫黑在他房間裡聽到了父母在樓下的談話。醫生在清晨來到了安達雅家。安達雅太太帶著醫生到囚禁潘妮蘿珮的房間，當醫生進去看診時，她就在門口等著。醫生走出房間後，只是點點頭而已，然後領了看診費用就走了。赫黑當時聽見里卡鐸先生對醫生說道，要是他對外提起這件事的話，他以個人的生命發誓，一定會讓他身敗名裂，永遠無法在醫界立足。赫黑聽懂了父親話中的意思。

赫黑說，他實在很替潘妮蘿珮和胡立安擔心，因爲，他從來沒見過他父親發這麼大的脾氣。即使是小情侶偷嚐禁果，他還是不懂父親爲什麼如此憤怒。一定有別的事情，他說。里卡鐸先生命令聖賈布利教會中學立即開除胡立安，同時，他還聯絡了胡立安的父親，他要帽子師傅馬上將兒子送去唸軍校。米蓋聽了這些事情之後，決定不把眞相告訴胡立安。假如他知道潘妮蘿珮被里卡鐸先生囚禁，而且她可能還懷了兩人的孩子，他絕對不肯搭那班火車去巴黎的。米蓋知道，好友胡立安如果留在巴塞隆納，必定是死路一條。因此，他決定瞞著胡立安，讓好友在完全不知情的狀態下遠走巴黎，同時他還再三保證，潘妮蘿珮遲早會到巴黎找他的。那天在火車站送走了胡立安之後，米蓋寧願相信，他這麼做，至少不會全盤皆輸。

幾天後，當大家發現胡立安已經失蹤時，地獄之門也慢慢開啓了。里卡鐸先生那把怒火燒得更沸騰了。他要求警方布下天羅地網，全力逮人，但始終沒有任何線索。於是，里卡鐸先生轉而指控帽子師傅破壞了原來的計畫，還恐嚇非要讓他破產不可。不知情的帽子師傅莫名其妙，氣得轉而怪罪妻子蘇菲背地裡幫助那個不肖子脫逃，並語帶威脅地說要將她永遠逐出家門。沒有人知道，這項逃亡計畫是由米蓋·莫林納一手策劃的，只有赫黑·安達雅除外。事情發生兩週後，他突然去找米蓋。這一次，他不再顯露擔心和恐懼了，赫黑已經完全變了個人，他變成了世故的成年人，絲毫不見原有的稚氣。爲了弄清里卡鐸先生盛怒的原因，赫黑查出了眞相。他這次造訪，就爲了告訴米蓋：他知道幫助胡立安逃亡的人就是米蓋！他說，他們從此絕交，再也不想見到他，還惡言恐嚇，要是米蓋把他幾週前敘述的事情說出去的話，他會殺了他。

過了幾個禮拜，米蓋收到一封胡立安用假名從巴黎寄來的信，信中告知了他的地址，說他一切都好，只是很想念母親和潘妮蘿珮。他附了另一封給潘妮蘿珮的信，要米蓋從巴塞隆納轉寄給她。這只是第一封，後來還有更多給潘妮蘿珮的信，但她一封都沒讀過。接下來的幾個月，米蓋異常小心謹慎。他每週寫一封信給胡立安，信裡只提一些他認爲該講的事，內容乏善可陳。胡立安則在信中暢談巴黎生活大不易，也提到他的孤獨和絕望。米蓋寄錢、寄書，也寄去友誼。胡立安的每封信，必定另附一封信給潘妮蘿珮。米蓋刻意從不同郵局轉寄給她，但他知道一切都是枉然。胡立安在信中不厭其煩地詢問潘妮蘿珮的狀況，米蓋也無可奉告。他從哈辛妲那兒得知的唯一消息是，潘妮蘿珮被她父親囚禁之後，從此就沒見過她踏出迪比達波大道上的豪宅大門。

有一天晚上，赫黑在米蓋家兩條街外的暗巷裡攔住他。「你是來殺我的嗎？」米蓋問道。赫黑說他來請米蓋幫他一個忙，也幫幫自己的好友胡立安。赫黑交給米蓋一封信，請他寄給胡立安，即使他是躲在天涯海角。「這是爲了大家好。」他這樣說道。信封裡裝著一張信紙，紙上是潘妮蘿珮的字跡。

親愛的胡立安，

我寫這封信是爲了告訴你，我即將結婚了，請你不要再寫信來，忘了我吧！大好人生在等著你。我不會怨恨你，但必須向你坦承，我從來不曾眞心愛過你，未來也不可能愛上你的。祝你一切順利，不管你現在身在何處。

潘妮蘿珮

這封信，米蓋讀了千百遍。沒錯，這封信的確是潘妮蘿珮的筆跡，但他始終相信，她是被迫寫下這些字句的。「不管你現在身在何處……」潘妮蘿珮比誰都清楚，胡立安去了巴黎，他在那裡等著她。她假裝不知道胡立安在哪裡，米蓋認爲，她是有意保護他。但他百思不得其解的是，她是在什麼情況下被迫寫下這段文字？她既然已經被里卡鐸先生當成囚犯一樣地監禁了，還會有什麼其他的威脅？潘妮蘿珮比誰都清楚，這封信會讓胡立安心如刀割：一個十九歲的年輕人，遠走他鄉，迷失在冷漠無情的大都會裡，一度在死亡邊緣掙扎，卻依舊滿懷著與她重逢的希望。她急著督促他放棄這段感情，究竟是爲了保護他什麼？經過長考之後，米蓋決定不寄出這封信。至少在釐清疑慮之前，他會按兵不動。若非有充分的理由，他不能讓好友的脆弱心靈再挨這麼一記。

幾天後，他發現里卡鐸先生因爲厭倦了每天看到哈辛妲像個哨兵似的，守在安達雅豪宅大門外打探潘妮蘿珮的消息，於是，他利用個人勢力，要求相關單位將女兒的奶媽關進瘋人院。米蓋想去探視她，卻遭到院方拒絕。被關進瘋人院的前三個月，哈辛妲是在一個密閉的地牢裡度過的。三個月的孤獨黑暗歲月過去了，院裡一位親切和藹的年輕醫生告訴米蓋，病人的神智很正常。可見她還活得好好的。接著，米蓋決定去拜訪哈辛妲被辭退後那幾個月期間所投宿的旅館。老闆娘告訴他，哈辛妲留了一封指名要給他的信，而且還積欠了三個月房租。米蓋替她付清了欠款，然後讀了那封信。奶媽在信中提到，安達雅家另一位名叫蘿拉的女傭也被辭退了，因爲里卡鐸先生發現她偷偷替潘妮蘿珮寄信給胡立安。米蓋推測，潘妮蘿珮應該會把信寄到胡立安的父母家，她相信他們會將信轉寄給人在巴黎的兒子。

爲了取回那封信再轉寄巴黎，米蓋決定去拜訪蘇菲．卡拉斯。到了富爾杜尼家，米蓋才發現大事不妙。蘇菲已經搬離富爾杜尼家。左鄰右舍間盛傳的謠言是，她在幾天前丟下丈夫離家出走了。既然這樣，米蓋只好試著找帽子師傅談談，但他已經把自己關在店裡好幾天，一個人默默地咀嚼著憤怒和羞辱。米蓋表明自己是來找一封寄給他兒子的信。

「我沒有兒子！」這是他得到的唯一回應。

米蓋離開時並不知道，其實那封信是被公寓的管理員太太收起來了，也就是你，達尼，你先前找到的那封信，那是潘妮蘿珮寫給胡立安的真心告白，也是他始終沒收到的一封信。

米蓋走出富爾杜尼帽子專賣店時，一位名叫薇森蒂妲的樓上鄰居太太走近他身旁，問他是不是來找蘇菲的？米蓋點頭稱是。「我是胡立安的好朋友。」

薇森蒂妲告訴他，蘇菲住在一家破舊的小旅館裡，旅館就在郵政總局大樓後面的小巷子裡，她正在等著搭船到美洲去。米蓋照著地址找到了那家旅館，然後上了又窄又暗的破樓梯，就在四樓一間陰暗潮濕的客房裡，他找到了蘇菲・卡拉斯。胡立安的母親坐在簡陋的床上，身邊還有兩個棺材似的大皮箱，裡面裝著她在巴塞隆納二十二年的所有。

讀了赫黑交給米蓋那封潘妮蘿珮所寫的信之後，蘇菲憤怒的淚水奪眶而出。

「她知道了！」蘇菲喃喃說道。「可憐的孩子，她已經知道了……」

「她知道什麼？」米蓋問她。

「一切都是我的錯。」蘇菲說道。「都是我的錯啊！」

米蓋握著她的手，腦中卻一頭霧水。接著，蘇菲抬起頭來看著他，低聲說道：

「胡立安和潘妮蘿珮是兄妹！」

3

成爲安東尼·富爾杜尼的奴隸之前，蘇菲·卡拉斯早年曾是頗具天分的音樂才女。初到巴塞隆納時，她還不滿十九歲。當時，有人承諾會幫她找份工作，沒想到事情完全不是這麼一回事。她父親臨終前跟她提過，將來可以去巴塞隆納找企業家貝納倫先生幫忙在公司安插個職務。

「我死了以後，」他說道，「妳去找他們，他們會把妳當女兒看待。」

沒想到，熱情接待正是問題所在。貝納倫先生不只展開雙臂歡迎她，甚至還在夜裡上了她的床。貝納倫太太雖然也很同情她的不幸遭遇，但還是塞了一百塊錢給她，然後將她掃地出門。

「妳還有大好的人生等著妳，我卻只有這麼一個好色的窩囊廢老公！」

後來，她在議會街上一所音樂學校裡找到一份鋼琴家教的工作。當時，有錢人家的閨秀們除了學習社交禮儀之外，還時興學音樂和舞蹈，因爲他們認爲曲調悠揚的波蘭舞曲比談論文學要安全多了。就這樣，蘇菲·卡拉斯開始了定期進出豪宅教鋼琴的生涯，那些嬌生慣養的大小姐們，表面上乖乖地在音樂教室裡等她上課，背地裡則取笑她的口音、她的內向，以及貧窮的出身背景——她只是個會看五線譜的婢女罷了。長期歷練下來，她學會不去在意這些驕縱學生對她的恥笑，頂多把她們當成噴了香水的畜生就算了。

教音樂那段期間，蘇菲認識了一位年輕的帽子師傅（他這樣稱呼他，純然是以他的專業爲傲），他叫做安東尼・富爾杜尼，他似乎已經下定了決心，不惜任何代價，一定要把蘇菲追到手。蘇菲只是把安東尼・富爾杜尼當朋友，但他卻在兩人相識不久後就向她求婚，蘇菲婉拒了他，後來又婉拒了許多次，每個月都要拒絕十幾次。每次和他道別時，蘇菲總是打定主意不再見他，因爲她不想傷害他。帽子師傅卻越挫越勇，還是不停地來邀她去跳舞、散步，或是到卡努達街去喝熱巧克力。對於單獨在異鄉討生活的蘇菲來說，實在很難拒絕帽子師傅的熱心、關懷和陪伴。只要瞥一眼安東尼・富爾杜尼，蘇菲就知道，她永遠都不可能愛上他的。她並不是對愛情沒有憧憬。只是，她無法接受自己在帽子師傅癡情眼神中的樣子。蘇菲在他眼中看到了她最不喜歡的自己。

就這樣，不管是因爲需要或是軟弱，蘇菲還是持續和帽子師傅見面，她相信，他總有一天會碰到更適合他的好女孩。在此同時，她充分享受著被愛、被呵護的感覺，完全沖銷了寂寞和思鄉的愁緒。她固定在每週日望完了彌撒之後和安東尼約會，至於其他時間，則是忙著到處教鋼琴。她最鍾愛的得意門生是個名叫安娜・華斯的女孩，她的父親是個紡織業大亨，當年白手起家，靠著過人的毅力和努力，建立了龐大的事業版圖。安娜立志長大後要當一個偉大的作曲家，她偶爾會彈奏一小段模仿葛利格和舒曼的作品而創作的曲子給蘇菲聽，其實還不錯。在華斯先生的觀念裡，女人只會鉤毛線、做家事，作曲是天方夜譚，不過，他看到女兒鋼琴彈得這麼好，心裡倒是開始盤算著要把她嫁給富貴名門之後。他知道，有頭有臉的人喜歡娶的女孩子，除了年輕貌美、溫柔賢慧，最好還要會點才藝。

就在華家的豪宅裡，蘇菲認識了華斯先生的大股東之一，也是他的金融教父：里卡鐸・安達雅先生，他是安達雅集團的繼承人，也是十九世紀末加泰隆尼亞地區最有影響力的財閥。當時，里卡鐸．安達雅才新婚幾個月，他的妻子是富豪的掌上明珠，擁有傾國傾城的美貌，以及叫人不知如何發音的芳名，不過，新婚的里卡鐸先生似乎對她的美貌和怪名字都沒什麼興趣。華斯先生說，那是一樁企業聯姻，絲毫沒有任何浪漫情節，他們結婚的動機很明確，肉體結合只是一部分，財富結合才是重頭戲。

蘇菲只看了里卡鐸．安達雅一眼就知道，她這輩子就此沉淪了。里卡鐸具有豺狼般的貪婪眼神，飢渴而銳利，那是一雙見到獵物就會瞄準目標的眼睛。里卡鐸緩緩地吻了她的手，嘴巴還湊近她的脖子廝磨著……帽子師傅雖然熱情體貼，卻從來沒對她做過這些事情，里卡鐸卻是一開始就展露了他的殘酷和強勢。他那陰險的奸笑很清楚地宣示著，他能夠看透她的心思和慾望，而且，他正在譏笑她……蘇菲爲他著迷，因爲他看透了她深藏內心的慾望。她立刻告訴自己，此生不能再見到這個男人，如果有必要的話，她連最鍾愛的鋼琴家教學生都可以放棄，就爲了避免再碰到里卡鐸．安達雅。蘇菲覺得最可怕的是，她有預感，那個穿著亞麻西裝的男人，將是她生命中的掠奪者。這些念頭才剛在她腦中閃過，不出幾秒鐘，她就編了一個冠冕堂皇的理由辭掉了鋼琴家教。華斯先生茫然不解，里卡鐸則哈哈大笑了幾聲，小安娜難掩失望，這個小女孩看人臉色的機智一向勝過學習音樂的能力，她知道，鋼琴老師再也不會來上課了。

一個禮拜後，就在議會街的音樂學校校門前，蘇菲又碰見了里卡鐸．安達雅，他在門口抽菸看報紙，其實是在等她。他們注視著對方，一句話都沒說，接著，里卡鐸把她載到兩條街外的一棟大樓前。那是尚未裝潢的新房子，裡面一樣家具也沒有。他們上了二樓。里卡鐸開了門請蘇菲進去。蘇菲走進那個到處是走道的迷宮裡，牆壁上一片空白，屋頂又高又遠。沒有家具，沒有裝飾品，沒有電燈，這個房子根本就稱不上住宅。里卡鐸把門關上之後，兩人定定相望。

「這一整個禮拜，我沒有一刻不想妳。妳只要告訴我，妳一點都不想我，那妳馬上就可以走了，永遠不要再來見我。」里卡鐸說道。

蘇菲搖搖頭。

他們的激情偷腥持續了九十六天。兩人都是在下午碰面，地點就在議會街和蘭巴拉大道口那棟空無一物的大樓裡。週二和週四，下午三點。他們的幽會從未超過一小時。有時候，里卡鐸走了之後，蘇菲一個人縮在角落痛哭，哭到全身顫抖。然後，到了禮拜天，蘇菲又急著在帽子師傅眼裡尋找女人渴望的體貼，她得到慰藉的同時，也欺騙了他。帽子師傅沒看見她皮膚上的吻痕、抓痕，甚至身上的灼傷。帽子師傅沒在她的笑容和順從裡看出她的無奈。帽子師傅什麼都沒看見。或許正因爲如此，她後來終於接受了他的求婚。當時，她已有預感，自己可能懷了里卡鐸的孩子，但是，她不敢告訴他，因爲她怕失去他。這一次，里卡鐸又看穿了蘇菲不敢啓齒的心事。他給了她五百塊錢，還給了她一個在銀礦街的地址，要她去把孩子拿掉。蘇菲拒絕了，當場就被里卡鐸・安達雅一巴掌打到耳朵出血，他還威脅她，要是她把事情說出去的話，他會毫不客氣地殺了她。當她告訴帽子師傅，她是在松樹廣場被幾個無賴打傷的，他竟然也相信了。他們舉行婚禮那一天，有人誤將葬禮用的花圈送到教堂來。看著神情困惑的花店主人，來賓們臉上的笑容很尷尬。大家都當它是個意外的小插曲，只有蘇菲心裡最清楚，里卡鐸・安達雅連她結婚這一天都不放過她。

蘇菲萬萬沒想到，多年後還會見到里卡鐸・安達雅（當時，他已經是個成熟穩重的男人，不但接手了家族的龐大企業集團，還成了兩個孩子的父親）。他根本就沒想過，自己居然會回頭去找那個他本想用五百塊錢抹煞其生命的兒子。

「大概是因爲我已經老了吧！」他這樣解釋道。「我忽然覺得想認識這個孩子，給他一個出人頭地的機會，因爲他身上流著我的血呢！過去多年，我從來沒想過他；奇怪的是，現在除了他之外，我什麼事都不想了。」

里卡鐸終於認定，兒子赫黑身上完全不見乃父之風。這個孩子太軟弱、太保守，缺乏他父親那種堅定而強勢的個性。總之，他該有的都沒有，只是名字掛了安達雅這個姓。有一天早上，里卡鐸在女傭床上醒來，突然覺得身體已經老了，上帝似乎不再眷顧他了。他又驚又慌，臉色慘白地跑到鏡子前，望著全身赤裸的自己，他覺得一定是鏡子在騙他。鏡中人並不是他呀！

他決定去見見那個曾掠奪了他的青春的人。帽子師傅那個兒子他早有所聞，他也沒忘記蘇菲，只是藏在心裡罷了。里卡鐸什麼都沒忘。是時候了，他決定去好好認識那個孩子。十五年來，他第一次碰到有人竟然不怕他，甚至還敢質疑他、取笑他。他在那孩子身上看到了膽識，也看出他深藏的野心，但帽子師傅那笨蛋卻看不到這孩子內心日漸茁壯的特質。上帝再次將青春歸還給他了。蘇菲已經不再是他記憶中那個女子，她甚至無力扮演他們之間的橋樑角色。帽子師傅只是個小丑，小心眼、愛記仇，隨便花點錢就能把他收買了。里卡鐸決定讓胡立安脫離那個庸俗、貧窮的世界，另外爲他開啓一扇通往金錢帝國的大門。他要讓這個孩子到聖賈布利教會中學就讀，讓他享受所有富豪子弟應有的特權和待遇，也就是他父親當年安排他走上接班之路的第一步。里卡鐸希望他的繼承者是個有自信的人。赫黑始終活在豪門的陰影下，生活優渥，卻一無是處。至於潘妮蘿珮，那美若天仙的潘妮蘿珮，她是個女孩子，本身就是稀世珍寶，不能去做財務管理人。胡立安具備詩人的才情，同時又有殺手的無情。一切只是時間的問題。里卡鐸估計，不出十年，他就能讓這孩子成爲自己的翻版。胡立安和安達雅一家往來這麼久，里卡鐸把他當作家裡的一份子，卻怎麼也沒想到胡立安對他別無所求，心裡只想著潘妮蘿珮。他從來沒想過，胡立安背地裡根本就瞧不起他，這孩子願意和他熱絡，其實是藉機接近潘妮蘿珮的幌子罷了。胡立安決意要完完全全擁有她。虎父果然無犬子，父子在這方面做法如出一轍。

當妻子告訴他胡立安和潘妮蘿珮兩人赤裸相擁時，他的整個世界馬上颳起了烈火風暴。恐懼加上遭人背叛，一種無法言喻的憤怒油然而生，他最珍愛的兩個孩子竟這樣凌辱他！他在自己設計的遊戲裡居然反被玩弄了！被心愛的人猛力揍了一拳，在他內心掀起的狂怒絕非他人能理解的。醫生看過潘妮蘿珮之後，確定這個女孩已非完璧，而且可能懷了身孕，這時，里卡鐸・安達雅的心志已完全陷入盲目的仇恨裡。他在胡立安的手上看見了自己的手，那是一隻拿著匕首往他心臟猛刺的手！只是他並不知道，當他下令將潘妮蘿珮鎖在三樓的房間裡，從那天起他已經開始走向死亡之路。從此之後，他所做的每一件事，無非是自我毀滅前的垂死掙扎罷了。

他和他始終瞧不起的帽子師傅密謀合作，打算送胡立安去從軍，到時候他會要求軍方除掉他，然後對外宣布是意外致死。除了他和妻子之外，他不准任何人，不管是家人、僕役或醫生，誰都不能去探視被囚禁的潘妮蘿珮。豈知，病魔和死神已經悄悄入侵這個幽暗的閉室。就在這段期間，里卡鐸的合夥人已經祕密轉移資金，背地裡將他的權力架空。就在馬德里和日內瓦各銀行的許多祕密會議聯手操作之下，安達雅企業在無聲無息中垮台。胡立安八成是聽到了風聲，早已逃匿無蹤。他雖然恨不得將這個孩子置之於死地，但內心還是以他為傲。換了他，他也會這麼做。只是，總有人要為胡立安付出代價的。

潘妮蘿珮在一九一九年九月二十六日產下死胎。假如有個醫生能夠進去看她的話，一定早就診斷出她腹中的胎兒情況危急，必須立即剖腹生產才行。假如有個醫生在場，一定可以處理潘妮蘿珮的血崩，讓她不至於在上了鎖的房裡呼喊、撞門，最後，她的生命和求救聲一起畫下休止符；在隔壁房裡，她的父親默默流著淚，她的母親則顫抖地瞪著她父親。假如有個醫生在場，見到那個血腥、黑暗的密閉房間裡的景象，一定會控訴里卡鐸先生是殺人兇手！然而，沒有任何人在場，當房門打開時，潘妮蘿珮已經氣絕倒臥在自己身上流出的那灘血泊中，懷裡抱著全身紫得發亮的胎兒，見到這個景象，所有的人都嚇得說不出話來。潘妮蘿珮母子的屍體就葬在地下室的墓穴裡，沒有葬禮，也沒有人送她最後一程。沾血的床單和嬰兒的胎衣全被丟進鍋爐裡燒掉了，至於那個房間，則以磚牆封堵了房門。

當滿懷愧疚和羞恥的醉漢赫黑將事情告訴米蓋時，米蓋決定將潘妮蘿珮謊稱即將結婚那封信寄給胡立安。他寧願胡立安相信那個善意的謊言，即使活在被拋棄的陰影下，也比知道殘酷的真相好。兩年後，安達雅太太去世了，有人認為是那棟大宅院的邪魔之氣殺了她。但她的兒子赫黑非常清楚，母親是在悔恨折磨下抑鬱而終，潘妮蘿珮的哭喊以及絕望的敲門聲，一直在她內心迴盪著。安達雅太太死了之後，安氏望族的名聲和財富就像沙丘城堡一樣，一夕之間化為塵土。多位公司主管和財務經理人紛紛出走阿根廷，大家希望能在那個貧窮的國度東山再起。既然是遠走高飛，那就走得越遠越好，總之，就是要遠離那始終盤旋在安達雅宅院裡的幽魂。

一九二六年的某個清晨，安達雅父子以假名搭上一艘橫渡大西洋的郵輪，目的地是普拉塔港。赫黑和他父親共用一間臥鋪。當時，老安達雅已經罹患重症，幾乎連站都站不穩了。那些曾經被他下令不准去探視潘妮蘿珮的醫生們，沒有一個人敢告訴他真正的病情，但是，他知道自己來日無多，上帝從他去看兒子胡立安那天早上開始偷竊他的青春，如今，生命即將耗盡。漫長的航程裡，他總愛坐在甲板上，裹著毛毯的身體顫抖著，茫然的眼神望著浩瀚汪洋，他知道，他是再也看不到陸地了。有時候，他會坐在船尾觀望那群從特納利夫島一路尾隨著郵輪的鯊魚。郵輪上一位員工告訴他，在海洋交界處常會見到這種可怕的景象。這些兇猛的畜牲吃的是郵輪排出的腐爛魚肉。然而，里卡鐸先生卻不相信這個說法。他深信，那些都是在跟蹤他的魔鬼。「你們都是在等我吧！」他心想。他在鯊魚群裡看見了上帝眞實的面容。就在這時候，他要求曾經讓他失望透頂的兒子赫黑發誓，務必要替他完成心願。

「你當著我的面發誓，答應我，一定要找到胡立安．卡拉斯，然後殺了他！」

抵達布宜諾斯艾利斯前兩天的早晨，赫黑醒來後發現父親的床鋪是空的。他到甲板上去找，當時一片濃霧，甲板上不見任何人影。後來，他在船尾找到父親的睡袍，摸起來還是溫熱的。郵輪拖曳著鮮紅色的波紋，染血的海面異常平靜。那群兇猛的鯊魚已經不在船尾，卻在遠處的海面上翻騰舞動著……剩下的航程裡，再也沒有任何乘客在船尾見過鯊魚的影子。當赫黑在布宜諾斯艾利斯下船時，海關人員問他是否單獨旅行，他默默點頭。是的，他已經單獨旅行很久了。

在布宜諾斯艾利斯上岸十年後，宛如行屍走肉般的赫黑．安達雅又回到了巴塞隆納。厄運從舊時代開始腐蝕安達雅家族，到了阿根廷之後更是變本加厲。赫黑被迫獨自面對這個殘酷的世界，以及里卡鐸．安達雅的死亡之謎，偏偏他又沒有父親的強悍與沉著。他帶著一顆空虛的心和充滿悔恨的靈魂來到布宜諾斯艾利斯。美洲，正如他後來曾語重心長地說，這地方是海市蜃樓，一個粗野的掠奪者聚集的所在；而他卻受教於歐洲的裝腔作勢、階級優越，但古老歐陸已是一個死氣沉沉的老軀殼。不出幾年光景，赫黑散盡所有家產，一開始還有顯赫名聲可以賣弄，最後卻落得只能變賣父親在他第一次領洗時送他的金錶。多虧賣了這只金錶，他才有錢購買返鄉的船票。回到巴塞隆納後的赫黑幾乎成了乞丐，窮酸的軀殼裡只裝著苦楚和挫敗，他那充滿仇恨的回憶裡只有那個讓他下場如此不堪的人：胡立安．卡拉斯。

他依然牢記著父親要他完成的承諾。因此，一回到巴塞隆納，他就四處打聽胡立安的行蹤，但他發現，胡立安和他一樣，十年前就從巴塞隆納銷聲匿跡了。就在這時，因緣際會之下，他碰到了一個少年時期的老朋友。因爲效力革命新政權，又在國家監獄任職期間表現傑出，哈維爾．傅梅洛轉任軍職，官拜中尉。許多人預言他以後一定能爬到將軍位階，沒想到他卻惹出嚴重的醜聞，因此被逐出軍方。即使如此，他還是威名在外。許多人喜歡談論他，但有更多人懼怕他。這就是哈維爾・傅梅洛，當年那個羞怯古怪的男孩，常見他在聖賈布利教會中學校園裡撿樹葉，如今已蛻變成無情殺手。傳言指出，傅梅洛是拿錢辦事的職業殺手，許多政治名人成了他槍下亡魂，幕後出錢指使的黑手遍及不同黨派。在眾人眼中，傅梅洛就是死神的化身。

安達雅和他在新潮咖啡館重逢，兩人第一眼就認出了對方。當時，安達雅一副病懨懨的樣子，經常莫名其妙就發燒，他把病因歸咎於南美叢林的怪蟲。「在那個鬼地方，連蒼蠅都是他媽的婊子養的！」他抱怨道。傅梅洛聽他發牢騷，既覺得有趣，又心生反感。他就是崇拜蒼蠅和所有昆蟲。他敬佩昆蟲的紀律、毅力和組織。在昆蟲界，沒有遊手好閒、踰矩無禮的份子，也不見種族歧視的紛爭。他最喜歡的標本是蜘蛛，因為牠精工編織了網狀陷阱，然後以無盡的耐心等待獵物，遲早會等到自投羅網的笨蛋或糊塗蟲。在他看來，人類社會應該多向昆蟲界學習。安達雅就是一個身心頹敗的錯誤示範；他不但蒼老了許多，而且外表邋遢，身材乾癟。傅梅洛最瞧不起身材乾癟的人。這種人，只會讓他覺得噁心。

「我覺得自己實在糟透了，哈維爾！」安達雅說。「你能不能好心收留我幾天？」

說來奇怪，傅梅洛竟然決定把赫黑・安達雅帶回家。傅梅洛住在瑞瓦區的陰暗公寓裡，房裡擺滿了用玻璃瓶裝著的各種昆蟲標本，另外還有好幾本書。傅梅洛極度厭惡那幾本書，與他極度珍愛昆蟲標本恰成反比。那幾本書非比尋常，全都是卡貝斯塔尼替胡立安・卡拉斯出版的小說。傅梅洛付了一些錢給住在對門的一對娼妓母女，這兩個女人不接客時就會叼著菸在門口閒磕牙，到了月底更明顯，因為恩客們的荷包也見底了。傅梅洛請她們幫忙照顧安達雅，因爲他不希望看到他死在這裡。現在還不是讓他去見閻羅王的時候。

哈維爾．傅梅洛後來加入了警方的重案組，他總是有辦法偵破相當棘手的重大案件，始終讓社會大眾對治安深具信心。這是傅梅洛剛加入警界時，他那備受敬重的上司杜蘭大隊長對他的教誨和期許。

「當警察不是一份差事，而是一種使命。」杜蘭大隊長如是說。「西班牙需要多一點膽識，少一點空談。」

令人惋惜的是，杜蘭大隊長在一次攻堅行動中殉職了。當時，他在黑暗中爬上五樓去逮捕一群無政府主義份子，沒想到卻不愼失足墜樓，當場粉身碎骨。大家都認爲西班牙痛失了一個偉大的人物，一個有遠見、大無畏的思想家。傅梅洛信心滿滿地繼任了他的職務，他知道，自己偷偷把杜蘭推下樓是對的，因爲杜蘭已經太老了，早就不足以勝任這項職務。在傅梅洛眼中，老人就跟殘廢、吉普賽人以及娘娘腔的男人一樣，看了就噁心，管他們是體魄強健或瘦弱。有時候，上帝也會犯錯。身爲優秀的大國民，就應該挺身改正這些小瑕疵，這樣一來，世界才會進步。

一九三二年三月，赫黑．安達雅在新潮咖啡館巧遇傅梅洛一個禮拜之後，他覺得身體略有好轉，於是就開始向傅梅洛坦承過去幾年間發生的一切。他也含淚向傅梅洛道歉，直說當年不該惡意捉弄他，還說自己已經一無所有。傅梅洛默默聽他敘述，偶爾點頭回應。當時，他在心裡盤算著，究竟要不要當場就把安達雅殺了，或者再等一陣子？他心想，只要小小的刀片就能終結安達雅虛弱的生命，卻難以消除他心中從青少年時期累積至今的恨。不能就這樣算了。他決定讓安達雅再多活一陣子。他對安達雅家族的沒落過程很有興趣，尤其關注胡立安・卡拉斯的所作所爲。

他曾經從出版社提供的資料中得知，卡拉斯住在巴黎，然而，要在巴黎這個大城市找人談何容易，偏偏出版社裡似乎沒有人知道他的確切地址，只有一個叫做蒙佛特的女子除外，但她始終拒絕透露。傅梅洛曾在她下班後跟蹤過她兩、三次。他甚至以僅隔半公尺的近距離尾隨她。女人一向是對他不屑一顧，即使看到了他，一定也是立刻轉移目光，裝作沒看見他這個人。有一天晚上，傅梅洛一直跟蹤她到松樹廣場的家門口，然後，他立刻回到自己的住處，一邊激動地打手槍，一邊想像自己注視著那個女子，緩緩將尖刀刺入她的肉體內……或許，到時候她就會說出卡拉斯的地址，而且還會恭敬地對他這個警官唯命是從呢！

胡立安・卡拉斯是傅梅洛唯一想殺卻殺不成的人。或許就因爲胡立安是第一個，久而久之自然會學到經驗。當傅梅洛再次聽到卡拉斯這個名字時，他臉上露出的笑容，嚇得對門的娼妓母女心驚肉跳，兩人只能瞪大了眼睛，遲鈍地舔著上嘴唇。傅梅洛依然記得卡拉斯在安達雅豪宅內親吻潘妮蘿珮那一幕。他心愛的潘妮蘿珮！他對她是純純的愛，也是眞愛，傅梅洛心想，就像他在電影裡看到的愛情一樣。傅梅洛非常熱中看電影，每週至少會進電影院兩次。當年，他就是在電影院裡體會到，潘妮蘿珮是他今生的最愛。至於其他女人，尤其是他母親，全都是婊子！聽著安達雅娓娓敘述了一切之後，他終於打定主意，暫時不殺他。他甚至覺得慶幸，還好命運又讓他們重逢了。接下來的發展，他已經編好了，就像他最愛的電影情節一樣：以安達雅爲餌，引君入甕！遲早，他們都會掉入他的陷阱裡的。

6

一九三四年冬，莫林納家族的兄弟們終於將米蓋逐出了布塔費利沙街的別墅，直到今天，年久失修的別墅依然空在那裡，就像一處廢墟。總之，他們就是要他流落街頭，還剝奪了他僅剩的一點資產、他的書籍，尤其讓他們心生妒恨的是他遺世獨居的自在。他在我面前隻字不提這件事，也不願意向我求援。我只知道，他幾乎窮得跟乞丐一樣，當我去他家找他時，我遇見他的兄弟姊妹們派來的人正在清點財產，把他僅有的幾樣東西全都搬光了。米蓋在卡努達街上一家簡陋的小旅館住了好幾天，那個陰森潮濕的房間，簡直就像太平間，沒有窗戶，只有一張行軍床。一看到這種悽慘景象，我拉起米蓋的手，決定帶他回家。他一直咳個不停，看來已經沒什麼元氣。他說只是感冒一直沒好，沒什麼大不了的。可是，經過兩個禮拜之後，他的健康卻每下愈況。

由於他總是一身黑衣，我到後來才知道，原來他袖子上那些污漬是血跡。我打電話找醫生來，做了診斷之後，醫生問我，爲什麼拖到這麼晚才打電話求醫？米蓋罹患的是肺結核。破產加上惡疾，他僅剩的只有回憶和後悔。他是我見過最慷慨、最脆弱的人，他也是我唯一的摯友。我們在二月的某個早上公證結婚。婚後的蜜月旅行就只是搭乘迪比達波的纜車上山，然後在公園觀景台上俯瞰巴塞隆納，大城市忽成霧中的小人國。我們沒把婚訊告訴任何人，包括卡貝斯塔尼先生、我父親，以及他那些無情的家人，全都不知情。我已經寫了一封信告訴胡立安這件事，但是一直沒把信寄出去。我們的婚姻，一直是個祕密。結婚幾個月之後，有一天，突然有人來敲門，他自稱是赫黑・安達雅。這個人看起來就像個幽靈一樣，戶外寒風刺骨，他卻滿臉冒汗。十多年後再相逢，安達雅一臉苦笑地說道：「我們都是被詛咒的倒楣鬼啊！米蓋。你、胡立安、傅梅洛和我，我們都是！」接著，他說明來意：造訪老朋友米蓋，無非是希望能藉由他找到胡立安・卡拉斯，因爲他那死去的父親老安達雅留了遺言給他。米蓋說他並不知道卡拉斯身在何處。

「我們已經很多年沒聯絡了。」米蓋騙他。「我只知道，他現在應該是住在義大利吧！」

安達雅對這個答覆早有心理準備。

「你太讓我失望了，米蓋，我一直以爲歲月和不幸會讓你更有智慧的。」

「能有失望的感覺，對某些人來說已經是個榮幸了。」

身材乾癟的安達雅，佝僂的身軀好像隨時都會破裂成一地碎片似的。他忽然露出不懷好意的笑容。

「傅梅洛要我轉達他最誠摯的祝福，祝你們新婚愉快！」他走出大門前，拋下這麼一句話。

這句話，讓我的心涼了半截。米蓋一句話都不說，然而，那天晚上，當我抱著他，難以入眠的兩個人都在裝睡時，我知道，安達雅說的一點都沒錯。我們都被詛咒了。

後來的幾個月期間，我們沒有任何胡立安或安達雅的消息。米蓋依舊固定替馬德里和巴塞隆納的報章寫稿。他從早到晚持續坐在打字機前工作，撰寫他口中「餵飽電車和地鐵乘客的垃圾食物」。我還是在卡貝斯塔尼出版社上班，或許因爲這是唯一能夠更接近胡立安的方式。他曾經寄來一封簡短的信，信上提到他正在寫一本新小說《風之影》，幾個月後即將完成。那封信並未提到他在巴黎的生活狀況，筆觸異常冷漠而疏遠。我試著想去恨他，但終究是徒勞。我開始相信：胡立安不是一個男人，而是一種疾病。

我的感受，米蓋都知道。他全心全意關愛我，不求任何回報，只要我陪在他身邊就好。我從來沒聽過從他口中說出任何責備或抱怨我的話。長期相處之後，我終於感受到他那無盡的溫柔，我們的感情，已經遠超過友誼和同情了。米蓋用我的名字開了一個存款帳戶，他替報章寫稿的酬勞，幾乎全部都存進了那個帳戶。只要有人來邀稿，不管是評論還是短文，他都照單全收。他以三個筆名撰稿，每天寫稿十四到十六個小時。每次我問他爲什麼要這麼賣力工作，他或是微笑以對，要不就是告訴我閒著不做事太無聊了。我們之間沒有任何隱瞞或欺騙，連心底都不曾隱藏過任何祕密。米蓋知道自己不久於人世，這幾個月來，他的病情持續惡化著。

「妳一定要答應我，要是我出了什麼事，妳就把這筆錢領出來，然後結婚、生子，把我們之間的一切都忘了。首先該忘的就是我這個人。」

「你要我再去跟誰結婚啊？米蓋，別說傻話了！」

有時候，我會突然發現他面帶微笑地盯著我看，彷彿我是他最珍貴的寶物似的。每天到了下午，他就到出版社門口接我下班，那也是他一整天唯一的休息時間。他強忍著病體在我面前硬撐，但我早看見他是駝著背走路，一路還咳個不停。接我下班之後，他會帶我去吃東西，或是到費南鐸街閒逛看櫥窗，然後我們一起回家，到家後，他繼續工作到深夜。我默默祈禱著，希望我們每分每秒都能相聚在一起，也希望他每一個夜晚都能擁著我入眠。但我又必須強忍著淚水，因爲我氣我自己始終無法愛這個男人，就像他愛我那樣；我氣我自己，我對胡立安付出的一切如花落水流，偏偏沒有一絲情愛能夠施捨給他。多少個夜晚，我發誓要忘了胡立安，我要用後半輩子讓那個對我奉獻一切的可憐男人幸福。我是胡立安的兩週情婦，但今生今世都是米蓋的妻子！如果有一天，你讀了這些手稿，當你評斷我這個人的時候，你會在詛咒和愧疚的鏡子裡看到我。你記得這樣的我就可以了，達尼。

胡立安的小說稿在一九三五年底寄來了。不知是絕望或恐懼作祟，我沒看稿子，直接就送交排版。米蓋早在幾個月前就把最後僅剩的存款預付了這本書的印刷費用。當時，卡貝斯塔尼先生已經生病，早就不太管事了。同樣就在那個禮拜，替米蓋看病的醫生到出版社來找我，一副憂心忡忡的樣子。他告訴我，米蓋應該少工作、多休息，再這樣下去，他也束手無策了。

「他應該到山上去靜養，而不是留在巴塞隆納呼吸髒空氣。他不是九命怪貓，我也不是曠世神醫。您千萬要勸勸他啊！他根本就不聽我的話。」

那天中午，我決定回家去跟米蓋談談。到了公寓門口，我還沒開門就聽見屋內有談話聲。米蓋正在和人激辯。起初，我以爲是報社的人，但後來似乎聽見他們提到了胡立安這個名字。我聽見腳步聲越來越接近門口，於是趕緊爬上頂樓躲起來。躲在那裡，我正好可以窺探訪客！那是個穿了一身黑的男子，模糊的五官就像一塊平板，細薄的嘴唇合起來就跟一道疤痕沒兩樣。一雙黑色的眼睛，呆滯無神，典型的死魚眼。他正下樓時，忽然停下來抬頭張望著陰暗的頂樓。我靠在牆邊，屏息以待。那個訪客在原地停留好一會兒，只見他不斷地舔著嘴唇，彷彿是已經聞到我的味道了。我一直等到他的腳步聲完全消失了，才敢下樓進家門。家裡充斥著濃濃的樟腦味。米蓋坐在窗邊，雙手無力地垂在椅子扶手旁。他的雙唇微微顫抖著。我問他，剛剛那個人是誰？他來幹什麼？

「他是傅梅洛，帶來的是跟胡立安有關的消息。」

「胡立安怎麼了？」

米蓋望著我，滿臉沮喪。

「胡立安要結婚了。」

這個消息讓我一時啞口無言。我癱坐在椅子上，米蓋過來握著我的雙手。他看起來相當疲憊，連說話都很吃力。在我開口說話之前，他已經先大致敘述了傅梅洛的談話內容，以及他對此事的疑慮。傅梅洛利用職務之便，要求巴黎警方查出了胡立安的住處，並持續監視他的行動。米蓋猜測，這應該是幾個月前甚至是幾年前就發生的事情。他擔心的不是傅梅洛是否找到了胡立安，那只是時間問題罷了。啓人疑竇的是，傅梅洛決定這時候把這件事告訴米蓋，用意何在？至於那場頗不尋常的婚禮，據說打算在一九三六年夏天舉行。關於新娘，傅梅洛雖然只提了她的名字，但這樣就夠了：依蓮．瑪索，也就是胡立安多年來的老闆娘。

「我實在想不透……」我喃喃自語。「胡立安要跟他的恩人老闆娘結婚？」

「很顯然地，這不是婚約，而是合約。」

依蓮．瑪索起碼比胡立安年長二十五或三十歲。米蓋認爲，依蓮．瑪索決定和胡立安結婚，應該是藉此讓他以後能夠繼承她的財產，確保他將來生活無虞。

「可是，她一直都在資助他呀！」

「或許她知道，她不可能一直在他身邊幫他的。」米蓋說道。

這句話的回音，拉近了我們的距離。我跪在他身旁，把他緊緊擁在懷裡。我咬著嘴唇，因爲我不想讓他看到我淚水決堤。

「努麗亞，胡立安根本就不愛那個女人啊！」他說道。他以爲，那就是讓我難過的原因。

「胡立安誰都不愛，他只愛他自己，以及他那些被詛咒的書。」我低聲說道。

這時候，我抬頭一看，見到的是面帶笑容的米蓋，像個蒼老而聰明的孩子。

「傅梅洛特地來告訴你這件事，用意何在？」

我們沒花多少時間就查出來了。傅梅洛來訪後，隔了幾天，那個眼窩下陷、面如鬼魅的赫黑・安達雅出現在我們家門前，情緒相當憤慨。傅梅洛已經告訴他，胡立安・卡拉斯即將和一個非常富有的女子結婚，婚禮排場既豪華又盛大。安達雅聽了之後，已經惱怒了好幾天，沒想到這個把他害得這麼慘的傢伙，竟然攀龍附鳳，白白享有了他已經失去的榮華富貴。但是，傅梅洛並沒有告訴他，依蓮・瑪索雖然富有，但她只是個酒店老闆娘，不是維也納王宮裡的貴族公主。傅梅洛也沒告訴他，準新娘比卡拉斯年長了三十歲，與其說是結婚，不如說是一個慈悲的女人對一個落魄男子的援助。傅梅洛刻意只散播誇大的夢幻情節，於是，安達雅心中的妒忌和怒火，立刻在他那乾癟、骯髒的身體延燒了起來。

「傅梅洛騙了你，赫黑。」米蓋說道。

「我看你才是大騙子，做賊的喊抓賊！」安達雅氣急敗壞地怒吼著。

安達雅不需要多說，他的狂怒全寫在那張乾瘦蒼白的臉上。米蓋已經看清傅梅洛在玩什麼把戲。二十多年前，他曾在聖賈布利教會中學教傅梅洛下西洋棋。傅梅洛下棋時就像一隻禱告的螳螂，除了心思專注之外，還有異於常人的耐心。米蓋立刻寄了一封簡短的信通知胡立安這件事。

後來，傅梅洛認為時機成熟了，一方面繼續煽風點火，同時還告訴安達雅，胡立安三天內就要結婚了。他還解釋，身為警方的一份子，他不能介入這種私人恩怨。不過，安達雅只是一般老百姓，他可以去一趟巴黎，想辦法讓婚禮永遠無法舉行。如何才能阻撓那場婚禮？盛怒的安達雅一定會咬牙切齒地提出這個問題。不如在婚禮當天找胡立安決鬥。傅梅洛甚至還提供武器，赫黑．安達雅確信，他一定能用這把手槍射穿那顆摧毀安達雅王朝的惡毒黑心。根據巴黎警方後來的偵查報告，他們在安達雅腳邊找到的那支手槍是故障的，使用時，只有一種情況會發生：手槍在自己面前走火。當傅梅洛在巴塞隆納火車站月台上把手槍交給安達雅時，他早就知道這個問題。他非常清楚，安達雅的衝動、愚蠢和惱怒，一定無法應付那天清晨的決鬥。即使他突然開竅制伏了卡拉斯，他手上那把手槍還是會毀了他。在那場決鬥中，該死的人不是卡拉斯，而是安達雅。傅梅洛認為，安達雅那荒唐的生命以及頹敗的心志和軀體，已經苟延殘喘得夠久了，他的利用價值，也已經到了極限。

傅梅洛非常清楚，以胡立安的個性，絕不會和這樣一個瘦小、虛弱的老同學對決。因此，他很明白地指示安達雅每一個步驟的行動準則：安達雅應該向胡立安坦承，潘妮蘿珮那封宣稱自己不再愛他的分手信是騙他的。他應該告訴胡立安，正是他，赫黑．安達雅，逼迫自己的妹妹寫下通篇謊言，不顧她淒厲、絕望的哭聲，在風中宣示著她對胡立安永恆的愛戀。他應該告訴胡立安，潘妮蘿珮一直癡癡的等，精神受創，心在淌血，無助咀嚼著無盡的孤獨。說這些就夠了。這樣就夠讓卡拉斯氣得朝安達雅臉上連開好幾槍。這樣就足夠讓卡拉斯把婚禮拋諸腦後，因為他滿腦子只想著要回巴塞隆納找尋潘妮蘿珮。在巴塞隆納，傅梅洛早已布好了天羅地網在等著他。

胡立安·卡拉斯在內戰爆發前幾天越過法國邊界回到了西班牙。《風之影》的初版，其實到頭來也只印了這麼一版，在他回來前兩個禮拜已經問世，混雜在諸多前輩的作品中，這本書並未引起任何注意。當時，米蓋幾乎已經無法工作，雖然他還是每天在打字機前端坐兩、三個小時，虛弱的病體和高燒不退已經讓他寫不出稿子了。他有好幾個專欄被取消了，原因都是嚴重拖稿。另外還有一些報章，自從接了幾通匿名的恐嚇電話之後，再也不敢刊載他的文章。最後，他只剩下「巴塞隆納日報」的每日專欄，使用的筆名是亞德里安·馬德斯。戰爭的幽靈飄浮在空中，整個國家陷入極度的恐懼中。米蓋無事可做，甚至已經無力哀嘆了，他只能到樓下的廣場上，或是在大教堂附近閒逛，他身上總是帶著胡立安的書，彷彿那是他的護身符似的。醫生最後一次幫他量的體重，居然已經不到六十公斤。我們從廣播裡聽到了摩洛哥暴動的新聞，幾個小時之後，米蓋的報社同事來找我們，他說，報社的總編輯康西諾先生兩個小時前遭人槍殺身亡，頸背中槍，陳屍在卡納列達咖啡館前，沒有人敢上前處理，所以屍體就一直癱在馬路旁的血泊中。

沒多久，眞正令人恐懼緊張的日子來臨了。葛德將軍的部隊已經進駐迪雅戈納區以及恩寵大道通往市中心的路段，烽火已經開始蔓延。那天是禮拜天，許多巴塞隆納市民照常出門，大家以爲那天還是可以到郊外野餐的。然而，巴塞隆納最黑暗的戰亂時期已經開始，大家沒想到的是，還有兩年的苦日子在後面等著。不知道是奇蹟出現還是消息錯誤，葛德將軍叛變後，沒多久就投降了。龔帕尼政府看似已經控制了局勢，但是眞相卻在幾週後才見明朗。

巴塞隆納已經操縱在無政府主義聯盟手中。經過多日的混亂和巷戰之後，最後傳出四名叛軍將領投降後不久，已在蒙居克城堡被槍決。米蓋有個英國記者朋友當時就在槍決現場，他說執行槍決小組只有七個人，但在最後一刻卻湧進幾十個民兵加入狙擊的行列。一聲令下，子彈齊發，遭受槍擊的四名將領血肉模糊，最後裝進棺材裡的遺體幾乎就像液體一樣。有些人一廂情願地以爲，動亂應該就此畫下句點了，法西斯黨人永遠不會到巴塞隆納的，叛變已經平息了……豈知，這只是餐前小菜罷了。

據我們所知，葛德將軍投降那天，胡立安已經在巴塞隆納了，因爲我們收到一封依蓮·瑪索寄來的信，信中提到，胡立安在那場清晨的決鬥中殺死了赫黑·安達雅。安達雅還沒斷氣，巴黎警方已經接獲密報趕到現場。胡立安必須儘快逃離巴黎，因爲警方正以謀殺罪名通緝他。至於是誰向警方密報，我們早就心裡有數。我們也很焦急，總希望能早日聯絡上胡立安，免得他落入了傅梅洛設下的圈套：引誘他去尋找事情的眞相。三天過去了，胡立安依舊生死不明。米蓋始終不願意跟我提起內心擔憂的事情，但我非常清楚他心裡在想什麼。胡立安是爲了潘妮蘿珮而回到巴塞隆納，不是爲了我們。

「如果讓他查出了事情的眞相，會有什麼樣的後果呢？」我問道。

「我們要想辦法別讓他查出來才行。」米蓋答道。

可想而知，他一定很快就發現安達雅豪宅已經人去樓空。除此之外，可能讓他找到潘妮蘿珮的地方也沒幾個了。我們把這些可能的地點列了一張清單，然後開始到每個地方去找。迪比達波大道上的安達雅舊宅成了廢棄空屋，圍牆上爬滿了長春藤。有個在對面街角叫賣玫瑰花和康乃馨的賣花小販告訴我們，他只記得最近有人在那個大宅院外面晃來晃去，是個年紀很大的老先生，腳步有點跛。

「說眞的，他那個樣子，還眞是討人厭啊！我只是想賣他一朵康乃馨胸花，他卻擺一張臭臉給我看，還說現在是戰亂時期，誰有心情戴什麼胸花！」

除了這個人之外，他就沒看過別人了。米蓋向他買了一束枯萎的玫瑰，同時還留了「巴塞隆納日報」的電話號碼給他，只要看到了米蓋所形容的人出現，請他務必打電話到報社留話。接下來，我們去了聖賈布利教會中學，米蓋見到了老同學費南鐸・拉默思。

當時，費南鐸已是返回母校執教的神父，教的是拉丁文和希臘文。看到米蓋體弱多病，他非常難過。他告訴我們，胡立安沒去找他，但他承諾，只要見到胡立安，一定設法留住他，然後儘快和我們聯絡。他很憂慮地向我們坦承，我們去拜訪他之前，傅梅洛已經去找過他。傅梅洛警官告訴他，時值戰亂時期，他最好要小心點。

「他說，很多人莫名其妙就死了，至於身上穿的制服，不管是軍服還是道袍，都是擋不住子彈的……」

費南鐸說，他並不清楚傅梅洛究竟是效忠哪個政權或團體，而且，他實在不敢開口問他。我眞的不知道該如何向你形容內戰初期的巴塞隆納呀，達尼！空氣中似乎總是瀰漫著恐懼和仇恨。人們的眼神總是充滿了戒心，街上一片死寂，讓人害怕到反胃。每一天、每小時，總有新的謠言和耳語流傳著。我還記得有一天晚上，我和米蓋沿著蘭巴拉大道走路回家，當時街上一個人影都沒有。米蓋看著街邊的一排樓房，許多人隱匿在陰暗的邊門後面探頭探腦，他說，他甚至可以感受到他們正在圍牆的另一邊磨著鋒利的刀刃。

隔天，我們去了富爾杜尼帽子專賣店，只是心裡並沒有抱著太大的期望會在那裡找到胡立安。有個住在同一棟樓的鄰居告訴我們，前幾天有人來大吵大鬧了一頓，把帽子師傅嚇壞了，從那時候起，他就鎖了店門躲著不出門了。儘管我們不斷地敲門，他就是不願意來開門。那天下午，帽子專賣店附近傳出槍響，聖安東尼歐圓環街道上還留著一灘未乾的鮮血。一匹死馬倒在路上，旁邊圍著一群野狗，使勁地咬開了牠的肚皮，有一群小孩在附近觀看，後來還拿石頭丟野狗。我們敲了大半天的門，最後只從門縫裡看到一張備受驚嚇的臉。我們告訴他，我們要找他的兒子胡立安。帽子師傅只說他兒子已經死了，還要我們馬上離開，不然他就要報警了。我們只好失望地離去。

後來的幾天，我們跑遍咖啡館和商店，到處打探胡立安的行蹤。我們還去詢問了飯店和旅館，也去了火車站，又去了銀行，說不定他會去換錢。可是，沒有人看過我們所形容的胡立安。我們就怕他已經落入傅梅洛手中，於是，米蓋拜託一個和警方高層很熟的報社同事去查，看看胡立安是否已經被關進監獄了。探查的結果是：胡立安不在牢裡。又過了兩個禮拜，還是沒消息，胡立安似乎已經鑽進地洞裡了。

米蓋幾乎天天失眠，心裡只惦記著早日得到老友的消息。有一天下午，米蓋照例出門散步，傍晚卻帶回了一瓶葡萄牙紅酒。報社送的，他說，副總編輯已經通知他，報社將不再刊載他的專欄。

「他們不想惹麻煩，我可以諒解的。」

「你接下來要做什麼？」

「天天買醉，現在就可以開始了！」

米蓋只喝了不到半杯，倒是我在不知不覺中幾乎喝掉一整瓶，而且還是空腹喝酒。接近午夜時，我已經睏得受不了，倒在沙發上就睡著了。我夢見米蓋在我額頭上吻了一下，還拿了一條披肩幫我蓋上。醒來時，我覺得頭痛得厲害，心想一定是宿醉。我想去找米蓋抱怨，怪他不該這時候把我灌醉，才發現原來只有我一個人在家。我走到書桌旁，然後在打字機上看到一張留給我的字條，他要我別害怕，留在家裡等他就好。他去找胡立安，很快就會帶他回家。他最後還寫了「我愛妳」。字條從我手中滑落到地上。這時候，我看到米蓋把平常隨身帶著的東西都留在書桌上，彷彿是打定主意再也不用這些東西了。當時，我知道，我永遠不會再見到他了。

8

原來，那天下午，賣花的小販打電話到「巴塞隆納日報」留話給米蓋，說是看到了我們形容的那個人，在安達雅舊宅附近像個幽靈似的晃來晃去。當米蓋抵達迪比達波大道三十二號時，已經過了午夜，無人居住的大宅院裡一片漆黑，只有樹叢縫隙間隱約可見幽微的月光。雖然已經十七年沒見面，但米蓋還是馬上就從那輕盈如貓的步伐認出了胡立安。他的身影穿梭在陰暗的花園裡，就在噴泉附近。接著，胡立安縱身越過花園圍牆，他在屋外埋伏著，彷彿一隻焦躁不安的猛獸。這時候，米蓋其實可以叫他的，但又不想驚動可能藏在暗處監視的不明人士。他總覺得，附近其他豪宅的暗色玻璃窗後，有一雙雙虎視眈眈的眼神正在觀看大道上的所有動靜。他沿著大宅院旁的圍牆走了一圈，來到了以前的網球場和馬車車棚。他可以看出大石塊的缺口有胡立安的腳印，顯然是踩著石塊跳上了圍牆，地上還有幾片從圍牆上剝落的花磚。他屏息縱身一跳，忽覺胸口刺痛，眼前一片漆黑……他癱在圍牆上，雙手不停地顫抖著，低聲喚著胡立安的名字。噴泉旁的身影如如不動，彷彿是另一座雕像。米蓋看到一雙明亮的眼眸正盯著他看。他很懷疑，經過了十七年的歲月以及這場即將讓他斷氣的重病，胡立安是否還認得出他？那個身影緩緩走近，他的右手拿著一個又長又亮的東西。原來是一片玻璃。

「胡立安……」米蓋喃喃說著。

那個身影突然停下了腳步。米蓋聽到玻璃落地碎裂的聲音。胡立安的臉龐從陰影裡浮現。他的臉上覆蓋著已經兩個禮拜沒刮的鬍鬚，兩頰看起來更瘦削了。

「米蓋？」

米蓋無法跳進牆內的庭園裡，也無力跳回牆外的街道上，他只能伸出手來。胡立安跳上圍牆，用力握緊米蓋的手，然後將手掌貼在老友的臉頰上。他們默默相視了許久，各自感受著生命在對方身上留下的傷痕。

「我們必須離開這裡，胡立安，傅梅洛在找你！他故意設局讓你落入安達雅舊宅這個陷阱。」

「這些我都知道。」胡立安低聲應道，語調平淡。

「這棟房子已經上了鎖。已經很多年沒有人住在這裡了……」米蓋說道。「來，你幫個忙，扶我下來，我們要趕快離開這裡。」

胡立安再度跳下圍牆。他伸出雙手緊抓著米蓋，他發現，在寬鬆的衣服掩飾下，老友的身子瘦得只剩一把骨頭。他甚至感覺不出米蓋身上是否還有肌肉。到了牆外，胡立安從米蓋腋下一把攬住他，幾乎是把他整個人提著往前走，就這樣摸黑走到了拉蒙麥卡雅街。

「你生了什麼病啊？」胡立安低聲問道。

「沒事！只是發燒而已，我已經覺得好多了。」

米蓋已是一副病入膏肓的模樣，胡立安也就不再多問了。他們沿著利昂十三世街往前走，然後轉進聖潔爾瓦希歐大道，這時候，他們看到前方有家咖啡館。進去之後，他們找了個角落的位子，遠離入口處和窗戶。好幾個客人坐在吧台邊抽菸聽廣播。臉色蠟黃、眼睛老盯著地板的服務生過來招呼他們點餐。他們點了溫熱的白蘭地、咖啡，還有一些可以填飽肚子的食物。

米蓋什麼都沒吃。胡立安顯然是餓壞了，把兩人份的食物都吃得精光。在咖啡館柔和的燈光下，老朋友四目對望，兩人都被歲月的巫術所懾服了。上一次這樣面對面的時候，他們的年紀只有現在的一半呢！當年分離時，兩人還是青少年，如今，生命把其中一個變成了亡命天涯的逃犯，另一個則在垂死邊緣掙扎。兩人都不禁自問，在生命這場牌局裡，究竟是他們拿了不好的牌，還是他們出錯了牌？

「這些年來，你幫了我很多忙，我卻一直都還沒向你道謝呢，米蓋！」

「省省吧！我只是做了我應該做、喜歡做的事情，沒什麼好謝的。」

「努麗亞還好吧？」

「還是像你當初拋下她的時候那樣。」

胡立安低下頭來。

「我們在好幾個月前結婚了。我不知道她有沒有寫信告訴你這件事？」

胡立安緊抿著雙唇，緩緩地搖頭。

「你沒有權利責備她任何事情啊，胡立安。」

「我知道。我沒有權利做任何事情。」

「你爲什麼不跟我們聯絡呢？胡立安……」

「我不想連累你們。」

「這已經不是你能決定的了。你最近都在哪裡啊？我們以爲你大概是鑽進地洞裡去了。」

「差不多了。我在家裡，在我父親的房子裡。」

米蓋滿臉訝異地盯著他看。接著，胡立安細說從頭，他是如何回到巴塞隆納的，後來，因爲無處棲身，於是他前往童年時期成長的地方，深怕老家已經空無一人。帽子專賣店仍在原處，店門還是敞開著，裡面有個老人，頂上已經沒有頭髮，眼中已經毫無怒火，默默地癱坐在櫃檯後面。當時，胡立安並不想進去，也不想讓他知道自己回來了，然而，安東尼・富爾杜尼卻抬起頭來看著櫥窗外的陌生人。當他們的眼神交會時，胡立安很想拔腿就跑，卻呆在那兒動不了！他看見帽子師傅淚如雨下，然後往門口走去，一語不發地走出店門外。他什麼話都沒說，逕自拉著兒子往店裡走，接著他拉下鐵捲門。完全隔絕了外在世界之後，他上前擁抱著兒子，激動得直發抖，眼淚掉個不停。

後來，帽子師傅告訴胡立安，兩天前，警察曾經來找他盤問兒子的下落。那個警察叫做傅梅洛，這個人惡名昭彰，一個月前還是葛德將軍重金收買的殺手，現在卻成了無政府主義份子的黨羽。這個傅梅洛告訴他，胡立安即將返回巴塞隆納，因爲他在巴黎謀殺了赫黑・安達雅，除此之外，他還犯下了其他罪行，傅梅洛細訴每一條罪狀，但帽子師傅根本就懶得聽他講。傅梅洛深信，即使胡立安回家的機率微乎其微，但只要他一出現，帽子師傅一定會履行國民應盡的義務，向警方通報這個不肖子的行蹤。富爾杜尼告訴傅梅洛，有任何消息，他當然會向他報告的，只是，他心裡很不服氣，像傅梅洛這種敗類居然到處耀武揚威。等到那群討厭的警察一走，帽子師傅立刻前往大教堂，也就是他與蘇菲相遇的地方，他祈求上帝儘快引導兒子回到家裡來。胡立安一進家門，帽子師傅就急著提醒他處境有多危險。

「兒子啊，不管你是爲了什麼事而回巴塞隆納，我都會幫你完成，你呢，一定要在家裡躲著。你的房間還是跟以前一樣，只要你有需要，隨時都可以回來住的。」

胡立安向帽子師傅坦承，他是回來找潘妮蘿珮的。帽子師傅發誓，一定會盡全力找到她，等到兩人相會後，他會幫他們找個安全的地方藏身，遠離傅梅洛，遠離往事，遠離一切。

胡立安在聖安東尼歐圓環的公寓裡躲了好幾天，這段期間，帽子師傅為了尋找潘妮蘿珮，跑遍了整個巴塞隆納。胡立安天天躲在以前的房間裡，他父親說的沒錯，這個房間一點都沒變，只是，現在看起來似乎所有的東西都嫌小了，彷彿這個家以及家裡的擺設都被歲月縮小了。他的許多舊筆記本依然放在原處，還有他前往巴黎那個禮拜削好的一把鉛筆，以及本來打算要讀的幾本書，衣櫃裡還擺著他少年時期的衣物。帽子師傅告訴他，他逃家後不久，蘇菲也拋下他走了，兩人多年沒有聯絡，但她後來還是從波哥大寄了一封信回來，當時，她已經和另外一個男人同居好一陣子了。他們定期通信。「信裡談的都是你，」帽子師傅這樣說道。「因為你是我們之間唯一的聯繫。」聽了這番話，胡立安覺得，即使被妻子拋棄了，帽子師傅其實對她深情依舊。

「一生只有一次眞愛，胡立安，只是有人不自覺罷了。」

一生命運多舛的帽子師傅深信，潘妮蘿珮就是兒子此生的摯愛。不知道爲什麼，他總覺得只要幫兒子找到這個女孩，或許他也能因此找回失落的生命，從此甩掉始終如影隨形的詛咒。

儘管他有堅強的毅力，結果還是讓他絕望了；帽子師傅很快就發現，整個巴塞隆納已經不見任何潘妮蘿珮和安達雅家族的蹤跡。帽子師傅是個出身寒微的人，一輩子都在努力度過各種難關，從來不曾懷疑過金錢和社會地位的重要。然而，十五年的破產和窮困，足以讓宮殿般的豪宅、富可敵國的大企業以及任何王朝從地面上消失。當他向人提起安達雅這個姓氏的時候，許多人都聽過，卻已經忘了它曾代表的意義。米蓋·莫林納和努麗亞·蒙佛特去店裡找胡立安那天，帽子師傅堅信，他們兩人一定是傅梅洛的爪牙。再也沒有人能從他身邊搶走兒子了。這一次，萬能的上帝應該要顯靈了；他祈禱了一輩子，這個上帝從來不理會他的請求，但是，祂如果膽敢再把胡立安搶走，他會很樂意去把上帝的眼珠子挖掉的！

帽子師傅就是賣花的小販前幾天看到在迪比達波大道上閒晃的那個人。他之所以讓賣花小販覺得「很討人厭」，那是因爲他一心一意只想趕快找到他要找的人，他急著要彌補生命中的缺口，不容閒雜人等浪費他的時間。令人遺憾的是，這一次，上帝依舊沒聽見帽子師傅的請求。他很氣餒，因爲他找不到他要找的人，他救不了兒子，也救不了自己，這個女孩芳蹤杳然，沒有人知道她的消息。天主啊！祢到底還需要多少失落的靈魂才能滿足祢的胃口？帽子師傅仰天問道。上帝依然無語地望著他，眼睛眨都不眨一下。

「我找不到她，胡立安……我發誓，我眞的……」

「爸爸，您別擔心，這件事應該由我來做才對。您已經幫我夠多了！」

那天深夜，胡立安還是離家了，他下定決心，一定要找到潘妮蘿珮。

米蓋傾聽老友的敘述，心裡納悶著：這究竟是奇蹟，還是詛咒？但他萬萬沒想到的是，咖啡館的服務生已經打了電話，正背對著他們在話筒邊低語著。他也沒注意到，當胡立安正在滔滔不絕地講述返鄉後的遭遇時，服務生總是偷偷往門口看，他站在沾滿油污和灰塵的吧台後面，明明是乾淨的玻璃杯卻一擦再擦。他沒想到傅梅洛已經在這家咖啡館布了線，不只這一家，他還去了其他幾十家咖啡館。只要胡立安在其中任何一家現身，打一通電話只需要幾秒鐘就夠了。當警車停在咖啡館門口時，服務生立刻跑進廚房，米蓋露出異常冷靜和平和的神情。胡立安在他眼神中看出了異樣，兩人同時回頭一看：三個身穿灰色風衣的身影，彷彿鬼魂似的在窗外飄忽遊移著。

三個人面前的玻璃窗上各自形成了一片霧氣。傅梅洛不在其中：禿鷹先來幫他找獵物了。

「我們趕快離開這裡，胡立安……」

「我們已經無處可去了。」胡立安平靜的語氣，讓老友只能啞口無言地望著他。

這時候，米蓋發現胡立安手上已經拿著左輪手槍。店門上清脆的鈴鐺聲從廣播節目模糊的談話聲中劃過。米蓋把胡立安手中的左輪手槍搶了過去，然後定定望著他：

「把你的證件都給我，胡立安！」

三名警察故意在吧台邊坐了下來，其中一個不時以眼角餘光瞄著他們倆，另外兩個則忙著在風衣裡掏東西。

「你的證件！胡立安，現在就給我！」

胡立安默默搖著頭。

「我頂多只有一、兩個月可以活了，胡立安，我們兩個人，至少要有一個人活著從這裡出去。你的籌碼比我多得多。我不知道你是否能夠找到潘妮蘿珮，但至少還有努麗亞一直在等你。」

「努麗亞是你的妻子啊！」

「別忘了，我們以前講好的：當我死去時，我的東西就是你的了……」

「……只有夢想除外。」

那是他們最後一次相視而笑。胡立安把護照遞給他。米蓋把護照夾在他一直隨身攜帶的那本《風之影》裡。

「待會兒見！」胡立安喃喃說道。

「不急！我會等你的。」

正當三個警察往他們這邊走過來時，米蓋突然起身，然後迎面走向他們。起初，他們看到的只是一個臉色慘白、全身發抖的重症病人，當他對著他們露出微笑時，毫無血色的雙唇已經滲出血跡。等到他們發現他右手竟拿著手槍，這時候，米蓋和他們相距已經不到三公尺。其中一個警察正想大喊，但是第一發子彈已經先射中他的下巴。這個警察應聲倒地，當場就在米蓋腳邊斷了氣。另外兩個警察掏出了武器。第二發子彈射穿了看起來較老的那位警察的腹部。子彈卡在兩節脊椎骨中間，一團內臟從體內噴出，正好掉在吧台上。米蓋再也沒有機會射出第三發子彈。剩下的那位警察已經朝他開了槍。他可以感覺到子彈卡在他的肋骨間、心臟裡，頓時，他的眼神如鋼鐵般冰冷，面如白紙。

「不准動！混帳東西，否則我就讓你腦袋開花！」

米蓋面露微笑，然後緩緩地舉起手槍，瞄準那個警察的臉。這個還不到二十五歲的年輕人，嚇得嘴唇不停地顫抖著。

「你告訴傅梅洛，就說是卡拉斯要你轉達的：我永遠記得他穿著水手服的滑稽模樣。」

他沒有痛苦，也沒有怒火。子彈從他身上穿過，然後落在玻璃窗上，彈痕彷彿是鐵鎚在消音狀態下用力敲擊而成的。當他從碎裂的玻璃窗彈出去時，他覺得頸部冰冷地難受，眼中所見的光線漸漸消逝如風中之塵……米蓋．莫林納最後一次轉過頭去，他看見好友胡立安已經在街道上跑遠了。米蓋得年三十六歲，比他自己預期的壽命還要長。在那個被碎玻璃刺得滿身鮮血的軀體倒地前，生命早已終結。

那天晚上，當胡立安在暗夜中四處流竄時，殺死米蓋的警察打電話叫來了一輛沒有車牌的卡車。我始終不知道那警察叫什麼名字，我想他也不知道自己殺死的是誰。戰亂時期，不管是私底下或在公眾場合，每個人都是被操弄的傀儡。兩名男子搬走了兩名警察的屍體，接著還告誡咖啡館老闆最好忘了這件事，就當這一切都沒發生過。永遠不要低估了活在戰亂中的人們善於遺忘的天分，達尼。米蓋死了十二個小時之後，屍體才被丟在瑞瓦區的小巷子裡，警方刻意將他的死亡和兩名警察的命案撇清關係。當他的屍體被送進太平間時，死亡時間已經超過兩天。米蓋出門前，特地把所有的證件都留在家裡。殯儀館員工在他身上找到了一本毀損的護照，姓名是胡立安·卡拉斯，此外，還有一本小說《風之影》。警方認定死者就是卡拉斯。護照上登記的持有人地址是聖安東尼歐圓環的富爾杜尼家。

這時候，消息傳到傅梅洛耳裡，於是，他特意到殯儀館去向胡立安道別。他在那裡碰到帽子師傅，老先生是被警方找去認屍的。富爾杜尼先生已經兩天沒見到胡立安，深怕見到的是最糟糕的情況。當帽子師傅看到屍體竟是一個禮拜前去店裡找胡立安的人（當時他還認定這個人是傅梅洛的黨羽），他突然大叫了幾聲，然後就走了。警方認定，他這樣的反應就算是承認了。傅梅洛當時也在場，他走到屍體旁，一言不發地看了又看。他已經十七年沒見過胡立安了。當傅梅洛認出屍體是米蓋・莫林納時，他冷笑了幾聲，然後就在驗屍報告上簽名，確定死者就是胡立安・卡拉斯。接著，他下令立刻將屍體下葬在蒙居克的公共墓穴裡。

我曾經納悶了好長一段時間，爲什麼傅梅洛要這麼做。然而，這正好符合傅梅洛的思考邏輯。米蓋以胡立安的身分被殺身亡，卻也提供了胡立安完美的不在場證明。從那一刻起，胡立安・卡拉斯已經不存在了；傅梅洛遲早要找到他、殺掉他，從此再也不需顧慮任何法律問題。胡立安已失去了身分；他成了影子。我在家裡等了兩天，巴望著米蓋或胡立安回來，當時，我覺得自己都要發瘋了。第三天是禮拜一，我照常到出版社去上班。卡貝斯塔尼先生已經住院好幾週，大概是不會再回來上班了。他的大兒子艾瓦洛接下了出版社的營運重擔。我沒向任何人透露任何消息。我沒有傾訴的對象。

那天早上，我在出版社接到一通市立殯儀館員工打來的電話，一位叫做馬努・古迪雷斯・馮西楷的先生向我解釋，胡立安・卡拉斯的屍體被送進了殯儀館，他查了死者護照上的名字，正好和死者身上那本書的作者相符，而且他懷疑警方刻意隱瞞了一些事情，他覺得自己有責任打電話到出版社來說明事件的經過。聽他敘述的同時，我幾乎也跟著死了。首先在我腦海浮現的念頭是，這可能又是傅梅洛安排的陷阱。馮西楷先生說話的語氣就像個做事認眞的公務員，他的措辭很優雅，但總讓人覺得字句都黏在一起，恐怕連他自己都無法解釋爲什麼會這樣吧！我是在卡貝斯塔尼先生辦公室接的電話。感謝上帝，艾瓦洛當時正好出去吃飯了，只有我一個人在，否則，我眞不知道要如何解釋那止不住的淚水，以及拿著話筒的手怎麼會抖個不停。馮西楷先生告訴我，他認爲，讓我知道事件經過是很恰當的。

我強作鎭定地感謝他打電話通知這件事。掛了電話之後，我把辦公室的門關上，用力咬著拳頭，只爲了讓自己不要大哭……接著，我洗了臉，然後立刻回家。我在艾瓦洛桌上留了字條告訴他，我覺得身體不適，隔天會提早上班。我必須努力克制自己在街上狂奔的慾望，我必須像一般老百姓那樣，面無表情地拖著謹慎的腳步往前走。到了家門口，當我把鑰匙插進去時，卻發現門鎖卡住了。我嚇呆了！然後，門把開始慢慢轉動。我心想，自己會不會在不知道米蓋去向的情況下，就這樣死在家門口的陰暗樓梯間裡。公寓的門打開了，在我面前的竟是胡立安．卡拉斯深邃的眼神。但願上帝能夠寬恕我！看到他的那一剎那，我覺得自己又活過來了，我感謝老天爺，因爲祂還給我的是胡立安而不是米蓋！

我們倆沉浸在永無止盡的擁抱中，然而，當我在尋找他的雙唇時，胡立安卻往後退了一步，然後低下頭來。我把門關上，牽著胡立安的手，帶他走進臥室。我們躺在床上，默默無語地相擁著。已近黃昏時刻，公寓裡的陰影染成了一片紫紅色。遠處傳來零星的槍響，內戰爆發後，夜夜槍聲不斷。胡立安倒在我懷裡痛哭，我無語以對，但沉默卻比說話更讓我覺得疲憊。後來，天色完全暗了下來，我們的嘴唇終於相遇了，在黑暗中，我們褪下了一身充滿恐懼和死亡味道的衣服。我何嘗不願意懷念米蓋，只是，那輕撫著我的腹部的雙手撩起了慾火，已經燒光了我的羞恥和痛苦。我只想永遠耽溺在其中，但是我知道，天亮時，被絕望折磨得筋疲力盡的我們，相互凝望著對方的雙眸，心裡恐怕都在納悶著：我們到底變成了什麼樣的人？

10

隔天清晨，我被雨聲吵醒，床上空著，房間裡瀰漫著灰影。

我看見胡立安坐在米蓋的書桌前，幽幽地撫摸著打字機鍵盤。他抬起頭來，對我拋出了一個冷淡、疏遠的笑容，似乎在告訴我，他永遠不會屬於我的。我好想把實情全盤托出，藉此傷害他。傷他是何其容易的事，只要告訴他潘妮蘿珮已經死了，他卻一直在謊言中苟活著。我想告訴他，此時此刻，我是他在世上僅有的唯一了。

「我不該回到巴塞隆納的！」他搖著頭，喃喃低語著。

我在他身旁跪了下來。「你要找的東西不在這裡，胡立安。我們倆一起離開這裡吧！走得遠遠的……如果還來得及的話。」

胡立安目不轉睛地看了我好久。

「妳知道一些事情，卻沒有告訴我，對不對？」他問道。

我搖頭否認，緊張地嚥了一下口水。胡立安只是點點頭。

「今天晚上，我打算回去那裡。」

「胡立安，求求你……」

「我必須把事情弄清楚才行。」

「既然這樣，我跟你一起去。」

「不行。」

「上一次，我在這裡苦等，結果就這樣和米蓋天人永隔。如果你一定要去，我也非去不可。」

「這件事跟妳無關，努麗亞。這純粹是我個人的事情。」

我很好奇，他是眞的不知道這句話有多傷我的心，或者，他根本就不在乎。

「那是你自己這麼想罷了。」我說道。

他想撫摸我的臉頰，但我甩開了他的手。

「妳應該恨我的，努麗亞，那樣會讓妳日子好過多了。」

「我知道。」

我們一整天都在外面閒晃，遠離了公寓裡沉悶得令人窒息的陰暗，屋子裡仍聞得出床單的溫熱和肌膚的味道。胡立安想去看海。我陪他到小巴塞隆納區，然後兩人一起走到幾乎無人的海灘上，閃爍的沙灘像是溶化在水氣中的海市蜃樓。我們坐在沙灘上，離海浪很近，就像老人和小孩常做的那樣。胡立安靜靜地微笑著，獨自回憶著往事。

到了傍晚，我們在水族館旁上了電車，車子沿著萊耶塔納大道開往恩寵大道，到了萊瑟廣場之後，轉進阿根廷共和國大道，一直往下開就是終點站了。胡立安不發一語地看著車窗外的街景，彷彿很怕迷路似的。途中，他拉起我的手，默默在我手背上吻了一下。他就這樣一直握著我的手，直到我們下車爲止。有個老人，身旁帶著一個穿白色洋裝的小女孩，他一直面帶微笑看著我們，還問我們是不是情侶。當我們從拉蒙麥卡雅街走向迪比達波大道上的安達雅舊宅時，天色已經是漆黑一片。天空飄起了濛濛細雨，把石牆都淋濕了。我們繞到屋後，在網球場旁翻牆進去。雄偉的豪宅佇立在雨中。我一眼就認出了這棟建築物。因爲閱讀胡立安的作品，我早就從千百種不同角度欣賞過這棟房子。在《紅屋》那本小說裡，他把這棟豪宅描寫成陰森駭人的大宅院，外觀緩緩變化，通道越走越長，閣樓永遠到不了，無窮無盡的樓梯始終看不到出口，忽見明亮的房間，隔天又陷入陰暗，誰要是不小心走了進去，從此就在世上消失……

我們來到大門口，大門用鏈條鎖上了，上面還加了一個拳頭大的掛鎖。一樓大玻璃窗的原木窗櫺上已經爬滿了長春藤。空氣中夾雜著灌木叢的枯枝味以及泥土散發的濕氣。庭園裡的大石塊，顏色暗沉，被雨水淋得濕濕黏黏的，看起來就像一隻大型爬蟲類動物的枯骨。

我很想問他，如何才能打開這扇宛如教堂或監獄入口的橡木大門。這時候，胡立安從大衣裡掏出一個小瓶子，然後打開了瓶蓋。一陣惡臭撲鼻而來，接著，瓶口緩緩飄出一圈圈淡藍色的煙霧。胡立安把掛鎖拉出來，在鑰匙孔裡灌入強酸。這時候，掛鎖就像燒紅了的鐵塊，不斷發出吡吡聲，從一顆拳頭的大小化成了一陣焦黃濃煙。我們在一旁等了幾秒鐘，然後，他在灌木叢裡撿了石塊，三兩下就把掛鎖敲開了。胡立安一腳踢開了大門。大門慢慢打開了，裡面飄出一股濃郁的霉味，彷彿一座墳墓似的。跨進門檻後，我看見一片絲絨般的黑暗蔓延著。胡立安手上拿著汽油打火機，走了幾步到前方的玄關。我跟著進去，然後把大門關上。胡立安在我前面好幾公尺處，把火光高舉在頭部上方。我們腳下的地毯蓋滿了厚厚的灰塵，上面只有我們的腳印。牆壁上什麼都沒有，只有琥珀色的火光。屋內沒有任何家具、鏡子或電燈。房門都上了鉸鏈，銅製門把全部都被拆掉了。這棟大宅院只剩下空殼而已。接著，我們來到樓梯口。胡立安抬起頭來，目光一直停留在樓上。他回頭往我這裡看了一下，我本想對他微笑，然而，在幽暗的光線下，我們幾乎看不見對方的眼神。我跟著他上樓，走過胡立安當年初見潘妮蘿珮的階梯。我知道我們要去的是哪裡，忍不住打了個寒顫，但非關屋內的冰冷和潮濕。

我們上了三樓，一條狹窄的走道通往大宅院南側。這裡的天花板比其他樓層低矮許多，門也小多了。這層樓是給傭人住的。胡立安毋需言語，我知道，最後一間是哈辛妲·柯蘿娜朵的房間。胡立安慢慢走過去，神情恐懼。那是他最後一次見到潘妮蘿珮的地方，也是他和那個當時還不到十六歲的女孩做愛的地方，過了幾個月之後，她因爲失血過多，就死在這個房間裡。我正想阻止他的時候，胡立安已經跨進房門，落寞地探頭觀望著房間。我跟著他走了進去。房裡已經沒有任何擺設。滿是灰塵的原木地板上，依稀可見當年擺放床鋪的痕跡。正中央有一團黑色的污漬。胡立安在那個空無一物的房間裡觀望近一分鐘，驚愕地不知所措。我從他的神情可以看出，他幾乎已經認不出這個地方了，在他眼裡，這個房間就像個恐怖且殘忍的陷阱。我抓著他的手臂，把他拉到樓梯口。

「這裡什麼都沒有啊，胡立安。」我輕聲說道。「安達雅家族在遠走阿根廷之前，就已經把房子賣掉了。」

胡立安無奈地點點頭。我們走下樓梯。回到一樓之後，胡立安逕自往圖書室走去。書架都是空的，壁爐裡堆滿了瓦礫。四周牆壁宛如死人般慘白，在火光映照下，總算恢復了一點血色。債權人和高利貸債主把所有東西搬得精光，甚至連回憶都被奪走。那些東西，大概都已流落到廉價的二手店了。

「我這趟回來，白走了一遭……」胡立安喃喃低語。

這樣最好，我在心裡暗想著。我數著走到門口所需的秒數。只要可以讓他離開這裡，或許，我們還有機會。我讓胡立安靜靜看著這一片廢墟，也讓他清除回憶。

「你必須改天再回來看看。」我說道。「現在你也看到了，什麼東西都沒有。這只是一棟老舊廢棄的大宅院罷了，胡立安，我們還是回家吧！」

他看著我，臉色很蒼白，接著，他幽幽地點著頭。我牽著他的手，走向通往大門口的走道。屋外的光線，就在距離僅有幾公尺的前方了。我已經聞到灌木叢和雨水的味道。就在這時候，胡立安突然掙脫了我的手。於是，我停下腳步，回頭一望，看到他站著不動，眼睛盯著一團漆黑的陰暗處。

「怎麼了，胡立安？」

他沒有出聲回應。他像靈魂出了竅似的盯著通往廚房的狹小走道。我走到他身旁，看著被打火機的微光暈染成淡藍色的角落。走道盡頭那扇門已經被堵死了。那是以紅磚和泥灰草草砌成的一面牆。我並不了解這代表什麼意義，但我已經感受到一股令人窒息的陰冷。胡立安緩緩走過去。在這條走道上，其他的每一扇門都是敞開的，鏈鎖和門把都被拆掉了。唯獨那扇門例外。一扇被紅磚砌成的牆堵死的門，隱藏在幽暗的走道盡頭。胡立安伸手去摸著牆上的紅磚。

「胡立安，拜託你，我們走了啦……」

他的拳頭落在紅磚牆上，空靈的回音在走道另一頭響起。我看見他拿著打火機的那隻手似乎在顫抖著，接著，他示意要我退後幾步。

「胡立安……」

第一次撞擊，撞出了如雨絲紛飛似的紅色灰塵。胡立安再撞一次，我覺得好像聽見他的骨頭已經碎裂的聲音。磚牆依舊完好。他一次又一次地用力撞牆，那股憤怒，就像一個意圖撞破鐵牢尋找自由的囚犯。當他終於撞開第一塊紅磚時，他的拳頭和手臂早已鮮血直流。雖然手指都流血了，胡立安還是使盡全力，在黑暗中把磚牆上的洞口挖大。筋疲力盡的他不停地喘著，我從來沒想過，他竟能有如此駭人的憤怒。紅磚一塊接一塊地掉落，最後，整面磚牆都被打掉了。胡立安定定不動，全身冒著冷汗，雙手傷痕累累。他在磚牆邊點亮了打火機。磚牆內是一扇雕刻了天使的木門，胡立安專注地撫摸著門上的雕痕，彷彿在研究字謎遊戲。接著，他用力把門推開了。

朦朧的淡藍色陰影瀰漫在另一頭，再往前幾步，依稀可見樓梯口。黑色的石階向下通往無盡的黑暗中……胡立安忽地回頭一望，我看到了他的眼神，充滿了恐懼和絕望，似乎已有預感，階梯下將有令他沮喪的場景。我默默搖著頭，哀求他別下去。他轉過頭，決絕地走進黑暗中。我跨過磚牆，看見他跌跌撞撞地走下了樓梯。打火機的火光搖晃著，只剩下淡藍色的透明光束。

「胡立安？」

沒有任何回應。我看見了胡立安的影子，靜靜地站在樓梯最底層。我走下樓梯。一個長方形的空間，四面大理石牆壁。一股逼人的陰冷。兩座墓碑上覆蓋著天鵝絨布，在打火機的火光映照下，彷彿碎裂的絲綢。白色大理石上散布著黑色淚滴似的霉塊，看起來就像鑿傷了手的雕刻師父留下的血滴。兩座墓碑並列著，彷彿是被栓在一起的詛咒：

潘妮蘿珮·安達雅　　大衛·安達雅

1902～1919　　1919

我曾經多次靜心思考著那寂靜無聲的一刻，試著想像胡立安的心情，當他發現等待了十七年的女子已經香消玉殞，當他發現兩人愛的結晶已隨著往事而逝去，當他發現他對未來所編織的夢想——也是他活下去的唯一理由——從未存在過，那是多麼的痛啊！我們大多數人，不知是有幸還是不幸，總是在不知不覺中看著生命漸漸破滅。但是對胡立安而言，事實眞相卻在幾秒鐘內毀了他的一生。我一度想衝上樓梯，逃離那個被詛咒的地方，再也不要見到他……或許，那樣會比較好。

我還記得，當時打火機的火光慢慢熄滅了，他的身影消失在黑暗裡。我在陰暗中找尋他。接著，我找到的是顫抖、無言的他。他幾乎已經站不穩，踉踉蹌蹌地走到角落。我擁抱著他，親吻他的額頭。他靜靜不動。我用手背輕撫他的臉龐，卻沒摸到淚水。我想，說不定這麼多年來，他早有預感事情會變成這樣，而他也會因此而獲得解脫。我們終於抵達這條路的終點了。胡立安現在總算可以了解，他在巴塞隆納已經毫無牽掛，我們可以遠走天涯了。我情願相信，我們的命運將會有轉機，而潘妮蘿珮地下有知，她會原諒我們的。

我在地板上找到了打火機，重新將它點燃。胡立安眼神空洞，茫然地望著藍色的火光。我捧著他的臉，強迫他正視我。我看到的是一雙沒有生命的呆滯眼眸，充滿了憤怒和失落。我覺得仇恨已像毒藥在他的血管裡慢慢流動著，從他的眼神中，我可以讀出他的心思。他恨我，因為我欺騙了他。他恨米蓋，因為米蓋把性命送給了他，如今，這條命卻像個血肉模糊的傷口。但是他尤其痛恨的人，就是造成這些不幸、死亡和悲慘的劊子手：他自己。他痛恨那些他用生命書寫卻被人棄之如敝屣的垃圾著作。他痛恨這個充斥著欺騙和謊言的生命。他痛恨他活著的每一秒，以及他吐出的每一個氣息。

他目不轉睛地看著我，彷彿在看一個陌生人或怪物似的。我緩緩搖頭，摸索著他的雙手。他忽然往後一退，站了起來。我企圖要抓住他的手臂，但他卻把我推到牆邊。我看到他默默爬上了樓梯，變成了一個我不認識的男人。胡立安．卡拉斯已經死去。當我跑到大宅院的花園時，早已不見他的蹤跡。我爬上圍牆，縱身跳到另一邊。大街上淒風苦雨，一個人影也沒有。我走在路中央，大聲呼喊著他的名字。沒有人回應我。當我回到家時，已經是凌晨四點了。公寓裡瀰漫著煙霧和焦味。胡立安已經回來過。我趕緊打開窗子，接著，我在書桌上發現那個筆盒，裡面裝著我多年前在巴黎買的那支鋼筆，那支號稱是大仲馬或雨果曾經用過的鋼筆，是我用天價買回來的。濃煙持續從壁爐裡飄出來。我打開鍋爐的小門，這才發現，胡立安把書架上那些他自己寫的小說都丟進去燒掉了。燙金的封面被焚燒到連書名都模糊難辨。其他的，全都化成了灰燼。

過了幾個鐘頭之後，我照常到出版社上班，將近中午時，艾瓦洛．卡貝斯塔尼要我去他的辦公室。老卡貝斯塔尼幾乎已經不到出版社來了，醫生說，他已經沒有多少日子可活了。我在出版社的職位也即將不保。卡貝斯塔尼的兒子告訴我，那天早上，他才剛到辦公室，有個名叫拉因．谷柏的先生來找他，有意買下出版社所有胡立安．卡拉斯的小說存貨。我們這位出版社的接班人告訴對方，他在新村的倉庫還有許多存貨，但是市場需求量很大，所以他希望谷柏能出更好的價錢。谷柏沒跟他囉唆什麼，一陣風似的跑掉了。卡貝斯塔尼的兒子把我叫過去，就是要我跟拉因・谷柏聯絡，說是出版社決定接受這筆買賣。我告訴那個笨蛋，拉因・谷柏根本就不存在，那只是卡拉斯小說裡的一個人物。那個人的來意不在於買書，他只是想知道那些存貨放在哪裡罷了。出版社印行的作品，卡貝斯塔尼先生一向習慣會保留一本放在辦公室的書架上，當然也包括胡立安・卡拉斯的小說。於是，我溜進他的辦公室，偷偷拿走了胡立安的小說。

當天下午，我去「遺忘書之墓」找我父親，把書藏在無人知曉的地方，不會有任何人找得到的，尤其是胡立安。我離開那裡時，已經天黑了。我沿著蘭巴拉大道往前走，一直走到小巴塞隆納區，然後我去了海灘，找尋那個我曾和胡立安一起看海的地方。這時候，我看到遠方的新村倉庫冒出熊熊烈火，琥珀色的火光蔓延到海面上，火柱和濃煙直竄天際，彷彿兇猛的火蛇。消防隊在天亮前不久撲滅了火勢，火場什麼都不剩，只留下支撐大門的鋼架和磚頭。我在那裡碰到了游益士先生，他擔任倉庫的夜間管理員已經十年了。他呆呆地望著那一片潮濕的瓦礫，始終是一副不可置信的模樣。他的眉毛和手臂上的汗毛都被燒焦了，汗水淋漓的皮膚被烤成了古銅色。他告訴我，火勢在午夜過後不久開始竄燒，到了清晨時，幾千本存書全部被燒成了一片灰燼。游益士先生捧著一疊書：一套《維達格爾的詩集》和兩冊《法國大革命歷史》，那就是他救出來的全部書籍了。有幾位工會成員也來協助消防隊滅火。其中一位告訴我，消防人員在火場瓦礫堆裡找到一具焦屍。他們本來以爲他死了，但其中一位消防人員發現他還在呼吸，於是將他送醫急救。

我從那雙眼睛認出了他。大火吞噬了他的皮膚、他的雙手以及他的頭髮。大火把他身上的衣物燒成了焦黑的碎布，也把他全身的皮肉燒成重度灼傷，現在只能裹在紗布裡腐爛化膿。醫院將他安置在走道盡頭那間可以看海的單人病房裡，預料他不久後就會斷氣了。我想去握他的手，但是有位護士小姐提醒我，他那包裹在繃帶下的肢體，幾乎已經沒有肌肉組織。烈火已經奪走了他的眼瞼和睫毛，只留下永遠空洞的眼神。護士看到我哭倒在地上，問我知不知道傷者是誰。我告訴她，我知道，那是我丈夫！當一位凶神惡煞般的神父來病房爲他做臨死祈禱的時候，我的淒厲哭聲把他嚇得奪門而出。三天後，胡立安依然活著。醫生們說這簡直就是奇蹟，強烈的求生意志力永遠是醫藥無可比擬的。他們都錯了。原因不是求生意志力，而是仇恨。過了一個禮拜，那個被死神蹂躪的軀體依然不肯投降，而他的名字也換成了米蓋·莫林納。他在那個病房裡待了十一個月，一直沉默不語，眼神熾熱如火，始終不曾稍減。

我天天到醫院報到。不久，護士們開始對我熱絡了起來，有時候也邀我跟她們一起吃飯。她們都是孤獨的堅強女子，等待心愛的男人從前線歸來。有些人確實等到了。她們教我如何幫胡立安清洗傷口、換紗布、更換床單，以及如何替一個已無生命力的病體鋪床。她們也澆熄了我滿懷的希望，直言告訴我，將來出現在我面前的，不可能是原來的那個男人了。住院第三個月，醫生拆下了他臉上的紗布。胡立安變成了骷髏。他沒有嘴唇，也沒有臉頰。那是一個沒有五官的面孔，宛如一個被燒焦的木偶。他的眼窩變大了，現在成了他唯一的表達工具。護士們雖然沒說什麼，但是我知道，她們看到他就覺得噁心反感，甚至害怕。醫生告訴我，那些紫色的灼傷皮膚，將來會慢慢長回來的。沒有人敢提起他的心理狀況。大家都猜測，胡立安——也就是米蓋——已經在那場大火中失去了理智，他能夠活下來，多虧有個不離不棄的妻子悉心照料。我凝望著他的雙眼，我知道，原來的胡立安還活著，他正慢慢地折磨著自己。他還在等待。

他雖然失去了雙唇，然而，醫生們認爲他的聲帶應該沒有受到嚴重傷害，至於舌頭和喉部所受的灼傷，也比預期提早復原了。他們猜測，胡立安一直不願開口說話，可能是因爲喪失心智的緣故。有一天下午，大約是大火發生後半年吧，病房裡只有我和他兩個人，於是，我傾身吻了他的額頭。

「我愛你！」我這樣告訴他。

有個撕裂、沙啞的聲音從那個醜陋的燒焦木偶嘴裡傳出來。那雙含淚的眼睛已經紅了。我想拿手帕幫他拭淚，但他再次發出了那個聲音。

「離開我！」他說道。

「離開我！」

新村的倉庫發生大火兩個月後，卡貝斯塔尼出版社宣告倒閉。老卡貝斯塔尼也在那年去世了，他死前曾經預言，他的兒子六個月內就會把出版社搞垮。這個無可救藥的樂觀主義者，臨死前依然不改本性。我試著去其他出版社找工作，但是，戰爭已經吞噬了一切。大家都告訴我，戰爭很快就會結束了，到時候情況一定會好轉。內戰後來又拖了兩年，局勢每下愈況。大火屆滿一年時，醫生們告訴我，他們已經盡力了，時局艱難，病房需求量更大。他們建議我把胡立安轉到類似聖塔露西亞安養院之類的療養院，但是我拒絕了。一九三七年十月，我把胡立安帶回家。自從那天下午說了「離開我」這三個字之後，他就再也沒開口說話了。

我每天不斷地重複告訴他，我愛他。他坐在窗邊的搖椅上，身上蓋著毛毯。我餵他果汁、烤麵包，如果買得到的話，我也給他喝鮮奶。我每天會花上好幾個鐘頭爲他讀經典文學，巴爾札克、左拉、狄更斯……他的身體開始慢慢長肉了。從醫院回家後不久，他開始練習活動雙手和手臂。有一天，我甚至發現他在地板上爬行。大火發生一年半之後，一個狂風暴雨的夜晚，我在半夜醒了過來，發現有人坐在我的床上，輕撫著我的頭髮。我對他微笑，努力隱忍著淚水。我又找回了人生的一面鏡子，雖然這是一面隱藏許多事實的鏡子。他以沙啞的聲音告訴我，他已經變成了他自己小說裡的怪物：拉因．谷柏。我想親吻他，我想讓他知道，我一點都不討厭他那醜陋的外貌。但是，他不讓我吻他。沒多久後，他甚至已經不讓我碰他了。他的身體日漸強壯。當我出門覓食的時候，他一個人就在家裡踱來踱去。米蓋留下來的存款暫時讓我們度過了難關，但是沒過多久，我必須開始變賣珠寶和古董才能維生。最後，我實在已經沒有東西可以變賣了，於是，我只好帶著那支在巴黎買的雨果鋼筆出門，希望能賣個好價錢。我在軍備總部大樓後面找到一家專門買賣古董精品的小店，聽到我鄭重發誓那支筆曾經為大文豪雨果所有，老闆臉上沒什麼驚訝的表情，不過，他也承認這是一支手工精緻的極品，所以，他盡量付我最好的價錢，他說，在物資匱乏的戰亂時期，那個價錢已經是他的極限了。

後來，我把賣掉鋼筆這件事告訴胡立安的時候，深怕他會暴跳如雷。沒想到，他只是幽幽地說，我做得很好，他本來就不配擁有那支筆。有一天，我跟平常一樣出去找工作，回來後卻發現胡立安不在家。他一直到隔天清晨才回來。我問他去了哪裡，他沒答腔，倒是從大衣（那是米蓋的舊衣服）口袋裡掏出一把鈔票丟在桌上。從那時候起，他幾乎每晚出門。在暗夜裡，他戴著帽子、裹著圍巾，然後戴上手套、穿上風衣，他自己就是一團影子。他始終不肯告訴我他去了哪裡。他幾乎每次出門就會帶著鈔票或珠寶回來。他都是到了早上才睡覺，端坐在他的搖椅上，連眼睛都沒閉上。有一次，我在他口袋裡找到一把折刀，雙排刀片，還有自動彈簧。刀片上沾有暗沉的污漬。

從那時候起，我開始聽見街上路人議論紛紛，大家都說有個很怪的歹徒，專門在深夜裡破壞書店的櫥窗，然後潛入店內去焚書。有好幾次，他甚至還溜進了圖書館或收藏家的書房。他總是會偷走兩、三本書，然後把書燒了。一九三八年二月，我走進一家舊書店，因爲我想詢問是否還有機會在哪裡可以買到胡立安・卡拉斯的作品。老闆告訴我，不可能了！有人用盡各種手段，就爲了讓他的書消失。他自己本來也有好幾本，但是後來都賣給了一個蒙面怪人，說話的聲音微弱而模糊。

「直到不久前，在這裡和法國還有一些私人收藏家擁有卡拉斯的作品，不過，很多收藏家決定開始拋售那些書。因爲他們很怕呀！」他說道。「不過，這也不能怪他們啊！」

有時候，胡立安會連續好幾天不見人影。後來，他出門的時間越來越長，經常好幾個禮拜不在家。他始終在黑夜裡出沒，總是會帶錢回來。他一直不肯多做解釋，頂多是隨便一、兩句話就敷衍過去了。他告訴我，他去了法國的巴黎、里昂和尼斯。家裡偶爾會收到從法國寄來的信，收信人的名字都是拉因・谷柏。信件都是舊書商或收藏家寄來的。只要有人來信說找到了胡立安・卡拉斯的舊作，他就會像一頭野狼似的消失好幾天，然後滿懷憤怒地回到家裡。

就在胡立安某一次離家期間，我在大教堂的迴廊下碰見富爾杜尼先生，一個人若有所思地閒逛著。他還記得我那次跟米蓋一起去店裡找胡立安，那已經是兩年前的事情了。帽子師傅把我拉到角落去，接著，他以堅定的語氣告訴我，胡立安一定還活著，但是他懷疑，他兒子不跟大家聯絡，一定是有什麼不得已的苦衷。「八成跟那個叫做傅梅洛的敗類有關係！」我告訴他，我的想法跟他一樣。內戰那幾年，反而讓傅梅洛飛黃騰達。他的盟友每個月都在更換，從無政府主義份子到共產黨都是，什麼立場的人都有。有人指控他是間諜、幫兇、殺手，也有人讚譽他是大英雄、救世主。這些都無所謂，總之，大家都怕他。大家都想待在他身邊。或許，內戰時期的巴塞隆納有太多紛擾，傅梅洛似乎已經忙得忘了胡立安這個人了。說不定，他跟帽子師傅想的一樣，以爲胡立安已經遠走他鄉了吧！

富爾杜尼先生問我是不是他兒子的老朋友，我告訴他，的確是這樣的。他要求我跟他聊聊胡立安。他憂傷地向我坦承，胡立安已經變成一個他不認識的人。「命運把我們拆散了，您知道嗎？」他告訴我，爲了找尋胡立安的小說，他跑遍了巴塞隆納的所有書店，但是一本都找不到。有人告訴他，有個瘋子到處蒐集胡立安的書，然後把書燒掉。富爾杜尼先生堅信，一定又是傅梅洛在搞鬼。我沒有反駁他。我盡可能地隱瞞他，是因爲憐憫，還是絕望？我也不知道。我告訴他，我想胡立安大概是去巴黎了，他應該會平安無事的，我還說，我知道胡立安一直深愛養育他的帽子師傅，只要情況允許，他一定很快就會回來看他。「這場戰爭啊……」他哀嘆道。「把所有東西都腐蝕了。」道別之前，他堅持要把他和前妻蘇菲的地址都給我。「誤解」多年之後，他們兩人又恢復了聯絡。蘇菲目前定居波哥大，他告訴我，她和一個名醫同居，擁有她自己的音樂學校。她總是在信中問起胡立安。

「您知道嗎？胡立安已經是我們之間唯一的聯繫了。一個人一生會犯下許多錯誤，小姐，但是總要等到老了才會覺悟。請問，您有信仰嗎？」

告辭前，我答應他，只要有胡立安的消息，我一定會通知他和蘇菲。

「對他母親來說，沒有什麼比胡立安的消息更讓她高興的了。女人哪，經常傾聽自己的心聲，很少聽進廢話。」帽子師傅悲傷地下了這個結論。「因此，女人多半活得比較久。」

雖然以前聽過許多他的惡毒言行，但我還是忍不住替那個可憐老人覺得難過。在這個世界上，等待兒子歸來是他唯一能做的事情，他滿懷希望，總覺得可以尋回失落的時光，因爲他每天去大教堂禱告，天主一定會對他展現神蹟的。我曾經把他想像成吃人魔，一個滿懷仇恨的大壞蛋，然而，和他相處之後，我倒覺得他是個心地善良的人，或許有點盲目，就像所有的人一樣。或許是因爲他讓我想起自己的父親，逃避一切，把自己藏在陰暗的書海裡；或許是因爲，他大概沒發覺，他也是我和胡立安之間的聯繫，所以我喜歡他，也成了他唯一的朋友。在胡立安不知情的狀況下，我經常去聖安東尼歐圓環的公寓探望他。帽子師傅已經不開店了。

「我已經沒有手藝也沒有客戶了，還開什麼店呢！」他說道。

他幾乎每個禮拜四都在家裡等我，然後他會請我喝咖啡、吃餅乾、甜點，自己卻一口都沒嚐。我們連續好幾個小時聊著胡立安的童年，以及他們在帽子專賣店裡一起工作的情形，他還拿舊照片給我看。他帶我去胡立安的房間，房裡依舊保持得像博物館那樣一塵不染，他向我展示胡立安的舊筆記本，裡面畫著無意義的圖形，彷彿是一種不曾存在過的聖物，但富爾杜尼先生忘了，他早就已經讓我看過這些，那些往事，他以前也告訴過我了。其中一個禮拜四，我在上樓時，正好碰到一位剛從富爾杜尼先生家出來的醫生。我問他，帽子師傅身體怎麼樣？他露出懷疑的眼神睨著我：

「您是他的家人嗎？」

我告訴他，我是這位可憐的老先生最親近的人。於是，醫生告訴我，富爾杜尼已經病得不輕，恐怕只剩下幾個月的壽命。

「他生了什麼病？」

「我只能告訴您，病由心生，讓他病情越來越糟的是孤獨。回憶比子彈更具有殺傷力！」

帽子師傅一看到我就說，剛剛那個醫生說的話都不能信。他說，醫生都是搞低劣巫術的壞蛋。帽子師傅這輩子都是有信仰的人，老了以後，信教更虔誠了。他向我解釋，他看到惡魔的手已經染指了每個地方。那個惡魔啊，他說，已經污染了人心，也毀滅了這個世界。

「您看看戰爭就知道了，還有，我這個人也是。我現在老了，個性也溫和多了，年輕的時候啊，我根本就是個不折不扣的無賴、窩囊廢！」

就是惡魔把胡立安從他身邊搶走的，他補充道。

「上帝賜給我們生命，然而，這個世界的房東卻是個惡魔……」

那天下午，我們就在談論神學和這些老掉牙的話題中渡過了。

有一次，我問胡立安，他是否想過要回去看他父親，即使是匆匆一眼也好。其實，胡立安一直在探望他父親，只是老先生不知道罷了。他總是遠望著他；他常去大教堂的迴廊，坐在廣場的另一邊，看著他父親一天天老去。胡立安說，他寧願老先生在回憶裡留著他多年來爲兒子塑造的美好形象，而不是現在這個醜陋的眞面目。

「你也替我保留那個美好形象吧！」我告訴他。但是，話才剛出口，我立刻就後悔了。

他沒答腔，但是，在那一刹那間，他似乎恢復了冷靜，認清了我們被囚禁在地獄裡的事實。

醫生的預測沒多久就應驗了。富爾杜尼先生並沒有看到戰爭結束那一刻。他嚥下最後一口氣時，正端坐在搖椅上，拿著一疊蘇菲和胡立安的舊照片。回憶一直糾纏他到生命的最後一刻。

內戰接近尾聲時，也就是進入人間煉獄的預告。整個城市活在遠方戰事的陰影下，彷彿在忍受著一個遲遲無法痊癒的傷口。大家過了好幾個月充滿謠言、衝突、轟炸和飢餓的日子。那幾年，謀殺、衝突和猜忌已經腐蝕了城市的靈魂，但即使如此，許多人仍然以爲，戰爭還在遙遠的地方，這場暴風雨總會過去的。如果眞是這樣，等待反而變得更難熬。當痛苦被喚醒時，世間就不再有憐憫了。沒有什麼比戰爭更容易茁壯遺忘的能力，達尼。我們大家都沉默不語，努力說服自己：我們的所見所爲，我們向自己和別人學習的事物，一切都是幻象，一場暫時的夢魘。戰爭沒有回憶，也沒有人敢去理解戰爭，甚至沒有人發聲敘述周遭發生的一切；甚至當那些聲音出現的那一刻，我們已無法察覺，而它們只好換個面孔，改名換姓，被吞噬在過往的歲月裡……

這段時期，胡立安幾乎已經無書可焚。那個消遣活動已經成了過去式了。他父親去世，雖然他始終不曾提起，不過，這件事已經把他變成一個不再滿懷憤怒和怨恨的人。周遭充斥著謠言和監聽，我們只能戰戰兢兢過日子。我們得知傅梅洛已經背叛了內戰期間所有提攜過他的人，現在轉而投效戰勝的陣營。據說，他甚至在蒙居克城堡的地窖裡親自處決昔日同志，使用的正是他偏愛的方式——把槍管塞進嘴裡。遺忘的機器似乎在武器平息的那一天開始強力運轉。在那段日子裡，我終於領略到的是，世間最殘忍的事，莫過於讓一個在戰爭中倖存的英雄敘述他的恐懼，敘述他是如何看著所有人倒在他腳邊，從此再也沒有站起來……巴塞隆納投降後，接下來幾週的亂象，簡直是無法形容。城市陷入廢墟裡，在那幾天裡氾濫的鮮血，比戰時流得還要多，而且是祕密地流、偷偷地流。最後，和平時刻終於來臨，卻是那種沾染了黑牢和墳墓氣味的和平，披著沉默和後悔的裹屍布，慢慢腐蝕著我們的靈魂。沒有一雙手是無辜的；沒有任何眼神是清澈的。所有身在其中的人，沒有任何例外，我們都將帶著祕密直到死去爲止。

社會在猜忌和仇恨中已經緩緩恢復平靜，然而，我和胡立安依舊悲慘度日。我們已經花光所有積蓄，包括拉因．谷柏深夜掠奪的戰利品，家裡也找不到任何東西可以變賣了。我到處找工作，從翻譯、打字員到洗碗工，然而，我過去在卡貝斯塔尼出版社的資歷，顯然成了一個無法言喻的污點。有個西裝筆挺、唇上蓄著一字鬍的公務員，正是那種戰後突然崛起的新貴，他語帶曖昧地告訴我，像我這種美麗迷人的女孩，不應該做這麼低賤的工作才對。左鄰右舍們都認為我必須照顧可憐的丈夫米蓋，他在戰爭期間被毀容，目前癱瘓在家……大家常會好心送來牛奶、乳酪或麵包，有時候甚至還把鄉下親戚寄來的土產如鹹魚、臘腸送來給我們。四處謀職了好幾個月，一直沒有著落，後來，我決定進行一項計畫。那是我從胡立安的其中一本小說裡學來的招數。

我寫了一封信給胡立安遠在波哥大的母親，使用的名義是富爾杜尼先生臨終前指定處理遺產的律師事務所。我在信中告訴她，帽子師傅死前並沒有立遺囑，至於他遺留下來的資產，也就是位於聖安東尼歐圓環的店面和公寓，理論上，目前是在他那個流亡巴黎的兒子胡立安名下。由於在法律上還有一些程序尚未完成，加上她又遠在國外，因此，負責本案的律師（我用的名字是荷西．馬利亞．雷格賀，那是我幼時初吻的男孩）請求她簽署同意書，由律師事務所開始進行轉移資產到她兒子名下的所有必要法律程序，同時，雷律師也會請求西班牙駐巴黎的大使館協尋胡立安。在尋找繼承人期間，他會承擔所有相關文件的處理，並負責管理資產。同樣地，他也要求她和大樓的管理公司連絡，請他們郵寄相關文件，並且也請她支付相關費用給律師事務所。我在郵局以雷格賀律師的名義申請了一個郵政信箱，塡寫的是個假地址，那是距離安達雅舊宅兩條街外廢棄已久的車庫。我只有一個期望，希望一心一意想和胡立安取得聯繫的蘇菲能夠相信我這一派胡言，從遙遠的哥倫比亞爲我們提供一點經濟上的援助。

幾個月之後，大樓的管理公司開始按月收到一筆支付聖安東尼歐公寓的費用，其中也包括付給荷西·馬利亞·雷格賀律師事務所的部分，然後，管理公司會按照蘇菲·卡拉斯在信中的指示，另外開立一張支票寄到巴塞隆納郵局2321號信箱。我發現，管理公司每個月都私下侵吞了一些錢，但是，我寧可保持沉默。就這樣，他們樂得輕鬆賺錢，平常也不多問什麼。靠著那一點錢，我和胡立安勉強維持生活。就這樣，我們熬過了那幾年可怕而絕望的日子。我漸漸開始接了一些翻譯的工作。到了後來，已經沒有人記得卡貝斯塔尼了，人們也開始學會了寬恕，學會了快速遺忘，也學會把舊日的對立和仇恨放在一邊。我仍然活在傅梅洛隨時會出現的陰影下，我怕他突然又會回來拘捕胡立安。有時候，我會努力說服自己，不會的，他一定以爲胡立安已經死了，或者，他已經忘了胡立安這個人了。傅梅洛已經不再是昔日的無情殺手。他現在成了公眾人物，一個法西斯政權裡舉足輕重的大人物，已經無暇顧及胡立安·卡拉斯這個幽魂。然而，我偶爾會在半夜驚醒過來，心跳急促，冷汗直流，以爲警察又來敲門了。我怕會有某個鄰居對我那個生病的丈夫起了疑心而去向警方報案，因爲我丈夫從來不出家門，而且有時像個瘋子似的痛哭、撞牆。我怕胡立安又會銷聲匿跡，決定再去找書、焚書，把自己的生命完全抹煞到一片空白。在這麼多擔憂恐懼之中，我卻忘了自己已經年華老去，生命已經過去了一大半，我把青春都用來愛一個已經被摧毀的男人，一個沒有靈魂的幽靈。

然而，那幾年倒是都在平靜中度過了。越是空虛的日子，消逝得越快。沒有意義的生活，就像過站不停的火車。在這段期間裡，戰爭的傷痕快速癒合。我在幾家出版社找到了工作，每天大部分的時間都不在家。我曾經有過幾個不知名的情人，都是我在電影院或地鐵上看到的絕望面孔，我們彼此交換著內心的孤獨。然後，莫名其妙地，我被強烈的罪惡感包圍，每次看到胡立安的時候，總有一股想哭的慾望，我在內心對自己發誓，我再也不要背叛他了，彷彿我虧欠了他什麼似的。在公車上或大街上，我常會呆呆地盯著抱著孩子的年輕女子。她們總是一副幸福、平和的模樣，彷彿那些小生命足以塡補生活所有的空虛。有時候，我也會想像自己像那些女人一樣，懷裡抱著孩子，胡立安的孩子。接著，我想起了戰爭，想起了殺戮戰場上那群無情的人，他們也曾經是孩子。

當我開始相信世界已經遺忘我們的時候，有一天，有個人出現在我家門口。那是個連鬍鬚都還沒長出來的年輕小夥子，看著我的時候還會臉紅。他問起了米蓋·莫林納，因爲他在一份新聞工作者的名單裡看到了這個名字。他告訴我，莫林納先生有機會每個月獲得一筆補助款項，如果想要提出申請的話，必須塡寫詳細資料。我告訴他，莫林納先生已經不住在這裡，早在內戰剛爆發的時候，他就已經到國外去了。他告訴我，他覺得很遺憾，然後，那個滿臉青春痘的小鬼立刻帶著曖昧笑容跑掉了。我知道，我無論如何都必須讓胡立安當天晚上就離開這個公寓。當時，胡立安幾乎已經完全枯萎了。他順從得像個孩子似的，生活的重心只剩下晚上和我一起聽廣播音樂節目，他已經願意讓我牽他的手，而且他還會默默地輕撫著我。

當天晚上，我拿著聖安東尼歐公寓的管理公司寄給雷格賀律師的鑰匙，陪著胡立安回到他成長的舊宅。我把他安頓在他原來的房間裡，我也答應他隔天就會來看他，還交代他千萬要小心。

「傅梅洛又開始在找你了！」

他幽幽地點著頭，彷彿什麼事都不記得，好像他已經不在乎傅梅洛這個人。我們就這樣過了好幾個禮拜。我每天晚上到那個公寓去，一直待到午夜才離開。我問胡立安白天都怎麼打發時間，他卻是一副不解的表情看著我。有時候，我們會共度一整夜，兩人緊緊相擁，然後我在凌晨離去，臨走前再三向他承諾，我一定會儘快再來看他。離開時，我會用鑰匙把公寓大門鎖上。胡立安沒有備份鑰匙。我寧可把他當囚犯關起來，也不能讓他丟了性命。

後來，再也沒有人到家裡來問起我丈夫，倒是我主動向左鄰右舍提起，我丈夫在法國。我寫了好幾封信到巴黎的西班牙大使館，信中提到有個名叫胡立安・卡拉斯的西班牙國民在巴黎失去音訊，請他們協助尋找這個人。我猜想，這些信遲早會落入某人手裡。我儘量謹慎行事，但是我也知道，一切都只能拖延時間罷了。傅梅洛這種人，永遠不會放下仇恨的。他的仇恨，甚至不需要任何理由。他的仇恨，就像呼吸一樣理所當然。

聖安東尼歐圓環的公寓是個閣樓。我發現，還有另外一扇門可以進入天台，然後從那裡上頂樓。整個社區的天台都是相連的，每一棟樓之間僅以一道不及一公尺高的水泥牆相隔，住戶們多半在天台上曬衣服。沒多久，我在社區另一邊找到另外一棟建築物，大門就在華金柯斯塔街上，我可以從那裡進去，上了天台之後，跳過水泥牆，然後來到聖安東尼歐圓環的公寓，這樣一來，就不會有人看見我進出那棟舊公寓了。有一次，我收到一封公寓管理公司寄來的信，信中提到某些住戶發現富爾杜尼家的舊公寓出現一些嘈雜聲。我以雷格賀律師的名義回了信，說事務所同事偶爾會去處理一些文件，所以，即使夜間出現了一些聲響，還是請公寓其他住戶不必擔心。最後，我還特別提到，對某些事業有成的男性來說，例如會計師和律師，有個祕密房子就像天上掉下來的禮物一樣珍貴。管理公司老闆以非常體諒的語氣回了信，請我不必擔心，這種情況，他完全可以理解。

在那幾年期間，扮演雷格賀律師成了我唯一的娛樂。我每個月會去「遺忘書之墓」探望我父親一次。他始終沒興趣認識我那個從未現身的丈夫，我也不主動提起。我們總是隨意聊一些無關緊要的話題，就好像明明是潛水高手，卻一直漂浮在海面上。有時候，他會不發一語地看著我，然後問我需不需要援助，有沒有什麼他幫得上忙的。有時候，我會在禮拜六的清晨陪胡立安去看海。我們爬上天台，穿越過一棟又一棟相連的建築物，然後從華金柯斯塔街走出大門。出門之後，我們在瑞瓦區的小巷弄間穿梭著。沒有人跟在我們後面。大家都怕胡立安，即使遠遠看到他都怕。有時候，我們甚至還去了防波堤。胡立安喜歡坐在那些大石塊上面遠眺巴塞隆納這個城市。我們就這樣消磨了好幾個鐘頭，幾乎沒有交談。有一天下午，我們去了電影院，當時電影已經開演。在黑暗中，沒有人會注意到胡立安的。我們一直活在黑夜和沉默中。這樣的生活過了好幾個月之後，我學會把這樣的異常日子當作正常狀況，後來，我甚至以為我的計畫是完美無缺的。唉！我這個可憐的笨蛋。

12

一九四五年，一個烽火漫天的年度。內戰結束才六年，戰爭的瘡疤依舊深刻地烙印在人們心中，只是幾乎沒有人公開談論罷了。如今，大家談的都是另一個戰爭：世界大戰，將全世界陷入腐屍惡臭與卑劣人性的煉獄，萬劫不復。那是個物資匱乏的悲慘年代，生活因爲眾人的沉默和退縮而獲得意外的平靜，大家無奈地在遺憾和恐懼中度日。多年來，我一直想找個翻譯的工作，卻始終沒著落，最後我在一家新成立的出版社找到一個校對的職務，老闆是個新崛起的企業家，名叫貝德羅．尙馬堤。尙老闆的創業基金得自於富有的老丈人，但是老先生後來卻被女婿送進巴紐拉斯湖對面的安養院等死。尙馬堤性好漁色，尤其偏愛只有他一半年紀的年輕姑娘，那是當時白手起家的老闆們最喜歡的時髦玩樂。他的英語講得七零八落，還有一口怪里怪氣的義大利腔，但他深信英語將是未來最有前途的語言，所以他講話動不動就要在字尾補上「okay」。

出版社（尙馬堤取名爲「恩地彌昂」，他覺得這個名字夠響亮，聽起來就像是賣書的）主要的出版項目是宗教教義手冊、道德守則，以及一系列以小修女、紅十字會英雄和公務員爲主角的勵志小故事。卡貝斯塔尼出版社也出過一系列記錄美國大兵英勇事蹟的作品，書名是《勇士們》，頗受青少年歡迎。那時我和這家出版社有連絡，因而和尙馬堤的祕書成爲好友，她是內戰造成的寡婦之一，名叫麥瑟迪思．畢特羅，我和她一見如故，兩人只需要一個微笑或一個眼神就能心靈相通。麥瑷迪思和我有許多共通點：我們都是感情漂泊的女子，心愛的男人不是已經死了，就是藏起來了。麥瑷迪思有個罹患肌肉發育不全症的七歲兒子，全靠她獨力扶養。她才三十二歲不到，臉上已經布滿了歲月的痕跡。多年來，她是唯一讓我覺得可以傾吐心聲、無所不談的好朋友。

就是她告訴我，尙馬堤和功勳彪炳的傅梅洛警官是非常要好的朋友。他們兩人同樣屬於在無情砲灰中崛起的新勢力。社會的新中堅份子。某個大晴天，傅梅洛突然出現在出版社。他是來找好友尙馬堤一起去吃午飯的。我趕緊藉故躲進資料室，直到他們兩人走了以後我才敢出來。當我回到座位上時，麥瑷迪思看了我一眼，一切事實盡在不言中。從那時候起，每次傅梅洛到出版社來，她一定先通知我去躲起來。

尙馬堤天天巧立名目要請我吃晚飯、聽音樂會或看電影。我的回答千篇一律，總是藉口丈夫在家裡等我，再說，他太晚回去的話，太太也會擔心的。尙馬堤太太在家裡就像另一樣家具，當她父親把財富轉移給丈夫之後，她在婚姻裡的地位立刻一落千丈。麥瑷迪思早就提醒過我，尙馬堤不但拈花惹草，而且特別喜歡嚐鮮，總是覬覦新來的女同事，這次，新人就是我了。爲了要跟我說話，尙馬堤會用盡各種藉口找話題。

——我聽說妳丈夫，那個叫什麼莫林納的，是個作家呢……我看這樣吧，他說不定會有興趣替我的好友傅梅洛寫本傳記，書名呢，我已經想好了，《傅梅洛：街頭犯罪的剋星》，妳覺得怎麼樣啊？小麗……

——我非常感謝您的好意，不過米蓋正在專心寫一本小說，大概沒時間吧！

尙馬堤哈哈大笑。

——寫小說？我的老天爺啊，小麗……這年頭，小說已經死了，早就被埋進土裡啦！這是一個剛從紐約回來的朋友告訴我的。美國人正在發明一種叫做電視的東西，據說就像看電影一樣，但是放在家裡。到時候大家都不需要看書啦，也不用去望彌撒，什麼都不需要了。妳回去跟妳丈夫講，不要再寫小說了。如果要成名，還不如去踢足球或當鬥牛士哩！欸，我看我們一起去卡斯特德佛餐廳吃個美味海鮮飯，邊吃邊聊好不好？我的大小姐，妳好歹也接受我的好意吧！……妳也知道，我一直很想幫妳的。當然，我也很想幫幫妳丈夫啊！妳要知道，在這個國家，不靠朋友幫忙的話，什麼事都做不成的。

從此以後，我開始把自己打扮成寡婦的模樣，每天把頭髮挽成髻，臉上不施脂粉。雖然我用心良苦，尙馬堤還是不時以輕浮的言語騷擾我，他總是端著一張色瞇瞇的笑臉，那副狗眼看人低的模樣，就像當權的太監，標準自以爲是的混帳。這段期間，我有過兩、三個面試的機會，最後都無疾而終，可是消息還是傳到了尙馬堤耳裡，因爲其中一個替我面試的人打了電話給他，說努麗亞·蒙佛特正背著他在偷偷找工作。尙馬堤把我叫到辦公室去，似乎是爲了我的無知而難過。他伸出鹹豬手輕撫著我的臉頰，他的手指散發著菸味以及汗臭味。我嚇得臉色發白。

——我的大小姐，妳有什麼不滿意儘管告訴我嘛！我要怎麼做，妳才會對這份工作滿意呢？妳也知道，我很喜歡妳的，從別人口中聽到妳要換工作，讓我多傷心啊！這樣吧，我們倆一起去吃晚餐，好好聚一聚，和好如初，妳看怎麼樣？

我甩開他那隻摸著我臉頰的鹹豬手，再也無法掩飾我對他的厭惡。

——妳實在讓我太失望了，努麗亞。我必須老實告訴妳，我在妳身上看不到團隊合作的精神，也看不到妳對公司的忠誠度。

麥瑙迪思已經提醒我，遲早會出事的。幾天之後，文法程度只比猩猩好一點的尙馬堤，居然把我校對過的稿子全部退回來，理由是錯誤百出。幾乎每天加班到晚上十點或十一點，就爲了重新校正那一大疊被尙馬堤寫滿評語的稿子。

——太多過去式動詞，死氣沉沉，沒有活力……不定動詞不應該出現在分號後面，這是所有人都知道的常識……

有時候，尙馬堤也會刻意延後下班，整晚都關在他自己的辦公室裡。碰到這種情形，麥瑟迪思也會藉故留下來，只是，好幾次都被尙馬堤差遣回家。這時候，整個出版社只剩下我們兩個人，於是，尙馬堤就會走出辦公室，來到我的座位旁：

——妳工作太努力啦，小麗，工作不是人生的全部！偶爾也要輕鬆一下，況且妳還這麼年輕呢！不過，青春也不會永駐的，我們都要好好把握啊！

說完，他往我的辦公桌上一坐，目不轉睛地盯著我看。有時候，他會走到我背後，站在那兒不動，一站就是好幾分鐘，我可以感受到他那邪惡的氣息吐在我的髮絲上。還有幾次，他乾脆肆無忌憚地把雙手放在我肩上。

——妳壓力太大了，姑娘，放輕鬆點兒嘛！

我不停地顫抖著，我想大叫，我想拔腿就跑，再也不要回到這個鬼地方。可是，我需要那份工作，我必須靠那份微薄的薪水養家。有一天晚上，尙馬堤又開始對我毛手毛腳，甚至在我身上用力搓揉。

——妳總有一天會讓我神魂顚倒的……——他低吟著。

我當場甩開他的手，立刻抓起外套和皮包往外跑。尙馬堤在我後面大笑。到了樓梯口，我看到一個黑影，彷彿是從大廳飄出來似的。

——很高興見到您啊！莫林納太太……

傅梅洛警官對我露出邪惡的笑容。

——怎麼，您該不會是在我的好朋友尚馬堤的出版社上班吧？他那個人跟我一樣，也是那一行的佼佼者呢！請問，您的丈夫還好吧？

我知道，我的平靜日子已經到了尾聲。隔天，辦公室已經謠言滿天飛，說是努麗亞・蒙佛特得了便宜還賣乖，完全不把尚馬堤先生的好意和提攜放在眼裡，倒是跟麥璱迪思・畢特羅感情很曖昧。好幾個年輕的男同事甚至言之鑿鑿：他們曾經好幾次看到「兩個浪女」在資料室裡激情擁吻。那天下午，我正要下班回家時，麥璱迪思跑過來說她有事要跟我談談。我們幾乎沒有正眼看過對方，兩人一路默默無語，然後進了一家咖啡館。這時候，麥璱迪思才坦然告訴我，尚馬堤已經警告她，跟我交朋友恐怕會有不堪設想的後果，他還說警方已經提供一份報告給他，上面提到了我過去可能是活躍的共產黨黨員。

——努麗亞，我不能丟了這份工作。我需要這份薪水，因爲我要養孩子……

這時候，她突然哭了出來，羞愧和卑微把她折磨得更蒼老了。

——妳別擔心，麥璱迪思，我知道了。——我說道。

——那個叫做傅梅洛的人，他是衝著妳來的，努麗亞。我不知道妳到底是哪裡得罪他了，不過，從他那張狠毒的臉上看得出來……

——我早就知道了。

隔週的禮拜一，我一進辦公室就發現，我的位子上坐著一個身材瘦削、抹著滿頭髮膠的男子。他自稱是新來的校對，名叫薩瓦多·貝納德斯。

——請問您是誰啊？

當我在收拾東西時，辦公室裡沒有一個人敢抬頭看我，或過來跟我說話。走下樓梯時，麥瑤迪思跑過來，遞給我一個裝滿鈔票和銅板的信封。

——幾乎每個人都把身上僅有的一點錢掏出來了。妳拿著吧，求求妳！即使不爲妳自己，爲了我們大家，妳就收下吧！

那天晚上，我去了聖安東尼歐圓環的公寓。胡立安一如往常地坐在陰暗中等我。他說，他爲我寫了一首詩。九年來，他第一次寫出東西。我很想好好讀它，卻忍不住在他懷裡崩潰了。我把整件事從頭到尾說給他聽，因爲我再也受不了了。因爲我怕，我怕傅梅洛遲早會找到他。胡立安默默聽我訴說一切，他把我擁在懷裡，輕柔地撫摸著我的頭髮。經過了這麼多年，總算有這麼一次，我終於覺得自己可以依靠他。我想親吻他，因爲我已經被寂寞折磨得病入膏肓，可是，胡立安已經沒有嘴唇和皮膚可以滿足我。我在他懷裡睡著了，後來就蜷縮在他房裡的床上，那張他小時候睡過的小床。當我醒來時，胡立安已經不在房裡。我聽見他的腳步聲從清晨的天台上傳來，於是，我假裝自己還在睡覺。後來，就在那天早上，我從廣播裡聽見那則新聞時，還不清楚事情的嚴重性。有人在波內大道的一張長椅上發現一具屍體，死者凝視著海上聖母瑪麗亞大教堂，雙手交叉平放在大腿上。一群鴿子在猛啄他的雙眼，因此才引起路人注意，隨即向警方報案。死者慘遭割喉。尚馬堤太太已經確認，那具屍體是她的丈夫：貝德羅·尚馬堤。死者的老丈人在巴紐拉斯安養院聽到消息時，激動地頻頻感謝老天有眼，還說他現在終於可以安心瞑目了。

胡立安曾經寫過：偶然是命運的瘡疤。世間沒有偶然，達尼。我們都在無意識的情況下成了自己的傀儡。這麼多年來，我情願相信，胡立安依然還是我深愛的那個人。我情願相信，我們會在悲慘和希望交錯中往前走。我情願相信，拉因·谷柏已死，他又回到書裡了。人總是情願相信一切，就是不肯相信事實。

尙馬堤謀殺案讓我睜開了眼睛。我終於明白，拉因·谷柏還活著，而且比以前更活躍。他活在那個被烈火摧殘的男人體內，那個已經沒有聲音也沒有回憶的男人。我發現胡立安已經找到進出聖安東尼歐公寓的新方法，只要掀開屋頂的天窗，根本就不需要費力打開那扇我每次離開時都要緊緊關上的門。我發現拉因·谷柏，也就是胡立安的僞裝，經常在城裡閒逛，也常去安達雅舊宅。我發現，他的瘋狂行徑又在那個地窖裡重現，他砸掉了墓碑，挖出了潘妮蘿珮和他兒子的石棺。你到底做了什麼，胡立安？

警察已經在家裡等我，他們爲了尙馬堤命案來找我問話。我被帶到市警局，在一間陰暗的辦公室等了五個小時之後，一身黑衣的傅梅洛出現了。他遞了一根菸給我。

——您和我其實可以成爲好朋友的，莫林納太太。我的手下告訴我，您丈夫不在家？

——我丈夫早就離家出走了。我也不知道他在哪裡。

他突然狠狠地甩了我一耳光，我從椅子上跌落在地。我爬到牆腳，已經嚇得臉色慘白。傅梅洛跪在我身旁，一把揪住我的頭髮。

——妳最好識相點，臭娘兒們！只要時機成熟，我一定去逮到他，然後把你們兩個都殺掉。我會先殺妳，這樣他就可以看到妳穿腸剖肚的樣子。然後再殺他，而且我會告訴他，他以後就葬在他妹妹旁邊！

——他會先把你殺掉的，混帳東西！

傅梅洛對我吐了一口口水，然後放開了我。這時候，我想他一定會把我碎屍萬段，沒想到，我卻聽見他的腳步聲在走道上漸漸遠颺。我全身顫抖著，勉強站了起來，然後擦掉臉上的鮮血。我依然能夠聞出那個劊子手在我身上留下的味道，這一次，我聞到的是充滿恐懼的腐臭。

警方把我囚禁在那個房間裡，沒有光，沒有水，我渡過了無助的六個小時，獲得釋放時，已是深夜了。一場滂沱大雨把街道淋得一片迷濛。一進家門，看到的是凌亂不堪的場面。傅梅洛的手下已經來搜過了。許多家具被推倒，抽屜、書架被敲壞，我的衣服都被撕成了破布條，米蓋的書也全被破壞殆盡。我在床上看到一坨糞便，牆上還有用排泄物寫上的兩個字：婊子。

我急奔聖安東尼歐圓環公寓，途中盡量繞路，還不時回頭張望，確定傅梅洛的手下沒有跟蹤我。我進了華金柯斯塔街的大門，冒著大雨越過天台，看到公寓大門還是鎖著的。我小心翼翼地進了屋子，屋裡除了我的腳步聲之外，一片靜謐。胡立安不在那裡。我坐在陰暗的餐廳等他，聽著屋外的雷聲直到天亮。我從通往陽台的邊門門縫裡瞥見清晨曙光已現，於是爬上天台，眺望著鉛灰色天空下的巴塞隆納。我知道，胡立安不會再回到這個地方了。我已經永遠失去了他。

再見到他，已經是兩個月以後的事了。那天晚上，孤獨的我無法再回到空盪冰冷的公寓，於是就去看電影。電影放映到一半，大銀幕上正演著愚蠢的愛情文藝片，渴望冒險奇遇的羅馬公主，遇見了一個頭髮梳得油亮的美國記者。就在這時，有人突然在我旁邊坐了下來。這種情形已經不是第一次發生了。那個年代的電影院裡，多的是這種魯莽無禮的人，全身充滿著寂寞、尿味和古龍水味，握著冒汗、顫抖的雙手，彷彿兩團死肉。我正打算站起來通知帶位員時，忽然認出那是胡立安的身影。他用力抓住我的手，我們就這樣一直盯著銀幕，卻不知道電影在演什麼。

「尙馬堤是你殺的嗎？」我低聲問他。

「怎麼，有人在想念他嗎？」

我們低聲交談著，樓上那些令人羨慕的包廂裡，有好幾雙眼睛在盯著我們。我問他那一陣子都去了哪裡，但是他並沒有回答我。

「世上還有一本《風之影》。」他輕聲說道。「就在巴塞隆納。」

「你搞錯了吧，胡立安，所有的書都被你燒光了。」

「唯獨這本逃過一劫。看來，有人似乎比我更聰明，趕在我還沒把倉庫燒掉以前，先把書藏在一個沒有人找得到的地方。那個人就是妳！」

就這樣，他開始跟我聊起你這個人。有個愛吹牛的大嘴巴書商，名叫古斯塔佛・巴塞羅，他在幾個收藏家面前誇口炫耀，說他找到了一本《風之影》。舊書市場這個圈子，就像個小房間一樣。不到幾個月，巴塞羅已經接到柏林、巴黎和羅馬等地收藏家寄來的訂購單。胡立安在那場清晨械鬥之後逃出了巴黎，至今仍是一樁疑案，加上後來傳言他可能已經在內戰期間去世了，種種傳說，反而使胡立安的作品在市場上飆出空前的高價。另外，無臉怪客出沒各個書局、圖書館和私人館藏焚書的黑色傳奇，也讓眾人對他的書更有興趣。「我們的血液裡，都有一座殘酷的競技場！」巴塞羅這樣說過。

胡立安像一團黑影似的繼續追蹤自己的作品，沒多久，他也聽到了這個傳言。他後來知道巴塞羅並沒有那本書，而是在一個男孩手上，那孩子偶然發現了那本書，深爲小說內容和神祕作者著迷，他拒絕賣那本書，因爲他把那本書當成最珍貴的資產。那個男孩就是你，達尼。

「看在上帝的份上，胡立安，你不要傷害那個孩子啊……」我低聲說，但沒把握能說服他。

胡立安告訴我，所有被他燒掉的書，都是從那些對他的作品毫無感受的人手裡偷來的，那些人只是拿書本做交易，不然就是爲了滿足虛榮或好奇而收藏書籍。但是你不一樣，不管人家出多高的價錢，你就是不肯賣書，而且，你還試圖想把卡拉斯從久遠的回憶裡解救出來。你讓他產生了一種莫名的好感，甚至是尊敬。胡立安一直在觀望、研究你這個人，只是你不知情罷了。

「或許，當他發現我是誰，又是這樣的一個人，他也會決定燒掉那本書的。」

胡立安說話的語氣異常堅定，就像一個已經丟掉僞善面具的瘋子，決定接受無理的現實。

「那個男孩是誰？」

「他叫達尼，是個書店老闆的兒子，那家書店就在聖塔安娜街上，米蓋以前常去那裡買書。他們父子住在書店樓上的公寓裡。男孩的媽媽在他很小的時候就過世了。」

「你好像是描述你自己似的。」

「或許吧！那個男孩的確讓我想起自己。」

「你放過他吧，胡立安，他只是個孩子呢！他犯下的唯一罪狀就是崇拜你。」

「他沒犯什麼罪，他只是太天眞罷了。不過，他總有一天會克服這一點。說不定到時候他就會把書還給我。到了那時候，他不會再崇拜我，而是開始了解我。」

電影結束前一分鐘，胡立安站了起來，他的身影漸漸消失在陰暗裡。接下來的好幾個月，我們都是以這樣的方式見面，或是在電影院，或是在午夜的窄巷，總之，都是在黑暗裡。胡立安總是有辦法找到我。我總覺得他一直偷偷地尾隨在我附近，只是沒讓我看見他。他常提起你，每次聽他聊起你，總讓我覺得他說話的聲音有種罕見的溫柔，那是我多年來不曾在他身上看到的特質。我知道他已經重回安達雅舊宅，而且就住在那裡，過著介於幽靈和乞丐之間的生活，天天看守著潘妮蘿珮和兒子的遺體。那是世上唯一屬於他的角落。世間還有比文字更殘酷的煉獄。

我每個月會去一趟安達雅舊宅，因爲我想確定他很平安，或至少還活著。我每次都是翻越屋後那道破牆進去，從大街上根本就看不到。有時候我會在那裡碰見他，不過有時候胡立安會失蹤一陣子。我幫他帶食物、金錢、書籍……然後苦等他好幾個小時，直到天黑才走。有好幾次，我乾脆鼓起勇氣探索那棟大宅院。正因爲如此，我發現他已經把地窖裡的墓碑打碎，而且挖出了石棺。我已經不覺得胡立安是瘋子或怪物，他只是一個可憐的人。當我在那裡碰見他的時候，我們會坐在爐火邊聊上好幾個小時。胡立安向我坦承，他曾經試著想要恢復寫作，但是一個字都寫不出來。他依稀還記得他的書，但那彷彿只是他讀過的書，或是別人寫的作品。重新寫作的意圖，帶給他極大的痛苦。我發現胡立安把他長期苦思創作的手稿都丟進火爐裡燒掉了。有一次，我趁著他不在，從灰燼中拿出殘餘的手稿。他寫的是你。胡立安曾經告訴我，每個故事都是作者寫給自己的信，藉此找出他用其他方式找不到的事實。有一陣子，胡立安懷疑自己是否已經失去理智。瘋子會知道自己瘋了嗎？或者，已經瘋掉的是其他人，他們堅持是他瘋了，藉此將他們自己在現實中的想法合理化？胡立安一直在觀察你，他看著你成長，也對你很好奇。他經常自問：或許你的出現並不純然是個奇蹟，而是一種寬恕，只要他能教你別犯了跟他一樣的錯誤，他就會獲得寬恕。我也不只一次問著自己，在他那個理智已被扭曲的世界裡，胡立安是不是把你當成了他失去的那個兒子？在這張純淨的白紙上，他可以重新提筆寫個故事，一個他無法創造、只能回憶的故事。

住在安達雅舊宅這幾年，胡立安越來越關心你的一舉一動。他跟我聊起你的朋友，他提到你愛上的一個叫做克萊拉的女子，他也談到了你父親，那是個他相當敬佩的人。他聊到了你的好朋友費爾明，還有一個被他視為另一個潘妮蘿珮的女孩，你心愛的碧雅。他每次聊到你，就像在聊他自己的兒子一樣。你們一直在尋覓對方啊，達尼。他始終相信，你的純眞可以將他救出苦海。他已經不再搜尋自己的書、不想再焚書，也不想再摧毀自己的生命了。他正在學習透過你的眼睛去回憶這個世界，找回那個他在你身上看到的純眞少年……你第一次到家裡來找我那天，我覺得已經認識你好久了。我故意裝出一副懷疑的神情，就怕你起了疑心。我當時很怕你，怕你會查出眞相。我很害怕聽胡立安說話，就怕自己會跟他一樣，開始相信我們的相遇相識是命中注定。我很害怕，怕在你身上看到我已經失去的胡立安。我知道，你和你的朋友們正在調查我們的過去。我知道，遲早你會發現眞相，然而，我希望你總有一天會了解其中的意義。我知道，你和胡立安遲早要相見的。那是我犯下的錯誤。因爲，還有一個人知道這件事，不久之後，你會帶領他找到胡立安。那個人就是傅梅洛。

我很清楚，萬一我回不來的話會發生什麼事，但是我從不放棄希望：說不定你會失去線索，說不定你會忘記我們，說不定生命——你的，不是我們的——會將你帶到遠方，讓你全身而退。歲月已經讓我學會不要失去希望，但也不要太相信希望。希望是殘忍而虛無的東西，毫無良心可言。長久以來，傅梅洛一直在監視我。他知道，我遲早會倒下來的。但他一點都不急，因此而讓人摸不著頭緒。他爲了復仇而活。他向每個人報仇，也向自己報仇。如果少了復仇、少了憤怒，他就會消失了。傅梅洛知道，你和你的朋友們會幫他找到胡立安。他知道，經過了十五年之後，我已經無力對抗他了。這些年來，他看著我慢慢死去，只等著在最後一刻能夠揍我一拳。我一直知道自己會死在他手裡。現在，我知道時候到了。我把這些手稿交給我父親，並且要求他：萬一我發生了事情，請他務必要把手稿交給你。我祈求那個不會在我生命中出現的上帝，希望你不會有機會讀到這些手稿，但是我對自己的命運已有預感，我終究還是要把這個故事交給你。至於你的命運，就是釋放這個故事，雖然你還年輕，也很純眞。

當你讀到這段文字，進了這座回憶的監獄，那就表示我已經沒有機會親自向你辭行了，雖然我實在很想。我無法親自請求你原諒我們，尤其是胡立安，當我走了以後，我希望你能替我照顧他。我知道，我不能要求你做什麼，只希望你自己多保重。或許這一大疊手稿能夠說服我自己，不管發生什麼事，我至少還有你這個朋友，而你就是我唯一而眞實的希望。在胡立安寫過的所有文字中，讓我印象最深刻的一句話是，只要還有人記得我們，我們就會繼續活著。雖然我和胡立安牽扯了這麼久，但是在我遇見他之前許多年，我覺得我已經認識了你，如果有人值得我信任的話，那就是你。請你記得我，達尼，即使只是在你記憶中一個不起眼的小角落也好。不要讓我就這樣走了。

努麗亞・蒙佛特

風中幻影

1955

當我讀完努麗亞·蒙佛特的手札時，天邊已經露出曙光。那是我的故事，也是我們的故事。在胡立安失落的腳步中，我看到了自己的足跡，再也無法回頭。我站了起來，內心充滿了焦慮，我在房裡來回踱步，彷彿被囚禁在籠子裡的動物。我心中原有的質疑、顧忌和恐懼，如今看來都是庸人自擾。疲憊、後悔與害怕已經完全征服了我，然而，我覺得自己一刻都無法留在房裡，隱藏自己的所作所為……我套上大衣，把那疊手稿摺起來塞進暗袋裡，然後直奔樓下。出了大門才發現，天空已經開始飄雪，漫天都是緩緩飄下的晶瑩淚珠，然後落在我的鼻尖，在我的氣息中消失。我跑向加泰隆尼亞廣場。廣場上幾乎杳無人煙，只有正中央佇立著一個老人的身影，或者是個逃脫的天使？他滿頭華髮，身穿厚重的灰色大衣。這位黎明之王，只見他仰望著天空，戴著手套的雙手在空中揮呀揮的，卻抓不到雪花。我從他身旁走過時，他看看我，神色凝重地微笑著，彷彿一眼就能讀出我的心思。他有一雙明亮如黃金的眼眸，就像噴泉池底閃閃發亮的錢幣。

「祝您幸運！」我似乎聽見他這樣對我說。

我試著去緊抓住這個祝福，然後加快腳步，心裡不斷地祈求著，希望爲時不會太晚，也希望碧雅，我今生的摯愛碧雅，依然還在等著我。

我一路喘個不停，抵達雅吉拉爾家那棟公寓時，喉嚨刺痛得像是被凍傷了似的。雪花開始在地面上結冰了。我很幸運，碰到大樓管理員薩圖諾．莫耶達先生正站在大門口，根據碧雅告訴我，他是不爲人知的超現實詩人呢！薩圖諾先生站在屋外欣賞雪景，手上拿著掃帚，脖子上至少纏了三條圍巾，腳上則穿著軍靴。

「這都是上帝的頭皮屑啊！」他自創詩句，讚嘆眼前飄雪的冬景。

「我要到雅吉拉爾家。」我說道。

「早起的鳥兒有蟲吃，這是眾所皆知的道理，不過，年輕人，您這麼早就來找人，恐怕連上帝都很爲難呢！」

「事情很緊急，他們都在等我呢！」

「願上帝赦免你的罪過！」他這樣祝福我。

我急忙跑上樓梯。在上樓的這段路上，我思索著自己可能會遭遇到的狀況。如果運氣夠好，來幫我開門的是女傭，那麼我輕易就可以闖關成功。假如不幸碰到碧雅的父親來應門，他恐怕會跟我耗上好幾個小時都不會開門。我想，住在這種大樓公寓裡，他應該不至於隨身帶著手槍吧，至少早餐前沒這個必要。敲門之前，我站在門口，先讓自己的呼吸平順下來，苦思應對措辭，可惜一直想不出來。算了，反正都無所謂了。我抓著門上的碰鎖，用力敲了三下。大約過了十五秒之後，我再重複同樣的動作，這時候，我的額頭上直冒冷汗，心跳已經加速。當大門打開時，我的手還抓著碰鎖呢！

「你來做什麼？」

我的老友湯瑪斯緊盯著我，面無表情，語氣冷淡，內心隱忍著憤怒。

「我是來找碧雅的。你可以把我的臉打爛，但是，我如果沒見到她就絕對不走！」

湯瑪斯目不轉睛地望著我。我心想，他會不會當場就把我劈成兩半。我嚥了一下口水。

「我姊姊不在家。」

「湯瑪斯……」

「碧雅走了。」

他話中的無奈和痛苦，幾乎連憤怒都無法掩飾了。

「走了？她去哪裡？」

「我希望你會知道才好。」

「我？」

我無視於湯瑪斯緊握的拳頭以及充滿敵意的面孔，直接就闖進了公寓。

「碧雅！」我大聲喊著。「碧雅，我是達尼……」

我站在走道上。我呼喊的回音在公寓裡迴盪著，偌大的空間裡不見任何人影出現；雅吉拉爾先生和他太太，以及家裡那些傭人，沒有任何人出來回應我的呼叫。

「我早就告訴你了，家裡根本沒有人在。」湯瑪斯在我背後說道。「現在你可以走了。我父親已經發誓要把你殺了，我可不想成爲阻擋他下手的人。」

「湯瑪斯，看在老天爺的份上，請你告訴我，你姊姊究竟在哪裡？」

他定定望著我，似乎不知道是該向我吐口水，還是應該掉頭就走。

「碧雅離家出走了，達尼。我爸媽急得像熱鍋上的螞蟻，這兩天到處在找她，警察也是。」

「可是……」

「那天晚上，她跟你碰面之後，回到家已經很晚了，我父親卻還在等她。我父親打了她好幾個耳光，她的嘴角都流血了，不過你不用擔心，她死都不肯說出你的名字。你實在配不上她！」

「湯瑪斯，我……」

「你閉嘴！隔天，我爸媽帶她去看醫生……」

「爲什麼？碧雅生病了嗎？」

「還不是因爲你，混帳東西！我姊姊懷孕啦！你該不會說你不知道吧？」

我覺得我的雙唇在顫抖著。一股冰冷的寒意在我體內蔓延，我的聲音卡住了，眼神也動不了。我拖著腳步往門口走去，然而，湯瑪斯卻突然抓住我的手臂，一把將我推到牆邊。

「說，你到底對她做了什麼？」

「湯瑪斯，我……」

他的眼神已露出不耐。他揮出了第一拳，把我揍得岔了氣。我倒在地板上，背部貼著牆壁，膝蓋跪在地上。接下來又是重重一拳，落在我的脖子上，他揪著我站起來，將我壓制在牆上。

「你到底對她做了什麼？王八蛋……」

我試圖想要掙脫，但是湯瑪斯已經在我臉上又揍了一拳。我掉入天昏地暗的谷底，頭痛欲裂。我倒臥在走道上。我使勁想要往前爬，然而湯瑪斯抓住我的大衣領子，毫不客氣地把我拖到門外的樓梯間。接著，他把我當做垃圾似的丟下樓梯。

「假如碧雅出了什麼意外的話，我發誓，我一定會把你殺了！」

我很想站起來，哀求他再給我一次機會。但是，大門砰地一聲關上了，把我關在黑暗裡。我的左耳不斷抽痛起來。我伸手摸摸自己的頭，一碰就痛得像要裂開了一樣。我的腹部挨了湯瑪斯的第一拳，這時候已經開始有灼痛感。我踉踉蹌蹌地走下樓梯，薩圖諾先生一看到我，頻頻搖頭：「唉呀，我看您先進來坐一下再走吧！」

我兩手抱著肚子，搖頭婉拒了他的好意。我的頭部左側悸動得厲害，彷彿頭骨就要穿透皮肉綳開了。

「您在流血呢！」薩圖諾先生一副很擔憂的樣子。

「反正也不是第一次了。」

「您要是再這樣胡鬧下去，恐怕沒幾次就會把血流光啦！進來吧，我打電話找個醫生來幫您看看，拜託……」

我總算走出了大門，也迴避了管理員先生的好意。這時候，屋外已經下大雪，人行道上鋪著厚厚一層白雪。刺骨的寒風吹開了我的大衣，在我的衣服裡鑽來鑽去。寒風無情地舔著我臉上還在滲血的傷口。我不知道自己是因爲疼痛而哭泣，還是因爲憤怒或恐懼。風雪無動於衷地聽著我懦弱的哭聲。我漫步在朦朧的清晨裡，成了另一個穿梭在上帝頭皮屑裡的幻影。

2

走到接近巴默思街口時，我發現有輛緊鄰著人行道行駛的汽車一直在跟蹤我。頭痛加上暈眩，我走得搖搖晃晃的，必須扶著牆壁往前走。那輛汽車停了下來，兩名男子下了車。我的耳朵裡充斥著尖銳的哨子聲，已經聽不見汽車的引擎聲，或是那兩個黑衣男子的召喚；他們聯手把我架起來，迅速上了車。我倒在後座，只覺得反胃想吐。一道道光線在車內進進出出，彷彿刺眼的波瀾。我覺得車子正在行進中。有一雙手摸著我的臉龐，又摸了我的頭和我的肋骨。他們摸出了我藏在大衣裡的努麗亞·蒙佛特手稿，其中一個人立刻搶了過去。我想阻止他，但手臂卻僵硬得像凝膠似的。另外那名男子趴在我身上，我知道他在跟我講話，因爲我的臉上感覺到他的氣息。我正等著傅梅洛那張臉出現在我面前，然後乖乖讓他在我喉嚨刺上一刀。有一雙眼睛直盯著我的雙眼，我一回神，終於認出那缺了好幾顆牙的親切笑容：他是費爾明·羅梅洛·托勒斯。

醒來的時候，我滿身大汗。有兩隻手緊抓著我的肩膀，一直坐在那張行軍床上陪我，床邊圍著一圈點燃的大蠟燭，彷彿在守靈。費爾明那張臉從右邊冒出來。他對著我微笑，我覺得很高興，但也在他臉上看到了不安。站在他身邊的是費德里戈先生，我們社區的鐘錶匠。

「費爾明，他好像已經恢復意識了呢！」費德里戈先生說道。「您覺得，我去煮碗熱湯給他喝好不好？」

「這樣也好。您順便也隨便幫我弄個三明治吧，我一緊張就餓得慌。」

費德里戈先生立刻退下，留下我和費爾明兩個人。

「我們在哪裡啊？費爾明……」

「一個很安全的地方。我們在郊區的一間小公寓裡，這是費德里戈先生的幾位朋友借給我們暫住的。費德里戈先生的恩情，我們一輩子都還不完哪！壞心眼的人會覺得這地方正適合胡搞，但是對我們來說，這兒可是神殿呢！」

我試著起身。耳朵的疼痛現在已經轉變成灼熱的抽痛。

「我會不會就這樣變成了聾子啊？」

「會不會變成聾子我是不知道啦，不過，您倒是已經常常自言自語了。我說，這個雅吉拉爾先生手勁眞強哩，居然把您揍得這麼慘！」

「揍我的不是雅吉拉爾先生，而是湯瑪斯。」

「湯瑪斯？您那個發明家朋友？」

我點點頭。

「喔，看來您八成是做了什麼壞事啦！」

「碧雅離家出走了……」我開始敘述事件經過。

費爾明皺起眉頭。「繼續說！」

「她懷孕了。」

費爾明瞠目結舌地看著我。接著，他露出令人費解的嚴肅表情。

「拜託，費爾明，您別用那種表情看我啦！」

「不然您要我怎麼樣？開始去發雪茄慶祝嗎？」

我很想站起來，但是身體疼痛不堪，而且費爾明已經伸出雙手阻止我。

「我必須找到她呀，費爾明。」

「乖乖待在這兒別動，您這個樣子，哪裡都不能去。您告訴我，那姑娘在哪兒，我去找她。」

「我也不知道她在哪裡。」

「這樣的話，那我得再問您幾個更具體的問題才行了。」

這時候，費德里戈先生出現在門口，手上端著熱騰騰的清湯，臉上掛著溫暖的笑容。

「你覺得怎麼樣啊？達尼。」

「好多了，謝謝您，費德里戈先生。」

「這裡有幾顆藥丸，你配著熱湯吃下去。」

他看了費爾明一眼，費爾明對他點點頭。

「這是止痛藥。」

我吞下藥丸，再喝一口熱湯，嚐起來有雪莉酒的味道。個性謹慎的費德里戈先生走出房間，關上了房門。這時候，我看見費爾明大腿上放著努麗亞·蒙佛特的手稿。床邊小桌上的鬧鐘滴答滴答響，時針指著1，我猜應該是下午一點吧。

「還在下雪嗎？」

「下雪算什麼，這個，簡直是土石流哩！」

「您已經看過了？」我問道。

費爾明一個勁兒地猛點頭。

「我必須在天黑前找到碧雅才行。我想，我大概知道她在哪裡。」

我坐在床上，推開了費爾明的手臂。我看了看四周，牆壁彎彎曲曲的，好像噴泉池底的海藻。天花板彷彿越來越遠。我連身子都挺不起來了。費爾明輕輕一推，我又倒在行軍床上。

「您哪裡都別去，達尼。」

「我剛剛到底吃的是什麼藥？」

「睡神的仙丹，您很快就會睡得像木頭一樣了。」

「不行啊，我現在不能……」

我結結巴巴地說著，直到眼睛不聽使喚地閉了起來。然後，我掉入一個黑暗、空洞的世界裡，一條隧道……我掉進了充滿愧疚的睡夢裡。

當我的睡意終於消退時，幾乎是天黑了。我睜開眼睛一看，黑暗的房間裡，床頭小桌上點了兩支大蠟燭，疲憊的燭光不時眨著眼。費爾明倒在角落的搖椅上睡著了，鼾聲響亮得像是比他體型大三倍的人發出來的。在他腳邊，努麗亞·蒙佛特的手稿散落一地。我的頭痛已經舒緩多了，只是偶爾抽痛罷了。我躡手躡腳地走到房門口，然後走進和陽台相連的小客廳，還有一扇似乎是通往樓梯的門。我的大衣和鞋子放在一張椅子上。一道紫色的光束從窗戶穿透進來，化成了五彩繽紛的微塵。我走近陽台邊，看見屋外還在飄雪。大半個巴塞隆納城的屋頂都是紅白相間。遠處是工業學院的尖塔群，彷彿是豎立在最後一道夕陽裡的細針。玻璃窗上都結了霜。我伸出食指，在玻璃上寫下一行字：

我去找碧雅，不用來找我，我很快就會回來。

當我寫下這行字時，自己也嚇了一跳，好像是陌生人在我夢裡低語的事實。我走到樓梯間，然後走下樓梯，跨出大門。烏格街如同一條閃亮的沙河，兩旁的街燈和路樹交錯著，彷彿霧中的桅杆。強風捲得雪花更紛亂了。我走到教學醫院地鐵站後，立刻鑽進地下道裡取暖。巴塞隆納人一向把下雪看成奇蹟似的，大家在車廂裡聊著這場非比尋常的大風雪。晚報的頭版照片是白雪覆蓋的蘭巴拉大道，以及卡納列達噴泉裡宛如鐘乳石般的冰柱。「世紀大雪」，這是那天的頭版標題。我坐在月台的長椅上，靜靜品味著地下鐵裡各種香水味，以及車聲和人聲交錯的喧鬧。軌道的另一邊，牆上貼滿了廣告海報，促銷的是迪比達波遊樂園，海報上是一輛耀眼奪目的藍色街車，彷彿是用來舉行露天舞會的，街車後面依稀可見安達雅家的大宅院。我心裡想著碧雅，她是否也看到這幅影像，因此而體會到，除了那裡，她已經沒有別的地方可去了。

3

從地鐵站的樓梯走上來時，天色已經開始暗下來了。迪比達波大道上一個人也沒有，只有一排看不到盡頭的柏樹，以及一幢接著一幢佇立在幽暗中的豪宅大院。我瞥見藍色街車停在站牌前，司機猛搖的鈴鐺聲在風中劃過。我加快腳步走過去，正好趕在開動那一刻上了車。司機是我熟識的老面孔，他收著我的銅板，嘴裡唸唸有詞。我在車廂最裡面找了位子坐下來，這樣可以離大雪和嚴寒遠一點。結了一層薄冰的車窗外，一排豪宅緩緩掠過。司機轉過頭來看看我，眼神混合了懷疑和困惑，彷彿整張臉都被凍僵了似的。

「三十二號到了，年輕人。」

我回頭一看，安達雅家族的大宅院正好從眼前掠過，就像一艘駛在暗霧中的大船。街車忽地停了下來。我下車時，刻意避開了司機的視線。

「祝您好運啊！」他低聲說道。

我望著街車消失在大街盡頭，最後只剩下微弱的鈴鐺聲。周遭一片漆黑。我加快腳步走到庭院圍牆邊，然後繞到後面去找那個已經坍塌的缺口。爬上圍牆時，我似乎聽見另一頭的人行道上，有人踩著雪往我這邊走過來。我停了一會兒，待在圍牆高處定定不動。黑夜已經完全降臨。腳步聲終於隨風而去。我跳下圍牆，走進花園裡。灌木叢的細枝上掛著琉璃般的冰柱。殘破的天使雕像躺在冰冷的雪地裡。噴泉池已經結了冰，彷彿一面晶亮的黑色鏡子，表面浮出天使雕像的殘垣，看起來就像一把鋒利的馬刀插在那兒。淚珠般的冰塊懸在天使的食指指尖，那隻手直指的豪宅大門，竟是半開半掩著。

我踩著階梯拾級而上，心中只期盼著自己不會來得太晚。我盡量放輕腳步。慢慢推開了大門，然後，我走進了大廳。成列的大蠟燭一直向內部延伸。那是碧雅放的蠟燭，幾乎快燒到底部了。我沿著那排蠟燭往前走，然後在樓梯口停下腳步。下一排蠟燭，沿著階梯一直擺放到二樓。我戰戰兢兢上樓，一路看著自己的影子在牆壁上移動著。上了二樓，我看見兩支大蠟燭擺在通道口。第三支則在潘妮蘿珮原有的房間門口羞怯地眨眼。我走過去，用指關節輕輕叩門。

「胡立安？」房內傳出顫抖的聲音。

我轉動門把，開了門，即使不知道是誰在房門另一邊等著我，但我還是要進去。我慢慢推開房門。碧雅縮在角落望著我，身上裹著毛毯。我立刻衝過去，默默地將她緊摟在懷裡。我可以感覺到她那溫熱的淚水。

「我不知道要去哪裡才好……」她喃喃說道。「我打過好幾通電話去你家，但是一直沒人接。我好害怕……」

碧雅握拳抹去了臉上的淚水，雙眼緊盯著我。我只是點點頭，此時，已經無須言語了。

「妳剛剛爲什麼叫我胡立安呢？」

碧雅抬頭看了看半掩的房門。

「他在這裡，就在這棟房子裡。他經常進進出出的。我進來那天，他就已經發現我了。我不必跟他多說什麼，他就已經知道我是誰了。他還知道我發生了什麼事情哩！後來，他把我安頓在這個房間，還幫我送來毛毯、開水和食物。他要我在這裡等著。他說，事情一定會圓滿落幕的。他告訴我，你一定會來找我。那天晚上，我們整整聊了好幾個小時，他跟我談起潘妮蘿珮，也聊了努麗亞，他還特別提到了你，以及我們兩個人的事情。他告訴我，我必須叫你忘了他才行……」

「他現在人在哪裡？」

「在樓下的圖書室。他說他正在等一個人，要我千萬不能離開這個房間。」

「他在等誰啊？」

「我也不知道。他說，那個人會跟在你後面來，說是你會把他引來……」

我在走道上探頭張望時，已經聽見有人上樓的腳步聲。我一眼就認出牆上那個蜘蛛似的影子、那件黑色的風衣、那頂壓得低低的帽子，以及他手上那把看起來像鐮刀的左輪手槍。那是傅梅洛。他總是會讓我想起某個人或某樣東西，但是直到那一刻，我還是沒想出來是什麼。

我用手指一捏，把蠟燭擰熄，並示意碧雅別出聲。她緊抓著我的手，一臉狐疑地看著我。傅梅洛緩慢的腳步聲正逼近我們。我把碧雅帶回房間，告訴她務必要留在房裡，躲在門後。

「不管發生什麼事，妳千萬不能離開這裡！」我湊在她耳邊輕聲說道。

「你不能丟下我一個人啊，達尼，求求你！」

「我必須去通知胡立安。」

碧雅用哀怨的眼神央求我，然而，我還是在心軟之前跑到走道上。我悄悄溜到樓梯口。已經不見傅梅洛的影子，他的腳步聲也消失了。他已經靜靜躲在某個暗處，耐心等候著。我退回走道上，經過房間外的走廊來到大宅院前面。結了霜的巨大玻璃窗外閃著四盞藍燈，混濁得像是四灘死水。我走近窗邊一望，看到一輛黑色汽車停在圍牆外。我知道，那是白萊修警官的車。琥珀色的菸頭在黑暗中閃動著，隱約映出他端坐在方向盤前的樣子。我慢慢走到樓梯口，一階一階往下踩，每一步都異常謹慎。我在中途停了下來，仔細觀望著陷入黑暗中的一樓是否有動靜。

傅梅洛進來後，就讓大門一直敞開著。強風早就颳熄了蠟燭，也捲進了雪花。拱門上結了冰的枯葉迎風亂舞。我靠著牆壁，又下了四層階梯。我瞄了一下圖書室的大玻璃窗。還是不見傅梅洛的身影。我心想，他說不定已經到地下室去了。屋外飄進來的雪花覆蓋了他的足跡。到了樓梯口，我張望了一下通往大門口的走道。冰冷的寒風颳著我的臉龐。在幽暗的光線下，依稀可見噴泉池裡的天使雕像殘垣。我轉頭看了看另一邊。圖書室的入口距離樓梯口只有五、六公尺。玄關一片漆黑。我知道，傅梅洛和我僅隔幾公尺，雖然我看不到他。我端詳著那片彷彿是池底污水的陰影，接著，我用力深呼吸了一下，拖著腳步，摸黑走到了圖書室入口。

橢圓形的圖書室大廳淹沒在朦朧的微光中，大玻璃窗上掛著一顆顆冰粒，在地上織成了一片點點陰影。我掃視屋內空白的牆壁，找尋著傅梅洛的影子，或許，他就站在門口？牆上有個東西，就在距離我右手邊兩公尺處。起初，我覺得東西似乎在動，後來發現，那是刀鋒上反射的月光。那是一把尖刀，或是有雙排刀片的折刀，插在牆壁上。刀子刺穿了一張長方形厚紙板或紙張。我走近一看，馬上認出了那個影像，那就是有人偷偷放在書店櫃檯上那張燒焦的照片！同樣是那個畫面：青春洋溢的胡立安和潘妮蘿珮，面帶燦爛的笑容，迎接著不可知的未來。尖銳的刀鋒，正好刺在胡立安的胸口。這時候，我終於明白，偷偷把照片放在書店裡的人不是拉因．谷柏，也不是胡立安．卡拉斯。原來是傅梅洛。那張照片是個毒餌。我舉起手來，正想把刀子拔起來，這時候，我覺得後頸部突然一陣冰涼，傅梅洛的左輪手槍已經抵住我。

「一張照片勝過千言萬語，達尼。可惜你老爸只是個沒出息的書店老闆，沒教你這個道理。」

我緩緩轉過身，面對槍管。手槍散發新鮮的火藥味。傅梅洛殭屍般的臉上掛著駭人奸笑。

「卡拉斯在哪裡？」

「他已經遠離這裡了。他知道你會來找他，所以早就跑走了。」

傅梅洛目不轉睛地盯著我看。

「小鬼，我非要把你的臉打爛不可！」

「那還是沒什麼用啊！卡拉斯又不在這裡。」

「嘴巴張開！」傅梅洛下令。

「幹嘛？」

「我叫你把嘴巴張開，否則我先讓你吞一顆子彈！」

我輕啟雙唇，傅梅洛卻狠狠地把槍管塞進我嘴裡。頓時，一股噁心的感覺從喉嚨湧上來。傅梅洛的手指緊扣著扳機。

「現在，混帳東西，你自己想清楚，到底還想不想活？欸，怎麼樣？」

我緩緩點頭。

「那就告訴我卡拉斯在哪裡吧！」

我發出了咿咿呀呀的聲音。傅梅洛慢慢抽出了左輪手槍。

「他在哪裡？」

「下面。他在地窖裡。」

「你帶我去！我希望你和那個王八蛋一起聽聽，當我把刀子刺在努麗亞．蒙佛特的身上時，她是怎麼呻吟的……」

我們的身影在前面開路。我從傅梅洛的肩膀望過去，似乎瞥見黑暗中有個簾幕似的影子在遊移著，那是個無臉的人，卻擁有熾熱的眼神，他閃到漆黑的角落去觀望我們，身手迅速而飄忽，彷彿雙腳並沒有著地似的。傅梅洛在我的淚眼中看出事有蹊蹺，接著，他那張臉慢慢垮了下來。

當他轉身往黑暗中開槍時，兩隻戴皮套、已經嚴重變形的手掐住了他的脖子。那是胡立安的雙手，一雙經過烈焰洗禮的手。胡立安把我推到一旁，然後，他使勁把傅梅洛壓制在牆角。傅梅洛握著手槍，正想抵住胡立安的下巴。但他還沒來得及扣下扳機，胡立安已經揪住他的手腕，而且還抓著那隻手拚命往牆壁上猛撞。然而，傅梅洛仍舊沒鬆手。第二槍還是射進黑暗中，子彈打在牆壁上，把木材嵌板打出了個大洞。火藥起火，又紅又熱的子彈碎片在傅梅洛面前迸散紛飛。大廳裡充斥著一股皮膚燒焦的惡臭。

傅梅洛使盡蠻力，試圖想掙脫掐住他脖子的那雙手，而他那隻握著左輪手槍的手則貼在牆壁上。胡立安完全沒有鬆手的傾向。傅梅洛憤怒狂吼，他轉過頭去，一口咬住胡立安的拳頭。他的狂怒已如猛獸一般。我聽見他的牙齒用力緊咬著那片已死的皮膚，我看見傅梅洛的嘴角已經滲出血絲。胡立安不顧疼痛，或許他已經無法感覺疼痛了，這時候，在傅梅洛驚嚇的眼神注視下，他拔起插在牆上的刀子，然後朝傅梅洛那隻靠在牆上的右手掌猛刺一刀，刀鋒深入木材嵌板，幾乎只剩下刀柄露在外面。傅梅洛痛得發出駭人的驚聲怒吼。他的手不斷地抽搐著，手槍掉落在他腳邊。胡立安一腳把手槍踢到陰暗的角落裡。

我眼前這個怵目驚心的場景，前後不過幾秒鐘而已。我覺得自己已經嚇呆了，身體無法行動，腦子無法思考。胡立安回過頭來，緊盯著我看。我凝望著他，試著想要在他臉上重新建構我已經想像了無數次的五官，那個我在許多故事中看到、聽到的容貌。

「你趕快帶著碧雅翠詩離開這裡，達尼。她知道你們應該怎麼做。千萬不要讓她離開你的視線，也不要讓任何人搶走她。誰都不行！好好照顧她，她比你的生命更寶貴！」

我很想點頭回應他，然而，我卻忍不住要將視線轉移到傅梅洛身上，因爲他正在用力把插在右掌上的刀子拔出來。他一口氣抽出刀子，然後跪倒在地，使勁地夾緊了受傷流血的手臂。

「快走啊！」胡立安低聲說道。

倒在地上的傅梅洛看著我們，心智早已被仇恨所矇蔽，他的左手握著沾滿鮮血的刀子。胡立安正要走向他時，我聽到急促的腳步聲越來越接近，這時候，我突然明白，一定是白萊修警官聽到了槍聲，正趕過來支援長官。胡立安還沒來得及奪下傅梅洛的刀子，白萊修已經走進了圖書室，高舉著手槍。

「退後！」他大聲喝斥。

他馬上看了傅梅洛一眼。傅梅洛費了好大一番功夫才站了起來，然後，他觀望著我們，先看看我，接著又望著胡立安。看到他那深不可測的眼神，我覺得毛骨悚然。

「我說退後！」

胡立安停下腳步。白萊修神情冷靜地看著我們，正在思索著如何處理眼前的情勢。接著，他的視線落在我身上。

「你！快走吧！這件事跟你沒有關係，快！」

我遲疑了一會兒。胡立安對我點點頭。

「任何人都不准離開這裡！」傅梅洛突然喝令。「白萊修，把你的手槍給我！」

白萊修默不作聲。

「白萊修！」傅梅洛又喊了一聲，同時伸出了沾滿鮮血的手，等著接收槍枝。

「不要！」白萊修咬著牙，低聲回應他。

傅梅洛勃然大怒，眼神裡已經充滿了輕蔑和憤恨。他搶下白萊修的手槍，用力把他推到一邊。我和白萊修互看了一眼，對於接下來會發生的事，我已經心裡有數。傅梅洛緩緩舉起手槍。他的手顫抖著，手槍閃著血光。胡立安一步又一步地往後退，他想尋找陰暗的角落，可惜，已經沒有退路了。槍管正瞄準著他。我忽然覺得怒火中燒。傅梅洛那張死硬的臉，那張滿溢著瘋狂和仇恨的嘴臉，喚醒了我的憤怒，就像有人突然在我臉上打了一巴掌似的。白萊修看著我，默默搖著頭。我沒理會他。胡立安已經放棄了，靜靜站在大廳正中央迎接子彈。

傅梅洛再也看不到我。當時，他的眼裡只有胡立安，以及他那隻沾滿鮮血、握著槍枝的手。我撲上前去抱住他。我覺得自己的雙腳已經離開了地面，但是後來就沒有再著地了。世界，在空中凍結了。巨大的槍響從遠處傳來，彷彿漸漸遠去的雷聲。沒有任何疼痛。子彈從我的肋骨穿越過去。起初只是一絲火焰閃過，彷彿是一個金屬球體以猛力撞擊我，接著，我被撞到幾公尺外的半空中，最後跌落在地上。我沒有落地的感覺，雖然我覺得牆壁似乎都黏在一起，屋頂急速降落，好像快要撞上我了……

有一隻手扶著我的脖子，然後我看到胡立安．卡拉斯的臉湊了過來。我眼裡看到的胡立安，和我想像的一模一樣，彷彿那場大火從未摧毀過他的容顏。我在他眼中看到了驚恐，只覺得不解。我看到他的手放在我胸口，心裡正納悶著，從他指間溢出的液體到底是什麼？就在這時候，我覺得一團可怕的烈火，正在燃燒著我的內臟。痛苦的叫喊聲已經到了嘴邊，然而，最後從嘴裡冒出來的卻是溫熱的鮮血。我認出白萊修警官的臉龐在我身旁，神情充滿著後悔。我睜大眼睛，一眼就看到了她。碧雅正緩緩地從圖書室門口走來，她滿臉驚嚇，顫抖的雙手摀著嘴。她默默無語地搖著頭。我很想提醒她，但是一股強烈的冰冷貫穿我的兩隻手臂，接著是我的兩條腿，我的身體，正在支離破碎……

傅梅洛躲在門後。碧雅並沒有注意到他在那裡。胡立安突然站起來，一個箭步跳上前去，這時候，碧雅回頭一看，她嚇呆了，因爲傅梅洛的手槍已經抵住了她的額頭。白萊修正要撲上去制止他。但是，他晚了一步。胡立安已經先衝上去了。我聽到一聲呼喊，從幽邈的遠方傳出，叫的是碧雅的名字。大廳裡，槍聲大作。子彈射穿了胡立安的右手。接著，一個無臉怪客倒在傅梅洛身上。我轉身去看碧雅，毫髮無傷的她已經跑到我身邊。我用僅剩的一點微弱視覺找尋著胡立安的身影，但是，我沒看到他。我在他那個位置看到了另一個身影。那是拉因．谷柏，我多年前從書裡就學會了懼怕他。這一次，拉因．谷柏的魔爪掐進了傅梅洛的雙眼，就像兩支鐵鉤似的拖著他。我看到警官大人的兩條腿被拖出了圖書室。我看到拉因．谷柏拖著被揍得體無完膚的傅梅洛朝大門方向走去。我看到他的膝蓋撞擊著大理石階梯，也看到雪花蓋滿了他的臉。我看到那個無臉怪客抓著他的脖子，把他當做木偶似的往冰凍的噴泉裡一丟。我看到天使的手指刺進了傅梅洛的胸膛。我看到傅梅洛被詛咒的靈魂像黑色水氣似的越來越稀薄，死前流出的淚水結成了冰，他那被掐碎的眼睛看起來就像裹了糖霜。

這時候，我昏倒在地，雙眼連一秒鐘都撐不開了。黑暗中閃過一絲白色光芒，碧雅的臉龐漸漸消失在一個濃霧瀰漫的隧道裡。我緊閉著雙眼，感覺到碧雅的雙手正撫著我的臉，我還聽到了她在祈求上帝別把我帶走，她在我耳邊說她愛我，叫我不能就這樣丟下她，她叫我不能走。我只記得，我脫離了那個明亮而冰冷的海市蜃樓，一種奇特的平靜圍繞著我，我的疼痛和體內的灼熱感都不見了。我看到自己走在朦朧的巴塞隆納街上，牽著碧雅的手，兩人都垂垂老矣。我看見我父親和努麗亞．蒙佛特在我墓前放下白色玫瑰。我看見費爾明哭倒在貝娜妲懷裡。我還看見我的老朋友湯瑪斯，從此不再言語。我看著他們，彷彿看到一群陌生人坐在一列疾駛的火車上。就在這時候，我不自覺地想起了我母親的容顏，那是我多年前遺失的一張容顏，就像一張夾在書裡的剪報突然滑落了。當我倒下時，就是她的光芒一直伴隨著我的。

垂死囈語

1955年11月27日

房間裡一片純白，到處是薄霧和艷陽織成的床單和窗簾。從我身旁的窗子看出去，一片蔚藍汪洋，無邊無際。總有一天，一定會有人想說服我：不，從科拉恰醫院望出去，不可能看得到海的！病房也不是白色，窗外也沒有藍天，十一月的海水則是討人厭的鉛灰色……那個禮拜的巴塞隆納，太陽冬眠去了，天天飄雪，街上積雪深達一公尺，連天性樂觀的費爾明都以爲我這次是死定了。

我已經死過一次，在救護車上，癱在碧雅的懷裡，白萊修警官就在旁邊，他那身警察制服沾滿了我的鮮血。根據醫生們的說法——他們在談這些的時候還以爲我沒聽見呢——子彈打斷了我的兩根肋骨，擦過心臟，再穿過一條動脈，然後迅速從身體側面衝出來，所經之處，皆是重創。我的心臟停止跳動了六十四秒。他們告訴我，我在鬼門關繞了一圈，回來後，我睜開眼睛，露出微笑，然後就失去了意識。

再恢復清醒，已經是八天以後的事情。在此之前，報紙已經刊登了知名警官佛朗西斯戈．哈維爾．傅梅洛的死訊，新聞指出，傅梅洛與一群持槍歹徒槍戰而不幸殉職，市政府正忙著找一條街道或巷子以他的名字命名，以茲紀念。傅梅洛是在安達雅舊宅發現的唯一一具屍體。至於潘妮蘿珮和她兒子的屍體，始終下落不明。

我在清晨時刻醒了過來。我還記得流金般的晨光灑在床單上。雪停了，有人把我窗外的蔚藍海洋換成了一個只有幾座鞦韆的小廣場。我父親癱坐在我床邊的椅子上，睜大了眼睛，默默地看著我。我對他微笑，他卻哭了。費爾明在病房外的走道上呼呼大睡，碧雅托著他的頭靠在她的大腿上，他們忽然聽見我父親淒厲的哭喊，急忙跑進病房。我記得，費爾明臉色好蒼白，身形瘦削地像一根釣魚竿。他們告訴我，我體內流的血都是他的，因爲我自己的血幾乎都流光了，爲了製造更多血紅素，我的好朋友每天在醫院餐廳裡猛呑大魚大肉，就怕萬一我還需要輸血。或許，這是爲什麼我總覺得自己後來變得比較聰明，而不像原來的達尼了。我還記得病房裡一片花海，那天下午，或許只是我醒來兩分鐘之後？我自己也說不上來，總之，病房裡站了一排人：古斯塔佛·巴塞羅先生和他的姪女克萊拉以及貝娜姮，還有我的好友湯瑪斯，他一直不敢正視我的眼神，而當我想要擁抱他時，他卻突然跑到外面的街上去哭。我也依稀記得費德里戈先生，陪他前來的還有麥瑟迪絲和安納克雷多先生。我記得最清楚的就是碧雅了，當大夥兒高興地頻頻感謝上帝保佑時，她卻不發一語地凝視著我。還有我父親，他坐在病床邊那張椅子上睡了七夜，每天晚上都在向他原本不相信的上帝禱告。

後來，醫師們要求大家離開病房好讓我休息，我父親走過來告訴我，假如我想寫東西的話，他已經幫我把那支珍貴的雨果鋼筆和筆記本帶來了。費爾明站在門口宣布，他已經去跟院裡的醫師群談過了，他們確定我不需要服兵役了。碧雅在我的額頭上吻了一下，然後，她帶我父親出去透透氣，因爲他已經一個禮拜沒有離開過那間病房。我孤單地躺在病床上，全身疲憊不堪，我看著床邊小桌子上的鋼筆，不一會兒就睡著了。

門口的腳步聲把我吵醒，我似乎看見了父親站在床邊，或者是孟多薩醫師在盯著我看，他一直認爲我能活下來簡直是個奇蹟。訪客來到病床邊，然後坐在我父親坐的那張椅子上。我覺得口乾舌燥，幾乎說不出話來。胡立安．卡拉斯倒了一杯水送到我嘴邊，然後，他扶著我的頭餵我喝水。他的眼神透露著前來辭行的意圖，只要看到他那雙眼睛，我就知道他是永遠不會再探查潘妮蘿珮的下落了。我已經記不得他說的話，也忘了他的聲音。但是我很清楚，他握著我的手，似乎在求我爲他活下去，他還告訴我，我永遠不會再見到他了。我不會忘記的是我對他說的話。我要求他把那支鋼筆帶走，因爲那支筆一直是他的，他應該繼續寫作。

我醒來的時候，碧雅正在用噴了芳香古龍水的濕毛巾幫我擦拭額頭。我突然大吃一驚，急著問她胡立安在哪裡。碧雅一臉困惑地看著我，她說，胡立安八天前消失在黑夜的暴風雪中，一路在雪地裡留下血跡，大家都認爲他大概已經死了。我說他沒死，他來過這裡，幾秒鐘前還跟我在一起。碧雅沒說什麼，只是面帶微笑看著我。幫我量血壓的護士小姐也輕輕搖頭否認，她告訴我，我已經沉睡了六個小時，這段期間，她一直坐在病房對面的書桌前，並沒有看見任何人走進我的病房。

那天晚上，我正試著想讓自己睡著時，在枕頭上轉頭一看，我發現床頭小桌上的筆盒被打開了。那支鋼筆已經不見了。

三月之海

1956

兩個月後，我和碧雅在聖塔安娜教堂結婚了。雅吉拉爾先生每次對我說話依舊不超過兩個字，眼看已經不可能把我的腦袋砍下來示眾，最後，他只好把女兒交給我了。碧雅的失蹤讓他轉怒爲懼，直到現在，他似乎還心有餘悸，而且他也必須接受，不久後，他的孫子就要叫我爸爸。我這個受了槍傷的渾小子，終究還是搶走了他心愛的女兒。在他眼中，碧雅一直還是初次領聖體的小女孩，永遠沒有長大……婚禮前一個禮拜，碧雅的父親到書店來送我一支黃金領帶夾，那是當年他父親留給他的。接著，他握著我的手：

「生下碧雅這個女兒，是我這輩子所做的唯一一件好事。」他對我說道。「你替我好好照顧她啊！」

我父親送他到門口，然後看著他的身影沿著聖塔安娜街漸行漸遠，父親憂傷的神情軟化了原本強悍的形象，他大概心有同感：他們都老了！

「他不是壞人哪！達尼。」他說道。「只是每個人表達關愛的方式不同罷了。」

孟多薩醫師很懷疑我的兩條腿能夠連續站上半個小時，他還警告我，一場婚禮有太多繁雜瑣碎的事情要到處奔走準備，對我這個差點就要進手術房開心臟取子彈的人來說，絕對不是什麼良藥。

「您放心。」我向他保證。「他們什麼事都不讓我做。」

我眞的沒騙他。費爾明已經自詡是這場婚禮的大總管，一手包辦了結婚典禮和宴客等所有事宜。教堂神父知道了新娘已經懷孕之後，拒絕替我們主持婚禮，甚至還揚言要召開宗教審判會議來取消這場婚禮。費爾明勃然大怒，走到教堂門口時，就像潑婦罵街似的，大聲叫囂怒斥這個傢伙根本就不配當神父！他還矢言，假如神父膽敢阻撓婚禮，他就到主教管區去掀個醜聞，起碼要讓這個神父被放逐到直布羅陀山區去跟猴子傳教！好幾個路人聽了拍手叫好，廣場旁的花店老闆還送了費爾明一朵白色康乃馨胸花，他也樂得一直把花別在衣襟上，直到花瓣都像衣領一樣泛黃了還捨不得取下來。萬事皆備，就是少了個神父，於是，費爾明就去聖賈布利教會中學請求費南鐸神父幫忙，只是，費南鐸神父從來不曾主持過婚禮，他的專長依序是拉丁文、三角數學和體育。

「神父閣下，新郎現在的身體狀況很虛弱，我不能再讓他難過啦！再說，您在他心目中，猶如偉大的聖徒再世呢！他對您相當崇敬，而且，這孩子跟我一樣，也是非常虔誠的教徒，簡直就是另一個神蹟啊！如果我現在去告訴他，您不答應幫他主持婚禮，那麼，我看我們恐怕要舉行的是喪禮而不是婚禮囉！」

「既然您都這麼說了，我不幫忙也不行了。」

根據他們後來的敘述——因爲我什麼都不記得，關於婚禮的細節，旁人總是比主角看得更清楚——婚禮開始前，貝娜妲和古斯塔佛先生（兩人都是遵照費爾明的指令辦事）好說歹說地勸可憐的神父喝下一大杯葡萄酒壯膽，終於才讓他上了台。到了婚禮正式開場時，費南鐸神父面帶莊嚴的微笑，一張愉悅的臉像朵紅玫瑰似的，在儀式中，他捨棄傳統的祝禱辭，換成了朗誦聶魯達的情詩，雅吉拉爾先生的朋友認定神父一定是個滿懷布爾什維克遺毒的共產黨，另外一些賓客則忙著翻彌撒經書，想要找出這段與眾不同的美麗詩文在哪裡，心裡則納悶著，這是不是羅馬教廷公會議的新規定。

婚禮前夕，辦活動的高手費爾明告訴我，他已經替我安排了告別單身的特別節目，獲邀慶祝的就只有他和我兩個人。

「我不知道啊，費爾明，我對這種事情……」

「放心，包在我身上！」

到了晚上，我拖著虛弱的身體，跟著費爾明來到艾斯古迪耶爾街上一棟骯髒簡陋的屋子，各種惡臭混雜著排放到地中海岸的地下污水味，裡面有一排姑娘等著客人上門尋歡，姑娘們個個露出熱情的笑容，彷彿是在醫學院裡上牙齒矯正課。

「我們想找蘿西朵。」費爾明對門口的保鑣說道，令人訝異的是，那個保鑣的口袋上還別著軍徽呢。

「費爾明……」我低聲叫他，心裡害怕得很。「看在老天爺的份上，這個……」

「您儘管放心！」

盛裝打扮的蘿西朵招搖地晃到我們面前，我估計她大概接近九十公斤，這還不包括她身上那條皮草披肩，以及那件五彩繽紛的雪紡紗洋裝。她把我從頭到腳打量了一遍。

「哎喲！心『喪』人，你看起來比我想像的還年輕呢！」

「客人不是他啦！」費爾明向她澄清。

這時候，我終於明白事情是怎麼一回事了，內心的恐懼馬上如煙消雲散。費爾明從來不忘記任何諾言，尤其是我曾經做過的承諾。我們三個人攔了一輛計程車，然後直奔聖塔露西亞安養院。我身上的傷口尚未痊癒，加上即將要當新郎官，因而享有坐在前座的特權，費爾明則和蘿西朵一起坐在後座，兩人一路上都在打情罵俏。

「我說，蘿西朵，教宗盤子裡的美食也沒像妳可口呢！妳那小肥臀啊，就像從波提切利的名畫『啓示錄』裡走出來的一樣！」

「哎喲！費爾明先生，自從您交了女朋友以後，就把人家忘了，眞是討厭啦！」

「蘿西朵，妳是很有女人味的大美人啦，可是，我這個人是很專情的。」

「唉！您害蘿西朵心如刀割，人家可是一直塗抹盤尼西林才活過來的呢！」

抵達蒙卡達街時，已經過了半夜，我們護送著妖嬌的蘿西朵，三個人從聖塔露西亞安養院後門溜了進去，這個後門是專門用來運送死者遺體的，感覺上就像是通往地獄的暗道。到了昏暗的交誼廳，費爾明趕緊再向蘿西朵交代細節，在此同時，我則去尋找那個要我讓他死前再摸摸女人的老爺爺。

「記得啊，蘿西朵，老爺爺有點重聽，妳跟他說話的時候要大聲點，每個字都要說清楚，盡量多講點淫蕩的話，這個妳都知道怎麼做的啦！不過，妳也別把他弄得太興奮了，我們可不想讓他就這樣心臟病發上天堂啦！」

「『晃』心啦，我的心肝寶貝，我可是做這一行的呢！」

我在一樓會客室的角落找到那位有智慧的隱士，一個人默默地躲在孤獨裡。他抬起頭來，一臉困惑地盯著我看。

「我是不是死了？」

「不，您還活得好好的呢！您不記得我了嗎？」

「當然記得啦，我對您的記憶，就像我對自己的第一雙鞋子一樣深刻呢！不過，年輕人，您那張臉慘白地跟死人一樣，我該不會是看到幻影了吧？您別在意啊！在這裡住久了，早就已經失去了你們外面的人所謂的辨別能力啦！這麼說，您不是幻影囉？」

「不是，不過倒是有個幻影在樓下等您，如果您方便的話，請跟我來！」

我把老爺爺帶到簡陋的地下室，費爾明和蘿西朵已經點了蠟燭、噴了香水在等著了。一見到我們這位安達魯西亞來的維納斯，老爺爺樂得像是上了天堂。

「願上帝保佑大家啊！」

「願上帝也保佑您！」費爾明說道，然後示意要我們這位艾斯古迪耶爾街的美人魚開始展現她的迷人魅力。

我看到她輕柔地拉著老爺爺的手，然後吻乾了他臉頰上的淚水。我和費爾明趕緊告退，好讓他們能夠享受私密的美好時光。很不湊巧的是，我們竟然在幽暗的走道上碰到了負責管理安養院的艾蜜麗修女。她狠狠地瞪著我們。

「有些老人跑來告訴我，據說兩位偷渡了一個妓女進來，這下他們都來跟我吵，說是他們也想要……」

「至高無上的修女，您把我們當成什麼人啦？我們到這裡來，可是滿懷崇敬之意的！咱們這位公子呢，明天就要在聖母教堂結婚了，我們今天是特別來探望哈辛妲・柯蘿娜朵女士的。」

艾蜜麗修女皺起眉頭。

「兩位是她的家屬嗎？」

「精神上算是。」

「哈辛妲十五天前過世了。她過世前夕，有位先生來探望她，那是她的親人嗎？」

「您是指費南鐸神父嗎？」

「那位先生不是神父。他告訴我，他的名字是胡立安，但是我忘了他姓什麼了。」

費爾明望著我，驚訝地說不出話來。

「胡立安是我的朋友。」我回應道。

艾蜜麗修女點點頭。

「他在這裡陪伴她好幾個鐘頭。唉！我已經好多年沒聽過她的笑聲了。那位先生離開後，她告訴我，他們聊了好多往日時光的點點滴滴。她還說，這位先生捎來了她女兒潘妮蘿珮的消息。我一直不知道哈辛妲有女兒呢！我還記得，那天早上，哈辛妲笑盈盈地看著我，我問她是什麼事讓她這麼高興，她告訴我，她就要和潘妮蘿珮一起回家了。隔天清晨，她就在睡夢中去世了。」

不久後，蘿西朵結束了愛的儀式，老爺爺完全被她的魅力所懾服，這會兒已經累得去見周公了。離開安養院後，費爾明付了雙倍的酬勞給蘿西朵，但是，看過安養院裡那群被上帝遺忘的可憐老人之後，她難過地哭了，堅持要將酬勞捐給艾蜜麗修女，讓修女去買熱巧克力和甜油條給院裡的所有老人當點心，因爲，我們這位歡場天后每次覺得難過時，只要吃了甜油條沾熱巧克力，立刻就能恢復好心情。

「我一向都『素』這麼有感情的啦！您看看，費爾明先生，那個老先生好可憐哪！只要我抱抱他、摸摸他，他就這麼高興哩！看了就讓人傷心呢，眞的……」

我們攔了一輛計程車，塞了不少小費給司機，請他把蘿西朵送回去。我和費爾明則沿著公主街往前走，霧氣瀰漫的街道上，除了我們之外，不見其他人影。

「該回去睡覺了，明天有好多事要忙呢！」費爾明說道。

「我想我是睡不著了。」

我們往小巴塞隆納區的方向前進，不知不覺中，已經走在防波堤上，整個城市在寂靜中閃閃發光，我們踩在腳下的土地，彷彿是從港灣崛起的宇宙奇蹟。我們坐在碼頭上看夜景。大約二十公尺外，一排汽車的車窗都已蒙上一層霧氣。

「您知道嗎？達尼，這個城市就像個巫婆一樣，悄悄從你的皮膚鑽進去，然後在毫無知覺的狀態下偷走你的靈魂……」

「費爾明，您說話的語氣怎麼越來越像蘿西朵啦！」

「您別取笑我，至少還有像她這種人在，所以這個可惡的世界還有值得留戀的地方。」

「您是指妓女嗎？」

「不是。我們大家遲早都會變得跟妓女一樣。我是指那些心地善良的好人。還有，您別用那種眼神看我。沒辦法，只要碰到婚禮，我這個人就會溫柔地像布丁一樣。」

我們坐在那裡，擁抱這片難得的寧靜，凝視著海面上的閃亮波紋。不久後，黎明將天空染成了琥珀色，巴塞隆納也甦醒了。在遠處的晨霧中，海上聖母瑪麗亞教堂的鐘聲響起。

「您覺得，胡立安會不會還躲在這個城市的某個角落？」

「您還是問我別的問題吧！」

「您把戒指準備好了嗎？」

費爾明立刻露出了笑容。

「走吧，大家都在等著您和我呢，達尼。生命正在等著我們！」

她穿著象牙白的結婚禮服，整個世界都映入了她的眼簾。我幾乎忘了神父說了些什麼，也不記得在場賓客充滿期待的神情；在那個三月天的早上，聖塔安娜教堂裡坐滿了到場觀禮的親友。

我只記得她溫柔的香吻，以及我在眨眼間默默許下的承諾，今生今世，我會永遠記得！

出場人物

1966

胡立安．卡拉斯以簡述《風之影》裡的人物後來的命運發展，作爲小說的總結。從一九四五年那個遙遠的夜晚開始，多年來，我讀過的書不盡其數，但是胡立安的最後一本小說始終是我的最愛。如今，我的生命已經度過三十個年頭，大概是不可能會改變這個想法了。

當我在書店的櫃檯上寫下這段文字時，我那明天就要滿十歲的兒子胡立安，正端著一張可愛笑臉盯著我看，同時對那疊越來越厚的手稿充滿好奇。或許，在他心目中，自己的父親愛書成癡已到了無藥可救的地步了。胡立安具有他母親的明亮雙眸以及聰明慧黠，我一廂情願地認爲，或許他的純眞個性是得自我的遺傳。

我父親年歲已高，昏花的老眼連書背的大字都看不清楚，但他就是不承認。他就在樓上的家裡。有時候，我不禁自問，不知道他是否幸福？日子過得算不算平靜？我們的陪伴是否對他有幫助？或者，他依然活在那永遠擺脫不掉的回憶和哀愁裡？

書店目前已交由我和碧雅經營。我負責帳目和編目，碧雅則負責採購和銷售。客人喜歡她的程度遠勝於我。但我不怪他們。

歲月讓她變得堅強而有智慧。她幾乎絕口不提往事，只是，我偶爾還是會瞥見獨處的她沉默地陷入沉思。胡立安深愛媽媽。看著他們母子倆，我知道，他們之間有一種我幾乎無法理解的無形聯繫。然而，只要能讓自己覺得是他們那座島上的一員，知道自己有多幸運，這樣就已足夠。書店的營業收入只夠讓我們過簡單樸素的生活，但是，我實在不曉得還能做什麼。書店營業額年年遞減。對此，我總是抱持著樂觀的態度，我告訴自己，攀到巔峰後會往下掉，掉到谷底會往上爬，總有一天會否極泰來。

碧雅說，閱讀的藝術正在緩慢消逝中，因爲看書是很私密的活動，一本書就像一面鏡子，我們必須有足夠的內省能力，才能在書中觀照自我。她還說，閱讀需要全心全意投入，但是，這樣的讀者已經越來越少了。每個月總會有人想出價買下我們的書店，他們想把這裡改裝成販賣電視、綵帶飾品或麻編涼鞋的店面。除非山窮水盡，否則我們不會離開這裡的。

費爾明和貝娜妲一九五八年步入禮堂，現在已經有四個孩子了，全部都是男孩，而且個個都遺傳了爸爸的蒜頭鼻和招風耳。費爾明和我不像以前那樣經常碰面了，不過，我們有時候還是會相約清晨到防波堤上散步，一起聊聊生活中的種種難題。費爾明多年前就已經辭去了書店的工作，然後接替已去世的伊薩克成爲「遺忘書之墓」管理員。伊薩克和努麗亞一起葬在蒙居克墓園。我經常去探視他們。努麗亞的墓碑前總是擺著鮮花。

我的老朋友湯瑪斯．雅吉拉爾後來去了德國，他在當地一家工業機械製造廠擔任工程師，設計的產品都是我永遠無法理解的東西。湯瑪斯偶爾會寫信來，收信人總是他姊姊碧雅。他幾年前結了婚，有個女兒，只是我們到現在還沒見過。他總是不忘在信中問候我，但是我知道，多年前友誼生變之後，我再也無法挽回他的心了。我寧可以爲是生命無情地奪走了我的童年摯友，可惜，這個說法始終無法說服我。

附近的社區還是跟以前一樣，只是，有些日子裡，我總覺得明亮的天色似乎又放肆地回到了巴塞隆納，彷彿我們曾經將它趕了出去，但它最後還是寬恕了我們。安納克雷多先生早就不教書了，目前專心創作情色詩歌，也繼續從事封底撰稿，而且內容比以前更聳動了。費德里戈先生的高齡老母去世了，他後來就和麥瑟迪絲同居。這兩個人是佳偶天成，雖然有些壞心眼的人還是會在背後講閒話，說是牛牽到廣東還是牛，費德里戈先生本性難移，常見他晚上打扮成埃及豔后的模樣，偷偷溜出去找樂子。

古斯塔佛．巴塞羅先生關了書店，把存貨都轉讓給我們。他說再也受不了書店工會那批人，決定另尋新挑戰。他的第一個也是最後一個挑戰就是成立出版社，專門出版胡立安．卡拉斯的作品。第一冊包含了卡拉斯的前三本小說（後來在卡貝斯塔尼舊宅的家具儲藏室裡找到的），總共賣出三百四十二本，比起該年度的暢銷書《鬥牛士哥多華小子》漫畫版傳記，少說也差了幾十萬本。古斯塔佛先生目前無事一身輕，經常在歐洲各國旅行，身邊總有貴婦伴遊，每次出遊必定寄來當地大教堂的明信片。

至於他的姪女克萊拉，她和百萬富豪銀行家結婚後，不到一年就以離婚收場。克萊拉的情人名單依然是一長串，只是數目逐年減少，就像她的美貌一樣。目前，她獨居在皇家廣場的公寓，出門的次數越來越少。有一陣子，我經常去探望她，多半是因爲碧雅提醒我別忘了克萊拉的孤獨和不幸。這些年來，我在她身上看到了日積月累的苦楚，雖然她試著想用嘲諷和冷漠去掩飾。有時候，我總覺得，她依然在等待那個躲在幽暗角落裡愛慕她的十五歲少年達尼。碧雅的出現，甚至是其他任何一個女人，都會讓她心生妒忌。我上次去看她的時候，她的雙手老是摸著臉上的皺紋。我聽說她還經常跟以前的鋼琴老師亞德里安．聶利見面。聶利創作的交響樂曲至今尚未完成，倒是成了周旋在黎賽歐歌劇院的貴婦圈裡有名的小白臉，他的床上功夫還為他贏得了「魔笛」的綽號。

歲月並沒有輕易讓我們忘卻傅梅洛警官這個人。不管你是恨他還是怕他，總之，一定會記得他。好幾年前，我在恩寵大道上巧遇白萊修警官，他離開了警界，轉任波納諾瓦中學的體育教師。他告訴我，萊耶塔納街上的市警局總部地下室裡，仍然掛著傅梅洛的榮譽徽章，但是，後來加裝了一台新的冷飲販賣機，正好把它完全擋住了。

至於安達雅家族的大宅院，出乎各界預料的是，它依然佇立在原處。雅吉拉爾先生的房屋仲介公司終於把它賣掉了。大宅院全面翻修，花園裡的天使雕像都被打掉了，整座庭園都改成了停車場。

這棟房子目前是一家廣告公司所有，他們平常就在裡面寫廣告詞推銷棉襪、布丁粉以及企業高階主管最愛的跑車。我必須坦承，有一天，我莫名其妙地又回到那個地方，然後請求他們讓我進去參觀。原來的圖書室，也是我差點就命喪黃泉的地方，現在變成了會議室，牆上貼滿了各種除臭劑和洗潔精的廣告海報。至於我讓碧雅懷了胡立安的那個房間，現在是總經理的浴室。

那天，我從安達雅舊宅回到書店後，發現信箱裡有一件從巴黎寄來的包裹。裡面裝著一本書，書名是《霧中天使》，作者名叫波立斯．羅倫。我大致翻閱了一下，聞著新書特有的油墨味。我隨意讀了其中一段，馬上就知道這本書是誰寫的了。然後，再翻到第一頁，果然看見兩行藍色的字跡，那是用我童年時期最渴望的那支鋼筆寫下的：

獻給我的朋友達尼，是他讓我重新發聲、再次握筆。

獻給碧雅翠詩，是她讓我們兩人重獲新生。

有個年輕人，髮絲已見斑白，走在巴塞隆納的街道上，鉛灰色的天空下，朝陽從蘭巴拉大道盡頭緩緩升起，彷彿一枚紅色的銅板。

他牽著一個十歲的小男孩，孩子的眼神裡充滿了期待與好奇，因爲那天清晨，他父親許下了一個承諾，關於「遺忘書之墓」的承諾。

「胡立安，記得啊，你今天看到的一切，千萬不能告訴別人喲！誰都不能講喔！」

「連媽咪也不能說啊？」小男孩輕聲問道。

他父親嘆了一口氣，嘴角微微泛起一抹苦笑。

「當然可以囉！」做父親的溫柔地答道。「我們和媽咪之間沒有任何祕密，什麼事情都可以告訴她。」

不久後，就像濃霧堆砌出來的身影似的，這對父子消失在蘭巴拉大道上的人群裡，他們的足跡，將永遠漫遊在風中的幻影裡。

The Eurasian Publishing Group
圓神出版事業機構
用心與你對話・視野無限寬廣

圓神出版社
Eurasian Press

http://www.booklife.com.tw　inquiries@mail.eurasian.com.tw

當代文學 043

風之影

作　　者／卡洛斯・魯依斯・薩豐（Carlos Ruiz Zafón）
譯　　者／范湲
發 行 人／簡志忠
出 版 者／圓神出版社有限公司
地　　址／台北市南京東路四段 50 號 6 樓之1
電　　話／（02）2579-6600・2579-8800・2570-3939
傳　　真／（02）2579-0338・2577-3220・2570-3636
郵撥帳號／18598712　圓神出版社有限公司
副總編輯／陳秋月
副 主 編／沈蕙婷・姚明珮
責任編輯／姚明珮・周婉菁
美術編輯／劉婕榆
行銷企畫／吳幸芳・崔曉雯
印務統籌／林永潔
監　　印／高榮祥
校　　對／周婉菁・姚明珮
排　　版／莊寶鈴
總 經 銷／叩應有限公司
法律顧問／圓神出版事業機構法律顧問　蕭雄淋律師
印　　刷／祥峯印刷廠
2006 年 5 月　初版

Original Title: LA SOMBRA DEL VIENTO by Carlos Ruiz Zafón

Copyright © 2001 Carlos Ruiz Zafón
Complex Chinese language edition arranged with the author c/o the Antonia Kerrigan Literary Agency through jia-xi books co., ltd, Taiwan R.O.C
Chinese translation copyright © 2006 by Eurasian Press.
All Rights Reserved.

定價 360 元　ISBN 986-133-144-1　版權所有・翻印必究

◎本書如有缺頁、破損、裝訂錯誤，請寄回本公司調換　Printed in Taiwan

國家圖書館出版品預行編目資料

風之影 / 卡洛斯.魯依斯.薩豐(Carlos Ruiz Zafón)著；范湲譯. -- 初版. -- 臺北市：圓神, 2006[民95]

560面；15×21公分. --（當代文學；43）

譯自：LA SOMBRA DEL VIENTO

ISBN 986-133-144-1（平裝）

878.57　　95004379

尋找你的遺忘書　送你飛去遊歐洲

事實上，書並沒有主人。
每一本書，都曾經是某個人最要好的朋友。

——《風之影》

書是鏡子，人只能在書裡看到自己的內心。

《風之影》主角達尼，為了最珍愛的一本書，展開一段目眩神迷的自我探索旅程；為了生命中許多傳奇的想像，揮灑出無限的漣漪。

沈浸在《風之影》精采故事的你，快到圓神書活網《風之影》官網寫下「最希望與朋友／最愛的人分享的一本書」或「最想留給孩子的一本書」，就有機會獲得驚喜好禮！

動動手指，加入這場閱讀的分享之旅吧！

活動期間

即日起至2006年7月30日截止

活動辦法

✔尋找你的…遺忘書

讀完《風之影》後，是不是也觸動你，曾經對某本書朝思暮想、忍不住逢人就推薦的心情？快留下「最希望與朋友／最愛的人分享的一本書」或「最想留給孩子的一本書」留下100字熱情字跡，與更多愛書的靈魂一起分享。

速上圓神書活網《風之影》官網 www.booklife.com.tw/wind.asp　就有機會獲得各項大獎！

獎項內容

1. **第一階段抽：熱騰騰新獎【新書《風之影》】/ 30名**
   席捲 21世紀國際文壇，史蒂芬．金激賞推薦的《風之影》送你看過癮！
   → 於2006年5月30日抽出30名幸運讀者
2. **第二階段抽：讀書補助獎【現金20,000元】/ 1名**
   不要忘記你珍愛的書，也不要遺忘你在書中與靈魂相遇的感動；請記得用來買下生命中摯愛的書籍。
   → 於2006年6月30日抽出1名幸運讀者
3. **第三階段抽：夢想成真獎【歐洲火車之旅／來回機票＋火車票各2份】/ 1名**
   嗨嗨嗨！是真的，免費送你歐洲雙人同行，由飛達旅遊精緻設計最貼近歐洲人文生活的火車之旅、旅行者的最愛！包含2張歐洲來回機票及2張歐洲火車票，一人得獎兩人同遊哦！
   → 於2006年7月31日抽出1名幸運讀者

以上三階段抽獎均為重複抽獎，得獎機會超大！各階段之得獎名單與活動詳情請見圓神書活網《風之影》官網www.booklife.com.tw/wind.asp　有關本獎項內容，主辦單位保有更換等值商品之權益

主辦單位：圓神出版社 行銷企畫部　北市南京東路四段50號6樓之一　02-2579.6600

贊助：飛達旅遊　http:// www.GoByTrain.com.tw　北市忠孝東路四段329號2樓　02-8771.5599

Go By Train
飛達旅遊
www.GoByTrain.com.tw
電話：02 - 8771-5599
北市忠孝東路四段329號2樓
(捷運藍線國父紀念館1號出口)

來店禮
憑此頁親臨忠孝店
即贈送歐洲地圖及法國手冊

105

台北市南京東路四段50號6樓之一

圓神出版事業機構　收

廣告回函
北區郵政管理局登記證北臺字1713號
免貼郵票

寄件人：

地址：　市/縣　鄉鎮/市　路（街）　段　巷　弄　號　樓

電話：（宅）　（家）

書活網 會員擴大募集！

我們很樂意為您的閱讀提供更多的服務，
現在加入書活網會員，不僅免費，還可同享圓神、方智、先覺、究竟、如何五家出版社的優質閱讀，完全自主您的心靈活動！

會員即享好康驚喜：

- ◆ 365日，天天購書優惠， 10本以上75折。
- ◆ 會員生日購書禮金100元。
- ◆ 有質、有量、有多聞的電子報，好消息主動送到面前。

心動絕對不如馬上行動，立刻連結圓神書活網，輕鬆加入會員！

www.booklife.com.tw

想先訂閱書活電子報！

【光速級】直接上網訂閱最快啦
【風速級】填妥資料傳真：0800-211-206；02-2579-0338
【跑步級】填妥資料請郵差叔叔幫忙寄遞
不論先來後到，我們都立即為您升級！

姓名：＿＿＿＿＿＿＿＿ □想先訂電子報

email（必填．正楷）：＿＿＿＿＿＿＿＿

本次購買的書是：＿＿＿＿＿＿＿＿

本次購買的原因是（當然可以複選）：

□書名 □封面設計 □推薦人 □作者 □內容 □贈品

□其他＿＿＿＿＿＿＿＿

還有想說的話
＿＿＿＿＿＿＿＿

服務專線：0800-212-629；0800-212-630轉讀者服務部

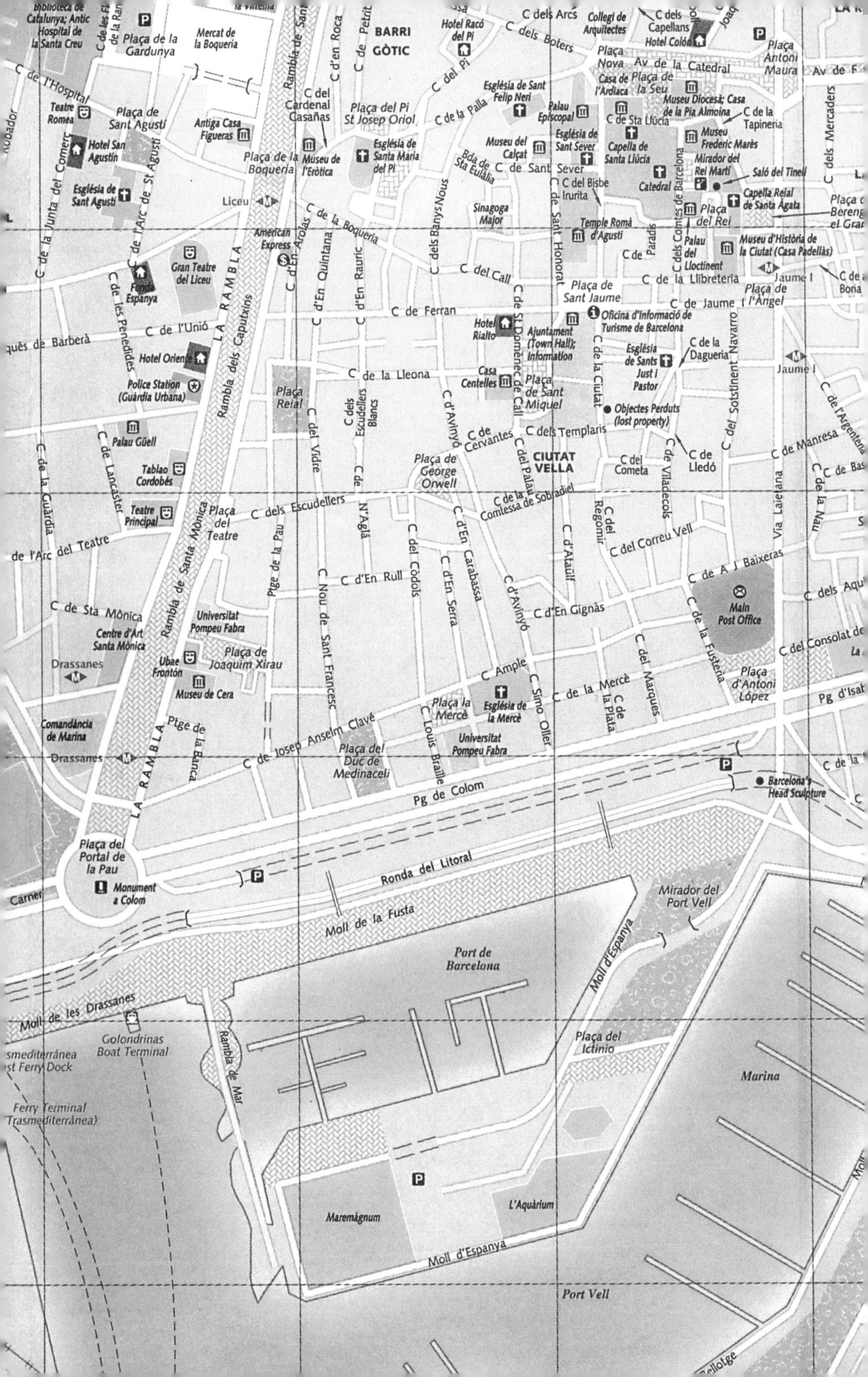

BARRI GÒTIC
CIUTAT VELLA
Biblioteca de Catalunya; Antic Hospital de la Santa Creu
Plaça de la Gardunya
Mercat de la Boqueria
C dels Arcs
Collegi de Arquitectes
C dels Capellans
Hotel Colón
Hotel Racó del Pi
C dels Boters
Plaça Nova
Av de la Catedral
Plaça Antoni Maura
Casa de l'Ardiaca
Plaça de la Seu
Museu Diocesà; Casa de la Pia Almoina
C de la Tapineria
C de l'Hospital
Teatre Romea
Plaça de Sant Agustí
Antiga Casa Figueras
C del Cardenal Casañas
Plaça del Pi
St Josep Oriol
C de la Palla
Església de Sant Felip Neri
Palau Episcopal
C de Sta Llúcia
Capella de Santa Llúcia
Museu Frederic Marès
Mirador del Rei Martí
Saló del Tinell
Capella Reial de Santa Àgata
Catedral
Hotel San Agustín
Església de Sant Agustí
C de l'Arc de St Agustí
C de la Junta del Comerç
Plaça de la Boqueria
Museu de l'Eròtica
Església de Santa Maria del Pi
Museu del Calçat
Església de Sant Sever
Bda de Sta Eulàlia
C de Sant Sever
C del Bisbe Irurita
C de Sant Honorat
Sinagoga Major
Temple Romà d'Agustí
C de Paradís
C dels Comtes de Barcelona
Plaça del Rei
Palau del Lloctinent
Museu d'Història de la Ciutat (Casa Padellàs)
Plaça de Berenguer el Gran
C dels Mercaders
Liceu
American Express
C d'En Arolas
C de la Boqueria
C d'En Quintana
C d'En Rauric
C dels Banys Nous
C del Call
Plaça de Sant Jaume
C de la Llibreteria
Jaume I
C de Jaume I
Plaça de l'Àngel
C de Bona
Gran Teatre del Liceu
Fonda Espanya
C de les Penedides
LA RAMBLA
Rambla dels Caputxins
C de l'Unió
C de Ferran
Hotel Rialto
C de St Domènec de Call
Ajuntament (Town Hall); Information
Oficina d'Informació de Turisme de Barcelona
Església de Sants Just i Pastor
C de la Dagueria
C del Sotstinent Navarro
C de l'Argenteria
Hotel Oriente
Police Station (Guàrdia Urbana)
Plaça Reial
C de la Lleona
C dels Escudellers Blancs
Casa Centelles
Plaça de Sant Miquel
C de la Ciutat
Objectes Perduts (lost property)
C del Vidre
C d'Avinyó
C de Cervantes
C dels Templaris
C del Palau
C de Lledó
C de Manresa
C de Bas
C de la Nau
Palau Güell
C de Lancaster
C de la Guàrdia
Tablao Cordobés
Plaça de George Orwell
C de la Comtessa de Sobradiel
C del Cometa
C de Viladecols
Via Laietana
Teatre Principal
Plaça del Teatre
C dels Escudellers
C de N'Aglà
C del Regomir
C del Correu Vell
C de l'Arc del Teatre
Rambla de Santa Mònica
Ptge de la Pau
C d'En Rull
C del Còdols
C d'En Serra
C d'En Carabassa
C d'Ataülf
C de A J Baixeras
C de Sta Mònica
Universitat Pompeu Fabra
C d'En Gignàs
Main Post Office
C dels Aquiles
Centre d'Art Santa Mònica
Plaça de Joaquim Xirau
C Nou de Sant Francesc
C de la Fusteria
C del Consolat de Mar
Drassanes
Ubae Frontón
Museu de Cera
C Ample
C Simó Oller
C de la Mercè
C de la Plata
C del Marquès
Plaça d'Antoni López
Pg d'Isabel
Comandància de Marina
Ptge de la Banca
C de Josep Anselm Clavé
Plaça la Mercè
Església de la Mercè
Plaça del Duc de Medinaceli
C Louis Braille
Universitat Pompeu Fabra
Pg de Colom
Barcelona's Head Sculpture
Plaça del Portal de la Pau
Monument a Colom
Carner
Ronda del Litoral
Mirador del Port Vell
Moll de la Fusta
Moll d'Espanya
Port de Barcelona
Moll de les Drassanes
Golondrinas Boat Terminal
Trasmediterránea Ferry Dock
Ferry Terminal (Trasmediterránea)
Rambla de Mar
Plaça del Ictinio
Marina
Maremàgnum
L'Aquàrium
Moll d'Espanya
Port Vell
Moll del Rellotge

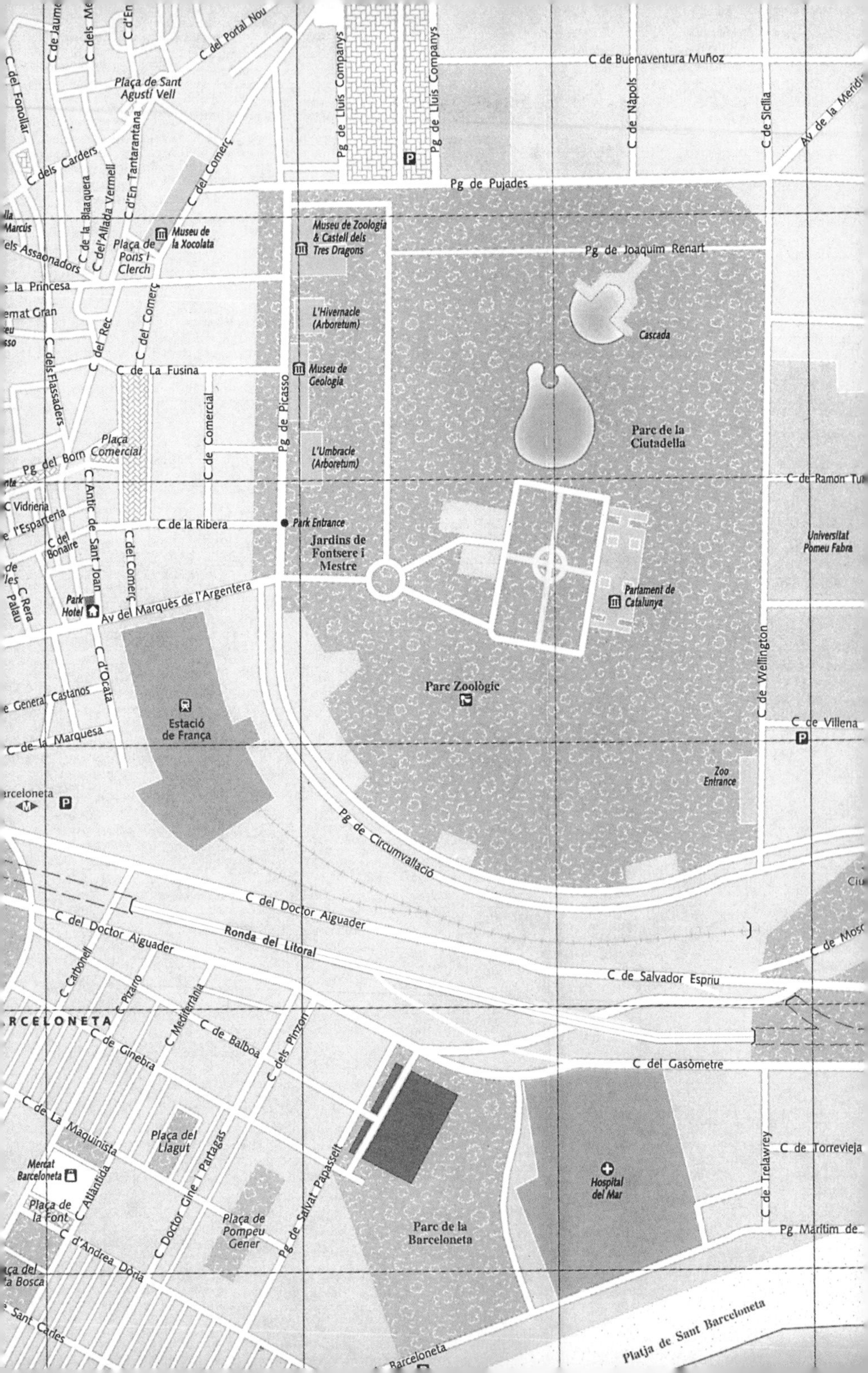
C de Buenaventura Muñoz
Pg de Lluís Companys
Pg de Lluís Companys
C del Portal Nou
Plaça de Sant Agustí Vell
C del Fonollar
C dels Carders
C de la Blaaquera
C de l'Allada Vermell
C d'En Tantarantana
C del Comerç
C de Nàpols
C de Sicília
Av de la Meridi
Pg de Pujades
Museu de Zoologia & Castell dels Tres Dragons
Museu de la Xocolata
Plaça de Pons i Clerch
Pg de Joaquim Renart
C de la Princesa
L'Hivernacle (Arboretum)
Cascada
C del Rec
C dels Flassaders
C de La Fusina
Museu de Geologia
Pg de Picasso
C de Comercial
Parc de la Ciutadella
Plaça Comercial
Pg del Born
L'Umbracle (Arboretum)
C de Ramon Tu
C Vidrieria
C Antic de Sant Joan
C de la Ribera
Park Entrance
Jardins de Fontsere i Mestre
Universitat Pompeu Fabra
C del Bonaire
Parlament de Catalunya
Park Hotel
Av del Marquès de l'Argentera
C Rera Palau
C de Wellington
Parc Zoològic
C d'Ocata
C General Castanos
Estació de França
C de Villena
C de la Marquesa
Zoo Entrance
Barceloneta
Pg de Circumvallació
C del Doctor Aiguader
C del Doctor Aiguader
Ronda del Litoral
C de Salvador Espriu
C Carbonell
C Pizarro
C Mediterrània
C de Balboa
C dels Pinzon
BARCELONETA
C de Ginebra
C del Gasòmetre
C de La Maquinista
Plaça del Llagut
C Doctor Gine i Partagas
Mercat Barceloneta
C Atlàntida
Plaça de la Font
C d'Andrea Dòria
Plaça de Pompeu Gener
Pg de Salvat Papasseit
Parc de la Barceloneta
Hospital del Mar
C de Trelawrey
C de Torrevieja
Pg Marítim de
Plaça del la Bosca
C Sant Carles
Platja de Sant Barceloneta
Barceloneta

BARRI GÒTIC
CIUTAT VELLA
LA RAMBLA
Rambla dels Caputxins
Rambla de Santa Mònica
Rambla de Mar
Catalunya; Antic Hospital de la Santa Creu
Plaça de la Gardunya
Mercat de la Boqueria
Hotel Racó del Pi
Collegi de Arquitectes
Hotel Colón
Plaça Antoni Maura
Plaça Nova
Av de la Catedral
Casa de l'Ardiaca
Plaça de la Seu
Museu Diocesà; Casa de la Pia Almoina
C de la Tapineria
C dels Mercaders
Teatre Romea
Plaça de Sant Agustí
Antiga Casa Figueras
Plaça del Pi
St Josep Oriol
C del Cardenal Casañas
Església de Sant Felip Neri
Palau Episcopal
C de Sta Llúcia
Museu Frederic Marès
Hotel San Agustín
Museu de l'Eròtica
Església de Santa Maria del Pi
Museu del Calçat
Església de Sant Sever
Capella de Santa Llúcia
Mirador del Rei Martí
Saló del Tinell
Església de Sant Agustí
Plaça de la Boqueria
C de Sant Sever
C del Bisbe Irurita
Catedral
Capella Reial de Santa Àgata
Plaça de Berenguer el Gran
Liceu
Sinagoga Major
Plaça del Rei
Temple Romà d'Agustí
Palau del Lloctinent
Museu d'Història de la Ciutat (Casa Padellàs)
American Express
C de la Boqueria
C dels Banys Nous
C de Sant Honorat
C dels Comtes de Barcelona
C de Paradís
C de l'Arc de St Agustí
C de la Junta del Comerç
C de l'Hospital
Gran Teatre del Liceu
Fonda Espanya
C del Call
C de la Llibreteria
Jaume I
C de Jaume I
Plaça de l'Àngel
Plaça de Sant Jaume
C de Ferran
Hotel Rialto
Oficina d'Informació de Turisme de Barcelona
Ajuntament (Town Hall); Information
C de les Penedides
C de l'Unió
Hotel Oriente
Police Station (Guàrdia Urbana)
C d'En Quintana
C d'En Rauric
C de St Domènec de Call
C de la Ciutat
Església de Sants Just i Pastor
C de la Dagueria
C del Sotstinent Navarro
Plaça Reial
C de la Lleona
Casa Centelles
Plaça de Sant Miquel
Objectes Perduts (lost property)
C dels Escudellers Blancs
C de Cervantes
C dels Templaris
C de Lledó
C de Manresa
C de l'Argenteria
Palau Güell
C del Vidre
C d'Avinyó
Plaça de George Orwell
C del Palau
C de Cometa
C de Viladecols
Via Laietana
Tablao Cordobés
C de Lancaster
C de la Guàrdia
C dels Escudellers
C de la Comtessa de Sobradiel
C del Regomir
C de N'Aglá
C del Correu Vell
Teatre Principal
Plaça del Teatre
C de l'Arc del Teatre
Ptge de la Pau
C d'En Rull
C del Còdols
C d'En Serra
C d'En Carabassa
C d'Ataülf
C de A J Baixeras
Main Post Office
C dels Aquilés
C de Sta Mònica
Universitat Pompeu Fabra
C Nou de Sant Francesc
C d'En Gignàs
C de la Fustería
C del Marquès
C del Consolat de Mar
Centre d'Art Santa Mònica
Plaça de Joaquim Xirau
Ubae Frontón
Museu de Cera
C Ample
Plaça la Mercè
Església de la Mercè
C de la Mercè
C de la Plata
Plaça d'Antoni López
Pg d'Isabel
Drassanes
Comandància de Marina
Ptge de la Banca
C de Josep Anselm Clavé
Plaça del Duc de Medinaceli
C de Louis Braille
C Simó Oller
Pg de Colom
Barcelona's Head Sculpture
Plaça del Portal de la Pau
Monument a Colom
Ronda del Litoral
Moll de la Fusta
Mirador del Port Vell
Moll d'Espanya
Port de Barcelona
Moll de les Drassanes
Golondrinas Boat Terminal
Trasmediterránea St Ferry Dock
Ferry Terminal (Trasmediterránea)
Plaça del Ictinio
Marina
Maremàgnum
L'Aquàrium
Port Vell
Rellotge

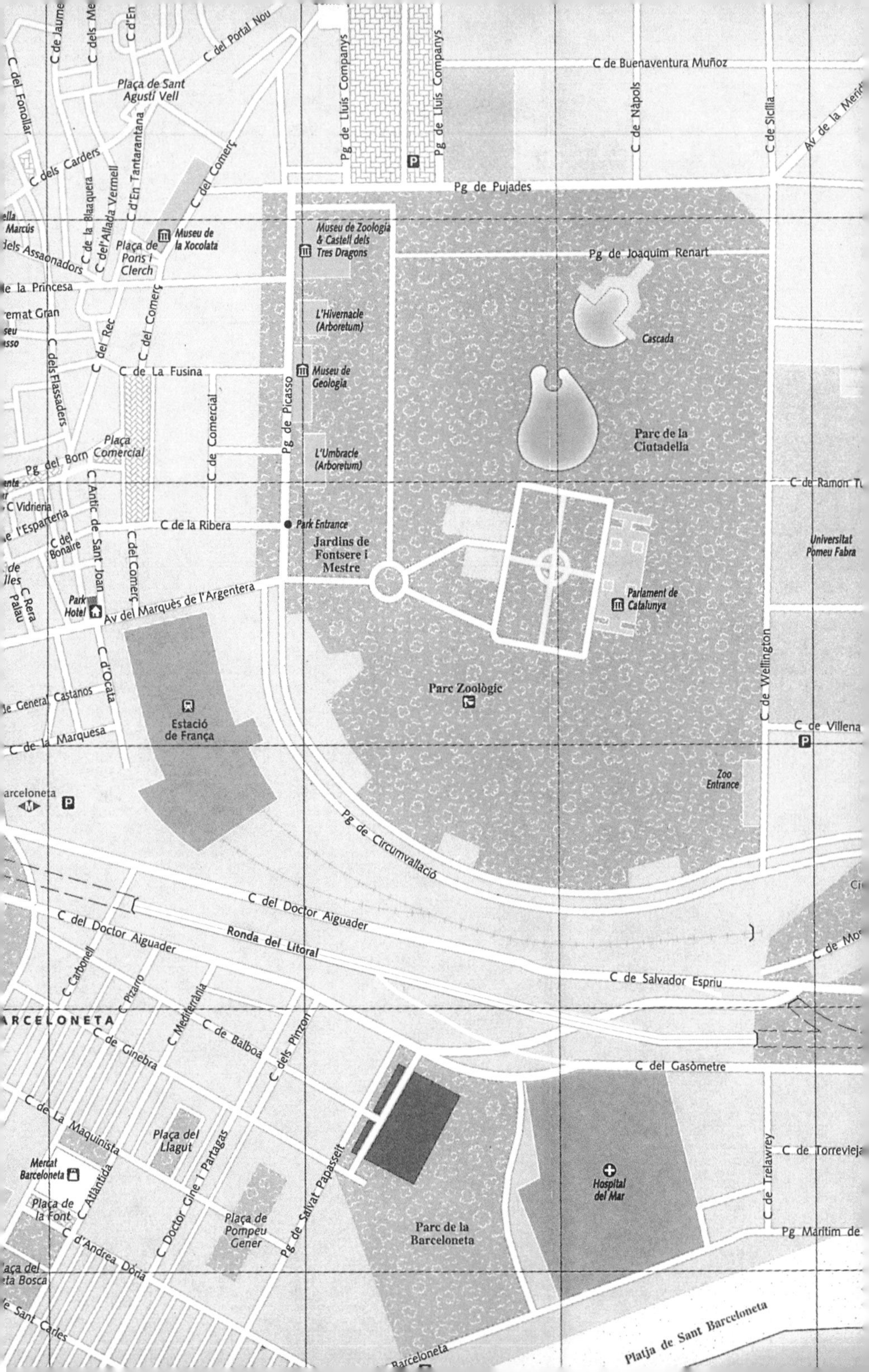

C de Buenaventura Muñoz
Pg de Lluís Companys
Pg de Lluís Companys
C del Portal Nou
Plaça de Sant Agustí Vell
C de Nàpols
C de Sicília
Av de la Meridiana
C dels Carders
C d'En Tantarantana
C del Comerç
Pg de Pujades
Museu de la Xocolata
Plaça de Pons i Clerch
Museu de Zoologia & Castell dels Tres Dragons
Pg de Joaquim Renart
C de la Princesa
L'Hivernacle (Arboretum)
Cascada
C de La Fusina
Museu de Geologia
Pg de Picasso
C de Comercial
Parc de la Ciutadella
Plaça Comercial
Pg del Born
L'Umbracle (Arboretum)
C de Ramon Turró
C de la Ribera
Park Entrance
Jardins de Fontsere i Mestre
Universitat Pomeu Fabra
Parlament de Catalunya
Park Hotel
Av del Marquès de l'Argentera
C Antic de Sant Joan
C d'Ocata
Estació de França
Parc Zoològic
C de Wellington
C de Villena
C de la Marquesa
Zoo Entrance
Barceloneta
Pg de Circumvallació
C del Doctor Aiguader
C del Doctor Aiguader
Ronda del Litoral
C de Salvador Espriu
BARCELONETA
C de Ginebra
C de Balboa
C dels Pinzon
C del Gasòmetre
C de La Maquinista
Plaça del Llagut
Mercat Barceloneta
C de Torrevieja
Hospital del Mar
Plaça de la Font
Plaça de Pompeu Gener
Pg de Salvat Papasseit
Parc de la Barceloneta
C de Trelawrey
Pg Marítim de
C d'Andrea Dòria
Platja de Sant Barceloneta